#1 New York Times BESTSELLER

Hindi translation of
the bestseller book
'The Celestine Prophecy'

दिव्य भविष्यवाणी

THE CELESTINE PROPHECY

जेम्स रेडफिल्ड

दिव्य भविष्यवाणी

The Celestine Prophecy इस अंग्रेजी पुस्तक का हिंदी अनुवाद

Copyright © James Redfield 1993
This edition published by arrangement with Grand Central Publishing, New York, USA. All rights reserved.

सर्वाधिकार सुरक्षित

वॉव पब्लिशिंग्ज् प्रा.लि. द्वारा प्रकाशित यह पुस्तक इस शर्त पर विक्रय की जा रही है कि प्रकाशक की लिखित पूर्वानुमति के बिना इसे व्यावसायिक अथवा अन्य किसी भी रूप में उपयोग नहीं किया जा सकता। इसे पुनः प्रकाशित कर बेचा या किराए पर नहीं दिया जा सकता तथा जिल्दबंद या खुले किसी भी अन्य रूप में पाठकों के मध्य इसका परिचालन नहीं किया जा सकता। ये सभी शर्तें पुस्तक के खरीददार पर भी लागू होंगी। इस संदर्भ में सभी प्रकाशनाधिकार सुरक्षित हैं। इस पुस्तक का आंशिक रूप में पुनः प्रकाशन या पुनः प्रकाशनार्थ अपने रिकॉर्ड में सुरक्षित रखने, इसे पुनः प्रस्तुत करने की प्रति अपनाने, इसका अनूदित रूप तैयार करने अथवा इलेक्ट्रॉनिक, मैकेनिकल, फोटोकॉपी और रिकॉर्डिंग आदि किसी भी पद्धति से इसका उपयोग करने हेतु समस्त प्रकाशनाधिकार रखनेवाले अधिकारी तथा पुस्तक के प्रकाशक की पूर्वानुमति लेना अनिवार्य है।

प्रकाशक : वॉव पब्लिशिंग्ज् प्रा. लि. पुणे

प्रथम आवृत्ती : सितंबर 2017

अनुवादक : अभिषेक शुक्ला

Divya Bhavishyavani
by James Redfield

इन पाठकों ने पाया कि यह किताब सच की व्याख्या करती है।

अब इसे पढ़ने की बारी आपकी है।

दिव्य भविष्यवाणी *(The Celestine Prophecy)*

''अगली सहस्राब्दी की मार्गदर्शक''

''एक विस्मयकारी नीतिकथा... एक गूढ़ पुस्तक, जो उन चीज़ों पर प्रकाश डालती है, जिन्हें लेकर हम संशय में रहते हैं।''

– सैन गैब्रिएल वैली न्यूज़पेपर्स

''नैतिक और आध्यात्मिक बातों से समृद्ध।''

– मॉर्निंग न्यूज़, टकोमा, वॉशिंगटन

''सामयिक संदेश देनेवाली ऐसी कहानी, जो अपने तेज़ रफतार कथ्य के चलते शुरू से अंत तक पाठकों की दिलचस्पी बनाए रखती है।''

– लेक्सिटन हेराल्ड – लीडर, केंटुकी

''इंसानी चेतना के विकास का विवरण देनेवाली एक सम्मोहक आध्यात्मिक नीतिकथा, जो हमारी साझा भावनाओं और अनुभवों की ओर इशारा करती है।''

– मूविंगवर्ड्स

''जीवन का अर्थ समझने के तरीके बतानेवाली ऐसी किताब, जिसकी बहुत सी बातें प्रशंसा करनेयोग्य हैं।''

– कैलगेरी हेराल्ड

''मन को भेदनेवाली, प्रेरक और आध्यात्मिक रूप से रचनात्मक।''

– द फीनिक्स

''यह ऐसी अंतर्दृष्टियों का खुलासा करती है, जो हमें विचार करने और चर्चा करने पर मजबूर कर देती हैं।''

– एक्वेरियस

''सर्वकालिक दंत कथाओं और नीति कथाओं की तरह यह भी एक सशक्त संदेश देती है। यह हमें याद दिलाती है कि जीवन का अर्थ ढूँढ़ना कितना महत्वपूर्ण होता है।''

– टोलेडो ब्लेड

''अभूतपूर्व दार्शनिकता... मैं सिफारिश करूँगा कि आप जल्द से जल्द इसकी एक प्रति खरीदें।''

– डॉ. अवराम लेव, न्यू फ्रंटियर मैग्ज़ीन

''इसे पढ़कर मेरी चेतना और मेरे जीवन में बहुत महत्वपूर्ण बदलाव आए हैं।''

– टेरी कोल विटेकर, लव एंड पॉवर इन ए वर्ल्ड विदआउट लिमिट्स के लेखक

''मैं दिल खोलकर 'दिव्य भविष्यवाणी' की अनुशंसा करता हूँ।''

– फ्रेड एलन वोल्फ, टेकिंग द क्वांटम लीप के लेखक

''आध्यात्मिक विकास का रास्ता दिखानेवाली इतनी दिलचस्प किताब मैंने अपने जीवन में पहले कभी नहीं पढ़ी।''

– केन केयस जूनियर, हैंडबुक टू हायर कॉन्शियसनेस के लेखक

''सुस्पष्ट और अर्थपूर्ण ढंग से प्रासंगिक।''

– डेविड एप्पलबॉम, पैराबोला मैग्ज़ीन

''सुरुचिपूर्ण।''

– कैरेन शेरमैन, पीएचडी, द न्यू टाइम्स

''पाठकों को बाँध लेनेवाली कहानी, जो साजिशों, रहस्यों और आध्यात्मिक खुलासों से भरी पड़ी है।''

– कॉमनवेल्थ जर्नल, केंटुकी

विषय सूची

1	दिव्य भविष्यवाणी	7-21
2	विस्तृत वर्तमान	22-41
3	ऊर्जा प्रसंग	42-67
4	शक्ति संघर्ष	68-91
5	रहस्यवादियों का संदेश	92-122
6	अतीत से मुक्ति	123-150
7	प्रवाह की प्राप्ति	151-180
8	पारस्परिक आचरण	181-215
9	एक उभरती संस्कृति	216-244

सराह वर्जीनिया रेडफील्ड के लिए

जिनके पास अंतर्दृष्टियाँ हैं, उनकी चमक कभी फीकी नहीं पड़ेगी और जो दूसरों को नेकी और सच्चाई के रास्ते पर ले जाते हैं, वे अनंतकाल तक आसमान के सितारों की तरह चमकते रहेंगे।

लेकिन डेनियल, तुम इस किताब को मुहर बंद करके हमेशा के लिए छिपा दो। लोग इसे प्राप्त करने का प्रयास करेंगे और इस तरह ज्ञान बढ़ता रहेगा।

डेनियल 12:3-4

आभार

यह किताब इतने सारे लोगों से प्रेरित व प्रभावित है कि यहाँ उन सबका ज़िक्र कर पाना संभव नहीं है लेकिन मैं एलन शील्ड्स, जिम गैम्बल, मार्क लाफाउंटेन, मार्क और डेब्रा मैक्एल्हनी, जिम क्रेस्टेनबेरी, बी.जे. जोन्स, बॉबी हडसन, जॉय व बॉब केवापेन और टेप सीरीज ''व्हाई इज़ दिस हॅपनिंग टू मी अगेन'' की लेखक मिशेल रायस को विशेष रूप से धन्यवाद देना चाहूँगा और अंतत: सबसे ज़्यादा धन्यवाद मेरी पत्नी सैली को।

दिव्य भविष्यवाणी
एक अहम समूह

मैं रेस्त्रां पहुँचा और गाड़ी पार्क करके अपनी सीट पर टिककर कुछ सोचने लगा। मुझे पता था कि चार्लेन रेस्त्रां के अंदर ही होगी और मेरा इंतज़ार कर रही होगी। लेकिन क्यों? पिछले छह सालों से वह मेरे संपर्क में नहीं थी। तो फिर अब क्यों आई है? और वह भी तब, जब मैं जंगल की हरियाली के बीच शांति से अपना समय बिता रहा था?

मैं गाड़ी से बाहर आया और रेस्त्रां की ओर बढ़ने लगा। मेरे पीछे पश्चिम में सूरज डूब रहा था और उसकी मद्धिम रोशनी से पार्किंग लॉट की गीली ज़मीन चमक रही थी। करीब एक घंटे पहले आई हल्की आँधी और बारिश ने गरमी की इस शाम को काफी सुहाना बना दिया था। डूबते सूरज की रोशनी से सारा माहौल किसी सपने जैसा हो गया था। आसमान से आधे चाँद ने झाँकना भी शुरू कर दिया था।

जैसे-जैसे मैं रेस्त्रां की ओर बढ़ा, चार्लेन की पुरानी छवियाँ मेरे दिमाग में कौंधने लगीं। क्या वह अब भी उतनी ही खूबसूरत और उतनी ही भावुक होगी या वक्त के साथ बदल गई होगी? और वह पाण्डुलिपि, जो दक्षिणी अमरीका के पुरावशेषों में मिली थी, उसमें ऐसा क्या था, जो चार्लेन मुझे जल्द से जल्द बताना चाहती थी?

"मैं दो घंटे के लिए एयरपोर्ट पर रुकी हूँ" उसने फोन पर कहा था। "क्या तुम मुझे डिनर पर मिल सकते हो? तुम्हें यह रहस्यमयी पाण्डुलिपि बहुत पसंद आएगी। यह बिलकुल तुम्हारे किस्म की चीज़ है।"

तुम्हारे किस्म की चीज़? इसका क्या मतलब था?

रेस्त्रां के अंदर काफी भीड़ थी। कई लोग अपनी टेबल पाने के इंतज़ार में खड़े हुए थे।

रेस्त्रांवाले ने डाइनिंग रूम के ऊपरी छत की ओर इशारा करते हुए बताया कि चार्लेन पहले से ही वहाँ बैठी हुई है।

वहाँ पहुँचकर मैंने देखा कि कुछ लोग एक टेबल को घेरकर खड़े हुए थे, जिनमें दो पुलिसवाले भी थे। अचानक वे दोनों पुलिसवाले पलटे और मेरे करीब से गुज़रते हुए वापस चले गए और फिर एक-एक करके बाकी लोग भी अपनी-अपनी जगह पर बैठ गए। तब मैंने उसे देखा, जो इन सबके आकर्षण का केंद्र बनी हुई थी, एक महिला जो अब भी वहीं बैठी

हुई थी... चार्लेन।

मैं तुरंत उसके पास पहुँचा। ''चार्लेन, यह क्या हो रहा है? सब ठीक तो है?''

उसने पलटकर मेरी ओर देखा और कुर्सी से उठ गई। उसके चेहरे पर वही जानी-पहचानी मुस्कान थी। मैंने गौर किया कि उसकी हेयरस्टाइल बदल गई थी, लेकिन चेहरा आज भी बिलकुल वैसा ही था, जैसा मुझे याद था- तीखे नैन-नक्श और बड़ी-बड़ी नीली आँखें।

''तुम यकीन नहीं करोगे,'' उसने मुझे दोस्ताना अंदाज़ में गले लगाते हुए कहा। ''मैं कुछ समय के लिए रेस्टरूम क्या गई, किसी ने मेरा ब्रीफकेस चुरा लिया।''

''क्या था उसके अंदर?''

''कुछ खास नहीं, बस कुछ किताबें और पत्रिकाएँ, जो मैं सफर में पढ़ने के लिए लाई थी। आसपास बैठे लोगों ने बताया कि एक आदमी यूँ ही टहलते हुए आया और ब्रीफकेस उठाकर चलता बना। हद है! खैर, पुलिस को उसका हुलिया बता दिया गया है और उन्होंने कहा है कि वे जल्द ही इस इलाके की छानबीन करेंगे।''

''तो क्या मैं ब्रीफकेस ढूँढ़ने में पुलिस की कुछ मदद करूँ?''

''अरे नहीं, जाने दो। मेरे पास ज़्यादा वक्त नहीं है और मुझे तुमसे कुछ ज़रूरी बात करनी है।''

मैंने सहमति जताई और चार्लेन ने मुझे बैठने का इशारा किया। वेटर मेनूकार्ड लेकर आया और हमने उसे खाने का ऑर्डर दे दिया। इसके बाद दस-पंद्रह मिनट तक हम दोनों यूँ ही इधर-उधर की बातें करते रहे। मैं अपने अकेलेपन के ज़िक्र से बचने की कोशिश कर रहा था लेकिन चार्लेन ने मेरी असहजता को भाँप लिया।

''तो, सच-सच बताओ, आखिर चल क्या रहा है?'' उसने मुस्कराते हुए पूछा।

मैंने भी उसकी आँखों में आँखें डालकर उतनी ही शिद्दत से पूछा, ''तुम हर चीज़ के बारे में फौरन सब कुछ जान लेना चाहती हो, है न?''

''बिलकुल।'' उसने जवाब दिया।

''दरअसल मैंने तय किया है कि अब मैं अपने लिए भी थोड़ा समय निकालूँगा, इसीलिए फिलहाल झीलवाली कॉटेज में रह रहा हूँ। काम की व्यस्तता बहुत बढ़ गई थी और मैं ज़रूरत से ज़्यादा मेहनत करने लगा था इसलिए अब जीने का तरीका बदलने की सोच रहा हूँ।''

''मुझे याद है, जब तुमने इस झील के बारे में बताया था। मुझे लगा था कि तुमने और तुम्हारी बहन ने अब तक इसे बेच दिया होगा।''

''अब तक तो नहीं लेकिन संपत्ति कर अदा करना काफी मुश्किल हो गया है। क्योंकि यह जगह शहर के काफी करीब है और कर लगातार बढ़ता जा रहा है।''

''तो अब क्या करनेवाले हो?''

''पता नहीं। कुछ अलग करूँगा।''

उसने मुझ पर एक गहरी नज़र डाली। ''लगता है, तुम भी बाकी सब की तरह बेचैन हो।''

''हाँ, शायद,'' मैंने कहा। ''लेकिन तुम यह सब क्यों पूछ रही हो?''

''उस पाण्डुलिपि में भी यही बताया गया है।''

कुछ पलों के लिए खामोशी छा गई और मैं उसे एकटक देखता रहा।

''पाण्डुलिपि के बारे में कुछ बताओ।''

वह अपनी कुर्सी पर टिक गई, जैसे अपने बिखरे खयालों को वापस जमा कर रही हो। फिर उसने दोबारा मेरी आँखों में देखते हुए कहा, ''शायद मैंने तुम्हें फोन पर बताया था, कुछ साल पहले मैं अखबार की नौकरी छोड़कर एक शोध संस्थान में काम करने लगी थी, जो सांस्कृतिक और जनसांख्यिकीय बदलावों पर अनुसंधान वगैरह करता है। मेरी पिछली नियुक्ति पेरू में थी।

मैं वहाँ लीमा विश्वविद्यालय में अपना शोध कर रही थी। इस दौरान मैंने हाल ही में पाई गई एक प्राचीन पाण्डुलिपि के बारे में कुछ 284 अफवाएँ सुनीं लेकिन किसी ने भी उसके बारे में खुलकर कुछ नहीं बताया, यहाँ तक कि पुरातत्त्व व मानव विज्ञान विभाग से भी कुछ पता नहीं चला। जब मैंने वहाँ की सरकार से संपर्क किया तो उन्होंने भी इस बारे में कोई जानकारी होने से साफ इनकार कर दिया।

हाँ, एक इंसान ने मुझे यह ज़रूर बताया कि सरकार किसी वजह से इस प्राचीन दस्तावेज़ को दबाना चाहती है, हालाँकि उसे भी इस बारे में ठीक से कुछ पता नहीं था।''

''तुम तो मुझे जानते हो,'' उसने अपनी बात जारी रखी। ''मैं इसे लेकर बहुत उत्सुक थी। शोध पूरा करने के बाद मैंने तय किया कि यहाँ कुछ दिन और रुकूँगी, शायद उस पाण्डुलिपि के बारे में कुछ पता चल सके। शुरुआत में मुझे जितने भी सुराग मिले, वे सब बेकार निकले। लेकिन फिर एक दिन जब मैं लीमा के बाहर एक कैफे में लंच कर रही थी, मैंने गौर किया कि एक पादरी मुझे घूर रहा है। कुछ देर बाद वह मेरे पास आया और कहने लगा कि उसे पता है कि मैं उस पाण्डुलिपि का पता लगाने की कोशिश कर रही हूँ। हालाँकि उसने अपना नाम तो नहीं बताया लेकिन आखिर में वह मेरे सवालों के जवाब देने के लिए राज़ी हो गया।''

उसने ज़रा हिचकिचाते हुए आगे कहा, ''पादरी ने बताया कि यह पाण्डुलिपि लगभग 600 ई.पू. की है और इसमें मानव समाज में होने जा रहे भारी बदलाव की भविष्यवाणी की गई है।''

''और इस बदलाव की शुरुआत कब होगी?'' मैंने पूछा।

''20 वीं शताब्दी के आखिरी दशक में।''

''यानी अभी?''

''हाँ, अभी''

''किस तरह का बदलाव?'' मैंने पूछा।

वह पलभर के लिए ज़रा असहज हो गई लेकिन फिर ज़ोर देते हुए बोली, ''उसने मुझे बताया कि यह एक तरह का पुनर्जागरण है, जो बहुत धीरे-धीरे हो रहा है। यह कोई धार्मिक नहीं बल्कि आध्यात्मिक बदलाव है। धीरे-धीरे हम इस ग्रह पर अपने जीवन और अस्तित्त्व के नए-नए मायने खोज रहे हैं और उस पादरी के मुताबिक यह ज्ञान हमारी संस्कृति को नाटकीय रूप से पलटकर रख देगा।''

उसने ज़रा ठहरकर आगे कहा, ''पादरी ने मुझे बताया कि यह पाण्डुलिपि कुछ खण्डों में बँटी हुई है और हर अध्याय जीवन की किसी विशेष अंतर्दृष्टि को समर्पित है। इसमें यह भविष्यवाणी की गई है कि इस समय अवधि में हम जैसे-जैसे अपने वर्तमान से एक संपूर्ण आध्यात्मिक संस्कृति की ओर बढ़ेंगे, वैसे-वैसे उन अंतर्दृष्टियों को एक के बाद एक क्रमशः समझने लगेंगे।''

मैंने व्यंग्यपूर्ण ढंग से उसकी ओर देखा। ''क्या तुम सचमुच इन सब बातों पर विश्वास करती हो?''

''हाँ,'' उसने कहा। ''मुझे लगता है कि...''

''ज़रा अपने चारों तरफ देखो,'' मैंने उसे बीच में ही टोका और वहाँ बैठे लोगों की तरफ इशारा किया। ''यह है, असली दुनिया। क्या यहाँ तुम्हें कोई चीज़ बदलती हुई नज़र आ रही है?''

इतना कहते ही पास के टेबल से एक तीखी टिप्पणी मेरे कानों पर पड़ी, एक ऐसी टिप्पणी, जिसे मैं समझ तो नहीं पाया लेकिन यह इतनी ऊँची आवाज़ में की गई थी कि अचानक रेस्त्रां के उस हॉल में खामोशी छा गई। पहले तो मुझे लगा कि दोबारा कोई चोर-उचक्का अंदर घुस आया है लेकिन फिर मुझे एहसास हुआ कि वहाँ बैठे दो लोगों में किसी बात पर बहस हो गई है। एक महिला, जिसकी उम्र लगभग तीस साल के आसपास रही होगी, अपनी कुर्सी से उठकर खड़ी हो गई थी और सामने बैठे एक पुरुष को गुस्से से घूर रही थी।

''नहीं...'' उसने लगभग चीखते हुए कहा। ''दिक्कत यह है कि अब यह रिश्ता वैसा नहीं रहा, जैसा मैं चाहती थी! समझे तुम?'' यह कहकर उसने अपने हाथ में लिया हुआ नैपकिन टेबल पर फेंका और तेज़ी से बाहर निकल गई।

मैं और चार्लेन एक-दूसरे का मुँह ताकते रह गए। हम हैरान थे क्योंकि वह महिला ठीक उसी वक्त गुस्से से भड़क उठी, जब हम वहाँ बैठे लोगों के बारे में ही बात कर रहे थे।

''यही है असली दुनिया, जो बदल रही है।'' चार्लेन ने उस पुरुष की ओर इशारा करते हुए कहा, जो अब अपनी टेबल पर अकेला रह गया था।

''कैसे?'' मैं अब तक विचलित था।

''इस बदलाव की शुरुआत पहली अंतर्दृष्टि के साथ ही होती है और उस पादरी के मुताबिक, पहले-पहल यह अंतर्दृष्टि एक गहरी बेचैनी के तौर पर सामने आती है।''

''बेचैनी?''

''हाँ।''

''लेकिन हम ऐसा क्या ढूँढ़ रहे हैं, जो हमें बेचैन कर देता है?''

''यही तो...! शुरुआत में हमें खुद ठीक से पता नहीं होता। पाण्डुलिपि के मुताबिक इसके माध्यम से हमें एक वैकल्पिक अनुभव की झलक मिल रही है यानी हमारी ज़िंदगी के ऐसे लम्हे जो किसी न किसी तरह से अलग, ज़्यादा गहरे और प्रेरणादायी हैं। लेकिन हमें नहीं पता कि यह किस तरह का अनुभव है और इसे बरकरार कैसे रखा जाए। जब यह अनुभव खत्म हो जाता है तो हम असंतुष्टि की भावना महसूस करते हैं और हमें अपनी ज़िंदगी फिर से मामूली

लगने लगती है।''

''तुम्हें लगता है कि उस महिला के गुस्से के पीछे यही बेचैनी थी?''

''हाँ, वह हम सबके जैसी ही तो थी। हम सब अपनी-अपनी ज़िंदगी में ज़्यादा से ज़्यादा संतुष्टि पाना चाहते हैं और जो भी चीज़ इसमें रुकावट बनती है, हम उसे बरदाश्त नहीं कर पाते। पिछले कुछ दशकों में हम सभी में 'खुद को पहली प्राथमिकता' देने का जो रवैया बढ़ा है, उसके पीछे की वजह बेचैनी से भरी यह खोज ही है और हर किसी पर इसका एक जैसा असर हुआ है, फिर चाहे वह वॉल स्ट्रीट हो या कोई स्ट्रीट गैंग।''

उसने मेरी आँखों में देखते हुए आगे कहा, ''और जब रिश्तों की बात आती है तो हम एक-दूसरे से इतनी उम्मीदें लगा लेते हैं कि उन्हें निभा पाना करीब-करीब असंभव हो जाता है।''

उसकी इस बात ने मेरे पिछले दो रिश्तों की यादें ताज़ा कर दीं। दोनों ही रिश्ते तीव्र भावुकता के साथ शुरू हुए लेकिन एक साल के अंदर ही खत्म भी हो गए। जब मेरा ध्यान दोबारा चार्लेन की ओर गया, वह धैर्यपूर्वक मेरी प्रतिक्रिया का इंतज़ार कर रही थी।

''आखिर हम अपने प्रेम संबंधों को ठीक से निभा क्यों नहीं पाते?'' मैंने पूछा।

''मैंने इस बारे में पादरी से लंबी बातचीत की,'' उसने जवाब दिया। ''पादरी ने कहा था कि **जब किसी रिश्ते में महिला और पुरुष, दोनों बहुत ज़्यादा उम्मीदें बाँध लेते हैं और चाहते हैं कि सामनेवाला मेरे मुताबिक जीए और जो मैं चाहूँ, वह करे तो उनके बीच अहंकार का संघर्ष होना तय है।**''

उसकी यह बात मुझे गहराई तक भेद गई। मेरे पिछले दोनों रिश्ते आखिर में किसी शक्ति संघर्ष जैसे बनकर रह गए थे। मैं कुछ और चाहता था और सामनेवाला कुछ और। दोनों बार यह सब कुछ इतनी तेज़ी से हुआ कि हमें एक-दूसरे के विचारों को समझने का और आपसी संतुलन बनाकर एक साथ जीने का मौका ही नहीं मिला। हर मामले में आखिरी निर्णय किसका होगा यह सबसे बड़ा मुद्दा बन गया था, जिसे सुलझाना असंभव हो गया था।

चार्लेन ने अपनी बात जारी रखी, ''पाण्डुलिपि कहती है कि नियंत्रण के इस संघर्ष के कारण ही हमेशा किसी एक इंसान के साथ रह पाना हमें बहुत मुश्किल लगने लगता है।''

''यह कोई आध्यात्मिक बात तो नहीं लगती,'' मैंने कहा।

''मैंने भी उस पादरी से ठीक यही कहा था,'' उसने जवाब दिया।

''लेकिन उसने मुझसे कहा कि समाज की सारी समस्याएँ उसी बेचैनी और खोज की ओर इशारा करती हैं, जो वास्तव में अस्थायी है और एक न एक दिन इसका अंत ज़रूर होगा। अंतत: हम सब इसे लेकर जागरूक हो रहे हैं कि वास्तव में हमें क्या चाहिए और अधिक संतुष्टि देनेवाला यह वैकल्पिक अनुभव दरअसल क्या है। जैसे ही हम इसे पूरी तरह समझ लेंगे, वैसे ही पहली अंतर्दृष्टि प्राप्त कर लेंगे।''

हमारा डिनर आ चुका था। हम कुछ मिनटों तक चुपचाप खाना खाते रहे। वेटर ने हमारे गिलासों में और वाइन डाली। इस बीच चार्लेन ने मेरी प्लेट से सॉलमन का एक टुकड़ा उठाया और अपने खास अंदाज़ में नाक सिकोड़कर खिलखिलाई, मुझे एहसास हुआ कि उसके साथ वक्त बिताना कितना सुखद होता है।

''पाण्डुलिपि में जिस अनुभव का ज़िक्र किया गया है, वह असल में कैसा अनुभव है और यह पहली अंतर्दृष्टि क्या है?'' मैंने पूछा।

मेरा सवाल सुनकर वह ज़रा हिचकिचा गई, जैसे तय न कर पा रही हो कि अपनी बात कहाँ से शुरू करे।

''इस बात का ठीक-ठीक जवाब देना तो मुश्किल है,'' उसने कहा। ''लेकिन पादरी ने इसकी व्याख्या कुछ यूँ की थी कि पहली अंतर्दृष्टि तब मिलती है, जब हम अपनी ज़िंदगी में होनेवाले संयोगों के प्रति जागरूक हो जाते हैं।''

उसने मेरे करीब आकर पूछा, ''क्या कभी ऐसा हुआ है कि किसी काम को शुरू करने से पहले ही तुम्हें उसके परिणाम के बारे में सही-सही अंदाज़ा हो गया हो? कोई ऐसी चीज़ जो तुम हमेशा से करना चाहते थे और सोचते रहते थे कि पता नहीं यह कैसे होगा। मगर बाद में जब तुमने उसे भूलकर अपना ध्यान अन्य चीज़ों पर लगा लिया हो तो अचानक किसी नई जगह जाकर या किसी नए इंसान से मिलकर या कोई नई चीज़ पढ़कर तुम्हें अचानक फिर से अपना वह मनचाहा काम करने का मौका मिल गया हो?''

''पादरी के मुताबिक,'' उसने आगे कहा, ''ऐसे आकस्मिक संयोग हमारी उम्मीदों से बिलकुल परे होते हैं। आजकल संयोगवश होनेवाली ऐसी घटनाएँ बढ़ती जा रही हैं, जिन्हें देखकर ऐसा लगता है कि उनका होना पहले से ही तय था, जैसे कोई अनजानी शक्ति हमारी ज़िंदगी की दिशा तय कर रही हो। ऐसे अनुभवों से हमारे अंदर रहस्य और उत्तेजना के भाव पैदा होते हैं और हम ज़्यादा जीवंत महसूस करते हैं।''

चार्लेन ने आगे कहा, ''पादरी ने मुझे बताया था कि अब तक हमें इस अनुभव की सिर्फ एक झलक ही मिल पाई है और हम इसे बार-बार पाने की कोशिश कर रहे हैं। अब ज़्यादा से ज़्यादा लोग इस बात पर विश्वास कर रहे हैं कि यह रहस्यमयी गतिविधि एक वास्तविकता है और इसका कोई न कोई अर्थ ज़रूर है। लोगों को यह विश्वास होने लगा है कि हमारी रोज़मर्रा की ज़िंदगी के परे भी कुछ महत्वपूर्ण घट रहा है। यह जागरूकता ही पहली अंतर्दृष्टि है।''

बातचीत के दौरान उसे उम्मीद थी कि मैं कुछ बोलूँगा लेकिन मैंने कुछ नहीं कहा।

''क्या तुम्हें नहीं लगता,'' उसने पूछा, ''कि इस धरती पर हम सबका अस्तित्त्व एक रहस्य है और पहली अंतर्दृष्टि इसी रहस्य पर पुनर्विचार करने का मौका देती है? हालाँकि हम जिन रहस्यमय संयोगों का अनुभव कर रहे हैं, उनके बारे में हमें कुछ भी नहीं पता है, फिर भी हम जानते हैं कि यह कोई कल्पना नहीं बल्कि वास्तविकता है। अपने बचपन की तरह हमें एक बार फिर यह एहसास हो रहा है कि हम अपने आसपास जो कुछ देख रहे हैं, उसके परे भी कुछ है और वह ज़िंदगी का एक ऐसा पक्ष है, जिसका अनुभव होना अभी बाकी है।''

चार्लेन मेरे और करीब आ गई थी और बोलते वक्त उसके हाथों की मुद्रा लगातार बदल रही थी।

''तुम इसे लेकर बहुत उत्साहित हो न?'' मैंने पूछा।

''मुझे याद है,'' उसने ज़रा सख्ती से कहा, ''जब तुम भी इस तरह के अनुभवों की बातें किया करते थे।''

उसकी इस बात से मुझे झटका सा लगा। वह बिलकुल सही कह रही थी। मेरी ज़िंदगी

में एक ऐसा दौर आया था, जब मुझे ऐसे संयोगों का अनुभव हो रहा था और मैंने उन्हें मनोवैज्ञानिक दृष्टि से समझने की कोशिश भी की थी। लेकिन किसी कारणवश धीरे-धीरे उनके बारे में मेरी धारणा बदल गई। जिसके बाद मैंने इन अनुभवों को अवास्तविक और अपरिपक्व मानकर नकार दिया। यहाँ तक कि फिर मैंने उन पर ध्यान देना तक बंद कर दिया।

मैंने चार्लेन पर सीधी निगाह डाली और अपना बचाव करते हुए कहा, ''उस समय मैं पूर्वी दर्शन या ईसाई रहस्यवाद के बारे में काफी कुछ पढ़ रहा था। तुम्हें वही याद है। खैर, जिसे तुम पहली अंतर्दृष्टि कह रही हो, उसके बारे में पहले भी बहुत कुछ लिखा जा चुका है। इस बार अलग क्या है? रहस्यमयी संयोगों का अनुभव होने से सांस्कृतिक बदलाव कैसे आएगा?''

एक पल के लिए चार्लेन की नज़रें झुक गईं। फिर उसने मेरी ओर देखा।

''इसे गलत मत समझो,'' उसने कहा।

''यह सच है कि इस चेतना का अनुभव पहले भी किया जा चुका है और इसके बारे में काफी कुछ कहा भी जा चुका है। पादरी ने भी यही बताया था कि पहली अंतर्दृष्टि कोई नई चीज़ नहीं है। उसने मुझे बताया कि इतिहास में ऐसे कई लोग रहे हैं, जिन्हें इन रहस्यमयी संयोगों की जानकारी थी और धर्म व दर्शन के क्षेत्र में हुए कुछ महान उल्लेखनीय प्रयासों के पीछे भी इसका योगदान रहा है। लेकिन तब और अब में सबसे बड़ा फर्क है, उन लोगों की संख्या जो इन संयोगों का अनुभव कर रहे हैं। पादरी के मुताबिक अब यह सांस्कृतिक बदलाव इसलिए संभव है क्योंकि बहुत से लोग पहली अंतर्दृष्टि को लेकर एक साथ जागरूक हो रहे हैं।''

''उसके कहने का मतलब क्या था?'' मैंने पूछा।

''उसने मुझे बताया कि पाण्डुलिपि के मुताबिक इन अनुभवों को लेकर जागरूक होनेवालों की संख्या बीसवीं सदी के छठे दशक से नाटकीय रूप से बढ़ने लगी थी। यह बढ़ोतरी इक्कीसवीं सदी की शुरुआत तक जारी रहेगी। तब तक ऐसे लोगों की संख्या एक निश्चित आँकड़े तक पहुँच जाएगी और मुझे लगता है कि यह आँकड़ा ही एक अहम समूह है।''

''पाण्डुलिपि में भविष्यवाणी की गई है,'' उसने अपनी बात जारी रखी ''कि एक बार जब हम इस आँकड़े तक पहुँच जाएँगे तो यह मानव समाज इन संयोगों को गंभीरता से लेना शुरू कर देगा। तब हम सबमें यह जानने की सामूहिक उत्सुकता जागेगी कि इस धरती पर हमारे अस्तित्त्व के पीछे कौन-कौन से रहस्य हैं। फिर यह सवाल इतने सारे लोग एक साथ पूछेंगे कि क्या अन्य अंतर्दृष्टियों का अनुभव भी संभव हो सकेगा? क्योंकि पाण्डुलिपि के अनुसार, जब यह सवाल एक साथ पर्याप्त लोगों के अंदर पूरी गंभीरता से उठता है कि ज़िंदगी किस दिशा में जा रही है तो इसका जवाब भी मिलने लगता है। इस तरह एक-एक करके अन्य अंतर्दृष्टियाँ भी सामने आ जाएँगी।''

ज़रा ठहरकर उसने अपनी प्लेट से खाने का एक टुकड़ा उठाया और फिर मेरी ओर देखा।

तब मैंने पूछा, ''और जब हमें इन सभी अंतर्दृष्टियों का अनुभव हो जाएगा तो क्या सांस्कृतिक बदलाव शुरू हो जाएगा?''

''पादरी ने तो मुझे यही बताया था।'' उसने कहा।

मैंने एक अहम समूह की धारणा पर विचार करते हुए उसकी ओर देखा, ''600 ई.पू.

लिखी गई एक पाण्डुलिपि के लिए ये सारी बातें कुछ ज़्यादा ही कठिन लगती हैं।''

''मैं जानती हूँ,'' उसने कहा। ''मैंने भी खुद से यही सवाल किया था लेकिन पादरी ने मुझे भरोसा दिलाया कि जिस विद्वान ने पहली बार पाण्डुलिपि का अनुवाद किया था, वह इसकी प्रमाणिकता को लेकर आश्वस्त था। इसका मुख्य कारण है पाण्डुलिपि का आरमेइक भाषा में लिखा जाना। यह वही भाषा है, जिसमें ज़्यादातर ओल्ड टेस्टामेंट लिखे गए थे।''

''आरमेइक भाषा की पाण्डुलिपि और वह भी दक्षिणी अमरीका में? भला 600 ई.पू. यह वहाँ कैसे पहुँच गई?''

''यह तो पादरी को भी नहीं पता।''

''क्या उसका चर्च पाण्डुलिपि का समर्थन कर रहा है?'' मैंने पूछा।

''नहीं, उसने मुझे बताया कि अधिकांश पादरी पाण्डुलिपि को किसी न किसी तरह दबाना चाहते हैं। इसीलिए तो उसने मुझे अपना नाम तक नहीं बताया। ज़ाहिर है कि पाण्डुलिपि के बारे में किसी से बात करना भी उसके लिए खतरे से खाली नहीं था।''

''क्या उसने बताया कि चर्च के अधिकांश पदाधिकारी इसके खिलाफ क्यों हैं?''

''चर्च के पदाधिकारियों को लगता है कि यह पाण्डुलिपि धर्म की सत्ता को चुनौती देती है।''

''कैसे?''

''यह तो मुझे ठीक से नहीं पता। उसने इस बारे में ज़्यादा बात नहीं की लेकिन यह साफ है कि जिस ढंग से अन्य सभी अंतर्दृष्टियाँ चर्च के पारंपरिक विचारों का वर्णन करती हैं, उससे चर्च के वरिष्ठ पदाधिकारी ज़रा चौकन्ने ज़रूर हो गए हैं। वे मानते हैं कि सब कुछ जैसा है, वैसा ही ठीक है।''

चार्लेन ने आगे कहा, ''हालाँकि पादरी ने यह ज़रूर कहा था कि उसे नहीं लगता कि पाण्डुलिपि चर्च के किसी भी नियम का अपमान करती है बल्कि वह तो आध्यात्मिक सत्य का असली अर्थ स्पष्ट करती है। उसे पूरा विश्वास है कि चर्च के पदाधिकारी इस तथ्य को समझ सकते हैं, बशर्ते वे ज़िंदगी को एक बार फिर किसी रहस्य की तरह देखें और उसे उन अंतर्दृष्टियों के माध्यम से समझने का प्रयास करें।''

''क्या उसने तुम्हें बताया कि पाण्डुलिपि में कुल कितनी अंतर्दृष्टियों का ज़िक्र किया गया है?''

''नहीं, लेकिन उसने मुझसे दूसरी अंतर्दृष्टि का ज़िक्र ज़रूर किया था। उसने बताया कि यह हालिया इतिहास की तुलना में बिलकुल सही व्याख्या करती है और भविष्य में होनेवाले सांस्कृतिक बदलाव को भी स्पष्ट करती है।''

''क्या उसने इसके बारे में विस्तार से कुछ बताया?''

''नहीं, उसके पास इतना समय ही नहीं था। उसने बताया कि उसे कोई ज़रूरी काम है इसलिए उसका जाना ज़रूरी है। हमने तय किया कि हम उसी दिन दोपहर में उसके घर पर दोबारा मिलेंगे लेकिन जब मैं वहाँ पहुँची तो वह वहाँ नहीं था। मैं तीन घंटे तक उसका इंतज़ार करती रही लेकिन वह नहीं आया। फिर मुझे अपनी वापसी की फ्लाइट भी पकड़नी थी।''

"मतलब इसके बाद तुम्हारी उससे दोबारा कोई बात नहीं हुई?"

"नहीं, मुझे उससे दोबारा मिलने का मौका ही नहीं मिला।"

"और न ही वहाँ की सरकार ने पाण्डुलिपि की मौजूदगी की पुष्टि की?"

"नहीं।"

"यह कब की बात है?"

"करीब डेढ़ महीने पहले की।"

अगले कुछ मिनटों तक हम खामोशी से खाना खाते रहे। आखिर चार्लेन ने मेरी ओर देखकर पूछा, "तो क्या लगता है तुम्हें?"

"पता नहीं," मैंने कहा। दरअसल कहीं न कहीं मैं इस बात पर विश्वास करने को तैयार नहीं था कि लोग सचमुच बदल सकते हैं। लेकिन फिर भी यह सोचकर आश्चर्यचकित ज़रूर था कि ऐसे विषय से जुड़ी एक पाण्डुलिपि वाकई इस दुनिया में मौजूद है।

"क्या उसने तुम्हें पाण्डुलिपि की कोई प्रति वगैरह दिखाई?" मैंने पूछा।

"नहीं। इस विषय पर मेरे पास सिर्फ वे नोट्स हैं, जो मैंने खुद ही बनाए हैं।"

एक बार फिर हमारे बीच खामोशी छा गई।

"पता है," उसने कहा, "मुझे सचमुच लगा था कि तुम इस बारे में सुनकर उत्साहित हो जाओगे।"

मैंने उसकी ओर देखते हुए कहा, "इस पर विश्वास करने के लिए कोई पुख्ता सबूत होना चाहिए जो साबित कर सके कि पाण्डुलिपि में लिखी बातें सच हैं।"

वह फिर से मुस्कराई।

"क्या हुआ?" मैंने पूछा।

"मैंने भी ठीक यही कहा था।"

"किससे, उस पादरी से?"

"हाँ।"

"तो उसने क्या कहा?"

"उसने कहा कि अनुभव ही प्रमाण है।"

"मतलब?"

"मतलब यह कि हमारे निजी अनुभव ही पाण्डुलिपि में लिखी बातों को प्रमाणित करते हैं। हमें अपने अंदर जो भी महसूस होता है, जब हम उसकी सच्ची अभिव्यक्ति करते हैं कि इस बिंदु पर हमारी ज़िंदगी किस तरह आगे बढ़ रही है तो पाण्डुलिपि में लिखी बातें सही लगने लगती हैं।" फिर उसने हिचकिचाते हुए पूछा, "तुम्हें क्या लगता है, क्या इस बात का कोई मतलब है?"

एक पल के लिए मुझे लगा कि क्या वाकई इसका कोई मतलब बनता है? क्या हर कोई मेरी तरह ही बेचैन है? और अगर हाँ, तो क्या हमारी यह बेचैनी हमें इस सहज अंतर्दृष्टि की ओर ले जाएगी कि ज़िंदगी के बारे में हम जितना जानते हैं और जितना अनुभव कर सकते हैं, ज़िंदगी सिर्फ वहीं तक सीमित नहीं है।

''मैं पक्के तौर पर कुछ नहीं कह सकता,'' मैंने उसके सवाल का जवाब दिया। ''मुझे इस बारे में सोचने के लिए थोड़ा समय चाहिए।''

मैं रेस्त्रां से बाहर आकर पास के ही बगीचे की ओर बढ़ गया और फव्वारे के सामने रखी देवदार की लकड़ी से बनी बेंच के पास खड़ा हो गया। अपने दाईं ओर मुझे एयरपोर्ट की झिलमिलाती रोशनियाँ दिखाई दे रही थीं और उड़ने के लिए तैयार जेट इंजनों का शोर मेरे कानों पर पड़ रहा था।

''कितने सुंदर फूल हैं'' मेरे पीछे चली आ रही चार्लेन ने कहा। मैं उसे देखने के लिए पलटा। वह दोनों ओर की क्यारियों में लगे संध्या मालती और बिगोनिया के फूलों को निहारते हुए मेरे बगल में आ गई। मैंने अपनी बाँह उसके गले में डाल दी। अचानक मन में पुरानी यादों का तूफान सा उठा। सालों पहले जब हम दोनों वर्जीनिया के शेर्लोट्सविल में रहते थे, तब अपनी हर शाम हम साथ बिताते थे और घंटों बातें करते थे। हमारी ज़्यादातर बातें शिक्षा विषयक परिकल्पना और मनोवैज्ञानिक विकास के बारे में होती थीं। इस तरह बातें करना हमें बहुत पसंद था और एक-दूसरे के प्रति काफी आकर्षण भी था। मैं इस बात से बहुत प्रभावित था कि हमारा रिश्ता हमेशा इतना आध्यात्मिक रहा है।

''मैं बता नहीं सकती कि तुमसे मिलकर कितना अच्छा लग रहा है।'' उसने कहा।

''मैं जानता हूँ,'' मैंने जवाब दिया। ''आज तुमसे मिलकर पुरानी यादें ताज़ा हो गईं।''

''न जाने, इतने दिनों तक हम एक-दूसरे के संपर्क में क्यों नहीं थे?''

उसका यह सवाल मुझे फिर अतीत में ले गया। मुझे हमारी आखिरी मुलाकात याद आ गई। हम दोनों मेरी कार में बैठे थे और वह मुझे गुडबाय कह रही थी। उस वक्त मेरे पास ढेरों नए-नए विचार थे और मैं गंभीर प्रताड़ना (कष्ट या तकलीफ) के शिकार बच्चों के लिए काम करने अपने शहर जा रहा था। मुझे लगा था कि मैं उन्हें उनके तकलीफदेह अतीत के बोझ से मुक्त कर सकूँगा ताकि वे अपनी ज़िंदगी में एक बार फिर से आगे बढ़ सकें। लेकिन मैं नाकाम रहा और मुझे स्वीकार करना होगा कि इसकी वजह थी मेरा अज्ञान और नादानी। यह बात आज भी मेरे लिए एक पहेली ही है कि लोग खुद को अपने अतीत के बोझ से कैसे मुक्त कर लेते हैं?

जब मैं ज़िंदगी के पिछले छह सालों के बारे में सोचता हूँ तो लगता है कि मेरे सारे अनुभव कहीं न कहीं मेरे काम ही आए हैं। हालाँकि कभी-कभी अपने अतीत को छोड़कर आगे बढ़ जाने की इच्छा भी उठती है लेकिन आगे बढ़ूँ भी तो कहाँ? क्या करने के लिए बढ़ूँ? इस दौरान कभी-कभी चार्लेन का खयाल भी आया, आखिर वही तो थी जिसने बचपन के कड़वे अनुभवों के बारे में मेरे विचारों को एक निश्चित दिशा दी थी। अब वह मेरी ज़िंदगी में वापस आ गई है और आज भी उससे बातचीत करना उतना ही दिलचस्प है, जितना पहले था।

''शायद, मैं अपने काम में कुछ ज़्यादा ही डूब गया था,'' मैंने कहा।

''मैं भी तो अपने काम में ही उलझी हुई थी,'' उसने जवाब दिया। ''शोधकार्य के दौरान एक के बाद एक कई कहानियाँ सामने आती गईं। तब मेरे पास किसी और चीज़ के लिए वक्त ही नहीं था, अपने रिसर्च पेपर के अलावा मैं सब कुछ भूल चुकी थी।''

मैंने उसके कंधे पर अपना हाथ रखते हुए कहा, "पता है चार्लेन, मैं तो भूल ही चुका था कि हमारी चर्चाएँ कितनी दिलचस्प होती थीं। देखो, हम आज भी कितनी सहजता से बातें कर लेते हैं।"

उसने मुस्कराकर मेरी बात से सहमति जताई और कहा, "मैं जानती हूँ। तुमसे बातचीत करके मुझे अपने अंदर ज़बरदस्त ऊर्जा महसूस होने लगती है।"

मैं कुछ और बोल पाता, इससे पहले ही चार्लेन मेरे पीछे रेस्त्रां के दरवाज़े की ओर ताकने लगी। उसके चेहरे पर बेचैनी और चिंता के भाव घिर आए।

"क्या हुआ?" पूछते हुए मैंने उस ओर पलटकर देखा लेकिन मुझे कुछ खास नज़र नहीं आया, लोग यूँ ही एक-दूसरे से बातें करते हुए पार्किंग लॉट की तरफ आ-जा रहे थे। मैं वापस चार्लेन की ओर पलटा। वह अब भी उतनी ही बेचैन नज़र आई।

"क्या हुआ है?" मैंने दोबारा पूछा।

"उन कारों के पीछे देखो, वह आदमी जिसने स्लेटी रंग की शर्ट पहन रखी है!"

मैंने पार्किंग लॉट की ओर ध्यान से देखा लेकिन मुझे ऐसा कोई नज़र नहीं आया। "कौन सा आदमी?"

"शायद वह चला गया।" उसने पार्किंग लॉट की ओर घूरते हुए कहा।

फिर उसने गंभीरता से मेरी ओर देखा और कहा, "रेस्त्रां के लोगों ने बताया था कि जो आदमी मेरा ब्रीफकेस लेकर भागा था, उसने स्लेटी रंग की शर्ट पहन रखी थी, दाढ़ी रखी हुई थी और वह थोड़ा गंजा था। शायद वहाँ कारों के पीछे वही था और हम पर नज़र रख रहा था।"

मेरे अंदर चिंता की लहर सी दौड़ गई और पेट में हल्की ऐंठन (मरोड़ा) महसूस हुई। मैंने चार्लेन को इशारा किया और पार्किंग लॉट की ओर बढ़ा लेकिन जानबूझकर ज़्यादा दूर नहीं गया क्योंकि मुझे चार्लेन की फिक्र थी। वहाँ पहुँचकर मैंने चारों ओर ध्यान से देखा लेकिन स्लेटी शर्ट पहने दाढ़ीवाला कोई गंजा आदमी वहाँ दिखाई नहीं दिया।

मैं वापस आया तो चार्लेन ने मेरे करीब आकर धीरे से कहा, "कहीं ऐसा तो नहीं कि उस आदमी को लगता हो कि मेरे पास उस पाण्डुलिपि की कोई प्रति है?

और उसे वापस हासिल करने के लिए उसने मेरा ब्रीफकेस चुराया हो?"

"पता नहीं," मैंने कहा। "लेकिन हम दोबारा पुलिस से संपर्क करेंगे और उन्हें बताएँगे कि तुमने उस आदमी को पार्किंग लॉट में देखा है। मुझे लगता है कि उन्हें एक बार तुम्हारी फ्लाइट के यात्रियों की जाँच भी करनी चाहिए।"

हमने अंदर जाकर पुलिस को फोन किया और जब वे आए तो हमने उन्हें विस्तार से सब कुछ बताया। उन्होंने करीब बीस मिनट तक पार्किंग लॉट की सभी कारों की जाँच की और फिर बोले कि वे इससे ज़्यादा समय नहीं दे सकते। हालाँकि वे चार्लेन की फ्लाइट के यात्रियों की जाँच करने को तैयार हो गए।

पुलिसवालों के जाने के बाद मैंने और चार्लेन ने फिर से एक-दूसरे को फव्वारे के पास खड़े पाया।

"खैर, उस आदमी को देखने से पहले हम क्या बात कर रहे थे?" उसने पूछा।

"हम अपने बारे में बात कर रहे थे," मैंने जवाब दिया। "चार्लेन, तुमने पाण्डुलिपि के मसले पर मुझसे ही क्यों संपर्क किया?"

उसने हैरानी से मेरी ओर देखा। "जब मैं पेरू में थी और वह पादरी मुझे पाण्डुलिपि के बारे में बता रहा था, तब मेरे मन में बार-बार तुम्हारा ही खयाल आ रहा था।"

"अच्छा?"

"हालाँकि तब मैंने इस बारे में ज़्यादा नहीं सोचा था," वह आगे बोली, "लेकिन वर्जीनिया लौटने के बाद जब भी मैं पाण्डुलिपि के बारे में सोचती तो तुम्हारा खयाल ज़रूर आता। मैंने कई बार संपर्क करना चाहा लेकिन हर बार कोई न कोई अड़चन आ गई। फिर मुझे मियामी में एक असाइनमेंट मिला। फिलहाल मैं वहीं जा रही हूँ। जब मैं मियामी के लिए निकली तो पता चला कि मेरी फ्लाइट कुछ घंटे के लिए यहाँ रुकनेवाली है। यहाँ लैंड करने के बाद तुम्हारा नंबर ढूँढ़ा। तुम्हारी आन्सरिंग मशीन से संदेश मिला कि सिर्फ आपातकालीन स्थिति में ही तुमसे झीलवाली कॉटेज पर संपर्क किया जाए लेकिन इसके बावजूद मैंने तय किया कि मैं तुम्हें फोन ज़रूर करूँगी।"

मैंने एक पल के लिए उसकी ओर देखा, समझ नहीं आया कि क्या कहूँ, "अच्छा हुआ जो तुमने फोन किया।"

चार्लेन ने अपनी घड़ी पर नज़र डाली। "अब मुझे चलना चाहिए, देर हो रही है।"

"चलो मैं तुम्हें एयरपोर्ट तक छोड़ देता हूँ," मैंने कहा।

हम दोनों मेरी गाड़ी से मुख्य टर्मिनल तक गए और वहाँ से पैदल चलते हुए एम्बार्केशन एरिया तक आए। मैं ज़रा सावधान था और गौर कर रहा था कि आसपास कहीं कुछ असामान्य तो नहीं हो रहा है। जब हम पहुँचे, प्लेन उड़ान भरने के लिए तैयार था और जिन पुलिसवालों से हमारी मुलाकात हुई थी, वे यात्रियों का निरीक्षण कर रहे थे। उन्होंने हमें बताया कि उन्होंने सारे यात्रियों का निरीक्षण कर लिया है और उस चोर की शक्ल से मिलता-जुलता कोई भी यात्री प्लेन में नहीं है।

हमने उन्हें धन्यवाद दिया और उनके जाने के बाद चार्लेन मेरी ओर पलटकर मुस्कराई। "चलो, अब मुझे भी चलना चाहिए," कहते हुए वह मेरे गले लग गई। "यह रहा मेरा नंबर, इस बार संपर्क में ज़रूर रहना।"

"सुनो," मैंने कहा। "ज़रा, होशियार रहना और कोई भी गड़बड़ नज़र आए तो फौरन पुलिस को फोन करना।"

"फिक्र मत करो, मैं खयाल रखूँगी," उसने जवाब दिया।

एक पल के लिए हमने एक-दूसरे की आँखों में आँखें डालकर देखा।

"अब तुम इस मामले में क्या करनेवाली हो?" मैंने पूछा।

"पता नहीं। खबरों पर नज़र रखूँगी, शायद कुछ पता चले।"

"और अगर इसे सचमुच दबा दिया गया तो?"

"मुझे मालूम था कि इसमें तुम्हारी दिलचस्पी ज़रूर जागेगी," उसने मुस्कराते हुए कहा।

''तो तुमने क्या सोचा है इसके बारे में?''

मैंने अनमने ढंग से कहा, ''देखता हूँ, शायद इसके बारे में कुछ और पता लगा सकूँ।''

''बढ़िया। अगर कुछ पता चले तो मुझे ज़रूर बताना।''

हमने एक बार फिर एक-दूसरे को गुडबाय कहा और फिर वह आगे बढ़ गई। मैं उसे जाते हुए देखता रहा, कुछ दूर पहुँचने के बाद उसने पलटकर देखा और मेरी ओर हाथ हिलाया। इसके बाद वह बोर्डिंग कॉरिडोर की ओर मुड़कर मेरी आँखों से ओझल हो गई। मैं गाड़ी लेकर वहाँ से पेट्रोल स्टेशन पहुँचा और पेट्रोल भरवाने के बाद सीधे झीलवाली कॉटेज पर वापस आ गया।

वापस आने के बाद मैं कॉटेज के बरामदे में रखी आराम कुर्सी पर बैठ गया। शाम ढल चुकी थी और कीट-पतंगों व मेंढकों का शोर शुरू हो चुका था। कहीं दूर कोई व्हिप-ओ-विल चिड़िया चहचहा रही थी। आसमान में पश्चिम की ओर चाँद चमक रहा था और मेरी ओर आ रही उसकी हल्की-हल्की रोशनी से झील में उसका प्रतिबिंब झिलमिला रहा था।

मेरी आज की शाम दिलचस्प रही लेकिन मैं अब भी सांस्कृतिक बदलाव के इस विचार को लेकर पूरी तरह आश्वस्त नहीं था। अपने समय के ज़्यादातर लोगों की तरह ही मैं भी साठ और सत्तर के दशक के सामाजिक आदर्शवाद व अस्सी के दशक के आध्यात्मिक मनोरथ के बीच उलझा हुआ था। लेकिन यह तय करना मुश्किल था कि वास्तव में यह सब क्या है? वह नयी जानकारी क्या हो सकती है, जो मानवी दुनिया को बिलकुल बदलकर रख देगी? यह विचार अपने आप में बड़ा आदर्शवादी था और दूर की कौड़ी लगता था। आखिर हम इंसान इस धरती पर बहुत लंबे समय से रह रहे हैं और अब जाकर अचानक हमें अपने अस्तित्त्व संबंधी अंतर्दृष्टि भला क्यों हासिल हो जाएगी? मैं कुछ देर तक झील के पानी को निहारता रहा और फिर बत्ती बुझाकर कुछ पढ़ने के इरादे से अपने बेडरूम में आ गया।

अगली सुबह अचानक मेरी नींद टूटी, मैं कोई सपना देख रहा था, जो अब भी मेरे दिमाग में ताज़ा था। कुछ मिनटों तक छत की ओर देखते हुए मैं सपने को याद करने की कोशिश करता रहा, जिसमें मैं किसी जंगल में कुछ ढूँढ़ने की कोशिश कर रहा हूँ। वह जंगल बहुत बड़ा और बेहद खूबसूरत था।

इस दौरान मुझे कई बार लगा कि जैसे मैं कहीं खो गया हूँ। मैं हक्का-बक्का हुआ जा रहा था और समझ नहीं पा रहा था कि आगे क्या करूँ। लेकिन आश्चर्य की बात यह थी कि ऐसे में हर बार कोई व्यक्ति अचानक मेरे सामने प्रकट हो जाता था, जैसे वह मुझे मेरी नियति तक पहुँचाने के लिए आया हो। हालाँकि मुझे यह तो याद नहीं आया कि मैं उस जंगल में क्या ढूँढ़ रहा था लेकिन इस सपने के बाद मैं बहुत उत्साहित महसूस कर रहा था। मेरा आत्मविश्वास अचानक बढ़ गया था।

मैं बिस्तर से उठकर बैठ गया। खिड़की के रास्ते से कमरे में धूप आना शुरू हो गई थी और हवा में उड़ती धूल के महीन कण सूरज की रोशनी में चमक रहे थे। मैंने उठकर खिड़कियों के परदे बंद कर दिए। आज का दिन बड़ा सुहाना था। आसमान एकदम नीला था और चमकीली धूप खिली हुई थी। हवा के तेज़ झोकों से पेड़ों के पत्ते हिल रहे थे। दिन के इस वक्त सूरज की तेज़ रोशनी से चमकते झील के पानी में हिलोरें उठने लगती हैं और हवा

के तेज झोंके पानी में भीगे तैराकों को सर्दी का एहसास करा रहे होते हैं।

मैंने बाहर निकलकर झील में डुबकी लगाई और तैरते हुए झील के बीचों-बीच पहुँच गया। फिर पलटकर अपने पीछे का खूबसूरत नज़ारा देखा। तीन ओर से ऊँची-ऊँची पर्वतश्रेणियों से घिरी घाटी के बीच मौजूद इस झील को सबसे पहले मेरे दादाजी ने खोजा था। विलक्षण प्रतिभा के धनी और खोजी स्वभाववाले मेरे दादाजी ने लगभग सौ साल पहले अपनी युवावस्था में इन पर्वतश्रेणियों पर पहली बार कदम रखा था। उस ज़माने में इस इलाके में तेंदुओं और जंगली सुअरों को राज था और यहाँ की उत्तरी पर्वतश्रेणी में बने प्राचीन कोठरियों में खाड़ी इंडियन्स निवास करते थे। यहाँ आने के बाद दादाजी ने शपथ ली कि एक दिन वे विशाल पेड़ों से भरी इस प्राचीन घाटी में रहने आएँगे और यही हुआ भी। बाद में वे अपनी कॉटेज और यह झील बनवाने यहाँ वापस आए। मुझे याद है, जब अपनी युवावस्था के दौरान मैं यहाँ अनगिनत बार टहलने आया करता था। हालाँकि इस घाटी के प्रति अपने दादाजी के आकर्षण को मैं कभी ठीक से नहीं समझ पाया लेकिन मैंने हमेशा उनकी इस विरासत को सुरक्षित रखा, यहाँ तक कि तब भी, जब इंसानी सभ्यता के पैर पड़ने के बाद इस घाटी को धीरे-धीरे कॉन्क्रिट की इमारतों ने घेर लिया।

झील के बीचों-बीच होने के कारण मुझे उत्तरी पर्वतश्रेणी के शिखर पर स्थित एक विशेष चट्टान साफ नज़र आ रही थी। एक दिन पहले ही मैं अपने दादाजी की तरह उस चट्टान पर चढ़ गया था और वहाँ बैठकर इस विशाल घाटी और झील का विहंगम दृश्य देखते हुए धीरे-धीरे मुझे बहुत शांति महसूस हुई और ऐसा लगा, जैसे यह दृश्य और इससे मिल रही ऊर्जा से मेरे मन की तमाम गाँठें खुलती चली जा रही हों। फिर कुछ घंटों बाद ही मैंने खुद को फोन पर चार्लेन से बात करते हुए पाया, तभी उसने मुझे पहली बार पाण्डुलिपि के बारे में बताया था।

मैं तैरते हुए वापस आया और कॉटेज के सामने बने लकड़ी के घाट पर बैठ गया। मैं जानता था कि इस पर विश्वास करना इतना आसान नहीं है। हैरानी की बात यह है कि जब मैं अपनी ज़िंदगी से विरक्त होकर इन पहाड़ियों के बीच मन की शांति पाने की कोशिश कर रहा था, तभी मेरी बेचैनी का कारण बताने के लिए चार्लेन न जाने कहाँ से आ गई और वह भी इस पाण्डुलिपि के साथ, जो इंसानी अस्तित्त्व के रहस्य से परदा उठाने का दावा करती है।

हाँ, मैं जानता हूँ कि इस तरह चार्लेन का आना ठीक वैसा ही संयोग है, जिसके बारे में इस पाण्डुलिपि में बताया गया है। एक ऐसा संयोग, जिसके पीछे एक निश्चित कारण है। क्या वाकई यह पाण्डुलिपि जो कह रही है, वह सब सच है? क्या हम सब वाकई अपने निराशावाद और सच को नकारने की आदत के बावजूद धीरे-धीरे लोगों का एक ऐसा अहम समूह तैयार कर रहे हैं, जो अपने आसपास हो रहे संयोगों को लेकर जागरूक हैं? क्या हम इंसान सचमुच उस स्थिति में पहुँच चुके हैं, जहाँ हम इस अद्भुत घटना को समझ सकेंगे ताकि आखिरकार अपनी ज़िंदगी का असली मतलब जान सकें?

पता नहीं, यह नई समझ किस प्रकार की होगी? क्या पाण्डुलिपि की बाकी सभी अंतर्दृष्टियाँ भी वही कह रही हैं, जो उस पादरी ने बताया था?

मैं अपने निर्णय पर पहुँच चुका था। इस पाण्डुलिपि के चलते ही मेरी ज़िंदगी में कुछ दिलचस्प हो रहा था और एक नई दिशा खुलती हुई नज़र आ रही थी। सवाल यह था कि अब

इसके आगे मुझे क्या करना है? या तो मैं जहाँ हूँ, वहीं रहूँ और जिस तरह जी रहा हूँ, वैसे ही जीता रहूँ या फिर आगे बढ़कर देखूँ कि भविष्य में कौन-कौन से आश्चर्य छिपे हुए हैं? हालाँकि यह मेरे लिए खतरनाक भी हो सकता है। आखिर चार्लेन का ब्रीफकेस किसने चुराया था? क्या उसे चुरानेवाला उन्हीं लोगों में से एक था, जो इस पाण्डुलिपि को किसी के सामने नहीं आने देना चाहते। मुझे इसका पता लगाना ही होगा, लेकिन कैसे?

मैं काफी देर तक इसके संभावित खतरे के बारे में सोचता रहा लेकिन आखिरकार मेरा आशावादी स्वभाव मेरे काम आया और मैंने तय किया कि अब मैं इस मसले को लेकर कतई चिंतित नहीं होऊँगा और सावधानी के साथ धीरे-धीरे आगे बढ़ूँगा। मैं अंदर गया और पेरू की फ्लाइट में अपना आरक्षण कराने के लिए सबसे बढ़िया ट्रैवल एजेंसी को फोन किया। एजेंट ने बताया कि अभी-अभी पेरू जानेवाली फ्लाइट का एक टिकट कैन्सल हो गया है, जिसकी जगह पर मेरा टिकट आरक्षित हो सकता है, साथ ही लीमा के एक होटल में मेरे लिए कमरा भी आरक्षित हो सकता है। उसने इस पूरे यात्रा पैकेज में छूट देने का प्रस्ताव भी रखा, बशर्ते मैं तीन घंटे बाद की फ्लाइट से जाने को तैयार हो जाऊँ।

"सिर्फ तीन घंटे?"

विस्तृत वर्तमान

मैंने जल्दी-जल्दी अपना सारा सामान बाँधा और ज़बरदस्त ट्रैफिक के बावजूद किसी तरह सही समय पर एयरपोर्ट पहुँच गया। पेरू की फ्लाइट छूटने ही वाली थी। मैंने फौरन अपना टिकट लिया और तेज़ कदमों से फ्लाइट की ओर चल पड़ा। प्लेन के अंदर अपनी सीट तक पहुँचते-पहुँचते मैं थककर चूर हो चुका था।

एक छोटी सी झपकी लेने के इरादे से मैंने सीट पर टिककर अपनी आँखें मूँद लीं लेकिन मैं सहज महसूस नहीं कर रहा था। अचानक इस यात्रा को लेकर मेरे अंदर घबराहट की एक लहर सी दौड़ गई। मैं तय नहीं कर पा रहा था कि पेरू जाने का मेरा यह निर्णय सही है या नहीं। कहीं यह मेरा पागलपन तो नहीं, जो मैं बिना किसी तैयारी के अचानक इस तरह निकल पड़ा? आखिर पेरू पहुँचकर मैं किससे मिलूँगा? कहाँ जाऊँगा?

पहले इस यात्रा को लेकर मैं जितना आत्मविश्वास महसूस कर रहा था, अब सब कुछ उतना ही संदेहपूर्ण लग रहा था। अब मुझे पाण्डुलिपि की पहली अंतर्दृष्टि और सांस्कृतिक बदलाव का विचार, दोनों ही कल्पना की उड़ान से ज़्यादा कुछ नहीं लग रहे थे। मैं इस बारे में जितना ज़्यादा सोच रहा था, दूसरी अंतर्दृष्टि का विचार मुझे उतना ही काल्पनिक लग रहा था। भला एक नया पारंपरिक दृष्टिकोण संयोगों के प्रति लोगों को जागरूक कैसे कर सकता है और उनके बारे में एक नई धारणा कैसे स्थापित कर सकता है?

मैंने एक गहरी साँस ली। शायद मेरा पेरू जाना व्यर्थ है और इसमें सिर्फ मेरा पैसा बरबाद होगा। हालाँकि इससे ज़्यादा कोई और नुकसान नहीं था।

प्लेन एक झटका लेकर रनवे पर आ गया और धीरे-धीरे गति पकड़ते हुए ज़मीन छोड़कर आसमान की ओर उड़ने लगा। मैं बहुत असहज महसूस कर रहा था, जैसे चक्कर आ रहे हों। थोड़ी देर बाद प्लेन अपनी नियत ऊँचाई पर पहुँच गया। मैंने राहत की साँस ली और आँखें मूँदकर सो गया। लगभग तीस-चालीस मिनट बाद एक हल्की सी हलचल के साथ मेरी नींद खुल गई और मैं उठकर रेस्टरूम की ओर चल पड़ा।

लाउंज एरिया से गुज़रते हुए मैंने देखा कि गोल चश्मा पहने लंबे कद का एक व्यक्ति खिड़की के पास खड़ा हुआ था और फ्लाइट अटेंडेंट से बातचीत कर रहा था। उसने मुझ पर एक

उड़ती हुई नज़र डाली और दोबारा बातचीत में मशगूल हो गया। लंबे भूरे बालोंवाले इस इंसान की उम्र करीब पैंतालीस साल रही होगी। एक पल के लिए मुझे लगा, जैसे मैं उसे पहचानता हूँ लेकिन जब मैंने उसके चेहरे को गौर से देखा तो समझ में आया कि वह एक अजनबी है। जैसे-जैसे मैं आगे बढ़ा, उन दोनों की बातें मुझे साफ-साफ सुनाई देने लगीं।

"धन्यवाद," उस व्यक्ति ने कहा। "मुझे लगा कि चूँकि तुम अकसर पेरू जाते हो इसलिए शायद तुमने उस पाण्डुलिपि के बारे में कुछ सुना हो।" इतना कहने के बाद वह इंसान पलटकर प्लेन के अगले हिस्से में मौजूद अपनी सीट की ओर चला गया।

मैं हैरान रह गया। क्या वह उसी पाण्डुलिपि की बात कर रहा था? रेस्टरूम की ओर जाते हुए मैं इस उलझन में था कि अब मुझे क्या करना चाहिए। हालाँकि कहीं न कहीं, मन के किसी कोने में मैं उसकी पाण्डुलिपिवाली बात को नज़रअंदाज़ करने की कोशिश कर रहा था। हो सकता है कि वह किसी और पाण्डुलिपि की बात कर रहा हो।

अपनी सीट पर लौटकर मैंने दोबारा आँखें मूँद लीं। अब तक मैंने अपने आपको समझा लिया था कि मुझे उस इंसान से पाण्डुलिपि के बारे में बात करने की कोई ज़रूरत नहीं है। अपने इस निर्णय के बाद मैं सहज महसूस करने लगा। लेकिन तभी मुझे याद आया कि जब मैं अपनी झीलवाली कॉटेज पर था तो पाण्डुलिपि को लेकर कितना उत्साहित था। अगर यह व्यक्ति सचमुच पाण्डुलिपि के बारे में जानता हो, तो? अगर मैं उससे पूछूँगा नहीं तो मुझे कभी पता नहीं चलेगा कि वह इस बारे में क्या जानता है।

कुछ देर तक इसी उलझन में रहने के बाद आखिरकार मैं उठा और उस इंसान की सीट के पास पहुँच गया। उसके ठीक पीछेवाली सीट खाली पड़ी थी। मैंने वापस लौटकर अटेंडेंट को बताया कि मैं अपनी सीट बदलना चाहता हूँ। फिर मैंने अपना सारा सामान उठाया और उस खाली सीट पर आकर बैठ गया।

कुछ मिनटों के बाद मैंने उसका कंधा थपथपाया।

"माफ कीजिएगा," मैंने कहा। "मैंने आपको एक पाण्डुलिपि का ज़िक्र करते हुए सुना। क्या आप उसी पाण्डुलिपि की बात कर रहे थे, जो पेरू में मिली थी?"

उसने हैरानी से मेरी ओर देखा और ज़रा हिचकिचाते हुए बोला, "जी हाँ, मैं उसी की बात कर रहा था।"

मैंने उसे अपना परिचय दिया और बताया कि हाल ही में मेरी एक दोस्त पेरू में आई हुई थी और उसी ने मुझे इस पाण्डुलिपि की जानकारी दी थी। यह सुनकर वह इंसान ज़रा सहज हो गया। अपना परिचय देते हुए उसने बताया कि उसका नाम वेन डॉब्सन है और वह न्यूयॉर्क विश्वविद्यालय में इतिहास का असिस्टेंट प्रोफेसर है।

हम दोनों की बातचीत सुनकर मेरे बगलवाली सीट पर बैठा इंसान ज़रा चिढ़ सा गया था। दरअसल वह अपनी सीट पर आराम से टिककर सोने की कोशिश कर रहा था लेकिन हमारी बातचीत से उसकी नींद में बाधा आ रही थी।

"क्या आपने उस पाण्डुलिपि को देखा है?" मैंने प्रोफेसर से पूछा।

"मैंने सिर्फ उसके कुछ हिस्से देखे हैं?" उसने कहा, "और आपने?"

"नहीं, लेकिन मेरी उस दोस्त ने मुझे पहली अंतर्दृष्टि के बारे में बताया था।" अब तक

हमारी बातचीत से मेरे बगलवाली सीट पर बैठा इंसान बुरी तरह खीझ चुका था।

डॉब्सन ने उसकी ओर देखा, ''माफ कीजिएगा सर, मैं जानता हूँ कि आपको हमारी वजह से काफी दिक्कत हो रही है। अगर आपको कोई आपत्ति न हो तो क्या हम आपस में अपनी सीट्स बदल सकते हैं?''

''हाँ, शायद यही बेहतर रहेगा।'' उस इंसान ने कहा।

हम तीनों अपनी-अपनी सीट से उठे और वह व्यक्ति डॉब्सन की सीट पर जाकर बैठ गया। मैंने खिड़कीवाली सीट ले ली और डॉब्सन मेरे बगलवाली सीट पर आ गया।

''हाँ, अब बताइए कि आपने पहली अंतर्दृष्टि के बारे में क्या सुना है?'' डॉब्सन ने पूछा।

मैं ज़रा ठहरकर बोला, ''मुझे लगता है कि पहली अंतर्दृष्टि रहस्यमयी संयोगों के प्रति हमें जागरूक करती है। यह जागरूकता इंसान का जीवन बदल सकती है लेकिन यह ऐसा भाव है, जिससे पता चलता है कि कोई अलग व्यवस्था है, जिससे सब कुछ स्वतः संचालित हो रहा है।''

यह कहते हुए मुझे अपनी ही बात बड़ी बेतुकी लग रही थी।

डॉब्सन ने मेरी असहजता को भाँप लिया और पूछा कि ''वैसे इस अंतर्दृष्टि के बारे में आपकी निजी राय क्या है?''

''पता नहीं,'' मैंने जवाब दिया।

फिर डॉब्सन ने कहा, ''आधुनिक नज़रिए से देखा जाए तो यह सब बड़ा बेतुका सा लगता है, है न? अगर इस विचार को सिरे से खारिज़ करके हम फिर से अपने व्यावहारिक मामलों में व्यस्त हो जाएँ तो शायद हमें ज़रा बेहतर महसूस होगा।''

मैंने ठहाका लगाकर डॉब्सन की बात पर सहमति जताई।

उसने आगे कहा, ''दरअसल हम सबकी प्रवृत्ति ही ऐसी है। यहाँ तक कि जब कभी हमें स्पष्ट रूप से दिखाई देता है कि जीवन में कुछ न कुछ अलग घट रहा है, तब भी हम अपनी पुरानी सोच से ही चिपके रहते हैं और ऐसे विचारों को अस्पष्ट मानकर अपनी जागरूकता को सिरे से खारिज कर देते हैं। इसीलिए दूसरी अंतर्दृष्टि आवश्यक है। जैसे ही हम अपनी पारंपरिक पृष्ठभूमि को समझ जाते हैं वैसे ही यह अधिक सही लगने लगती है।''

मैंने सहमति जताते हुए पूछा, ''तो क्या एक इतिहासकार होने के नाते आपको लगता है कि इस पाण्डुलिपि की विश्व में बदलाव लाने वाली भविष्यवाणी सच होगी?''

उसने एक गहरी साँस लेते हुए कहा, ''जी हाँ, लेकिन इसे समझने के लिए पहले इतिहास को सही नज़रिए से देखना होगा। यकीन मानिए, मैं ऐसा इसलिए कह रहा हूँ क्योंकि कई सालों तक मैं गलत ढंग से इतिहास का अध्ययन और अध्यापन करता रहा हूँ! दरअसल मेरा ध्यान सिर्फ सभ्यता की प्रौद्योगिकीय उपलब्धियों और उन्हें हासिल करनेवाले महान लोगों पर ही था।''

''तो इसमें गलत क्या है?'' मैंने पूछा।

डॉब्सन ने कहा, ''गलत कुछ नहीं। लेकिन असल में सबसे ज़्यादा महत्वपूर्ण है, हर प्राचीन काल के लोगों का दृष्टिकोण यानी उस दौर के लोग क्या सोचते और क्या महसूस करते

थे। इस बात को समझने में मुझे बहुत समय लग गया। इतिहास का उद्देश्य है, किसी विशेष कालखंड को उसके विस्तृत संदर्भ में समझाना। **इतिहास का अर्थ सिर्फ प्रौद्योगिकी का क्रमिक विकासभर नहीं है; बल्कि विचारों का क्रमिक विकास भी है।** अपने पूर्वजों के जीवन का अर्थ समझकर हम न सिर्फ यह जान सकते हैं कि दुनिया के प्रति हमारा मौजूदा दृष्टिकोण क्यों और कैसे विकसित हुआ बल्कि यह भी समझ सकते हैं कि भविष्य में होनेवाले विकास में हमारा क्या योगदान हो सकता है। इसके माध्यम से हमें यह पता चल सकता है कि फिलहाल एक सभ्यता के तौर पर हमारी वास्तविक स्थिति क्या है। इसके बाद ही हम यह जान पाएँगे कि हम किस रास्ते पर आगे बढ़ रहे हैं।"

उसने ज़रा ठहरकर अपनी बात आगे बढ़ाई, "कम से कम पश्चिमी विचारों के अनुसार तो दूसरी अंतर्दृष्टि इसी पारंपरिक दृष्टिकोण की पुष्टि करती है। यह दृष्टिकोण पाण्डुलिपि की भविष्यवाणियों को एक विस्तृत संदर्भ से जोड़ता है, जिससे न सिर्फ पाण्डुलिपि की भविष्यवाणियाँ विश्वसनीय लगने लगती हैं बल्कि अति आवश्यक भी लगती हैं।"

मैंने डॉब्सन से पूछा कि "आपने कितनी अंतर्दृष्टियों के दस्तावेज़ देखे हैं?" उसने जवाब दिया, "सिर्फ पहली दो अंतर्दृष्टियों के।" उसने बताया कि उसे इनके बारे में तब पता चला जब तीन सप्ताह पहले वह पाण्डुलिपि से जुड़ी कुछ अफवाहें सुनकर पेरू गया था।

उसने आगे बताया, "जब मैं पेरू पहुँचा तो ऐसे कई लोगों से मिला, जिन्होंने पाण्डुलिपि के अस्तित्त्व की पुष्टि की। लेकिन वे सब इसके बारे में खुलकर बात करने से कतरा रहे थे क्योंकि उन्हें डर था कि इससे उनकी जान को खतरा हो सकता है। उन्होंने बताया कि इस मामले को लेकर सरकार ने हद पार कर दी है और जिन लोगों ने भी पाण्डुलिपि की प्रतियाँ तैयार की हैं या फिर इसके बारे में किसी को कोई जानकारी देने की कोशिश की है, उन्हें सरकार धमका रही है।"

अचानक डॉब्सन गंभीर हो गया और कहा, "जब मुझे धमकियों के बारे में पता चला तो मैं घबरा गया लेकिन मेरे होटल के वेटर ने मुझे एक ऐसे पादरी के बारे बताया, जो पाण्डुलिपि के बारे में काफी कुछ जानता था।

वेटर ने बताया कि यह पादरी पाण्डुलिपि को दबाने के सरकारी प्रयासों का विरोध कर रहा है। यह सुनकर मैं अपने आपको रोक नहीं सका और उस पादरी के घर पहुँच गया।"

अचानक डॉब्सन ने मुझसे पूछा, "अरे, आपको क्या हुआ?" शायद उसने मेरे चेहरे पर आए हैरानी के भाव पढ़ लिए थे।

मैंने जवाब दिया, "मेरी वह दोस्त, जिसने मुझे पाण्डुलिपि के बारे में बताया था, उसे भी इसकी जानकारी एक पादरी से ही मिली थी। हालाँकि पादरी ने उसे अपना नाम तो नहीं बताया लेकिन उसने उसे पहली अंतर्दृष्टि के बारे में ज़रूर बताया था। इस मुलाकात के बाद वे दोनों दोबारा मिलनेवाले थे लेकिन वह पादरी उससे मिलने नियत स्थान पर पहुँचा ही नहीं।"

"शायद यह वही आदमी है क्योंकि मैं भी उसे नहीं ढूँढ़ पाया। मुझे जिस घर का पता मिला था, वह बिलकुल उजाड़ हालत में था और वहाँ ताला लगा हुआ था।" डॉब्सन ने बताया।

"यानी आप उससे कभी नहीं मिले?" मैंने पूछा।

डॉब्सन ने कहा, ''नहीं, उस घर के दरवाज़े पर ताला लटका देखकर मैंने आसपास के इलाके की छानबीन की। उस घर के पिछवाड़े मुझे एक पुरानी इमारत मिली, जिसका दरवाज़ा किसी कारणवश खुला हुआ था। मैं उसके अंदर चला गया।

वहाँ कचरे के ढेर के पीछे एक दीवार थी। उस दीवार पर लटके एक बोर्ड के पिछले हिस्से में पहली दो अंतर्दृष्टियों के अनुदित दस्तावेज़ रखे हुए थे, जो मेरे हाथ लग गए।''

ऐसा कहकर उसने चतुरता से मेरी ओर देखा।

''यानी आपको वे दस्तावेज़ यूँ ही मिल गए?'' मैंने पूछा।

''हाँ।'' उसने कहा।

फिर मैंने पूछा, ''क्या आप उन्हें यहाँ अपने साथ लेकर आए हैं?''

''नहीं, मैंने तय किया है कि पहले मैं उनका विस्तृत अध्ययन करूँगा और फिर उन्हें अपने सहकमियों को सौंप दूँगा।'' डॉब्सन ने जवाब दिया।

''क्या आप मुझे दूसरी अंतर्दृष्टि के बारे में कुछ बता सकते हैं?'' मैंने उत्सुकतावश उससे पूछा।

एक छोटी सी चुप्पी के बाद डॉब्सन ने मुस्कराते हुए कहा, ''शायद आज हमारी मुलाकात इसीलिए हुई है। दरअसल दूसरी अंतर्दृष्टि, हमारी वर्तमान जागरूकता को एक विस्तृत पारंपरिक दृष्टिकोण प्रदान करती है। आखिर नब्बे का दशक समाप्त होने पर न सिर्फ बीसवीं सदी पूरी होगी बल्कि दूसरी सहस्त्राब्दी भी खत्म हो जाएगी। ऐसे में हम पश्चिमी दुनिया के लोगों को अपनी मौजूदा स्थिति और भविष्य के बारे में जानने से पहले यह समझना होगा कि इस पूरी सहस्त्राब्दी के दौरान दरअसल क्या-क्या हो रहा था।''

''पाण्डुलिपि में असल में क्या बताया गया है?'' मैंने पूछा।

डॉब्सन ने कहा कि ''पाण्डुलिपि के अनुसार दूसरी सहस्त्राब्दी के अंत में यानी आज, हम अपने इतिहास को, उसकी संपूर्णता को समझ पाएँगे और अपनी निर्धारित वृत्तियों को पहचान लेंगे। ये वृत्तियाँ जो इस सहस्त्राब्दी के अंत में विकसित हुई हैं। यह वही कालखंड है, जिसे आज हम आधुनिक काल के नाम से जानते हैं। **संयोगों के प्रति हमारी आज की जागरूकता से यह साबित होता है कि अब हम अपनी वृत्तियों को पहचानकर उनके प्रति जागृत होने लगे हैं।**''

''यह वृत्ति है क्या?'' मैंने पूछा।

उसके चेहरे पर मुस्कान आ गई, ''क्या आप वाकई इस सहस्त्राब्दी का फिर से अनुभव करने के लिए तैयार हैं?''

''बिलकुल।'' मैंने उत्साह से कहा।

फिर डॉब्सन ने कहा, ''देखिए, इस बारे में मेरा आपको कुछ बतानाभर काफी नहीं होगा। ज़रा याद करिए कि मैंने आपसे क्या कहा था: इतिहास को सही ढंग से समझने के लिए आपको पहले यह जानना होगा कि दुनिया के प्रति आपका मौजूदा दृष्टिकोण कैसे विकसित हुआ और इसके विकास में पूर्वजों के जीवन के अर्थ का कितना योगदान था। आज की आधुनिक सोच को विकसित होने में एक हज़ार साल का समय लगा है। इसीलिए अगर आप अपनी मौजूदा स्थिति को समझना चाहते हैं तो आपको लगभग एक हज़ार साल पीछे लौटना होगा और स्वयं

प्रायोगिक तौर पर पूरी सहस्त्राब्दी के कालखंड से इस प्रकार गुज़रना होगा, मानों आपने अपना पूरा जीवन उसी दौर में जिया हो।''

मैंने पूछा, ''इस प्रकार पूरे दौर से गुज़रने के लिए मुझे क्या करना होगा?''

''आप फिक्र न करें, इसके लिए मैं आपको मार्गदर्शन देता हूँ।'' डॉब्सन ने कहा।

मैं ज़रा हिचकिचाया और खिड़की के बाहर झाँकने लगा, नीचे पृथ्वी साफ नज़र आ रही थी। बाहर की दुनिया देखते-देखते कुछ देर में मुझे ऐसा लगने लगा, जैसे सचमुच एक ऐसा कालखंड शुरू होनेवाला है, जो वर्तमान से बिलकुल अलग है।

''मैं कोशिश करूँगा,'' मैंने आखिर में कहा।

उसने जवाब दिया, ''ठीक है, कल्पना कीजिए कि एक हज़ार साल पहले आप जीवित थे, यह वही समय है, जिसे आज हम मध्य काल के नाम से जानते हैं। सबसे पहले आपको यह समझना होगा कि इस कालखंड की सच्चाई को मुख्य रूप से ईसाई चर्च के सशक्त अधिकारियों द्वारा परिभाषित किया गया था। चर्च के अधिकारियों ने अपनी प्रतिष्ठित पदवियों के चलते इस दौर के आम लोगों की सोच पर अपना गहरा प्रभाव जमा रखा था। चर्च के अधिकारियों की व्याख्या के अनुसार आध्यात्मिक संसार ही सत्य था। इस प्रकार उन्होंने एक ऐसे तथ्य की रचना कर दी थी, जो उनके निजी मत का पोषक था यानी मानव जीवन के केंद्र में ईश्वरीय योजना या किस्मत की उपस्थिति।''

डॉब्सन ने अपनी बात आगे बढ़ाते हुए कहा, ''ज़रा इस दृश्य की कल्पना कीजिए कि आप अपने पिता के आर्थिक-सामाजिक वर्ग का हिस्सा हैं, चाहे वे कृषक वर्ग के हों या कुलीन वर्ग के। आप जानते हैं कि आप हमेशा इसी वर्ग तक सीमित रहेंगे, लेकिन जल्द ही आप महसूस करते हैं कि भले ही आप किसी भी वर्ग के हों या कोई भी कार्य करते हों, चर्च के अधिकारियों की व्याख्या के अनुसार आपके जीवन का आध्यात्मिक सत्य आपके सामाजिक दर्जे से कहीं अधिक महत्वपूर्ण है।

इससे आपको लगने लगता है कि जीवन का असली अर्थ है, इस आध्यात्मिक परीक्षा में सफल होना। चर्च के अधिकारियों के अनुसार **ईश्वर ने इंसान को जिस विशेष उद्देश्य की पूर्ति के लिए सृष्टि के केंद्र में रखा है, वह उद्देश्य है, मोक्ष।** और इस परीक्षा में आपको दो विपरीत शक्तियों में से किसी एक को चुनना है: ईश्वरीय शक्ति या शैतानी ताकत।

उसने अपनी बात जारी रखी, ''लेकिन यह न भूलें कि इस प्रतियोगिता का सामना आप अकेले नहीं करते हैं। वास्तव में एक साधारण इंसान के तौर पर आपमें इतनी योग्यता है ही नहीं कि आप इस मामले में अपनी स्थिति स्वयं तय कर सकें।

यह चर्च के अधिकारियों का विशेष अधिकार है; शास्त्रों की व्याख्या करना और हर कदम पर आपको यह बताना कि आप ईश्वर के रास्ते पर चल रहे हैं या फिर शैतान ने आपको ठगकर अपने रास्ते पर खींच लिया है। आपको बताया गया है कि अगर आप चर्च के अधिकारियों के निर्देशों का पालन करते हैं तो मरणोपरांत आपको इसका प्रतिफल मिलना तय है। लेकिन यदि आप उनके बताए रास्ते पर चलने में असफल होते हैं तो आपको धर्म से बहिष्कृत कर दिया जाएगा और आप नर्क में जाएँगे।''

बातों-बातों में डॉब्सन ने मेरी ओर एक गहरी नज़र डाली और कहा ''पाण्डुलिपि के

अनुसार इस बात को समझना महत्वपूर्ण है कि मध्ययुगीन दुनिया में जीवन के हर पहलू को गैरसांसारिक रूप में या दूसरी दुनिया से जोड़कर परिभाषित किया गया है। जीवन की हर घटना आँधी, तूफान और भूकंप आने से लेकर अच्छी फसल उगने और किसी अपने की मृत्यु होने तक को, ईश्वर की इच्छा बताया जाता था या फिर शैतान का प्रकोप। इन घटनाओं को मौसम, भौगोलिक स्थितियों, कृषि या बीमारियों के तौर पर नहीं देखा जाता था। यह तार्किकता तो बहुत बाद में विकसित हुई। इसलिए फिलहाल आप चर्च के अधिकारियों की बात पर पूर्ण विश्वास करेंगे कि जिस दुनिया को आप इतनी सहजता से लेते हैं, वह सिर्फ आध्यात्मिक माध्यमों से संचालित होती है।''

अचानक वह चुप हो गया और मेरी ओर देखकर बोला, ''आप सुन रहे हैं न?''

''हाँ, मैं इस तथ्य को साफ-साफ देख सकता हूँ।'' मैंने कहा।

फिर उसने कहा, ''चलिए, अब कल्पना कीजिए कि यह सत्य ध्वस्त हो रहा है।''

''मतलब?'' मैंने आश्चर्य से पूछा।

डॉब्सन आगे विस्तार से बताने लगा, ''चौदहवीं और पंद्रहवीं शताब्दी आते-आते यह मध्ययुगीन दृष्टिकोण यानी आपका दृष्टिकोण ध्वस्त होने लगता है। सबसे पहले आप गौर करते हैं कि चर्च के अधिकारी स्वयं अनुचित कार्यों में लिप्त हैं और दुनिया से नज़रें बचाकर पवित्रता की अपनी सारी कसमें स्वयं ही तोड़ रहे हैं। जैसे उदाहरण के लिए जब कोई सरकारी कर्मचारी आध्यात्मिक नियमों का उल्लंघन करता है तो चर्च के अधिकारी रिश्वत लेकर उसकी गलतियों को अनदेखा कर देते हैं।

चर्च के अधिकारियों की ये हरकतें देखकर आप स्वयं सतर्क हो जाते हैं क्योंकि अब तक वे स्वयं को, आपके और ईश्वर के बीच का इकलौता माध्यम बताते रहे हैं। याद रखिए कि अब तक सिर्फ वे ही शास्त्रों की व्याख्या करते रहे हैं और आपके मोक्ष के इकलौते निर्णयकर्ता भी वे ही रहे हैं।

तभी अचानक आप स्वयं को एक तीखे विद्रोह के बीच पाते हैं। मार्टिन लूथर किंग की अगुवाई में एक पूरा समूह पोप द्वारा नियंत्रित ईसाइयत से अलग होने की हुंकार भर रहा है। यह समूह चर्च के अधिकारियों को भ्रष्ट बताते हुए लोगों की सोच को उनके आधिपत्य से आज़ाद कराने की माँग करता है। इसके बाद नए चर्च की स्थापना इस आधार पर होती है कि सारे धार्मिक शास्त्र हर व्यक्ति की पहुँच में होंगे ताकि वह अपने हिसाब से उनकी व्याख्या कर सके। इसका अर्थ ही अब ईश्वर और आम लोगों के बीच कोई मध्यस्थ नहीं होगा।

आप विद्रोहियों की सफलता देखकर हैरान हैं। चर्च के अधिकारी पराजित हो चुके हैं। वे सदियों से सत्य की व्याख्या करते आ रहे हैं और अब आपकी आँखों के सामने वे अपनी विश्वसनीयता खो चुके हैं। इसके परिणामस्वरूप अब पूरे संसार के सामने एक प्रश्न खड़ा हो गया है। चर्च के अधिकारियों ने ब्रह्माण्ड की जो प्रकृति और इंसानी सभ्यता का उद्देश्य बताया था, अब तक उस पर सर्वसम्मति थी, जो अब ध्वस्त हो रही है। जिसके कारण आप और पश्चिमी दुनिया का हर व्यक्ति एक संकटपूर्ण स्थिति से गुज़र रहा है।

अब तक चर्च एक अधिकृत शासकीय शक्ति के तौर पर सत्य की व्याख्या करता रहा है और आपको इसकी आदत पड़ चुकी है। लेकिन अचानक यह व्यवस्था बदल गई है। जीवन में

ऐसी किसी शासकीय शक्ति की अनुपस्थिति के चलते अब आप दुविधा में हैं और स्वयं को हारा हुआ महसूस कर रहे हैं। चर्च के अधिकारियों ने सत्य की जो परिभाषा दी थी और इंसान के जीवन का जो उद्देश्य बताया था, वह झूठ निकला इसलिए अब आपके सामने सबसे बड़ा सवाल यह है कि सत्य क्या है?''

डॉब्सन ज़रा ठहरा और फिर पूछा, ''क्या आप उस दौर के लोगों में इस वैचारिक विध्वंस का प्रभाव देख पा रहे हैं?''

''मुझे लगता है कि यह एक तरह की अस्थिरता का दौर था,'' मैंने कहा।

उसने अपनी बात को आगे बढ़ाते हुए कहा, ''यह ज़बरदस्त उथल-पुथल का दौर था। दुनिया को देखने के पुरातनपंथी नज़रिए को हर तरफ से चुनौती मिल रही थी। यहाँ तक कि 1600 वीं शताब्दी आते-आते खगोलविदों ने चर्च की इस अवधारणा को भी गलत साबित कर दिया था कि सूर्य सहित बाकी सभी तारे पृथ्वी की परिक्रमा करते हैं। अब यह स्पष्ट हो चुका था कि **पृथ्वी सिर्फ एक छोटा सा ग्रह है, जो अपने सूर्य का चक्कर काटती है और ये दोनों एक विशाल आकाशगंगा का हिस्सा हैं, जहाँ ऐसे करोड़ों तारे मौजूद हैं।**''

आगे डॉब्सन ने मेरे करीब आकर कहा, ''अब यह धारणा गलत साबित हो चुकी थी कि इंसान इस ब्रह्माण्ड का केंद्र है। ज़रा गौर कीजिए कि इसका क्या प्रभाव पड़ा होगा? इस कालखंड में मौसम को बदलते देखकर या पेड़-पौधों का विकास या किसी की आकस्मिक मृत्यु को देखकर आप एक किस्म की व्यग्रता और उलझन महसूस करते हैं। जबकि इसके पहले आप इन चीज़ों को ईश्वर की इच्छा या शैतान का प्रकोप मान लेते थे। मध्ययुगीन नज़रिए के गलत साबित होते ही वैचारिक निश्चिंतता का भी अंत हो गया। अब तक आप जिन चीज़ों को गंभीरता से नहीं ले रहे थे, अचानक उन्हें दोबारा परिभाषित किए जाने की ज़रूरत आन पड़ी थी और इन चीज़ों में सबसे महत्वपूर्ण थी, ईश्वर की प्रकृति और उससे आपका संबंध।

इस जागरूकता के साथ ही आधुनिक काल की शुरुआत हुई। अब हर तरफ लोकतांत्रिक भावना बढ़ रही थी और पोप व शाही सत्ता के प्रति एक सामूहिक अविश्वास पैदा हो गया था। अब किसी को भी धर्मग्रंथों और परिकल्पनाओं पर आधारित ब्रह्माण्ड की परिभाषा स्वीकार नहीं थी। वैचारिक निश्चिंतता खो देने के बावजूद लोग दोबारा चर्च जैसे किसी समूह को सत्य की व्याख्या करने का अधिकार देने का खतरा नहीं उठाना चाहते थे। अगर आप उस दौर में होते तो वैज्ञानिक नज़रिए को प्रमाणिकता देने की प्रक्रिया में आपका भी योगदान होता।''

''क्या? मैं समझा नहीं।'' मैंने कहा।

डॉब्सन ने मेरी बात पर ठहाका लगाया और कहा, ''आप भी उस दौर के विचारकों की तरह इस विशाल और अपरिभाषित ब्रह्माण्ड को देखकर सोचते कि हमें आपसी समझ निर्माण करने और अपने इस नए संसार को व्यवस्थित ढंग से जानने व समझने के लिए एक निश्चित कार्यप्रणाली विकसित करने की ज़रूरत है। सत्य को जानने-समझने के इस तरीके को आपने वैज्ञानिक कार्यप्रणाली का नाम दिया होता, जो वास्तव में इस विचार का परीक्षण मात्र है कि ब्रह्माण्ड का संचालन कैसे होता है? इसके बाद एक नतीजा निकलता, जिसे सभी के सामने पेश करके देखा जाता कि लोग इससे सहमत हैं या नहीं।''

उसने आगे कहा, ''इसके बाद आप ऐसे शोधकर्ताओं को तैयार करते, जो वैज्ञानिक

प्रणालियों से लैस होकर इस नए ब्रह्माण्ड की खोज करने निकल जाते। इन सभी खोजियों का एक उल्लेखनीय उद्देश्य होता है, जिसके तहत वे ब्रह्माण्ड की खोज करके यह पता लगाते कि इसका संचालन कैसे होता है और हमारे अस्तित्त्व का अर्थ क्या है।

अब तक आपको पता लग चुका था कि ब्रह्माण्ड ईश्वर द्वारा नियंत्रित नहीं है। इस अनिश्चितता के चलते यह संपूर्ण जगत (दुनिया, विश्व) भी आपको अविश्वसनीय लग रहा था। इसके बावजूद भी आप जानते थे कि आपके पास एक कार्यप्रणाली है, आपसी सहमति निर्माण की एक प्रक्रिया है, जिसके माध्यम से आप अपने आसपास की हर चीज़, पृथ्वी पर मानव जाति के उद्देश्य से लेकर ईश्वर तक, सब कुछ जान और समझ सकते हैं। इसीलिए आपने उन खोजियों को यह पता लगाने भेजा था कि ब्रह्माण्ड में आपकी वास्तविक स्थिति क्या है।''

डॉब्सन ने ज़रा ठहरकर मेरी ओर देखा। फिर कहा, ''पाण्डुलिपि के अनुसार इस बिंदु पर हम जिन वृत्तियों में उलझ गए थे, अब उससे मुक्त होने का समय आ गया है क्योंकि यह जागरूकता का दौर है। हमने उन खोजियों को अस्तित्त्व से जुड़े सभी सवालों के जवाब खोजने के लिए भेजा था लेकिन ब्रह्माण्ड की जटिलता के चलते वे तुरंत वापस नहीं आ सके।''

''वह वृत्ति क्या थी?'' मैंने पूछा।

जवाब में डॉब्सन ने कहा, ''ज़रा स्वयं को दोबारा उस कालखंड में ले जाएँ, जब वैज्ञानिक कार्यप्रणाली ईश्वर की एक नई परिभाषा देने और इंसान के अस्तित्त्व का उद्देश्य खोजने में असफल रही तो पश्चिमी संस्कृति में एक गहरी अनिश्चितता और अर्थहीनता घर कर गई। अब हमें अपने सवालों के जवाब पाने के लिए कुछ और करने की ज़रूरत थी।

इससे निपटने के लिए हमने एक बेहद तार्किक हल निकाला। हमने सोचा कि चूँकि अब तक हमारे खोजी हमारी वास्तविक आध्यात्मिक स्थिति का पता लगाकर लौट नहीं पाए हैं तो क्यों न उनका इंतज़ार करते हुए इस नई दुनिया में रहना स्वीकार कर लिया जाए? आखिर हम यह तो सीख ही चुके हैं कि इस नई दुनिया में अपने-अपने लाभ के लिए हमें कैसी चतुरता दिखानी होगी। तो क्यों न इस समय का इस्तेमाल अपना जीवन स्तर सुधारने और हर किसी के अंदर सुरक्षा की भावना विकसित करने में किया जाए?

तो चार शताब्दी पहले हमने परिस्थितियों की बागडोर अपने हाथों में ले ली और अपनी असुरक्षा की भावना पर काबू पा लिया। फिर हमने अपनी स्थिति को बेहतर बनाने के लिए पृथ्वी के संसाधनों का इस्तेमाल करना शुरू किया और अब जबकि इस सहस्त्राब्दी का अंत होने जा रहा है, हमें साफ तौर पर समझ में आ रहा है कि वास्तव में उस समय क्या हुआ था। ध्यान केंद्रित करने की हमारी योग्यता धीरे-धीरे एक वृत्ति/आदत में बदल गई। हमने जिस आध्यात्मिक सुरक्षा को बहुत पहले ही खो दिया था, उसकी जगह सांसारिक और आर्थिक सुरक्षा प्राप्त करने की कोशिश में हमने स्वयं को भी खो दिया। **धरती पर हमारे अस्तित्त्व का क्या उद्देश्य है और असल में आध्यात्मिक स्तर पर हमारे आसपास क्या हो रहा है?** ये सारे सवाल धीरे-धीरे इतने पीछे छूट गए कि अब इनका पूर्ण विनाश हो चुका है।''

डॉब्सन के चेहरे पर एक कृत्रिम मुस्कराहट तैर गई।

डॉब्सन ने गहरी नज़रों से मेरी ओर देखा और कहा, ''अपने अस्तित्त्व को बनाए रखने

की एक सुविधाजनक शैली विकसित करते-करते हमने उसे ही जीवन का लक्ष्य बना लिया और स्वयं को पूर्ण मान बैठे। इस तरह धीरे-धीरे बड़ी सहजता से हमने अपने मूल सवाल को भुला दिया कि हम अब भी नहीं जानते कि इस धरती पर हमने अब तक अपना अस्तित्त्व क्यों बचाए रखा है।''

प्लेन की खिड़की के बाहर मुझे एक विशाल शहर नज़र आ रहा था। अगर प्लेन के तयशुदा रास्ते के हिसाब से देखा जाए तो शायद यह फ्लोरिडा का ऑरलैंडो शहर था। इंसान द्वारा बहुत योजनाबद्ध ढंग से निर्मित इसकी गलियों और सड़कों को इतनी दूर से देखकर भी मैं प्रभावित हुए बिना न रह सका। मैंने डॉब्सन की ओर देखा। उसकी आँखें मुँदी हुई थीं और ऐसा लग रहा था, जैसे वह सो रहा है। वह करीब एक घंटे तक पाण्डुलिपि की दूसरी अंतर्दृष्टि के बारे में मुझे बताता रहा और इसके बाद हमारा लंच आ गया। खाने के दौरान मैंने उसे चार्लेन के बारे में बताया और साथ ही यह भी कि मेरे पेरू आने के पीछे का कारण क्या है। इसके बाद मैं खिड़की के बाहर फैले बादलों को निहारते हुए डॉब्सन की बताई हुई बातों पर विचार करने लगा।

अचानक उसने निद्राशील आवाज़ में मुझसे पूछा, ''तो क्या सोचा आपने? दूसरी अंतर्दृष्टि आपको अच्छी तरह समझ में आई या नहीं?''

''यकीन के साथ कहना मुश्किल है।'' मैंने जवाब दिया।

उसने सामने बैठे यात्रियों की ओर इशारा किया और कहा, ''क्या आपको लगता है कि इंसानी दुनिया को लेकर आपके पास एक स्पष्ट दृष्टिकोण है? क्या आप देख पा रहे हैं कि हर कोई पहले से ही कितनी सारी चीज़ों में उलझा हुआ है? इस दृष्टिकोण से काफी कुछ साफ हो जाता है। आपने ऐसे लोग ज़रूर देखे होंगे, जो अपने काम को लेकर बहुत आसक्त रहते हैं, किसी न किसी तनाव संबंधी बीमारी से ग्रस्त हैं और जिन्हें उनकी ज़िंदगी की भागदौड़ से अलग नहीं किया जा सकता? ऐसे लोग वास्तविकता से ध्यान हटाने के लिए अपनी रोज़मर्रा की दिनचर्या में डूबे रहते हैं और जीवन के आवश्यक मुद्दों में से सिर्फ उन्हीं को महत्त्व देते हैं, जो उनकी तार्किक कसौटियों पर खरे उतरते हों। डॉक्टरी भाषा में कहें तो ऐसे लोग 'टाइप ए' श्रेणी में आते हैं। वे यह सब इसलिए करते हैं ताकि जीवन के असली उद्देश्य के प्रति अपनी अनिश्चितता को किसी तरह नज़रअंदाज़ कर सकें।''

उसने आगे कहा, ''दूसरी अंतर्दृष्टि प्राचीन समय के प्रति हमारी जागरूकता को बढ़ाती है। यह हमें अपने जीवनकाल में वर्तमान जगत के दृष्टिकोण से न सिर्फ अपनी संस्कृति का दर्शन करना सिखाती है बल्कि यह भी बताती है कि अपनी संस्कृति को इस सहस्त्राब्दी के सामूहिक दृष्टिकोण से कैसे परखा जाए। यह हमारी वर्तमान चिंताओं और उलझनों का खुलासा करते हुए हमें उनसे मुक्त करा देती है। आप अपने विस्तृत इतिहास का अनुभव कर चुके हैं। अब आप अपने विस्तृत वर्तमान में रहते हैं। आगे से आप जब भी इस संसार को देखेंगे तो इसके उलझनभरे अस्तित्त्व को भी देख पाएँगे, जो अपने आर्थिक विकास की चिंता में डूबा हुआ है।''

''लेकिन इसमें गलत क्या है? इसी ने तो हमारी पश्चिमी सभ्यता को महान बनाया है।'' मैंने उसकी बात काटते हुए कहा।

डॉब्सन ने दोबारा ठहाका लगाया और कहा, ''बिलकुल! आप सही कह रहे हैं। इसे

दिव्य भविष्यवाणी 31

कोई गलत नहीं कह रहा है। पाण्डुलिपि भी यही कहती है कि यह चिंता इंसानी सभ्यता के नियमित विकास की एक आवश्यक अवस्था थी। **इस संसार में स्वयं को स्थापित करने में हम अपना काफी समय खर्च कर चुके हैं। अब समय आ गया है कि हम आर्थिक विकास की चिंता से ऊपर उठकर अपने मूल सवाल का जवाब खोजने की कोशिश करें कि इस धरती पर हमारे अस्तित्त्व का कारण क्या है और इसके पीछे कौन सी शक्ति काम कर रही है?''**

मैं कुछ देर तक उसकी ओर ताकता रहा और फिर पूछा, ''क्या आपको लगता है कि बाकी अंतर्दृष्टियाँ इसी उद्देश्य की व्याख्या करती हैं?''

डॉब्सन ने उम्मीद भरी आवाज़ में कहा, ''मुझे लगता है कि इन अंतर्दृष्टियों को जानने से कोई न कोई लाभ ज़रूर होगा। उम्मीद करता हूँ कि हमारे वहाँ पहुँचने से पहले पाण्डुलिपि के बाकी बचे हिस्सों को कोई नष्ट नहीं करेगा।''

''क्या पेरू की सरकार को वाकई ऐसा लगता है कि वह इतने महत्वपूर्ण दस्तावेज़ को नष्ट करके बच निकलेगी?'' मैंने पूछा।

उसने जवाब दिया, ''अगर वे सचमुच ऐसा कुछ करेंगे तो इस ढंग से करेंगे कि किसी को कानों-कान खबर तक न हो। वैसे भी वे शासकीय रूप से ऐसी किसी भी पाण्डुलिपि के अस्तित्त्व से इनकार कर चुके हैं।''

''मुझे लगता है कि कम से कम वैज्ञानिक समुदाय इसके खिलाफ आवाज़ ज़रूर उठाएगा।'' मैंने कहा।

उसने निश्चयभरी निगाहों से मेरी ओर देखा और कहा, ''हम यही तो कर रहे हैं, तभी तो मैं वापस पेरू जा रहा हूँ। दरअसल मैं उन दस वैज्ञानिकों के प्रतिनिधि के तौर पर वहाँ जा रहा हूँ, जो मूल पाण्डुलिपि को सार्वजनिक करने की माँग कर रहे हैं। मैंने पेरू सरकार के संबंधित विभाग के अध्यक्षों को पत्र लिखकर अपने आने की सूचना दे दी है और कहा है कि मुझे उनसे सहयोग की उम्मीद है।''

''अच्छा! आपको क्या लगता है कि वे इस पर क्या प्रतिक्रिया देंगे?'' मैंने पूछा।

''हो सकता है कि वे कोई भी सहयोग देने से इनकार कर दें लेकिन इस तरह कम से कम एक कानूनन शुरुआत तो होगी।'' डॉब्सन ने कहा।

डॉब्सन पलटकर दूसरी ओर देखने लगा और अपने खयालों में गुम हो गया। मैं दोबारा खिड़की के बाहर देखने लगा। अचानक मुझे विचार आया कि फिलहाल हम जिस प्लेन से उड़ान भर रहे हैं, इसकी सारी प्रौद्योगिकी दरअसल पिछली चार शताब्दियों में हुए विकास का ही नतीजा है। हमने बहुत अच्छी तरह सीख लिया है कि इस धरती से प्राप्त होनेवाले सारे संसाधनों को तोड़-मरोड़कर अपने फायदे के लिए कैसे इस्तेमाल करना है। मुझे महसूस हुआ कि इस विशालकाय जहाज़ को आसमान में उड़ाने की प्रौद्योगिकी विकसित करने में न जाने कितनी पीढ़ियाँ और कितनी समझ लगी होगी और इस प्रौद्योगिकी से जुड़े छोटे-छोटे पहलुओं को बेहतर बनाने व इसका विकास करने की निरंतर गहरी चिंता में न जाने कितने लोगों ने अपना पूरा जीवन बिता दिया होगा?

अचानक इतिहास का वह पूरा कालखंड, जिसके बारे में डॉब्सन और मैं कुछ देर पहले चर्चा कर रहे थे, मुझे अपने साथ एक होता हुआ दिखा। मैं इस सहस्त्राब्दी को पूरी स्पष्टता के

साथ देख पा रहा था, जैसे यह मेरे जीवन का ही एक हिस्सा हो। लगभग एक हज़ार साल पहले हम इंसान जिस तरह की दुनिया में रहते थे, उसमें ईश्वर और इंसानी आध्यात्मिकता स्पष्ट रूप से परिभाषित की गई थी। लेकिन हमने उसे खो दिया या बेहतर शब्दों में कहें तो हमें विश्वास हो गया कि सिर्फ इतना काफी नहीं है बल्कि इस विषय में अभी बहुत कुछ जोड़ा जाना बाकी है। इसीलिए हमने खोजियों को सत्य की खोज करने के लिए ब्रह्माण्ड में भेजा। लेकिन जब वे वापस नहीं आए तो हम सामूहिक रूप से इस दुनिया में स्वयं को स्थापित करने और अपने लिए अधिक सहज एवं आरामदायक स्थितियाँ निर्मित करने के सांसारिक उद्देश्य को पूर्ण करने के लिए वृत्तियों की हद तक लीन हो गए।

स्वयं को स्थापित करने के बाद हमने पाया कि धातु चुंबकों को पिघलाकर किसी भी आकृति और आकार में ढाला जा सकता है और मनचाही चीज़ें बनाई जा सकती हैं। हमने उर्जा स्रोतों की खोज भी कर ली। सबसे पहले भाप, फिर गैस और बिजली व अणु विखंडन (Molecule fragmentation)। इसके अलावा हमने खेती और उत्पादन प्रक्रिया को व्यवस्थित किया और एक विशाल विभाजन पद्धति (Distribution system) भी विकसित कर ली। इसके अलावा अब हम बहुत बड़े स्तर पर तरह-तरह के सामान का संग्रह/संचय भी कर रहे थे।

यह सब कुछ विकास के उद्देश्य से किया गया, जो व्यक्तिगत इच्छा पर आधारित था ताकि सत्य का पता चलने तक हम सुरक्षित महसूस कर सकें और जीने के लिए हमारे पास एक उद्देश्य हो। हमने तय किया था कि हम अपने लिए और अपने बच्चों के लिए एक आरामदायक तथा आनंददायक दुनिया बनाएँगे। सिर्फ पिछले चार सौ सालों के कालखंड में विकास की ओर हमारे इस झुकाव यानी हमारी वृत्तियों ने एक ऐसा संसार तैयार कर दिया, जहाँ जीवन को अधिकतम आरामदायक और आनंदमय बनाया जा सकता है। प्रकृति को अपने अधीन करने और अपने लिए अधिक आरामदायक स्थितियाँ निर्मित करने की इस सनक में हमने ऐसे तरीके अपनाए, जिन्होंने इस धरती की प्राकृतिक व्यवस्थाओं को छिन्न-भिन्न करने की हद तक प्रदूषित कर दिया और इस तरह हमने अपने लिए ही बड़ी-बड़ी समस्याएँ खड़ी कर लीं जबकि हमें ऐसा नहीं करना चाहिए था।

डॉब्सन सही था। दूसरी अंतर्दृष्टि ने नई जागरूकता को अनिवार्य बना दिया है। हम अपने सांस्कृतिक उद्देश्य के चरम उत्कर्ष तक पहुँच रहे थे। हम वह सब हासिल कर रहे थे, जो हमने सामूहिक रूप से तय किया था। जैसे-जैसे ऐसा होता गया, स्वयं को स्थापित करने की हमारी वृत्तियाँ ध्वस्त होती गईं और हम एक नई दिशा के प्रति जागरूक होने लगे। इस सहस्त्राब्दी की समाप्ति के अंतिम छोर पर मैं आधुनिक काल की चाल को धीमा होते देख रहा हूँ। चार सौ साल पुरानी वह सनक अब समाप्त हो गई है। हमने भौतिक सुरक्षा देनेवाले कई साधन निर्मित कर लिए हैं और अब ऐसा लगता है, जैसे हम यह समझने के लिए तैयार हो गए हैं कि हमने यह सब क्यों किया।

अपने आसपास बैठे यात्रियों के चेहरों पर मुझे इस पारंपारिक वृत्तियों के प्रमाण दिखाई दे रहे थे लेकिन शायद उनके चेहरों पर जागरूकता की एक झलक भी थी। मैं यह सोचकर हैरान हूँ कि न जाने कितने लोगों ने इन संयोगों पर गौर किया होगा।

फ्लाइट अटेंडेंट ने घोषणा की कि हम बहुत जल्द लीमा पहुँचनेवाले हैं। हमारा प्लेन रनवे पर उतरने ही वाला था।

दिव्य भविष्यवाणी 33

मैंने डॉब्सन को अपने होटल का नाम बताया और पूछा कि वह कहाँ ठहरनेवाला है। उसने अपने होटल का नाम बताते हुए कहा कि उसका होटल मेरे होटल से बस कुछ ही मील दूर है।

''आगे की क्या योजना है?'' मैंने पूछा।

उसने जवाब दिया, ''मैं भी इसी बारे में सोच रहा था। शायद मुझे सबसे पहले अमरिकी दूतावास जाना चाहिए ताकि कम से कम वहाँ इस बात का रिकॉर्ड रहे कि मैं यहाँ क्यों आया हूँ।''

''अच्छा विचार है।'' मैंने कहा।

डॉब्सन ने कहा कि ''इसके बाद मैं पेरू के ज़्यादा से ज़्यादा वैज्ञानिकों से संपर्क करने की कोशिश करूँगा। लीमा विश्वविद्यालय के वैज्ञानिकों ने मुझे पहले ही यह बता दिया था कि उन्हें पाण्डुलिपि के बारे में कोई जानकारी नहीं है लेकिन कुछ अन्य वैज्ञानिक भी हैं, जो विभिन्न प्राचीन कालीन वस्तुओं के स्थलों पर काम करते हैं। हो सकता है कि वे इस बारे में बात करने के लिए राज़ी हो जाएँ।''

''मैं तो ऐसे किसी वैज्ञानिक को नहीं जानता। अगर आपको कोई आपत्ति न हो तो क्या मैं भी आपके साथ उनके पास चल सकता हूँ?'' मैंने पूछा।

डॉब्सन ने मुझे आश्वासित करते हुए कहा, ''ज़रूर। मैं तो आपसे कहने ही वाला था कि मेरे साथ चलिए।''

प्लेन के लैंड करते ही हमने अपना-अपना सामान उठाया और तय किया कि हमारी अगली मुलाकात डॉब्सन के होटल में होगी। मैंने बाहर आकर अपने होटल के लिए एक टैक्सी ले ली। शाम होनेवाली थी और तेज़ हवा चल रही थी।

जैसे ही मेरी टैक्सी वहाँ से निकली, मैंने गौर किया कि एक अन्य टैक्सी तेज़ी से हमारे पीछे आ रही है। हालाँकि ट्रैफिक के चलते वह टैक्सी कई बार पीछे छूटी, लेकिन फिर भी हर दूसरे मोड़ पर वह हमारे आसपास पहुँच जाती थी। मैंने देखा कि उसकी पिछली सीट पर एक लंबा-चौड़ा व्यक्ति बैठा हुआ था। उसे देखकर मैं ज़रा घबरा गया। अच्छी बात यह थी कि मेरी टैक्सी का ड्राइवर अंग्रेज़ी जानता था। मैंने उसे सीधे होटल चलने के बजाय कुछ देर इधर-उधर घुमाने के लिए कहा। मैंने बहाना बनाया कि मैं लीमा शहर के नज़ारे देखना चाहता हूँ। उसने ठीक वैसे ही किया। वह टैक्सी अब भी हमारा पीछा कर रही थी। आखिर माज़रा क्या था?

कुछ देर बाद जब हम होटल पहुँचे, मैंने ड्राइवर से कार में ही रुकने के लिए कहा। मैं कार का दरवाज़ा खोलकर बाहर आया और ड्राइवर को किराया देने का नाटक करने लगा। तभी मेरा पीछा कर रही टैक्सी कुछ दूरी पर रुक गई। उसकी पिछली सीट पर बैठा आदमी बाहर निकला और धीरे-धीरे मेरे होटल के दरवाज़े की ओर आने लगा।

मैं फौरन अपनी टैक्सी में वापस बैठा और दरवाज़ा बंद करते हुए ड्राइवर को चलने के लिए कहा। जैसे ही हम आगे बढ़े, वह व्यक्ति होटल की गली के छोर पर आ गया और हम पर अपनी नज़रे तब तक गड़ाए रहा, जब तक मेरी टैक्सी उसकी आँखों से ओझल न हो गई। मैंने रियरव्यू मिरर में अपने ड्राइवर का चेहरा देखा। वह मेरी ही तरफ घूर रहा था और उसके

चेहरे पर तनाव था।

मैंने कहा, ''सॉरी, सोचता हूँ कि किसी दूसरे होटल में रुक जाऊँ।'' माहौल को हलका करने के लिए मैं जबरदस्ती मुस्करा दिया। मैंने उसे डॉब्सन के होटल का नाम बताकर वहाँ चलने के लिए कहा। लेकिन कहीं न कहीं मेरे अंदर यह खयाल भी आ रहा था कि यह सब छोड़-छाड़कर फौरन एयरपोर्ट जाऊँ और पहली फ्लाइट से वापस अमरीका लौट जाऊँ।

डॉब्सन के होटल से आधा ब्लॉक पहले मैंने अपनी टैक्सी रुकवा दी। ''तुम यहीं रुको, मैं बस अभी आता हूँ'' मैंने ड्राइवर से कहा।

यह काफी भीड़-भाड़वाला इलाका था, ज़्यादातर लोग पेरू के स्थानीय निवासी ही थे। कुछ यूरोपीय और अमरिकी पर्यटक भी इधर-उधर घूम रहे थे। उन्हें आसपास देखकर अब मैं खुद को ज़रा सुरक्षित महसूस कर रहा था। लेकिन होटल से करीब पचास कदम पहले ही मैं रुक गया, मुझे लगा जैसे कोई न कोई गड़बड़ ज़रूर है। तभी अचानक गोलियाँ चलने की आवाज़ आई और चारों तरफ लोगों की चीखें सुनाई देने लगीं। मेरे सामने मौजूद ढेर सारे लोगों की भीड़ पलभर में तितर-बितर हो गई। लोग अपने बचाव के लिए इधर-उधर भाग रहे थे। तभी अपने सामने की ओर कुछ दूर मैंने डॉब्सन को देखा। वह बेहद घबराया हुआ था और तेज़ी से भागते हुए मेरी तरफ आ रहा था। कुछ लोग उसका पीछा कर रहे थे। तभी उनमें से एक व्यक्ति ने हवाई फायर किया और डॉब्सन को रुकने की चेतावनी दी।

जैसे ही डॉब्सन भागते-भागते मेरे थोड़ा करीब आया, वह मुझे पहचान गया। वह ज़ोर से चिल्लाया ''भागो, भगवान के लिए भागो यहाँ से!'' मैं पलटा और डर के मारे एक सँकरी गली की ओर भागा। यह सब इतनी तेज़ी से हुआ कि मैं ठीक से कुछ समझ ही नहीं पाया। आगे का रास्ता करीब छह फीट उँची लोहे के तारोंवाली बाड़ से बंद था। उसके पास पहुँचते ही मैं पूरी ताकत से उछला और हाथों के सहारे बाड़ पर चढ़ते हुए किसी तरह दूसरी ओर कूद गया। मैंने पलटकर गली की ओर देखा। बाड़ के उस पार डॉब्सन तेज़ी से इस तरफ भागता हुआ चला आ रहा था लेकिन वह बाड़ तक पहुँच पाता, इससे पहले ही कुछ और गोलियाँ चलने की आवाज़ आई। वह लड़खड़ाया और फिर वहीं लुढ़क गया।

मैं साँस रोककर पागलों की तरह भागा। गली में फैले टूटे-फूटे गत्ते के डिब्बों और कूड़े के ढेर को पार करते हुए मैं देर तक भागता रहा। एक पल के लिए मुझे अपने पीछे किसी के कदमों की आहट सुनाई दी लेकिन मैं पीछे मुड़कर देखने की हिम्मत नहीं कर पाया। आगे जाकर वह सँकरी गली एक दूसरी सड़क पर जाकर खुल गई। वहाँ भी लोगों की काफी भीड़ थी लेकिन उन्हें देखकर ऐसा लगा, जैसे उन्हें अपने पास ही घटी इस घटना का कोई अंदाज़ा नहीं है। मैं भागते हुए उस सड़क पर जा पहुँचा। मेरी साँस फूल गई थी और मेरा कलेजा हलक में आ रहा था। हिम्मत करके मैंने पीछे मुड़कर देखा, वहाँ कोई नहीं था। मैं भीड़ में गुम होने के इरादे से तेज़ कदमों के साथ दायीं तरफ के फुटपाथ की ओर चल पड़ा। डॉब्सन इस तरह भाग क्यों रहा था? कहीं सचमुच उसकी हत्या तो नहीं हो गई?

''ज़रा एक मिनट रुको।'' कोई मेरे बाएँ कान में तेजी से फुसफुसाया। मैं घबराकर आगे की ओर भागा लेकिन उसने लपककर मेरी बाँह पकड़ ली। उसने दोबारा कहा, ''प्लीज़ ज़रा रुको, मैंने देखा कि वे लोग तुम्हारा पीछा कर रहे थे। मैं सिर्फ तुम्हारी मदद करने की कोशिश कर रहा हूँ।''

''कौन हो तुम?'' मैं डर के मारे काँप रहा था।

''मेरा नाम विल्सन जेम्स है,'' उसने जवाब दिया। ''मैं तुम्हें विस्तार से सब कुछ बताऊँगा लेकिन पहले हमें यहाँ से निकलना होगा, यहाँ खतरा है।''

उसकी आवाज़ और उसके व्यवहार में कुछ ऐसा था कि मैं थोड़ा शांत हो गया। मैंने तय किया कि मैं उसके साथ जाऊँगा। वह सड़क की ओर चल पड़ा और फिर एक लेदर के सामान के स्टोर में दाखिल हो गया। अंदर पहुँचकर उसने काऊंटर के पीछे खड़े व्यक्ति को देखकर कोई इशारा किया और मुझे वहाँ बने एक नमीदार कमरे में ले गया। कमरे के अंदर आकर उसने दरवाज़ा बंद कर दिया और सारे परदे गिरा दिए।

उसकी उम्र लगभग साठ साल रही होगी, हालाँकि वह दिखने में जवान लग रहा था। उसका रंग साँवला था और उसके बालों का रंग काला था। दिखने में तो वह पेरू का स्थानीय निवासी ही लग रहा था लेकिन उसके अंग्रेज़ी बोलने का लहज़ा बिलकुल अमरिकी था। उसने गहरे नीले रंग की टी-शर्ट और जीन्स पहन रखी थी।

उसने कहा, ''तुम यहाँ सुरक्षित हो मगर वे लोग तुम्हारा पीछा क्यों कर रहे थे?''

मैं चुप रहा।

''तुम यहाँ पाण्डुलिपि के लिए आए हो? है न?'' उसने पूछा।

''तुम्हें कैसे पता?'' मैंने पूछा।

उसने विश्वास से कहा, ''तुम्हारे साथ वह जो आदमी था, शायद वह भी इसीलिए यहाँ आया था?''

मैंने कहा, ''हाँ, उसका नाम डॉब्सन था। तुम्हें कैसे पता कि हम दो लोग थे?''

उसने बताया कि ''उस सँकरी गली में ऊपर की मंज़िल पर मेरा एक कमरा है। मैंने उन्हें तुम्हारा पीछा करते हुए देखा था।''

''क्या उन्होंने डॉब्सन को सचमुच गोली मार दी?'' मैंने डरते-डरते पूछा।

''पता नहीं, यकीन के साथ कहना मुश्किल है लेकिन जब मैंने तुम्हें भागते हुए देखा तो मैं उलटे पैर तुम्हारी तरफ दौड़ा। मुझे लगा, शायद तुम्हें मदद की ज़रूरत पड़ेगी।'' उसने कहा।

''क्यों?'' मैंने पूछा।

एक पल के लिए उसने मेरी ओर ऐसे देखा, जैसे तय न कर पा रहा हो कि क्या जवाब दे। फिर उसके चेहरे के हाव-भाव बदल गए। उसने गंभीरता से कहा, ''तुम नहीं समझोगे। उस कमरे की खिड़की के पास खड़े होकर मैं अपने एक पुराने दोस्त के बारे में सोच रहा था, जो अब इस दुनिया में नहीं है। उसकी मौत इसीलिए हुई क्योंकि वह चाहता था कि पाण्डुलिपि सार्वजनिक हो जाए और लोगों को उसके बारे में पता चले। जब मैंने उन लोगों को तुम्हारा पीछा करते हुए देखा तो मुझे लगा कि मुझे तुम्हारी मदद करनी चाहिए।''

वह सही कह रहा था, मुझे उसकी बात समझ में नहीं आई थी लेकिन फिर भी मुझे लगा, जैसे वह बिलकुल सच बोल रहा है। मैं उससे कुछ और पूछ पाता, इससे पहले ही उसने कहा, ''हम इस बारे में बाद में भी बात कर सकते हैं। पहले हमें किसी ऐसी जगह चले जाना चाहिए, जो यहाँ से ज़्यादा सुरक्षित हो।''

मैंने कहा, ''ज़रा रुको विल्सन, अब मैं जल्द से जल्द वापस अमरीका लौटना चाहता हूँ। मुझे क्या करना होगा?''

उसने जवाब दिया, ''तुम मुझे विल बुला सकते हो, मुझे नहीं लगता कि ऐसी स्थिति में तुम्हें एयरपोर्ट जाना चाहिए, कम से कम फिलहाल तो कतई नहीं। अगर वे लोग अभी भी तुम्हें ढूँढ़ रहे हैं तो वे एयरपोर्ट ज़रूर जाएँगे। इस कस्बे के बाहरी इलाके में मेरे कुछ दोस्त हैं। वे तुम्हें छिपने की जगह दे सकते हैं। देश से बाहर निकलने के और भी तरीके हैं, अगर तुम चाहो तो उस तरह भी निकल सकते हो। जब तुम जाने के लिए तैयार हो जाओगे तो वे तुम्हें यहाँ से निकलने का सही रास्ता बता देंगे।''

उसने कमरे का दरवाज़ा खोला, दुकान पर एक नज़र दौड़ाई और बाहर निकलकर सड़क का निरीक्षण करने लगा। कुछ पलों बाद वह लौटकर आया और मुझे अपने पीछे आने का इशारा किया। बाहर आकर वह मुझे पास ही खड़ी एक नीले रंग की जीप तक ले गया। अंदर बैठते हुए मैंने देखा कि जीप के पिछले हिस्से में टेंट और खाने-पीने की ढेर सारी चीज़ें लदी हुई थीं, जैसे हम किसी लंबी यात्रा पर जा रहे हों।

हम जीप में बैठकर चुपचाप वहाँ से निकल गए। मैं अपनी सीट पर टिककर कुछ सोचने की कोशिश करने लगा। मैंने कभी उम्मीद नहीं की थी कि यहाँ मेरे साथ यह सब होगा। अगर मुझे गिरफ्तार करके पेरू की किसी जेल में डाल दिया जाता या मार दिया जाता तो क्या होता? घबराहट के कारण मेरी हालत खराब थी। अगर मुझे वापस अमरीका लौटना है तो सबसे पहले अपनी हालत सुधारनी होगी। मेरे कपड़ों का बैग तो टैक्सी में ही छूट गया था लेकिन मेरे पास कुछ पैसे और एक क्रेडिट कार्ड था। न जाने क्यों, मैंने विल पर भरोसा कर लिया था?

''तुमने और डॉब्सन ने ऐसा क्या किया है, जो वे लोग तुम्हारे पीछे पड़े हैं?'' अचानक विल ने पूछा।

मैंने जवाब दिया, ''जहाँ तक मुझे पता है, हमने ऐसा कुछ भी नहीं किया है। डॉब्सन से मेरी मुलाकात प्लेन में हुई थी। वह एक इतिहासकार है और वैज्ञानिकों के एक समूह के प्रतिनिधि के तौर पर यहाँ की शासकीय यात्रा पर आया है। वह पाण्डुलिपि के बारे में सिर्फ कुछ जानकारी इकट्ठा करना चाहता है।''

विल हैरान नज़र आया, उसने पूछा, ''क्या सरकार को उसके आने की जानकारी थी?''

मैंने जवाब दिया, ''हाँ, उसने कुछ सरकारी अधिकारियों को अपने आने की लिखित सूचना भेजी थी और कहा था कि उसे उन लोगों से सहयोग की उम्मीद है। मुझे विश्वास नहीं हो रहा कि वे लोग उसे गिरफ्तार करने की कोशिश कर रहे थे; उस वक्त तो उसके पास पाण्डुलिपि की कोई प्रति भी नहीं थी।''

विल ने आश्चर्य से पूछा, ''क्या? उसके पास पाण्डुलिपि की प्रतियाँ भी हैं?''

''हाँ, सिर्फ पहली दो अंतर्दृष्टियों की प्रतियाँ।''

''मुझे बिलकुल अंदाज़ा नहीं था कि पाण्डुलिपि की प्रतियाँ अमरीका में भी हैं। उसे वे प्रतियाँ कहाँ से मिलीं?'' विल ने पूछा।

जवाब में मैंने कहा, ''पिछली बार जब वह पेरू आया था तो उसे किसी ने एक पादरी के बारे में बताया था, जो पाण्डुलिपि के बारे में जानता था। हालाँकि डॉब्सन उस पादरी को ढूँढ़

तो नहीं पाया लेकिन उसके घर के पिछवाड़े पाण्डुलिपि की प्रतियाँ छिपी हुई थीं, जो डॉब्सन के हाथ लग गईं।''

विल के चेहरे पर दुःख के भाव तैर गए, ''होज़े।''

''कौन?'' मैंने पूछा।

विल ने दुःखभरे स्वर में कहा, ''यह वही दोस्त है, जिसके बारे में मैंने तुम्हें बताया था। वही जिसकी मौत हो चुकी है। उसकी ज़िद थी कि जितना संभव हो, उतने ज़्यादा लोगों को पाण्डुलिपि के बारे में पता चल सके।''

''क्या हुआ था उसके साथ?'' मैंने पूछा।

विल ने बताया कि ''उसकी हत्या कर दी गई। हमें नहीं पता कि उसे किसने मारा। उसकी लाश उसके घर से मीलों दूर एक जंगल में मिली। उसके दुश्मनों ने उसकी जान ले ली।''

''दुश्मन यानी पेरू की सरकार?'' मैंने कहा।

''सरकार या फिर चर्च के कुछ लोग।'' विल ने कहा।

मैंने पूछा, ''क्या वाकई उसके चर्च के लोग इस हद तक जा सकते हैं?''

विल ने जवाब दिया, ''शायद! दरअसल चर्च गुप्त रूप से पाण्डुलिपि के खिलाफ है। कुछेक पादरी ऐसे हैं, जो इस पारंपरिक दस्तावेज़ का महत्त्व समझते हैं और छिपे तौर पर इसका समर्थन भी करते हैं लेकिन डर के कारण सामने नहीं आते। होज़े ने हर उस व्यक्ति से खुलकर बात की, जो पाण्डुलिपि के बारे में कुछ जानना चाहता था। उसकी मौत के कुछ महीने पहले ही मैंने उसे सावधान रहने को कहा था। मैंने उससे यह भी कहा था कि पाण्डुलिपि के बारे में इस तरह खुलकर बातें न करे और न ही किसी को उसकी प्रतियाँ दे। जिसके जवाब में उसने कहा कि वह वही कर रहा है, जो उसे करना चाहिए।''

''पाण्डुलिपि को पहली बार कब खोजा गया था?'' मैंने पूछा।

विल ने कहा कि ''इसका पहला अनुवाद तीन साल पहले हुआ था लेकिन यह किसी को नहीं पता कि इसे पहली बार कब खोजा गया। हमारा मानना है कि इसकी मूल प्रति करीब एक साल तक इंडियन लोगों के पास थी, इसके बाद यह होज़े को मिल गई। उसने अकेले ही किसी तरह इसके अनुवाद की व्यवस्था की। लेकिन जैसे ही चर्च को पता चला कि पाण्डुलिपि किस बारे में है, उसे दबाने की कोशिशें शुरू हो गईं। अब हमारे पास सिर्फ इसकी प्रतियाँ ही बची हैं, हमें लगता है कि उन्होंने इसकी मूल प्रति को नष्ट कर दिया है।''

विल जीप को शहर के बाहर पूर्व की ओर ले आया था। फिलहाल हम बढ़िया ढंग से सिंचित एक इलाके की दो लेनवाली सँकरी सी सड़क पर चले जा रहे थे। छोटे-मोटे रिहायशी इलाकों से गुज़रते हुए कुछ देर बाद हम लंबी-चौड़ी बाड़वाले एक विशाल चारागाह तक पहुँच गए।

''क्या डॉब्सन ने तुम्हें पहली दो अंतर्दृष्टियों के बारे में कुछ बताया था?'' विल ने पूछा।

''उसने मुझे दूसरी अंतर्दृष्टि के बारे में बताया था और मेरी एक दोस्त ने मुझे पहली अंतर्दृष्टि की जानकारी दी थी, वह भी यहाँ के एक पादरी से मिली थी। शायद वह होज़े ही रहा होगा।'' मैंने जवाब दिया।

विल ने पूछा, ''क्या तुम्हें वे दोनों अंतर्दृष्टियाँ समझ आईं?''

''हाँ, शायद।'' मैंने कहा।

फिर विल ने पूछा, ''क्या तुम्हें यह समझ में आया कि संयोगवश हुई मुलाकात के पीछे कोई गहरा अर्थ छिपा होता है?''

''लगता तो यही है, मेरी इस यात्रा में ज़्यादातर घटनाएँ संयोगवश ही हुई हैं।'' मैंने जवाब दिया।

विल ने बताया कि ''इन संयोगों की शुरुआत तब होती है, जब हम इन्हें लेकर सचेत हो जाते हैं और कुदरत की समुचित शक्ति के साथ एकरूप जाते हैं।''

''मतलब?'' मुझे कुछ समझ में नहीं आया।

विल मुस्कराया और कहा, ''पाण्डुलिपि की आगे की अंतदृष्टियों में इस बारे में बताया गया है।''

मैंने उत्सुकतावश पूछा, ''क्या बताया गया है? मैं सुनना चाहूँगा।''

''हम इसके बारे में बाद में बात करेंगे,'' उसने कहा और मुझे इशारा करते हुए बताया कि वह जीप को एक बंजर सड़क की ओर मोड़ रहा है। करीब सौ फीट आगे जाकर लकड़ी का एक साधारण सा मकान बना हुआ था। विल ने मकान के दायीं ओर लगे एक विशाल पेड़ के नीचे पहुँचकर गाड़ी रोक दी।

''मेरा दोस्त जिस इंसान के लिए काम करता है, वह एक बहुत बड़े खेतिहर इलाके का मालिक है और इस पूरे इलाके की ज़्यादातर ज़मीन उसी की है। इस घर से जुड़े सारे इंतज़ाम भी वही करता है। यह बहुत सशक्त इंसान है और पाण्डुलिपि का गुप्त समर्थक भी है। तुम यहाँ सुरक्षित रहोगे।'' विल ने बताया।

मकान के बाहरी बरामदे की रोशनी में मैंने एक ठिंगने कद के स्थानीय आदमी को देखा। वह हमें देखकर मुस्कराया और पूरे उत्साह से स्पेनिश भाषा में कुछ बोलते हुए तेज़ कदमों से हमारी ओर आया। जीप के करीब पहुँचते ही उसने खिड़की में से अपना हाथ अंदर डालकर विल की पीठ थपथपाई और मेरी ओर एक उड़ती हुई नज़र डाली। विल ने उससे अंग्रेज़ी में बात करने को कहा और हमारा परिचय कराया।

विल ने उस आदमी से कहा, ''इसे ज़रा मदद की ज़रूरत है, यह वापस अमरीका लौटना चाहता है लेकिन इसमें खतरा है। मैं इसे तुम्हारे पास छोड़कर जा रहा हूँ, ज़रा सावधान रहना।''

''तुम तो नौवीं अंतर्दृष्टि की खोज में जानेवाले थे न?'' उसने विल की ओर गौर से देखते हुए पूछा।

''हाँ,'' विल ने जीप से बाहर आते हुए जवाब दिया।

मैं भी अपनी ओर का दरवाज़ा खोलकर बाहर आ गया। विल और उसका वह दोस्त मकान के अंदर जाने लगे। वे आपस में कुछ बात कर रहे थे, जिसे मैं ठीक से सुन नहीं पाया।

जैसे ही मैं उनके करीब पहुँचा, वह आदमी बोला, ''मैं तैयारी शुरू करता हूँ।'' इतना कहकर वह वहाँ से चला गया। विल ने पलटकर मेरी ओर देखा।

''वह तुमसे नौवीं अंतर्दृष्टि के बारे में क्या कह रहा था?'' मैंने विल से पूछा।

"पाण्डुलिपि का एक हिस्सा ऐसा है, जिसे अब तक खोजा नहीं जा सका है। मूल दस्तावेज़ में कुल आठ अंतर्दृष्टियाँ हैं लेकिन उसमें एक और अंर्तदृष्टि का उल्लेख किया गया है। इस नौवीं अंतर्दृष्टि को ढूँढ़ने में कई लोग जुटे हुए हैं।" विल ने बताया।

मैंने पूछा कि "क्या तुम जानते हो कि यह नौवीं अंतर्दृष्टि कहाँ मिलेगी?"

विल ने कहा, "नहीं, मुझे ठीक से नहीं पता।"

"तो फिर तुम उसे ढूँढ़ोगे कैसे?" मैंने पूछा।

विल मुस्कराया और फिर कहा, "बिलकुल वैसे ही जैसे होज़े ने आठ मूल अंतर्दृष्टियों को ढूँढ़ा था, वैसे ही जैसे तुम्हें पहली दो अंतर्दृष्टियाँ मिलीं और तुम मेरे पास पहुँच गए। यदि कोई कुदरत की शक्ति के साथ जुड़ जाए तो संयोगपूर्ण घटनाएँ शुरू हो जाती हैं और निरंतर घटती रहती हैं।"

"तो फिर मुझे भी बताओ कि यह कैसे होता है और वह कौन सी अंतर्दृष्टि है, जिसका तुम ज़िक्र कर रहे हो?" मैंने पूछा।

विल ने मेरी ओर ऐसे देखा जैसे मेरी समझ का स्तर परखने की कोशिश कर रहा हो। फिर उसने कहा, "संबंद्ध कैसे होना है, यह बात सिर्फ पहली अंतर्दृष्टि से जुड़ी हुई नहीं है बल्कि सभी अंतर्दृष्टियों से जुड़ी हुई है। ज़रा दूसरी अंतर्दृष्टि को याद करो, जिसमें वर्णन किया गया है कि खोजियों को वैज्ञानिक पद्धति का उपयोग करके ब्रह्माण्ड में भेजा गया ताकि वे धरती पर मानव जीवन का अर्थ खोज सकें लेकिन वे फौरन वापस नहीं आए?"

"हाँ।" मैंने अपना सिर हिलाते हुए कहा।

विल ने अपनी बात को आगे बढ़ाते हुए कहा, "अंतर्दृष्टियों के पुन:स्मरण से यह सिद्ध होता है कि अंतत: सारे जवाब मिल रहे हैं लेकिन वे सिर्फ किसी वैज्ञानिक संस्था के प्रयासों के कारण ही नहीं मिल रहे हैं। दरअसल मैं जिन जवाबों की बात कर रहा हूँ, वे कई क्षेत्रों में हो रहे सर्वेक्षणों के चलते सामने आ रहे हैं। भौतिकी, मनोविज्ञान, रहस्यवाद और धर्म जैसे सभी क्षेत्रों से जो निष्कर्ष सामने आ रहे हैं, वे संयोगों के प्रति हमारी समझ के आधार पर एक साथ संकलित हो रहे हैं।

अब हम विस्तार से सीख रहे हैं कि संयोगों (इत्तेफाक) का अर्थ क्या है और वे कैसे काम करते हैं। जैसे-जैसे हम यह सीख रहे हैं, वैसे-वैसे हर अंतर्दृष्टि के साथ जीवन के प्रति एक नया नज़रिया भी विकसित हो रहा है।"

मैंने कहा, "तब तो मैं हर अंतर्दृष्टि के बारे में जानना चाहूँगा, क्या तुम जाने से पहले मुझे इनके बारे में बता सकते हो?"

विल ने कहा, "अंतर्दृष्टियों के बारे में इस तरह जानने से तुम्हें कोई लाभ नहीं होगा क्योंकि यह सही तरीका नहीं है। तुम्हें हर अंतर्दृष्टि की खोज अलग-अलग तरीकों से करनी होगी।"

"कैसे?" मैंने पूछा।

विल ने बताया कि "दरअसल यह स्वत: ही होता है। सिर्फ मेरे बताने से कुछ नहीं होगा। हो सकता है कि तुम्हारे पास हर अंतर्दृष्टि के बारे में थोड़ी-बहुत जानकारी हो लेकिन

वास्तविकता यह है कि अब तक तुम्हारे अंदर कोई अंतर्दृष्टि स्वत: विकसित नहीं हुई है। तुम्हें अपने जीवन में उनकी खोज अपने ढंग से करनी होगी।''

कुछ पलों के लिए खामोशी छा गई और हम दोनों एक-दूसरे की ओर देखते रहे। विल मुस्कराया। उससे इस तरह बात करके अब मैं बहुत जीवंत महसूस करने लगा था।

''तुम नौवीं अंतर्दृष्टि की खोज में क्यों जा रहे हो?'' मैंने पूछा।

विल ने कहा, ''क्योंकि यह उसकी खोज करने का सही समय है। मैं यहाँ एक गाइड के तौर पर काम करता रहा हूँ और इस क्षेत्र को अच्छी तरह जानता हूँ। मैं आठों अंतर्दृष्टियों को भी समझता हूँ। जब मैं उस कमरे की खिड़की पर खड़ा अपने दोस्त होज़े के बारे में सोच रहा था, उस समय मैं यह तय कर चुका था कि मुझे दोबारा पूर्व दिशा की ओर जाना चाहिए क्योंकि मैं अच्छी तरह जानता हूँ कि नौवीं अंतर्दृष्टि वहीं है। वैसे भी मैं बूढ़ा होता जा रहा हूँ। मुझे भविष्य का आभास है इसलिए मेरा मानना है कि मैं नौवीं अंतर्दृष्टि को ढूँढ़ लूँगा और फिर वह सब हासिल कर लूँगा, जो उसमें बताया गया है। यह नौवीं अंतर्दृष्टि बाकी सभी अंतर्दृष्टियों को एक समान दृष्टिकोण में रखती है और जीवन के असली उद्देश्य को सामने लाती है।''

अचानक वह गंभीर हो गया और कुछ पलों के लिए फिर से चुप्पी छा गई। उसने कहा, ''मैं लगभग आधे घंटे पहले ही चला गया होता लेकिन मुझे बार-बार ऐसा लग रहा है, जैसे मैं कुछ भूल रहा हूँ।'' वह ज़रा ठहरा और फिर बोला, ''ऐसा तब से हो रहा है, जब से तुम मिले हो।''

हम दोनों काफी देर तक एक-दूसरे को ताकते रहे।

''क्या तुम्हें लगता है कि मुझे तुम्हारे साथ जाना चाहिए?'' मैंने पूछा।

उसने कहा, ''तुम्हें क्या लगता है?''

''पता नहीं,'' मैंने अनिश्चित स्वर में कहा। दरअसल मैं दुविधा में था। मेरी पेरू यात्रा की हर घटना और उससे संबंधित लोगों की झलकियाँ मेरी आँखों के सामने तैर गईं– चार्लेन, डॉब्सन और अब विल। मैं अपनी उत्सुकता के चलते पेरू आया था लेकिन अब मैं सभी की नज़रों से छिपकर यहाँ बैठा हुआ था। यहाँ आकर मैं अंजाने में ही एक ऐसा भगोड़ा बन गया, जिसे यह तक नहीं पता कि वह किससे बचकर भाग रहा है। सबसे अजीब बात यह थी कि इतने बुरे हालातों में फँसे होने के बावजूद भी मैं डरने या घबराने की बजाय जोश से भरा हुआ था। जबकि फिलहाल मुझे अपनी सारी अक्ल इस बात पर लगा देनी चाहिए कि मैं वापस अमरीका कैसे पहुँचूँ लेकिन इसके बजाय मैं विल के साथ जाना चाहता था, जबकि यह तय था कि ऐसा करना मेरे लिए और अधिक खतरनाक साबित होगा।

सभी विकल्पों पर गौर करने के बाद मैंने पाया कि वास्तव में मेरे सामने कोई और रास्ता नहीं बचा था। दूसरी अंतर्दृष्टि ने वृत्तियों की ओर लौटने की मेरी सारी संभावनाएँ समाप्त कर दी थीं। अगर मुझे अपनी जागरूकता बरकरार रखनी है तो मुझे आगे जाना ही होगा।

''सोचता हूँ कि आज की रात यहीं रुक जाऊँ। तुम्हें मेरे साथ जाना चाहिए या नहीं, इसका निर्णय लेने के लिए अब तुम्हारे पास सुबह तक का वक्त है।'' विल ने कहा।

मैंने कहा, ''मैं अपना निर्णय ले चुका हूँ, मैं तुम्हारे साथ जाना चाहता हूँ।''

ऊर्जा प्रसंग

तड़के उठने के बाद हम पूरी सुबह खामोशी से पूर्व की ओर ड्राइव करते रहे। विल ने पहले ज़िक्र किया था कि हम एंडीज़ के पार सीधे उस इलाके की ओर बढ़ेंगे, जिसे हाई सेल्वा कहते हैं। इस जगह के बारे में विल ने सिर्फ इतना बताया था कि यह पठारों और जंगलों से घिरी एक पहाड़ी तलहटी है।

मैंने उससे कई बार उसके अतीत और हमारे अंतिम लक्ष्य के बारे में सवाल किए लेकिन उसने विनम्रता से मुझे यह कहकर टाल दिया कि फिलहाल वह सिर्फ ड्राइविंग पर अपना ध्यान केंद्रित रखना चाहता है। अंततः मैंने भी बोलना बंद कर अपना ध्यान रास्ते के दृश्यों पर लगा दिया। पहाड़ी चोटियों के दृश्य वाकई अद्‌भुत थे।

दोपहर होते-होते हम अंतिम पर्वतश्रेणी तक पहुँच चुके थे। लंच का वक्त हो चुका था। हम एक जगह ठहरे और अपनी जीप में बैठे-बैठे सैंडविच खाते हुए सामने फैली बंजर घाटी को निहारते रहे।

घाटी के दूसरी तरफ हरेभरे छोटे-छोटे पहाड़ थे। विल ने खाते-खाते ही कहा कि हम आज की रात विसिएंते लॉज में गुज़ारेंगे। उन्नीसवीं सदी की यह जागीर पहले स्पेनिश कैथोलिक चर्च की संपत्ति थी। विल के मुताबिक अब उसका एक मित्र इस संपत्ति का मालिक है, जो आजकल इसे एक रिसॉर्ट की तरह चलाता है और यहाँ अकसर वैज्ञानिक कॉन्फ्रेंस व व्यावसायिक बैठकें आयोजित होती रहती हैं।

इस संक्षिप्त वर्णन के बाद हम फिर जीप में सवार खामोशी से आगे बढ़ते रहे। करीब एक घंटे बाद हम विसिएंते पहुँच गए। जहाँ हमने लोहे और पत्थरों से बने एक विशाल दरवाज़े से अंदर प्रवेश किया और फिर उत्तर-पूर्व की ओर एक सँकरे और ऊबड़-खाबड़ रास्ते पर आगे बढ़ने लगे। मैंने एक बार फिर विल से विसिएंते के बारे में सवाल करते हुए पूछा कि 'हम यहाँ क्यों आए हैं?' लेकिन उसने पिछली बार की तरह ही मेरे किसी भी सवाल का कोई जवाब नहीं दिया। लेकिन हाँ, इस बार उसने मुझसे स्पष्ट शब्दों में यह ज़रूर कह दिया कि 'तुम्हें अपना ध्यान चारों ओर फैले सुंदर प्राकृतिक दृश्यों पर लगाना चाहिए।'

मैंने उसकी बात मानकर अपने चारों ओर फैले विसिएंते पर नज़र दौड़ाई। इसके अनोखे

प्राकृतिक सौंदर्य ने मुझे गहराई तक छू लिया। हम बहुरंगी घास के मैदानों और फलबागों से घिरे हुए थे। घास कुछ ज़्यादा ही हरी और जीवंत दिखाई पड़ रही थी। मैदानों में शाहबलूत के विशाल पेड़ हर सौ फीट की दूरी पर तने खड़े थे। उनके नीचे उगी घास तो और भी ज़्यादा घनी थी। मैं समझ नहीं पा रहा था कि इन विशाल वृक्षों में ऐसा क्या था, जो मुझे इतना आकर्षित कर रहा था।

लगभग एक मील के बाद सड़क पूर्व की ओर कुछ ऊँचाई पर मुड़ गई। लॉज एक टीले के शिखर पर स्थित था। यह स्पेनिश शैली की एक विशाल इमारत थी, जो स्लेटी पत्थर और खुरदुरी लकड़ी से बनाई गई थी। इस इमारत को देखकर लगता था कि इसमें कम से कम पचास कमरे ज़रूर होंगे। इसकी दक्षिण दिशा की पूरी दीवार को एक बड़े परदेदार बरामदे ने घेर रखा था। लॉज के आसपास फैला परिसर सबसे विशाल शाहबलूतों से घिरा था, जहाँ तरह-तरह के अनोखे पौधों व फूलों की क्यारियों से सजे निशान बने हुए थे। मैंने देखा कि वहाँ पेड़ों के आसपास और बरामदे में कई सारे लोग टहल रहे हैं और एक-दूसरे से बातचीत में मशगूल हैं।

जीप से उतरकर विल वहाँ का सुंदर दृश्य निहारने लगा। लॉज से आगे पूर्व की तरफ की ज़मीन ढालू थी, जो नीचे समतल होते हुए हरियाली और जंगल में मिल गई थी। दूर छोटे-छोटे पहाड़ों की एक और नीली, जामुनी सी श्रृंखला दिखाई दे रही थी।

"मैं अंदर जाकर देखता हूँ कि हमारे ठहरने का क्या इंतज़ाम हुआ है," विल ने कहा। "तब तक तुम आसपास घूम क्यों नहीं लेते? तुम्हें यह जगह पसंद आएगी।"

"बिलकुल।" मैंने जवाब दिया।

जाते-जाते उसने मुड़कर कहा, "रिसर्च गार्डन ज़रूर देखना, मैं तुम्हें डिनर पर मिलता हूँ।"

विल ज़रूर किसी कारण से मुझे अकेला छोड़ रहा था पर मुझे इसकी फिक्र नहीं थी। मैं यहाँ बहुत अच्छा महसूस कर रहा था और ज़रा भी चिंतित नहीं था। विल ने मुझे बताया था कि विसिएंते आनेवाले पर्यटकों की संख्या अच्छी-खासी है, जिससे देश को विदेशी मुद्रा की पर्याप्त कमाई हो जाती है इसलिए सरकार यहाँ कोई दखलंदाज़ी नहीं करती। जबकि यहाँ पाण्डुलिपि की चर्चा अकसर होती रहती है।

मैंने दक्षिण की ओर नज़र दौड़ाई, जहाँ मौजूद ढेर सारे विशाल पेड़ों और एक घुमावदार रास्ते ने मुझे काफी आकर्षित किया, सो मैं उस तरफ चल पड़ा। पेड़ों के करीब पहुँचने पर मैंने देखा कि वहाँ एक रास्ता है, जो एक छोटे से लोहे के दरवाज़े से होते हुए पत्थरों की सीढ़ियों तक जाता है। वे सीढ़ियाँ नीचे उतरकर जंगली फूलों से भरे एक मैदान में पहुँच रही थीं। उसी के आगे कुछ दूरी पर मुझे एक प्रकार का फलबाग, एक छोटी सी जलधारा और जंगली इलाका भी दिखाई दिया। मैं कुछ पलों के लिए उस दरवाज़े के पास ठहर गया और वहाँ की शीतल हवा में गहरी साँसें लेते हुए नीचे फैले सौंदर्य का आनंद लेने लगा।

"बहुत ही प्यारा दृश्य है! है न?" पीछे से एक आवाज़ आई।

मैंने फुर्ती से पीछे मुड़कर देखा, जहाँ करीब तीस वर्षीय एक महिला अपनी पीठ पर हाईकिंग पैक लादे खड़ी थी।

"वाकई, शायद मैंने पहले कभी ऐसा दृश्य नहीं देखा," मैंने जवाब में कहा।

अगले कुछ पलों तक हम दोनों अपने दोनों ओर फैली क्यारियों और खुले दृश्य को निहारते रहे, फिर मैंने पूछा, "क्या आप जानती हैं कि यह रिसर्च गार्डन कहाँ है?"

उसने कहा, "ज़रूर, मैं उसी तरफ जा रही हूँ, आप चाहें तो मेरे साथ चल सकते हैं।"

एक-दूसरे को अपना-अपना परिचय देने के बाद हम सीढ़ियों से नीचे उतरे और दक्षिण की ओर जा रहे पुराने रास्ते पर चल पड़े। उस नीली आँखों और भूरे बालोंवाली महिला का नाम, 'सराह लोर्नर' था। अगर उसका अंदाज़ इतना गंभीर न होता तो उसे आसानी से एक अल्हड़ लड़की कहा जा सकता था। हम कई मिनटों तक खामोशी से चलते रहे।

"क्या आप यहाँ पहली बार आए हैं?" सराह ने पूछा।

मैंने जवाब दिया, "हाँ, इसीलिए मैं इस जगह के बारे में कुछ खास नहीं जानता।"

सराह ने कहा, "वैसे, मैं यहाँ करीब एक साल से आ-जा रही हूँ इसलिए आपको यहाँ के बारे में कुछ जानकारी दे सकती हूँ। करीब बीस साल पहले यह जगह अंतर्राष्ट्रीय विज्ञान सभाओं के लिए लोकप्रिय स्थान बन गई थी। अधिकतर जीव वैज्ञानिकों और भौतिकशास्त्रियों के कई वैज्ञानिक संगठनों ने यहाँ अपनी सभाएँ की हैं। फिर कुछ सालों पहले...।"

सराह ने ज़रा संकोच के साथ मेरी ओर देखा और पूछा, "क्या आपने उस पाण्डुलिपि के बारे में सुना है, जो यहाँ पेरू में मिली थी?"

मैंने बताया, "जी हाँ, मैंने उसकी पहली दो अंतर्दृष्टियों के बारे में सुना है।" मैं उसे बताना चाहता था कि मैं इस दस्तावेज़ की ओर कितना आकर्षित था लेकिन यह सोचकर रुक गया कि शायद पहली ही मुलाकात में सराह पर पूरा भरोसा नहीं किया जा सकता।

"आपको देखकर मुझे भी यही लगा जैसे आप उसी ऊर्जा को ग्रहण करने आए हैं," सराह ने कहा।

"कौन सी ऊर्जा?" लकड़ी के एक पुल को पार करते वक्त मैंने पूछा।

वह ठहर गई और पुल की रेलिंग का सहारा लेते हुए बोली, "क्या आपको तीसरी अंतर्दृष्टि के बारे में कुछ पता है?"

"नहीं।" मैंने जवाब दिया।

फिर सराह ने तीसरी अंतर्दृष्टि के बारे में बताते हुए कहा, "यह भौतिक जगत की नई समझ का वर्णन करती है। इसके मुताबिक हम इंसान उस शक्ति का अनुभव कर सकेंगे, जो अब तक हमारे लिए अदृश्य थी। यह विसिएंते लॉज उन वैज्ञानिकों के इकट्ठा होने का प्रमुख स्थान बन गया है, जो इसका अध्ययन करने और उस पर चर्चा करने में रुचि रखते हैं।"

"यानी वैज्ञानिकों का मानना है कि यह शक्ति वास्तविक है?" मैंने पूछा।

"सिर्फ कुछ ही वैज्ञानिक ऐसा मानते हैं, इसीलिए हमारी आलोचना भी होती है।," सराह ने कहा और पुल पार करने के लिए मुड़ गई।

"तो आप एक वैज्ञानिक हैं?" मैंने आश्चर्य से पूछा।

सराह ने अपना पूरा परिचय देते हुए कहा, "मैं माएन के एक छोटे से कॉलेज में भौतिकी पढ़ाती हूँ।"

"तो कुछ वैज्ञानिक आपसे असहमत क्यों हैं?" मैंने फिर पूछा।

वह एक क्षण के लिए खामोश हो गई, जैसे कुछ सोच रही हो। फिर उसने कहा, ''इसके लिए आपको विज्ञान का इतिहास समझना पड़ेगा।'' वह मेरी ओर देखते हुए ऐसे कह रही थी जैसे मुझसे पूछ रही हो कि 'क्या मैं वाकई इस विषय की गहराई में उतरना चाहता हूँ?' मैंने हामी भर दी।

सराह ने कहा, ''थोड़ी देर के लिए दूसरी अंतर्दृष्टि के बारे में सोचिए। दुनिया को देखने की मध्यकालीन समझ लुप्त होने के साथ ही हम पश्चिम के लोगों को अचानक से इस बात का पता चला कि हम एक बिलकुल अनजान ब्रह्माण्ड में रहते हैं। इस ब्रह्माण्ड को समझने के प्रयास में हमने जाना कि हमें अंधविश्वासों और सच्चाई को किसी न किसी तरह एक-दूसरे से अलग करके देखना होगा। धीरे-धीरे इस मसले पर हम वैज्ञानिकों में एक विशेष किस्म की संशयवादी सोच घर कर गईं। जिसका प्रभाव ऐसा है कि संसार के विकास पर कोई भी नई बात कहने से पहले कुछ ठोस या निश्चित सबूत देने की आवश्यकता होती है। इससे पहले कि हम किसी भी बात पर विश्वास करें, हम एक ऐसा सबूत चाहते हैं, जिसे देखा और छुआ जा सके। हर वह विचार, जिसे शारीरिक स्तर पर साबित नहीं किया जा सका, उसे नियमित रूप से नकार दिया गया।''

प्रकृति में प्रकट हुई सभी विशिष्टताओं के संदर्भ में, सराह ने बोलना जारी रखा, ''हमारी इस सोच ने हमारा अच्छा साथ दिया। इसी के चलते लोग चट्टानों से लेकर पेड़-पौधों और मानव शरीर तक, हर तरह की प्राकृतिक चीज़ों के अस्तित्त्व को स्वीकार कर सके, भले ही वे कितने भी संशयवादी रहे हों। ब्रह्माण्ड की कार्यप्रणाली को समझने की कोशिश में हमने जल्द ही बाह्य संसार की हर चीज़ को एक नाम दे दिया। अंतत: हमने यह मान लिया कि प्रकृति की सारी चीज़ें किसी न किसी प्राकृतिक नियम के अंतर्गत ही पैदा हुई हैं और हर घटना के पीछे कोई सीधा सा प्राकृतिक कारण ज़रूर होता है।''

सराह ने मेरी ओर देखा और जानबूझकर मुस्कराई। आगे उसने कहा, ''देखिए, कई मायनों में हमारे समय के वैज्ञानिक भी दूसरों से उतने अलग नहीं हैं। हमने स्वयं को जिस जगह पर पाया, वहाँ सबके साथ मिलकर उस जगह पर अपना प्रभाव जमाने का निर्णय ले लिया। इसके पीछे मुख्य विचार यह था कि ब्रह्माण्ड के बारे में ऐसी समझ विकसित कर ली जाए, जिससे यह संसार हमारे लिए बिलकुल सुरक्षित बन जाए और हमेशा हमारे काबू में रहे। हमारी संशयवादी सोच ने हमें ठोस समस्याओं पर एकाग्र रखा, जिनसे हमारा अस्तित्त्व और भी सुरक्षित हो गया।''

सराह और मैं पुल पार करके घास के मैदान से गुज़रते हुए एक घुमावदार रास्ते की ओर मुड़ गए, जो घने वृक्षों से घिरे क्षेत्र की ओर जाता था।

इसी सोच के साथ वह बोलती रही, ''विज्ञान ने संसार की अनिश्चित और गुप्त चीज़ों को सुनियोजित रूप से समाप्त कर दिया। हमने आइज़ैक न्यूटन के विचारों का अनुसरण करते हुए यही निष्कर्ष निकाला कि संसार भी एक विशालकाय मशीन की तरह है। जिसमें पहले तय की गई योजना के अनुसार ही व्यवहार किया जाता है क्योंकि इतने लंबे समय में सिर्फ यही सिद्ध किया जा सका था। जो घटनाएँ किसी दूसरी घटना के साथ बिना किसी विशेष संबंध के घटित हुईं, उन्हें संयोग यानी इत्तेफाक मान लिया गया।

फिर दो ऐसी खोजें हुईं, जिन्होंने ब्रह्माण्ड के रहस्यों के बारे में फिर से हमारी आँखें खोल

दीं। पिछले दशकों में विज्ञान संबंधी दुनिया में हुई क्रांति के बारे में काफी कुछ लिखा जा चुका है लेकिन असली परिवर्तन दो महत्वपूर्ण खोजों से ही आया। पहली खोज है, क्वांटम मैकेनिक्स की और दूसरी है, अल्बर्ट आइंस्टाइन के प्रयोग।

आइंस्टाइन ने अपने जीवन में विज्ञान से जुड़ा जो भी प्रयोग किया, उससे यही सामने आया कि हम जिसे भी वास्तविक वस्तु समझते हैं, वह अधिकतर एक खाली जगह होती है, जिसमें से ऊर्जा अलग-अलग रूप में बह रही होती है। हम स्वयं भी इसमें शामिल हैं। दूसरी ओर क्वांटम मैकेनिक्स ने यह दिखाया कि जब हम ऊर्जा के अलग-अलग रूपों को सूक्ष्मता से देखते हैं तो चमत्कारी परिणाम पाए जा सकते हैं। प्रयोगों से पता चला है कि जब हम इस ऊर्जा को सूक्ष्म खण्डों में तोड़ देते हैं, तब उसे हम मूलभूत कण (एलीमेंट्री पार्टिकल) कहते हैं। उनकी कार्य करने की प्रक्रिया का निरीक्षण करने से पता चलता है कि इसके परिणाम को शोध कार्य ने ही सीमित कर दिया है, मानों ये एलीमेंट्री पार्टिकल वैसे ही परिणाम दिखाएँगे जिनकी शोधकर्ता उम्मीद करता है। ब्रह्माण्ड के नियमों के बारे में हमारी समझ से विपरीत यदि ये मूलभूत कण किसी ऐसे स्थान पर प्रकट हो जाएँ, जहाँ इनके पहुँचने की संभावना न हो, कुदरत के नियमों के अनुसार : एक साथ दो स्थानों पर, समय के थोड़ा आगे और पीछे। कुछ इस तरह!''

सराह मेरी ओर मुड़ी और क्षणभर के लिए ठहरकर आगे बोली, ''दुर्भाग्य से अधिकतर वैज्ञानिक इस विचार को गंभीरता से नहीं लेते। इसके बारे में उनके मन में हमेशा शंका बनी रहती है और वे हमेशा इस इंतज़ार में रहते हैं कि हम इन्हें सिद्ध कर सकें।''

तभी अचानक किसी ने सराह को पुकारा और कहा, ''अरे सराह, हम लोग इस तरफ हैं।'' मैंने अपनी दायीं ओर मुड़कर देखा कि करीब पचास गज की दूरी पर कोई पेड़ों के बीच खड़ा हमारी ओर हाथ दिखा रहा है।

सराह ने उस ओर इशारा करते हुए मुझसे कहा, ''मुझे इन लोगों से कुछ देर बातचीत करनी है। मेरे पास तीसरी अंतर्दृष्टि का अनुवाद है, जब तक मैं इन लोगों से मिलकर वापस आती हूँ, तब तक आप चाहें तो यहीं कहीं बैठकर इसे पढ़ सकते हैं।''

''बिलकुल,'' मुझे उसका यह सुझाव अच्छा लगा।

उसने अपने झोले से एक फोल्डर निकाला, मुझे सौंपा और चली गई।

मैं किसी आरामदायक कोने की तलाश करने लगा ताकि सुकून से बैठकर इस फोल्डर को पढ़ सकूँ लेकिन यहाँ की ज़्यादातर ज़मीन नम थी और छोटी-छोटी घनी झाड़ियों से ढकी हुई थी। तभी मेरी नज़र पूर्व की ओर मौजूद एक टीले पर पड़ी। मैं सूखी ज़मीन ढूँढ़ने के इरादे से उस तरफ बढ़ गया।

टीले की चोटी पर पहुँचकर मैं हतप्रभ रह गया। मेरे सामने प्राकृतिक सौंदर्य का एक और अप्रतिम नज़ारा मौजूद था। मेरे सामने करीब पचास फीट की दूरी पर शाहबलूत के ढेर सारे पेड़ लगे हुए थे, जिनकी चौड़ी शाखाएँ ऊपर जाकर एक-दूसरे में घुल-मिल गई थीं। इससे वहाँ छत जैसी एक अनोखी आकृति बन गई थी। साथ ही ज़मीन पर करीब पाँच-पाँच फीट ऊँचाईवाले ढेर सारे हरे-भरे पौधे भी लगे हुए थे, जिनकी पत्तियाँ कम से कम दस-दस इंच चौड़ी रही होंगी। बीच-बीच में फर्न के सुंदर पौधे और सफेद फूलों से लदी झाड़ियाँ भी थीं। मैं

एक सूखी जगह देखकर वहीं बैठ गया। सामने खिले फूलों और वनस्पतियों की खुशबू से सब कुछ महक रहा था।

फोल्डर खोलकर मैंने तीसरी अंतर्दृष्टि का अनुवाद पढ़ना शुरू किया। जिसकी संक्षिप्त भूमिका में यह समझाया गया था कि तीसरी अंतर्दृष्टि हमें प्राकृतिक ब्रह्माण्ड की रूपांतरित समझ के बारे में बताती है। इसमें लिखे शब्दों और सराह द्वारा दिया गया वर्णन लगभग एक सा था। इसमें भविष्यवाणी की गई थी कि दूसरी सहस्त्राब्दी के अंतिम समय में इंसान एक ऐसी नई ऊर्जा की खोज कर लेगा, जो वास्तव में हर चीज़ का आधार है और जिसका इंसान सहित अन्य सभी चीज़ों से फैलाव हो रहा है।

मैं कुछ देर इस पर विचार करता रहा, फिर मैंने कुछ ऐसा पढ़ा, जिस पर मैं मंत्रमुग्ध हो गया। पाण्डुलिपि बता रही थी कि इंसान को इस ऊर्जा का पहला अनुभव सौंदर्य के प्रति उसकी उच्चतम संवेदनशीलता से होता है। तभी मैंने सराह को अपनी ओर आते हुए देखा, जिसने टीले की ओर देखते हुए मुझे ढूँढ़ लिया था।

मेरे पास पहुँचते ही सराह ने कहा, ''यह सचमुच कमाल की जगह है, क्या आपने इस अंतर्दृष्टि का वह भाग पढ़ा, जिसमें सौंदर्य के अनुभव की बात कही गई है?''

''हाँ, लेकिन पता नहीं इसका वास्तविक अर्थ क्या है।'' मैंने जवाब दिया।

सराह ने कहा, ''इस बारे में आगे विस्तार से बताया गया है लेकिन मैं आपको संक्षेप में समझाती हूँ। दरअसल सौंदर्य का यह अनुभव एक तरह का मापदंड है, जो हम सबको बताता है कि हम ऊर्जा के एहसास के कितने करीब आ गए हैं। यह स्पष्ट है क्योंकि जब आप इस ऊर्जा का निरीक्षण करते हैं तो पता चलता है कि इसका सातत्य (Continuum) बिलकुल सौंदर्य जैसा ही है।''

''लगता है आप इससे पूरी तरह सहमत हैं,'' मैंने कहा।

''हाँ, बिलकुल'' सराह ने पूरी निश्चिंतता से मेरी ओर देखते हुए कहा, ''लेकिन सबसे पहले मैंने अपने अंदर सौंदर्य के प्रति गहरी सराहना का भाव विकसित किया है।''

मेरे मन में सवाल उठा कि ''लेकिन यह नियंत्रित कैसे होता है? क्या सौंदर्य तुलनात्मक नहीं है?''

सराह ने सहमति जताई और कहा, ''जिन चीज़ों को हम सुंदर समझते हैं, वे अलग-अलग तो हो सकती हैं लेकिन हम जिन्हें सौंदर्य के लक्षण मानते हैं, वे समान ही होते हैं। ज़रा विचार करें कि हमारा ध्यान खींचनेवाली सुंदर चीज़ों के रंगों की विविधता और आकार की मोहकता अन्य चीज़ों की तुलना में अधिक होती है। है न? सुंदर चीज़ें सबसे अलग और अन्य बेडौल चीज़ों की तुलना में कहीं अधिक चमकदार/आलोकित या लगभग इंद्रधनुषी होती हैं।''

सराह की बात पर मैंने हामी भरी।

आगे वह कहने लगी, ''अब इस जगह को ही लीजिए, मैं जानती हूँ कि आप इससे प्रभावित हैं क्योंकि यह जगह ही ऐसी है। यहाँ आकर हम सब प्रभावित हो जाते हैं। यहाँ फूलों के रंग और आकार अधिक चमकदार लगते हैं। असल में इसी अनुभव का अगला स्तर ही सारी चीज़ों के आस-पास होनेवाली ऊर्जा की किरण को देखना है।''

मैं ज़रा हक्का-बक्का रह गया था क्योंकि अपनी बात खत्म करने के बाद सराह ने

ठहाका लगाया और फिर बहुत गंभीरता से बोली, ''शायद हमें बगीचे में चलना चाहिए। वे यहाँ से दक्षिण की ओर लगभग आधा मील दूर स्थित हैं। मुझे लगता है, वे बगीचे आपको अच्छे लगेंगे।'' एक अजनबी होने के बावजूद उसने मुझे पाण्डुलिपि को समझाने का प्रयास किया था और विसिएंते की सैर भी कराई थी। इसलिए मैंने सराह के प्रस्ताव पर हामी भरते हुए उसे धन्यवाद दिया। जवाब में उसने अपने कंधे हिला दिए।

उसने कहा, ''हम लोग जो करना चाहते हैं, लगता है आप उसके समर्थक हैं। और हम सभी जानते हैं कि हम यहाँ जनसंपर्क का प्रयास कर रहे हैं। इस शोध को जारी रखने के लिए हमें अमरीका और अन्य क्षेत्रों में इसके बारे में जागरूकता फैलानी होगी। वैसे भी यहाँ की सरकार हमें पसंद नहीं करती।''

अचानक किसी ने पीछे से आवाज़ लगाई, ''एक्सक्यूज़ मी प्लीज!'' हमने पलटकर देखा कि तीन लोग तेज़ी से हमारी ओर चले आ रहे थे। उन सभी की उम्र चालीस पार लग रही थी और उन्होंने काफी स्टाइलिश कपड़े पहन रखे थे।

''क्या आप लोग बता सकते हैं कि ये रिसर्च गार्डन्स कहाँ हैं?'' उन तीनों में से सबसे लंबे शख्स ने सवाल किया।

''क्या मैं पूछ सकती हूँ कि आप यहाँ किस काम से आए हैं?'' सराह ने जवाब में पूछा।

उस लंबे कद के शख्स ने कहा, ''हम पेरू विश्वविद्यालय से आए हैं। इस इस्टेट के मालिक ने मुझे और मेरे साथियों को यह इजाज़त दी है कि हम इन बागीचों का मुआयना कर सकें और इनमें चल रहे तथाकथित शोध के बारे में बातचीत कर सकें।''

''लगता है, आप हमारी खोजों से सहमत नहीं हैं,'' सराह ने मुस्कराते हुए कहा। स्पष्ट था कि वह माहौल हलका करने की कोशिश कर रही थी।

दूसरे व्यक्ति ने तपाक से कहा, ''बिलकुल नहीं, हमारे विचार से यह दावा बचकाना है कि अब एक रहस्यमय ऊर्जा प्रकट हो सकती है, जबकि पहले कभी ऐसा कुछ नहीं हुआ है।''

''क्या आपने कभी उसे देखने की कोशिश की?'' सराह ने सवाल किया।

उस व्यक्ति ने सराह के सवाल को नज़रअंदाज़ करते हुए फिर से पूछा, ''क्या आप हमें बगीचों का रास्ता बताएँगी?

सराह ने कहा, ''ज़रूर, करीब सौ गज आगे जाकर आपको पूर्व की ओर एक रास्ता दिखाई देगा। उस रास्ते पर लगभग चौथाई मील के बाद आप बगीचों तक पहुँच जाएँगे।''

लंबे इंसान ने सराह को धन्यवाद दिया और फिर वे सब तेज़ी से आगे बढ़ गए।

''आपने तो उन्हें गलत रास्ते पर भेज दिया,'' मैंने सराह से कहा।

उसने जवाब दिया, ''नहीं तो, उस इलाके में अन्य बगीचे भी हैं और वहाँ के लोग ऐसे संशयवादियों से बातचीत करने के लिए ज़्यादा बेहतर हैं। ऐसे लोग यहाँ अकसर आते रहते हैं। न सिर्फ वैज्ञानिक बल्कि उत्सुकता रखनेवाले लोग भी, जो यह नहीं समझते कि हम क्या कर रहे हैं... इससे पता चलता है कि वैज्ञानिक समझवालों के सामने किस-किस तरह की समस्याएँ पेश आती हैं।''

''आप कहना क्या चाहती हैं?'' मैंने पूछा।

जवाब में सराह ने कहा, "जैसा कि मैंने पहले ही कहा था, तूफान, पेड़ या प्रकाश जैसा दृश्य और प्राकृतिक जगत संबंधी घटनाओं के निरीक्षण के मामले में वह प्राचीन संदेहजनक सोच बढ़िया थी। लेकिन निरीक्षण योग्य घटनाओं का एक और समूह भी है, जो बाकी घटनाओं से कहीं अधिक रहस्यमयी है। जब तक आप अपनी संशयवादी सोच से अलग हटकर नहीं देखते और इन्हें अनुभव करने का हर संभव प्रयास नहीं करते, तब तक आप न तो इनका अध्ययन कर सकते हैं और न ही निश्चित रूप से यह कह सकते हैं कि ये सचमुच मौजूद हैं। एक बार जब आप संशयवादी सोच त्याग देते हैं तो फिर से गहन अध्ययन कर सकते हैं।"

"दिलचस्प," मैंने कहा।

आगे जाकर यह वन समाप्त हो रहा था और उसके आसपास ऐसे दर्जनों जमीन के टुकड़े दिखाई दे रहे थे, जिनमें केले से लेकर पालक तक, तरह-तरह की फसलें लगी हुई थीं। हर फसल की पूर्वी सीमा पर रेत का एक चौड़ा रास्ता बना हुआ था, जो उत्तर में जाकर एक सड़क पर मिल जाता था, जो सार्वजनिक सड़क लग रही थी। उस सड़क के सामने ही धातु से बने तीन भवन थे और हरेक के आसपास तीन-चार लोग काम पर लगे हुए थे।

सराह ने सबसे पासवाले भवन की ओर इशारा करते हुए कहा, "मेरे कुछ दोस्त वहाँ हैं, चलिए वहाँ चलते हैं, मैं आपको उनसे मिलवाना चाहती हूँ।"

सराह ने मेरा परिचय वहाँ मौजूद तीन पुरुषों और एक महिला से कराया, सभी इस शोध में शामिल थे। पुरुषों ने मुझसे थोड़ी बातचीत की और फिर वापस अपने काम में लग गए लेकिन मार्जरी नाम की एक महिला के पास जीव-वैज्ञानिक (Biologist) पर बातचीत करने के लिए खाली समय था।

मैंने मार्जरी की ओर देखा और पूछा, "तुम यहाँ क्या शोध कर रही हो?"

वह ज़रा चौंक सी गई लेकिन फिर मुस्कराते हुए बोली, "कहाँ से शुरू करूँ, कहना मुश्किल है। क्या आपको पाण्डुलिपि के बारे में पता है?"

मैंने कहा, "हाँ, मैंने पहला भाग पढ़ा है और तीसरी अंतर्दृष्टि को बस पढ़ना शुरू ही किया है।"

"हम सब इसीलिए यहाँ हैं। आइए, मैं आपको दिखाती हूँ।" मार्जरी ने मुझे अपने पीछे आने का इशारा किया और हम उस इमारत के आसपास टहलते हुए वहाँ पहुँचे, जहाँ फलियों (Beans) की फसल लगी हुई थी। मैंने पाया कि फलियों के नन्हें पौधे असाधारण रूप से स्वस्थ लग रहे हैं। उनमें कीटों द्वारा होनेवाले नुकसान का नामो-निशान तक नहीं था और एक भी पत्ती मुरझाई हुई नहीं थी। सारे पौधे भुरभुरी खाद मिली मिट्टी में एक-दूसरे से उचित दूरी पर लगाए गए थे। उनकी टहनियाँ और पत्तियाँ एक-दूसरे के आसपास थीं लेकिन पौधों की आपस की दूरी इतने तारतम्य से तय की गई थी कि वे अगले पौधे को छू नहीं पा रही थीं।

मार्जरी ने पास ही में लगे एक पौधे की ओर इशारा करते हुए कहा, "हमने इन पौधों को एक पूरी ऊर्जा प्रणाली की तरह देखने का प्रयास किया और विकसित होने के लिए उनकी हर ज़रूरत जैसे मिट्टी, पोषण, नमी और प्रकाश पर काफी विचार किया। हमने पाया कि हर पौधे के आसपास का कुदरती तंत्र एक सजीव प्रणाली है, जैसे कोई जीता-जागता जीव हो और पौधे के हर हिस्से की सेहत बाकी सारे हिस्सों की सेहत पर गहरा असर डालती है।"

मार्जरी ज़रा हिचकिचाते हुए आगे बोली, ''खास बात यह है कि जब हमने पौधों के आसपास ऊर्जा के परस्पर संबंधों पर विचार करना शुरू किया तो हमें आश्चर्यजनक परिणाम मिले। हमने जिन पौधों का अध्ययन किया था, वे आकार में बहुत बड़े नहीं थे लेकिन पोषण मापदंडों के अनुसार वे कहीं अधिक फलदायक थे।''

''लेकिन इसे मापा कैसे गया?'' मैंने पूछा।

मार्जरी ने जवाब दिया, ''उन पौधों में प्रोटीन, कार्बोहाइड्रेट, विटामिन्स और खनिज तुलनात्मक रूप से अधिक पाए गए।''

उसने मुझे उम्मीदभरी नज़रों से देखा और फिर कहा, ''लेकिन यह कोई अनोखी बात नहीं है। हमने पाया कि जिन पौधों को सबसे अधिक देखभाल मिली, वे और भी फलदायक थे।''

''किस तरह की देखभाल?'' मैंने पूछा।

उसने कहा, ''जैसे उनके आसपास की ज़मीन पर टहलना या रोज़ाना उनका निरीक्षण करना। बस इसी तरह की छोटी-छोटी चीज़ें। इसके अलावा हमने अपने नियंत्रण समूह के साथ एक प्रयोग भी किया, जिसमें कुछ पौधों पर विशेष ध्यान दिया गया, जबकि कुछ पर नहीं। इससे साबित हो गया कि पौधों की सेहत के लिए मानवीय देखभाल कितनी महत्वपूर्ण हो सकती है। और तो और हमने न सिर्फ इस संकल्पना का विस्तार किया बल्कि एक शोधकर्ता को भी नियुक्त किया, जिसका काम था, पौधों पर ध्यान देना और उन्हें मज़बूती से विकसित होने के लिए मानसिक निर्देश देना। वह शोधकर्ता अपना सारा समय पौधों के साथ बिताता था और अपना ध्यान व चिंतन उनके विकास पर केन्द्रित रखता था।''

''तो क्या इससे वे अधिक फलदायी बन गए?'' मैंने पूछा।

मार्जरी ने कहा, ''हाँ, बिलकुल! और उनकी वृद्धि भी तेज़ी से हुई।''

''कमाल है!'' मैंने आश्चर्य से कहा।

''सचमुच...'' मार्जरी ने हमारी ओर आते एक व्यक्ति की तरफ देखते हुए कहा, जो करीब साठ की उम्र का लग रहा था।

मार्जरी ने विनम्रता से उस सज्जन के बारे में बताया कि ''वे जो सज्जन आ रहे हैं, वे एक माइक्रो न्यूट्रीशनिस्ट हैं। वे करीब एक साल पहले पहली बार यहाँ आए थे और फिर उन्होंने वाशिंग्टन स्टेट यूनिवर्सिटी से छुट्टी ले ली। उनका नाम प्रोफेसर हेंस है और उन्होंने कुछ विलक्षण अध्ययन किए हैं।''

जैसे ही वे हमारे पास आए मार्जरी ने उनसे मेरा परिचय कराया। वे एक मज़बूत कद-काठी के व्यक्ति थे। मार्जरी के कुछ उकसाने पर प्रोफेसर अपने शोध के बारे में बताने लगे। उन्होंने जानकारी दी कि वे खून के सूक्ष्म परीक्षणों के आधार पर शरीर के अंगों के कार्य-व्यवहार के अध्ययन में विशेष रुचि रखते हैं, जो विशेषकर मानव शरीर द्वारा ग्रहण किए जानेवाले खाद्य पदार्थों की गुणवत्ता से संबंधित हैं।

उन्होंने बताया कि एक अध्ययन के परिणाम ने विशेष रूप से उनका ध्यान खींचा, जिससे पता चला था कि पोषक गुणों से युक्त जो पौधे विसिएंते में विकसित हुए थे, उनका सेवन

इंसान की शारीरिक क्षमताओं को आश्चर्यजनक रूप से बढ़ा देता है। यह बढ़ोतरी उससे कहीं अधिक थी, जिसकी अपेक्षा सामान्यत: स्वयं इन पोषक तत्त्वों से की जाती है क्योंकि हम मानव शरीर में इनके कार्य करने के ढंग को अच्छी तरह जानते हैं। यह अनपेक्षित प्रभाव इन पौधों की निर्मिती में उपस्थित किसी न किसी गुण के कारण ही है।

मैंने मार्जरी की ओर देखा, फिर पूछा, ''यानी इन पौधों की ओर ध्यान एकाग्र करने से इनमें कुछ ऐसा बदलाव आया कि इनका सेवन करने से इंसान की शक्ति बढ़ने लगी? क्या यही वह ऊर्जा है, जिसका पाण्डुलिपि में ज़िक्र किया गया है?''

मार्जरी ने प्रोफेसर की ओर देखा। उन्होंने अधूरी मुस्कराहट के साथ कहा, ''फिलहाल मैं यह नहीं जानता।''

उनके भावी शोध के बारे में पूछने पर उन्होंने बताया कि वे इन बागों को वाशिंग्टन स्टेट में विकसित कर एक दीर्घकालीन अध्ययन करना चाहते हैं कि लोग खाने में इनका उपयोग करके अधिक ऊर्जावान या अधिक समय तक स्वस्थ रह पाते हैं या नहीं। जब वे यह सब बता रहे थे तो मैं रह-रहकर मार्जरी की ओर देख रहा था। अचानक वह मुझे बहुत खूबसूरत नज़र आने लगी थी। बैगी जीन्स और टी-शर्ट पहने होने के बावजूद उसका शरीर लंबा और पतला लग रहा था। उसके बाल और आँखें गहरे भूरे रंग की थीं और उसके बालों की लटें उसके चेहरे के आसपास लहरा रही थीं।

मैंने उसके प्रति गहरा शारीरिक आकर्षण महसूस किया। ठीक उसी क्षण जब मैंने यह आकर्षण अनुभव किया, उसने अपना चेहरा घुमाकर मेरी आँखों में घूरकर देखा और फिर एक कदम पीछे हट गई।

अचानक उसने कहा, ''मुझे किसी से मिलना है, बाद में मिलते हैं।'' उसने प्रोफेसर हेंस को अलविदा कहा, संकोचभरी मुस्कराहट के साथ मेरी ओर देखा और रेत वाले रास्ते पर चल पड़ी।

प्रोफेसर से कुछ देर और बात करने के बाद मैंने उन्हें शुभकामनाएँ दीं और वापस उस ओर चल पड़ा, जिस ओर सराह खड़ी थी। वह अब भी पूरे उत्साह से एक शोधकर्ता से बातें कर रही थी लेकिन उसकी आँखें मुझ पर टिकी हुई थीं।

मेरे वहाँ पहुँचने पर उसके साथ खड़ा व्यक्ति मुस्कराया, फिर उसने अपने नोट्स व्यवस्थित किए और इमारत के भीतर चला गया।

''कुछ मिला?'' सराह ने मुझसे पूछा।

''हाँ,'' मैंने अनमने ढंग से जवाब दिया, ''ऐसा लगता है, जैसे ये लोग कुछ दिलचस्प काम कर रहे हैं।''

मैं यूँ ही इधर-उधर देख रहा था। तभी सराह ने मुझसे पूछा, ''मार्जरी कहाँ गई?''

मैंने पाया कि यह सवाल पूछते वक्त वह शरारती नज़रों से मेरी ओर देख रही थी।

मैंने जवाब दिया, ''उसे किसी से मिलने जाना था।''

''क्या तुमने उसे नाराज़ कर दिया?'' सराह ने मुस्कराते हुए पूछा।

मैं हँसा और कहा, ''लगता तो ऐसा ही है, लेकिन मैंने उससे कुछ भी ऐसा-वैसा नहीं

कहा।''

सराह ने कहा, ''कुछ कहने की ज़रूरत भी नहीं थी, वह तुम्हारे शारीरिक ऊर्जा चक्र में हो रहे बदलाव को देख सकती थी, मैं भी यहाँ से वही देख रही थी। वह बदलाव स्पष्ट नज़र आ रहा था।

''कैसा बदलाव?'' मैंने हैरानी से पूछा।

सराह ने मुझे समझाते हुए कहा, ''तुम्हारे शरीर के आसपास के ऊर्जा चक्र में हुआ बदलाव। हममें से कई इसे देखना सीख चुके हैं, कम से कम विशेष प्रकाश स्थितियों में। जब किसी व्यक्ति को कामुक विचार आते हैं, तब उसका ऊर्जा चक्र विशेष प्रकार से उस व्यक्ति की ओर लहराता है, जिसके प्रति वह आकर्षित हो रहा है।''

उसकी इस बात ने मुझे हैरान कर दिया लेकिन इससे पहले कि मैं कोई प्रतिक्रिया दे पाता, हमारा ध्यान इमारत से बाहर आते कुछ लोगों पर गया।

सराह ने कहा, ''अब ऊर्जा प्रक्षेपण (देखने) का समय है, तुम देखना चाहोगे?''

हम कुछ युवा छात्रों के पीछे-पीछे मक्के की क्यारी तक पहुँच गए। पास से देखने पर पता चला कि ये क्यारी दो छोटी-छोटी क्यारियों से मिलकर बनी थी, जो लगभग दस वर्ग फीट की थीं। एक क्यारी की मक्के की फसल करीब दो फीट ऊँची थी, जबकि दूसरी क्यारी की फसल पंद्रह इंच से थोड़ी कम रही होगी। उन युवाओं में से चार छात्र लंबे पौधोंवाली क्यारी की ओर बढ़ गए और फिर क्यारी के सम्मुख होकर एक-एक कोने पर बैठ गए। उन्हें देखकर समझ में आ रहा था कि उन सभी का पूरा ध्यान पौधों की ओर ही था। मेरे पीछे ढलती दोपहर का सूरज चमक रहा था, जो क्यारियों को एक हलकी सुनहरी रोशनी से नहला रहा था लेकिन आगे कुछ दूरी पर मौजूद घना जंगल अंधेरा सा लग रहा था। मक्के की क्यारी और इन छात्रों की उजली छवि उस अंधेरी पृष्ठभूमि पर किसी छायाचित्र की तरह लग रही थी।

सराह मेरे बगल में खड़ी थी, उसने कहा, ''देखो! कितना सटीक तरीका है, तुम देख रहे हो न?''

''क्या?'' मैंने पूछा।

सराह ने बताया कि ''वे युवा छात्र अपनी ऊर्जा पौधों पर डाल रहे हैं।''

मैं बहुत गौर से इस दृश्य को देख रहा था लेकिन कुछ भी समझ नहीं पा रहा था।

''मुझे तो कुछ भी समझ में नहीं आ रहा,'' मैंने कहा।

''तो फिर तुम नीचे बैठ जाओ और उन युवाओं व पौधों के बीच के स्थान को एकाग्रचित्त होकर देखो।'' सराह ने कहा।

मैंने ठीक वैसा ही किया। पलभर के लिए मुझे लगा, जैसे मैंने रोशनी की एक लौ देखी पर फिर मुझे लगा कि या तो यह सिर्फ एक प्रतिबिंब था या मेरी आँखों का धोखा। हालाँकि इसके बाद भी मैंने कई बार इसे देखने की कोशिश की लेकिन कोई लाभ नहीं हुआ। आखिरकार मैंने हार मान ली।

''मुझे सचमुच कुछ भी नहीं दिख रहा,'' मैंने खड़े होते हुए कहा। सराह ने मेरे कंधे थपथपाए और कहा, ''चिंता मत करो। पहली बार में यह सभी को कठिन ही लगता है।

आमतौर पर उस ऊर्जा को देखने के लिए आँखों को ज़रा अलग तरह से फोकस करना पड़ता है।

एक ध्यानमग्न व्यक्ति ने हमारी ओर देखा और अपने होंठों पर उँगली रखकर हमें चुप रहने का इशारा किया। हम वापस इमारत की ओर चल पड़े।

''क्या तुम विसिएंते में लंबे समय तक रुकनेवाले हो?'' सराह ने सवाल किया।

मैंने कहा, ''शायद नहीं। मैं जिस व्यक्ति के साथ आया हूँ, उसे पाण्डुलिपि के तीसरे भाग की तलाश है।''

उसे कुछ आश्चर्य हुआ। ''मुझे तो लगा था कि पूरी पाण्डुलिपि खोज ली गई है। हालाँकि मुझे ठीक से पता नहीं है। मैं अपने काम के हिस्से में इतनी खोई रही कि मैंने बाकी सब ठीक से पढ़ा ही नहीं।''

मेरा हाथ सहज ही अपनी पैंट की जेब में चला गया। मुझे लगा कि कहीं मैंने सराह का अनुवाद गुमा तो नहीं दिया। मैंने पाया कि उन पन्नों को रोल करके मैंने अपनी पिछली जेब में ही रखा हुआ है।

''पता है,'' सराह कहने लगी, ''हमने पाया है कि ऊर्जा चक्र को देखने के लिए दिन की दो विशेष समय अवधि सबसे अनुकूल होती है। एक सूर्यास्त के समय और दूसरा सूर्योदय के समय। यदि तुम चाहो तो कल सूर्योदय के समय मैं तुमसे मिलूँगी। उस वक्त हम एक बार फिर से कोशिश कर सकते हैं।''

सराह ने फोल्डर अपने हाथों में लेते हुए कहा, ''मैं तुम्हारे लिए इस अनुवाद की प्रतिलिपि बनवा देती हूँ, फिर तुम इसे अपने साथ ले जा सकते हो।''

मैंने उसके प्रस्ताव पर कुछ पल विचार किया और पाया कि इसमें कोई नुकसान नहीं था।

मैंने कहा, ''क्यों नहीं? हालाँकि मुझे अपने मित्र से मिलकर पक्का करना होगा कि इसके लिए हमारे पास पर्याप्त समय है या नहीं।'' मैं उसकी ओर देखकर मुस्कराया ''तुम्हें क्यों लगता है कि मैं इसे देख सकता हूँ?''

सराह ने कहा, ''इसे तुम मेरी धारणा कह सकते हो।''

हमने तय किया कि हम सुबह छह बजे पहाड़ी पर मिलेंगे। फिर मैं सराह से विदा लेकर अकेले ही लॉज की तरफ पैदल चल दिया, जो वहाँ से करीब एक मील की दूरी पर था। सूरज ढल चुका था लेकिन आसमान में फैले मटमैले बादलों में उसकी नारंगी चमक मौजूद थी। माहौल में ठंढक थी लेकिन हवा नहीं चल रही थी।

लॉज के डाइनिंग रूम में खाने की मेज पर कतार लगी हुई थी। भूख के कारण मैं भी ये देखने के लिए ज़रा आगे पहुँच गया कि भोजन में क्या परोसा जा रहा था। विल और प्रोफेसर हेंस वहीं पर खड़े एक-दूसरे के साथ गपशप कर रहे थे।

''कैसी रही तुम्हारी दोपहर?'' विल ने पूछा।

''शानदार।'' मैंने जवाब दिया।

''ये विलियम हेंस हैं,'' विल बताने लगा।

''हाँ,'' मैंने कहा, ''हम पहले ही मिल चुके हैं।''

प्रोफेसर ने सहमति का इशारा किया।

मैंने उन्हें अपनी सुबह की योजना बताई। विल को इसमें कोई समस्या नहीं थी क्योंकि वह खुद भी कुछ लोगों से मिलना चाहता था, जिनसे अब तक उसकी बात नहीं हो पाई थी और यह तय था कि हम सुबह 9:00 बजे से पहले यहाँ से नहीं निकल पाएँगे।

जब कतार ज़रा आगे बढ़ी तो पीछे खड़े कुछ लोगों ने मुझे अपने इन दोनों मित्रों के साथ कतार में शामिल होने के लिए जगह दे दी। मैं प्रोफेसर के साथ कतार में लग गया।

''तो, यहाँ चल रहे हमारे काम के बारे में आपका क्या खयाल है?'' प्रोफेसर हेंस पूछने लगे।

मैंने कहा, ''दरअसल अभी तो मैं ये सब समझने का प्रयास कर रहा हूँ। ऊर्जा चक्रों की यह प्रक्रिया मेरे लिए बिलकुल नई है।''

प्रोफेसर ने कहा, ''वास्तव में यह सभी के लिए नई है लेकिन दिलचस्प बात यह है कि विज्ञान हमेशा से इस ऊर्जा की तलाश में था : असल में कुछ बातें हर विषय में समान ही हैं। खास तौर पर आइंस्टाइन के समय से ही भौतिक शास्त्र एक एकीकृत क्षेत्र सिद्धांत की खोज में था। हालाँकि मैं निश्चित तौर पर नहीं कह सकता कि यह ऊर्जा वही है या नहीं लेकिन कम से कम इस पाण्डुलिपि के माध्यम से कुछ मज़ेदार शोधकार्यों को प्रोत्साहन ज़रूर मिला है।''

''लेकिन विज्ञान इस विचार को किन शर्तों पर स्वीकार करेगा?'' मैंने पूछा।

उन्होंने कहा, ''इसे मापने का कोई न कोई रास्ता निकालना होगा। वैसे भी, इस ऊर्जा का अस्तित्त्व इतना भी अनजाना नहीं है। कराटे के उस्ताद अपनी अंदरूनी ऊर्जा 'ची' के अस्तित्त्व पर विश्वास करते हैं, जो हाथों से ईंटें तोड़ने और चार लोगों के धक्का देने के बावजूद बिना हिले-डुले एक ही जगह पर बैठे रहने जैसे उनके असंभव कारनामों के पीछे की असली ताकत है। हम सभी ने देखा है कि किस तरह खिलाड़ी अपने शरीर को मोड़ते-घुमाते हुए और गुरुत्वाकर्षण को चुनौती देते हुए हवा में करतब करते हैं। ये सब उसी ऊर्जा का परिणाम है, जो हमारे अंदर छिपी हुई है। इसमें कोई दो राय नहीं कि इसे तब तक स्वीकार नहीं किया जाएगा, जब तक कि लोग इसे खुद देख नहीं लेते।''

मैंने सवाल किया, ''क्या आपने कभी इसका अनुभव किया है?''

प्रोफेसर ने जवाब दिया, ''हाँ, मैंने इसका अनुभव किया है और यह इस बात पर निर्भर है कि मैंने भोजन में क्या खाया है।''

''कैसे?''

प्रोफेसर ने कहा, ''यहाँ मौजूद वे लोग, जो इन ऊर्जा चक्रों को देख चुके हैं, वे अधिकतर शाकाहारी भोजन करते हैं। आमतौर पर वे उन्हीं उच्चतम फलदायी पौधों से बना खाना खाते हैं, जो उन्होंने खुद ही लगाए होते हैं।''

उन्होंने खाने की मेज की ओर इशारा किया और फिर कहा, ''उनमें से कुछ यहाँ भी मौजूद हैं, वैसे शुक्र है भगवान का कि मेरे जैसे माँसाहार के आदी बुजुर्ग व्यक्ति के लिए यहाँ कुछ मछलियाँ और अन्य माँसाहार भी उपलब्ध हैं। लेकिन यदि मैं जानबूझकर कुछ अलग तरह का भोजन करूँ तो मैं भी कुछ न कुछ ज़रूर देख सकता हूँ।''

मैंने उनसे पूछा कि "आपने अपनी खुराक को लंबे समय के लिए क्यों नहीं बदला?"

उन्होंने जवाब में कहा, "पता नहीं, शायद पुरानी आदतें आसानी से नहीं बदलतीं।"

कतार आगे बढ़ने पर मैंने अपने लिए शाकाहारी भोजन लिया। हम तीनों खाना खाते हुए एक बड़ी सी मेज पर करीब घंटेभर तक अनौपचारिक बातें करते रहे। फिर विल और मैं जीप में रखा अपना-अपना सामान निकालने के लिए बाहर आ गए। "क्या तुमने भी इन ऊर्जा चक्रों को देखा है?" मैंने विलियम से पूछा।

उसने मुस्कराते हुए गर्दन हिलाई और कहा, "मेरा कमरा पहले माले पर है और तुम्हारा तीसरे माले पर, 306 नंबर। तुम अपने कमरे की चाभी डेस्क से ले लेना।"

कमरे में कोई फोन नहीं था पर गलियारे में लॉज के एक कर्मचारी को देखकर मैं निश्चिंत हो गया कि कोई न कोई मुझे सुबह 5:00 बजे तक जगा ही देगा। बिस्तर पर लेटने के बाद काफी देर तक मैं सोचता रहा। आज मेरी दोपहर काफी लंबी और व्यस्त रही। मैं विल की खामोशी का अर्थ भी समझ रहा था। वह चाहता था कि मैं तीसरी अंतर्दृष्टि को अपने ढंग से समझूँ।

यह सब सोचते-सोचते मेरी आँख कब लगी, मुझे याद नहीं। अगली चीज़ यही याद है कि किसी ने मेरे कमरे का दरवाज़ा खटखटाया। मैंने घड़ी की ओर देखा, ठीक 5:00 बजे हुए थे। जब नौकर ने फिर से दरवाज़ा खटखटाया तो मैंने ज़ोर से उसे 'धन्यवाद' कहा ताकि उसे सुनाई दे जाए। आखिर मैं अलसाते हुए बिस्तर से उठा और कमरे की खिड़की से बाहर झाँका। पूर्व की ओर उजाले की हलकी सी आभा थी, जो बता रही थी कि बस सुबह होने ही वाली है।

मैंने फटाफट शावर लिया और कपड़े पहनकर नीचे गया। डाइनिंग रूम खुला हुआ था। आश्चर्य की बात यह थी कि इतनी सुबह-सुबह भी वहाँ ढेर सारे लोग नाश्ते के लिए मौजूद थे। मैंने केवल फल खाए और निकल पड़ा।

मैदान में कोहरा तैर रहा था, जो दूर घास के मैदानों तक फैला हुआ था और पक्षी पेड़ों पर चहचहा रहे थे। मैं जैसे-जैसे लॉज से आगे बढ़ा, पूर्व में क्षितिज से सूर्य प्रकट होने लगा। इस समय सूर्य का रंग बड़ा दर्शनीय होता है, चटक खरबूजी रंग के क्षितिज पर गहरा नीला आकाश।

मैं 15 मिनट पहले ही टीले पर पहुँच गया और एक विशाल वृक्ष से टिककर बैठ गया। मेरे ऊपर बलखाती टहनियों का बड़ा ही आकर्षक जाल था। कुछ ही मिनटों बाद मैंने किसी के आने की आहट सुनी और मैं सराह के आने की उम्मीद में रास्ते की ओर देखने लगा। लेकिन तभी मैंने वहाँ एक अनजान व्यक्ति को देखा, जो करीब चालीस की आयु का रहा होगा। वह मेरी मौजूदगी से बिलकुल बेखबर इसी तरफ आ रहा था। मुझ पर उसकी नज़र तब पड़ी, जब वह मुझसे दस फीट दूर रहा होगा। मैं भी कुछ अवाक सा था।

"ओह! हैलो," उसने ब्रुकलिन निवासियों के अंदाज़ में अभिवादन किया। उसके बाल घुंघराले थे और जीन्स व हाईकिंग बूट्स पहने हुए वह काफी चुस्त नज़र आ रहा था।

मैंने भी उसका अभिवादन किया।

"क्षमा कीजिएगा, शायद मैंने आपको चौंका दिया," उसने कहा।

"कोई बात नहीं।" मैंने सहज होते हुए कहा।

उसने अपना नाम फिल स्टोन बताया। मैंने भी अपना परिचय दिया और बताया कि मैं यहाँ एक दोस्त का इंतज़ार कर रहा हूँ।

"आप भी यहाँ शोध कर रहे होंगे," मैंने कहा।

फिल ने जवाब दिया, "नहीं, दरअसल मैं दक्षिण कैलिफोर्निया यूनिवर्सिटी में काम करता हूँ। हम कुछ अन्य इलाकों में वर्षा वनों के नष्ट होने का अध्ययन कर रहे हैं, लेकिन जब भी मौका मिलता है, मैं यहाँ सुस्ताने चला आता हूँ। मुझे अलग-अलग तरह के वन-क्षेत्रों में जाना बहुत पसंद है।"

उसने आसपास नज़र दौड़ाते हुए कहा, "क्या आपने गौर किया है कि यहाँ के कुछ वृक्ष करीब पाँच सौ साल पुराने हैं? यह सही मायनों में एक अनछुआ जंगल है, बिलकुल विलक्षण। सब कुछ एकदम सटीक और संतुलित है। ये उष्णदेशीय पौधे घने वृक्षों से छनकर आती धूप में विकसित होते हैं। वर्षा वनों के पौधे भी लंबी आयु के होते हैं लेकिन वे अलग ढंग से फलते-फूलते हैं। यह किसी शांत क्षेत्र के प्राचीन वन जैसा है, जैसे यह वन अमरीका में हैं।"

"मैंने तो अमरीका में ऐसा कुछ नहीं देखा," मैंने बताया।

फील ने कहा, "मैं जानता हूँ, अब वहाँ ऐसे वन बहुत कम ही बचे हैं। जहाँ तक मुझे पता है, सरकार ने ऐसे अधिकतर वनों को इमारती लकड़ी के लिए बेच दिया है, मानों उन वनों में लकड़ी के अलावा और कुछ था ही नहीं। कितने शर्म की बात है कि ऐसी जगहों को भी ये लोग इस तरह बरबाद कर देते हैं। ज़रा देखिए, कितनी ऊर्जा है यहाँ।"

"आप यहाँ की ऊर्जा देख सकते हैं?" मैंने सवाल किया।

उसने गौर से मेरी ओर देखा, जैसे अपना जवाब तय कर रहा हो।

"हाँ, बिलकुल देख सकता हूँ।" आखिरकार उसने जवाब दिया।

"लेकिन मैं नहीं देख सका, कल जब वे लोग पौधों के पास क्यारियों में ध्यान कर रहे थे, उस वक्त मैंने काफी कोशिश की लेकिन कोई लाभ नहीं हुआ," मैंने बताया।

फिल ने कहा, "ओह, मैं भी शुरुआत में उतने बड़े चक्र नहीं देख पाया था, मुझे तो अपनी उँगलियों की ओर देखकर शुरुआत करनी पड़ी थी।"

"वह कैसे?" मैंने पूछा।

"आइए, उस तरफ चलते हैं," फिल ने उस इलाके की ओर इशारा करते हुए कहा, "जहाँ के पेड़ों में कुछ अंतर था और ऊपर नीला आकाश देखा जा सकता था। मैं आपको दिखाता हूँ।"

वहाँ पहुँचकर फिल ने कहा, "ज़रा पीछे होकर अपनी दोनों हाथों की तर्जनी उँगलियों के पोरों को आपस में मिलाइए और आकाश को पृष्ठभूमि (Background) में रखिए। अब उँगलियों को एक-दूसरे से करीब एक इंच दूर ले जाकर बीच की जगह को सीधे देखिए। क्या दिखाई दे रहा है?"

"मेरी आँखों की पुतलियों पर धूल दिख रही है।" मैंने कहा।

फिल ने कहा, "उसे नज़रअंदाज़ कर दीजिए, अपनी आँखों को फोकस के बाहर कीजिए

और पोरों को ज़रा करीब लाइए, फिर अलग कर लीजिए।"

मैं अपनी उँगलियाँ उसके कहे अनुसार हिला रहा था, बिना यह समझे कि आँखों को फोकस से बाहर रखने का क्या अर्थ था। अंतत: मैंने अपनी नज़र सरसरी तौर पर अपनी उँगलियों के बीच की खाली जगह पर जमा दी। दोनों उँगलियों के पोर (अंगुली का जोड़) अब धुंधले दिखने लगे थे और तभी मैंने उनके बीच कुछ धुएँ सा देखा।

"हे भगवान," मैंने कहा और फिर उसे बताया कि मैंने क्या देखा।

"बिलकुल ठीक! बिलकुल ठीक! अब कुछ देर तक यही करते रहिए।" फिल ने कहा।

मैंने अपने दोनों हाथों की उँगलियों को एक साथ मिलाया, फिर अपनी हथेलियों और भुजाओं को भी। हर मुद्रा में मैं अपने अंगों के बीच ऊर्जा की रेखाएँ देख पा रहा था। इसके बाद मैंने अपने हाथ सीधे किए और फिल की ओर देखने लगा।

"ओह, आप मुझ पर देखना चाहते हैं?" उसने पूछा और फिर ज़रा पीछे जाकर ऐसे खड़ा हो गया कि आसमान सीधे उसके पीछे दिखे। मैं कोशिश कर ही रहा था कि तभी पीछे से आती एक आवाज़ ने मेरी एकाग्रता तोड़ दी। मैंने पलटकर देखा, सराह हमारी ओर ही आ रही थी।

फिल ने आगे बढ़कर मुस्कराते हुए पूछा, "क्या ये वही हैं, जिनका आप इंतज़ार कर रहे थे?"

"मैं तुम्हें जानती हूँ," सराह ने आते ही फिल की ओर देखते हुए कहा।

वे स्नेह के साथ एक-दूसरे से गले मिले और फिर सराह ने मेरी ओर देखकर कहा, "देरी के लिए माफी चाहती हूँ। पता नहीं क्यों, मेरा अलार्म नहीं बजा लेकिन अब मुझे समझ में आ रहा है कि ऐसा क्यों हुआ। आखिर मेरे यहाँ समय पर न पहुँचने से आप दोनों को बातचीत करने का मौका मिल गया। तो क्या कर रहे थे आप लोग?"

"इन्होंने अभी-अभी अपनी उँगलियों के बीच ऊर्जा चक्र देखना सीखा है," फिल ने बताया।

सराह ने मेरी ओर देखा, फिर कहा, "पिछले साल फिल और मैं ठीक इसी जगह पर ऊर्जा चक्र देखना सीख रहे थे।" फिर उसने फिल की ओर देखते हुए कहा, "चलो हम दोनों एक-दूसरे के साथ अपनी पीठ जोड़कर खड़े हो जाते हैं, हो सकता है, इससे इन्हें हमारे बीच ऊर्जा दिखाई दे।"

वे एक-दूसरे से अपनी पीठ जोड़कर मेरे सामने खड़े हो गए, मैंने उन्हें थोड़ा और आगे आने को कहा। अब वे मुझसे करीब चार फीट की दूरी पर थे और पृष्ठभूमि में फैले गहरे नीले आकाश की तुलना में उन दोनों के शरीर छाया-कृति बना रहे थे। उनके बीच के खाली स्थान पर वही गहरा आकाश कुछ हलका नज़र आ रहा था, जो मेरे लिए अचम्भा था। वहाँ आकाश कुछ-कुछ पीला सा और पीलापन लिए हुए गुलाबी रंग जैसा दिख रहा था।

"उन्हें दिखाई दे रहा है," फिल ने मेरी प्रतिक्रिया देखते हुए कहा।

सराह ने पलटकर फिल को उसकी बाँहों से पकड़ लिया फिर वे मुझसे कुछ और दूर, करीब दस फीट तक चले गए। उनके धड़ों के इर्द-गिर्द गुलाबी-सफेद ऊर्जा मंडल मौजूद था।

''ठीक है,'' सराह ने गंभीरता से कहा। वह मेरे पास आई और बगल में झुककर बैठ गई। उसने कहा, ''अब यह दृश्य और इसका सौंदर्य देखो।''

मैं अपने आसपास के आकारों और रूपों से आश्चर्यचकित था। ऐसा लग रहा था जैसे मैं विशाल शाहबलूत के पेड़ों को समग्रता में एकाग्र होकर देख सकता था। केवल उनका एक भाग नहीं बल्कि एक ही बार में संपूर्ण रूप। मैं हर पेड़ के अनोखे आकार और उसके आकृतियों को देखकर हतप्रभ था। मैं एक के बाद दूसरे को घूमते हुए देख रहा था। ऐसा करते हुए, जैसे शाहबलूत का हर पेड़ मुझे अपनी उपस्थिति का अधिक एहसास करा रहा था, मानों मैं उन्हें पहली बार देख और उनके महत्त्व को समझ पा रहा था।

अचानक विशाल वृक्षों के नीचे की वनस्पति ने मेरा ध्यान आकर्षित किया। मैंने फिर से सभी पौधों के अलग-अलग और अनोखे रूप को निहारा। मेरा ध्यान इस बात पर भी गया कि किस तरह हर पौधा अपनी प्रजाति के अन्य पौधों के साथ विकसित हुआ था, जो किसी समुदाय जैसा लगता था। उदाहरण के लिए केले जैसे लंबे पौधे को घेरती बेलें, जो स्वयं फर्न जैसे छोटे पौधों के साथ विकसित हो रही थीं। जब मैं पर्यावरण के इस सूक्ष्म रूप का एहसास कर पाया तो उसके अनूठेपन और अलग-अलग आकारों से बहुत प्रभावित हुआ।

तभी करीब दस फीट की दूरी पर मौजूद एक पौधे ने मेरा ध्यान खींचा। मेरे घर पर अकसर ऐसे ही पौधे रखे जाते थे, यह फिलोडेनड्रोन की किसी प्रजाति का था। गहरे हरे रंग के इस पौधे की पत्तियों का विस्तार लगभग चार फीट के दायरे तक था और पौधे का आकार बड़ा ही संतुलित और जीवंत लग रहा था।

''हाँ, इस पर ध्यान दो लेकिन ज़रा आराम से,'' सराह ने कहा।

ऐसा करते हुए मैं अपनी आँखों के फोकस के साथ खेल रहा था। एक समय पर तो मैं पौधे के हर भाग से छह इंच दूर की जगह पर फोकस करने की कोशिश कर रहा था। धीरे-धीरे मुझे प्रकाश की झलक दिखाई देने लगी, फिर फोकस को थोड़ा बदलने पर पौधे के आसपास मुझे प्रकाश चक्र भी नज़र आने लगे।

''अब मुझे कुछ-कुछ दिखाई दे रहा है,'' मैंने कहा।

''ज़रा अपने आसपास देखो,'' सराह ने कहा।

मैं असमंजस में पीछे हटा। मैंने पाया कि मेरी नज़र में आनेवाले हर पौधे के इर्द-गिर्द सफेद से प्रकाश का एक घेरा दिखाई पड़ रहा था। बिलकुल प्रत्यक्ष लेकिन पारदर्शी, जिससे पौधे के रंग या आकार में कोई खलल नहीं पड़ रहा था। मैंने महसूस किया कि मैं हर पौधे के अनोखे सौंदर्य को देख पा रहा हूँ। ये कुछ ऐसा था, जैसे मैंने पहले पौधों को देखा, फिर मुझे उनके अनोखे अस्तित्त्व का आभास हुआ और फिर जब उनके प्राकृतिक अस्तित्त्व के सौंदर्य में कुछ विस्तार हुआ तो मैंने ऊर्जा चक्र देखे।

''ज़रा गौर करो, शायद तुम देख सको,'' सराह ने कहा और मेरे सामने के फिलोंड्रोंन के सम्मुख बैठ गई। मैंने देखा कि उसके शरीर के इर्द-गिर्द जैसे श्वेत प्रकाश फूट पड़ा है और फिलोंड्रोंन पर छा गया है। जिससे उस पौधे के ऊर्जा चक्र का दायरा कई फीट और फैल गया था।

''उफ्फ!'' मैं आश्चर्य से भर उठा। फिल और सराह दोनों हँस पड़े। जल्द ही मैं भी इस

अजीबोग़रीब घटना के अनूठेपन पर हँस पड़ा। अच्छी बात यह थी कि मुझे इस घटना को प्रत्यक्ष देखने के बाद भी किसी तरह की असहजता महसूस नहीं हुई, जबकि कुछ मिनट पहले तक मैं इस पर संदेह कर रहा था। मुझे अनुभव हुआ कि ऊर्जा चक्रों की अनुभूति ने, बिना किसी संवेदना के मेरे आसपास की चीज़ों को मेरे लिए अधिक वास्तविक और ठोस बना दिया था।

अब मुझे हर चीज़ कुछ अलग सी लग रही थी। इस अनुभव की तुलना मैं केवल किसी ऐसी फिल्म से कर सकता था, जिसमें जंगल को अधिक रहस्यमय और आकर्षक दिखाने के लिए संपादन के दौरान उसके रंगों को और निखारा गया हो। अब पेड़-पौधे, पत्तियाँ, आकाश सब किसी ऐसी आभा, जीवंतता और चेतना से सराबोर लग रहे थे, जिसे हम सामान्यत: महसूस नहीं करते। यह सब देखने के बाद आप किसी वन को हलके ढंग से नहीं देख सकते।

मैंने फिल की ओर देखा और कहा, ''ज़रा यहाँ आकर बैठो और अपनी ऊर्जा फिलोंड्रोंन पर डालो, मैं तुलना करना चाहता हूँ।''

फिल कुछ व्यग्र सा लगा। उसने कहा, ''नहीं, मैं नहीं कर सकता, पता नहीं क्यों लेकिन मैं नहीं कर सकता।''

मैंने सराह की ओर देखा।

सराह ने बताया, ''दरअसल कुछ लोग ऐसा कर सकते हैं और कुछ नहीं। अभी हमें इसके बारे में ठीक से पता नहीं है। इसके लिए मार्जरी को अपने विद्यार्थियों को परखना होगा कि कौन यह करने में सक्षम है और कौन नहीं। कुछ मनोवैज्ञानिक इस क्षमता का संबंध इंसान के व्यक्तित्व से जोड़ने का प्रयास कर रहे हैं लेकिन अभी तक कोई भी इसके बारे में ठोस बात नहीं कह सकता।''

''मैं कोशिश करता हूँ,'' मैंने कहा।

''ठीक है,'' सराह बोली।

मैं फिर से पौधों के सम्मुख होकर बैठ गया। सराह और फिल भी सही कोण पर जाकर खड़े हो गए।

''ठीक है! लेकिन इसकी शुरुआत कैसे की जाती है?'' मैंने पूछा।

''बस अपना ध्यान पौधों पर एकाग्र करो, मानो तुम अपनी ऊर्जा से इन्हें और खिलने का मौका दे रहे हो,'' सराह ने कहा।

मैंने पौधे की ओर देखते हुए कल्पना की, जैसे उसमें से ऊर्जा बाहर निकल रही हो, फिर कुछ पलों के बाद मैंने उन दोनों की ओर देखा।

''माफ करना,'' सराह ने व्यंग्यात्मक लहज़े में कहा, ''स्पष्ट है कि तुम चुनिंदा साधकों में से एक नहीं हो।'' मैंने फिल की ओर बनावटी गुस्से से देखा। तभी नीचे रास्ते से आ रही तेज़ आवाज़ों ने हमारी बातों में खलल डाल दिया। हमने पेड़ों के बीच से देखा कि कुछ व्यक्तियों का एक समूह आपस में बहस करते हुए वहाँ गुज़र रहा था।

''ये लोग कौन हैं?'' फिल ने सराह से सवाल किया।

सराह ने कहा, ''मैं नहीं जानती लेकिन शायद हमारे क्रिया-कलापों से कुछ और लोग

भी परेशान लग रहे हैं।''

मैंने चारों ओर फैले जंगल पर नज़रें दौड़ाईं। अब सब कुछ फिर से मामूली नज़र आने लगा था।

''अरे, अब मैं ऊर्जा चक्रों को नहीं देख पा रहा हूँ!'' मैंने कहा।

''कुछ चीज़ें सचमुच आपको वापस पीछे धकेल देती हैं, है न?'' सराह ने टिप्पणी की।

फिल ने मुस्कराकर मेरा कंधा थपथपाया और कहा, ''तुम इसे फिर से कर सकते हो। यह बस साइकिल चलाने जैसा ही है। तुम्हें सिर्फ सौंदर्य को देखना है और फिर वहीं से विस्तार करना है।''

सूरज काफी चढ़ चुका था और पेड़ों की पत्तियाँ मध्यम गति से चल रही हवा से लहरा रही थीं। मुझे अचानक याद आया कि 9:00 बजे के बाद मुझे और विल को यहाँ से निकलना है। मैंने अपनी कलाई पर बँधी घड़ी की ओर देखा, जो 7:50 का समय दिखा रही थी।

''लगता है मुझे अब वापस जाना चाहिए,'' मैंने कहा।

सराह और फिल मेरे साथ हो लिए। चलते हुए मैंने वन की हरियाली से ढके पर्वत को फिर से देखा। ''ये सचमुच बहुत सुंदर जगह है, दुर्भाग्यपूर्ण है कि अमरीका में ऐसे और स्थान नहीं हैं।'' मैंने कहा।

फिल ने कहा, ''एक बार आप दूसरे इलाकों में भी ऊर्जा चक्र देख लें, तब आपको एहसास होगा कि ये वन सचमुच कितने शानदार हैं। ज़रा शाहबलूत के इन पेड़ों को देखिए। पेरू में इन्हें बिरले पेड़ माना जाता है लेकिन ये यहाँ विसिएंते में खूब उगते हैं। किसी ऐसे वन में, जिसके ज़्यादातर पेड़ों को काट डाला गया हो, विशेषकर जिसे इमारती लकड़ी हासिल करने और मुनाफा कमाने के लिए साफ कर दिया गया हो, वहाँ ऊर्जा चक्र बहुत कम होते हैं। हर शहर की उसके निवासियों से बिलकुल अलग, अपनी एक विशेष तरह की ऊर्जा ज़रूर होती है।''

मैं रास्ते के दोनों ओर लगे पौधों पर ध्यान लगाने की कोशिश करता रहा, लेकिन लगातार पैदल चलते रहने के कारण चाहकर भी ध्यान एकाग्र नहीं कर सका।

''क्या आप लोगों को सचमुच लगता है कि मैं इन चक्रों को फिर से देख सकूँगा?'' मैंने पूछा।

''हाँ बिलकुल,'' सराह ने जवाब दिया और फिर कहा, ''मैंने तो अब तक ऐसा कभी नहीं सुना कि कोई एक बार इनका अनुभव करने के बाद दोबारा न कर पाया हो। एक बार यहाँ एक ओप्थाल्मोलॉजिस्ट आया था, जो ऊर्जा चक्रों को देखना सीखने के बाद काफी उत्साहित हो गया था। बाद में पता चला कि वह कुछ विशेष दृष्टि-दोषों, जिनमें वर्णांधता यानी रंगों की अंधता (color blindness) भी शामिल थी, उन पर काम कर रहा था। उसने बताया कि कुछ लोगों की आँखों में मंद-ग्रहणशीलता (lazy receptiveness) का दोष होता है। उसने लोगों को सिखाया था कि रंगों को ऐसे देखना चाहिए, जैसे पहले कभी उन्हें अनुभव ही न किया हो। उसके अनुसार ऊर्जा चक्रों को देखना वैसा ही होता है, जैसे अगले दिन नींद से जागना, जो सैद्धांतिक रूप से हर कोई कर सकता है।''

''काश मैं ऐसे किसी स्थान के आसपास ही बस सकता,'' मैंने कहा।

"यह ख्वाहिश तो हर किसी की है," फिल ने कहा और फिर सराह और मुझ पर नज़र डालते हुए पूछने लगा, "क्या डॉक्टर हेंस अब भी यहीं हैं?"

सराह ने कहा, "हाँ, वे कहीं नहीं जा सकते।"

फिल ने मेरी ओर देखा, फिर कहा, "कम से कम कोई तो है, जो इस बारे में कुछ दिलचस्प शोध कर रहा है कि यह ऊर्जा हमारे लिए क्या-क्या कर सकती है।"

"जब मैं पिछली बार यहाँ आया था," फिल ने अपनी बात जारी रखी, "उन्होंने मुझे बताया था कि वे इस बात का अध्ययन करना चाहते हैं कि इस वनक्षेत्र जैसे उच्च ऊर्जा क्षेत्रों के आस-पास रहने मात्र से ही कैसे प्राकृतिक प्रभाव पड़ते हैं। उनका कहना था कि वे इसका प्रभाव देखने के लिए शारीरिक अंगों की दक्षता और परिणामों जैसे मापदंडों का ही इस्तेमाल करेंगे।"

सराह ने कहा, "वैसे, मैं तो इसके प्रभाव को पहले से जानती हूँ। जब भी मैं यहाँ आती हूँ तो मुझे सब कुछ बेहतर महसूस होने लगता है। हर चीज़ का विस्तार हो जाता है। मैं खुद को अधिक प्रबल महसूस करने लगती हूँ और अधिक स्पष्ट व तेज़ी से सोच-विचार कर सकती हूँ। इस बारे में मेरी अंतर्दृष्टि और भौतिकी विषय से जुड़े मेरे काम से, यह सब जिस तरह संबंधित है, वह सचमुच कमाल है।"

"तुम फिलहाल किस चीज़ पर काम कर रही हो?" मैंने पूछा।

सराह ने कहा, "क्या तुम्हें याद है कि मैंने तुम्हें कण-भौतिकी के एक आश्चर्यजनक प्रयोग के बारे में बताया था, जिसमें अणु के नन्हें हिस्से वहीं प्रकट हुए, जहाँ वैज्ञानिक अनुमान लगा रहे थे?

"हाँ"

सराह ने आगे कहा, "मैंने इसी अवधारणा को अपने प्रयोगों के माध्यम से आगे ले जाने का प्रयास किया है। मैं यह प्रयोग लघु आण्विक कणों की समस्या को हल करने के लिए नहीं कर रही, जिनपर वे लोग काम कर रहे थे। बल्कि मैं यह उन प्रश्नों के अवलोकन के लिए कर रही हूँ, जिनके बारे में मैंने तुम्हें पहले बताया था। भौतिक ब्रह्माण्ड, जो उसी बुनियादी ऊर्जा से बना है, एक इकाई के रूप में हमारी उम्मीदों पर किस हद तक प्रभाव करता है? हमारी उम्मीदों का उन सब पर कितना नियंत्रण होता है, जो हमारे साथ घटता है?"

"तुम्हारा मतलब, संयोग?" मैंने पूछा।

सराह ने कहा, "हाँ, ज़रा अपने जीवन की घटनाओं के बारे में सोचो। महान वैज्ञानिक न्यूटन के प्राचीन विचारों के अनुसार हर घटना संयोग से ही होती है। लोग सही फैसले ले सकते हैं और खुद को आगे आनेवाली स्थितियों के लिए तैयार कर सकते हैं लेकिन हर घटना हमारे व्यवहार से बिलकुल स्वतंत्र, अपने विशेष कारणों से घटती है।

आधुनिक भौतिक विज्ञान में नई खोजों के बाद हम वैध रूप से यह प्रश्न कर सकते हैं कि क्या ब्रह्माण्ड उससे भी अधिक क्रियाशील है? शायद ब्रह्माण्ड बुनियादी तौर पर यांत्रिक ढंग से काम करता है लेकिन हमारे द्वारा दी गई मानसिक ऊर्जा की ओर सूक्ष्म रूप से प्रतिक्रिया करता है। मेरा मतलब है, आखिर क्यों नहीं? यदि हम पौधों को शीघ्रता से विकसित कर सकते हैं तो संभवत: कुछ घटनाओं के घटने को धीमा या तेज़ भी कर सकते हैं।"

''क्या पाण्डुलिपि में इसका कोई ज़िक्र है?'' मैंने पूछा।

सराह मुस्कराने लगी। उसने कहा, ''बेशक, हमें ये विचार वहीं से मिले हैं।'' उसने अपने झोले में कुछ खोजना शुरू कर दिया और पलभर के बाद एक फोल्डर बाहर निकाला।

''ये लो, ये तुम्हारे लिए है,'' सराह ने कहा।

मैंने उसका तेज़ी से मुआयना करने के बाद अपनी जेब में रख लिया। जब हम लोग पुल पार कर रहे थे तो मैं अपने आसपास के पौधों के आकार और रंगों को देखते हुए कुछ झिझका। अपने फोकस को थोड़ा बदलने पर मैं अपनी दृष्टि में पड़नेवाली हर चीज़ के इर्द-गिर्द ऊर्जा चक्र देख सकता था। सराह और फिल दोनों के ऊर्जा चक्र विस्तृत थे जो हलके पीले-हरे दिखाई देते थे। जबकि सराह का चक्र कभी-कभी गुलाबी प्रकाश से भी चमक जाता था।

अचानक वे दोनों रुक गए और रास्ते की ओर देखने लगे। लगभग पचास फीट दूर से एक आदमी हमारी ओर तेजी से चला आ रहा था। उसे देखकर मुझे ज़रा चिंता हुई, फिर भी मैंने निश्चय किया कि मैं ऊर्जा चक्रों पर से अपना ध्यान हटने नहीं दूँगा। वह आदमी जैसे ही पास आया, मैं उसे पहचान गया। वह पेरू विश्वविद्यालय से आए वैज्ञानिकों में से वही लंबा शख्स था, जिसने हमसे एक दिन पहले बागों का रास्ता पूछा था। मुझे उसके आसपास एक किस्म की लाल सतह नज़र आ रही थी।

हमारे पास पहुँचते ही उसने सराह की तरफ देखते हुए पूछा, ''आप एक वैज्ञानिक हैं, हैं न?''

''जी हाँ,'' सराह ने जवाब दिया।

उस लंबे शख्स ने कहा, ''तो फिर आप ऐसे विज्ञान को कैसे मान सकती हैं? मैंने वे बाग देखे और मैं उनकी बेसलीकी पर विश्वास नहीं कर सकता। आप लोगों ने कुछ भी नियंत्रण में नहीं रखा है। कुछ पौधों के अधिक विकसित होने के तो कई कारण हो सकते हैं।''

इस पर सराह ने जवाब दिया, ''हर चीज़ पर नियंत्रण रखना असंभव है महोदय। हम यहाँ सिर्फ सामान्य प्रवृत्तियों की खोज कर रहे हैं।''

मैं सराह की आवाज़ में बढ़ता तीखापन महसूस कर सकता था।

''लेकिन अभी-अभी दिखाई देनेवाली ऊर्जा, जो कि जीवित वस्तुओं की रासायनिक उपस्थिति है, उसे स्वयं-सिद्ध मान लेना बिलकुल बेतुका है। आखिर आपके पास कोई प्रमाण भी तो नहीं है।'' उस लंबे कद वाले शख्स ने कहा।

''हम भी प्रमाण ही ढूँढ़ रहे हैं।'' सराह ने थोड़ी ऊँची आवाज़ में कहा।

सराह की बात सुनकर उस शख्स ने थोड़ा क्रोधित होते हुए कहा, ''लेकिन आप किसी वस्तु के अस्तित्त्व को बिना कोई प्रमाण मिले सिद्ध कैसे मान सकते हैं?''

अब उन दोनों के स्वर में क्रोध झलकने लगा था पर फिर भी मुझे उनकी बातें स्पष्ट सुनाई नहीं दे रही थीं। मेरा सारा ध्यान उनके ऊर्जा चक्रों की क्रियाशीलता पर ठहर गया था। जब बातचीत शुरू हुई थी तो मैं और फिल कुछ कदम पीछे हट गए थे, जबकि सराह और वह लंबा व्यक्ति आमने-सामने आकर एक-दूसरे से लगभग चार फीट की दूरी पर थे। जल्द ही उन दोनों के ऊर्जा चक्र विस्तृत और गहरे होने लगे थे, जैसे कोई आंतरिक कंपन हो रहा

हो। जैसे-जैसे बातचीत बढ़ी, उनके चक्र आपस में मिलने शुरू हो गए। जब भी उनमें से कोई एक कुछ कहता था तो उसका ऊर्जा चक्र दूसरे के चक्र को निगलता हुआ सा प्रतीत होता था, जैसे खालीपन की कोई क्रिया चल रही हो। लेकिन जब दूसरा व्यक्ति जवाब देता तो ऊर्जा फिर से उसकी दिशा में गतिशील हो जाती। क्रिया के हिसाब से बातचीत के दौरान किसी भी बिंदु पर मजबूत तर्क देने का अर्थ था, प्रतिद्वंद्वी की ऊर्जा को अपनी ओर खींच लेना।

सराह ने कहा, ''इसके अलावा हमने जिस प्रक्रिया का निरीक्षण किया है, उसे फिलहाल हम समझने का प्रयास कर रहे हैं।''

उस व्यक्ति ने सराह को घृणा से देखते हुए कहा, ''तो इसका अर्थ है कि आप लोग सिर्फ निर्बल ही नहीं, पागल भी हैं।'' इतना कहकर वह तेजी से वहाँ से निकल गया।

''और आप डायनासॉर हैं,'' सराह उसकी ओर चिल्लाई, जिसे देखकर मैं और फिल हँस पड़े।

फिल, मैं और सराह हम तीनों वापस लौटने के लिए फिर चल पड़े। हालाँकि सराह अब भी तनाव में थी। तभी सराह ने कहा, ''ये लोग सचमुच मुझे गुस्सा दिला देते हैं,'' ''जाने दो, ''कभी-कभी ऐसे लोग भी मिल जाते हैं।'' फिल ने कहा।

''पर इतने सारे क्यों? और अभी ही क्यों?'' सराह ने पूछा।

जब हम लॉज तक पहुँचे तो मैंने विल को जीप के पास खड़ा देखा। उसके दरवाज़े खुले हुए थे और हुड पर कुछ सामान बिखरा हुआ था। उसने मुझे देखा और तुरंत पास आने का इशारा किया।

''ओह, लगता है हम बस निकलने ही वाले हैं,'' मैंने कहा।

मेरे यह बोलने से दस मिनट की खामोशी टूट गई, जो तब शुरू हुई थी, जब मैंने सराह को बहस के दौरान उसकी ऊर्जा में आए परिवर्तन के बारे में समझाने का प्रयास किया था। जाहिर था, मैं ऐसा ठीक से नहीं कर सका था क्योंकि मेरी टिप्पणी का परिणाम केवल खामोश टकटकी और सबका अपने आपमें खो जाना था।

''तुमसे मिलकर अच्छा लगा,'' सराह ने मेरी ओर अपना हाथ बढ़ाते हुए कहा।

फिल जीप की ओर देख रहा था। ''जेम्स, क्या यही विल है?'' उसने पूछा। ''क्या ये वही व्यक्ति है, जिसके साथ आप यात्रा कर रहे हैं?''

''हाँ,'' मैंने कहा। ''क्यों?''

''दरअसल मैंने इन्हें यहाँ पहले भी देखा है। ये यहाँ के मालिक को जानते हैं और उन शुरुआती समूहों के व्यक्ति हैं, जिन्होंने सबसे पहले इन ऊर्जा चक्रों पर शोध को प्रोत्साहित किया था।'' फिल ने बताया।

''आइए, मैं आपको उनसे मिलवाता हूँ,'' मैंने कहा।

फिल ने कहा, ''नहीं, मुझे वापस जाना है, मैं आपको बाद में यहीं मिलता हूँ। मुझे पता है आप यहाँ से दूर नहीं रह सकेंगे।''

''बेशक,'' मैंने कहा।

सराह ने कहा कि उसे भी जाना है और मैं अगर चाहूँ तो लॉज के माध्यम से उससे संपर्क

कर सकता हूँ। मैंने ऊर्जा चक्रों को देखना सिखाने के लिए उन दोनों को धन्यवाद देने में कुछ समय और ले लिया।

सराह गंभीर हो गई। उसने कहा, ''ऊर्जा को देखना, भौतिक संसार को समझने के इस नए रास्ते को ग्रहण करना, एक तरह के संक्रमण से बढ़ता है। हालाँकि हम इसे नहीं समझते लेकिन कोई व्यक्ति जो ऊर्जा चक्रों को देखने में सक्षम व्यक्ति के साथ संपर्क करता है, वह भी इसे देखने योग्य हो जाता है। इसलिए जाओ और औरों को भी इन्हें देखना सिखाओ।''

मैंने सहमति जताई और फुर्ती से जीप की ओर बढ़ गया। विल ने मुस्कराकर मुझे अभिवादन किया।

''क्या आप तैयार हैं?'' मैंने पूछा।

''हाँ, लगभग,'' उसने कहा। ''तुम्हारी सुबह कैसी रही?''

''दिलचस्प,'' मैंने कहा। ''मुझे आपसे बहुत सी बातें करनी हैं।''

''फिलहाल उन्हें बचाकर रखो, पहले हमें यहाँ से निकलना होगा। यहाँ का माहौल ठीक नहीं लग रहा है।'' विल ने कहा।

मैं उसके करीब गया। ''क्यूँ? ऐसा क्या हो गया यहाँ?'' मैंने पूछा।

विल ने कहा, ''कुछ खास नहीं, मैं बाद में सब समझाता हूँ। जाओ, पहले अपना सामान ले आओ।

मैंने लॉज के कमरे में से अपना सामान निकाल लिया। विल ने मुझे बताया था कि लॉज के मालिक की ओर से हमारा शुल्क माफ कर दिया गया था इसलिए मैंने डेस्क पर जाकर कमरे की चाभियाँ क्लर्क को सौंपीं और जीप की ओर बढ़ चला।

विल हुड के नीचे कुछ तलाश कर रहा था लेकिन मेरे पहुँचने तक उसने उसे बंद कर दिया था।

''चलो,'' उसने कहा। ''चलते हैं।''

हम पार्किंग लॉट से बाहर निकले। फिर नीचे की ओर मुख्य रास्ते पर चल पड़े। कई अन्य गाड़ियाँ भी उसी समय मुख्य सड़क की ओर बाहर निकल रही थीं।

''हाँ तो बताइए, क्या चल रहा है?'' मैंने विल से पूछा।

विल ने जवाब दिया, ''स्थानीय अफसरों का एक दल है, उन्होंने कुछ वैज्ञानिक किस्म के लोगों के साथ कॉन्फरेंस सेंटर से जुड़े लोगों के खिलाफ शिकायत दर्ज कराई है। हालाँकि उन्होंने किसी गैरकानूनी गतिविधि का आरोप तो नहीं लगाया लेकिन उनकी नज़र में यहाँ आए कुछ वैज्ञानिक अनुचित कार्य कर रहे हैं और उनके साथ कुछ अनिष्ट हो सकता है। ये अफसर बड़ी समस्याएँ खड़ी कर सकते हैं, जिसके परिणामस्वरूप यह लॉज कारोबार से बाहर हो सकता है।''

मैं अवाक रह गया। विल ने अपनी बात जारी रखी, ''देखो, इस लॉज में एक समय में कई समूह रुकते हैं। उनमें से कुछेक ही पाण्डुलिपि के शोध कार्यों से जुड़े होते हैं। दूसरे समूह अन्य कारणों से या प्राकृतिक सौंदर्य का आनंद उठाने के लिए यहाँ आते हैं। यदि ये अफसर यहाँ नकारात्मक माहौल बना देंगे तो वैज्ञानिकों के समूह यहाँ आना बंद कर सकते हैं।''

"लेकिन आपने तो कहा था कि विसिएंते को पर्यटकों से होनेवाली आमदनी के कारण स्थानीय अफसर उन्हें कभी नहीं छेड़ते।" मैंने पूछा।

विल ने कहा, "हाँ, मुझे यही लगता था लेकिन शायद किसी ने उन्हें पाण्डुलिपि के बारे में बताकर परेशान कर दिया है। क्या किसी को अंदाज़ा था कि बागों में क्या हो रहा है?"

"नहीं, कतई नहीं, बस सराह और फिल को यह लग रहा था कि अचानक इतने सारे असंतुष्ट और गुस्सैल लोग कहाँ से आ गए।" मैंने कहा।

मेरी बात सुनकर विल चुप ही रहा। हम लॉज परिसर के दरवाज़े से निकलकर दक्षिण-पूर्व की ओर मुड़ गए थे और करीब एक मील बाद हमने दूसरी सड़क पकड़ ली थी, जो आगे जाकर पूर्वी पर्वत श्रृंखला की ओर जाती थी।

"हम बागों से होकर चलेंगे," कुछ देर बाद विल ने कहा।

आगे जाकर मुझे कुछ क्यारियाँ और पहली धातु से बनी इमारत दिखाई दी। जैसे ही हम पास पहुँचे, इमारत का मुख्य का दरवाज़ा खुला और बाहर आ रही एक महिला से मेरी नजरें टकराईं। वह मार्जरी थी। वहाँ से गुज़रते वक्त उसने मुड़कर मेरी ओर देखा। अगले कुछ लम्हों तक हम एक-दूसरे को यूँ ही देखते रहे।

"कौन थी वह?" विल ने पूछा।

"मैं उससे कल मिला था," मैंने कहा।

उसने गर्दन हिलाई और फिर विषय बदलते हुए कहा, "क्या तुमने तीसरी अंतर्दृष्टि को देखा?"

"हाँ, मुझे एक प्रति दी गई है।" मैंने जवाब दिया।

विल ने इस पर कुछ नहीं कहा, जैसे अचानक अपने विचारों में खो गया हो। इसलिए मैंने अंतर्दृष्टि के अनुवाद का वह फोल्डर निकाला और वहाँ से पढ़ना शुरू कर दिया, जहाँ से मैंने उसे छोड़ा था।

मैं पढ़ने लगा, "तीसरी अंतर्दृष्टि में सौंदर्य के स्वभाव के बारे में बताया गया था। इस अनुभूति का वर्णन करते हुए बताया गया है कि इसके ज़रिए आखिरकार लोग ऊर्जा चक्रों का अवलोकन करना सीख जाएँगे। एक बार ऐसा होते ही भौतिक ब्रह्माण्ड की हमारी समझ तेजी से बदलने लगेगी।

उदाहरण के लिए फिर हम अधिक से अधिक उसी भोजन का सेवन करेंगे, जो इस ऊर्जा से अब भी जीवंत है। हम इस बारे में जागरूक हो जाएँगे कि कुछ इलाकों में दूसरे इलाकों से अधिक ऊर्जा प्रसारण होता है और सर्वाधिक प्रसारण प्राचीन प्राकृतिक पर्यावरण में होता है, खास तौर पर वन क्षेत्र में।" मैं उसके अंतिम पन्ने पढ़ने ही वाला था कि अचानक विल बोल उठा, "जरा मुझे बताओ, बागों में तुमने क्या अनुभव किया?"

मैंने उसे पिछले दो दिनों की घटनाओं और उन सारे लोगों के बारे में विस्तार से बताया, जिनसे मैं मिला था। मैंने उसे ऊर्जा चक्रों को देखने के अपने अनुभव के बारे में भी बताया। इसके बाद जब मैंने उसे मार्जरी से अपनी मुलाकात के बारे में बताया तो वह मुझे देखकर मुस्कराने लगा।

''तुमने इन लोगों से दूसरी अंतर्दृष्टि के बारे में कितनी बातें कीं? और तुम्हारे विचार से बागों में किए जा रहे उनके काम से ये अंतर्दृष्टियाँ कैसे इत्तेफाक रखती हैं?'' उसने पूछा।

मैंने विल के सवाल का जवाब देते हुए कहा, ''मैंने इस बारे में उनसे कुछ नहीं कहा। पहले तो मैं उन पर विश्वास ही नहीं कर रहा था, बाद में मैंने पाया कि वे इस बारे में मुझसे कहीं अधिक जानते हैं।''

विल ने कहा, ''मुझे लगता है कि अगर तुम ईमानदारी से बात करते तो उन्हें कुछ महत्वपूर्ण जानकारियाँ दे सकते थे।''

''कैसी जानकारी?'' मैंने आश्चर्य से पूछा।

उसने आत्मीयता से मेरी ओर देखा और कहा कि ''ये तो सिर्फ तुम ही जानते हो।''

इस बात पर प्रतिक्रिया देने के लिए मुझे सही शब्द नहीं सूझे, सो मैं जीप के बाहर का दृश्य देखने लगा। जैसे-जैसे हम आगे बढ़ रहे थे, यह इलाका लगातार पथरीला और पहाड़ी होता जा रहा था। ग्रेनाइट की बड़ी-बड़ी चट्टानें सड़क तक लटकी हुई दिखाई दे रही थीं।

''बागों से गुज़रते समय मार्जरी के फिर से दिखाई पड़ने के बारे में तुम्हारा क्या कहना है?'' विल ने पूछा।

मैं उसके इस सवाल पर कहने ही वाला था कि यह सिर्फ एक संयोग था लेकिन इसके बजाय मैंने कहा, ''पता नहीं। आपको क्या लगता है?''

विल ने कहा, ''मुझे तो नहीं लगता कि कुछ भी संयोग से होता है। मेरे लिए इसका अर्थ यह है कि तुम दोनों के बीच कोई न कोई ऐसी बात बाकी रह गई है, जो तुम दोनों एक-दूसरे से कहना तो चाहते थे लेकिन कह नहीं पाए।''

विल के इस अनोखे विचार ने मुझे आकर्षित तो किया लेकिन थोड़ा विचलित भी कर दिया। मुझ पर तो जीवनभर ये इल्ज़ाम लगते रहे हैं कि मैं करीबी लोगों से भी दूरी बनाए रखता हूँ और सवाल पूछने पर अपना नज़रिया ज़ाहिर नहीं करता और न ही किसी चीज़ के लिए जिम्मेदारी दिखाता हूँ। मैं हैरान था कि यह सब फिर से क्यों हो रहा है।

मैंने पाया कि मैं अब बिलकुल अलग महसूस कर रहा था। विसिएंते में मैं खुद को बड़ा साहसिक और सक्षम महसूस कर रहा था, जबकि अब मेरे अंदर उदासी की भावना बढ़ती जा रही थी, मैं ज़रा चिंतित भी था।

''आपने तो मुझे उदासीनता में डाल दिया,'' मैंने विल से कहा।

उसने ज़ोर से ठहाका लगाया और फिर बोला, ''इसमें मेरा कोई दोष नहीं है। यह विसिएंते छोड़ने का असर है। वहाँ की ऊर्जा इंसान को किसी पतंग सी ऊँचाई दे देती है। वरना सोचो कि भला ये सारे वैज्ञानिक बरसों से यहाँ क्यों आ रहे होते? उन्हें अंदाज़ा तक नहीं है कि वे विसिएंते को इतना पसंद क्यों करते हैं।'' उसने मुड़कर सीधे मेरी ओर देखा, फिर कहा, ''पर हम जानते हैं, है न?''

विल ने सड़क का मुआयना करके सम्मानभरी नज़रों से मेरी ओर देखा। विल ने कहा, ''ऐसे स्थान को छोड़ने पर आपको अपनी ऊर्जा फिर से समेटनी पड़ती है।''

मैंने उलझन में पड़कर उसकी ओर नज़र डाली और जवाब में उसने बड़ी आश्वासनभरी

मुस्कराहट के साथ मुझे देखा। इसके बाद शायद अगली एक मील तक हम चुपचाप बैठे रहे। फिर अचानक उसने कहा, ''ज़रा मुझे और बताओ कि बागों में और क्या-क्या हुआ?''

मैंने अपना किस्सा फिर शुरू कर दिया। जब मैं ऊर्जा चक्रों को देखने का वर्णन कर रहा था तो उसने मुझे आश्चर्य से देखा लेकिन कहा कुछ नहीं।

''क्या आप भी इन चक्रों को देख सकते हैं?'' मैंने पूछा।

उसने मुझ पर एक नज़र डाली। ''हाँ,'' उसने कहा, ''आगे बताओ।''

मैं बागों के सारे घटनाक्रम का वर्णन बिना रुके तब तक करता रहा, जब तक बात पेरू के वैज्ञानिक के साथ सराह की बहस और उस दौरान उनके ऊर्जा चक्रों में हुए बदलाव तक नहीं पहुँच गई।

''सराह और फिल का इस बारे में क्या कहना था?'' विल ने पूछा।

''कुछ नहीं,'' मैंने कहा। ''मुझे लगता है कि उनके पास इस बारे में कहने को कुछ नहीं था।''

विल ने कहा, ''लेकिन मुझे ऐसा नहीं लगता, वे तीसरी अंतर्दृष्टि की ओर इतने आकर्षित हैं कि अब तक उससे आगे नहीं बढ़ पाए हैं। चौथी अंतर्दृष्टि ऊर्जा के लिए इंसानों की आपसी होड़ के बारे में है।''

''ऊर्जा के लिए होड़?'' मैंने पूछा।

वह मेरे बगल में रखे अनुवाद को देखकर मुस्करा दिया।

मैंने दोबारा वहीं से पढ़ना शुरू किया, जहाँ से छोड़ा था। उसमें चौथी अंतर्दृष्टि का स्पष्ट उल्लेख था और यह कहा गया था कि 'अंततः इंसान ब्रह्माण्ड को एक ही क्रियाशील ऊर्जा से भर सकेंगे। ऐसी ऊर्जा जो हमारे लिए पर्याप्त होगी और हमारी उम्मीदों पर खरी उतरेगी। फिर हमें यह पता लगेगा कि हम इस ऊर्जा के अधिक विस्तृत स्रोत से हमेशा अलग रहे हैं और हमने अपने आपको स्वयं इससे काट रखा है। इसीलिए हम स्वयं को कमज़ोर, असुरक्षित और स्वयं में कुछ कमी महसूस करते हैं।

इस कमी के चलते हम इंसान हमेशा अपनी व्यक्तिगत ऊर्जा को बढ़ाने के उस एकमात्र प्रयास में लगे रहते हैं, जिसकी हमें जानकारी है : मनोवैज्ञानिक ढंग से दूसरों के पास से इसे चुरा लेना। यह एक अदृश्य प्रतियोगिता है, जो संसार के हर मानवीय संघर्ष के पीछे मौजूद है।'

शक्ति संघर्ष

उस पथरीली सड़क पर अचानक सामने आए एक गड्ढे के कारण जीप को झटका लगा और मेरी नींद खुल गई। मैंने अपनी कलाई पर बँधी घड़ी पर नज़र डाली, दोपहर के 3:00 बज चुके थे। सीट पर बैठे-बैठे ही मैंने एक अंगड़ाई ली और मुझे अपनी पीठ पर गहरा दर्द महसूस हुआ।

यह सचमुच थका देनेवाला सफर था। विसिएंते से निकलने के बाद हम सारा दिन अलग-अलग दिशाओं की ओर यात्रा करते रहे, जैसे विल कुछ ढूँढ़ रहा हो और वह उसे मिल न रहा हो। पिछली रात हमने एक छोटे से होटल में गुज़ारी थी, जहाँ के बिस्तर इतने सख्त थे कि मैं बड़ी मुश्किल से कुछ ही देर सो पाया। उसके बाद आज लगातार यात्रा का दूसरा दिन था और अब मैं इतना थक चुका था कि विल से इस बारे में शिकायत करने ही वाला था।

मैंने विल की ओर देखा। लेकिन जिस तरह उसने अपना ध्यान सड़क पर केंद्रित कर रखा था, मैंने उसे टोकना मुनासिब नहीं समझा। वह अब भी उतना ही गंभीर था, जितना कुछ घंटों पहले था, जब उसने जीप रोककर मुझसे कहा था कि उसे एक बहुत महत्वपूर्ण बात करनी है।

''याद है, मैंने कहा था कि एक बार में एक ही अंतर्दृष्टि की खोज होनी चाहिए?'' विल ने मुझसे पूछा था।

''हाँ।'' मैंने कहा।

विल ने पूछा, ''क्या तुम इस बात पर विश्वास करते हो कि हर अंतर्दृष्टि स्वत: ही हमारे सामने प्रकट होगी?''

''अब तक तो यही होता आया है।'' मैंने ज़रा हलके-फुलके अंदाज़ में कहा।

विल ने बड़ी गंभीरता से मेरी ओर देखा, फिर कहा, ''तीसरी अंतर्दृष्टि का पता लगाना आसान था। क्योंकि इसके लिए हमें सिर्फ एक बार विसिएंते जाने की ज़रूरत थी। लेकिन आगे की अंतर्दृष्टियों के बारे में जानना मुश्किल हो सकता है।''

पलभर ठहरकर उसने आगे कहा, ''मुझे लगता है कि हमें दक्षिण की ओर जाना चाहिए, जहाँ किलाबंबा के पास कुला नाम का एक छोटा सा गाँव है। वहाँ भी एक अनछुआ सा वन-क्षेत्र है और मुझे लगता है कि तुम्हें उसे देखना चाहिए। लेकिन याद रखना कि उस इलाके

में तुम्हें हर पल चौकन्ना रहना होगा क्योंकि संयोग लगातार घट रहे हैं और तुम्हें उन पर गौर करना होगा। तुम समझ रहे हो न, मैं क्या कह रहा हूँ?''

मैंने सहमति जताई और कहा कि ''मैं आपकी ये बात याद रखूँगा।'' इसके कुछ ही देर बाद मेरी आँख लग गई लेकिन अब मुझे पछतावा हो रहा था क्योंकि शायद जीप की सीट पर बैठे-बैठे नींद लेने के कारण ही मेरी पीठ में दर्द शुरू हो गया था। मैंने फिर से अंगड़ाई ली और तभी विल ने मेरी ओर देखा।

''यह कौन सी जगह है विल?'' मैंने पूछा।

''हम फिर से एंडीज में हैं।'' उसने जवाब दिया।

यहाँ पहाड़ियों के बजाय ऊँचे-ऊँचे टीले और सुदूर घाटियाँ थीं। इस इलाके में अत्यधिक वनस्पति और कम ऊँचाईवाले पेड़ थे, जिनकी शाखाएँ हवा में लहलहा रही थीं। मैंने एक गहरी साँस ली और मुझे महसूस हुआ कि यहाँ की हवा काफी हलकी और शीतल है।

''बेहतर होगा कि जैकेट पहन ली जाए, लगता है, दोपहर तक यहाँ काफी ठंढ हो जाएगी।'' विल ने बैग से भूरे रंग की कॉटन की एक विंडब्रेकर जैकेट निकालते हुए कहा।

आगे जाकर एक मोड़ पार करते ही हमें एक सँकरा चौराहा दिखाई दिया। सड़क के किनारे स्थित एक पेट्रोल पंप और फ्रेम स्टोअर के पास ही एक गाड़ी खड़ी हुई थी, जिसका हुड खुला हुआ था। वहीं पास में ही एक कपड़े में लिपटे हुए कुछ औज़ार भी पड़े हुए थे। वहाँ से गुज़रते वक्त हमने एक भूरे बालोंवाले आदमी को देखा, जिसने स्टोअर से बाहर आते हुए हम पर एक सरसरी नज़र डाली। उसका चेहरा गोल था और उसने गहरे रंग का चश्मा पहन रखा था।

मैंने उसकी ओर गौर से देखा और मेरा मन पाँच साल पीछे पहुँच गया।

मैंने विल से कहा, ''वैसे तो वह कोई अजनबी था लेकिन उसकी शक्ल मेरे एक दोस्त से हू-ब-हू मिलती है, जो मेरा सहकर्मी भी था। पिछले कई सालों से मुझे कभी उसका खयाल तक नहीं आया था।''

मैंने गौर किया कि विल मुझे ही ताक रहा था।

विल ने कहा, ''मैंने तुमसे कहा था कि अपने आसपास की चीज़ों पर गहरी नज़र रखना, चलो वापस चलकर देखते हैं कि कहीं उस आदमी को किसी मदद की ज़रूरत तो नहीं है। वैसे भी वह कोई स्थानीय आदमी नहीं लग रहा था।''

उस सँकरे चौराहे से आगे निकलकर जैसे ही हमें एक चौड़ी जगह मिली, हमने अपनी जीप वापस मोड़ दी। जब हम स्टोअर पर पहुँचे तो वह आदमी अपनी गाड़ी के इंजन को ठीक करने की कोशिश कर रहा था। विल ने जीप को पंप के पास ले जाने के बाद खिड़की से बाहर देखा।

''लगता है तुम्हारी गाड़ी खराब हो गई है,'' विल ने कहा।

उस आदमी ने अपने चश्मे को ज़रा नीचे खिसकाया। तभी मुझे याद आया कि मेरे उस दोस्त को भी ऐसा ही करने की आदत थी।

उसने जवाब दिया, ''हाँ, मेरी गाड़ी के पानी का पंप खो गया है।'' उस इंसान की

उम्र चालीस के आसपास लग रही थी और वह छरहरी कद-काठी का था। उसकी भाषा औपचारिक थी और वह फ्रेंच लहज़े में बात कर रहा था।

विल फौरन जीप से उतरा और हमने उसे अपना परिचय दिया। उस आदमी ने मुझसे जिस अंदाज़ में मुस्कराते हुए हाथ मिलाया, वह मुझे बड़ा जाना-पहचाना सा लगा। उसका नाम क्रिस रेन्यू था।

''लगता है तुम फ्रेंच हो,'' मैंने क्रिस से कहा।

क्रिस ने कहा, ''हाँ मैं फ्रेंच हूँ लेकिन मैं ब्राजील में मनोविज्ञान पढ़ाता हूँ और यहाँ एक पाण्डुलिपि के बारे में जानकारी इकट्ठा करने आया हूँ, जो पुरातात्विक अवशेषों में मिली थी।''

पलभर के लिए मैं हिचकिचा सा गया और यह तय नहीं कर पाया कि मुझे इस आदमी पर कितना विश्वास करना चाहिए।

''हम भी यहाँ इसीलिए आए हैं,'' आखिरकार मैंने कह ही दिया।

उसने बड़ी दिलचस्पी से मेरी ओर देखा। क्रिस ने तुरंत पूछा, ''क्या तुम मुझे इसके बारे में कुछ बता सकते हो? क्या तुमने उसकी प्रतियाँ देखी हैं?''

मैं कोई जवाब दे पाता, इससे पहले ही विल उस स्टोअर के दरवाज़े से तेजी से बाहर आया। उसने कहा, ''हमारी किस्मत अच्छी है, स्टोअर के मालिक के पास एक खाली जगह उपलब्ध है, जहाँ हम अपना कैंप लगा सकते हैं, इसके अलावा वहाँ गरमा-गरम खाने का भी इंतज़ाम होगा। हम चाहें तो रात में वहाँ रुक भी सकते हैं।'' उसने आशापूर्वक ढंग से क्रिस की ओर देखा और पूछा, ''अगर तुम्हें कोई एतराज़ न हो तो।''

क्रिस ने कहा, ''नहीं, बिलकुल नहीं, आपका स्वागत है। वैसे भी नया पंप कल सुबह ही मिल पाएगा।''

इसके बाद क्रिस और विल, क्रिस की लैंड क्रूजर की तकनीक और विश्वसनीयता पर बातचीत करने लगे। मैं जीप से टिक गया। इस ठंढे मौसम में सूर्य की गरमाहट का आनंद लेते हुए, मेरे मन में उस पुराने दोस्त की सुखद यादें ताज़ा हो गईं, जिसका खयाल क्रिस को देखने के बाद आया था। मेरा वह दोस्त बड़ी जिज्ञासु प्रवृत्ति का था, काफी हद तक क्रिस के जैसा। वह किताबें पढ़ने का बेहद शौकीन था। मुझे वे सिद्धांत भी कुछ-कुछ याद आने लगे, जो उसे पसंद थे लेकिन आखिरकार मैं उन्हें ठीक से याद नहीं कर पाया, वैसे भी यह बहुत पुरानी बात है।

''चलो अपना सामान लेकर कैंप साइट चलते हैं,'' विल ने मेरी पीठ थपथपाते हुए कहा।

''हाँ, चलो,'' मैंने यूँ ही बेखयाली से कहा।

उसने जीप का पिछला दरवाज़ा खोला और टेंट व स्लीपिंग बैग्स को बाहर निकालकर मुझे पकड़ा दिया और अतिरिक्त कपड़ों से भरा बड़ावाला बैग खुद उठा लिया। क्रिस ने अपनी गाड़ी को लॉक किया और हम तीनों उस स्टोअर की इमारत के पीछे पहुँचे और वहाँ से नीचे की ओर जाती एक मोड़ पर आगे बढ़ने लगे। कुछ कदम चलने के बाद हम आगे बायीं ओर जा रहे एक सँकरे रास्ते पर मुड़ गए। करीब तीस-चालीस गज़ चलने के बाद हमें झरने के गिरते पानी की आवाज़ सुनाई देने लगी। आगे जाकर हमने देखा कि चट्टानों के नीचे एक जलधारा फैली हुई है। यहाँ की हवा में अपेक्षाकृत अधिक ठंढक थी और पुदीने की पत्तियों की तेज़

महक चारों तरफ फैली हुई थी।

अब हमारे ठीक सामने समतल ज़मीन थी और जलधारा के कारण वहाँ करीब पच्चीस फीट व्यास का एक कुंड सा बन गया था। किसी ने इस कैंप साइट की सफाई पहले ही कर दी थी और यहाँ चट्टानों पर आग जलाने की व्यवस्था भी थी। जलाऊ लकड़ी भी यहीं बगल के एक पेड़ से टिकाकर रखी हुई थी।

"ये तो बढ़िया जगह है।" विल ने कहा और चार लोगों के लिए पर्याप्त अपने टेंट को खोलने लगा। क्रिस ने भी विल की दायीं ओर अपना छोटा सा टेंट लगाना शुरू कर दिया।

"क्या तुम और विल शोधकर्ता हो," कुछ देर बाद क्रिस ने मुझसे पूछा। तब तक विल अपना टेंट लगा चुका था और डिनर के बारे में पूछने के लिए ऊपर चला गया था।

मैंने उसे जवाब दिया, "विल एक गाईड है और मैं इस समय कुछ खास नहीं कर रहा हूँ।"

क्रिस ने ज़रा हैरानी से मेरी ओर देखा।

मैंने मुस्कराते हुए पूछा, "क्या तुम्हें उस पाण्डुलिपि का कोई हिस्सा देखने का मौका मिला है?"

उसने पास आते हुए कहा, "मैंने पहली और दूसरी अंतर्दृष्टियाँ देखी हैं और मुझे लगता है कि उस पाण्डुलिपि में जैसे बताया गया है, सब कुछ ठीक वैसे ही हो रहा है। दुनिया को देखने का हमारा तरीका बदल रहा है। मैंने मनोविज्ञान की दुनिया में भी यही बदलाव होते हुए देखा है।"

"मतलब?" मैंने पूछा।

उसने एक गहरी साँस ली फिर कहा, "मनोविज्ञान की दुनिया में मेरे काम का क्षेत्र है संघर्ष। जहाँ मैं यह समझने की कोशिश कर रहा हूँ कि लोग एक-दूसरे से इतना हिंसक व्यवहार क्यों करते हैं? हमें हमेशा से यह पता है कि इंसान दूसरों पर नियंत्रण करने और उन पर प्रभुत्व जमाने की अपनी प्रवृत्ति के कारण हिंसा करता है लेकिन इस तथ्य को व्यक्तिगत चेतना के दृष्टिकोण से देखने का मौका हमें हाल ही मिला है। अब हम इस सवाल का जवाब ढूँढ़ रहे हैं कि इंसान के अंदर ऐसा क्या होता है, जिसके कारण वह दूसरों को नियंत्रित करना चाहता है। हमने पाया है कि जब कोई एक इंसान किसी दूसरे इंसान के पास जाकर बातचीत करता है – जो कि दुनिया में हर दिन करोड़ों बार होता है तो दो ही चीज़ें होती हैं। या तो वह इंसान स्वयं को प्रबल महसूस करते हुए लौटता है या फिर अशक्त महसूस करता है। यह इस पर निर्भर करता है कि उस बातचीत के दौरान क्या हुआ।"

मैंने ज़रा अचरज से उसकी ओर देखा। उसे देखकर लगा, जैसे अचानक उसे ज़रा शर्मिंदगी महसूस हुई हो कि उसने अपने विषय पर यूँ ही लेक्चर सा देना शुरू कर दिया। मैंने उसे अपनी बात जारी रखने को कहा।

उसने आगे कहा, "शायद इसीलिए हम इंसान हमेशा जोड़तोड़ और हेरफेर करने में लगे रहते हैं। भले ही कैसी भी स्थिति हो या कोई भी विषय हो, हम स्वयं को कुछ न कुछ ऐसा बोलने के लिए तैयार करते रहते हैं, जिससे हम बातचीत के दौरान दूसरों पर हावी हो सकें। हम सब बातचीत के दौरान किसी न किसी तरह नियंत्रण हासिल करने और खुद को दूसरों से

ऊपर रखने का तरीका ढूँढ़ते रहते हैं। अगर हम दूसरों पर अपने नज़रिए को हावी रखने की इस कोशिश में सफल हो जाते हैं तो हमें भावनात्मक प्रोत्साहन मिलता है और जब ऐसा नहीं हो पाता तो बातचीत खत्म होने पर हम अशक्त महसूस करने लगते हैं।

दूसरे शब्दों में कहें तो केवल भावनात्मक प्रोत्साहन पाने के लिए हम दूसरों को नियंत्रित करने और उन्हें अपनी चतुरता से मात देने में लगे रहते हैं। यही कारण है कि हमें दुनियाभर में व्यक्तिगत और अंतर्राष्ट्रीय स्तर पर इतने सारे संघर्ष देखने को मिलते हैं।

अब मेरे कार्यक्षेत्र में इसे लेकर एक आम सहमति बन गई है कि धीरे-धीरे यह सब सार्वजनिक चेतना में भी उभर रहा है। हम इंसानों को अब इस बात का एहसास हो रहा है कि हम एक-दूसरे के साथ कितना जोड़तोड़ और हेरफेर करते हैं। इसीलिए अब हम अपनी प्रेरणा पर फिर से विचार कर पा रहे हैं और एक-दूसरे के साथ संवाद करने का कोई और रास्ता निकाल रहे हैं। मुझे लगता है कि यह नया विचार ही दुनिया को देखने के उस नए तरीके का हिस्सा है, जिसके बारे में पाण्डुलिपि में बताया गया है।''

तभी विल वापस आ गया और हमारी बातचीत की लय टूट गई। ''खाना तैयार हो गया है।'' उसने बताया।

हम तेज़ कदमों से चलते हुए इमारत के बेसमेंट में पहुँचे। यह स्टोअर के मालिक का घर था, जहाँ उसका परिवार रहता था। हम लिविंग रूम से होते हुए डाइनिंग टेबल तक पहुँच गए, जहाँ स्ट्रयू (उबालकर पकाया गया एक व्यंजन), सब्ज़ियों और सलाद के साथ गरमा-गरम खाना हमारा इंतज़ार कर रहा था।

''सिट डाउन,'' स्टोअर मालिक ने फटाफट कुर्सियाँ निकालते हुए अंग्रेजी में कहा। उसके पीछे एक प्रौढ़ महिला खड़ी थी, जो शायद उसकी पत्नी थी। उसकी 15 वर्ष की बेटी भी वहीं थी।

अपनी कुर्सी पर बैठते समय विल का हाथ गलती से टेबल पर रखे एक काँटे से टकराया, जो सीधे ज़मीन पर गिरा। स्टोअर के मालिक ने उस महिला की ओर गुसैल नज़रों से देखा और महिला ने अपनी बेटी की ओर वैसे ही देखा। जब बेटी ने कोई प्रतिक्रिया नहीं दी तो महिला ने ज़रा कड़ाई से उसे दूसरा काँटा लाने के लिए कहा। वह लड़की जल्दी-जल्दी दूसरे कमरे की ओर भागी। पलभर के भीतर ही वह हाथों में एक अन्य काँटा लिए लौटी, जिसे उसने विल को पकड़ा दिया। इस समय उसकी पीठ ज़रा झुकी हुई थी और हाथ काँप रहे थे। मेरी नज़रें टेबल के उस ओर बैठे क्रिस से टकराईं।

''खाना शुरू कीजिए,'' स्टोअर के मालिक ने खाने की प्लेट मेरी ओर बढ़ाते हुए कहा। खाने के दौरान क्रिस और विल वैज्ञानिक जीवन, अध्यापन और प्रकाशन के बारे में यूँ ही बातचीत करते रहे। स्टोअर का मालिक कमरे से जा चुका था लेकिन वह महिला दरवाज़े के अंदर ही खड़ी थी।

जैसे ही महिला व उसकी बेटी ने हम लोगों की प्लेट्स पर पाई (एक किस्म का मीठा व्यंजन) परोसना शुरू किया, उसकी बेटी की कोहनी मेरे बगल में रखे पानी के गिलास से टकराई और सारा पानी मेरी प्लेट व टेबल पर फैल गया। वह महिला गुस्से में आगे बढ़ी और स्पेनिश भाषा में चिल्लाते हुए उसने अपनी बेटी को एक तरफ धकेल दिया।

महिला ने मेरे सामने फैले पानी को साफ करते हुए कहा, ''माफ कीजिएगा, बड़ी बेहूदा लड़की है, इसे कोई काम ढंग से करना नहीं आता।''

वह लड़की भड़क गई। उसने बाकी की सारी पाई उस महिला के ऊपर फेंक दी, जो महिला पर गिरने के बजाय गलती से टेबल पर रखे चीनी मिट्टी के बरतनों से टकराई और वे गिरकर टूट गए। तभी स्टोअर के मालिक ने कमरे में प्रवेश किया।

वह गुस्से से चिल्लाया और लड़की कमरे से भाग गई।

''मैं माफी चाहता हूँ,'' उसने जल्दबाज़ी में टेबल के करीब आकर कहा।

''कोई बात नहीं, अपनी बेटी पर इतना गुस्सा मत कीजिए।'' मैंने जवाब दिया।

विल अपनी कुर्सी से उठ चुका था, उसने बिल चुकाया और फिर हम फौरन वहाँ से निकल गए। क्रिस इस दौरान बिलकुल चुप था लेकिन जैसे ही हम दरवाज़े से निकलकर कुछ कदम चले, उसने अपनी चुप्पी तोड़ दी।

उसने मेरी ओर देखते हुए पूछा, ''तुमने उस लड़की को देखा? वह भावनात्मक हिंसा का आदर्श उदाहरण है। दूसरों पर नियंत्रण पाने की इंसानी ज़रूरत जब अपनी चरम अवस्था पर पहुँच जाती है तो यही होता है, जो वहाँ हुआ। वह आदमी और उसकी पत्नी उस लड़की पर पूरी तरह हावी हैं। तुमने देखा कि वह लड़की कितनी उदास थी, जैसे पूरी तरह अपने माता-पिता के अधीन हो।''

''हाँ लेकिन उसे देखकर लगता है, जैसे वह तंग आ चुकी हो।'' मैंने कहा।

क्रिस ने मेरी बात पर समर्थन जताते हुए कहा, ''बिलकुल! उसके माता-पिता ने सख्ती बरतना कभी कम नहीं किया। इसीलिए उस लड़की के नज़रिए से देखें तो उसके पास ऐसा हिंसक प्रहार करने के अलावा कोई और रास्ता नहीं था। सिर्फ यही एक तरीका है, जिससे थोड़ा नियंत्रण उसके अपने हाथ में आ सकता है। दुर्भाग्य की बात यह है कि जब वह बड़ी होगी तो इतनी छोटी सी उम्र में हुए इन कड़वे अनुभवों के कारण उसे हमेशा यही लगेगा कि उसे भी दूसरों को ठीक इसी तरह नियंत्रित करना होगा और उन पर हावी होना होगा। धीरे-धीरे यह विशिष्ट लक्षण उसके अंदर गहरे तक बस जाएगा और वह भी अपने माता-पिता की तरह ही दूसरों पर हावी होने लगेगी, विशेषकर उन पर जो कमज़ोर और जिन्हें आसानी से चोट पहुँचाई जा सकती है, जैसे बच्चे।

असल में मैं दावे से कह सकता हूँ कि उसके माता-पिता को भी कभी न कभी बिलकुल ऐसे ही कड़वे अनुभव हुए होंगे। इसीलिए आज वे अपनी बेटी पर हावी होते हैं क्योंकि किसी ज़माने में उनके माता-पिता उनके ऊपर हावी हुए होंगे। भावनात्मक हिंसा इसी तरह एक पीढ़ी से दूसरी पीढ़ी तक पहुँचती है।''

अचानक क्रिस थोड़ी उलझन में पड़ गया। उसने कहा, ''मुझे गाड़ी से अपना स्लीपिंग बैग निकालना है, मैं अभी आता हूँ।''

मैंने सहमति का इशारा किया और फिर मैं व विल कैंप साइट की ओर बढ़ गए।

''तुम्हारे और क्रिस के बीच काफी बातचीत हुई है,'' विल ने टिप्पणी की।

''हाँ, सही कहा तुमने,'' मैंने जवाब दिया।

वह मुस्कराया, "असल में क्रिस ही ज़्यादा बोल रहा था। तुम तो बस सुनते हो और उसके सीधे सवालों का जवाब दे देते हो लेकिन अपनी तरफ से कुछ खास नहीं कहते।"

"मेरी दिलचस्पी इस बात में हैं कि वह क्या कहना चाहता है," मैंने अपना बचाव करते हुए कहा।

विल ने मेरे रक्षात्मक लहजे पर ध्यान नहीं दिया, "क्या तुमने उन माता-पिता और उनकी बेटी के बीच गतिमान ऊर्जा को देखा? वह आदमी और औरत उस बच्ची की ऊर्जा को तब तक शोषित करते रहे, जब तक कि वह लगभग मृत नहीं हो गई।"

"मैं उनकी ऊर्जा पर नज़र रखना भूल गया," मैंने कहा।

"खैर, तुम्हें नहीं लगता कि क्रिस भी इस ऊर्जा को देखना चाहेगा? भला यूँ ही अचानक उससे हमारी मुलाकात होने के पीछे क्या कारण होगा?" विल ने पूछा।

"पता नहीं।" मैंने कहा।

विल ने पूछा, "तुम्हें नहीं लगता कि इसका कोई न कोई मतलब ज़रूर है? हम दोनों तो चुपचाप अपनी जीप में चले जा रहे थे लेकिन तभी तुम्हें क्रिस को देखकर अपना पुराना दोस्त याद आ गया और जब हम उससे मिले तो पता चला कि वह भी उस पाण्डुलिपि की तलाश में है। क्या यह सब संयोग से परे जैसा नहीं लगता?"

"हाँ। मुझे भी ऐसा ही लगता है।" मैंने कहा।

"शायद उससे तुम्हारी मुलाकात इसलिए हुई ताकि तुम्हें उससे कुछ जानकारी मिल सके और तुम्हारी यहाँ की यात्रा और विस्तृत हो जाए। और क्या इससे यह नहीं लगता कि शायद तुम्हारे पास भी उसके काम की कोई न कोई जानकारी है।" विल ने पूछा।

मैंने कहा, "हाँ, बात तो सही है। तुम्हें क्या लगता है, मुझे उसे क्या बताना चाहिए?"

विल ने फिर से एक विशिष्ट उत्साह से मेरी ओर देखा और कहा, "सच!"

मैं कुछ कह पाता, इससे पहले ही क्रिस उस निचले रास्ते पर चलते हुए वापस लौट आया।

"मैं अपने साथ एक फ्लैशलाइट भी ले आया हूँ, शायद बाद में इसकी ज़रूरत पड़े," क्रिस ने कहा।

मैंने पश्चिम की ओर देखा और पाया कि सूरज तो पहले ही डूब चुका था लेकिन उसकी धुँधली नारंगी रोशनी अब भी आसमान में फैली हुई थी। उसी दिशा में कुछ नन्हें बादलों पर ज़रा गहरा, लाल सा रंग छाया हुआ था। पलभर के लिए लगा, जैसे मेरे सामने उगे पौधों के चारों तरफ एक सफेद प्रकाश-क्षेत्र को देखा हो लेकिन अगले ही पल वह छवि धुँधली पड़ गई।

"कितना सुंदर सूर्यास्त है," मैंने कहा और पाया कि विल अपने टेंट में जा चुका है और क्रिस डिब्बे से अपना स्लीपिंग बैग बाहर निकाल रहा है।

"हाँ, वाकई," क्रिस ने बिना गौर किए ही कहा।

मैं उसके पास पहुँच गया।

क्रिस ने गर्दन उठाकर मेरी ओर देखा और बोला, ''मुझे तुमसे पूछने का मौका नहीं मिला कि तुमने कौन सी अंतर्दृष्टियाँ देखी हैं?''

मैंने जवाब में कहा, ''मुझे सिर्फ पहली दो अंतर्दृष्टियों के बारे में ही बताया गया है लेकिन मैं और विल सतिपो के पास मौजूद विसिएंते लॉज में दो दिन गुज़ारकर आए हैं। जब हम वहाँ थे तो एक शोधकर्ता ने तीसरी अंतर्दृष्टि की एक प्रतिलिपि मुझे दी थी। वह सचमुच अद्भुत है।'

मेरी बात सुनकर क्रिस की आँखों में चमक आ गई। उसने पूछा, ''तो क्या वह प्रतिलिपि तुम्हारे पास है?''

''हाँ, तुम देखना चाहोगे?'' मैंने कहा।

अंतर्दृष्टि पढ़ने का यह मौका गँवाने के बजाय क्रिस उसकी प्रतिलिपि लेकर अपने टेंट में चला गया। मुझे कुछ पुराने अखबार और माचिस मिल गई इसलिए मैंने आग जला ली। कुछ ही देर में विल अपने टेंट से बाहर आया।

''क्रिस कहाँ है?'' उसने पूछा।

''वह अंतर्दृष्टि का अनुवाद पढ़ रहा है, जो मुझे सराह ने दिया था,'' मैंने कहा।

विल आग के पास ही पड़े एक नरम लट्ठे पर बैठ गया। मैं भी उसके पास ही बैठ गया। अंधेरा घिर आया था और सिवाय हमारे बायीं ओर मौजूद पेड़ों का दायरा, पीछे की ओर स्टेशन से आ रही धुँधली रोशनी और क्रिस के टेंट से आ रही हलकी लाली के अलावा अब कुछ और देख पाना संभव नहीं था। जंगल से उठ रहे रात के शोर ने उसे अब भी जीवंत बना रखा था। इस शोर में कुछ आवाज़ें ऐसी थीं, जो मैंने पहले कभी नहीं सुनी थीं।

करीब आधे घंटे बाद, क्रिस हाथों में फ्लैशलाइट लिए अपने टेंट से बाहर आया और मेरी बायीं ओर आकर बैठ गया। विल जम्भाइयाँ ले रहा था।

''यह अंतर्दृष्टि तो अद्भुत है। क्या सचमुच कुछ लोग इन ऊर्जा-क्षेत्रों को देख सकते हैं?'' क्रिस ने कहा।

मैंने उसे संक्षिप्त में अपने अनुभवों के बारे में बताया कि कैसे हम यहाँ तक पहुँचे और कैसे ऊर्जा-क्षेत्रों को मैंने खुद अपनी आँखों से देखा है।

कुछ देर खामोश रहने के बाद क्रिस ने पूछा, ''पौधों पर अपनी स्वयं की ऊर्जा बिखेरकर, उनके विकास पर प्रभाव डालकर वे लोग कोई प्रयोग कर रहे थे?''

''इससे पौधों की पोषण फलदायकता पर भी प्रभाव पड़ा था,'' मैंने कहा।

''लेकिन मुख्य अंतर्दृष्टि इससे कहीं अधिक बड़ी है,'' क्रिस ने इस अंदाज़ में कहा, जैसे खुद से बातें कर रहा हो। फिर कहा, ''दरअसल तीसरी अंतर्दृष्टि यह है कि ब्रह्माण्ड अपनी संपूर्णता में इसी ऊर्जा से निर्मित हुआ है और जो ऊर्जा हमसे जुड़ी हुई है, जिस पर हमारा नियंत्रण है, उसके ज़रिए हम न सिर्फ पौधों पर बल्कि अन्य चीज़ों पर भी प्रभाव डाल सकते हैं।'' पलभर ठहरकर उसने आगे कहा, ''न जाने हम अन्य लोगों पर अपनी इस ऊर्जा से कैसा प्रभाव डालते हैं।''

विल मेरी ओर देखकर मुस्कराने लगा।

मैंने कहा, "मैं तुम्हें बताता हूँ कि मैंने क्या देखा था। मैंने दोनों के बीच हो रही बहस देखी थी और साथ ही यह भी देखा कि उन दोनों की ऊर्जा से बहुत अजीब किस्म की चीज़ें हो रही थीं।"

क्रिस ने अपने चश्मे को ऊपर खिसकाते हुए कहा, "क्या हो रहा था, बताओ मुझे।"

विल उठकर खड़ा हो गया। उसने कहा, "मैं सोने जा रहा हूँ, आज बहुत थक गया हूँ।"

हमने उसे शुभरात्रि कहा और फिर वह अपने टेंट में चला गया। इसके बाद मैंने क्रिस को उन सभी बातों का विवरण दिया, जो सराह और अन्य वैज्ञानिकों ने उनकी ऊर्जा-क्षेत्रों की क्रियाओं पर ज़ोर देते हुए एक-दूसरे को बताई थीं।

क्रिस ने कहा? "ज़रा ठहरो, जब वे लोग आपस में बहस कर रहे थे तो तुमने उनकी ऊर्जा को एक-दूसरे को खींचते और कब्जा करते हुए देखा था?"

"हाँ, बिलकुल," मैंने कहा।

वह पलभर के लिए सोच में पड़ गया। फिर उसने कहा, "हमें संपूर्णता से इसका विश्लेषण करना होगा। हमने भी यहाँ दो ऐसे लोग देखे, जो आपस में बहस कर रहे थे कि किसका दृष्टिकोण सही है। उनकी बहस यह तय करने के लिए थी कि उनमें से कौन गलत है और कौन सही। वे इस हद तक एक-दूसरे से जीतने की कोशिश कर रहे थे कि सामनेवाले के आत्मविश्वास को चोट पहुँचा दें और गाली-गलौज पर उतर आएँ।"

अचानक उसने नज़रें उठाकर ऊपर की ओर देखा और कहा, "हाँ, अब समझ में आया कि इन सबका मतलब क्या है!"

"क्या मतलब? मैं कुछ समझा नहीं," मैंने पूछा।

अगर हम व्यवस्थित ढंग से इस ऊर्जा की चाल का निरीक्षण कर सकें तो यह पता लगाया जा सकता है कि जब दो लोग एक-दूसरे से मुकाबला कर रहे होते हैं या बहस कर रहे होते हैं या फिर एक-दूसरे को नुकसान पहुँचाने की कोशिश कर रहे होते हैं तो उस समय वास्तव में उन्हें क्या प्राप्त हो रहा होता है? दरअसल ऐसे में हम दूसरे की कीमत पर खुद को भर लेते हैं और यह भरना ही हमें प्रेरित करता है।"

पलभर ठहरकर क्रिस ने आगे कहा, "देखो, मुझे भी इन ऊर्जा-क्षेत्रों को देखना सीखना होगा। यह विसिएंते लॉज कहाँ है और वहाँ कैसे पहुँचा जा सकता है?"

मैंने उसे वहाँ के रास्ते के बारे में सामान्य जानकारी दी और कहा कि विस्तार से जानने के लिए उसे विल से पूछना होगा।

उसने निश्चयपूर्वक ढंग से कहा, "हाँ, मैं कल सुबह ही उससे पूछूँगा, अब मुझे भी सो जाना चाहिए ताकि कल सुबह जल्द से जल्द विसिएंते के लिए निकल सकूँ।"

वह मुझे शुभरात्रि कहकर अपने टेंट में चला गया। अब मैं चटचटाती आग और रात के हलके शोर के साथ वहाँ बिलकुल अकेला बैठा हुआ था। कुछ देर बाद मैं भी सोने चला गया।

जब मेरी नींद खुली तो मैंने देखा कि विल पहले ही टेंट से बाहर जा चुका था। मुझे गरमा-गरम सीरियल की खुशबू आ रही थी। मैं अपने स्लीपिंग बैग से बाहर आया और टेंट के पल्ले से बाहर झाँका। विल ने आग पर एक कड़ाही चढ़ा रखी थी। लेकिन क्रिस कहीं दिखाई

नहीं दिया। उसका टेंट भी वहाँ नहीं था।

"क्रिस कहाँ है?" मैंने टेंट से बाहर आते हुए पूछा।

विल ने कहा, "उसने तो अपनी पैकिंग वगैरह पहले ही कर ली, फिलहाल वह वहाँ ऊपर अपनी गाड़ी की मरम्मत में लगा हुआ है ताकि जैसे ही नया पुर्जा मिले, वह तुरंत निकल सके।"

विल ने मुझे ओटमील का एक कटोरा पकड़ा दिया और हम दोनों वहीं पड़े एक नरम लट्ठे पर बैठ गए।

"क्या तुम दोनों रात में काफी देर तक बातचीत करते रहे?" विल ने पूछा।

मैंने कहा, "नहीं लेकिन मैंने उसे वह सब बता दिया है, जो मुझे पता था।"

तभी उस निचले रास्ते की ओर से कुछ आवाज़ आई। हमने देखा कि क्रिस तेज़ कदमों से हमारी ओर चला आ रहा है।

उसने कहा, "मैं तैयार हूँ, अब मुझे निकलना चाहिए।"

कुछ मिनटों की बातचीत के बाद क्रिस चला गया। विल और मैंने स्टोअर मालिक के बाथरूम में बारी-बारी से हजामत बनाई और नहाकर तैयार हो गए। फिर हम दोनों ने अपना-अपना सामान पैक किया और गाड़ी में पेट्रोल डलवाकर उत्तर दिशा की ओर चल पड़े।

"कुला कितनी दूर है?" मैंने पूछा।

"किस्मत अच्छी रही तो अंधेरा होने के पहले हम वहाँ पहुँच जाएँगे," विल ने कहा और फिर आगे बोला, "तो, क्या सीखा तुमने क्रिस से?"

मैंने विल की ओर गौर से देखा और मुझे ऐसा लगा, जैसे वह मुझसे स्पष्ट जवाब सुनना चाहता है।

"पता नहीं," मैंने कहा।

"रेन्यू से मिलने और बात करने के बाद अब क्या विचार है तुम्हारा?" विल ने फिर पूछा।

मैंने जवाब दिया, "यही कि दूसरों को नियंत्रण में लेना और उन पर हावी होना हम इंसानों की प्रवृत्ति है, भले ही हमें इसका एहसास न हो। हम उस ऊर्जा को हासिल करना चाहते हैं, जो लोगों के बीच मौजूद होती है। ऐसा करना न सिर्फ हमें सशक्त बनाता है बल्कि यह हमें अच्छा भी लगता है।"

विल सीधे सड़क की ओर देख रहा था। उसे देखकर लगा, जैसे अचानक वह किसी और चीज़ के बारे में सोचने लगा हो।

"वैसे ये सवाल क्यों पूछा तुमने? क्या यही चौथी अंतर्दृष्टि है?" मैंने विल से पूछा।

उसने मेरी ओर देखा और कहा, "नहीं, ऐसा नहीं है। दरअसल तुमने लोगों के बीच ऊर्जा का प्रवाह देखा है लेकिन शायद तुम्हें इस बात का अंदाज़ा नहीं है कि जब ऐसा तुम्हारे साथ होता है तो तुम कैसा महसूस करते हो।"

मैंने ज़रा हताश होते हुए पूछा, "तो बताओ, कैसा महसूस होता है! तुम कहते हो कि मैं

बात नहीं करता! लेकिन तुमसे कोई जानकारी हासिल करना भी बड़ी टेढ़ी खीर है! मैं कितने दिनों से पाण्डुलिपि के साथ तुम्हारे पिछले अनुभवों के बारे में जानने की कोशिश कर रहा हूँ लेकिन तुम हर बार मुझे ऐसे टाल देते हो, जैसे तुम्हें कोई फर्क ही न पड़ता हो।''

उसने ठहाका लगाया और फिर मेरी ओर देखकर मुस्कराने लगा। फिर विल ने कहा, ''हमने कुछ तय किया था, याद है? मेरी इस गोपनीयता के पीछे एक कारण है। पाण्डुलिपि की एक अंतर्दृष्टि इस बारे में है कि अतीत में हुई घटनाओं की व्याख्या कैसे की जानी चाहिए। यह इस बात को स्पष्ट रूप से समझने की एक प्रक्रिया है कि आप कौन हैं और इस दुनिया में क्यों आए हैं? मैं अपने अनुभव और अतीत के बारे में चर्चा के लिए तब तक इंतज़ार करना चाहता हूँ, जब तक हम इस अंतर्दृष्टि तक पहुँच नहीं जाते। ठीक है?''

मैं उसके रोमांचक लहजे को सुनकर मुस्कराया। ''हाँ, ठीक है?''

बाकी के रास्ते हम बस चुपचाप चलते रहे। आसमान बिलकुल नीला था और तेज धूप खिली हुई थी। जैसे-जैसे हम उस पर्वतीय क्षेत्र में ऊपर की ओर बढ़ रहे थे, कभी-कभी गहरे बादल हवा में तैरते हुए हमारे रास्ते में आ जाते थे, जिससे गाड़ी के सामने के शीशे पर नमी छा जाती थी। दोपहर के समय हम कुछ देर के लिए एक जगह पर रुके, जहाँ से पूर्व की ओर पर्वतों और घाटियों के सुंदर दृश्य दिखाई दे रहे थे।

''क्या तुम्हें भूख लगी है?'' विल ने पूछा।

मेरे हाँ कहते ही विल ने गाड़ी की पिछली सीट पर रखे बैग से सैंडविच के दो पैकेट निकाल लिए। उनमें से एक पैकेट मुझे देते हुए उसने पूछा, ''इस नज़ारे के बारे में क्या विचार है तुम्हारा?''

''बहुत खूबसूरत है।'' मैंने जवाब दिया।

उसने धीरे से मुस्कराते हुए मेरी ओर देखा, जैसे मेरे ऊर्जा क्षेत्र का निरीक्षण कर रहा हो।

''क्या कर रहे हो तुम?'' मैंने पूछा।

विल ने कहा, ''बस देख रहा हूँ, ऊँचे-ऊँचे पहाड़ोंवाली ऐसी जगहें खास होती हैं। जो भी इनकी इस ऊँचाई पर पहुँच जाता है, ये उसके अंदर ऊर्जा पैदा कर सकती हैं। तुम्हें देखकर ऐसा लगता है जैसे कि ऐसे पर्वतीय स्थानों के प्रति तुम्हें बहुत अपनापन महसूस होता है।''

मैंने विल को अपने दादाजी की घाटीवाली उस भू-संपत्ति के बारे में बताया, जहाँ पहाड़ के सामने एक बड़ी सी झील भी है। मैंने उसे यह भी बताया कि वहाँ रहते हुए कैसे मैं खुद को एक साथ सावधान और ऊर्जावान महसूस किया करता था, यह उसी दिन की बात है, जिस दिन चार्लेन आई थी।

''शायद वहाँ रहकर बड़े होने से ही तुम यहाँ के लिए तैयार हो पाए।'' विल ने कहा।

मैं पहाड़ों से मिलनेवाली ऊर्जा के बारे में उससे कुछ और पूछने ही वाला था, तब उसने कहा कि ''जब किसी पर्वतश्रेणी पर कोई अनछुआ वनक्षेत्र होता है तो ऊर्जा और बढ़ जाती है।''

मैंने उत्सुकतावश पूछा, ''तो क्या हम उस अनछुए वनक्षेत्र पर जा रहे हैं, वह पर्वतश्रेणी के शिखर पर है?''

उसने कहा, ''पहले तुम खुद ही देख लो, तुम देख सकते हो।''

उसने पूर्व की ओर इशारा किया। मीलों दूर मुझे दो समानांतर पर्वत चोटियाँ दिखाई दीं, जो कई मील तक फैली हुई लग रही थीं। आगे जाकर दोनों चोटियाँ अलग-अलग ओर झुक गई थीं, जिससे अंग्रेजी भाषा के अक्षर 'T' जैसी आकृति बन गई थी। यहाँ से देखकर लगा, जैसे दोनों चोटियों के बीच के खाली स्थान में कोई छोटा सा कस्बा बसा हुआ है। जिस बिंदु पर वे दोनों पर्वतश्रेणियाँ आपस में मिलती थीं, वहाँ पहाड़ अचानक ऊँचे होकर एक चट्टानी शिखर में जाकर जुड़ गए थे। फिलहाल हम जिस चोटी पर खड़े थे, वह चट्टानी शिखर इसके मुकाबले थोड़ा ऊँचा दिखाई पड़ रहा था। उसका आधार क्षेत्र भी कहीं अधिक हरा-भरा और अनेकों वनस्पतियों से ढका हुआ था।

''वह हरा-भरा इलाका?'' मैंने पूछा।

विल ने कहा, ''हाँ, यह विसिएंते जैसा ही है लेकिन उससे कहीं अधिक सशक्त और विशिष्ट।''

''विशिष्ट कैसे?'' मैंने पूछा।

विल ने बताया कि ''दरअसल यह एक अन्य अंतर्दृष्टि को सरल बना देता है।''

''कैसे'' मैंने पूछा।

विल ने जीप को चालू किया और हम फिर सड़क पर आ गए। उसने कहा, ''मैं शर्त लगाकर कह सकता हूँ कि तुम खुद ही समझ जाओगे।''

अगले एक घंटे तक हम दोनों में से किसी ने भी ज़्यादा बातचीत नहीं की और फिर मेरी आँख लग गई। कुछ देर बाद मैंने पाया कि विल मुझे जगाने की कोशिश कर रहा है।

उसने कहा, ''उठो, हम कुला पहुँचने ही वाले हैं।''

मैं उठकर बैठ गया। हमारे आगे की ओर घाटी में एक छोटा सा कस्बा था, जहाँ दो सड़कें आपस में मिल रही थीं। कस्बे के दोनों ओर वे दोनों पर्वतश्रेणियाँ थीं, जिन्हें हमने थोड़ी देर पहले एक अन्य चोटी से देखा था। इन पर्वतों पर लगे पेड़ असाधारण रूप से हरे थे और इनका आकार विसिएंते के पेड़ों के बराबर ही रहा होगा।

विल ने कहा, ''वहाँ पहुँचने से पहले मैं तुम्हें कुछ बताना चाहता हूँ। इस वन की ऊर्जा के बावजूद, यह कस्बा पेरू के अन्य इलाकों जितना सभ्य नहीं है। इसे पाण्डुलिपि के बारे में जानकारी हासिल करनेवाले क्षेत्र के रूप में जाना जाता है लेकिन पिछली बार जब मैं यहाँ आया था तो मैंने पाया कि यहाँ के लोग बड़े लालची किस्म के हैं, जिन्हें न तो यहाँ की ऊर्जा महसूस होती है और न ही वे पाण्डुलिपि की अंतर्दृष्टियों को समझते हैं। ये लोग सिर्फ पैसे चाहते हैं या फिर थोड़ा-बहुत नाम, जो शायद इन्हें नौवीं अंतर्दृष्टि को खोजने पर मिले।''

मैंने उस कस्बे की ओर देखा, जहाँ सिर्फ चार-पाँच गलियाँ और मार्ग नज़र आ रहे थे। कस्बे के मध्य से गुज़रनेवाली दो सड़कों के किनारों पर ऊँची इमारतें बनी हुई थीं लेकिन बाकी की गलियों में छोटे-मोटे आकार के घरों की कतारों के अलावा कुछ और नहीं था। दोनों मुख्य सड़कों के एक-दूसरे को काटने से जो चौराहे सा स्थान बन गया था, वहाँ करीब एक दर्जन गाड़ियाँ और ट्रक खड़े हुए थे।

''ये सब यहाँ क्यों खड़े हैं?'' मैंने पूछा।

वह मज़ाकिया लहजे से मुस्कराया और फिर कहा, ''क्योंकि पर्वतश्रेणियों के भीतरी इलाके की ओर जाने से पहले यह अंतिम जगह है, जहाँ पेट्रोल और अन्य ज़रूरी चीज़ें उपलब्ध हो जाती हैं।''

विल ने जीप स्टार्ट की और हम धीमी गति से कस्बे की ओर बढ़ने लगे। एक बड़ी इमारत के सामने पहुँचकर उसने जीप रोक दी। मैं वहाँ लगे स्पैनिश भाषावाले साइन बोर्डस् को पढ़ तो नहीं पाया लेकिन खिड़की पर रखे सामान को देखकर मुझे अंदाज़ा हो गया कि यह एक ग्रॉसरी और हार्डवेयर स्टोअर था।

विल ने कहा, ''तुम यहीं रुको, मैं कुछ सामान लेकर आता हूँ।''

मैंने सहमति में सिर हिलाया और विल स्टोअर के अंदर चला गया। मैंने चारों ओर एक नज़र दौड़ाई। तभी सड़क के उस पार एक ट्रक आकर रुका और उसमें से कुछ लोग बाहर आए। उनमें काले बालोंवाली एक औरत भी थी, जिसने एक सिकुड़ी हुई जैकेट पहन रखी थी। तभी मुझे एहसास हुआ कि ये तो मार्जरी है। पलभर के लिए मैं हैरान रह गया। मार्जरी और उसके साथ चल रहा एक बीस-बाईस साल का लड़का गली पार करके मेरे ठीक सामने से गुज़रे।

मैं जीप का दरवाज़ा खोलकर बाहर आ गया। ''मार्जरी,'' मैं चिल्लाया।

उसने ठहरकर चारों ओर देखा। जैसे ही उसकी नज़र मुझ पर पड़ी, वह मुस्करा दी। ''हैलो,'' उसने कहा। उसने मेरी ओर बढ़ना शुरू ही किया था कि उस लड़के ने उसकी बाँह पकड़ ली।

''रॉबर्ट ने हमें किसी से भी बात न करने के लिए कहा था,'' उस लड़के ने बड़ी धीमी आवाज़ में कहा ताकि मैं न सुन पाऊँ।

मार्जरी ने कहा, ''कोई बात नहीं, मैं इस आदमी को जानती हूँ, तुम अंदर जाओ।''

उस लड़के ने संशयभरी नज़रों से मेरी ओर देखा और पीछे हटते हुए स्टोअर के अंदर चला गया। बगीचे में मेरे और मार्जरी के बीच जो भी हुआ था, मैंने ज़रा अटकते हुए उस बारे में अपनी सफाई दी। वह हँस पड़ी और फिर उसने मुझे बताया कि बाद में सराह ने इन सब बातों को उसी से जोड़ दिया। मार्जरी कुछ और बताने ही वाली थी कि विल हाथों में ढेर सारा सामान लिए स्टोअर से बाहर आ गया।

मैंने उन दोनों का परिचय कराया। फिर जीप के पिछले हिस्से में सामान रखते हुए हम तीनों कुछ देर तक यूँ ही एक-दूसरे से बातें करते रहे।

विल ने कहा, ''चलो, एक काम करते हैं, सड़क के उस पार चलकर कुछ खाते-पीते हैं।''

''हाँ, क्यों नहीं,'' मैंने उस ओर मौजूद एक रेस्त्रां की ओर नज़र डालते हुए कहा।

मार्जरी ने कहा, '' मेरे लिए ज़रा मुश्किल है, मुझे जल्द ही निकलना है।''

''वैसे कहाँ जा रही हो तुम?'' मैंने पूछा।

''यहाँ से कुछ मील दूर वापस पश्चिम की ओर। मैं एक समूह से मिलने आई थी, जो पाण्डुलिपि का अध्ययन कर रहा है।'' मार्जरी ने बताया।

“डिनर के बाद हम तुम्हें वहाँ ले चलेंगे।” विल ने कहा।

“मेरे खयाल से यह ठीक रहेगा।” मैंने कहा।

विल ने मेरी ओर देखा, फिर कहा, “मुझे एक और चीज़ खरीदनी है। तुम दोनों उस रेस्त्रां में जाकर अपना ऑर्डर दो, मैं अपना ऑर्डर बाद में दे दूँगा, मुझे बस कुछ ही मिनट और लगेंगे।”

उसी समय कुछ ट्रक वहाँ से गुज़रे। मैं और मार्जरी सड़क पार करने का इंतज़ार करने लगे। विल उसी सड़क पर दक्षिण की ओर चला गया। अचानक वह लड़का, जो मार्जरी के साथ आया था, स्टोअर से बाहर आ गया और हमारे सामने आकर खड़ा हो गया।

“कहाँ जा रही हो तुम?” उसने मार्जरी का हाथ पकड़ते हुए पूछा।

मार्जरी ने जवाब दिया, “ये मेरा दोस्त है और हम कुछ खाने-पीने जा रहे हैं, उसके बाद ये मुझे वापस छोड़ देगा।”

उस लड़के ने गुस्से से कहा, “देखो, तुम यहाँ किसी पर भरोसा नहीं कर सकती। तुम जानती हो कि रॉबर्ट को ये सब पसंद नहीं आएगा।”

“कोई बात नहीं,” मार्जरी ने कहा।

फिर भी उस लड़के ने कहा, “नहीं! तुम चलो मेरे साथ, अभी!”

मैंने उसकी बाँह को मार्जरी से अलग करके झटक दिया और कहा, “तुमने सुना नहीं उसने क्या कहा?” वह ज़रा पीछे हटा और गुस्से से भरी नज़रों से मेरी ओर देखने लगा। इसके बाद वह पलटकर वापस स्टोअर के अंदर चला गया।

“आओ चलें,” मैंने कहा।

हम सड़क पार करके उस छोटे से रेस्त्रां में पहुँच गए। वहाँ बस एक कमरा था, जहाँ ग्रीस और सिगरेट की गंध से भरी कुल आठ मेज़ें लगी हुई थीं। मेरी नज़र बायीं ओर रखी एक खाली मेज़ पर पड़ी। हम उस मेज़ की ओर बढ़ गए, कुछ लोगों ने हमारी ओर नज़रें उठाकर पलभर के लिए देखा और फिर वापस अपने-अपने काम में लग गए।

वहाँ की वेट्रेस सिर्फ स्पैनिश बोलती थीं और मार्जरी को इस भाषा का अच्छा ज्ञान था इसलिए खाने का ऑर्डर उसी ने दिया। फिर मार्जरी ने मेरी ओर स्नेह से देखा।

मैं उसकी ओर देखकर मुस्करा दिया और पूछा, “वह लड़का कौन था तुम्हारे साथ?”

उसने कहा, “वह केनी है, पता नहीं क्या हो गया था उसे। खैर, मेरी मदद करने के लिए शुक्रिया।”

उसकी नज़रें सीधे-सीधे मेरी ही ओर थीं और उसके मुँह से शुक्रिया सुनकर मुझे बहुत अच्छा लगा। “तुम इस समूह से कैसे जुड़ गईं?” मैंने पूछा।

“एक पुरातत्वविद्वान हैं, रॉबर्ट जेन्सन। उन्होंने पाण्डुलिपि का अध्ययन करके नौवीं अंतर्दृष्टि खोजने के लिए यह समूह बनाया है। वे कुछ हफ्तों पहले विसिएंते आए थे, फिर कुछ दिन पहले ही...मैं...” मार्जरी अचानक बीच में ही रुक गई।

“क्या?” मैंने पूछा।

आगे मार्जरी ने बताया, "दरअसल, विसिएंते में मैं एक ऐसे रिश्ते में फँसी हुई थी, जिससे मैं निकलना चाहती थी। तभी मैं रॉबर्ट से मिली। वे बहुत आकर्षक थे और जो काम वे कर रहे थे, वह भी मुझे बड़ा दिलचस्प लगा। उन्होंने मुझे यकीन दिलाया कि हमने बगीचों में जो अध्ययन किया है, उसे नौवीं अंतर्दृष्टि से और आगे बढ़ाया जा सकता है और वे उसी अंतर्दृष्टि की खोज पर जा रहे हैं। उन्होंने कहा कि इस अंतर्दृष्टि की खोज करना उनके जीवन का सबसे दिलचस्प काम है। जब उन्होंने कुछ महीनों के लिए मुझे अपनी टीम में जगह देने की बात कही तो मैं भी मान गई...।" वह फिर से चुप हो गई और नीचे मेज़ की ओर देखने लगी। वह ज़रा असहज नज़र आ रही थी इसलिए मैंने विषय बदल दिया।

मैंने पूछा, "तुमने कितनी अंतर्दृष्टियाँ पढ़ी हैं?"

मार्जरी ने कहा, "सिर्फ वह, जिसे मैंने विसिएंते में देखा था। रॉबर्ट के पास कुछ और अंतर्दृष्टियाँ भी हैं लेकिन उनका मानना है कि उन्हें समझने से पहले लोगों को अपनी पारंपरिक विचारों से छुटकारा पाना होगा इसलिए बेहतर होगा कि लोग ये मुख्य और नई संकल्पनाएँ सीखने के लिए उनके पास आएँ।"

यह सुनकर ज़रूर मेरे चेहरे पर क्रोध आया होगा क्योंकि मार्जरी ने आगे कहा, "तुम्हें यह सुनकर अच्छा नहीं लगा न?"

"यह बड़ा वाद-विवाद से भरा लगता है," मैंने कहा।

उसने फिर से मुझे भावुक होकर देखा और कहा, "मैं खुद भी इसे लेकर हैरान थी। जब तुम मुझे वहाँ वापस लेकर चलोगे तब उनसे बातचीत कर सकते हो। फिर मुझे बताना कि तुम क्या सोचते हो।"

वेट्रेस हमारा खाना ले आई। वह वापस जाने के लिए पलटी ही थी कि मैंने विल को रेस्त्रां में आते हुए देखा। वह तेज़ कदमों से हमारी ही ओर आ रहा था।

विल ने कहा, "मुझे यहाँ से करीब एक मील दूर उत्तर की ओर कुछ लोगों से मिलने जाना होगा। कम से कम दो घंटे तो लग ही जाएँगे। तब तक तुम जीप लेकर मार्जरी को वापस छोड़ आओ। मैं किसी और के साथ चला जाऊँगा। इसके बाद मैं तुमसे यहीं मिलूँगा।" वह मेरी ओर देखकर मुस्कराया।

मुझे लगा कि मैं विल को रॉबर्ट जेन्सन के बारे में बता दूँ लेकिन फिर मैंने अपना इरादा बदल दिया।

"ठीक है," मैंने कहा।

उसने मार्जरी की ओर देखा और कहा, "तुमसे मिलकर अच्छा लगा। काश, मेरे पास थोड़ा और वक्त होता तो बैठकर तुमसे बातचीत कर पाता।"

मार्जरी ने ज़रा संकोच के साथ विल की ओर देखा और कहा, "कोई बात नहीं, फिर कभी।"

विल ने सहमति में सिर हिलाया और जीप की चाभी मुझे देकर वहाँ से निकल गया।

अगले कुछ मिनटों तक मार्जरी बिना कुछ बोले खाना खाती रही, फिर बोली, "विल को देखकर लगता है, जैसा उसका कोई खास मकसद हो। तुम उससे कैसे मिले?"

मैं मार्जरी को अपने पेरू आगमन और यहाँ हुए अनुभवों के बारे में विस्तार से बताने लगा। वह बड़ी दिलचस्पी से मेरी हर बात सुन रही थी। मैंने पाया कि मैं अपनी पूरी कहानी बड़ी सहजता से उसे सुना रहा हूँ और हर छोटी-बड़ी घटना की नाटकीयता को बड़ी बुद्धिमत्ता से जस का तस उसके सामने रख पा रहा हूँ। वह सम्मोहित होकर मेरा एक-एक शब्द गौर से सुन रही थी।

उसने अचानक कहा, "हे भगवान, तुम्हें नहीं लगता कि तुम्हारी जान खतरे में है?"

"नहीं, मुझे ऐसा नहीं लगता, कम से कम लीमा से इतनी दूर आकर तो बिलकुल नहीं।" मैंने कहा।

वह अब भी मेरी ओर आशापूर्वक ढंग से देख रही थी इसलिए खाना खाते-खाते मैंने उसे संक्षिप्त में विसिएंते में हुई घटनाओं के बारे में उस बिंदु तक बताया, जब मैं और सराह बगीचे में आए थे।

मैंने कहा, "जहाँ मेरी मुलाकात तुमसे हुई और फिर तुम वहाँ से भाग गई।"

उसने कहा, "अरे, ऐसी बात नहीं है। मैं तुम्हें जानती नहीं थी और जब मुझे तुम्हारी भावनाओं का अंदाज़ा हुआ तो मैंने वहाँ से चले जाना ही बेहतर समझा।"

"ओह," मैंने अपनी हँसी रोकते हुए कहा। "अपनी ऊर्जा को नियंत्रित न कर पाने के लिए मैं माफी चाहता हूँ।"

उसने अपनी कलाई पर बँधी घड़ी की ओर देखा। "शायद अब हमें चलना चाहिए। वे लोग सोच रहे होंगे कि मैं न जाने कहाँ गायब हो गई।"

मैंने खाने का बिल चुकाया और फिर हम दोनों बाहर खड़ी विल की जीप की ओर चल पड़े। रात का वक्त था और ठंढ इतनी काफी बढ़ गई थी कि अपनी साँसों से निकलती हवा को देखा जा सकता था। जीप में बैठते हुए मार्जरी ने कहा, "वापस उत्तर की ओर चलो, मैं तुम्हें रास्ता बताती जाऊँगी।"

मैंने सहमति में सिर हिलाया और फटाफट एक यू टर्न लेकर उत्तर की ओर चल पड़ा।

"हम जिस फार्म की ओर जा रहे हैं, ज़रा उसके बारे में कुछ और बताओ," मैंने कहा।

मार्जरी ने बताया, "रॉबर्ट ने शायद इसे किराए पर ले रखा है। उनका समूह यहाँ काफी दिनों से रह रहा है और रॉबर्ट अंतर्दृष्टियों के अध्ययन में लगे हुए हैं। जब से मैं वहाँ आई हूँ, तब से हर कोई तैयारियों में लगा हुआ है, ज़रूरी चीज़ें इकट्ठा करना और गाड़ियों की मरम्मत वगैरह करवाना। रॉबर्ट के कुछ आदमी तो बड़े उग्र लगते हैं।"

"उसने तुम्हें अपने साथ अंतर्दृष्टि की खोज में चलने के लिए आमंत्रित क्यों किया?" मैंने पूछा।

जवाब में मार्जरी ने कहा, "उन्होंने कहा था कि उन्हें कोई ऐसा चाहिए, जो नौवीं अंतर्दृष्टि मिलने के बाद उसका अनुवाद और व्याख्या कर सके। विसिएंते में तो उन्होंने मुझसे यही कहा था। हालाँकि यहाँ वे सिर्फ खोज पर जाने के लिए ज़रूरी चीज़ें इकट्ठा करने और तैयारियों के बारे में ही बातें करते रहते हैं।"

"कहाँ जाने की योजना है उसकी?" मैंने पूछा।

"पता नहीं, मैंने जब भी पूछा, उन्होंने कभी जवाब नहीं दिया।" उसने जवाब दिया।

करीब डेढ़ मील और चलने के बाद उसने बायीं ओर मुड़ने का इशारा किया। वह एक सँकरी और पथरीली सड़क थी, जो एक पहाड़ी का चक्कर लगाती हुई, एक निचले और समतल मैदान पर जाकर खत्म हो जाती थी। सामने लकड़ी के कठोर तख्तों से बना एक फार्महाउस था, जिसके पीछे उसका बाहरी हिस्सा स्थित था और कुछ बांस लगे हुए थे। एक जालीदार बाड़े में बँधे तीन लाम (एक दक्षिण अमेरिकी पालतू जानवर) हमारी ओर ताक रहे थे।

मैंने जीप की गति धीमी की। उसी समय कुछ लोग सामने आए और एक गाड़ी के चारों ओर जमा होकर बिना कोई अभिवादन किए हमें घूरने लगे। मैंने गौर किया कि घर के बगल में लगे एक इलेक्ट्रिक जनरेटर की आवाज़ मुझे यहाँ तक सुनाई दे रही थी। तभी दरवाज़ा खुला और एक चुस्त व मज़बूत कद-काठीवाला आदमी हमारी ओर आने लगा। उसके बालों का रंग काला और कद ऊँचा था।

"यही है रॉबर्ट," मार्जरी ने कहा।

"अच्छा," मैंने पूरे आत्मविश्वास के साथ कहा।

हम जीप से बाहर आए और रॉबर्ट ने मार्जरी की ओर देखा।

रॉबर्ट ने कहा, "मुझे तुम्हारी फिक्र हो रही थी, लगता है कोई दोस्त मिल गया तुम्हें।"

मैंने अपना परिचय दिया और उसने दृढ़तापूर्वक मुझसे हाथ मिलाया।

"मेरा नाम रॉबर्ट जेन्सन है, तुम दोनों को सुरक्षित देखकर अच्छा लगा। आओ, अंदर चलें।" उसने कहा।

अंदर कई लोग अलग-अलग तरह के इंतज़ामों में लगे हुए थे। एक आदमी हाथों में टेंट और कैंपिंग का सामान लेकर फार्म के पीछे जा रहा था। डाइनिंग रूम पार करते समय मैंने पेरू की दो औरतों को रसोई में देखा, जो खाना पैक कर रही थीं। लिविंग रूम पहुँचकर रॉबर्ट एक कुर्सी पर बैठ गया और हम दोनों को सामने रखी दो कुर्सियों पर बैठने का इशारा किया।

"तुमने यह क्यों कहा कि हमें सुरक्षित देखकर तुम्हें अच्छा लगा," मैंने पूछा।

उसने मेरी ओर झुककर गंभीर लहजे में पूछा, "तुम्हें इस इलाके में आए कितना वक्त हुआ है?"

मैंने बताया कि "मैं आज दोपहर में ही आया हूँ।"

रॉबर्ट ने कहा, "तो फिर तुम्हें इस बात का अंदाज़ा कैसे होगा कि यहाँ कितना खतरा है। तुम्हें मालूम है कि यहाँ लोग लापता हो रहे हैं? क्या तुमने पाण्डुलिपि के बारे में और उस नौवीं अंतर्दृष्टि के बारे में सुना है, जो गायब हो गई है?"

मैं बताने लगा, "हाँ, सुना है। वैसे मैंने तो ये भी..."

रॉबर्ट ने मुझे बीच में से ही टोकते हुए कहा, "तो फिर तुम्हें जान लेना चाहिए कि यहाँ क्या चल रहा है। इस अंतिम अंतर्दृष्टि की खोज भयानक रूप लेती जा रही है। इसमें कुछ खतरनाक लोग भी शामिल हैं।"

"कौन लोग?" मैंने पूछा।

रॉबर्ट ने बताया, "ऐसे लोग, जिन्हें इस खोज के पुरातात्विक महत्त्व की ज़रा भी फिक्र नहीं है। ये वे लोग हैं, जो इस अंतर्दृष्टि को सिर्फ अपने फायदे के लिए हासिल करना चाहते हैं।"

तभी एक दाढ़ीवाला लंबा-चौड़ा आदमी कमरे में आया और हमारी बातचीत बीच में ही रुक गई। उसने रॉबर्ट को एक लिस्ट दिखाई। दोनों ने स्पैनिश भाषा में कुछ बात की और फिर वह आदमी कमरे से बाहर चला गया।

रॉबर्ट ने मेरी ओर देखा और कहा, "क्या तुम भी यहाँ गायब हुई अंतर्दृष्टि की खोज में आए हो? तुम्हें अंदाज़ा भी है कि तुम किस चक्कर में पड़ रहे हो?"

मुझे ज़रा अजीब लगा और मैं समझ नहीं पाया कि उसे क्या जवाब दूँ। फिर मैंने कहा, "असल में, मेरी दिलचस्पी पूरी पाण्डुलिपि के बारे में जानने की है। हालाँकि अभी तक मुझे कुछ खास पता नहीं चल पाया है।"

रॉबर्ट ने कुर्सी पर बैठे-बैठे ही खुद को सीधा किया और फिर बोला, "तुम्हें इस बात का एहसास है कि ये पाण्डुलिपि एक राष्ट्रीय प्राचीन कालीन दस्तावेज़ है और सरकारी अनुमति के बिना इसकी गैरकानूनी प्रतियाँ तक तैयार की गई हैं?"

मैंने कहा, "हाँ, लेकिन कुछ वैज्ञानिक इससे असहमत हैं। उनका मानना है कि सरकार इसे दबाना..."

मुझे रोकते हुए रॉबर्ट ने कहा, "तुम्हें नहीं लगता कि पेरू को अपने निजी पुरातन काल के खज़ाने को अपने नियंत्रण में रखने का पूरा अधिकार है? क्या सरकार को पता है कि तुम पेरू में हो?"

मुझे समझ में नहीं आया कि क्या कहूँ। मैं ज़रा घबरा सा गया और पेट में एक ठंढी लहर दौड़ गई।

फिर रॉबर्ट ने मुस्कराते हुए कहा, "देखो, मुझे गलत मत समझना, मैं तुम्हारी तरफ ही हूँ। अगर तुम्हें किसी और देश से वैज्ञानिक सहायता मिल रही हो तो मुझे बताओ। हालाँकि मुझे लगता है कि तुम यहाँ यूँ ही चले आए हो।"

"हाँ, कुछ ऐसा ही है," मैंने कहा।

मैंने गौर किया कि मार्जरी का ध्यान अब मुझे छोड़कर रॉबर्ट पर केंद्रित हो गया था। "तुम्हें क्या लगता है, इसे क्या करना चाहिए?" मार्जरी ने पूछा।

रॉबर्ट कुर्सी से उठकर मुस्कराया और कहा, "मैं तुम्हें यहाँ कोई ऊँचा पद दे सकता हूँ। हमें और लोगों की ज़रूरत है। मुझे लगता है कि हम जहाँ जा रहे हैं, वह जगह अन्य जगहों की तुलना में अधिक सुरक्षित है। अगर सब कुछ ठीक नहीं भी रहा, तब भी तुम अपने लिए कोई और रास्ता ढूँढ़ सकते हो।"

रॉबर्ट ने मेरी तरफ गौर से देखा और कहा, "लेकिन तुम्हें मेरी हर बात मानने के लिए तैयार रहना होगा। तुम सिर्फ वही करोगे, जो मैं कहूँगा।"

मैंने मार्जरी पर नज़र डाली। वह अब भी रॉबर्ट की ओर ही देख रही थी। मैं दुविधा में पड़ गया। मैंने सोचा कि शायद मुझे रॉबर्ट के इस प्रस्ताव पर विचार करना चाहिए। यदि सरकार

के साथ उसके अच्छे संबंध हैं तो शायद मेरे अमरीका लौटने का ये इकलौता कानूनी रास्ता है। शायद मैं खुद को ही धोखा दे रहा था। शायद रॉबर्ट सही कह रहा है और सचमुच पानी मेरे सर से ऊपर जा चुका है।

"मुझे लगता है कि तुम्हें रॉबर्ट की बात मान लेनी चाहिए। एक अकेले आदमी के लिए यहाँ की दुनिया बहुत डरावनी है।" मार्जरी ने टिप्पणी की।

हालाँकि मुझे अंदाज़ा था कि वह सही कह रही है लेकिन अब भी मुझे विल पर और हम दोनों जो भी कर रहे थे, उस पर पूरा विश्वास था। मैं ये बात कहना चाहता था लेकिन मुझे उपयुक्त शब्द नहीं मिले। मैं ठीक से सोच नहीं पा रहा था।

अचानक वह लंबा-चौड़ा आदमी फिर से कमरे में आया और खिड़की से बाहर देखने लगा। रॉबर्ट फुर्ती से उठा और उसने खिड़की से बाहर झाँका। फिर वह मार्जरी की ओर मुड़ा और गंभीरता से से बोला, "कोई आ रहा है। जाओ केनी को बुलाकर यहाँ ले आओ।"

मार्जरी ने सिर हिलाया और वहाँ से चली गई। बाहर आई किसी गाड़ी की हेडलाइट्स की रोशनी कमरे के अंदर तक आ गई थी। वह गाड़ी जालीदार बाड़ के पास करीब पचास फीट की दूरी पर आकर खड़ी हो गई थी।

रॉबर्ट ने दरवाज़ा खोला और अचानक मैंने किसी को मेरे नाम का ज़िक्र करते सुना।

"कौन है ये?" मैंने पूछा।

रॉबर्ट ने कठोरता से मेरी ओर देखा और कहा, "खामोश, आवाज़ मत करो।" फिर रॉबर्ट और वह लंबा-चौड़ा आदमी बाहर चले गए और दरवाज़ा बंद कर दिया। मैंने खिड़की से झाँका, गाड़ी की लाइट्स के सामने मुझे एक लंबी परछाईं दिखाई दी। पहला खयाल यही आया कि मुझे अंदर ही रुकना चाहिए। रॉबर्ट ने मेरे मन में उभरी डर की भावनाओं को समझकर मुझे किसी अनिष्ट की आशंका से भर दिया था। लेकिन बाहर गाड़ी के पास खड़ा वह आदमी मुझे जाना-पहचाना सा लगा। मैंने दरवाज़ा खोला और बाहर आ गया। जैसे ही रॉबर्ट की नज़र मुझ पर पड़ी, वह फुर्ती से पास आया और मेरा रास्ता रोककर खड़ा हो गया।

"ये क्या कर रहे हो तुम? अंदर जाओ।" रॉबर्ट ने कहा।

तभी जनरेटर के पास से मैंने किसी को दोबारा मेरा नाम लेते सुना।

रॉबर्ट ने कहा, "अंदर जाओ, अभी! ये किसी की चाल भी हो सकती है।" वह ठीक मेरे सामने खड़ा था, जिसके कारण मैं उस गाड़ी को ठीक से देख नहीं पा रहा था। "मैं कहता हूँ अंदर जाओ, अभी!"

मैं दुविधा में घिर गया और इतना घबरा गया कि समझ नहीं पा रहा था, क्या करूँ। तभी गाड़ी की लाइट्स में मैंने उस परछाईं को करीब आते देखा। मेरा रास्ता रोककर खड़े रॉबर्ट के पीछे से वह आदमी हमारी ओर ही आ रहा था। तभी मैंने सुना, "यहाँ आओ, मुझे तुमसे बात करनी है।" जैसे ही वह और करीब आया, मेरा डर अचानक खत्म हो गया और मुझे एहसास हुआ कि वह कोई और नहीं बल्कि विल है। मैं रॉबर्ट को एक तरफ करके विल की ओर चल पड़ा।

विल ने उतावलेपन से पूछा, "क्या हो गया है तुम्हें? हमें यहाँ से निकलना होगा।"

"लेकिन मार्जरी! उसका क्या?" मैंने पूछा।

विल ने कहा, "फिलहाल हम उसके लिए कुछ नहीं कर सकते। हमें फौरन यहाँ से चलना चाहिए।"

हम दोनों वहाँ से निकलने के लिए आगे बढ़े ही थे कि रॉबर्ट ने ऊँची आवाज़ में कहा, "बेहतर होगा कि तुम यहीं रुको, तुम्हारा बचना मुश्किल है।"

मैंने पीछे मुड़कर देखा।

विल वहीं ठहर गया और मेरी ओर देखने लगा, जैसे मुझे यह तय करने का मौका दे रहा हो कि मुझे रुकना चाहिए या उसके साथ चलना चाहिए।

"चलो, चलते हैं," मैंने कहा।

हम उस गाड़ी को पार करके आगे बढ़ गए, जिसमें विल यहाँ आया था। मैंने देखा कि उस गाड़ी की आगे की सीट पर दो अन्य लोग हमारा इंतज़ार कर रहे हैं। जब हम विल की जीप के करीब पहुँचे, उसने मुझसे चाभी ली और हम फौरन वहाँ से निकल गए। विल के दोस्तों की गाड़ी हमारे पीछे-पीछे चली आ रही थी।

विल ने मुड़कर मेरी ओर देखा और कहा, "रॉबर्ट ने मुझे बताया कि तुमने तय किया है कि तुम अब उसके समूह के साथ ही रहोगे। आखिर चल क्या रहा था?"

"तुम्हें उसका नाम कैसे पता?" मैंने हकलाते हुए पूछा।

विल ने जवाब दिया, "मैंने इस आदमी के बारे में पहले भी सुन रखा था। वह पेरू की सरकार के लिए काम करता है। यूँ तो वह एक पुरातत्वविद्वान है लेकिन सरकार से पाण्डुलिपि के अध्ययन का विशेषाधिकार पाने के बदले वह इससे जुड़ी हर चीज़ को छिपाकर रखने के लिए वचनबद्ध है। हाँ, वह खोई हुई अंतर्दृष्टि की खोज में नहीं जानेवाला था लेकिन आखिरकार उसने समझौते का उल्लंघन करने का फैसला कर लिया। सुनने में आया है कि वह जल्द ही नौवीं अंतर्दृष्टि की खोज पर निकलनेवाला है।

जब मुझे पता चला कि मार्जरी जिस आदमी के साथ थी, वह रॉबर्ट ही है तो मुझे लगा कि मेरा यहाँ आना ही बेहतर होगा। वैसे रॉबर्ट ने क्या कहा तुमसे?"

मैंने कहा, "उसने मुझसे कहा कि मेरी जान को खतरा है। उसने यह भी कहा कि मुझे उसके साथ ही रहना चाहिए और अगर मैं अमरीका वापस लौटना चाहूँ तो वह मेरी मदद कर सकता है।"

विल ने अपना सिर हिलाया, "तुम सचमुच उसके झाँसे में आ गए थे।"

"मतलब?" मैंने पूछा।

विल ने कहा, "तुम्हें अपने ऊर्जा क्षेत्र को देखना चाहिए था। वह तुम्हारी सारी ऊर्जा सोखता जा रहा था।"

"मैं समझा नहीं।" मैं कुछ उलझन में था।

विल ने कहा, "याद है, जब विसिएंते में सराह और उस वैज्ञानिक के बीच में बहस हो रही थी... अगर तुमने गौर किया हो तो उनमें से एक, दूसरे पर भारी पड़ रहा था और उसे यह यकीन दिला रहा था कि सिर्फ उसी की बात सही है। अगर तुमने सचमुच ध्यान दिया हो तो

यह ज़रूर देखा होगा कि कैसे बहस में हारनेवाले की ऊर्जा जीतनेवाले की ओर बहने लगी थी। जिसके कारण हारनेवाला फीका, कमज़ोर और काफी हद तक दुविधाग्रस्त लग रहा था – ठीक वैसे ही जैसे उस स्टोअर मालिक की बेटी लग रही थी या ठीक वैसे ही,'' विल मुस्कराया ''जैसे फिलहाल तुम लग रहे हो।''

''क्या तुमने मेरे साथ भी ठीक वैसा ही होते हुए देखा?'' मैंने पूछा।

उसने जवाब दिया, ''हाँ, और तुम्हारे लिए उसे रोकना और उसके नियंत्रण से निकलना बहुत मुश्किल था। मुझे तो पलभर के लिए लगा था कि तुम शायद कुछ नहीं कर पाओगे।''

''हे भगवान, यानी वह आदमी किसी शैतान से कम नहीं था।'' मैंने कहा।

विल ने कहा, ''नहीं, ऐसा नहीं है। शायद उसे ठीक से पता ही नहीं है कि वह क्या कर रहा है। उसे लगता है कि स्थिति को नियंत्रित करके वह बिलकुल ठीक कर रहा है। इसमें कोई दो राय नहीं कि वह बहुत पहले ही यह सीख चुका होगा कि ऐसा करके वह हमेशा नियंत्रण अपने हाथ में रख सकता है। पहले वह दोस्त बनने का दिखावा करता है, फिर वह कुछ ऐसा ढूँढ़ लेता है, जिसमें कोई समस्या या गलती निकाली जा सके। जैसे तुम्हारे मामले में उसने कहा कि तुम्हारी जान को खतरा है। इस तरह वह बड़ी बारीकी से सामनेवाले का आत्मविश्वास कम करता रहता है। जिससे सामनेवाले को खुद पर ही शक होने लगता है और फिर वह मान लेता है कि रॉबर्ट जो भी कह रहा है, सही कह रहा है। इससे सामनेवाला रॉबर्ट के नियंत्रण में आ जाता है।''

विल ने मेरी ओर देखकर कहा, ''यह उन कई तरीकों में से एक है, जिनकी मदद से लोग दूसरों को धोखा देकर उनकी ऊर्जा सोख लेते हैं। बाकी के तरीके तुम छठवीं अंतर्दृष्टि में सीखोगे।''

मेरा ध्यान कहीं और था; मैं मार्जरी के बारे में सोच रहा था। उसे इस तरह छोड़कर चले आना मुझे अच्छा नहीं लग रहा था।

मैंने पूछा, ''तुम्हें नहीं लगता कि हमें मार्जरी को अपने साथ लाने के लिए कुछ करना चाहिए?''

मगर विल ने कहा, ''अभी नहीं, मुझे नहीं लगता कि उसे कोई खतरा है। हम कल यहाँ से निकलेंगे, तब हम उससे बातचीत करने की कोशिश कर सकते हैं।''

अगले कुछ मिनटों तक हम दोनों चुप रहे, फिर विल ने पूछा, ''मैंने रॉबर्ट के बारे में जो भी कहा, क्या तुम्हें वह समझ में आया? दरअसल वह दूसरों से अलग नहीं है। वह बस वही करता है, जिससे वह खुद को दूसरों से अधिक सशक्त महसूस करे।''

''नहीं, मुझे नहीं लगता कि मुझे यह बात समझ में आई है।'' मैंने कहा।

विल ने ज़रा गंभीरता से मेरी ओर देखकर कहा, ''ज़्यादातर लोगों में यह स्वभाव अवचेतन रूप से ही होता है। हम बस यही जानते हैं कि जब कोई और हमें नियंत्रित करता है तो हम कमज़ोर महसूस करने लगते हैं और जब हम किसी और को नियंत्रित करते हैं तो बेहतर महसूस करते हैं। हमें बस यह एहसास नहीं होता कि हमारे बेहतर महसूस करने की कीमत सामनेवाले को चुकानी पड़ती है। जिस ऊर्जा के कारण हम बेहतर महसूस करते हैं, वह दरअसल सामनेवाले की ऊर्जा होती है, जिसे हमने चुरा लिया होता है। ज़्यादातर लोग अपनी पूरी

ज़िंदगी दूसरों की ऊर्जा हासिल करने में बिता देते हैं।''

आगे विल ने जोशपूर्ण ढंग से मेरी ओर देखकर कहा, ''हालाँकि कभी-कभी यह सब ज़रा अलग ढंग से होता है। कभी-कभी हमारी मुलाकात किसी ऐसे इंसान से हो जाती है, जो भले ही कुछ देर के लिए ही सही, अपनी इच्छा से अपनी ऊर्जा हमारी ओर भेज देता है।''

''साफ-साफ कहो, तुम कहना क्या चाहते हो?'' मैंने कहा।

विल ने कहा, ''ज़रा याद करो, जब तुम और मार्जरी उस रेस्त्रां में खाना खा रहे थे और मैं तुम लोगों से मिलने आया था।''

''हाँ,''

विल आगे बताने लगा, ''मुझे पता नहीं था कि तुम दोनों किस बारे में बात कर रहे हो लेकिन इतना तय है कि तुम्हारे ऊपर मार्जरी की ऊर्जा की बारिश हो रही थी। रेस्त्रां के अंदर आते ही मुझे यह स्पष्ट दिखाई दिया था। ज़रा बताओ मुझे, उस वक्त तुम कैसा महसूस कर रहे थे?''

मैंने कहा, ''मुझे बहुत अच्छा महसूस हो रहा था। सच तो यह है कि उससे बातचीत करते हुए मैं अपने अंदर बड़ी सहजता महसूस कर रहा था, अपने अनुभवों को कई अलग-अलग विचारों से जोड़ पा रहा था और खुद को बड़ी आसानी से अभिव्यक्त कर पा रहा था। लेकिन इसका क्या मतलब हुआ?''

विल ने मुस्कराकर कहा, ''कभी-कभी कोई इंसान खुद ही चाहता है कि हम उसकी स्थिति उसी के सामने बयान करें। इस तरह वह सीधे तौर पर अपनी ऊर्जा हमें देने लगता है। मार्जरी भी तुम्हारे साथ यही कर रही थी। इससे हम सशक्त महसूस करने लगते हैं लेकिन तुमने देखा होगा कि आम तौर पर यह देर तक नहीं टिकता। मार्जरी की तरह ही ज़्यादातर लोग स्वयं इतने सशक्त नहीं होते कि लगातार अपनी ऊर्जा दूसरे को दे सकें। इसीलिए ज़्यादातर रिश्ते आखिरकार शक्ति-संघर्ष में बदल जाते हैं। **लोग अपनी-अपनी ऊर्जा को एक-दूसरे से एकरूप कर लेते हैं और फिर इस बात के लिए संघर्ष करते रहते हैं कि दोनों में से कौन इस ऊर्जा को नियंत्रित करेगा। इस संघर्ष में दोनों में से जो भी हारता है, कीमत उसी को चुकानी पड़ती है।''**

विल एकाएक चुप होकर मेरी तरफ देखने लगा। आगे उसने कहा, ''क्या तुम्हें चौथी अंतर्दृष्टि समझ में आई? तुम्हारे साथ जो भी हुआ, उस पर विचार करो। तुमने इस बात पर गौर किया कि लोगों के बीच ऊर्जा का प्रवाह होता है और तुम यह सोचकर हैरान थे कि इसका मतलब क्या है, तभी हमारी मुलाकात क्रिस से हुई। जिसने तुम्हें बताया कि मनोवैज्ञानिक पहले से ही उस कारण को ढूँढ़ने की कोशिश कर रहे हैं, जिसके चलते हम इंसान एक-दूसरे को नियंत्रित करने में लगे रहते हैं।

स्टोअर मालिक के परिवार को देखकर यह सब स्पष्ट हो जाता है। तुमने देखा कि दूसरे को नियंत्रित करनेवाला स्वयं को सशक्त और ज्ञानी महसूस करता है लेकिन इस तरह वह सामनेवाले की अत्यधिक ऊर्जा को सोख लेता है। फिर भले ही हम कहते रहें कि हम ऐसा दूसरों की भलाई के लिए कर रहे हैं या वे हमारे बच्चे हैं इसलिए उन पर हमारा नियंत्रण ज़रूरी है। वास्तव में ऐसी बातों से कोई फर्क नहीं पड़ता क्योंकि इससे सामनेवाले को हो रही हानि कम नहीं हो जाती।

फिर रॉबर्ट से मिलकर तुम्हें खुद ही पता चल गया कि जब सचमुच किसी के साथ ऐसा होता है तो उसे कैसा महसूस होता है।

तुमने देखा कि जब कोई तुम्हें शारीरिक रूप से नियंत्रित करता है तो वह तुम्हारा ध्यान बँटा चुका होता है। ऐसा नहीं है कि तुम रॉबर्ट से किसी बौद्धिक बहस में हार गए हो। वास्तव में उसके साथ बहस करने के लिए तुम्हें जिस ऊर्जा व मानसिक समझ की ज़रूरत थी, वह तुम्हारे पास बची ही नहीं थी। क्योंकि तुम्हारी सारी मानसिक शक्ति तो रॉबर्ट के पास जा रही थी। दुर्भाग्य की बात यह है कि यह मानसिक हिंसा इंसानी संस्कृति में निरंतर हो रही है और ऐसी हिंसा करनेवालों में से ज़्यादातर वे लोग हैं, जिन्हें सामान्यत: अच्छे लोगों की श्रेणी में रखा जाता है।''

मैंने बस सिर हिला दिया। विल ने मेरे पूरे अनुभव का सारांश जस का तस मेरे सामने रख दिया था।

विल ने आगे कहा, ''चौथी अंतर्दृष्टि को संपूर्णता से समझो। गौर करो कि तुम्हें पहले से जो कुछ भी पता है, उसके साथ यह समझ कैसे एकरूप हो जाती है। तीसरी अंतर्दृष्टि ने बताया कि प्राकृतिक संसार ऊर्जा का एक विशाल तंत्र है। अब चौथी अंतर्दृष्टि यह कहती है कि हम इंसान बहुत लंबे समय से इस ऊर्जा के सिर्फ उस हिस्से के लिए अवचेतन रूप से एक-दूसरे से प्रतिद्वंद्विता कर रहे हैं, जो हमारे सामने है : यानी इंसानों के बीच प्रवाहित होनेवाली ऊर्जा। इंसानों के बीच अब तक जो भी संघर्ष होता आया है, वह हमेशा इसी से संबंधित रहा है। फिर चाहे वह परिवारिक सदस्यों के बीच होनेवाला संघर्ष हो, सहकर्मियों के बीच होनेवाला संघर्ष हो या दो देशों के बीच होनेवाला युद्ध हो। यह स्वयं को असुरक्षित और कमज़ोर महसूस करने व खुद को बेहतर महसूस कराने के लिए दूसरों की ऊर्जा चुराकर सोख लेने का ही परिणाम है।''

''एक मिनट,'' मैंने टोका। ''कुछ युद्ध ऐसे थे, जिन्हें लड़ना ज़रूरी था। उनमें कुछ भी गलत नहीं था।''

विल ने कहा, ''हाँ, बिलकुल, लेकिन संघर्ष चाहे कोई भी हो, उसे फौरन सुलझाना सिर्फ इसीलिए संभव नहीं हो पाता क्योंकि दोनों पक्षों में से कोई एक सामनेवाले की ऊर्जा प्राप्त करने के लिए अतार्किक दृष्टिकोण अपनाए रखता है।''

विल को देखकर लगा, जैसे उसे अचानक कुछ याद आ गया हो। उसने अपने बैग से कागज़ों का एक पुलिन्दा बाहर निकाला।

उसने कहा, ''मैं तो भूल ही गया था कि मुझे चौथी अंतर्दृष्टि की एक प्रतिलिपि मिली है।''

उसने बिना कुछ कहे वह पुलिन्दा मेरे हाथों में पकड़ा दिया और खुद चुपचाप आगे देखते हुए जीप चलाता रहा।

मैंने जीप के फ्लोरबोर्ड में रखी फ्लैशलाइट निकाली और अगले बीस मिनट तक उस संक्षिप्त दस्तावेज़ को पढ़ता रहा। जिसके अनुसार चौथी अंतर्दृष्टि को समझने का अर्थ था, मानव संसार को ऊर्जा की विशाल प्रतियोगिता यानी शक्ति की बराबरी के रूप में देखना।

यह अंतर्दृष्टि आगे कहती थी कि '**एक बार जब इंसान अपने संघर्ष को समझ लेगा तो हम**

फौरन इसे पार करके आगे निकल जाएँगे। फिर हम इंसानी ऊर्जा की इस प्रतियोगिता से मुक्त हो जाएँगे... और अपनी ऊर्जा एक अन्य स्रोत से प्राप्त करने में सक्षम हो जाएँगे।'

मैंने विल की ओर देखा। "यह एक अन्य स्रोत क्या है?" मैंने पूछा।

विल के चेहरे पर मुस्कराहट आ गई लेकिन उसने कुछ कहा नहीं।

रहस्यवादियों का संदेश

अगली सुबह मेरी नींद विल की हलचलों की आवाज़ सुनकर टूटी। हमने उसके एक दोस्त के घर में रात गुज़ारी थी और फिलहाल विल कोट पहनते हुए फटाफट तैयार हो रहा था। बाहर अब भी अंधेरा था, सूरज पूरी तरह से नहीं निकला था।

''चलो, सामान बाँध लिया जाए,'' उसने कहा।

हमने अपने-अपने कपड़े बाँधने शुरू कर दिए। विल ने जो अतिरिक्त चीज़ें खरीदी थीं, हमने उन्हें इकट्ठा किया और एक-एक करके सब कुछ जीप में रख दिया। कस्बे का मुख्य केंद्रीय स्थान यहाँ से कुछ ही गज़ की दूरी पर स्थित था। सड़क किनारे लगे सार्वजनिक बिजली के खंबों में से कुछ ही ऐसे थे, जो चालू थे। आसपास उड़ रहे इक्का-दुक्का पक्षियों की धीमी-धीमी चहचहाहट के अलावा यहाँ कोई और ध्वनि नहीं थी। आसमान में पूर्व की ओर रोशनी की एक हलकी सी लकीर सूर्योदय का इशारा कर रही थी।

विल का दोस्त कुछ देर पहले तक बरामदे में ऊँघते हुए हमारे सामान बाँधने का इंतज़ार कर रहा था। मैं अपना सामान लादने के बाद जीप के पास ही रुक गया और विल अपने दोस्त के साथ कुछ देर तक बातचीत करता रहा। अचानक चौराहे की ओर शोर सुनाई दिया। हमने उस तरफ से तीन ट्रकों को आते हुए देखा। उनकी हेडलाइट्स की तेज रोशनी में सब कुछ साफ नज़र आ रहा था। कस्बे के मुख्य केंद्रीय स्थान पर आकर वे तीनों ट्रक रुक गए।

विल ने कहा, ''ये शायद रॉबर्ट होगा। चलो, चलकर देखते हैं कि वे लोग वहाँ क्या कर रहे हैं, बस ज़रा सावधान रहना।''

हम कुछ गलियों को पार करते हुए एक सँकरे रास्ते तक पहुँचे, जो मुख्य सड़क तक जाता था और उन ट्रकों से करीब सौ फीट दूर था। हमने देखा कि उनमें से दो ट्रकों में ईंधन भरा जा रहा था और तीसरा ट्रक स्टोअर के सामने खड़ा किया गया था। वहीं आसपास चार-पाँच लोग भी खड़े हुए थे। तभी मैंने मार्जरी को स्टोअर से बाहर आते हुए देखा। उसने ट्रक में कुछ सामान रखा और फिर उससे सटी हुई दुकानों की ओर घूरती हुई यूँ ही हमारी ओर आने लगी।

विल ने फुसफुसाते हुए कहा, ''उसके पास जाओ और देखो कि वह हमारे साथ चल सकती है या नहीं, मैं यहीं तुम्हारा इंतज़ार करूँगा।''

मैं जिस कोने पर खड़ा था, उसे पार करके आगे बढ़ गया। मार्जरी की ओर जाते वक्त मैं बुरी तरह घबराया हुआ था। तभी मैंने गौर किया कि उसके पीछे स्टोअर के सामने रॉबर्ट के कुछ आदमी खतरनाक हथियार लिए हुए खड़े हैं। मैं और घबरा गया। तभी मेरी नज़र थोड़ी ही दूर गली में हथियारों से लैस सैनिकों के एक समूह पर पड़ी, जो दबे पाँव रॉबर्ट के आदमियों की ओर बढ़ रहा था।

जैसे ही मार्जरी की नज़र मुझ पर पड़ी, रॉबर्ट के लोगों ने सैनिकों को देख लिया और आनन-फानन में चारों ओर फैल गए। हवा में अचानक मशीन गन्स की गोलियों की आवाज़ गूँज उठी। मार्जरी की आँखों में डर तैर गया। उसने मेरी ओर देखा। मैं तेजी से भागते हुए उसके पास पहुँचा और उसका हाथ पकड़ लिया। हम दोनों गोलियों से बचने के लिए झुक गए और पास की एक गली की ओर दौड़ पड़े। हमने कुछ लोगों को गुस्से में स्पेनिश भाषा में चिल्लाते हुए सुना। कुछ और गोलियाँ चलीं। हम आगे रखे गत्ते के डिब्बों पर कूद पड़े और हमारे चेहरे ज़मीन से टकराते-टकराते बचे।

''भागो, जल्दी...'' मैंने उछलते हुए कहा। मार्जरी बड़ी मुश्किल से उठ पाई लेकिन तभी उसने गली के आखिरी छोर की ओर इशारा करते हुए मुझे नीचे खींच लिया। हथियारों से लैस दो आदमी हमारी ओर अपनी पीठ करके वहाँ छिपे हुए थे और अगली गली की ओर जाने की फिराक में थे। हम दोनों वहीं बिना आवाज़ किए बैठे रहे। आखिरकार वे दोनों आदमी दौड़ते हुए उस गली के पार जंगल की ओर चले गए।

मैं जानता था कि हमें खुद को बचाने के लिए विल के दोस्त के घर तक पहुँचना होगा, जहाँ हमारी जीप खड़ी हुई थी। मुझे पूरा विश्वास था कि विल भी वहीं जाएगा। हम पूरी सावधानी से दबे पाँव अगली गली पहुँचे। हमें अब भी अपने दायीं ओर स्पेनिश में चिल्लाते हुए लोगों और उनकी गोलियों की आवाज़ें सुनाई दे रही थीं लेकिन कोई दिखाई नहीं दे रहा था। मैंने बायीं ओर नज़र डाली; उस तरफ भी कुछ नहीं था-विल भी कहीं नहीं दिखा। मैं समझ गया कि वह पहले ही वहाँ से भाग चुका है।

''चलो, जंगल की ओर भागते हैं,'' मैंने मार्जरी से कहा, जो अब बड़ी सावधान और दृढ़ नज़र आ रही थी। उसके बाद मैंने आगे कहा, ''हम जंगल के छोर पर बायीं ओर मुड़ जाएँगे, हमारी जीप उसी तरफ खड़ी है।''

''ठीक है,'' मार्जरी ने कहा।

हमने फटाफट गली पार की और घर की तरफ करीब सौ फीट तक चले गए। जीप वहीं खड़ी हुई थी लेकिन कोई और हलचल दिखाई नहीं दे रही थी। हम आखिरी गली को पार करके घर की ओर भागने ही वाले थे कि बायीं ओर से सेना की एक गाड़ी आई और धीमी गति से मुड़ते हुए उस घर की ओर जाने लगी। इसी दौरान अचानक विल गली से दौड़ते हुए आया और जीप स्टार्ट करके उलटी दिशा की ओर फर्राटे भरते हुए निकल गया। सेना की गाड़ी भी उसका पीछा करते हुए वहाँ से निकल गई।

''सत्यानाश!'' मैंने कहा।

''अब हम क्या करेंगे?'' मार्जरी ने घबराते हुए पूछा।

हमने अपने पीछे से कुछ और गोलियाँ चलने की आवाज़ें सुनीं, बस इस बार ये आवाज़ें

ज़रा करीब से आती हुई लग रही थीं। आगे जंगल और घना था व उस पहाड़ी तक फैला हुआ था, जो इस कस्बे की दो विपरीत दिशाओं, उत्तर व दक्षिण में स्थित थी। यह वही पहाड़ी थी, जिसे मैंने विल के साथ कस्बे में आने से पहले एक अन्य पहाड़ के ऊपर से देखा था।

''चलो उसकी चोटी पर चलते हैं, जल्दी करो!'' मैंने कहा।

हम उस पहाड़ी पर कुछ सौ गज़ ऊपर चढ़ गए। कुछ देर बाद एक जगह रुककर हमने पीछे मुड़कर कस्बे की ओर देखा और पाया कि सेना की कई सारी गाड़ियाँ एक-एक करके कस्बे के चौराहों पर आकर जमा होती जा रही हैं और ढेर सारे सैनिक हर घर में घुसकर तलाशी ले रहे हैं। हमारे नीचे, पहाड़ी के तल से आती हुई धीमी-धीमी सी, दबी हुई आवाज़ें मुझे यहाँ तक सुनाई दे रही थीं।

हम पहाड़ी पर कुछ और ऊपर चढ़ गए। अब हमारे पास भागने के अलावा कोई और चारा नहीं था।

हम पूरी सुबह पहाड़ी पर उत्तर की ओर चलते रहे। बस एक बार, जब हमारी बराबरी पर बायीं ओर मौजूद सड़क से एक गाड़ी गुज़री तो हम चुपचाप फूलों के पीछे छिप गए। इसके बाद जितनी भी गाड़ियाँ वहाँ से गुज़रीं, उनमें से कुछेक को छोड़कर बाकी सब धातुई-स्लेटी रंगवाली मिलिट्री जीपें थीं। यह विडंबना ही थी कि हमारे चारों ओर फैले निर्जन उजाड़ इलाके के बीचों-बीच मौजूद यह इकलौती सड़क ही हमें सुरक्षित महसूस करवा रही थी।

आगे दोनों पहाड़ियाँ आपस में मिलकर गहरी ढाल के साथ नीचे दलदली ज़मीन तक फैली हुई थी। यहाँ की नुकीली-खुरदरी चट्टानें मानों घाटी के बीचों-बीच मौजूद तलीय क्षेत्र की रक्षा कर रही थीं। अचानक हमने उत्तर की तरफ से एक जीप को अपनी ओर आते देखा। मुझे लगा जैसे वह विल की जीप हो। तभी वह जीप नीचे घाटी की ओर जानेवाली एक घुमावदार सड़क पर मुड़ गई।

''लगता है, वह विल की जीप है,'' मैंने गौर करते हुए कहा।

''तो चलो, वहाँ नीचे चलते हैं,'' मार्जरी ने कहा।

''नहीं, रुको ज़रा। अगर यह कोई चाल हुई तो? क्या पता उन्होंने विल को पकड़ लिया हो और हमारा ध्यान खींचने के लिए इस इलाके में जीप चलाते हुए घूम रहे हों?'' मैंने मार्जरी से कहा।

मेरी बात सुनकर मार्जरी ने निराशा से अपना सिर झुका लिया।

फिर मैंने कहा, ''मार्जरी तुम यहीं रुको, पहले मैं वहाँ जाता हूँ और तुम मुझ पर नज़र रखना। अगर सब कुछ ठीक हुआ तो मैं तुम्हें भी नीचे आने का इशारा कर दूँगा।''

वह ज़रा हिचकिचाते हुए तैयार हो गई और मैं पहाड़ी की ढाल पर धीरे-धीरे उतरते हुए उस तरफ बढ़ चला, जहाँ वह जीप खड़ी हुई थी। तभी मैंने गौर किया कि जीप से कोई बाहर आया लेकिन घने पेड़ों और वनस्पतियों के झुरमुट के कारण मैं उसे ठीक से देख न सका और न ही पहचान पाया। झाड़ियों और पेड़ों का सहारा लेते हुए मैं धीरे-धीरे नुकीली चट्टानों के रास्ते नीचे उतर रहा था और बीच-बीच में मिट्टी पर फिसलते हुए आगे बढ़ रहा था।

आखिरकार मैं जीप से करीब सौ गज़ की दूरी पर पहुँच गया। अब वह जीप मेरे ठीक

सामने की ढलान पर खड़ी हुई थी। ड्राइवर जीप के पिछले हिस्से की ओर झुका हुआ था। मैं अब भी उसे साफ-साफ नहीं देख पा रहा था। शायद वह विल ही था। मैं उसे ठीक से देखने की कोशिश में ज़रा दायीं ओर चला लेकिन आगे बढ़ते ही ज़ोर से फिसल गया। आगे करीब तीस फीट गहरी खाई थी, मेरे अंदर डर की एक लहर दौड़ गई। ठीक आखिरी वक्त पर मैंने किसी तरह एक पेड़ का तना पकड़ लिया। मैं बस मरते-मरते बचा।

मैं बड़ी मुश्किल से पेड़ को पकड़े-पकड़े ही उठा और विल का ध्यान अपनी ओर खींचने की कोशिश करने लगा। वह ऊपर की ओर पहाड़ी को देख रहा था, तभी उसकी नज़रें झुकीं और सीधे मुझ पर पड़ीं। मुझे देखकर वह लगभग उछल पड़ा और पेड़ों के झुरमुट को पार करते हुए मेरी ओर आने लगा। मैंने इशारा करके उसका ध्यान सामने मौजूद गहरे ढलान की ओर खींचा।

उसने नीचे की ओर गौर किया और फिर मेरी ओर देखकर कहा, "तुम्हारी तरफ आने का कोई रास्ता नज़र नहीं आ रहा, तुम्हें घाटी से नीचे उतरकर ही इस तरफ आना होगा।"

मैंने सहमति जताई लेकिन जैसे ही मैं मार्जरी को नीचे आने का इशारा करनेवाला था, मैंने दूर किसी गाड़ी के आने की आवाज़ सुनी। विल फौरन जीप में बैठा और मुख्य सड़क की ओर भाग गया। मैं जल्दी-जल्दी पहाड़ी पर चढ़ने लगा। पेड़ों के झुरमुट से मैंने देखा कि मार्जरी मेरी ओर ही आ रही है।

तभी अचानक उसके पीछे से स्पेनिश में चिल्लाने की आवाज़ें आने लगीं। मैंने उसी ओर से दौड़ते कदमों की आहट आती भी सुनी। मार्जरी फौरन वहीं मौजूद एक चट्टान की आड़ में छिप गई। मैंने अपनी दिशा बदल दी और पूरी ताकत से दौड़ने लगा। दौड़ते-दौड़ते ही मैंने झुरमुट के बीच से मार्जरी की तरफ देखने की कोशिश की। जैसे ही मेरी नज़र उस पर पड़ी, वह चीखी और दो सैनिकों ने आकर उसे पकड़ लिया।

मैं उनकी नज़रों से बचने के लिए झुक गया और उसी स्थिति में ढाल पर ऊपर की ओर भागता रहा। पलभर पहले मैंने मार्जरी के चेहरे पर जो डर देखा था, अब वह मेरे अंदर बैठ गया था। पहाड़ की चोटी पर पहुँचते ही मैं फिर से उत्तर की ओर भागने लगा। डर के मारे मेरा कलेजा मुँह को आ रहा था।

करीब एक मील तक दौड़ने के बाद मैं रुका और पीछे पलटकर देखा। कोई मेरा पीछा नहीं कर रहा था और न ही किसी की आवाज़ सुनाई दे रही थी। मैं ज़मीन पर धराशायी हो गया। दम फूलने के कारण मेरा सीना फटा जा रहा था। मैंने खुद को शांत करने की कोशिश की लेकिन मार्जरी के पकड़े जाने का दृश्य बार-बार मेरी आँखों के सामने घूम रहा था। मैंने उसे वहाँ अकेले रुकने के लिए कहा ही क्यों? अब मैं क्या करूँ?

मैं उठकर बैठ गया और गहरी साँसें भरते हुए दूसरी पहाड़ी पर बने रास्ते की ओर देखने लगा। वह रास्ता बिलकुल खाली था। जब मैं भागते हुए इस ओर आ रहा था, तब भी उस रास्ते पर कोई वाहन नहीं था। मैंने कान लगाकर सुनने की कोशिश की लेकिन जंगल के पक्षियों के धीमे-धीमे शोर के अलावा न किसी वाहन की आवाज़ सुनाई दी, न किसी इंसान की। धीरे-धीरे मैं ज़रा शांत हुआ। आखिर मार्जरी को सिर्फ बंदी बनाया गया है, उसने तो कोई गलती भी नहीं की है, वह तो बस बंदूक की गोलियों से बचने की कोशिश कर रही थी।

वे लोग उसे हवालात में रखेंगे और जैसे ही वह अपनी पहचान साबित कर देगी कि वह एक कानूनी मान्यता प्राप्त वैज्ञानिक है, शायद उसे छोड़ दिया जाएगा।

मैं फिर से उत्तर दिशा की ओर बढ़ने लगा। मेरी पीठ में हलका दर्द हो रहा था। मैं बुरी तरह थक चुका था और मेरे कपड़े धूल व गंदगी से भर गए थे। मुझे भूख भी लग रही थी। अगले दो घंटे तक मैं बिना कुछ सोचे बस चलता रहा। इस दौरान मुझे रास्ते में एक भी इंसान दिखाई नहीं दिया।

तभी दायीं ओर की ढाल से कोई आवाज़ सुनाई दी। मैं वहीं रुक गया और दोबारा सुनने की कोशिश करने लगा लेकिन अब वह आवाज़ आना बंद हो चुकी थी। इस इलाके के पेड़ काफी बड़े और घने थे, जिसके कारण धूप ज़मीन तक नहीं आ पा रही थी और छोटे आकारवाले पेड़ों के झुरमुट घने नहीं हो पाए थे। मुझे पचास-साठ गज़ तक सब कुछ साफ दिखाई दे रहा था। कोई हलचल नहीं हो रही थी। मैंने बड़ी सावधानी से कदम बढ़ाते हुए दायीं ओर की एक नुकीली चट्टान और कुछ पेड़ों को पार किया। इस रास्ते पर ज़मीन से निकली ऐसी तीन नुकीली चट्टाने थीं, जिनमें से दो को मैंने पार कर लिया। अब तक कोई हलचल नहीं हुई थी। आखिर मैंने तीसरी चट्टान भी पार कर ली। तभी मेरे पीछे एक आहट हुई और मैंने पलटकर देखा।

चट्टानों के पार एक दाढ़ीवाला आदमी खड़ा हुआ था। उसे मैंने रॉबर्ट के फार्म में देखा था। उसकी आँखों में डर था और बंदूक थामे होने के बावजूद उसके हाथ काँप रहे थे। उसने बंदूक का निशाना मेरी ओर कर रखा था। उसे देखकर लगा, जैसे वह मुझे पहचानने की कोशिश कर रहा हो।

मैंने हकलाते हुए कहा, ''ठ...ठहरो ज़रा, मैं रॉबर्ट को जानता हूँ।''

उसने गौर से मेरी ओर देखा और फिर बंदूक नीचे कर ली। तभी हमें जंगल के पिछले हिस्से से कदमों की आहट सुनाई दी। वह दाढ़ीवाला आदमी हाथों में बंदूक थामे मेरे बगल से गुज़रते हुए उत्तर की ओर दौड़ पड़ा। मैं भी बिना कुछ सोचे-समझे उसके पीछे हो लिया। हम दोनों अपने सामने पड़नेवाली डालियों, झाड़ों व चट्टानों से बचते हुए और कभी-कभी पलटकर पीछे निगाह डालते हुए पूरी ताकत से भाग रहे थे।

तीन-चार सौ गज़ दौड़ने के बाद वह लड़खड़ाया और मैं भागते हुए उसे पार कर गया। मेरा दम फूल गया था। मैं ज़रा साँस लेने के लिए आगे की दो चट्टानों के बीच की गहराई में एकाएक धराशायी हो गया। पीछे पलटा तो देखा कि करीब पचास गज़ दूर खड़े एक सैनिक ने अपनी बंदूक का निशाना उस दाढ़ीवाले आदमी की ओर लगा रखा है, जो इस वक्त बड़ी मुश्किल से अपने पैरों पर खड़ा हुआ था। मैं कुछ कह पाता, इससे पहले ही सैनिक ने गोली दाग दी, जो उस आदमी का सीना फाड़ती हुई पीठ के पार निकल गई और मैं उसके खून की छीटों से भीग गया। गोली के धमाके की आवाज़ हवा में गूँज उठी।

पलभर के लिए वह बिना हिले-डुले वहीं खड़ा रहा, उसकी आँखें भावशून्य हो गईं। फिर उसका शरीर आगे की ओर झुका और ज़मीन पर गिर गया। मैं उस सैनिक से बचने के लिए बिना कुछ सोचे-समझे पेड़ों के झुरमुटों को पार करते हुए फिर से उत्तर की ओर भागा। आगे जाकर वह पहाड़ी रास्ता और अधिक ऊबड़-खाबड़, पथरीला और नाटकीय रूप से ऊँचा हो गया।

मैं डर के मारे काँप रहा था और किसी तरह अपना रास्ता बनाते हुए नुकीली चट्टानों को पार करने की कोशिश कर रहा था। थकान मुझ पर हावी होने लगी थी। कुछ पलों बाद मैंने फिर से हिम्मत जुटाकर पीछे देखा। वह सैनिक चलते हुए लाश के करीब आ रहा था और ठीक मेरी नज़रों के सामने था। जैसे ही उसने नज़रें उठाकर देखा, मैं झुक गया और लुढ़कते हुए चट्टानों के पास पहुँच गया। मैंने उसी स्थिति में रेंगते हुए कुछ और चट्टानों को पार किया। आगे जाकर पहाड़ी की ढलान समतल हो गई। मैं उसे भी पार कर गया। अब मुझ पर उस सैनिक की नज़र पड़ना लगभग असंभव हो गया था। मैं फिर से अपने पैरों पर खड़ा हुआ और पेड़ों व चट्टानों को पार करते हुए पूरी ताकत से दौड़ पड़ा। मेरे दिमाग ने काम करना बंद कर दिया था। मैं वहाँ से भागने के अलावा और कुछ भी नहीं सोच पा रहा था। हालाँकि दोबारा पीछे पलटकर देखने की मेरी हिम्मत नहीं हुई लेकिन मुझे ऐसा लगा जैसे मैंने उस सैनिक को अपने पीछे दौड़ते सुना हो।

आगे जाकर वह पहाड़ी और ऊँची हो गई। मैं किसी तरह ऊपर चढ़ने लगा। मेरी हिम्मत जवाब देने लगी थी। पहाड़ी की चोटी बिलकुल समतल थी, जहाँ ऊँचे-ऊँचे पेड़ोंवाला घना जंगल था और उसके ठीक पीछे एक ऊँचा चट्टानी-तल था। मैं उस पर चढ़ने लगा। वहाँ मुझे अपना हर कदम बहुत सँभलकर रखना था। उस ऊबड़-खाबड़ चट्टानी हिस्से का सहारा लेकर मैं किसी तरह अपने हाथों और पैरों को उस पर टिकाते हुए बड़ी मुश्किल से उसकी चोटी पर पहुँच पाया। लेकिन सामने देखते ही मेरा कलेजा मुँह को आ गया। वहाँ करीब सौ फीट या शायद उससे भी ज़्यादा गहरी एक खाई थी। अब मैं आगे कहाँ जाता?

सब खत्म हो चुका था। मेरा अंत होनेवाला था। अपने पीछे मुझे पथरीली ज़मीन पर पत्थर के टुकड़ों की रगड़ सुनाई दे रही थी, जिसका अर्थ था कि वह सैनिक तेजी से मेरे पीछे आ रहा है। डर के मारे मेरे घुटने सुन्न पड़ गए। मैं थककर चूर हो चुका था और मेरे दिल की धड़कन इतनी तेज हो गई थी कि मुझे सुनाई दे रही थी। अब मुझमें और मुकाबला करने की हिम्मत नहीं बची थी। मैंने अपनी आखिरी गहरी साँस ली और भाग्य के आगे घुटने टेक दिए। मैं जानता था कि कुछ ही पलों में बंदूक की गोलियाँ इसी तरफ आनेवाली हैं। हैरानी की बात यह थी कि मुझे लगा मानों मौत आकर मुझे मेरे डर से निजात दिला देगी। अपने आखिरी पल के इंतज़ार में ज़िंदगी की तमाम यादें ताज़ा हो गईं, बचपन की छुट्टियों के दिन और ईश्वर का अबोध चिंतन, सब जैसे एकाएक सामने आ गया। आखिर कैसी होती होगी मौत? मैं खुद को मौत के अनुभव के लिए तैयार करने की भरपूर कोशिश कर रहा था।

काफी देर तक इंतज़ार करने के बाद – समय के भान से परे – अचानक मुझे एहसास हुआ कि दरअसल कुछ भी नहीं हुआ है! मैंने आँखें खोलकर चारों ओर देखा और पहली बार मुझे यह एहसास हुआ कि मैं दरअसल इस पहाड़ी की सबसे ऊँची चोटी पर मौजूद हूँ। अन्य सभी पहाड़ियाँ और टीले यहाँ से सिर्फ नीचे की ओर ही जा रहे थे। मेरे सामने चारों दिशाओं का एक अति सुंदर दृश्य था।

तभी ढलान से काफी दूर, नीचे की ओर, दक्षिण दिशा में हुई एक हलचल ने मेरा ध्यान खींचा। मैंने देखा कि वह सैनिक अपने एक कंधे पर रॉबर्ट के उस आदमी की बंदूक टाँगे हुए दूर विपरीत दिशा में चला जा रहा था।

यह देखकर मेरे अंदर फिर से गरमाहट आ गई और ऐसा लगा, जैसे मेरे भीतर ठहाके

फूट पड़े हों। आखिर मैं बच गया! मैं पालथी मारकर वहीं बैठ गया और ज़िंदा बचने के आनंद में डूब गया। दिल किया कि हमेशा के लिए यहीं, इसी चोटी पर रह जाऊँ। ऊपर फैला नीला आकाश और सूरज की रोशनी आज मुझे जितनी खूबसूरत लग रही थी, उतनी पहले कभी नहीं लगी थी।

वहाँ बैठे-बैठे मेरी नज़र थोड़ी ही दूर मौजूद जामुनी पहाड़ों पर पड़ी। मैं उनसे प्रभावित हुए बिना नहीं रह सका या शायद मैं इस एहसास से प्रभावित था कि वे मेरे कितने पास नज़र आ रहे हैं। ऊपर उड़ते सफेद बादलों को देखकर भी मुझे ठीक यही महसूस हुआ। पलभर के लिए लगा जैसे मैं यहीं बैठे-बैठे उनके पास पहुँच सकता हूँ और उन्हें अपने हाथों से छूकर महसूस कर सकता हूँ।

मैंने आसमान की ओर अपना हाथ बढ़ाया और एकाएक मुझे अपने शरीर का एहसास बदला-बदला सा लगने लगा। मेरा हाथ मानों ऊपर की ओर जाते हुए आगे बढ़ गया था और अपने पूरे शरीर - पीठ, गर्दन, सिर को सीधा रखने के लिए मुझे ज़रा भी कोशिश नहीं करनी पड़ रही थी। मैं उठकर खड़ा हो गया। मैं पालथी मारकर बैठा हुआ था लेकिन उठने के लिए मुझे अपने हाथों का उपयोग ही नहीं करना पड़ा। मैं इतना हलका महसूस कर रहा था कि मुझे अपने शरीर का एहसास ही नहीं हो रहा था।

मैंने देखा कि दूर पहाड़ों पर दिन का चाँद ढलने लगा था। एक-चौथाई गोलाईवाला यह चाँद क्षितिज पर कुछ यूँ टँगा हुआ था, जैसे कोई उलटा कटोरा लटका दिया गया हो। तभी मुझे समझ में आया कि इसका आकार ऐसा क्यों दिख रहा है। दरअसल मेरे ठीक ऊपर लाखों मील दूर मौजूद सूरज की रोशनी इस डूबते चाँद की सिर्फ ऊपरी सतह पर पड़ रही थी। इस वजह से चाँद का आकार अलग लग रहा था। मैं सूर्य और चाँद की सतह के बीच स्थित रेखा को महसूस कर सकता था। यह एहसास ही शायद मेरी चेतना को और ऊँचाई पर ले गया था।

मैं कल्पना कर रहा था कि चाँद पहले ही क्षितिज पर डूब गया है और अब पश्चिम दिशा के वासियों को भी ठीक उसी आकार का प्रतिबिंब दिखाई दे रहा होगा। फिर मैंने कल्पना की कि जब चाँद मेरे ठीक नीचे से पृथ्वी के दूसरी ओर चला जाएगा तो कैसा दिखाई देगा? वहाँ के निवासियों के लिए यह पूर्णिमा का चाँद होगा क्योंकि उस समय मेरे ठीक ऊपर मौजूद सूर्य पृथ्वी के दूसरे हिस्से पर चमक रहा होगा। सूरज और चाँद के बीच पृथ्वी नहीं आएगी, इस वजह से सूरज की सारी रोशनी सीधे चाँद पर पड़ेगी।

अपनी कल्पना में रचे इस दृश्य से मेरे अंदर उत्साह की एक लहर सी दौड़ गई। जब मैंने यह कल्पना की... नहीं... जब मैंने यह महसूस किया कि **हमें अपने सिर के ऊपर आम तौर पर जितने अंतरिक्ष की उपस्थिति महसूस होती है, उतना ही अंतरिक्ष पृथ्वी के दूसरी ओर, मेरे पैरों के नीचे भी मौजूद है तो ऐसा लगा, जैसे उत्साह में डूबने से मेरी पीठ और सीधी हो गई हो। जीवन में पहली बार मुझे पृथ्वी की गोलाई का एहसास, बौद्धिक समझ के बजाय, एक असली उत्साह के रूप में हो रहा था।**

इस जागरूकता ने एक तरफ तो मुझे उत्साह से भर दिया, वहीं दूसरी तरफ यह मुझे बहुत ही सहज और स्वाभाविक भी लगा। अब मैं बस खुद को इस एहसास में तल्लीन कर लेना चाहता था कि मैं चारों ओर फैले अंतरिक्ष में तैर रहा हूँ। उस समय मैंने महसूस किया

कि कोई नई आंतरिक शक्ति मुझे ऊपर अंतरिक्ष में रोके हुए है और पृथ्वी के गुरुत्वाकर्षण बल का भी कोई असर मुझ पर नहीं हो रहा है। मानों मैं ज़मीन के ऊपर हवा में मँडराने और कभी-कभी अपने पैर ज़मीन पर स्पर्श कराने के लिए किसी गुब्बारे की तरह हीलियम गैस से भरा हुआ हूँ। मेरे इस अनुभव की तुलना किसी सफल जिमनॅस्ट खिलाड़ी से हो सकती है। बस फर्क सिर्फ इतना था कि फिलहाल मैं किसी चुस्त-दुरुस्त खिलाड़ी से भी ज़्यादा संतुलित और हलका महसूस कर रहा था।

मैं फिर से चट्टान पर बैठ गया और एक बार फिर से सब कुछ मुझे अपने करीब महसूस होने लगा : वह ऊबड़-खाबड़ चट्टान जिस पर मैं बैठा हुआ था, ढलान के तल पर उगे वे ऊँचे-ऊँचे पेड़ और क्षितिज तक फैले अन्य पहाड़ सब जैसे मेरे बिलकुल करीब चले आए थे। जब मैंने पेड़ों की शाखाओं को हवा में लहलहाते हुए देखा तो न सिर्फ मैंने आँखों से इस दृश्य को अनुभव किया बल्कि एक शारीरिक स्तर पर भी मैंने उसे महसूस किया। मानों वे पेड़ों की शाखाएँ न होकर मेरे शरीर के बाल हों।

मुझे लगा जैसे हर चीज़ मेरा अपना ही एक अंग है। पहाड़ की चोटी पर बैठे-बैठे जब मैं अपने चारों ओर फैले विहंगम दृश्य को देख रहा था तो मुझे महसूस हुआ कि जिसे मैं अब तक अपना शरीर मानता आया था, वह दरअसल किसी ऐसे विशाल शरीर का सिर है, जिसमें वह सब समाया हुआ है, जो मुझे इस वक्त अपने चारों ओर नज़र आ रहा है। मैंने महसूस किया मानों संपूर्ण ब्रह्माण्ड मेरी आँखों के माध्यम से अपने आपको देख रहा हो।

इस एहसास से एक पुरानी याद ताज़ा हो गई। मेरा मन पीछे की ओर भागा, पेरू यात्रा पर आने से भी पहले, मेरे बचपन से भी पहले, यहाँ तक कि मेरे जन्म से भी पहले। मुझे इस बात का अनुभव हुआ कि इस ग्रह पर जन्म लेने से काफी पहले ही, जब मेरे बाकी अस्तित्त्व का, मेरे असली शरीर का, ब्रह्माण्ड का निर्माण हो रहा था, मेरा जीवन तभी ही शुरू हो चुका था।

मानव जाति का विकास, यह विषय मुझे हमेशा बड़ा उबाऊ लगता था लेकिन अब, जबकि मेरा मन पीछे की ओर लौट रहा था, मुझे वह सब याद आने लगा था जो मैंने आज तक इस विषय पर पढ़ा था। इन याद आनेवाली बातों में उस दोस्त के साथ हुई चर्चा भी शामिल थी, जो क्रिस रेन्यू जैसा दिखता था। मुझे याद आया कि जिस विषय में उसकी दिलचस्पी सबसे ज़्यादा थी, वह मानव जाति का विकास ही था।

ऐसा लग रहा था जैसे सारा ज्ञान असली यादों के रूप में फिर से मेरे सामने आ रहा हो। न जाने कैसे मुझे सब याद आता जा रहा था। इससे मैं क्रमिक विकास को एक नए ढंग से देखने में काबिल हो गया था।

ब्रह्माण्ड में पहले भौतिक पदार्थ के निर्माण में होनेवाला विस्फोट मैंने देखा। जैसे कि तीसरी अंतदृष्टि में बताया गया है कि सृष्टि में कुछ भी ठोस नहीं है। पदार्थ भी असल में ऊर्जा ही है, जिसका एक निश्चित स्तर पर कंपन हो रहा है। प्रारंभ में पदार्थ सिर्फ अपने सबसे सरल कंपन के रूप में ही मौजूद था। उसे ही आज हम सब हाइड्रोजन कहते हैं। उस समय पूरे ब्रह्माण्ड में सिर्फ हाइड्रोजन थी और कुछ भी नहीं।

मैंने गौर किया कि हाइड्रोजन के अणु आपस में आकर्षित होकर एकत्रित होने लगे। इसके पीछे ऊर्जा की प्राकृतिक इच्छा थी कि वह अपनी अगली अवस्था की ओर बढ़े। जब

हाइड्रोजन के अणु एक विशिष्ट ऊँचाई तक पहुँचे तब उच्च तापमान के कारण वे गरम होने लगे और इससे सितारे का निर्माण हुआ। इस पूरी प्रक्रिया में ही हाइड्रोजन पिघलकर इकट्ठा हो गई और अगले उच्चतम कंपन में, अगले तत्त्व में पहुँच गई।

आगे मैं देखता रहा कि कुछ समय उपरांत ये प्रारंभिक सितारे परिपक्व होते गए। उनका विस्फोट होकर हाइड्रोजन और नए तत्त्व तेज़ गति से ब्रह्माण्ड में बिखर गए। यह प्रक्रिया फिर से दोहराई गई। इसके बाद अणु एक-दूसरे की ओर तब तक खिंचते रहे, जब तक उनका तापमान बढ़ते हुए नए सितारों की रचना के लिए पर्याप्त स्तर तक नहीं पहुँच गया। इससे सारे तत्त्व पिघलकर इकट्ठा हो गए, जिससे पदार्थ की रचना हुई, जो अगले उच्चतम स्तर पर कंपित हुआ।

और इसी तरह... सितारों की हर अगली पीढ़ी के साथ नए-नए भौतिक पदार्थ भी अस्तित्त्व में आए, जो पहले कभी इस सृष्टि में नहीं थे। अब तक कई सारे पदार्थों और रासायनिक तत्त्वों का निर्माण होकर वे चारों ओर फैल गए। पदार्थ ऊर्जा के सबसे सरल कंपन हाइड्रोजन तत्त्व से विकसित होकर कार्बन बन गया, जो अत्यधिक उच्च दर से कंपित हुआ। अब यह क्रमिक विकास के अगले चरण में पहुँचने के लिए तैयार था।

सूरज की निर्मिती होने के बाद अनेक ग्रहों का भी निर्माण हुआ। ये सारे ग्रह सूरज के आस-पास एक निश्चित दूरी बनाकर घूमने लगे। उन सभी ग्रहों में से एक ग्रह था पृथ्वी, जिसमें कार्बन के साथ-साथ नवनिर्माण के सारे तत्त्व भी शामिल थे। जब पृथ्वी ठंढी हुई तो एक समय तक पिघले हुए द्रव्यमान में जकड़ी हुई सभी गैसें सतह की ओर चली गईं। इन गैसों के आपस में एकत्रित होने पर जल-वाष्प की रचना हुई और बारिश का आगमन हुआ। पृथ्वी की बंजर ज़मीन पर महासागरों की रचना हुई। जल ने पृथ्वी की सतह का अधिकतर हिस्सा ढक लिया, जिससे आसमान साफ हो गया और इस नए संसार को सूरज ने अपनी रोशनी, गरमी और विकिरण (रेडिएशन) से नहला दिया।

बीच-बीच में होनेवाली तेज़ बारिश से पृथ्वी साफ हो गई। छोटे-छोटे उथले जलकुंडों और घाटियों में भौतिक पदार्थ विकास के अगले चरण पर आ गया। कार्बन ऊर्जा के कंपनों की विशिष्ट अवस्था को पार करते हुए अमीनो एसिड की निर्मिती हुई। लेकिन ऐसा पहली बार हो रहा था, जब कंपन का यह नया स्तर स्वयं स्थिर नहीं था। पदार्थ को अपने कंपन की स्थिरता बनाए रखने के लिए अन्य पदार्थों को ग्रहण करना पड़ा क्योंकि उसे पोषण चाहिए था। इस तरह मानव जाति के विकास की एक नई प्रेरणा उभरकर सामने आई यानी जीवन अस्तित्त्व में आया।

शुरुआत में इस जीवन का अस्तित्त्व केवल पानी में ही था। फिर मैंने उसे दो अलग-अलग रूपों यानी वनस्पति (पेड़-पौधों का) जीवन और प्राणी जीवन में बँटते हुए देखा। पेड़-पौधे वातावरण से कार्बन डायऑक्साइड को ग्रहण करते और शोषित किए हुए तत्त्वों को भोजन में रूपांतरित कर देते थे। इस प्रक्रिया के फलस्वरूप पौधों ने संसार में पहली बार ऑक्सीजन दिया। अब पृथ्वी पर पौधों के रूप में जीवन का विस्तार तेजी से हुआ और आखिरकार ज़मीन पर भी जीवन अस्तित्त्व में आ गया।

जीवन के दूसरे रूप ने जिन्हें हम जानवर कहते हैं, अपने कंपन को बनाए रखने के लिए सिर्फ जीवित पदार्थों से पोषण प्राप्त किया। मैं देख रहा था कि मछलियों के समय में जानवरों

की बड़ी मात्रा से महासागर भर गया। जब पौधों ने वातावरण में पर्याप्त ऑक्सीजन का उत्सर्जन कर लिया तो इन जानवरों ने भूमि की ओर अपनी विकास यात्रा शुरू कर दी।

मैंने उन उभयचरों (पानी और जमीन पर रहनवाले प्राणियों) को पहली बार पानी छोड़कर जाते और फेंफड़ों से साँस लेते देखा, जिनका आधा शरीर मछली का तो आधा कुछ और था। अब विकास के अगले चरण पर जमीन पर रेंगनेवाले प्राणियों का निर्माण होकर पृथ्वी पर डायनासॉरों के काल की शुरुआत हुई। इसके बाद उष्ण रक्तवाले सस्तन जीव अस्तित्त्व में आए और अन्य जीवों की भाँति ये भी जल्द ही पूरी पृथ्वी पर फैल गए। पृथ्वी पर निर्माण होनेवाली हर प्रजाति में जीवन था और हर प्रजाति के साथ ऊर्जा के कंपनों को उच्चतम अवस्था प्राप्त होते हुए मैंने देखा। आखिरकार जब यह प्रगति रुकी तो मानव जाति इसके शिखर पर खड़ी थी।

मानवजाति को शिखर पर देखने के बाद मुझे इस अलौकिक दृश्य का आभास होना बंद हो गया। मैंने मानव जीवन के विकास की पूरी कहानी एक ही झलक में देख ली थी। यह पदार्थ के अस्तित्त्व में आने की और उसके विकास की कहानी थी। यह विकास कुछ ऐसा था, मानों हर आगामी कंपन तक पहुँचने के लिए इसे कोई मार्गदर्शन मिल रहा हो ताकि अनुकूल परिस्थितियाँ पैदा हों और आखिरकार मानव जाति, हम सब, एक सजीव इकाई के रूप में अस्तित्त्व में आ सकें।

उस पहाड़ पर बैठे-बैठे मैं करीब-करीब यह समझ चुका था कि इंसानों के जीवन में आगे भी यह क्रमिक विकास चलता रहा होगा। आगे का क्रमिक विकास किसी न किसी तरह संयोगों के अनुभव से संबंधित था। इन घटनाओं में कुछ न कुछ ऐसा ज़रूर था, जो हमें अपने जीवन में और आगे ले गया, जिसने न सिर्फ उच्चतम कंपन पैदा किया बल्कि क्रमिक विकास को भी आगे बढ़ाया। हालाँकि, काफी कोशिश करने के बाद भी मैं इसे समझ न सका।

शांति और संपूर्णता के एहसास के साथ मैं काफी देर तक उस खड़ी चट्टान पर बैठा रहा। तभी अचानक मुझे एहसास हुआ कि पश्चिम में सूरज डूबने लगा है। मैंने गौर किया यहाँ से करीब एक मील की दूरी पर उत्तर-पश्चिम दिशा में एक कस्बा बसा हुआ था। यहाँ से देखकर मैं वहाँ बनी छतों की आकृतियों का अस्पष्ट सा अंदाज़ा ही लगा पाया। पश्चिमी पहाड़ी पर बनी घुमावधार सड़क इसी कस्बे तक जा रही थी।

मैं उठा और ठहाका लगाते हुए नीचे उतरने लगा। मैं अब भी इस दृश्य से स्वयं को जुड़ा हुआ महसूस कर रहा था इसलिए मुझे लगा कि मैं अपने ही शरीर के आसपास चल रहा हूँ। यहाँ तक कि मुझे यह भी लगा जैसे मैं अपने ही शरीर के हिस्सों की खोज कर रहा हूँ। यह सचमुच अपार आनंद का एहसास था।

मैं पहाड़ी पर पेड़ों के बीच से रास्ता बनाते हुए नीचे उतर रहा था। जंगल की ज़मीन पर शाम की धूप में लंबी-लंबी परछाइयाँ बन रही थीं। आधे रास्ते पर पहुँचकर मैंने पाया कि यह विशाल पेड़ोंवाला घना इलाका है। इस इलाके में प्रवेश करते ही मैंने अपने शरीर में एक परिवर्तन सा महसूस किया। अब मैं पहले से कहीं अधिक हलका और संतुलित महसूस कर रहा था। मैंने ज़रा ठहरकर वहाँ उगे पेड़ों और उनके नीचे फैले झुरमुटों को गौर से देखा और अपना ध्यान उनकी आकृति व सुंदरता पर केंद्रित कर दिया। वहाँ मुझे सफेद रोशनी की झलक दिखाई दी, जो हर पौधे के चारों ओर फैली गुलाबी चमक सी नज़र आ रही थी।

मैं चलते-चलते हलके नीले रंगवाली एक धारा तक पहुँचा, जिसने मुझे इस हद तक

दिव्य भविष्यवाणी 101

शांति से भर दिया कि पलभर के लिए मुझे सुस्ती महसूस होने लगी। मैं घाटी पर चलता रहा और अगली पहाड़ी पर तब तक चढ़ना जारी रखा, जब तक कि सड़क तक नहीं पहुँच गया। आखिर मैं बजरी की सतहवाली सड़क पर आ गया और उत्तर दिशा की ओर नाक की सीधी दिशा में चल दिया।

आगे जाकर मेरी नज़र एक आदमी पर पड़ी, जिसने पादरी के जैसे पोशाख पहनी हुई थी। उसे देखकर मैं रोमांचित हो गया और उसके साथ बात करने के इरादे से मैं बिना डरे धीमी गति से दौड़ते हुए उसके पास पहुँच गया। मुझे अच्छी तरह पता था कि मुझे उससे क्या कहना है और क्या करना है। मेरे अंदर अच्छाई की भावना थी लेकिन मैं यह देखकर हैरान रह गया कि वह आदमी अचानक गायब हो गया। दरअसल वह दायीं ओर जा रही एक अन्य सड़क पर मुड़ गया, जो नीचे घाटी तक जाती थी। जब मैंने उस ओर नज़र दौड़ाई तो मुझे वह कहीं दिखाई नहीं दिया। मैं दौड़ते हुए मुख्य सड़क तक पहुँचा लेकिन मुझे वहाँ भी कोई नहीं दिखा। फिर मैंने सोचा कि क्यों न वापस लौटकर उसी सड़क पर चला जाऊँ, जिसे मैं पीछे छोड़ आया था लेकिन मैं जानता था कि कस्बा तो आगे जाने पर ही मिलेगा इसलिए मैंने इसी दिशा में आगे बढ़ना जारी रखा। फिर भी मैं उस सड़क का ध्यान अपने मन से निकाल नहीं पाया।

करीब सौ कदम चलने के बाद आए एक और मोड़ पर मुड़ते ही मुझे गाड़ियों की तेज़ आवाज़ सुनाई दी। पेड़ों के पीछे से मैंने देखा कि सेना के ट्रकों का एक काफिला तेजी से इसी ओर चला आ रहा था। पलभर के लिए मैंने सोचा कि मैं अपनी जगह पर ही खड़ा रहूँगा, तभी मेरे सामने वह दृश्य घूम गया, जब पहाड़ी पर गोलियाँ चल रही थीं और मैं जान बचाकर भागा था।

मेरे पास बस इतना ही वक्त था कि मैं तेजी से पलटते हुए रोड के दायीं ओर भागकर झाड़ियों के पीछे छिप जाऊँ। पलभर बाद ही वहाँ से वे जीपें गुज़रने लगीं। हालाँकि मैं जिस जगह पर छिपे रहने की कोशिश कर रहा था, उसे सड़क से आसानी से देखा जा सकता था। मैं बस इस भरोसे वहाँ चुपचाप पड़ा रहा कि शायद उस तरफ किसी की नज़र नहीं पड़ेगी। गाड़ियों के धुँए की गंध मुझे यहाँ तक आ रही थी और उन पर सवार लोगों के चेहरे भी साफ नज़र आ रहे थे। धीरे-धीरे वे सब गाड़ियाँ करीब बीस फीट दूर से गुज़रते हुए निकल गईं।

यह मेरी किस्मत ही थी, जो मुझ पर किसी की नज़र नहीं पड़ी। जब वे सब वहाँ से निकल गए तो मैं रेंगते हुए एक विशाल पेड़ के पीछे चला गया। मेरे हाथ काँप रहे थे, शांति और एकरूपता का मेरा एहसास पूरी तरह ध्वस्त हो चुका था। मेरे अंदर घबराहट की एक चिर-परिचित सी लहर दौड़ गई थी। आखिरकार मैं सड़क पर पहुँचा। तभी कुछ और गाड़ियों की आवाज़ सुनाई दी और मैं फिर से जल्दी-जल्दी ढलान पर उतर भागा। मैंने दो और जीपों को वहाँ से तेजी से गुज़रते हुए देखा। मैं इतना घबरा गया था कि लगा जैसे मितली आनेवाली हो।

इस बार मैं सड़क से दूर अच्छी तरह छिपा रहा और कुछ देर बाद पूरी सावधानी बरतते हुए उसी रास्ते से वापस सड़क पर आ गया, जिस पर चलते हुए मैंने छिपने की जगह ढूँढ़ी थी। मैंने सावधानी से यह जाँचने की कोशिश की कि कहीं कोई ऐसी आवाज़ या हलचल तो नहीं हो रही, जो खतरे का संकेत हो। आखिर तसल्ली होने के बाद मैंने तय किया कि मैं सड़क किनारे स्थित जंगल के रास्ते से ही आगे बढ़ूँगा और वापस घाटी की ओर जाऊँगा।

शरीर पर फिर से भारीपन महसूस होने लगा था। मैंने खुद से पूछा कि आखिर मैं क्या कर रहा था? क्या मेरा दिमाग खराब हो गया था, जो मैं इस सड़क पर आगे बढ़ रहा था? बंदूक की गोलियों से खुद को बचाने की कोशिश में जो सदमा लगा था, शायद मैं उससे अब तक उबर नहीं पाया हूँ या शायद मैं उलझन की स्थिति में चला गया था इसीलिए यह बेवकूफी कर बैठा। मैंने खुद से कहा, 'जेम्स कल्पनाओं में डूबने के बजाय वास्तविकता में लौट आओ। तुम्हें चौकन्ना रहना होगा। अगर तुमने ज़रा सी भी गलती की तो यहाँ ऐसे लोगों की कोई कमी नहीं है, जो तुम्हें फौरन जान से मार देंगे!'

तभी अचानक मैंने कुछ ऐसा देखा कि मेरे कदम वहीं पर रुक गए। मुझसे आगे करीब सौ फीट की दूरी पर वही पादरी मौजूद था। वह एक ऐसे विशाल पेड़ के नीचे बैठा हुआ था, जिसके चारों ओर ढेर सारी पथरीली चट्टानें स्थित थीं। जैसे ही मेरी नज़र उस पर पड़ी, उसने अपनी आँखें खोलीं और मेरी तरफ घूरने लगा। मैं ज़रा पीछे हट गया लेकिन वह मुस्कराने लगा और सहजता से मुझे अपने पास आने का इशारा किया।

मैं सावधानी से उसके पास पहुँचा। वह ज़रा भी हिला-डुला नहीं। उसकी उम्र करीब पचास वर्ष रही होगी। वह एक लंबा व दुबला-पतला आदमी था और उसके सिर के बाल काफी छोटे व गहरे भूरे रंग के थे। उसकी आँखों का रंग, बालों के रंग से मेल खाता था।

"तुम्हें देखकर लगता है, जैसे तुम्हें मदद की ज़रूरत हो।" उसने बड़े ही सीधे अंदाज़ में कहा।

"कौन हो आप?" मैंने पूछा।

"मैं फादर सांचेज हूँ। और तुम?" उसने जवाब दिया।

मैंने उसे अपना परिचय दिया और थकान के कारण वहीं बैठ गया।

"कुला में जो कुछ भी हुआ, उसमें तुम भी शामिल थे? हैं न?" फादर सांचेज ने पूछा।

"आप इस बारे में क्या जानते हो?" मैंने सावधानी से पूछा, बिना यह तय किए कि मुझे उस पर भरोसा करना चाहिए या नहीं।

फादर ने जवाब दिया, "मैं तो बस यह जानता हूँ कि इस सरकार में कोई न कोई ऐसा ज़रूर है, जो इस वक्त बहुत गुस्से में है। वे लोग नहीं चाहते कि पाण्डुलिपि का प्रचार हो।"

"क्यों?" मैंने पूछा।

वह उठकर खड़ा हो गया और मेरी ओर देखते हुए बोला, "तुम मेरे साथ क्यों नहीं चलते। हमारा मिशन यहाँ से सिर्फ आधा मील की दूरी पर है। तुम वहाँ हमारे साथ सुरक्षित रहोगे।"

मुझे एहसास था कि फिलहाल मेरे पास कोई और विकल्प नहीं है। इसलिए मैंने उसकी बात पर सहमति जताई और किसी तरह उठ खड़ा हुआ। वह धीरे-धीरे मुझे सड़क के पार ले गया। उसका व्यवहार शिष्ट और समझदारीभरा था और वह एक-एक शब्द सोच-समझकर बोल रहा था।

"क्या सैनिक अब भी तुम्हें ढूँढ़ रहे हैं?" उसने पूछा।

"पता नहीं," मैंने जवाब दिया।

अगले कुछ मिनटों तक चुप रहने के बाद उसने पूछा, ''क्या तुम पाण्डुलिपि की तलाश में हो?''

मैंने कहा, ''अब नहीं, फिलहाल मैं बस खुद को मरने से बचाना चाहता हूँ और अपने घर लौटना चाहता हूँ।''

फादर सांचेज ने आश्वस्त होकर सिर हिलाया और मुझे उस पर भरोसा होने लगा। उसके शिष्ट अंदाज़ और गर्मजोशी ने मुझे काफी प्रभावित किया। उसे देखकर मुझे बिल की याद आ गई। हम मिशन में पहुँच गए थे। जिसके प्रांगण में एक चर्च था और सामने छोटे-छोटे घरों का एक समूह स्थित था। यह सचमुच काफी खूबसूरत जगह थी। हम आगे बढ़े। उसने लबादा ओढ़े कुछ अन्य लोगों से स्पेनिश में कुछ कहा और वे लोग फौरन वहाँ से दूर चले गए। मैंने देखने की कोशिश की कि वे लोग कहाँ जा रहे है लेकिन मैं इतनी बुरी तरह थक चुका था कि अब किसी पर ध्यान केंद्रित करना लगभग नामुमकिन हो गया था। वह पादरी मुझे एक घर के अंदर ले गया।

घर में एक छोटा सा बैठककक्ष और दो शयनकक्ष थे। चिमनी में आग जल रही थी। हमारे अंदर आते ही एक अन्य पादरी ट्रे में ब्रेड और सूप रखकर ले आया। थकान से जूझते हुए मैंने किसी तरह खाना शुरू किया और सांचेज मेरे बगल में पड़ी एक कुर्सी पर बैठ गया। खाने के बाद उसके आग्रह करने पर मैं वहीं रखे एक पलंग पर लेट गया और जल्द ही गहरी नींद में सो गया।

जब मैं प्रांगण में पहुँचा तो मेरा ध्यान इस बात पर गया कि मैदान का रख-रखाव कितने बढ़िया ढंग से किया गया था। बजरी से बने रास्तों के दोनों ओर झुरमुटों की बाड़ बहुत सलीके से लगाई गई थी। उन्हें देखकर लगा जैसे वे यहाँ अपने सबसे प्राकृतिक रूप में मौजूद हैं। किसी भी बाड़ में कोई काट-छाँट नहीं की गई थी।

मैंने एक अँगड़ाई ली, जिससे मुझे अपनी शर्ट पर भी ज़रा खिंचाव महसूस हुआ। मोटे कॉटन की बनी इस शर्ट से मुझे अपनी गर्दन पर रगड़ सी लगी। हालाँकि यह बिलकुल साफ-सुथरी और इस्त्री की हुई शर्ट थी। इसके पहले जब मैं सोकर उठा था तो दो पादरियों ने मेरे लिए गरम पानी का एक टब तैयार किया और पहनने के लिए नए कपड़े दिए। नहाने के बाद वे कपड़े पहनकर जब मैं दूसरे कमरे में पहुँचा तो वहाँ मेज़ पर मफिन्स और सूखे मेवे रखे हुए थे। वे दोनों पादरी वहाँ खड़े रहे और मैं भुक्खड़ों की तरह वह सब खाता रहा। जैसे ही मैंने खाना खत्म किया, वे दोनों पादरी वहाँ से चले गए। इसके बाद मैं बाहर आकर यहाँ पहुँच गया, जहाँ फिलहाल खड़ा हुआ हूँ।

मैं आगे बढ़कर पत्थर की एक बेंच पर बैठ गया। मेरे सामने पूरा प्रांगण खाली पड़ा हुआ था। सूरज की रोशनी पेड़ों से छनकर मेरे चेहरे पर पड़ रही थी।

''नींद कैसी रही?'' मेरे पीछे से किसी ने पूछा। मैंने पलटकर देखा तो फादर सांचेज सामने खड़े मेरी ही ओर देख रहे थे।

''बढ़िया रही।'' मैंने जवाब दिया।

''मैं तुम्हारे साथ यहाँ बैठ सकता हूँ?'' उसने पूछा।

मैंने कहा, ''हाँ ज़रूर! क्यों नहीं!''

अगले कुछ मिनटों तक हम दोनों में से किसी ने कुछ नहीं कहा। मैं ज़रा असहज महसूस करने लगा। मैंने कुछ बोलने के इरादे से एक-दो बार फादर की ओर देखा लेकिन वे अधखुली आँखों से सूरज को निहार रहे थे और उनका चेहरा ज़रा पीछे की ओर झुका हुआ था।

आखिरकार उन्होंने कहा, "यह बढ़िया जगह है, अच्छा हुआ जो तुम यहाँ आ गए।" निश्चित ही उनका इशारा इस पत्थर की बेंच की ओर था, जिस पर हम फिलहाल बैठे हुए थे।

मैंने अपने मन की बात बोलना शुरू किया, "देखिए, मुझे आपसे एक सलाह लेनी है। मेरे लिए यहाँ से यू.एस. वापस जाने का सबसे सुरक्षित तरीका क्या होगा?"

उन्होंने गंभीर होकर मेरी ओर देखा। फिर कहा, "पता नहीं। यह इस बात पर निर्भर करता है कि यहाँ की सरकार तुम्हें कितना खतरनाक मानती है। ज़रा मुझे बताओ, तुम कुला पहुँचे कैसे?"

मैंने पाण्डुलिपि के बारे में पहली जानकारी मिलने से लेकर कुला पहुँचने तक की अपनी पूरी कहानी उन्हें बता दी। पहाड़ी पर मुझे जो परम आनंद की अनुभूति हुई थी, अब वह बनावटी लग रही थी, मानो वह कुछ और नहीं, बस मेरा झक्कीपन हो। इसीलिए मैंने फादर सांचेज को उसके बारे में बहुत संक्षिप्त में ही बताया। हालाँकि वे फौरन उसे लेकर उत्सुक हो उठे।

"जब तुम उस सैनिक की नज़रों से बच गए तो तुमने क्या किया?" उन्होंने पूछा।

"मैं कुछ घंटों तक वहाँ बस बैठा रहा, शायद उस वक्त मैं बहुत शांत महसूस कर रहा था।" मैंने जवाब दिया।

"और क्या महसूस किया तुमने?" उन्होंने पूछा।

मैं पलभर के लिए ज़रा हिचका, फिर मैंने तय किया कि इस अनुभव के बारे में खुलकर बताना ही बेहतर होगा।

मैंने कहा, "इसका वर्णन करना ज़रा मुश्किल है। उस समय मुझे हर चीज़ से परम आनंदपूर्ण जुड़ाव महसूस हो रहा था और मैं बहुत सुरक्षित व आत्मविश्वास से भरा हुआ महसूस कर रहा था। अचानक मेरी सारी थकान दूर हो गई थी।"

फादर सांचेज मुस्कराए और कहा, "तुम्हारा यह अनुभव रहस्यपूर्ण आध्यात्मिकता का अनुभव था। पहाड़ी की चोटी के आसपासवाले जंगल में और भी कई लोगों को ऐसे अनुभव हुए हैं।"

उनकी बात पर मैंने अनिश्चितता में अपना सिर हिलाया।

फादर सांचेज बेंच पर बैठे-बैठे ही मेरी ओर मुड़े और अपनी बात जारी रखी, "यह वही अनुभव है, जिसका वर्णन हर धर्म के रहस्यवादी लोग हमेशा से करते आए हैं। क्या तुमने ऐसे अनुभवों के बारे में कभी कुछ पढ़ा है?"

"हाँ, थोड़ा-बहुत लेकिन कई साल पहले," मैंने कहा।

"लेकिन कल स्वयं यह अनुभव होने से पहले यह तुम्हारे लिए सिर्फ एक बौद्धिक अवधारणा रही होगी?" फादर सांचेज ने कहा।

"हाँ, शायद।" मैंने कहा।

एक नौजवान पादरी पास आया और सिर हिलाकर मेरा अभिवादन करने के बाद सांचेज

के कान में कुछ फुसफुसाया। सांचेज ने सहमति प्रकट की और फिर वह पादरी वहाँ से चला गया। जब तक वह नौजवान पादरी प्रांगण को पार करके करीब सौ फीट दूर स्थित एक पार्क जैसे इलाके में दाखिल नहीं हो गया, तब तक सांचेज उसके हर कदम पर नज़र रखे रहे। मैंने पहली बार गौर किया कि वह इलाका भी बड़ा साफ-सुथरा और विभिन्न पौधों से भरा हुआ था। वह नौजवान पादरी चलते हुए कुछ जगहों की ओर गया और हर जगह पहुँचकर ज़रा ठहरा, मानों कुछ खोज रहा हो, फिर एक विशिष्ट स्थान पर जाकर बैठ गया। उसे देखकर लगा, मानों वह कोई विशेष व्यायाम कर रहा हो।

यह देखकर सांचेज प्रसन्नता से मुस्कराए और फिर मेरी ओर मुड़ गए।

उन्होंने कहा, "मुझे लगता है कि फिलहाल वापस यू.एस. लौटने की कोशिश करना तुम्हारे लिए खतरनाक साबित हो सकता है, लेकिन मैं हालात का जायज़ा लेने की कोशिश करूँगा और देखूँगा कि तुम्हारे दोस्तों के बारे में क्या खबर है।"

इतना कहकर वे बेंच से उठ गए और फिर मेरी ओर देखते हुए बोले, "मुझे कुछ ज़रूरी काम है। विश्वास करो, हम तुम्हारी हर संभव मदद करेंगे। फिलहाल मैं बस यह उम्मीद करता हूँ कि तुम यहाँ आराम से रहो और अपनी शक्ति फिर से हासिल करो।"

उनकी बात पर मैंने सहमति जताई।

उन्होंने अपनी जेब से कुछ कागज़ात निकालकर मुझे पकड़ा दिए और कहा, "यह पाँचवीं अंतर्दृष्टि है। इसमें उस तरह के अनुभव के बारे में बताया गया है, जो तुम्हें हुआ था। उम्मीद है कि यह तुम्हें पसंद आएगी।"

मैंने ज़रा अनिच्छा के साथ वे कागज़ात उनसे ले लिए। उन्होंने अपनी बात जारी रखी, "तुमने जो पिछली अंतर्दृष्टि पढ़ी थी, उससे तुमने क्या समझा?"

मैं ज़रा हिचका। फिलहाल मैं पाण्डुलिपि या अंतर्दृष्टियों के बारे में सोचना भी नहीं चाहता था। आखिरकार मैंने कहा, "हम इंसान एक-दूसरे की ऊर्जा हासिल करने के संघर्ष में उलझे हुए हैं। जब हम दूसरों को अपने दृष्टिकोण से बिना किसी विरोध के सहमत होने पर मजबूर कर देते हैं तो वे एक स्तर पर हमसे जुड़ जाते हैं। इससे उनकी ऊर्जा हमारी ओर खिंचने लगती है और हम सशक्त महसूस करने लगते हैं।"

उन्होंने मुस्कुराकर कहा, "यानी समस्या यह है कि हर कोई एक-दूसरे को नियंत्रित करने और एक-दूसरे के साथ हेर-फेर करने में व्यस्त है ताकि हम एक-दूसरे की ऊर्जा को सोख सकें क्योंकि हमें अपनी ऊर्जा कम लगती है?"

"हाँ, बिलकुल।" मैंने कहा।

उन्होंने पूछा, "तो इस समस्या का हल क्या है? ऊर्जा प्राप्त करने का कोई अन्य स्रोत?"

"पिछली अंतर्दृष्टि तो इसी बात पर ज़ोर देती है।" मैंने जवाब दिया।

उन्होंने सहमति में सिर हिलाया और कुछ विचार करते हुए चर्च के अंदर चले गए। पाँचवीं अंतर्दृष्टि का अनुवाद देखने के बजाय मैं आराम करने के इरादे से कुछ पलों के लिए आगे की ओर झुक गया और अपनी कोहनियों को घुटनों पर रख लिया। मैं अभी भी ज़रा असंतुष्ट महसूस कर रहा था। पिछले दो दिनों में जो कुछ भी हुआ था, उसने पाण्डुलिपि को

लेकर मेरा सारा उत्साह ठंढा कर दिया था और अब मैं यूनाइटेड स्टेट्स वापस लौटने के अलावा कुछ और नहीं सोच रहा था। मैंने देखा कि रास्ते के उस पार पेड़-पौधोंवाले इलाके में बैठा वह नौजवान पादरी उठ खड़ा हुआ था। वह धीमी गति से चलते हुए करीब बीस फीट दूर एक अन्य जगह पर पहुँचा। इसके बाद वह मेरी ओर पलटा और उसी जगह पर बैठ गया।

वह जो भी कर रहा था, मैं कौतूहल से वह सब देखता रहा। कुछ ही देर में मुझे अंदाज़ा हो गया कि वह पाण्डुलिपि में बताई गई किसी चीज़ का अभ्यास कर रहा है। फिर मैंने सांचेज द्वारा दी गई अंतर्दृष्टि की ओर देखा और उसे पढ़ना शुरू कर दिया।

इसमें एक नए किस्म की समझ का वर्णन किया गया था, जिसे लंबे समय से रहस्यमय चेतना के नाम से जाना जाता रहा है। इस अंतर्दृष्टि के अनुसार, बीसवीं शताब्दी के आखिरी दशक में इस चेतना का प्रचार जीवन के ऐसे तरीके के रूप में होगा, जिस पर चलना संभव होगा। यह वही तरीका है, जिसका प्रदर्शन कई धर्मों के गुप्त अनुयायी पहले भी करते आए हैं। हालाँकि अधिकतर लोग इस चेतना को बुद्धि के स्तर पर ही समझेंगे, जिसके बारे में वे सिर्फ बातें और बहस किया करेंगे। लेकिन ऐसे लोगों की संख्या बढ़ती जाएगी, जिनके लिए यह बात केवल बुद्धि तक सीमित नहीं होगी बल्कि वे उसे जीने का तरीका समझेंगे क्योंकि उन्हें जीवनभर ऐसी बातों की झलक मिलती रहेगी व ऐसे आभास होते रहेंगे। पाण्डुलिपि के अनुसार, यह अनुभव ही दुनिया में इंसानी संघर्ष और टकराव की समाप्ति का मार्ग प्रशस्त करेगा। क्योंकि इसी दौरान हम एक अन्य स्रोत से ऊर्जा ग्रहण करेंगे और अंतत: अपनी इच्छा के अनुसार उस स्रोत का उपयोग करना सीख जाएँगे।

मैंने पढ़ना छोड़कर फिर से नौजवान पादरी की ओर देखा। उसकी आँखें खुली हुई थीं और ऐसा लग रहा था, जैसे वह सीधे मेरी ही ओर देख रहा हो। हालाँकि मुझे उसके हाव-भाव स्पष्ट दिखाई नहीं दे रहे थे लेकिन फिर भी मैंने उसे अभिवादन करने के अंदाज़ में सिर हिला दिया। उसने भी फीकी सी मुस्कराहट के साथ मेरा अभिवादन किया, जिसे देखकर मुझे ज़रा हैरानी हुई। इसके बाद वह उठा और मेरे बायीं ओर मुड़कर उस तरफ मौजूद घर की ओर चल दिया। मैं उसकी ओर देखता रहा लेकिन वह मुझे नज़रअंदाज़ करके प्रांगण को पार करते हुए घर के अंदर चला गया।

अपने पीछे मैंने किसी के कदमों की आवाज़ सुनी। पलटकर देखा तो सांचेज चर्च से बाहर आ रहे थे। वे मुझे देखकर मुस्कराते हुए मेरे पास आ गए।

उन्होंने पूछा, ''ज़्यादा वक्त नहीं लगा, क्या तुम आसपास कुछ और चीज़ें देखना चाहोगे?''

मैंने जवाब दिया, ''हाँ, ज़रूर, ज़रा मुझे उन स्थानों के बारे में बताइए, जहाँ मिशन के लोग आकर बैठते हैं।'' मैंने उस स्थान की ओर इशारा करते हुए पूछा, जहाँ वह नौजवान पादरी बैठा हुआ था।

''चलो, वहीं चलते हैं,'' उन्होंने कहा।

प्रांगण को पार करते हुए आगे बढ़ते समय सांचेज ने मुझे बताया कि ''यह मिशन करीब चार सौ साल से भी ज़्यादा पुराना है। इसकी स्थापना स्पेन से आए एक अनोखे मिशनरी ने की थी, जो यह मानता था कि यहाँ के मूल निवासियों का धर्मांतरण तलवार के बल पर

नहीं बल्कि उनका दिल जीतकर करना चाहिए। उसका यह तरीका कारगर साबित हुआ। सांचेज ने आगे बताया कि उस मिशनरी के रास्ते में कोई बाधा भी नहीं आई क्योंकि एक तो उसका तरीका कारगर था और दूसरा, यह जगह बाकी दुनिया से इतनी कटी हुई थी कि उसे रोकने-टोकनेवाला कोई था ही नहीं।''

''सत्य का दर्शन करने के लिए अपने अंदर झाँकने की उसकी परंपरा को अब हम लोग आगे बढ़ा रहे हैं।'' सांचेज ने कहा।

वह नौजवान पादरी जिस स्थान पर बैठा था, उस स्थान पर काफी साफ-सफाई की गई थी। पेड़-पौधे काटकर करीब आधे एकड़ का इलाका समतल बनाया गया था और रास्ते बनाने के लिए नदी से निकले चिकने पत्थरों का इस्तेमाल किया गया था। इन रास्तों के दोनों ओर फूलोंवाले पौधे और झाड़ लगा दिए गए थे, जो बड़े आकर्षक लग रहे थे। यहाँ के पौधों को भी प्रांगण के पौधों की तरह विकसित होने के लिए पर्याप्त जगह दी गई थी ताकि वे अपनी विशिष्ट आकृति के साथ ही फल-फूल सकें।

''तुम कहाँ बैठना चाहोगे?'' सांचेज ने पूछा।

मैंने अपने चारों ओर नज़र डाली। हमारे सामने कुछ कोने नुमाँ खाली स्थान थे, जो अपने आपमें बिलकुल संपूर्ण नज़र आ रहे थे। उनके चारों ओर छोटी-छोटी चट्टानें, आकर्षक पौधे और विभिन्न आकृतियोंवाले विशाल पेड़ लगे हुए थे और बीच में बैठने के लिए खुला स्थान बना हुआ था। हमारे बायीं ओर, जहाँ वह नौजवान पादरी बैठा हुआ था, वहाँ पत्थर की चट्टानों की संख्या ज़रा ज़्यादा थी।

''वहाँ बैठें?'' मैंने पूछा।

उन्होंने सहमति जताई और हम उस स्थान पर जाकर बैठ गए। सांचेज ने कुछ मिनटों तक गहरी साँसें लीं और फिर मेरी ओर देखा।

''उस पहाड़ी पर तुम्हें जो अनुभव हुआ था, उसके बारे में कुछ और बताओ,'' उन्होंने कहा।

मुझे ज़रा झिझक महसूस हुई। मैंने कहा, ''पता नहीं, मुझे और क्या बताना चाहिए। वह अनुभव बहुत जल्दी समाप्त हो गया था।''

पादरी ने मेरी ओर ज़रा कठोरता से देखा और कहा, ''वह अनुभव समाप्त हो गया क्योंकि तुम डर गए थे लेकिन इससे उसका महत्त्व कम नहीं हो जाता। बल्कि वह तो शायद ऐसा अनुभव था, जिसे फिर से हासिल किया जाना चाहिए।''

''हाँ, शायद, लेकिन जब चारों ओर मौत का खतरा हो तो ऐसे अलौकिक अनुभव के लिए अपना ध्यान केंद्रित करना बड़ा मुश्किल होता है।'' मैंने कहा।

उन्होंने ठहाका लगाते हुए मेरी ओर उत्साह से देखा।

''क्या आप भी यहाँ पाण्डुलिपि का अध्ययन कर रहे हैं?'' मैंने पूछा।

उन्होंने कहा, ''हाँ, हम दूसरों को वैसा ही अनुभव करना सिखाते हैं, जैसा तुम्हें उस पहाड़ी पर हुआ था। उम्मीद है कि दोबारा वैसा ही अनुभव होने पर तुम्हें कोई ऐतराज़ नहीं होगा?''

प्रांगण की ओर से किसी ने आवाज़ लगाई: एक पादरी सांचेज को पुकार रहा था। सांचेज ने मुझसे अनुमति ली और प्रांगण की ओर जाकर उस पादरी से बातचीत करने लगे। मैं वहीं बैठा रहा और आसपास लगे पेड़-पौधों और चट्टानों को निहारता रहा। घनी झाड़ियों के पार रोशनी इतनी कम थी कि कुछ स्पष्ट दिखाई नहीं दे रहा था। फिर जब मैंने चट्टानों की ओर देखा, तब भी कुछ नज़र नहीं आया।

मैंने गौर किया कि सांचेज मेरी ही ओर चले आ रहे हैं।

उन्होंने मेरे पास पहुँचते ही कहा, ''मुझे एक मीटिंग के लिए कुछ देर कस्बे तक जाना होगा। हो सकता है कि वहाँ तुम्हारे दोस्त के बारे में भी कोई खबर मिल जाए या कम से कम यह पता लग जाए कि फिलहाल तुम्हारा यात्रा करना सुरक्षित रहेगा या नहीं।''

''अच्छी बात है,'' मैंने कहा, ''आप आज वापस तो आ जाएँगे न?''

उन्होंने जवाब दिया, ''नहीं, आज लौट पाना मुश्किल है पर मैं कल सुबह तक आ जाऊँगा।''

मैं ज़रूर बड़ा असुरक्षित दिख रहा होऊँगा, शायद इसीलिए सांचेज मेरे करीब आए और मेरे कंधे पर हाथ रखकर बोले, ''फिक्र मत करो। तुम यहाँ सुरक्षित हो। इसे अपना ही घर समझो। ज़रा अपने चारों ओर देखो, तुम यहाँ किसी भी पादरी से बातचीत कर सकते हो। बस यह मत भूलना कि उनमें से कौन तुम्हारी बातों को पूर्णत: ग्रहण कर पाता है और कौन नहीं, यह उनके निजी विकास पर निर्भर करता है।''

मैंने सहमति जताई।

सांचेज मुस्कराए और चर्च के पीछे जाकर एक पुरानी गाड़ी पर सवार हो गए। एक-दो बार कोशिश करने के बाद गाड़ी का इंजन चालू हो गया और वे वहाँ से उस सड़क की ओर चल पड़े, जो पहाड़ी के पिछले हिस्से की ओर जाती थी।

अगले कुछ घंटों तक मैं वहीं बैठे-बैठे अपने विचारों में खोया रहा और सोचता रहा कि क्या मार्जरी ठीक होगी और क्या विल को भागने का मौका मिला होगा। मुझे रॉबर्ट के आदमी की हत्या के दृश्य भी कई बार याद आए लेकिन मैं खुद को शांत रखने के लिए सब कुछ भुलाने की कोशिश करता रहा।

दोपहर के समय में मैंने गौर किया कि प्रांगण के बीचों-बीच कुछ पादरी खाने की एक बड़ी सी मेज़ तैयार कर रहे हैं। मेज़ तैयार होने के बाद करीब एक दर्जन पादरी वहाँ आए और अपनी-अपनी प्लेट्स में खाना लेकर खाने-पीने लगे। उनमें से ज़्यादातर एक-दूसरे की ओर देखकर मुस्कराते हुए बातचीत कर रहे थे लेकिन मुझे उनकी बातचीत स्पष्ट सुनाई नहीं दे रही थी। तभी उनमें से एक पादरी की नज़र मुझ पर पड़ी ओर उसने मेज़ की ओर इशारा करते हुए मुझे खाने के लिए आमंत्रित किया।

मैं सहमति जताते हुए प्रांगण की ओर चल पड़ा और वहाँ अपनी प्लेट पर मक्के और फलियाँ रखकर उन लोगों के साथ खाने के लिए बैठ गया। वे सब मेरी उपस्थिति को लेकर बड़े सचेत नज़र आ रहे थे लेकिन उनमें से किसी ने भी मुझसे कोई बातचीत नहीं की। मैंने खाने की तारीफ में कुछ टिप्पणियाँ भी कीं लेकिन उन्होंने विनम्रता से मुस्कराने के अलावा कोई और प्रतिक्रिया ज़ाहिर नहीं की। इसके अलावा जब भी मैंने उनसे सीधे आँखें मिलाईं तो उन्होंने नज़रें

झुका लीं और चुपचाप अपना खाना खाते रहे।

मैं एक बेंच पर अकेले बैठकर खा रहा था। सब्ज़ियों और फलियों में नमक की मात्रा न के बराबर थी लेकिन उन्हें जड़ी-बूटियाँ डालकर चटपटा बनाया गया था। खाने के बाद जब सारे पादरी अपनी-अपनी प्लेट्स को वापस रख रहे थे, तभी एक अन्य पादरी चर्च से बाहर आया। उसने फटाफट एक प्लेट पर अपने लिए खाना लिया और चारों ओर नज़र दौड़ाते हुए बैठने की जगह तलाशने लगा। इसी दौरान उसकी नज़र मुझ पर पड़ी और वह मेरी ओर देखकर मुस्कराया। मैंने गौर किया कि यह वही नौजवान पादरी है, जिसे कुछ घंटों पहले मैंने पौधों के बीच बैठकर ध्यान करते हुए देखा था। मैंने भी मुस्कराकर उसका अभिवादन किया और वह मेरे पास आकर टूटी-फूटी ज़ुबान में बात करने लगा।

"मैं आपके साथ बेंच पर बैठ सकता हूँ?" उसने पूछा।

"हाँ, ज़रूर।" मैंने जवाब दिया।

उसने बैठने के लिए मेरे बगल की बेंच ले ली। वह हर निवाले को देर तक चबाते हुए बहुत धीरे-धीरे खा रहा था और कभी-कभी मेरी ओर देख मुस्करा देता था। उसकी आँखें हलकी भूरी व बाल गहरे काले रंग के थे। वह छोटी और मज़बूत कद-काठी का आदमी था।

"आपको खाना अच्छा लगा न?" उसने पूछा।

मैंने अपनी प्लेट को गोद में रखा हुआ था और उस पर थोड़ा मक्का बचा हुआ था।

"हाँ-हाँ," मैंने एक निवाला खाते हुए कहा। मैंने दोबारा गौर किया वह अपना खाना देर तक चबाते हुए कितनी धीमी गति से खा रहा है। तभी मुझे एहसास हुआ कि दरअसल सारे पादरी अपना खाना इसी तरह खा रहे थे।

"क्या ये सारी सब्ज़ियाँ यहीं मिशन में उगाई गई हैं?" मैंने पूछा। अपने निवाले को धीरे से निगलते हुए वह जवाब देने के पहले ज़रा हिचकिचाया।

"हाँ, भोजन बहुत महत्वपूर्ण है।" उसने कहा।

"क्या आप पौधों के साथ ही ध्यान करते हैं?" मैंने पूछा।

उसने ज़रा आश्चर्य से मेरी ओर देखा, जो कि स्वाभाविक था। "क्या आपने पाण्डुलिपि पढ़ रखी है?" उसने पूछा।

"हाँ, मैं पहली चार अंतर्दृष्टियाँ पढ़ चुका हूँ।" मैंने जवाब दिया।

"क्या आपने भी कभी खाने-पीने की चीज़ें उगाई हैं?" उसने पूछा।

मैंने कहा, "अरे नहीं, अभी तो मैं यह सब सीख रहा हूँ।"

"आप ऊर्जा-क्षेत्रों को देख सकते हैं?" उसने फिर अगला सवाल किया।

मैंने जवाब दिया? "हाँ, कभी-कभी।"

अगले कुछ पलों तक हम दोनों खामोश रहे और वह अपना खाना खाता रहा।

"ऊर्जा प्राप्त करने का पहला तरीका भोजन ही है," उसने कहा।

मैंने सहमति जताई।

वह आगे बोलने लगा, "लेकिन भोजन की संपूर्ण ऊर्जा को प्राप्त करने के लिए यह ज़रूरी

है कि उसकी सराहना..."

अपनी बात रखने के लिए उसे सही शब्द नहीं मिल रहा था। आखिरकार उसने कहा, "...उसका भरपूर स्वाद लेना चाहिए। स्वाद आनंद का प्रवेशद्वार है। उसकी सराहना ज़रूर करनी चाहिए। इसीलिए भोजन करने से पहले प्रार्थना की जाती है। इसका अर्थ सिर्फ शुक्रगुज़ार होना नहीं है बल्कि इससे भोजन करना एक पवित्र अनुभव भी बन जाता है ताकि भोजन की ऊर्जा शरीर में प्रवेश कर सके।"

उसने मेरी ओर गौर से देखा, मानों यह जानने की कोशिश कर रहा हो कि मुझे उसकी बात समझ में आई या नहीं।

मैंने बिना कुछ बोले सहमति में सिर हिला दिया। वह कुछ विचार करने लगा।

मैं सोचने लगा कि उसके कहने का अर्थ था कि भोजन के प्रति शुक्रगुज़ार होने का जो धार्मिक रिवाज़ है, उसका असली उद्देश्य दरअसल यूँ विचारपूर्वक भोजन की सराहना करना ही है। जिसके परिणामस्वरूप भोजन से अधिक ऊर्जा प्राप्त होती है।

उसने कहा, "लेकिन भोजन करना सिर्फ पहला कदम है। जब इस तरीके से निजी ऊर्जा का स्तर बढ़ जाता है तो आप अन्य सभी चीज़ों की ऊर्जा के प्रति अधिक संवेदनशील हो जाते हैं... फिर आप बिना भोजन किए ही इस ऊर्जा को स्वयं में समाहित करना सीख जाते हैं।"

उसकी बात पर मैंने फिर से सहमति जताई।

उसने आगे कहा, "ऊर्जा हमारे चारों ओर है लेकिन हर चीज़ की ऊर्जा अपने आपमें अनोखी है। इसीलिए कुछ स्थान ऐसे होते हैं, जहाँ जाने पर ऊर्जा का स्तर बढ़ जाता है। जबकि हर स्थान पर ऐसा नहीं होता। यह इस बात पर निर्भर है कि उस स्थान की ऊर्जा के लिए आप स्वयं को कितना अनुकूल बना पाते हैं।"

"यानी कुछ देर पहले उस स्थान पर बैठकर आप अपनी ऊर्जा का स्तर बढ़ा रहे थे?" मैंने पूछा।

"हाँ," वह प्रसन्न दिखाई दे रहा था।

"आप ऐसा कैसे करते हैं?" मैंने पूछा।

उसने जवाब दिया, "इसके लिए स्वयं को खोलना पड़ता है ताकि आप एकरूप हो सकें और सराहना कर सकें। ठीक वैसे ही जैसे ऊर्जा-क्षेत्रों को देखने के लिए करना पड़ता है। बस इसके लिए आपको एक कदम और आगे जाना होता है ताकि आप स्वयं के भर जाने की, पूर्णता की संवेदना को महसूस कर सकें।"

"मैं समझा नहीं।" मैंने कुछ उलझन में कहा।

उसने मेरी नासमझी पर त्यौरियाँ चढ़ाते हुए कहा, "क्या आप वापस उस स्थान पर चलना चाहेंगे, जहाँ मैं ध्यान कर रहा था? वहाँ मैं आपको दिखा सकता हूँ कि ऐसा कैसे हो सकता है।"

"हाँ, क्यों नहीं," मैंने कहा, "चलिए।"

वह प्रांगण को पार करते हुए वापस उसी स्थान की ओर चल दिया। मैं भी उसके पीछे-पीछे चल पड़ा। वहाँ पहुँचकर वह रुक गया और अपने चारों ओर देखने लगा, मानों किसी

विशेष कारण से पूरे इलाके का मुआयना कर रहा हो।

''उस तरफ,'' उसने घने जंगल के एक सीमावर्ती स्थान की ओर इशारा करते हुए कहा।

हम रास्ते में आनेवाले पेड़ों और झाड़ियों को पार करते हुए उस ओर बढ़ते गए। उसने एक विशाल पेड़ के सामने का स्थान चुना, जो पत्थर के टीले से बाहर निकलकर उगा हुआ था और उसकी विशाल टहनियाँ पत्थर पर रखी हुई लग रही थीं। इसकी जड़ें नीचे ज़मीन पर पहुँचने से पहले पत्थर के चारों तरफ लिपटी हुई थीं। पेड़ के सामने एक किस्म के फूलों की झाड़ी आधी गोलाकार आकृति में उगी हुई थी और मुझे उन पीले फूलों की अनोखी सी मीठी सुगंध आ रही थी। हमारे पीछे वातावरण में घने जंगल की चादर फैली हुई थी।

उस नौजवान पादरी ने मुझे पेड़ के सामने की झाड़ियों के बीच स्थित एक खाली स्थान पर बैठने का इशारा किया और खुद मेरे बगल में बैठ गया।

''क्या तुम्हें यह पेड़ सुंदर लग रहा है?'' उसने पूछा।

''हाँ।'' मैंने जवाब दिया।

उसने कहा, ''हमम्म.. तो महसूस करो इसे...''

वह फिर से सही शब्द की तलाश में उलझ गया। पलभर विचार करने के बाद उसने पूछा, ''फादर सांचेज ने बताया कि तुम्हें पहाड़ी पर एक विशिष्ट अनुभव हुआ था; क्या तुम्हें याद है कि उस समय तुम कैसा महसूस कर रहे थे?''

''मैं हलका, सुरक्षित और एकरूप महसूस कर रहा था।'' मैंने कहा।

उसने पूछा, ''कितना एकरूप?''

''इसका वर्णन करना तो मुश्किल है, मानो सारा प्राकृतिक दृश्य ही मेरा ही हिस्सा हो।'' मैंने कहा।

''लेकिन, कैसा एहसास?'' उसने फिर पूछा।

पलभर के लिए मैं सोच में पड़ गया। कैसा एहसास? अचानक मुझे समझ में आया।

मैंने कहा, ''प्रेम, मुझे लगता है कि मैंने हर चीज़ के प्रति प्रेम का अनुभव किया था।''

''हाँ, बस यही तो! अब इस पेड़ के प्रति भी यही अनुभव करो।'' उसने कहा।

मैंने कुछ आपत्ति जताते हुए कहा, ''लेकिन, प्रेम तो बस यूँ ही हो जाता है। मैं ज़बरदस्ती किसी चीज़ के प्रति प्रेम कैसे महसूस कर सकता हूँ!''

उसने मुझे समझाते हुए कहा, ''ज़बरदस्ती मत करो, **प्रेम को अनुमति दो ताकि वह तुम्हारे अंदर प्रवेश कर सके।** लेकिन इसके लिए तुम्हें अपने मन को एकाग्र करना होगा और याद करना होगा कि तुम्हें पहाड़ी पर जैसा महसूस हुआ हो, इसके बाद ठीक वैसा ही महसूस करने की कोशिश करनी होगी।''

मैंने पेड़ की ओर देखा और पहाड़ी पर जो महसूस किया था, उसे याद करने की कोशिश करने लगा। धीरे-धीरे उसकी आकृति और उपस्थिति के प्रति मेरे अंदर सराहना का भाव जागने लगा। यह भाव बढ़ता रहा और आखिरकार मुझे उसके प्रति प्रेम महसूस होने लगा। यह भाव ठीक वैसा ही था, जैसा मैं बचपन में अपनी माँ के लिए महसूस करता था या उस खास लड़की के लिए, जो युवावस्था में मेरी आसक्ति का केंद्र थी। हालाँकि मेरी नज़रें पेड़ पर थीं लेकिन

प्रेम का यह भाव एक सहज भाव की तरह स्थिर हो गया। अब मैं हर चीज़ के प्रति प्रेम महसूस कर रहा था।

पादरी खिसककर मुझसे कुछ फीट दूर चला गया और फिर मेरी ओर पलटकर गहराई से देखने लगा, उसने कहा, ''बढ़िया, तुम ऊर्जा को स्वीकार कर रहे हो।''

मैंने गौर किया कि उसकी आँखें ज़रा धुँधली सी नज़र आ रही थीं।

''आपको कैसे पता?'' मैंने पूछा।

''क्योंकि मैं तुम्हारे ऊर्जा-क्षेत्र का आकार बढ़ते हुए देख सकता हूँ।'' उसने कहा।

मैंने अपनी आँखें बंद कर लीं और उस गहरे भाव तक पहुँचने की कोशिश करने लगा, जिसका अनुभव मुझे पहाड़ी की चोटी पर हुआ था लेकिन फिर भी मैं उस अनुभव को दोहरा नहीं पाया। फिलहाल मैं जो महसूस कर रहा था, वह पहले की ही तरह निरंतर जारी रहनेवाला तारतम्य था लेकिन पहले जितना गहरा नहीं था। अपनी इस नाकामी ने मुझे विचलित कर दिया।

''क्या हुआ? तुम्हारा ऊर्जा स्तर कम हो गया।'' उसने पूछा।

मैंने कहा, ''पता नहीं, मैं चाहकर भी पहले जितनी गहनता महसूस नहीं कर पा रहा हूँ।''

पहले तो उसने हैरानी से मेरी ओर देखा और फिर अधीर हो उठा।

उसने कहा, ''तुम्हें पहाड़ी पर जो अनुभव हुआ, वह एक उपहार, एक ज्ञान पुंज था, एक नए तरीके की झलक थी। अब तुम्हें धीरे-धीरे, एक-एक कदम आगे बढ़ाते हुए स्वयं ही वह अनुभव प्राप्त करना सीखना होगा।''

वह खिसकते हुए मुझसे करीब एक फीट और दूर चला गया और कहा, ''अब फिर से कोशिश करो।''

मैं अपनी आँखें बंद करके गहराई से महसूस करने की कोशिश करने लगा। आखिरकार मेरे अंदर वह भाव दोबारा जागने लगा। इस बार मैंने उसे जाने नहीं दिया और धीरे-धीरे उसे बढ़ाने की कोशिश करने लगा। मैंने अपने प्रेम को उस पेड़ पर केंद्रित कर दिया।

उसने अचानक कहा। ''बहुत बढ़िया, अब तुम ऊर्जा ग्रहण कर रहे हो और उसे पेड़ को प्रदान कर रहे हो।''

''क्या?'' मैंने आँखें खोलकर उसकी ओर देखा। ''मैं वापस पेड़ को ऊर्जा दे रहा हूँ।''

उसने समझाते हुए कहा कि ''जब आप चीज़ों के सौंदर्य और उनकी विशिष्टता की सराहना करते हैं **तो आपको ऊर्जा प्राप्त होती है।** जब आप उस स्तर पर पहुँच जाते हैं, जहाँ आपको प्रेम महसूस होता है तो आप ऊर्जा को वापस भेज सकते हैं और ऐसा आप अपनी इच्छा से करते हैं।'' मैं काफी देर तक पेड़ के पास बैठा रहा। मैंने उस पर जितना ध्यान केंद्रित किया और उसके रंग व आकृति की जितनी सराहना की, मैं सामान्यत: उतना ही प्रेम अर्जित कर पा रहा था। यह एक असामान्य अनुभव था। मैं कल्पना कर रहा था कि मेरी ऊर्जा का प्रवाह पेड़ की ओर है और वह उस ऊर्जा से भर रहा है लेकिन मैं इसे देख पाने में असमर्थ था। अपना ध्यान हटाए बिना ही मैंने गौर किया कि वह पादरी उठकर दूर जा रहा है।

''मेरा इस पेड़ को ऊर्जा देना कैसा दिखाई देता है?'' मैंने पूछा।

उसने विस्तार से इसका वर्णन किया और मैं समझ गया कि यह वही अवधारणा है, जिसे

मैंने विसिएंते में देखा था, जब सराह ने फिलॉडेन्ड्रॉन (गमले में लगाया जानेवाला एक घरेलू पौधा) पर ऊर्जा डाली थी। हालाँकि सराह इसमें सफल रही थी लेकिन उसे यह पता नहीं था, इस तरह के प्रक्षेपण के लिए प्रेमपूर्ण मन:स्थिति होना भी ज़रूरी है। शायद उस समय उसकी मन:स्थिति ऐसी ही रही होगी लेकिन उसे इसका एहसास नहीं था। पादरी प्रांगण की ओर बढ़ता रहा और कुछ पलों के बाद मेरी आँखों से ओझल हो गया। मैं शाम तक वहीं बैठा रहा।

मेरे घर में प्रवेश करते ही दो पादरियों ने विनम्रता से मेरा अभिवादन किया। चिमनी में धधकती आग की गरमाहट इस सर्द शाम में बड़ा सुकून दे रही थी और सामने का कमरा तेल के दीपकों की रोशनी से जगमगा रहा था। हवा में सब्ज़ियों या शायद आलू के सूप की खुशबू घुली हुई थी। मेज़ पर चीनी मिट्टी के प्याले, कुछ चमचे और एक प्लेट में ब्रेड की चार स्लाइस रखी हुई थीं।

दोनों में से एक पादरी मुड़ा और बिना मेरी ओर देखे वहाँ से चला गया। दूसरा पादरी अपनी आँखें झुकाए बैठा रहा। उसने आग पर रखे लोहे के एक बड़े से बरतन की ओर देखकर अपना सिर हिलाया। बरतन के ढक्कन पर एक मुठिया लगा हुआ था। उस बरतन पर मेरी नज़र पड़ते ही दूसरे पादरी ने मुझसे पूछा, ''क्या आपको कुछ और चाहिए?''

मैंने कहा, ''नहीं, धन्यवाद।''

उसने मेरी बात पर सिर हिलाया और वहाँ से चला गया। अब मैं वहाँ बिलकुल अकेला था। मैंने आलू के सूपवाले बरतन का ढक्कन खोला। खुशबू शानदार थी। मैंने दो-तीन चमचे सूप लेकर अपना प्याला भर लिया और मेज़ पर आकर बैठ गया। इसके बाद मैंने सांचेज की दी हुई पाण्डुलिपि जेब से निकालकर अपनी प्लेट के बगल में रख ली ताकि सूप पीते हुए आराम से बैठकर पढ़ सकूँ। लेकिन वह सूप इतना स्वादिष्ट था कि मेरा पूरा ध्यान उसी पर केंद्रित हो गया। प्यालाभर सूप पीने के बाद मैंने सारे बरतन उठाकर एक बड़े आकार के बर्तन में रख दिए और चिमनी की आग को सम्मोहित होकर तब तक देखता रहा, जब तक कि उसकी आँच कम नहीं हो गई। इसके बाद मैंने दीपक बुझा दिए और सोने चला गया।

अगली सुबह मेरी नींद तड़के ही खुल गई। मैं बहुत तरोताज़ा महसूस कर रहा था। बाहर पूरे प्रांगण में धुंध छाई हुई थी। मैंने आग बढ़ाने के लिए अंगारों पर जलाऊ लकड़ी के छोटे-छोटे टुकड़े डाल दिए और तब तक हवा देता रहा, जब तक आग की लपटें नहीं उठने लगीं। इसके बाद मैंने कुछ खाने के लिए रसोई में नज़र दौड़ाई, तभी मुझे सांचेज की गाड़ी आने की आवाज़ सुनाई दी।

मैं बाहर आया। मैंने देखा कि चर्च के पीछे से सांचेज चले आ रहे हैं। उन्होंने अपनी एक बाँह पर झोला और दूसरे पर कुछ गठरियाँ टाँग रखी थीं।

''मेरे पास एक खबर है,'' उन्होंने मुझे अपने साथ अंदर आने का इशारा करते हुए कहा।

कुछ अन्य पादरी भी अपने साथ मक्के का गरमागरम केक, गिट्रस (मक्के को उबालकर और पीसकर बनाया जानेवाला एक अमेरिकी पकवान) और सूखे मेवे लेकर वहाँ आ गए। सांचेज ने उन सबका अभिवादन किया। इसके बाद एक-एक करके सारे पादरी वहाँ से चले गए और सांचेज मेरे साथ आकर मेज़ पर बैठ गए।

उन्होंने कहा, ''मैं दक्षिण परिषद के कुछ पादरियों की एक बैठक में गया था। हम सब

वहाँ पाण्डुलिपि और सरकार की आक्रामक कार्यवाही के बारे में चर्चा करने के लिए इकट्ठा हुए थे। ऐसा पहली बार हुआ है, जब पादरियों का कोई समूह पाण्डुलिपि के समर्थन में इस तरह सार्वजनिक रूप से मिला हो। हम अपनी बैठक शुरू ही करनेवाले थे कि सरकार के एक प्रतिनिधि ने हमारे दरवाज़े पर दस्तक दी। वह भी पादरियों की इस बैठक में शामिल होना चाहता था।''

पलभर के लिए ठहरकर सांचेज अपनी प्लेट में नाश्ता परोसने लगे। उन्होंने कुछ निवाले तोड़े और उन्हें देर तक चबाते रहे। फिर उन्होंने आगे कहा, ''उस सरकारी प्रतिनिधि ने हमें भरोसा दिलाया। सरकार का उद्‌देश्य सिर्फ इस पाण्डुलिपि को बाहरी लोगों से बचाना है ताकि वे इसका गलत इस्तेमाल न कर सकें। उसने हमें जानकारी दी कि पेरू निवासियों के पास पाण्डुलिपियों की जितनी भी प्रतियाँ हैं, उनका लाइसेंस लेना होगा। उसने कहा कि वह हमारी चिंताओं को समझता है लेकिन साथ ही उसने हमें कानून का पालन करने और सारी प्रतियों को सरकार के पास जमा करने के लिए भी कहा है। उसने हमसे वादा किया है कि इसके बाद पाण्डुलिपि की सरकारी प्रतिलिपियाँ हमें वापस दे दी जाएँगी।''

''तो क्या आपने सारी प्रतियाँ सरकार के पास जमा करवा दीं?'' मैंने पूछा।

''कतई नहीं।'' उन्होंने कहा।

अगले कुछ पल हम चुपचाप अपना नाश्ता करते रहे। मैंने अपने निवालों को देर तक चबाने की कोशिश की ताकि मेरे अंदर स्वाद के प्रति सराहना का भाव पैदा हो।

फिर उन्होंने आगे कहा, ''हमने कुला में हुई हिंसा के बारे में भी उस सरकारी प्रतिनिधि से पूछा। उसने कहा कि यह हिंसा दरअसल रॉबर्ट के खिलाफ की गई सहज प्रतिक्रिया थी क्योंकि उसके कुछ आदमी किसी दूसरे देश के हथियारबंद एजेंट थे। उसने बताया कि वे लोग पाण्डुलिपि के अज्ञात हिस्से को ढूँढ़कर चुराना चाहते थे और उसे पेरू से बाहर ले जाने की फिराक में थे। सरकार के पास उन लोगों को गिरफ्तार करने के अलावा कोई और विकल्प नहीं था। हालाँकि उस प्रतिनिधि ने तुम्हारा या तुम्हारे दोस्तों का कोई ज़िक्र नहीं किया।''

''क्या आपको उस पर भरोसा है?'' मैंने पूछा।

फादर सांचेज ने कहा, ''नहीं, बिलकुल नहीं। उसके जाने के बाद हम पादरियों ने अपनी बैठक जारी रखी और हमने तय किया कि हम शांतिपूर्ण विरोध की नीति पर चलेंगे। हम पाण्डुलिपि की प्रतिलिपियाँ बनाते रहेंगे, बस उनका वितरण करते समय ज़रा सावधान रहेंगे।''

''क्या आपके चर्च के धार्मिक नेता इसकी अनुमति देंगे?'' मैंने पूछा।

सांचेज ने कहा, ''पता नहीं, चर्च के बड़े-बुजुर्गों ने पाण्डुलिपि को पहले ही खारिज़ कर दिया है लेकिन अब तक उन्होंने यह पता लगाने की कोशिश नहीं की है कि पाण्डुलिपि के मामले में कौन-कौन शामिल है। हमारी चिंता का मुख्य विषय दरअसल एक कार्डिनल (प्रधान नेता) हैं, जो सुदूर उत्तर में रहते हैं। उन्हें कार्डिनल सेबेस्टियन के नाम से जाना जाता है। वे काफी प्रभावशाली नेता हैं और पाण्डुलिपि का सबसे अधिक विरोध भी उन्हीं ने किया है। अगर उन्होंने केंद्रीय नेतृत्व को पुख्ता घोषणाएँ करने के लिए राज़ी कर लिया तो हमें उसके अनुसार ही निर्णय लेना पड़ेगा।''

''वे पाण्डुलिपि का इतना विरोध क्यों कर रहे हैं?'' मैंने पूछा।

सांचेज ने बताया कि "दरअसल वे डरे हुए हैं।"

"क्यों?" मैंने फिर सवाल किया।

"उनसे बातचीत किए एक अरसा बीत गया है। हम एक-दूसरे से पाण्डुलिपि के बारे में बातचीत करने से बचते हैं। लेकिन मेरे हिसाब से वे मानते हैं कि इंसान की भूमिका सिर्फ अपने धार्मिक विश्वास के साथ, आध्यात्मिक ज्ञान से अनजान रहकर ब्रह्माण्ड में भाग लेने तक सीमित है। उन्हें लगता है कि पाण्डुलिपि से धार्मिक सत्ता की यथास्थिति कमज़ोर हो जाएगी।" उन्होंने कहा।

"लेकिन भला ऐसा कैसे हो जाएगा?" मेरे मन में सवाल उठा।

वे मुस्कराने लगे और मेरी ओर देखकर बोले, "क्योंकि सत्य लोगों को मुक्त कर देगा।"

मैंने उनकी ओर देखा और अपनी प्लेट पर रखे फलों व ब्रेड के आखिरी निवाले को खाते हुए उनकी बात का मतलब समझने की कोशिश करने लगा। उन्होंने कुछ और छोटे-छोटे निवाले खाए, फिर अपनी कुर्सी को ज़रा पीछे खिसका लिया।

उन्होंने कहा, "अब तुम पहले से काफी बेहतर लग रहे हो, क्या यहाँ किसी से तुम्हारी बातचीत हुई?"

मैंने जवाब दिया, "हाँ, एक पादरी ने मुझे ऊर्जा के साथ एकरूप होने की विधि सिखाई है। मुझे... उसका नाम याद नहीं आ रहा। आपको याद है, कल सुबह-सुबह जब मैं और आप प्रांगण में बैठकर बातचीत कर रहे थे? असल में उस समय वह उसी बैठक-स्थान में मौजूद था। बाद में जब मेरी उससे बातचीत हुई तो उसने मुझे दिखाया कि ऊर्जा को ग्रहण कैसे करते हैं और फिर उसे वापस दिया कैसे किया जाता है।"

"उसका नाम जॉन है," सांचेज ने मुझे अपनी बात जारी रखने का इशारा करते हुए बताया।

मैंने उन्हें अपने अनुभव के बारे में बताया कि "यह एक अद्भुत अनुभव था। जिस प्रेम को मैं पहले महसूस करता था, उसका स्मरण करके मैं अपने अंदर खुलापन लाने में सक्षम हो गया। मैं दिनभर इसी एहसास के साथ वहाँ बैठा रहा। हालाँकि मैं अपने पहाड़ीवाले अनुभव को दोहरा तो नहीं सका लेकिन उसके काफी करीब ज़रूर पहुँच गया था।"

सांचेज ज़रा गंभीर होकर कहने लगे, "प्रेम की भूमिका को बहुत लंबे अरसे से गलत समझा गया है। प्रेम कोई ऐसी चीज़ नहीं है, जो किसी नैतिक ज़िम्मेदारी की तरह हो, जो इस संसार को बेहतर बनाने के लिए किया जाए या फिर अपने सुख को किसी और के लिए त्यागने के उद्देश्य से किया जाए। ऊर्जा के साथ एकरूप होते ही सबसे पहले जोश का अनुभव होता है, फिर उल्लास का और आखिर में प्रेम का। प्रेम की इस अवस्था को बनाकर रखने के लिए पर्याप्त ऊर्जा प्राप्त करनी आवश्यक होती है। इस ऊर्जा से संसार को तो अवश्य लाभ होता है लेकिन इसका मुख्य लाभ स्वयं को मिलता है। इंसान के लिए दुनिया में इससे अधिक सुखद कुछ और नहीं हो सकता।"

मैं उनकी बात से सहमत था। फिर मैंने गौर किया कि उन्होंने अपनी कुर्सी को कुछ और फीट पीछे खिसका लिया था और अब वे मेरी ओर बड़ी गहराई से देख रहे थे, उनकी आँखें अस्थिर नज़र आ रही थीं।

"मेरा ऊर्जा क्षेत्र कैसा नज़र आता है," मैंने पूछा।

उन्होंने कहा, "पहले से कहीं अधिक विशाल और विस्तृत। शायद तुम बहुत अच्छा महसूस कर रहे हो।"

"जी हाँ।" मैंने कहा।

उन्होंने कहा, "बहुत बढ़िया। हम यहाँ पर यही तो करते हैं।"

"कुछ और बताइए इस बारे में," मैंने कहा।

फादर सांचेज अपने कार्य के बारे में विस्तार से मुझे बताने लगे, "हम पादरियों को सुदूर पर्वत पर जाने और यहाँ के मूल निवासियों के साथ काम करने के लिए प्रशिक्षित करते हैं। यह कार्य आपके अंदर अकेलेपन का एहसास पैदा कर देता है इसलिए ज़रूरी है कि पादरी मानसिक रूप से मज़बूत हो। यहाँ जितने भी लोग हैं, उनकी कड़ी परीक्षा ली गई है और उन सभी में एक चीज़ समान है: सभी को एक ऐसा अनुभव हुआ है, जिसे वे 'रहस्यमयी अनुभव' कहते हैं।"

उन्होंने आगे कहा, "मैं पिछले कई वर्षों से ऐसे अनुभवों का अध्ययन कर रहा हूँ। यहाँ तक कि जब पाण्डुलिपि की खोज नहीं हुई थी, मैं तब से इस अध्ययन में जुटा हुआ हूँ और मेरा विश्वास है कि जब एक बार किसी को यह अनुभव हो जाता है तो उसके लिए वापस उस अवस्था में जाना और अपना निजी ऊर्जा-स्तर बढ़ाना पहले से काफी आसान हो जाता है। जिन लोगों को यह अनुभव नहीं हुआ है, वे भी एकरूप हो सकते हैं लेकिन उन्हें इसमें अधिक समय लगता है। जैसा कि तुम भी सीख चुके हो कि उस अनुभव का गहराई से स्मरण करने पर उसे दोहराने में मदद मिलती है। इसके बाद धीरे-धीरे वह साकार होने लगता है।"

मैंने अपना सवाल पूछा, "जब किसी के साथ ऐसा होता है तो उसका ऊर्जा-क्षेत्र कैसा नज़र आता है।"

जवाब में उन्होंने कहा, "उसका ऊर्जा-क्षेत्र बड़ा होता जाता है और उसका रंग भी ज़रा बदल जाता है।"

"कौन सा रंग?" मैंने अचरज से पूछा।

फादर सांचेज बताने लगे, "सामान्यतः ऊर्जा-क्षेत्र का रंग फीके सफेद रंग से हरे और नीले में बदल जाता है। लेकिन सबसे महत्वपूर्ण है कि इसका विस्तार होता है। उदाहरण के लिए जब तुम्हें पहाड़ी पर यह रहस्यमयी अनुभव हुआ, उस समय तुम्हारी ऊर्जा पूरे ब्रह्माण्ड में फैल गई होगी। आखिरकार तुम एकरूप हो गए और तुमने पूरी कायनात की ऊर्जा को अपनी ओर खींचा। बदले में तुम्हारी ऊर्जा इतनी विस्तृत हो गई कि उसने हर चीज़, हर जगह को अपने में समेट लिया। क्या तुम्हें याद है कि जब यह हो रहा था तो तुम कैसा महसूस कर रहे थे?"

मैंने कहा, "हाँ, मुझे ऐसा महसूस हुआ मानों यह पूरा ब्रह्माण्ड मेरा अपना शरीर हो और मैं उस शरीर का सिर हूँ या यदि ठीक-ठीक कहूँ तो उसकी आँखें हूँ।"

फिर उन्होंने कहा, "और उस क्षण में तुम्हारा ऊर्जा-क्षेत्र और ब्रह्माण्ड की ऊर्जा, दोनों एकाकार थे। उस समय ब्रह्माण्ड ही तुम्हारा शरीर था।"

मैं अपने अनुभव के बारे में बताने लगा, ''उस समय की यादें बड़ी ही अजीब सी हैं। वहाँ मुझे लगा था कि यह विशाल शरीर, मेरा यह ब्रह्माण्ड विकसित हो गया है और मैं वहीं उपस्थित हूँ। मैंने सरल हाइड्रोजन से सबसे पहले सितारों का निर्माण होते देखा और फिर इन सितारों की अगली पीढ़ी में जटिल द्रव्य का विकास होते देखा। बस मैंने पदार्थ को नहीं देखा। मैंने उसे ऊर्जा के ऐसे सरल कंपन के रूप में देखा, जो व्यवस्थित रूप से विकसित होते हुए और जटिल एवं उच्चतम अवस्था में पहुँच रहा था। इसके बाद जीवन का उदय हुआ, जो इंसानों के पैदा होने तक विकसित होता रहा...''

मैं अचानक चुप हो गया और उनका ध्यान मेरी बदली हुई मनोदशा पर चला गया।

''क्या हुआ?'' उन्होंने पूछा।

''इसी बिंदु पर, इंसानों के उदय के साथ ही क्रमिक विकास की मेरी चेतना लुप्त हो गई। मुझे ऐसा लगा जैसे क्रमिक विकास की यह कहानी तो जारी है लेकिन मैं उसे समझ नहीं पा रहा हूँ,'' मैंने स्पष्ट किया।

उन्होंने कहा, ''हाँ, कहानी तो जारी ही रहती है, इंसान ब्रह्माण्ड के जटिल कंपन को और उच्चतम स्तरों तक लेकर जा रहा है।''

''कैसे?'' मैंने पूछा।

वे मुस्कराए लेकिन कोई जवाब नहीं दिया। फिर कहा, ''चलो, इस बारे में बाद में बातें करेंगे। मुझे कुछ काम है, मैं तुमसे एक-दो घंटे के बाद मिलता हूँ।''

मैं सहमत हो गया। उन्होंने वहीं रखा एक सेब उठाया और वहाँ से निकल गए। उनके बाद मैं भी वहाँ से निकल गया और फिर यूँ ही टहलता रहा। मुझे याद आया कि मैं पाँचवीं अंतर्दृष्टि की प्रतिलिपि तो शयनकक्ष में ही छोड़ आया हूँ। मैं फौरन वहाँ गया और वह प्रतिलिपि उठा लाया। मैं काफी देर से उस जंगल के बारे में सोच रहा था, जहाँ सांचेज से मेरी पहली मुलाकात हुई थी। भले ही उस वक्त मैं कितना भी थका और घबराया हुआ था लेकिन फिर भी यह गौर करना नहीं भूला था कि वह जगह कितनी खूबसूरत थी। यूँ ही टहलते हुए मैं पश्चिम दिशा की ओर जंगल के रास्ते चल दिया और चलते-चलते ठीक उसी जगह पर पहुँच गया, जहाँ मैंने पहली बार सांचेज को बैठे देखा था। मैं ठीक उसी जगह पर जाकर बैठ गया।

पेड़ पर टिकते हुए मैंने अपना मन शांत किया और कुछ मिनटों तक यूँ ही इधर-उधर निहारता रहा। सुबह का वक्त था। चारों ओर धूप चमचमा रही थी और तेज़ हवाएँ चल रही थीं। मैं हवा में लहराते पेड़ों की शाखाओं को देखता रहा और गहरी साँसें लेने लगा। हवा एकदम ताज़ी लग रही थी। जैसे ही हवा ज़रा धीमी हुई, मैंने पाण्डुलिपि निकाल ली और वह पेज खोजने लगा, जहाँ से मैंने आखिरी बार पढ़ना बंद किया था। मैं उस पेज तक पहुँच पाता, इसके पहले ही मुझे किसी ट्रक की आवाज़ सुनाई दी।

मैं पेड़ के बगल में लेटकर यह गौर करने की कोशिश करने लगा कि ट्रक की आवाज़ किस दिशा से आ रही है। मैंने पाया कि यह आवाज़ मिशन की ओर से ही आ रही थी। कुछ देर बाद वह आवाज़ और करीब आ गई, तभी मैंने देखा कि सांचेज अपने उसी पुराने ट्रक पर सवार होकर वहाँ से गुज़र रहे हैं।

''मुझे अंदाज़ा था कि तुम यहीं होगे,'' उन्होंने मेरी ओर देखते हुए कहा और मेरे पास

पहुँचकर ट्रक रोक दिया। फिर कहा, ''आओ बैठो, हमें यहाँ से निकलना होगा।''

''आखिर चल क्या रहा है,'' उनके बगलवाली सीट पर बैठते हुए मैंने पूछा।

वे मुख्य सड़क की ओर चल पड़े। उन्होंने कहा, ''मेरे एक पादरी ने मुझे बताया कि उसने पास के एक गाँव के लोगों से कुछ सुना है। कुछ सरकारी अधिकारी मेरे और मिशन के बारे में कस्बे के लोगों से पूछताछ कर रहे हैं।''

''क्या चाहिए उन्हें? आपको क्या लगता है?'' मैंने पूछा।

उन्होंने आश्वासन देनेवाली नज़रों से मेरी ओर देखा और कहा, ''पता नहीं। बस यह समझ लो कि अब मुझे इस बात पर पहले जितना यकीन नहीं है कि वे हमें छोड़ देंगे। मैंने सोचा कि हमें एहतियात बरतते हुए पहाड़ों पर चले जाना चाहिए। मेरा एक पादरी वहाँ माचू पिक्चू में रहता है और उसका नाम फादर कार्ल है। हम हालात सामान्य होने तक उसके घर में सुरक्षित रह सकते हैं।'' उन्होंने मुस्कराते हुए आगे कहा, ''वैसे भी मैं तुम्हें माचू पिक्चू दिखाना चाहता था।''

पलभर के लिए मुझे संदेह हुआ कि कहीं सांचेज ने सरकार से कोई सौदा तो नहीं कर लिया और मुझे उनके हवाले करने ले जा रहे हों। मैंने तय किया कि जब तक मैं उनके इरादों को लेकर आश्वस्त नहीं हो जाता, तब तक सतर्क रहूँगा।

''क्या तुमने पाण्डुलिपि का वह अनुवाद पढ़ लिया?'' उन्होंने पूछा।

''हाँ, करीब-करीब,'' मैंने कहा।

''तुम इंसानों के क्रमिक विकास के बारे में पूछ रहे थे। वह हिस्सा भी पढ़ लिया?'' उन्होंने फिर पूछा।

मैंने कहा, ''नहीं।''

उन्होंने सड़क से नज़रें हटाते हुए गहराई से मेरी ओर देखा। मैंने गौर न करने का दिखावा किया।

''कोई दिक्कत है क्या?'' उन्होंने पूछा।

''नहीं, यहाँ से माचू पिक्चू में पहुँचने में कितना समय लगेगा?'' मैंने पूछा।

''लगभग चार घंटे।'' उन्होंने बताया।

मैं चाहता था कि मैं चुप रहूँ और सांचेज बातचीत करते रहें और उनके मुँह से कुछ ऐसा निकल जाए, जिससे मैं उनके इरादे भाँप सकूँ लेकिन फिर भी मैं क्रमिक विकास के प्रति अपनी उत्सुकता को छिपा नहीं पाया।

''तो, आगे इंसानों का कैसा विकास होगा?'' मैंने पूछा।

उन्होंने मुझ पर एक नज़र डाली और कहा, ''तुम्हें क्या लगता है?''

मैंने कहा, ''पता नहीं, लेकिन जब मैं पहाड़ी पर था तो मैंने सोचा था कि पहली अंतर्दृष्टि जिन अर्थपूर्ण संयोगों के बारे में बताती है, उनसे इसका कोई न कोई संबंध ज़रूर है।''

''बिलकुल सही,'' उन्होंने कहा। ''अन्य अंतर्दृष्टियों के मामले में भी यह कहा जा सकता है। है न?''

मैं ज़रा दुविधा में पड़ गया। उनकी बात को मैं करीब-करीब समझ तो गया लेकिन पूरी तरह ग्रहण नहीं कर पाया। आखिर मैं चुप ही रहा।

आगे उन्होंने कहा, ''ज़रा सोचो कि अंतर्दृष्टियों का वर्तमान क्रम कैसे तय होता है? **पहली अंतर्दृष्टि** तब आती है, जब हम इन संयोगों को गंभीरता से लेने लगते हैं। ये संयोग हमें एहसास दिलाते हैं कि अभी आगे बहुत कुछ है और हम जो भी करते हैं, उसके पीछे कुछ न कुछ अलौकिक, आध्यात्मिक ज़रूर है, जो सब कुछ निर्देशित कर रहा है।

दूसरी अंतर्दृष्टि हमारी इस जागरूकता को वास्तविकता की ओर ले जाती है। हमें एहसास होता है कि हम सिर्फ अपने भौतिक अस्तित्त्व को ही बनाए रखने में तल्लीन थे और खुद को सुरक्षित रखने के लिए हमारा सारा ध्यान परिस्थितियों को अपने नियंत्रण रखने पर केंद्रित था। हमें पता चल जाता है कि हमारा यह खुलापन ब्रह्माण्ड की घटनाओं के प्रति हमारी जागरूकता का प्रतिनिधित्व कर रहा है।

तीसरी अंतर्दृष्टि एक नई जीवनदृष्टि की शुरुआत है। यह भौतिक ब्रह्माण्ड को शुद्ध ऊर्जा के रूप में परिभाषित करती है। हम जो भी सोचते हैं, यह ऊर्जा उस पर प्रतिक्रिया देती है।

चौथी अंतर्दृष्टि दूसरों की ऊर्जा ग्रहण करने की इंसानी फितरत के बारे में बताती है। इसके लिए इंसान दूसरों को, उनके मन को नियंत्रित करने की कोशिश करता है। यह एक किस्म का अपराध है और हम इंसान यह अपराध इसलिए करते हैं क्योंकि हम अकसर स्वयं को अलग और ऊर्जाहीन महसूस करते हैं। उच्चतम स्रोत से एकरूप होकर निश्चित ही ऊर्जा की इस कमी का इलाज किया जा सकता है। यदि हम स्वयं को इस ब्रह्माण्ड के प्रति पूरी तरह खोल दें तो यह हमें वह सब उपलब्ध करा सकता है, जो हम चाहते हैं। चौथी अंतर्दृष्टि इसी बात का खुलासा करती है।''

फादर सांचेज ने आगे कहा, ''तुम्हें जो रहस्यमयी अनुभव हुआ उसने तुम्हें उस ऊर्जा की महिमा का संक्षिप्त दर्शन कराया, जिसे प्राप्त करना संभव है। लेकिन यह ऐसी अवस्था है, जो हमें बाकी सबसे आगे ले जाकर भविष्य की झलक दिखाती है लेकिन हम अधिक देर तक इस अवस्था को बनाकर नहीं रख सकते। जैसे ही हम किसी साधारण चेतनावाले इंसान से बातचीत करने की कोशिश करते हैं या ऐसे संसार में जीने लगते हैं, जो अभी भी संघर्षरत है तो हम अपनी इस उच्च अवस्था से बाहर आकर अपने पुराने निम्न स्तर पर वापस गिर जाते हैं।''

उन्होंने अपनी बात जारी रखी, '' और फिर, सब कुछ इस बात पर निर्भर करता है कि हमें जो झलक दिखाई दी, हम उसे एक-एक कदम आगे बढ़ते हुए वापस कैसे पाएँ और उस परम चेतना की ओर वापस कैसे बढ़ें। लेकिन ऐसा करने के लिए हमें स्वयं को ऊर्जा से भरना सीखना होगा क्योंकि इसी ऊर्जा से संयोग बनते हैं, जो चेतना के नए स्तर को हमारा असली सत्य बनाने में हमारी मदद करते हैं।''

मेरे चेहरे पर ज़रूर हैरानी के भाव रहे होंगे क्योंकि उन्होंने आगे कहा, ''ज़रा सोचो : जब हमें जीवन में आगे बढ़ाने के लिए संयोगों से परे कुछ होता है तो हम एक इंसान के तौर पर सत्य के और करीब आ जाते हैं। फिर हमें ऐसा लगने लगता है, जैसे हमारी नियति ने जो तय किया है, हम उसी को प्राप्त कर रहे हैं। जब ऐसा होता है तो हमारे अंदर भी ऊर्जा का वही स्तर हो जाता है, जिसके कारण संयोग बनते हैं। जब भी हम डरे हुए होते हैं तो इस अवस्था

से बाहर आ जाते हैं और अपनी ऊर्जा खो देते हैं। लेकिन ऊर्जा का यह स्तर एक ऐसा स्तर बन जाता है, जिसे आसानी से हासिल किया जा सकता है। इस तरह हम नए इंसान बन जाते हैं और ऊर्जा के उच्च स्तर पर रहते हैं। वह स्तर, जहाँ कंपन भी उच्च स्तर का होता है।

अब तुम्हें यह पूरी प्रकिया समझ में आ रही होगी। हम स्वयं को भरते हैं और विकास करते हैं, फिर भरते हैं और फिर से विकास करते हैं। इस तरह हम इंसान ब्रह्माण्ड के क्रमिक विकास को उच्चतम कंपन के स्तर तक ले जाते हैं।''

सांचेज पलभर के लिए ठहर गए और कुछ सोचने लगे, जैसे अपनी बात में कुछ और जोड़ना चाह रहे हों। कुछ समय उपरांत उन्होंने कहा, ''पूरे इंसानी इतिहास के दौरान अचेतन रूप से इंसान का क्रमिक विकास जारी रहा है। इससे पता चलता है कि सभ्यता का विकास क्यों हुआ, इंसानों का शारीरिक विकास क्यों हुआ और वे इतने क्यों जी सके। हालाँकि अब हम इस पूरी प्रक्रिया को चेतन रूप से सक्रिय बना रहे हैं। पाण्डुलिपि हमें यही बता रही है। पूरे संसार में व्याप्त आध्यात्मिक चेतना की ओर बढ़ना यही तो है।''

मैं बड़े ध्यान से उनकी बातें सुन रहा था और वे जो भी कह रहे थे, उस पर मंत्रमुग्ध था। मैंने पूछा, ''यानी हमें सिर्फ खुद को ऊर्जा से भरने की ज़रूरत है। वैसे ही, जैसे मैंने जॉन के साथ सीखा था, फिर संयोग अधिक निरंतरता के साथ बनने लगेंगे?''

सांचेज ने कहा, ''हाँ लेकिन यह तुम्हें जितना आसान लग रहा है, उतना है नहीं। ऊर्जा के साथ स्वयं को स्थायी रूप से एकरूप करने के रास्ते में एक और रुकावट है, जिसे पार करना ज़रूरी है। छठवीं अंतर्दृष्टि में इसी के बारे में बताया गया है।''

''और वह क्या है?'' मैंने आश्चर्य भाव से पूछा।

उन्होंने सीधे मेरी ओर देखा और कहा, ''हमें दूसरों को नियंत्रित करने के अपने विशिष्ट तरीके से निपटना होगा। याद रखो, चौथी अंतर्दृष्टि इस बात का खुलासा करती है कि इंसानों को हमेशा से ऊर्जा की कमी महसूस होती रही है और इसीलिए वे एक-दूसरे को नियंत्रित करने में लगे रहते हैं ताकि लोगों के बीच बहनेवाली ऊर्जा को स्वयं प्राप्त कर सकें। पाँचवीं अंतर्दृष्टि हमें यह दिखाती है कि एक वैकल्पिक स्रोत भी उपलब्ध है लेकिन हम तब तक उससे निरंतर एकरूप नहीं रह सकते, जब तक हम एक व्यक्ति के तौर पर दूसरों को नियंत्रित करने के अपने विशिष्ट तरीके को पहचान नहीं लेते और उसका उपयोग बंद नहीं कर देते। क्योंकि जब भी हम इस तरीके का इस्तेमाल करने की अपनी आदत पर काबू नहीं कर पाते तो स्रोत से अलग हो जाते हैं।

अपनी इस आदत से छुटकारा पाना आसान नहीं है क्योंकि शुरुआत में यह हमेशा अचेतन रूप से सक्रिय होती है। इससे निपटने का सबसे कारगर तरीका है, सबसे पहले इसे चेतना में लेकर आना यानी जब भी यह सक्रिय हो तो आपको पता हो। इसके लिए हमें यह देखना होगा कि दूसरों को नियंत्रित करने का हमारा विशिष्ट तरीका वही है, जो हमने बचपन में दूसरों का ध्यान आकर्षित करने के लिए, ऊर्जा को अपनी ओर खींचने के लिए सीखा था। हम अब भी अपने उसी तरीके में उलझे हुए हैं और बार-बार उसी को दोहराते रहते हैं। मैं इसे हमारा अचेतन नियंत्रण ड्रामा (कंट्रोल ड्रामा) कहता हूँ।

मैं इसे ड्रामा इसलिए कहता हूँ क्योंकि यह बहुत ही जाना पहचाना दृश्य होता है। जैसे

किसी फिल्म का दृश्य हो, जिसकी पटकथा हमने युवा अवस्था में लिखी हो, फिर उस दृश्य को अपनी रोज़मर्रा की ज़िंदगी में बार-बार दोहराते रहते हों और हमें इसका एहसास तक न हो। समस्या यह है कि अगर हम बार-बार एक ही दृश्य को दोहराते हैं तो हमारे जीवन की फिल्म के अन्य दृश्य, संयोगों के रोमांचक दृश्य आगे नहीं बढ़ेंगे। जब हम धूर्तता के साथ दूसरों से उनकी ऊर्जा प्राप्त करने के लिए बार-बार इस ड्रामे को दोहराते रहते हैं तो हम अपने जीवन की फिल्म को आगे बढ़ने से रोक देते हैं।''

सांचेज ने ट्रक की गति धीमी की और उसे सड़क किनारे बनी पहिए के गहरे निशानों की एक लंबी श्रृंखला से गुज़ारते हुए सावधानीपूर्वक आगे बढ़ाते रहे। मैं निराश था और समझ नहीं पा रहा था कि यह नियंत्रण ड्रामा कैसे काम करता है। मैं अपनी भावनाएँ सांचेज को लगभग बताने ही वाला था कि मैंने खुद को रोक लिया। मुझे एहसास हुआ कि मैं अब भी उनसे एक दूरी महसूस कर रहा हूँ इसीलिए मैंने अपनी भावनाएँ उसके सामने रखने की परवाह ही नहीं की।

''तुम समझ गए न?'' उन्होंने पूछा।

''पता नहीं,'' मैंने रूखेपन से कहा। ''मैं भी यह नियंत्रण ड्रामा करता हूँ या नहीं, कहना मुश्किल है।''

उन्होंने बड़े उत्साह से मेरी ओर देखा और ज़ोर से हँस पड़े। ''अच्छा! वाकई?'' उन्होंने पूछा। ''तो फिर तुम हमेशा इतने अलग-थलग क्यों रहते हो?''

अतीत से मुक्ति

आगे जाकर सड़क सँकरी हो गई। आगे पहाड़ के चट्टानी हिस्से की ओर एक गहरा मोड़ था। हमारा ट्रक रास्ते पर पड़े कुछ बड़े-बड़े पत्थरों पर से झटके खाते हुए गुज़रा और उस मोड़ की ओर बढ़ गया। सामने एंडस पर्वतश्रेणी के विशाल स्लेटी टीले स्थित थे, जिनके नीचे किनारों पर बर्फीले सफेद बादलों के गुच्छे तैर रहे थे।

मैंने सांचेज की ओर देखा। वे स्टीयरिंग व्हील को थामे हुए थे और उनके चेहरे पर तनाव था। हम लगभग पूरे दिन खड़ी ढालों और सँकरे रास्तों पर किनारे-किनारे चलते हुए यहाँ तक आए थे। पहाड़ से फिसलकर नीचे आ गिरे पत्थरों ने उन रास्तों को और भी सँकरा बना दिया था। मैं एक बार फिर से नियंत्रण ड्रामा का ज़िक्र करना चाहता था लेकिन फिर मुझे लगा कि यह उसके लिए सही समय नहीं है। सांचेज को देखकर लग रहा था कि फिलहाल उन्हें ड्राइव करने के लिए भरपूर ऊर्जा की ज़रूरत है। हालाँकि मुझे नियंत्रण ड्रामा के बारे में उनसे और क्या पूछना है, इसे लेकर मैं स्पष्ट नहीं था। मैंने पाँचवीं अंतर्दृष्टि का बचा हुआ हिस्सा भी पढ़ लिया था और उसमें उसी बिंदु के बारे में बताया गया था, जिसका ज़िक्र करते हुए सांचेज ने कहा था कि वह मुझसे संबंधित है। दूसरों पर नियंत्रण करने की अपनी तिकड़मों से छुटकारा पाने का विचार मुझे अच्छा लग रहा था, विशेषकर अगर इससे मेरे विकास को गति मिले। हालाँकि मैं अब भी पूरी तरह यह नहीं समझ पाया था कि नियंत्रण ड्रामा होता कैसे है।

''क्या सोच रहे हो?'' सांचेज ने पूछा।

मैंने कहा, ''मैंने पाँचवीं अंतर्दृष्टि भी पढ़ ली है। मैं नियंत्रण ड्रामा के बारे में सोच रहा था और आपकी उस बात पर विचार कर रहा था, जो आपने मेरे बारे में कही थी। शायद आपको लगता है कि मेरे ड्रामे का मेरे अलग-थलग रहने की प्रवृत्ति से कोई न कोई संबंध ज़रूर है?''

उन्होंने कोई जवाब नहीं दिया और सड़क की ओर घूरते रहे। करीब सौ फीट आगे जाने के बाद हमने देखा कि एक विशाल चौपहिया वाहन हमारा रास्ता रोककर खड़ा है। एक महिला और एक पुरुष वाहन से करीब पचास फीट दूर एक ढालू चट्टान पर खड़े थे। उन्होंने हमारी ओर देखा।

सांचेज ने ट्रक रोक दिया। वे कुछ पलों तक उन लोगों की ओर देखते रहे और फिर मुस्करा उठे। उन्होंने कहा, ''मैं उस महिला को जानता हूँ, वह जूलिया है, कोई बात नहीं,

चलो चलकर उनसे बात करते हैं।''

उन दोनों का रंग साँवला था और वे दिखने में पेरूवियन लोगों जैसे थे। महिला की उम्र पुरुष से ज़्यादा रही होगी, करीब पचास साल। पुरुष की उम्र करीब तीस साल रही होगी। हम जैसे ही अपने ट्रक से बाहर निकले, वह महिला हमारी ओर बढ़ने लगी।

''फादर सांचेज,'' हमारे करीब पहुँचते ही उसने कहा।

''कैसी हो जूलिया?'' सांचेज ने जवाब में पूछा। वे दोनों आत्मीयता से गले मिले और फिर सांचेज ने जूलिया को मेरा परिचय दिया। जूलिया ने भी अपने साथी का परिचय कराया, जिसका नाम रोनाल्डो था।

जूलिया और सांचेज बिना कुछ बोले चहल-कदमी करते हुए उस ढालू चट्टान के पास चले गए, जहाँ पहले जूलिया और रोनाल्डो खड़े हुए थे। रोनाल्डो ने मुझ पर एक गहरी नज़र डाली। मैं पलटा और जूलिया व सांचेज की ओर चल पड़ा। रोनाल्डो मेरे पीछे-पीछे आने लगा। वह अभी भी मुझे उसी तरह देख रहा था, मानों उसे मुझसे कुछ चाहिए हो। हालाँकि चेहरे और बालों से वह जवान नज़र आ रहा था लेकिन उसका रंग सुर्ख था। पता नहीं क्यों लेकिन मुझे ज़रा बेचैनी सी महसूस हुई।

हम सब चहल-कदमी करते हुए पहाड़ के किनारे तक पहुँच गए, इस दौरान रोनाल्डो ने कई बार मेरी ओर यूँ देखा, मानों मुझसे कुछ कहनेवाला हो लेकिन मैं हर बार उसे नज़रअंदाज़ कर दूसरी ओर देखने लगता और अपने कदमों की गति बढ़ा देता। जैसे ही हम सब एक खड़ी चट्टान तक पहुँचे, मैं हाशिए (किनारे) पर जाकर बैठ गया, ताकि उसे मेरे अगल-बगल बैठने की जगह न मिल सके। जूलिया और सांचेज मुझसे करीब पच्चीस फीट की ऊँचाई पर मौजूद एक अन्य विशाल चट्टान पर जाकर बैठ गए।

रोनाल्डो जितना संभव था, उतना मेरे करीब आकर बैठ गया। हालाँकि उसके यूँ लगातार घूरने से मैं ज़रा परेशान हो गया था लेकिन साथ ही मैं उसके बारे में थोड़ा उत्सुक भी था।

मैंने उसकी ओर नज़र उठाकर देखा, तभी उसने पलटकर इस तरफ देखा और मुझे अपनी ओर देखता पाकर तपाक से पूछा, ''क्या आप यहाँ पाण्डुलिपि के लिए आए हैं?''

मैं कुछ देर तक बिना कुछ कहे उसकी ओर देखता रहा। आखिर में मैंने जवाब दिया, ''हाँ, मैंने सुना है उसके बारे में।''

उसके चेहरे पर बेचैनी के भाव आ गए, ''क्या आपने पाण्डुलिपि देखी है?''

''हाँ, थोड़ी-बहुत, वैसे आप इसके बारे में क्यों पूछ रहे हैं?'' मैंने कहा।

रोनाल्डो ने कहा, ''बस मेरी दिलचस्पी है लेकिन मैंने आज तक उसकी कोई प्रति नहीं देखी है।'' इसके बाद हम दोनों कुछ देर तक खामोश बैठे रहे।

''क्या आप यूनाइटेड स्टेट्स से हैं?'' रोनाल्डो ने पूछा।

उसके इस सवाल से मैं बेचैन हो गया इसलिए मैंने तय किया कि मैं इसका कोई जवाब नहीं दूँगा।

जवाब देने के बजाय मैंने उससे पूछा, ''क्या पाण्डुलिपि का माचू पिक्चू के खंडहरों से भी कोई संबंध है?''

''नहीं, मुझे तो ऐसा नहीं लगता, सिवाय इसके कि पाण्डुलिपि को उसी दौर में लिखा गया था, जब माचू पिक्चू का निर्माण हो रहा था।'' रोनाल्डो ने जवाब दिया।

मैं खामोश रहा और अपने सामने मौजूद एंडस पर्वतश्रेणी का शानदार नज़ारा देखता रहा। अगर मैं इसी तरह खामोश रहा तो हो सकता है कि कुछ देर में वह ज़ाहिर कर दे कि जूलिया और वह यहाँ क्या कर रहे थे और इसका पाण्डुलिपि से क्या संबंध है। अगले करीब बीस मिनट तक हम बिना कोई बातचीत किए यूँ ही बैठे रहे। आखिरकार रोनाल्डो उठा और उस तरफ चला गया, जहाँ जूलिया और सांचेज बैठे हुए थे।

मैं इस दुविधा में था कि अब मुझे क्या करना चाहिए। मैं जूलिया और सांचेज के साथ बैठने से कतरा रहा था क्योंकि मुझे समझ में आ गया था कि वे अकेले में बात करना चाहते हैं। अगले करीब तीस मिनट तक मैं वहीं बैठकर चट्टानी शिखरों को निहारता रहा और खामोशी से उन लोगों की बातें सुनने की कोशिश करता रहा। उनमें से किसी ने मुझ पर रत्तीभर भी ध्यान नहीं दिया। आखिरकार मैंने तय किया कि मैं भी उनके पास जाकर बैठूँगा लेकिन मैं वहाँ से उठ पाता, इसके पहले ही वे तीनों वहाँ से उठकर जूलिया की गाड़ी की ओर जाने लगे। मैं भी चट्टानों को पार करते हुए उनकी ओर चल पड़ा।

''उन्हें जाना होगा,'' मेरे उनके करीब पहुँचते ही सांचेज ने कहा।

''मुझे खेद है कि हमें बातचीत करने का समय नहीं मिला,'' जूलिया ने कहा।

''उम्मीद है आपसे फिर मुलाकात होगी।'' जूलिया ने मेरी ओर उसी गर्मजोशी से देखा, जो मुझे अकसर सांचेज की आँखों में नज़र आती है। मैंने उसकी बात पर सहमति जताई और उसने एक खास अंदाज़ में कहा, ''बल्कि मुझे तो लगता है कि हम बहुत जल्द मिलेंगे।''

उस पहाड़ी रास्ते पर चलते हुए मैं सोच रहा था कि जूलिया की बात पर प्रतिक्रियास्वरूप कुछ कहूँ लेकिन तय नहीं कर पाया कि मुझे क्या कहना चाहिए। जब हम उसकी गाड़ी के करीब पहुँचे, उसने सिर्फ सिर हिलाकर जाने का इशारा किया और फटाफट गुडबाय कहकर रोनाल्डो के साथ गाड़ी में सवार हो गई। जूलिया ने अपनी गाड़ी उत्तर दिशा की ओर घुमा दी, जिस ओर से मैं और सांचेज आए थे। इस पूरे अनुभव से मैं ज़रा उलझन में पड़ गया था।

फिर हम दोनों भी अपने ट्रक में बैठ गए, तभी सांचेज ने पूछा, ''क्या रोनाल्डो ने तुम्हें विल के बारे में कुछ बताया?''

''नहीं तो! क्या उन्होंने विल को कहीं देखा था?'' मैंने कहा।

सांचेज ज़रा दुविधा में पड़ गए, ''हाँ, उन्होंने विल को यहाँ से करीब तीस मील दूर उत्तर की ओर मौजूद एक गाँव में देखा था।''

''क्या विल ने मेरे बारे में कुछ कहा?'' मैंने पूछा।

सांचेज ने कहा, ''जूलिया ने बताया कि विल ने तुमसे अलग होने का ज़िक्र किया था। उसने बताया कि विल की ज़्यादातर बातचीत रोनाल्डो से ही हुई थी। क्या तुमने रोनाल्डो को नहीं बताया कि तुम कौन हो?''

मैंने कहा, ''नहीं, मैं निश्चिंत नहीं था कि मुझे उस पर भरोसा करना चाहिए या नहीं।''

सांचेज ने हैरानी से मेरी ओर देखा और कहा, ''मैंने तुमसे कहा तो था कि उन दोनों से

बातचीत की जा सकती है। मैं जूलिया को कई सालों से जानता हूँ। लीमा में उसका बिजनेस है लेकिन जब से पाण्डुलिपि की खोज हुई है, तब से वह नौवीं अंतर्दृष्टि को ढूँढ़ने में लगी हुई है। जूलिया किसी ऐसे इंसान के साथ सफर नहीं कर सकती, जिस पर भरोसा न किया जा सके। उनसे बातचीत करने में कोई खतरा नहीं था। तुमने महत्वपूर्ण जानकारी हासिल करने का एक मौका गँवा दिया।''

सांचेज के चेहरे पर गंभीरता आ गई। उन्होंने कहा, ''यह इस बात का सटीक उदाहरण है कि नियंत्रण ड्रामा किसी चीज़ में बाधा कैसे डालता है। तुम सबसे इतने अलग-थलग थे कि तुमने एक महत्वपूर्ण संयोग को बनने का मौका ही नहीं दिया।''

उनकी यह बात सुनकर मैं शायद बचाव की मुद्रा में आ गया था इसीलिए सांचेज ने कहा, ''कोई बात नहीं। हर कोई किसी न किसी तरह का ड्रामा ज़रूर करता है, कम से कम अब तुम्हें यह तो पता है कि तुम्हारा ड्रामा कैसा होता है।''

मैंने कहा, ''मैं समझा नहीं! आखिर मैंने किया क्या?''

सांचेज ने स्पष्ट करते हुए कहा, ''दरअसल बात है, लोगों और परिस्थितियों को नियंत्रित करने के तुम्हारे तरीके की। ऊर्जा को अपनी ओर खींचने के लिए तुम अपने मन में एक ड्रामा करते हो, जिसके दौरान तुम खुद को अलग-थलग कर लेते हो। जिससे तुम रहस्यमयी व गोपनीय स्वभाववाले व्यक्ति लगने लगते हो। तुम खुद से कहते हो कि ऐसा करके मैं बस सावधानी बरत रहा हूँ, जबकि असल में तुम यह उम्मीद कर रहे होते हो कि कोई तुम्हारे इस ड्रामे में आकर शामिल हो जाए और यह समझने की कोशिश करे कि आखिर तुम्हारे अंदर चल क्या रहा है। और जब कोई ऐसा करता है, तब भी तुम अस्पष्ट बने रहते हो और दूसरों को मजबूर करते हो कि वे तुम्हारी सच्ची भावनाएँ जानने और समझने के लिए संघर्ष करें।

जब वे ऐसा करते हैं तो उनका पूरा ध्यान तुम्हारी ओर केंद्रित हो जाता है और इस तरह वे अपनी ऊर्जा तुम्हारी ओर भेजने लगते हैं। तुम जितनी देर तक उनकी दिलचस्पी बनाए रखते हो और उन्हें इस ड्रामे में उलझाए रखते हो, तुम्हें उतनी ही अधिक ऊर्जा मिलती रहती है। दुर्भाग्यवश जब तुम सबसे अलग-थलग रहने का खेल खेलते हो, तुम्हारे जीवन का विकास बहुत धीमा हो जाता है क्योंकि तुम उसी दृश्य को बार-बार दोहरा रहे होते हो। यदि तुमने रोनाल्डो के प्रति खुला रवैया अपनाया होता तो तुम्हारे जीवन ने एक नया व अर्थपूर्ण मोड़ ले लिया होता।''

मुझे ऐसा लगा जैसे मैं निराशा से घिरता जा रहा हूँ। यह सब विल की बात का एक और उदाहरण जैसा लग रहा था, जिसका ज़िक्र उसने तब किया था, जब उसने मुझे रेन्यू को जानकारी देने से कतराते हुए देखा। यह बात सच थी कि अपनी सच्ची भावनाओं को दूसरों से छिपाकर रखना मेरी पुरानी आदत है।

मैंने खिड़की से बाहर देखा, हम पर्वतश्रेणी के शिखर की ओर बढ़ते चले जा रहे थे। सांचेज ने वापस अपना ध्यान घुमावदार सड़क पर लगा लिया, जहाँ एक तरफ पहाड़ और दूसरी तरफ खतरनाक खाई थी। कुछ देर बाद जब सीधी सड़क आ गई तो उन्होंने मेरी ओर देखकर कहा, ''स्पष्टता पाने और इन ड्रामों से मुक्त होने का पहला कदम है, अपने निजी ड्रामे पर पूरी तरह सचेत होकर गौर करना। जब तक हम खुद पर गौर नहीं करेंगे और यह नहीं समझेंगे कि हम ऊर्जा हासिल करने के लिए किस तरह के हथकंडे अपना रहे हैं, तब तक कोई बदलाव

नहीं आएगा। और यह बात हर किसी पर लागू होती है। तुम्हारे साथ भी यही हुआ है।''

''और इसका अगला कदम क्या है?'' मैंने पूछा।

सांचेज ने कहा, ''हर किसी को अपने अतीत की ओर वापस जाना होगा। यानी अपने शुरुआती पारिवारिक जीवन की ओर जाकर देखना होगा कि यह आदत कैसे विकसित हुई। एक बार जब यह समझ में आ जाता है कि इस आदत की शुरुआत कहाँ से हुई तो सजगता से नियंत्रण के अपने तरीके पर गौर करना संभव हो जाता है। याद रखो कि हम सबके परिवार के ज़्यादातर सदस्य भी कोई न कोई नियंत्रण ड्रामा करके परिवार के बच्चों से उनकी ऊर्जा अपनी ओर खींच रहे थे। हमारे परिवार के सदस्यों का ऐसा करना ही पहला कारण है, जिसकी वजह से हम सबमें यह आदत विकसित हुई। हमें उनसे अपनी ऊर्जा वापस हासिल करने की एक युक्ति ढूँढ़नी पड़ी। हम सब अपने-अपने तरह के ड्रामे की जो आदत विकसित कर लेते हैं, उसका संबंध हमेशा परिवार के सदस्यों से ही होता है। हालाँकि जब हम अपने परिवारों की ऊर्जा-गतिविधियों को पहचान लेते हैं तो इन नियंत्रण-युक्तियों के दायरे को पार कर सकते हैं और देख सकते हैं कि वास्तव में वहाँ क्या हो रहा था।''

मैंने पूछा, ''इस 'क्या हो रहा था' से क्या मतलब है आपका?''

सांचेज ने आगे मुझे समझाते हुए कहा कि ''यह ज़रूरी है कि अपने पारिवारिक अनुभवों को हर कोई एक विकासवादी और आध्यात्मिक दृष्टिकोण से दोबारा देखे और यह खोज करे कि वह वास्तव में कौन है। जब हम ऐसा करते हैं तो नियंत्रण ड्रामा समाप्त हो जाता है और हमारा असली जीवन शुरू होता है।''

''तो मैं कहाँ से शुरू करूँ?'' मैंने आश्चर्य से पूछा।

'सबसे पहले यह समझो कि तुम्हारा ड्रामा शुरू कैसे हुआ। मुझे अपने पिता के बारे में बताओ।''

''वे एक अच्छे आदमी हैं, ज़िंदादिल और सक्षम हैं, लेकिन...'' मैं हिचकिचाया क्योंकि अपने पिता के बारे में कुछ अनुचित बोलकर मैं उनकी निंदा नहीं करना चाहता था।

''लेकिन क्या?'' सांचेज ने पूछा।

मैंने कहा, ''दरअसल, मेरे प्रति उनका रवैया हमेशा आलोचनात्मक रहा। अगर उनकी मानें तो मैंने कभी कोई काम ठीक से नहीं किया।''

''वे तुम्हारी आलोचना कैसे करते थे?'' सांचेज ने पूछा।

अचानक मेरे मन में मेरे पिता की वह तसवीर उभर आई, जिसमें वे काफी जवान और मज़बूत नज़र आ रहे थे। मैंने उनके बारे में सांचेज को बताया कि ''वे सवाल पूछा करते थे और फिर मेरे जवाबों में कोई न कोई गलती ढूँढ़ लेते थे।''

''और ऐसी स्थिति में तुम्हारी ऊर्जा कैसी होती थी?'' सांचेज ने पूछा।

मैंने जवाब दिया, ''शायद मैं बड़ा खालीपन सा महसूस करता था इसीलिए मैं उनसे कुछ भी कहने से बचता रहता था।''

सांचेज ने आगे कहा, ''यानी तुम उनसे दूर होते गए और स्पष्ट बातचीत करने से बचने लगे। तुम्हारी कोशिश होती थी कि तुम उनका ध्यान अपनी ओर खींच सको लेकिन फिर भी

दिव्य भविष्यवाणी

तुम उनके सामने ऐसा कुछ भी ज़ाहिर नहीं होने देते थे, जिससे उन्हें तुम्हारी आलोचना करने का मौका मिले। वे एक प्रश्नकर्ता (इन्टेरॉगेटर) थे और तुम अलग-थलग रहकर उनसे बचते फिरते थे?''

''हाँ, मुझे भी यही लगता है। लेकिन उनके 'प्रश्नकर्ता' होने से आपका क्या आशय है?'' मैंने सांचेज से पूछा।

सांचेज ने कहा कि ''यह एक और ड्रामा है। जो लोग ऊर्जा पाने के लिए इस तिकड़म का इस्तेमाल करते हैं, वे सवाल पूछते हुए अपना ड्रामा आगे बढ़ाते हैं और सामनेवाले इंसान में गलती ढूँढ़ने के इरादे से उसकी निजी बातों में बार-बार टाँग अड़ाते रहते हैं। जैसे ही उन्हें कोई गलती नज़र आती है, वे सामनेवाले की आलोचना शुरू कर देते हैं। यदि उनकी यह तिकड़म सफल हो गई तो जिसकी आलोचना हो रही है, वह भी इस ड्रामा की ओर खिंचा चला आता है। फिर वह प्रश्नकर्ता के सामने खुद को लेकर अचानक चौकन्ना हो जाता है और दुविधा से भर जाता है। उसका सारा ध्यान इस बात पर टिक जाता है कि प्रश्नकर्ता क्या कह रहा है और क्या सोच रहा है ताकि वह कुछ ऐसा न कर बैठे, जिस पर गौर करके प्रश्नकर्ता उसकी और अधिक आलोचना कर सके। अपनी इसी मानसिकता के कारण वह स्वत: ही अपनी ऊर्जा प्रश्नकर्ता को देने लगता है।

ज़रा वे मौके याद करो, जब तुम ऐसे किसी व्यक्ति के आसपास रहे हो। जब तुम ऐसे किसी ड्रामे में फँस जाते हो तो क्या तुम ऐसा व्यवहार नहीं करने लगते कि वह व्यक्ति तुम्हारी आलोचना न कर सके? वह तुम्हें तुम्हारे रास्ते से खींचकर सारी ऊर्जा सोख लेता है क्योंकि तुम उस वक्त अपना अध्ययन इस हिसाब से कर रहे होते हो कि वह तुम्हारे बारे में क्या सोच रहा होगा।''

मुझे याद आया कि यह अनुभूति कैसी होती है और जिस व्यक्ति का खयाल आया, वह था रॉबर्ट।

''यानी मेरे पिता एक प्रश्नकर्ता थे?'' मैंने पूछा।

सांचेज ने कहा कि ''तुम्हारी बात सुनकर तो यही लगता है।''

पलभर के लिए मैं अपनी माँ के ड्रामा के बारे में सोचने लगा। अगर मेरे पिता एक प्रश्नकर्ता थे तो मेरी माँ क्या थीं?

सांचेज ने पूछा कि 'तुम क्या सोच रहे हो?'

मैंने कहा, ''मैं अपनी माँ के नियंत्रण ड्रामा के बारे में सोच रहा था। ये ड्रामे कितने प्रकार के होते है?''

सांचेज ने कहा, ''चलो, मैं तुम्हें नियंत्रण ड्रामे के उन श्रेणियों के बारे में बताता हूँ, जो पाण्डुलिपि में बताई गई हैं। दूसरों की ऊर्जा हासिल करने के लिए हर कोई किसी न किसी तरह की तिकड़म भिड़ाता रहता है। कोई आक्रामक तरीका अपनाता है और दूसरों को अपनी ओर ध्यान देने के लिए मजबूर कर देता है... तो कोई दब्बू तरीका अपनाकर दूसरों का ध्यान अपनी ओर खींचने के लिए उनकी सहानुभूति या कौतूहल का इस्तेमाल करता है...। उदाहरण के लिए अगर कोई तुम्हें मौखिक रूप से या शारीरिक रूप से धमकाए तो तुम इस डर से उसकी ओर ध्यान देने के लिए मजबूर हो जाते हो। कहीं तुम्हारे साथ कुछ बुरा न हो जाए, यह सोचकर तुम

उसे अपनी ऊर्जा भी देने लगते हो। जो व्यक्ति तुम्हें धमका रहा है, हो सकता है कि तुम्हें सबसे आक्रामक ड्रामे की ओर खींच रहा हो। ऐसे व्यक्ति को छठवीं अंतर्दृष्टि में 'धमकानेवाला' (इन्टीमिडेटर) कहा गया है।

दूसरी तरफ, अगर कोई तुम्हें हर उस तकलीफदेह चीज़ के बारे में बता रहा है, जो उसके खुद के साथ हो रही है और उसका इशारा इस बात की ओर है कि इन सब चीज़ों के ज़िम्मेदार तुम हो। अगर तुमने उसकी मदद नहीं की तो ये तकलीफदेह चीज़ें आगे भी जारी रहेंगी। इसका अर्थ है कि वह सबसे दब्बू स्तर पर नियंत्रण ड्रामा कर रहा है। इसे पाण्डुलिपि में 'बेचारा मैं' या 'बेचारी मैं' (पुअर मी) ड्रामा कहा गया है। ज़रा इस पर विचार करो। क्या कभी तुम्हारा सामना किसी ऐसे व्यक्ति से हुआ है, जो जब भी तुम्हारे आसपास उपस्थित होता है, तुम्हें किसी न किसी बात के लिए दोषी महसूस करवा देता है, भले ही तुम्हें अच्छी तरह पता हो कि ऐसा महसूस करने का कोई ठोस कारण है ही नहीं?''

''हाँ,'' मैंने कहा।

इस पर सांचेज ने आगे कहा, ''क्योंकि तुम उसके 'बेचारा मैं' ड्रामावाले संसार में दाखिल हो गए। वह जो भी कहता या करता है, उससे तुम एक विचित्र स्थिति में फँस जाते हो। फिर तुम्हें अपना बचाव इसलिए करना पड़ता है क्योंकि वह सोचता है कि तुम उसके लिए वह सब नहीं कर रहे हो, जो तुम्हें करना चाहिए। इसीलिए जब भी तुम ऐसे लोगों के आसपास होते हो, स्वयं को दोषी महसूस करने लगते हो।''

मैंने सिर हिलाकर सहमति जताई।

सांचेज ने अपनी बात जारी रखते हुए कहा, ''ड्रामा किसी का भी हो, उसका परीक्षण किया जा सकता है। बस यह परीक्षण इस हिसाब से करना होगा कि उनका ड्रामा आक्रामक है या दब्बू। यदि किसी की आक्रामकता बड़ी बारीकी से सामने आती हो और वह तुम्हारी ऊर्जा हासिल करने के लिए तुम्हारी गलती ढूँढ़कर धीरे-धीरे तुम्हें कमज़ोर बनाता हो या नीचा दिखाता हो तो यह व्यक्ति भी तुम्हारे पिता की तरह ही एक प्रश्नकर्ता की श्रेणी में आएगा। तुम्हारा अलग-थलग होने का ड्रामा 'बेचारा मैं' के मुकाबले दब्बू ड्रामा के दायरे में आता है। नियंत्रण ड्रामा को क्रमवार चार श्रेणियों में रखा जाता है : धमकानेवाला (इन्टीमिडेटर), प्रश्नकर्ता (इन्टेरॉगेटर), अलग-थलग (अलूफ) और बेचारा मैं (पुअर मी)। समझे?''

''हाँ। क्या हर कोई इन्हीं चार श्रेणियों के दायरे में आता है?'' मैंने पूछा।

सांचेज ने कहा, ''हाँ, बिलकुल। कुछ लोग अलग-अलग स्थितियों में अपनी श्रेणी को छोड़कर किसी दूसरी श्रेणी का ड्रामा करने लगते हैं, एक तिकड़म छोड़कर कोई दूसरी तिकड़म भिड़ाने लगते हैं। लेकिन हममें से ज़्यादातर लोगों का एक मुख्य नियंत्रण ड्रामा होता है, जिसे हम बार-बार दोहराते हैं। **कोई व्यक्ति कौन सा ड्रामा अपनाता है, यह इस बात पर निर्भर करता है कि शुरुआती जीवन में उसके परिवार के सदस्यों पर कौन सा ड्रामा सबसे सफल रहा था।**''

अचानक मुझे एहसास हुआ कि मेरी माँ भी ठीक वही करती थीं, जो मेरे पिता किया करते थे। मैंने सांचेज की ओर देखा और कहा, ''मेरी माँ! मैं समझ गया कि वे किस श्रेणी में आती हैं। वे भी एक प्रश्नकर्ता थीं।''

सांचेज ने कहा, ''यानी तुम्हें दोहरे ड्रामा का सामना करना पड़ा। फिर कोई आश्चर्य नहीं

कि तुम इतने अलग-थलग रहते हो। लेकिन तुम्हारे माता-पिता धमकानेवालों की श्रेणी में नहीं आते थे, कम से कम उनसे तुम्हें कभी अपनी सुरक्षा का डर नहीं रहा।''

''लेकिन अगर वे ऐसे ही होते तो?'' मैंने कहा।

सांचेज ने समझाते हुए कहा, ''तो तुम बेचारा मैं (पुअर मी) ड्रामा में उलझ गए होते। अब तुम्हें समझ में आया कि यह ड्रामा कैसे काम करता है? यदि तुम एक बच्चे हो और कोई तुम्हें शारीरिक नुकसान का डर दिखाकर तुम्हारी ऊर्जा खींचने की कोशिश कर रहा हो तो तुम्हारे अलग-थलग रहने से काम नहीं चलेगा। तुम चुप रहकर ऐसे लोगों से अपनी ऊर्जा वापस नहीं माँग सकते। उन्हें इस बात से ज़रा भी फर्क नहीं पड़ता कि तुम्हारे अंदर क्या चल रहा है। वे बड़े सशक्त और कठोर बनकर तुम्हारे सामने आते हैं इसलिए तुम और अधिक दब्बू बनने को मजबूर हो जाते हो। फिर तुम बेचारा मैं (पुअर मी) वाली तिकड़म भिड़ाते हो, सामनेवाले की दया का पात्र बनने की कोशिश करते हो और वे तुम्हें जो नुकसान पहुँचा रहे हैं, उसके लिए उन्हें अपराध बोध महसूस कराने लगते हो।

यदि यह तिकड़म सफल नहीं होती तो एक बच्चे के तौर पर तुम तब तक सब कुछ सहन करते रहते हो, जब तक तुम इतने बड़े नहीं हो जाते कि इस हिंसा के विरूद्ध अपना गुस्सा उतार सको और उनकी आक्रामकता का सामना अपनी आक्रामकता से कर सको।'' सांचेज पलभर के लिए ठहर गए, कुछ समय उपरांत उन्होंने कहा, ''ठीक उस बच्ची की तरह, जिसका तुमने मुझसे ज़िक्र किया था। उसी पेरूवियन परिवार की बच्ची, जिसके घर में तुमने खाना खाया था।

अपने परिवार में ध्यान आकर्षित करके ऊर्जा प्राप्त करने के लिए इंसान किसी भी हद तक चला जाता है। इसके बाद वह दूसरों से ऊर्जा प्राप्त करने के लिए नियंत्रण करने की इसी तिकड़म को अपना प्रमुख हथियार बना लेता है और बार-बार वही ड्रामा दोहराता रहता है।''

मैंने कहा, ''अब मैं समझा कि धमकानेवालों की श्रेणी में कैसे लोग आते हैं, लेकिन कोई इंसान प्रश्नकर्ता कैसे बनता है?''

सांचेज ने कहा, ''अगर बचपन से ही तुम्हारे परिवार के सदस्य अपने करियर या अपनी व्यस्तता के कारण तुम्हारे आसपास मौजूद न रहें या तुम्हें नज़रअंदाज़ करते रहें तो तुम क्या करोगे?''

''पता नहीं।'' मैंने कहा।

फिर सांचेज ने कहा कि ''ऐसे में अलग-थलग बने रहने की तिकड़म भिड़ाकर तुम उनका ध्यान आकर्षित नहीं कर सकते; वे तुम पर गौर ही नहीं करेंगे। क्या ऐसे में तुम ताक-झाँक करने, ज़रा-ज़रा सी चीज़ों की जाँच करने और अलग-थलग रहनेवालों में कोई गलती ढूँढ़ने का उपाय नहीं आज़माओगे ताकि तुम उनका ध्यान आकर्षित करके ऊर्जा प्राप्त कर सको? एक प्रश्नकर्ता भी यही करता है।''

अब मुझे यह अंतर्दृष्टि समझ में आने लगी थी। मैंने कहा, ''अलग-थलग रहनेवाले लोग ही प्रश्नकर्ताओं को तैयार करते हैं।''

''बिलकुल ठीक।'' सांचेज ने कहा।

सांचेज की पूरी बात समझते हुए मैंने आगे कहा, ''प्रश्नकर्ता लोगों को अलग-थलग बना देते हैं! और धमकानेवाले लोग ही बेचारा मैं की तिकड़म भिड़ाना शुरू करते हैं। यदि यह

सफल नहीं होती तो वे एक और धमकानेवाला तैयार कर देते हैं।''

सांचेज ने कहा, ''हाँ, बिलकुल! और इसी तरह यह सारा नियंत्रण ड्रामा लगातार जारी रहता है। लेकिन याद रखना, इंसान की आदत है कि उसे दूसरों का नियंत्रण ड्रामा तो साफ नज़र आ जाता है लेकिन खुद को वह ऐसे किसी भी ड्रामा से मुक्त समझता है। आगे बढ़ने से पहले हम सबको अपने इस भ्रम से मुक्त होना होगा। कभी न कभी किसी न किसी किस्म के ड्रामा में उलझने की आदत लगभग हर किसी में होती है। इस ड्रामा को पूरी तरह जानने और समझने के लिए ज़रूरी है कि हम दो कदम पीछे खींचें और कुछ देर खुद पर गौर करें।''

मैं कुछ पलों तक चुप रहा। आखिरकार मैंने फिर से सांचेज की ओर देखा और पूछा, ''जब हम अपने ड्रामा को देख लेते हैं, उसके बाद क्या होता है?''

सांचेज ने ट्रक की गति धीमी करते हुए मेरी आँखों में देखा। फिर उन्होंने कहा, ''उसके बाद हम अपने अनजाने में किए गए कार्यों के दायरे से बाहर निकलकर स्वयं का विकास करने के लिए सचमुच मुक्त हो जाते हैं। जैसा कि मैंने पहले कहा था, **हम अपने जीवन के लिए एक उच्चतम अर्थ की खोज कर सकते हैं। एक ऐसा आध्यात्मिक कारण, जिसके चलते हम सब अपने-अपने परिवार विशेष में पैदा हुए। इस तरह हमें स्पष्ट रूप से यह समझ में आने लगता है कि हम वास्तव में कौन हैं।**''

''हम बस पहुँचने ही वाले हैं,'' सांचेज ने कहा।

यह सड़क पर्वतश्रेणी की दो चोटियों के बीच से निकली हुई थी। जैसे ही हम अपने दायीं ओर के एक विशाल हिस्से को पार करके आगे बढ़े, मैंने देखा कि आगे एक छोटा सा घर स्थित है, जो एक और विशाल चट्टानी चोटी पर टिका हुआ था।

''फादर कार्ल का ट्रक तो यहाँ पर नहीं है,'' सांचेज ने कहा।

हमने अपने ट्रक को एक किनारे खड़ा किया और उस घर की ओर चल पड़े। सांचेज दरवाज़ा खोलकर घर के अंदर चले गए, जबकि मैं बाहर दरवाज़े पर ही इंतज़ार करने लगा। मैंने कुछ गहरी साँसें लीं। हवा ठंढी और हलकी थी। आसमान में काले बादल घिर आए थे और ऐसा लग रहा था कि थोड़ी ही देर में बारिश होनेवाली है।

सांचेज दरवाज़े पर वापस आए और कहा, ''अंदर तो कोई नहीं है। फादर कार्ल ज़रूर खंडहरों में गए होंगे।''

''हम वहाँ कैसे पहुँचेंगे?'' मैंने पूछा।

सांचेज के चेहरे पर अचानक थकान के भाव आ गए। उन्होंने ट्रक की चाभियाँ मेरे हाथ में रखते हुए कहा, ''खंडहर यहाँ से करीब आधा मील दूर है। अगली पहाड़ी के बादवाली सड़क से होते हुए जाओ। उसी के निचले हिस्से में वे खंडहर स्थित हैं। तुम ट्रक ले जाओ, मैं यहीं रुककर ध्यान करना चाहता हूँ।''

''ठीक है,'' कहकर मैं ट्रक की ओर चल पड़ा।

मैं एक छोटी सी घाटी से होते हुए, आनेवाले दृश्य की कल्पना करते-करते अगली पहाड़ी तक पहुँचा। वहाँ के दृश्य ने मुझे निराश नहीं किया। उस पहाड़ी पर चढ़ते हुए मैंने माचू पिक्चू के खंडहरों की भव्यता का दर्शन किया। सावधानी से गढ़ी गईं विशाल शिलाओं को एक के ऊपर एक रखकर पहाड़ पर निर्मित एक मंदिर परिसर। काले बादलों से घिरे सूर्य की फीकी

रोशनी में भी यह स्थान बेहद सुंदर दिख रहा था।

मैंने ट्रक रोक दिया और अगले दस-पंद्रह मिनट तक वहाँ की ऊर्जा को ग्रहण करता रहा। मैंने लोगों के कुछ छोटे-छोटे झुंडों को चहलकदमी करते हुए खंडहर से गुज़रते देखा। फिर मैंने देखा कि पादरी की कॉलर पहने हुए एक आदमी खंडहरों से निकलकर पास ही खड़े वाहन की ओर जा रहा था। चूँकि वह मुझसे काफी दूर था और उसने पादरी के लबादे के बजाय लेदर की जैकेट पहन रखी थी, मैं निश्चित नहीं था कि वे फादर कार्ल हैं या कोई और।

मैंने ट्रक स्टार्ट किया और ड्राइव करते हुए उनके पास पहुँच गया। जैसे ही उन्होंने मेरे ट्रक के इंजन की आवाज़ सुनी, उन्होंने इस ओर देखा और उनके चेहरे पर मुस्कराहट आ गई। निश्चित ही वे फादर सांचेज के ट्रक को पहचान गए होंगे। जब उन्होंने देखा कि ट्रक के अंदर मैं बैठा हुआ हूँ तो उनके चेहरे पर उत्सुकता झलकने लगी और वे मेरी ओर चल पड़े। वे छोटी लेकिन मज़बूत कद-काठी के व्यक्ति थे और उनके नैन-नक्श साधारण थे। उनकी आँखें गहरी नीली और बाल हलके भूरे थे। उनकी उम्र तीस वर्ष के आसपास रही होगी। ''मैं फादर सांचेज के साथ आया हूँ, वे आपके घर पर हैं।'' मैंने ट्रक से उतरते हुए अपना परिचय दिया।

उन्होंने मुझसे हाथ मिलाया और अपना परिचय दिया, ''मैं फादर कार्ल हूँ।''

मैंने उनके पीछे मौजूद खंडहरों पर एक नज़र डाली। पास से देखने पर वहाँ की तराशी गईं शिलाएँ और अधिक प्रभावशाली लग रही थीं।

''क्या आप पहली बार यहाँ आए हैं?'' उन्होंने पूछा।

मैंने जवाब दिया, ''जी हाँ, मैंने कई वर्षों से इस जगह के बारे में सुन रखा था लेकिन सोचा भी नहीं था कि यह इतनी आकर्षक होगी।''

''यह दुनिया के उच्चतम ऊर्जा केंद्रों में से एक है,'' फादर कार्ल ने कहा।

मैंने उनकी ओर गौर से देखा। स्पष्ट था कि उन्होंने ऊर्जा के बारे में जो कहा, वह उसी संदर्भ में कहा, जो पाण्डुलिपि में बताया गया है। मैंने सिर हिलाकर सहमति जताई और कहा, ''मैं फिलहाल उस बिंदु पर हूँ, जहाँ मैं सचेत होकर ऊर्जा बनाने और अपने नियंत्रण ड्रामा को सँभालने की कोशिश करता रहता हूँ।'' यह वाक्य बोलते हुए मुझे लगा, जैसे मैं कितनी अतिशयोक्ति बात कह रहा हूँ। लेकिन मैं वहाँ इतना सहज महसूस कर था कि ईमानदारी से अपनी बात कह गया।

''आपको देखकर ऐसा नहीं लगता कि आप बहुत अलग-थलग रहते हैं।'' फादर कार्ल ने कहा।

उनकी बात सुनकर मैं भौचक्का रह गया। ''आपको कैसे पता कि मेरा ड्रामा इसी श्रेणी में आता है?'' मैंने पूछा।

फादर कार्ल ने बताया कि ''दरअसल मैंने इस विषय पर अपना अंतर्ज्ञान विकसित कर लिया है। इसीलिए तो मैं यहाँ हूँ।''

''आप लोगों को उनके नियंत्रण तरीकों के प्रति जागरूक होने में मदद करते हैं?'' मैंने उनसे पूछा।

जवाब में फादर कार्ल ने कहा, ''हाँ और उनके सच्चे स्व (सेल्फ) के प्रति भी।'' उनकी

आँखों में निष्कपटता की चमक आ गई। वे बिलकुल सीधे और प्रत्यक्ष ढंग से अपनी बात कह रहे थे और मेरे जैसे एक अजनबी के सामने खुलने में उन्हें किसी तरह की शर्मिंदगी महसूस नहीं हो रही थी।

चूँकि मैं उनकी बात सुनकर चुप ही रहा इसलिए उन्होंने कहा, ''क्या आपने पहली पाँच अंतर्दृष्टियों को समझ लिया है?''

''मैंने ज़्यादातर अंतर्दृष्टियों को पढ़ा है,'' मैंने कहा, ''और उनके बारे में कुछ लोगों से चर्चा भी की है।''

जैसे ही मैंने यह कहा, मुझे एहसास हुआ कि मैंने अपनी बात बहुत अस्पष्ट ढंग से कही है। मैंने आगे कहा, ''मुझे लगता है कि मैं पहली पाँचों अंतर्दृष्टियों को समझने लगा हूँ, बस छठवीं अंतर्दृष्टि को लेकर मैं अब भी स्पष्ट नहीं हूँ।''

उन्होंने सिर हिलाया और कहा, ''मैं जिन लोगों से भी बात करता हूँ, उनमें से ज़्यादातर ने तो पाण्डुलिपि के बारे में सुना तक नहीं है। ऐसे लोग यहाँ आकर यहाँ की ऊर्जा पर मोहित हो जाते हैं। सिर्फ इतने से ही वे अपने जीवन पर पुनर्विचार करने लगते हैं।''

''ऐसे लोग? इससे क्या मतलब है आपका?'' मैंने आश्चर्य से पूछा।

फादर कार्ल ने चिर-परिचित हाव-भाव के साथ मेरी ओर देखा और कहा, ''ऐसे लोग, जिनसे मिलकर लगता है कि मानों वे मुझे ही खोज रहे थे।''

मैंने फादर कार्ल से अपने मन का सवाल पूछा, ''आपने कहा था कि आप उनके सच्चे-स्व (सेल्फ) की खोज में उनकी मदद करते हैं; कैसे?''

उन्होंने एक गहरी साँस ली और कहा, ''इसका सिर्फ एक ही तरीका है। हमें अपने पारिवारिक अनुभवों की ओर वापस जाना होगा। यानी हमें अपने बचपन के समय और स्थान की ओर लौटना होगा। और उस समय जो भी हुआ था, उस पर पुनर्विचार करना होगा। जब हम अपने नियंत्रण ड्रामा को लेकर सचेत हो जाते हैं तो अपना ध्यान परिवार के उच्चतम सत्य की ओर केंद्रित कर सकते हैं या कहें कि उस आशा की किरण की ओर, जो ऊर्जा-संघर्ष से परे होती है। **जब हम इस सत्य की खोज कर लेते हैं तो यह हमारे जीवन को, उस सत्य के लिए और ऊर्जावान बना सकता है, जो हमें बताता है कि हम कौन हैं, किस रास्ते पर हैं और क्या कर रहे हैं।**''

मैंने कहा, ''सांचेज ने भी मुझसे यही बताया था, इस सत्य की खोज कैसे की जाए, मैं इस बारे में और जानना चाहूँगा।''

उन्होंने शाम की ठंढी हवा से बचने के लिए अपनी जैकेट की ज़िप बंद की।

उन्होंने कहा, ''हम इस बारे में बाकी चर्चा बाद में करेंगे। फिलहाल मैं फादर सांचेज से मिलना चाहूँगा।''

मैंने एक बार फिर खंडहरों की ओर देखा। उन्होंने कहा, ''आप यहाँ बैठकर इन दृश्यों को जब तक चाहें, निहारें। मैं आपसे घर पर मिलता हूँ।''

अगले एक-डेढ़ घंटे तक मैं उस प्राचीन स्थल पर टहलता रहा और कुछ विशेष जगहों पर, जहाँ अपेक्षाकृत अधिक प्रफुल्लता महसूस होती, वहाँ चलते-चलते ठिठक जाता। मैं अपने चारों ओर फैले खंडहर को निहारते हुए बार-बार हैरान होता रहा। मैं उस संस्कृति के

प्रति आकर्षण महसूस करता रहा, जिसने इन मंदिरों का निर्माण किया होगा। न जाने उस ज़माने में उन लोगों ने इन विशाल शिलाओं को एक के ऊपर एक इतने करीने से कैसे जमाया होगा? सब असंभव सा लगता है।

काफी देर बाद जब इन खंडहरों के प्रति धीरे-धीरे मेरा आकर्षण कम हुआ, मेरे विचार मेरी वर्तमान परिस्थिति पर केंद्रित हो गए। हालाँकि मेरी स्थिति में कोई बदलाव नहीं आया था, फिर भी अब मैं पहले जितना भयभीत नहीं था। सांचेज के आत्मविश्वास ने मुझे आश्वस्त कर दिया था। यह मेरी मूर्खता ही थी, जो मैं उन पर संदेह कर रहा था। और अब तो मेरी मुलाकात फादर कार्ल से भी हो गई थी, जो मुझे बहुत पसंद आए थे।

आखिर अंधेरा गहरा होते देख मैं अपने ट्रक की ओर चल दिया और फादर कार्ल के घर की ओर लौट गया। घर के करीब पहुँचकर मेरी नज़र अंदर मौजूद सांचेज और फादर कार्ल पर पड़ी। जब मैंने घर में प्रवेश किया तो मुझे ठहाकों की आवाज़ सुनाई दी। वे दोनों रसोई में खाना पकाने में व्यस्त थे। मुझे देखते ही फादर कार्ल ने मेरा अभिवादन किया और एक कुर्सी पर बैठने के लिए कहा। मैं आलसभरे अंदाज़ में अंगीठी (आग रखने का स्थान) के पास जाकर बैठ गया और अपने चारों ओर नज़र दौड़ाने लगा।

वह कमरा काफी बड़े आकार का था। वहाँ कई चौड़े तख्ते लगे हुए थे और उन पर हलके धब्बे थे। मुझे एक संकरे गलियारे से जुड़े दो और कमरे दिखाई दिए, जो निश्चित ही बेडरूम थे। पूरा घर मद्धिम रोशनीवाले बल्बों से प्रकाशित था और मुझे दूर कहीं रखे जनरेटर की धीमी-धीमी आवाज़ भी सुनाई दे रही थी।

खाना तैयार होने के बाद मुझे एक मोटे व खुरदरे तख्ते की मेज़ पर बुलाया गया। सांचेज ने एक संक्षिप्त प्रार्थना की और उसके बाद हमने खाना शुरू किया। इस दौरान वे दोनों आपस में बातें करते रहे। खाने के बाद हम सब एक साथ अंगीठी के पास जाकर बैठ गए।

''फादर कार्ल की विल से बात हो गई है,'' सांचेज ने कहा।

''कब?'' मैंने फौरन उत्साहित होकर पूछा।

फादर कार्ल ने कहा, ''कुछ दिनों पहले विल यहाँ आया था। मैं एक साल पहले उससे मिला था, वह मुझे कोई सूचना देने आया था। उसने बताया कि उसे पता है कि पाण्डुलिपि के विरूद्ध हो रही सरकारी कार्यवाही के पीछे कौन है।''

''कौन है?'' मैंने पूछा।

''कार्डिनल सेबेस्टियन,'' सांचेज ने बीच में कहा।

''ऐसा क्या कर रहे हैं वे?'' मैंने पूछा।

सांचेज ने कहा, ''दरअसल, वे अपने प्रभाव का इस्तेमाल कर सरकार के साथ पाण्डुलिपि के विरूद्ध सेना का दबाव बढ़ा रहे हैं। उन्होंने हमेशा से ही चर्च में किसी किस्म का बँटवारा करने के बजाय चुपचाप सरकार के साथ काम करना बेहतर समझा। फिलहाल वे बड़े गंभीर प्रयास कर रहे हैं और दुर्भाग्यवश शायद उनके प्रयास सफल भी हो रहे हैं।

''मतलब?'' मैंने पूछा।

सांचेज ने बताया कि ''उत्तरी परिषद के कुछ पादरियों और जूलिया व विल जैसे कुछ

अन्य लोगों के अलावा अब शायद किसी के पास भी पाण्डुलिपि की कोई प्रति नहीं बची है।''

''और विसिएंते के वैज्ञानिकों के पास?'' मैंने पूछा।

मेरा सवाल सुनकर वे दोनों कुछ पलों के लिए चुप हो गए, फिर फादर कार्ल ने कहा, ''विल ने बताया कि सरकार ने उसे बंद कर दिया है। साथ ही सभी वैज्ञानिकों को गिरफ्तार करके उनका सारा रिसर्च डाटा भी ज़ब्त कर लिया गया है।''

''तो क्या वैज्ञानिक समुदाय इसके विरूद्ध आवाज़ नहीं उठाएगा?'' मैंने पूछा।

सांचेज ने कहा, ''उनके पास कोई विकल्प ही कहाँ है? इसके अलावा उस रिसर्च को ज़्यादातर वैज्ञानिकों ने मान्यता भी नहीं दी थी और सरकार इस बात का दिखावा कर रही है कि ये सारे लोग कानून के विरूद्ध काम कर रहे थे।''

मैंने कहा, ''मुझे विश्वास नहीं हो रहा कि सरकार यह सब करके भी बच सकती है।''

फादर कार्ल ने कहा, ''स्पष्ट है कि सरकार किसी भी नुकसान से बची हुई है। मैंने इस बारे में पता लगाने के लिए कुछ लोगों को फोन किया और उन्होंने भी यही बताया। हालाँकि वे यह सब चुपचाप ही कर रहे हैं लेकिन अब उन्होंने गंभीर कार्यवाही शुरू कर दी है।''

''आप लोगों को क्या लगता है, अब क्या होगा?'' मैंने उन दोनों से पूछा।

फादर कार्ल ने प्रतिक्रियास्वरूप अपने कंधे सिकोड़ लिए। फादर सांचेज ने कहा, ''पता नहीं। यह इस पर निर्भर करता है, विल क्या ढूँढ़ पाता है।''

''वह कैसे?'' मैंने पूछा।

''वह शायद पाण्डुलिपि के लापता हिस्से यानी नौवीं अंतर्दृष्टि को जल्द ही ढूँढ़ लेगा। इसके बाद शायद इस मामले में पूरी दुनिया के हस्तक्षेप करने के लिए पर्याप्त दिलचस्पी पैदा हो जाए,'' फादर कार्ल ने कहा।

''उसने क्या बताया था, कहाँ जा रहा था वह?'' मैंने फादर कार्ल से पूछा।

फादर कार्ल ने कहा कि ''दरअसल विल को भी ठीक से पता नहीं था कि उसे कहाँ जाना है लेकिन उसने कहा था कि उसका अंतर्ज्ञान उसे सुदूर उत्तर में ग्वाटेमाला की ओर जाने का संकेत दे रहा है।''

''अंतर्ज्ञान संकेत दे रहा है? मतलब?'' मैंने उलझनभरे शब्दों में पूछा।

फादर कार्ल ने कहा, ''हाँ, जब तुम्हारे सामने यह स्पष्ट हो जाएगा कि तुम वास्तव में कौन हो और जब तुम सातवीं अंतर्दृष्टि को पढ़ लोगे तो अंतर्ज्ञान के बारे में सब समझ जाओगे।''

मैंने उन दोनों की ओर देखा कि वे कितने स्थिर और शांत दिख रहे थे। मैंने पूछा, ''आप लोग इतने स्थिर कैसे रह लेते हैं? अगर वे लोग यहाँ ज़बरदस्ती आकर हम सबको गिरफ्तार कर लें तो?''

दोनों ने बड़े धैर्य के साथ मेरी ओर देखा, फिर फादर सांचेज ने कहा, ''हमारी इस स्थिरता को हमारी लापरवाही मत समझो। हमारे चेहरे पर मौजूद शांति के हावभाव इस बात का पैमाना है कि हम ऊर्जा के साथ कितनी अच्छी तरह एकरूप हैं। हम एकरूप इसलिए बने रहते हैं क्योंकि यही वह सर्वश्रेष्ठ चीज़ है, जो हम खुद के लिए कर सकते हैं, भले ही हालात

कैसे भी हों। यह तो तुम समझते ही होगे, है न?''

मैंने कहा, ''हाँ, बिलकुल लेकिन मुझे लगता है कि मुझे खुद को ऊर्जा के साथ एकरूप होने में मुश्किल हो रही है।''

दोनों के चेहरे पर मुस्कान आ गई।

फादर कार्ल ने कहा, ''जब तुम्हारे सामने यह स्पष्ट हो जाएगा कि तुम वास्तव में कौन हो तो एकरूप होना भी आसान हो जाएगा।''

फादर सांचेज उठकर खड़े हो गए और यह कहते हुए रसोई की ओर चल पड़े कि वे बरतन साफ करने जा रहे हैं।

मैंने फादर कार्ल की ओर देखा। मैंने कहा, ''ठीक है, तो मैं इस बात को लेकर अपनी स्पष्टता कैसे बढ़ाऊँ कि मैं वास्तव में कौन हूँ?''

उन्होंने जवाब दिया, ''फादर सांचेज ने मुझे बताया कि तुम अपने माता-पिता के ड्रामा को पहले ही समझ गए हो।''

''हाँ। वे दोनों ही प्रश्नकर्ता की श्रेणी में आते हैं। इसी के कारण मैं अलग-थलग रहनेवालों की श्रेणी में हूँ।'' मैंने कहा।

आगे फादर कार्ल ने कहा, ''ठीक है। अब तुम्हें अपने परिवार में मौजूद ऊर्जा की प्रतिस्पर्धा से परे देखना होगा और अपने यहाँ होने की सच्ची वजह ढूँढ़नी होगी।''

मैंने भावशून्य होकर उनकी ओर देखा।

फादर कार्ल आगे बोलते रहे, ''अपनी सच्ची आध्यात्मिक पहचान की खोज के लिए तुम्हें अपने पूरे जीवन को किसी कहानी की तरह देखना होगा और उसमें छिपा उच्चतम अर्थ ढूँढ़ने की कोशिश करनी होगी। इसके लिए तुम्हें स्वयं से यह सवाल पूछना होगा कि मैं इसी परिवार में क्यों पैदा हुआ? इसके पीछे क्या उद्देश्य रहा होगा?''

''पता नहीं।'' मैंने कहा।

''तुम्हारे पिता एक प्रश्नकर्ता थे; और क्या थे वे?'' फादर कार्ल ने पूछा।

''मतलब? वे किस बात का प्रतिनिधित्व करते थे?'' मैंने असमंजस में पूछा।

मैं पलभर के लिए सोच में पड़ गया, फिर बोला, ''उनका मानना था कि **हर इंसान को जीवन में आए हर मौके का भरपूर लाभ लेना चाहिए।** जीवन के हर क्षण में आनंदित रहना और जीवन आपको जो प्रदान करना चाहता है, उसे पूरी तरह ग्रहण करने में मेरे पिता का गहरा विश्वास है। मानव जीवन के अर्थ को समझते हुए जीवन संपूर्ण रूप से जीना, यह उनका लक्ष्य था।''

''और क्या वे ऐसा जीवन जीने में सफल रहे?'' फादर कार्ल ने पूछा।

मैंने जवाब दिया कि ''कुछ हद तक लेकिन जब भी उन्हें लगा कि अब वे जीवन का भरपूर आनंद लेनेवाले हैं तो भाग्य ने उनका साथ नहीं दिया।''

फादर कार्ल ने अपनी आँखें झुका ली, मानों कुछ सोच रहे हो। कुछ समय उपरांत उन्होंने कहा, ''यानी तुम्हारे पिता मानते हैं कि जीवन मौज़-मस्ती और आनंद के लिए है लेकिन वे स्वयं ऐसा जीवन जीने में पूरी तरह सफल नहीं हुए?''

"हाँ।" मैंने सिर हिलाकर जवाब दिया।

आगे इस विषय पर हमारे काफी देर तक सवाल-जवाब जारी रहे। फादर कार्ल मुझसे अपने माता-पिता के बारे में सवाल पूछते जा रहे थे और मैं जवाब देते जा रहा था।

"क्या तुमने कभी सोचा कि ऐसा क्यों हुआ?"

"नहीं। मुझे हमेशा यही लगा कि भाग्य ने उनका साथ नहीं दिया।"

"हो सकता है कि वे अब तक ऐसा जीवन जीने का सही तरीका न खोज पाए हों?"

"हो सकता है।"

"और अपनी माँ के बारे में तुम क्या कहोगे?"

"वे अब इस दुनिया में नहीं हैं।"

"तुम्हें क्या लगता है, उनका जीवन किस चीज़ का प्रतिनिधित्व करता था?"

"चर्च ही उनका जीवन था। वे ईसाई सिद्धांतों की प्रतिनिधि थीं।"

"कैसे?"

"वे ईश्वर के नियमों और सामुदायिक सेवा में बहुत विश्वास करती थीं।"

"क्या उन्होंने स्वयं ईश्वर के नियमों का पालन किया?"

"कम से कम जितना उनके चर्च ने सिखाया।"

"और क्या वे तुम्हारे पिता को भी यही रास्ता अपनाने के लिए राज़ी कर पाईं?"

मैं हँस पड़ा।

मैंने जवाब दिया, "नहीं। मेरी माँ चाहती थीं कि मेरे पिता हर सप्ताह चर्च जाएँ और सामुदायिक कार्यक्रमों में भी शामिल हों। लेकिन जैसा कि मैंने आपको बताया वे बड़े ही जोशिले और आज़ाद खयालवाले इंसान थे।

"तो इसका तुम पर क्या असर पड़ा?" फादर कार्ल ने पूछा।

मैंने उनकी ओर देखकर कहा, "इस बारे में तो मैंने कभी सोचा ही नहीं।"

फिर उन्होंने पूछा, "क्या वे दोनों तुम्हें अपने-अपने पक्ष में नहीं करना चाहते थे? क्या इसीलिए वे दोनों तुमसे प्रश्नकर्ता जैसा व्यवहार नहीं करते थे कि कहीं तुम्हारा झुकाव उनके बजाय दूसरे के जीवन मूल्यों की ओर न हो जाए? क्या वे दोनों ही तुमसे यह मनवाना नहीं चाहते थे कि उनके अपने मूल्य ही सर्वश्रेष्ठ हैं?

फादर कार्ल की बात पर सहमत होते हुए मैंने जवाब दिया, "हाँ, आप ठीक कह रहे हैं।"

उन्होंने पूछा, "ऐसे में तुम्हारी प्रतिक्रिया क्या होती थी?"

मैंने कहा कि "मैं दोनों में से किसी एक का पक्ष लेने से बचता रहता था।"

फादर कार्ल ने मुझे समझाते हुए कहा, "वे दोनों ही यह देखने के लिए तुम्हारी निगरानी करते थे कि तुम्हारा झुकाव उनके अपने दृष्टिकोण की ओर हो रहा है या नहीं। और चूँकि तुम उन दोनों को एक साथ संतुष्ट करने में असफल रहते थे इसलिए तुमने खुद अलग-थलग रहने

की आदत विकसित कर ली।

''ओह! तो यह कारण है,'' मैंने कहा।

''तुम्हारी माँ को क्या हुआ था?'' फादर कार्ल ने पूछा।

मैंने कहा, ''उन्हें पार्किन्सन रोग हो गया था और आखिरकार लंबी बीमारी के बाद उनकी मृत्यु हो गई।''

फादर कार्ल ने अगला सवाल पूछा, ''क्या वे आखिरी समय तक अपने विश्वास पर अडिग रहीं?''

''बिलकुल'' मैंने कहा, ''पूरी ज़िंदगी।''

उन्होंने गंभीर होते हुए पूछा, ''तो वे तुम्हारे लिए क्या अर्थ छोड़कर गईं?''

''क्या मतलब?'' मुझे उनका सवाल समझ में नहीं आया।

फादर कार्ल ने मुझे विस्तार से समझाते हुए कहा, ''तुम इस खोज में हो कि उनके जीवन में तुम्हारा अर्थ क्या था यानी जिस कारण से उन्होंने तुम्हें पैदा किया और जो सीखने के लिए तुम उनके पास थे। **हर इंसान अपने जीवन से यह दर्शाता है कि उसके हिसाब से एक इंसान को कैसे जीना चाहिए, चाहे वह इसे लेकर सचेत हो या नहीं।** तुम्हें यह पता लगाना ही होगा कि उन्होंने तुम्हें क्या सिखाया और साथ ही उनका जीवन तुम्हारे लिए और क्या बेहतर कर सकता था। तुम अपनी माँ में जो बदलाव ला सकते थे, वह उसी का एक 'हिस्सा' है, जिस पर तुम फिलहाल काम कर रहे हो।''

''सिर्फ एक हिस्सा है? ऐसा क्यों?'' मैंने पूछा।

जवाब में उन्होंने कहा, ''क्योंकि बाकी का हिस्सा यह है कि तुम अपने पिता के जीवन में कैसे सुधार लाओगे?''

मैं अब भी दुविधा में था। फादर कार्ल ने मेरे कंधे पर अपना हाथ रखा और कहा, ''**हम सिर्फ अपने माता-पिता द्वारा तैयार भौतिक रचना नहीं हैं; हम उनकी आध्यात्मिक रचना भी हैं।** तुम्हारे अस्तित्त्व पर तुम्हारे माता-पिता के जीवन का अटल प्रभाव पड़ा है। अपने सच्चे स्वरूप (सेल्फ) को जानने के लिए तुम्हें यह स्वीकार करना ही होगा कि तुम्हारे जीवन की शुरुआत उन दोनों के सत्य के बीच हुई है। इसीलिए तुम उनके घर में पैदा हुए: ताकि वे जिस चीज़ का प्रतिनिधित्व करते थे, तुम उसकी उच्चतम अवस्था को प्राप्त कर सको। तुम्हारे जीवन का रास्ता उस सत्य की खोज से संबंधित है, जो उन दोनों के विश्वास की नींव है।''

मैंने सिर हिलाते हुए सहमति जताई।

फादर कार्ल ने पूछा, ''तो तुम्हारे माता-पिता ने तुम्हें जो सिखाया, तुम उसकी अभिव्यक्ति कैसे करोगे?''

''मैं निश्चित तौर पर नहीं कह सकता।'' मैंने जवाब दिया।

उन्होंने फिर सवाल किया, ''तुम्हारा इस बारे में क्या खयाल है? तुमने क्या सीखा उनसे?''

मैंने जवाब दिया, ''मेरे पिता को लगा कि जीवन का अर्थ है जबरदस्त रूप से ज़िंदादिल होना और जो वे हैं, उसका आनंद लेना। उन्होंने अपने जीवन में अंत तक यही हासिल करने

की कोशिश की। मेरी माँ का विश्वास बलिदान करने में और अपना समय दूसरों की सेवा करने में था। उन्हें लगता था कि शास्त्रों में यही बताया गया है।''

''और तुम? तुम्हें क्या लगता है इस बारे में?'' फादर कार्ल ने पूछा।

''मुझे सचमुच नहीं पता।'' मैंने कहा।

उन्होंने अगला सवाल किया, ''तुम अपने लिए इनमें से कौन सा दृष्टिकोण चुनना पसंद करोगे? अपने पिता का या अपनी माँ का?''

मैंने जवाब में कहा, ''किसी का भी नहीं। मेरा मतलब है, ज़िंदगी इतनी सीधी और सरल नहीं होती।''

मेरी बात सुनकर फादर कार्ल हँस पड़े और कहा, ''यह तो बड़ा अस्पष्ट सा जवाब हुआ।''

मैंने कहा, ''शायद मुझे पता ही नहीं है।''

''लेकिन अगर तुम्हें इन दोनों दृष्टिकोणों में से किसी एक को चुनना पड़े तो किसे चुनोगे?'' उन्होंने फिर से पूछा।

मैं ज़रा हिचकिचा गया और ईमानदारी से विचार करने की कोशिश करने लगा। आखिरकार मुझे अपना जवाब मिल गया।

मैंने कहा, ''वे दोनों ही दृष्टिकोण सही हैं और गलत भी।''

उनकी आँखें चमक उठीं। वे खुशी से पूछने लगे, ''वह कैसे?''

अब मैंने थोड़ा सोच-समझकर जवाब दिया, ''इस पर मैं निश्चित तौर पर कुछ नहीं कह सकता। लेकिन मुझे लगता है कि एक सही या उचित जीवन के लिए इन दोनों दृष्टिकोणों को बराबर जगह मिलनी चाहिए।''

इस पर फादर कार्ल ने कहा, ''अब तुम्हारे सामने सवाल है कि ऐसा कैसे होगा? ऐसा जीवन कैसे जिया जाए, जिसमें ये दोनों दृष्टिकोण शामिल हों? तुम्हें अपनी माँ से यह ज्ञान मिला है कि जीवन यानी अध्यात्म और अपने पिता से तुमने यह सीखा है कि जीवन का अर्थ है- आत्मवृद्धि, आनंद और रोमांच।''

मैंने उन्हें बीच में टोकते हुए कहा, ''यानी मेरे जीवन का संबंध इन दोनों दृष्टिकोणों के मेल-मिलाप करने से है?''

फादर कार्ल ने कहा, ''हाँ, तुम्हारे लिए अध्यात्म ही सवाल है। तुम्हारा पूरा जीवन उत्पत्ति की खोज से संबंधित है। यही वह समस्या है, जिसके कारण तुम्हारे माता-पिता आपस में तालमेल नहीं बिठा सके। वे इसे तुम्हारे लिए छोड़ गए ताकि तुम इसका हल ढूँढ़ो। यही तुम्हारा विकासपरक सवाल है। यही तुम्हारे इस जीवन की तलाश है।''

इस विचार ने मुझे गंभीरता से मनन करने के लिए प्रेरित कर दिया। फादर कार्ल ने कुछ और भी कहा लेकिन मैं उनकी बात पर ध्यान ही नहीं दे पाया। सामने अंगीठी की हलकी होती जा रही आँच का मुझ पर बड़ा शांतिदायक प्रभाव पड़ रहा था। मुझे एहसास हुआ कि मैं थक गया हूँ।

फादर कार्ल ने सीधे बैठकर कहा, ''मुझे लगता है कि आज के लिए तुम्हारी ऊर्जा समाप्त

हो गई है। लेकिन जाने से पहले मैं तुम्हारे सामने एक विचार रखना चाहूँगा। तुम चाहो तो जाकर आराम से सो जाओ और हमने जो भी बातचीत की, उसके बारे में कभी कुछ न सोचो। या तुम चाहो तो अपने ड्रामे की ओर वापस लौट सकते हो या फिर चाहो तो सुबह उठकर इस नए विचार पर स्थिर रह सकते हो कि तुम वास्तव में कौन हो। यदि तुम ऐसा करते हो तो इस प्रक्रिया के अगले चरण की ओर कदम बढ़ा सकते हो और यह अगला कदम है, जन्म से लेकर अब तक तुम्हारे साथ हुई सभी अन्य चीज़ों पर गौर करना। यदि तुम जन्म से लेकर अपने अब तक के जीवन को एक कहानी की तरह देखते हो तो समझ पाओगे कि अब तक तुम इस सवाल का जवाब ढूँढ़ने के लिए क्या करते आए हो। तुम समझ पाओगे कि तुम पेरू कैसे आए और अब आगे तुम्हें क्या करना होगा।''

मैंने सहमति जताते हुए सिर हिलाया और उनकी ओर गौर से देखा। मुझे उनकी आँखों में अपने लिए उत्साह और परवाह दिखी। उनके चेहरे पर वही भाव थे, जो मैंने अपने लिए विल और सांचेज के चेहरे पर देखे थे।

''गुड नाइट,'' फादर कार्ल ने कहा और अपने बेडरूम में चले गए। मैंने अपने स्लीपिंग बैग को ज़मीन पर रखकर खोला और जल्द ही गहरी नींद में डूब गया।

जब मैं जागा तो मेरे दिमाग में विल के खयाल चल रहे थे। मैं फादर कार्ल से पूछना चाहता था कि उन्हें विल की योजना के बारे में और क्या पता है। मैं अपने स्लीपिंग बैग के अंदर लेटा हुआ यह सोच ही रहा था कि फादर कार्ल बिना कोई आवाज़ किए कमरे में आए और अंगीठी की आग दोबारा तैयार करने लगे।

मैंने स्लीपिंग बैग की ज़िप खोली और उन्होंने उसकी आवाज़ सुनकर मेरी ओर देखा।

''गुड मॉर्निंग,'' उन्होंने कहा। ''नींद कैसी आई?''

''बढ़िया।'' मैंने उठते हुए कहा।

उन्होंने जलाऊ लकड़ी के कुछ बड़े-बड़े टुकड़ों को अंगीठी में जमाकर आग जला दी।

''विल ने आपको क्या बताया था, वह क्या करनेवाला था?'' मैंने पूछा।

फादर कार्ल ने खड़े होकर मेरी ओर देखा। फिर कहा, ''उसने कहा था कि उसे नौवीं अंतर्दृष्टि के बारे में कोई सूचना मिलनेवाली है और वह एक दोस्त के घर पर रुककर उस सूचना का इंतज़ार करेगा।''

''क्या उसने इसके अलावा कुछ और भी बताया था?'' मैंने पूछा।

उन्होंने कहा, ''विल ने मुझे बताया कि उसे लगता है कि फादर सेबेस्टियन अंतिम अंतर्दृष्टि को खुद ही ढूँढ़ना चाहते हैं और ऐसा लगता है कि जल्द वे उसे ढूँढ़ भी लेंगे। विल का मानना है कि नौवीं अंतर्दृष्टि जिस इंसान के नियंत्रण में होगी, वही तय करेगा कि पाण्डुलिपि का विस्तृत वितरण होगा या नहीं और उसे समझा जाएगा या नहीं।''

''ऐसा क्यों?'' मैंने पूछा।

फादर कार्ल बताने लगे, ''मैं निश्चित तौर पर नहीं कह सकता। विल उन शुरुआती लोगों में से एक हैं, जिन्होंने अंतर्दृष्टियों को एकत्र किया और पढ़ा। वह इन अंतर्दृष्टियों को शायद किसी भी अन्य व्यक्ति से बेहतर समझता है। मेरे हिसाब से उसे लगता है कि अंतिम अंतर्दृष्टि

अन्य सभी अंतर्दृष्टियों को अधिक स्पष्ट और सबके द्वारा स्वीकार किए जाने के लिए योग्य बनाएगी।'

''क्या आपको लगता है कि उसका ऐसा सोचना सही है?'' मैंने पूछा।

उन्होंने जवाब दिया, ''पता नहीं, मुझे इसकी इतनी समझ नहीं है, जितनी विल को है। मुझे तो बस यह पता है कि मुझे क्या करना है।''

''और वह क्या है?'' मैंने आश्चर्य भाव से पूछा।

पलभर चुप रहने के बाद उन्होंने जवाब दिया, ''जैसा कि मैंने पहले भी कहा था, मेरे जीवन का अर्थ इसमें है कि मैं दूसरों को यह समझने में मदद करूँ कि वे वास्तव में कौन हैं। जब मैंने पाण्डुलिपि को पढ़ा तो मेरे सामने मेरा यह मिशन स्पष्ट हो गया। छठवीं अंतर्दृष्टि मेरे लिए विशेष महत्त्व रखती है। इस अंतर्दृष्टि को समझने में मैं दूसरों की मदद करने लगा क्योंकि मैं खुद भी इस प्रक्रिया से गुज़र चुका हूँ इसलिए मैं यह कार्य प्रभावी ढंग से करता हूँ।''

''आपका नियंत्रण ड्रामा क्या था?'' मैंने पूछा।

उन्होंने ज़रा हैरानी से मेरी ओर देखा। ''मैं एक प्रश्नकर्ता था।''

मैंने तुरंत अपना सवाल पूछा, ''आप लोगों के जीवन जीने के तरीके में कोई कमी ढूँढ़कर उन्हें नियंत्रित करते थे?''

फादर कार्ल कहने लगे, ''हाँ, सही कहा तुमने। मेरे पिता बेचारा मैं और मेरी माँ अलग-थलग होने का नियंत्रण ड्रामा करती थीं। वे दोनों मुझे बिलकुल नज़रअंदाज़ कर दिया करते थे। अपनी ओर उनका ध्यान आकर्षित कर ऊर्जा पाने का मेरे पास सिर्फ एक ही तरीका था कि वे जो भी कर रहे हैं, उसके प्रति जिज्ञासा दिखाऊँ और फिर उसमें कोई गलती ढूँढ़ लूँ।''

''और आप इस ड्रामा के चक्कर से मुक्त कब हुए।'' मैंने पूछा।

फादर कार्ल ने कहा, ''करीब अठारह महीने पहले, जब मैं फादर सांचेज से मिला और मैंने पाण्डुलिपि का अध्ययन शुरू किया। मैंने अपने माता-पिता पर गंभीरता से गौर किया और मुझे एहसास हुआ कि उनके साथ रहने का अनुभव मुझे किस बात के लिए तैयार कर रहा था। मेरे पिता महत्वाकांक्षी और अपने कर्तव्यों का पालन करनेवाले अनुशासनप्रिय इंसान थे। उनका ध्यान हमेशा अपने लक्ष्य पर होता था। वे अपने एक-एक मिनट की योजना बनाकर रखते थे और स्वयं को इस आधार पर आँकते थे कि उन्होंने कितना काम कर लिया है। मेरी माँ बहुत ही अंतर्ज्ञानी और आध्यात्मिक स्वभाव की थीं। उनका विश्वास था कि **हम सबको आध्यात्मिक मार्गदर्शन प्राप्त होता है और जीवन का अर्थ है उस मार्ग का अनुसरण करना।**''

मैंने पूछा, ''और आपके पिता का अपनी माँ के स्वभाव के बारे में क्या विचार था?''

''उन्हें यह सब झक्कीपन लगता था।'' उन्होंने जवाब दिया।

मैं मुस्कराया लेकिन कुछ बोला नहीं।

''क्या तुम समझ सकते हो कि इसके कारण मेरे साथ क्या हुआ?'' फादर कार्ल ने पूछा।

मैंने असहमति जताई। मुझे यह बात अब भी पूरी तरह समझ में नहीं आई थी।

उन्होंने कहा, ''अपने पिता के कारण मैंने भी यही मान लिया कि जीवन का अर्थ है अपने लक्ष्य को पूरा करना, कोई महत्वपूर्ण काम हासिल करना और उसे पूरा करना। लेकिन साथ

ही मेरी माँ मुझे यह बताती रहीं कि मेरा जीवन आंतरिक दिशा पाने या एक तरह का अंतर्ज्ञानी मार्गदर्शन प्राप्त करने के लिए है। मुझे एहसास हुआ कि मेरे जीवन में इन दोनों दृष्टिकोणों की समानता थी। मैं यह समझने की कोशिश कर रहा था कि हमें हमारे जीवन के लक्ष्य के लिए आंतरिक मार्गदर्शन कैसे मिलता है, जिसे सिर्फ हम ही पूरा कर सकते हैं। मुझे पता था कि यदि इस लक्ष्य या मिशन से हमें खुशी और पूर्णता मिलती है तो उसे पूरा करना सबसे महत्वपूर्ण है।''

मैंने सहमति जताते हुए सिर हिलाया।

फादर कार्ल ने आगे कहा, ''और अब तुम समझ सकते हो कि मैं छठवीं अंतर्दृष्टि को लेकर इतना उत्साहित क्यों था। जैसे ही मैंने यह अंतर्दृष्टि पढ़ी, मैं समझ गया कि मेरा काम है लोगों को स्पष्टता हासिल करने में मदद करना ताकि वे अपने जीवन के असली उद्देश्य को जान सकें।''

मैंने उनसे सवाल पूछा, ''क्या आपको पता है कि विल जिस रास्ते पर जा रहा है, उस पर वह आगे कैसे बढ़ेगा?''

फादर कार्ल ने बताया कि ''हाँ, उसने मुझे भी थोड़ी जानकारी दी थी। विल का ड्रामा भी तुम्हारी तरह अलग-थलग रहने का था। तुम्हारी ही तरह उसके माता-पिता भी प्रश्नकर्ता की श्रेणी में आते थे और दोनों ही चाहते थे कि विल उनका दृष्टिकोण अपना ले। विल के पिता एक जर्मन उपन्यासकार थे, जिनका मानना था कि मानव जाति का असली उद्देश्य है- खुद को निपुण बनाना। केवल मानव ही ज्ञान और बुद्धि का उपयोग करके अपने जीवन उद्देश्य को पूर्णता प्रदान कर सकता है। उसके पिता ने सिर्फ परोपकारी सिद्धांतों की ही वकालत की लेकिन नाज़ियों ने स्वयं को निपुण बनाने के उनके विचार का अपनी सुविधा के लिए इस्तेमाल किया। नाज़ियों ने अपने जाति की शुद्धता को कायम रखने के लिए निम्न जाति के लोगों की हत्या करवाई और इस दुष्कर्म को उन्होंने लोगों की नज़रों में उचित साबित किया।

अपने परोपकारी सिद्धांतों का नाज़ियों द्वारा ऐसा गलत उपयोग होता देख विल के पिता अंदर से टूट गए और अपनी पत्नी व विलसहित दक्षिण अमरीका चले गए। उनकी पत्नी पेरू की थीं, जो अमरीका में पली बढ़ीं और शिक्षित हुई थीं। वे भी एक लेखिका थीं लेकिन वे पूर्वी सभ्यता व संस्कृति को अधिक मानती थीं। वे हमेशा इस बात पर अडिग रहीं कि **जीवन का अर्थ आंतरिक जागृति यानी एक ऐसी उच्चतम चेतना को प्राप्त होना है, जहाँ मानसिक शांति हो और सांसारिक चीज़ों के प्रति अनासक्ति का भाव हो।** उनके अनुसार जीवन का अर्थ निपुणता प्राप्त करना नहीं बल्कि निपुण बनने की इच्छा का त्याग करना है... क्या तुम समझ सकते हो कि अपने माता-पिता के इन अलग-अलग दृष्टिकोणों का विल पर क्या असर पड़ा होगा?''

मैंने सहमति जताते हुए सिर हिलाया।

फादर कार्ल ने आगे कहा, ''वह बुरी स्थिति में फँसा हुआ था। उसके पिता निपुण बनने और विकास करने के पश्चिमी विचार का समर्थन करते थे और उसकी माँ इस पूर्वी विश्वास की समर्थक थीं कि जीवन का अर्थ कुछ और नहीं बल्कि सिर्फ आंतरिक शांति प्राप्त करना है।

इस तरह उन दोनों ने विल को पूर्वी और पश्चिमी दर्शन के प्रमुख फर्क को समाप्त कर, उन्हें एक करने के लिए तैयार किया। हालाँकि शुरू में विल को इसका कोई अंदाज़ा नहीं था।

वह पहले एक इंजीनियर बना, जो विकास के प्रति समर्पित था। फिर वह एक सामान्य मार्गदर्शक बन गया, जो लोगों को इस देश के उन सुंदर स्थानों पर लाकर शांति प्रदान करता है और उन्हें अपने भीतर झाँकने के लिए प्रेरित करता है।

पाण्डुलिपि की खोज में जुटे होने के कारण ही उसके अंदर एक नई चेतना उभरकर आई। अंतर्दृष्टियों ने उसके जीवन के मुख्य प्रश्न का जवाब दिया। उन्होंने विल के सामने यह खुलासा किया कि पूर्वी और पश्चिमी विचारों को गूँथकर एक उच्चतम सत्य की खोज की जा सकती है। इससे पता चलता है कि पश्चिम का यह मानना सही है कि जीवन का अर्थ विकास करना या उच्चतम की ओर बढ़ना है। वहीं दूसरी ओर पूर्व का इस बात पर ज़ोर देना भी सही है कि हमें अपने अहंकार के नियंत्रण से मुक्त होना ही होगा। हम सिर्फ तर्क का इस्तेमाल करके विकास नहीं कर सकते। इसके लिए हमें एक संपूर्ण चेतना हासिल करनी होगी और ईश्वर के साथ एक आंतरिक संबंध बनाना होगा। सिर्फ तभी कुछ और बेहतर पाने की अपनी यात्रा में हमें अपने उच्चतम स्तर का मार्गदर्शन प्राप्त होगा।

जब विल ने अंतर्दृष्टियों को समझना शुरू किया, उसके जीवन का प्रवाह उच्चता की ओर होने लगा। उसकी मुलाकात होज़े से हुई, जिसने सबसे पहले पाण्डुलिपि को खोजकर उसका अनुवाद कराया था। इसके बाद जल्द ही विल की मुलाकात विसिएंते के मालिक से भी हो गई और उसने रिसर्च शुरू करने में मदद की। लगभग उसी समय वह जूलिया से मिला, जो यूँ तो एक व्यापारी थी लेकिन अछूते वनक्षेत्रों की ओर जाने के लिए लोगों का मार्गदर्शन भी कर रही थी।

वह जूलिया ही थी, जिसके साथ विल को सबसे अधिक आत्मीयता महसूस हुई। उनके बीच यह सब बहुत तेज़ी से हुआ क्योंकि वे दोनों एक जैसे सवालों के जवाब ढूँढ़ रहे थे। जूलिया की परवरिश एक ऐसे पिता ने की, जो आध्यात्मिक विचारों के बारे में भी किसी सनकी की तरह विचित्र बातें किया करते थे। दूसरी ओर उसकी माँ एक कॉलेज में वक्तृत्वकला की शिक्षिका और तर्क-वितर्क करनेवाली महिला थीं, जो स्पष्ट विचार प्रक्रिया को अधिक महत्त्व देती थीं। स्वाभाविक है, जूलिया आध्यात्मिकता के बारे में और जानकारी पाना चाहती थी लेकिन वह चाहती थी कि यह जानकारी सरल और सच्ची हो।

विल पूर्व और पश्चिम का ऐसा मिला-जुला योग चाहता था, जो इंसानी आध्यात्मिकता को स्पष्ट करे। जूलिया भी यही स्पष्टता चाहती थी लेकिन वह उसका सबसे सच्चा रूप प्राप्त करना चाहती थी। पाण्डुलिपि में वह रूप उपलब्ध था, जो वे दोनों चाहते थे।''

''नाश्ता तैयार है,'' सांचेज ने रसोई से आवाज़ दी।

मैंने हैरानी से पलटकर देखा। मुझे अंदाज़ा भी नहीं था कि सांचेज भी जाग गए हैं। अपनी बातचीत को आगे बढ़ाने के बजाय मैं और फादर कार्ल उठे और सांचेज के साथ बैठकर फलों और सीरियल का नाश्ता करने लगे। इसके बाद फादर कार्ल ने मुझसे कहा कि मैं उनके साथ खंडहरों तक टहलने चलूँ। मैं फौरन मान गया क्योंकि मैं खुद भी वहाँ दोबारा जाना चाहता था। हम दोनों ने फादर सांचेज को भी यही प्रस्ताव दिया लेकिन उन्होंने विनम्रता से मना करते हुए कहा कि उन्हें कुछ ज़रूरी फोन कॉल्स करने के लिए पहाड़ों के नीचे जाना है।

बाहर आसमान बिलकुल साफ था और पहाड़ की चोटियों के पीछे सूर्य तेज़ी से चमक रहा था। हम तेज़ कदमों से खंडहरों की ओर चल पड़े।

''क्या विल से संपर्क करने का कोई तरीका है?'' मैंने पूछा।

''नहीं,'' उन्होंने जवाब दिया। ''उसने मुझे अपने दोस्तों के बारे में कुछ नहीं बताया। उससे संपर्क करने का सिर्फ यही तरीका है कि उत्तरी सीमा के पास मौजूद कस्बे इक्विटस चला जाए लेकिन मुझे लगता है कि फिलहाल ऐसा करना सुरक्षित नहीं होगा।''

''इक्विटस ही क्यों?'' मैंने पूछा।

''क्योंकि विल का कहना था कि उसे लगता है, रिसर्च के सिलसिले में उसे इस कस्बे में जाना होगा। उसके आसपास भी कई सारे खंडहर हैं। इसके अलावा कार्डिनल सेबेस्टियन का एक मिशन भी वहीं पास में स्थित है।'' फादर कार्ल ने बताया।

मैंने पूछा, ''क्या आपको लगता है कि विल अंतिम अंतर्दृष्टि ढूँढ़ने में सफल हो पाएगा?''

''पता नहीं।'' उन्होंने असमंजस में जवाब दिया।

अगले कुछ मिनटों तक हम चुपचाप चलते रहे, फिर फादर कार्ल ने पूछा, ''क्या तुमने इस बारे में कोई निर्णय लिया कि तुम निजी तौर पर कौन सा कोर्स करना चाहोगे?''

''मतलब?'' मैंने पूछा।

''फादर सांचेज कह रहे थे कि शुरुआत में तुम फौरन यूनाइटेड स्टेट्स लौट जाना चाहते थे लेकिन बाद में तुम्हें देखकर लगा, जैसे तुम अंतर्दृष्टियों को समझने को लेकर काफी उत्सुक हो। फिलहाल तुम कैसा महसूस कर रहे हो?'' फादर कार्ल ने कहा।

मैंने कहा, ''फिलहाल तो मैं अनिश्चय की स्थिति में हूँ लेकिन पता नहीं क्यों, मैं फिलहाल जो कर रहा हूँ, आगे भी वही करना चाहता हूँ।''

फादर कार्ल ने पूछा, ''तुमने शायद एक आदमी की हत्या होते हुए देखी थी,''

मैंने जवाब दिया, ''हाँ, आप सही कह रहे हैं।''

उन्होंने आश्चर्य से पूछा, ''और फिर भी तुम यहाँ रुकना चाहते हो?''

मैंने कहा, ''नहीं, मैं यहाँ से वापस जाकर अपनी जान बचाना चाहता हूँ... लेकिन फिर भी मैं अब तक यहीं हूँ।''

''और तुम्हें क्या लगता है, ऐसा क्यों है?'' उन्होंने पूछा।

मैंने फादर कार्ल के चेहरे के हाव-भाव परखने की कोशिश की और फिर कहा, ''मुझे नहीं पता। क्या आप जानते हैं?''

''क्या तुम्हें याद है कि पिछली रात हमने अपनी बातचीत किस बिंदु पर रोक दी थी।'' उन्होंने पूछा।

मुझे अच्छी तरह याद था। इसलिए मैंने तुरंत जवाब दिया, ''हमने उस सवाल को खोज निकाला था, जो मेरे माता-पिता मेरे लिए छोड़ गए थे। ऐसी आध्यात्मिकता की खोज करना, जो स्वयं परिपूर्ण हो और इंसान को रोमांच व पूर्णता का एहसास करा सके। और आपने कहा था कि यदि मैं गंभीरता से गौर करूँ कि अब तक मेरे जीवन का विकास किस तरह हुआ है तो यह सवाल मेरे जीवन को एक वास्तविक दृष्टिकोण देगा। फिलहाल मेरे साथ जो भी हो रहा

है, यह नया दृष्टिकोण उसे मेरे सामने स्पष्ट करेगा।''

उनके चेहरे पर एक रहस्यमयी मुस्कान तैर गई। ''हाँ, पाण्डुलिपि के मुताबिक ठीक ऐसा ही होगा।'' उन्होंने कहा।

''लेकिन यह सब कैसे होता है?'' मैंने अपना सवाल पूछा।

फादर कार्ल ने जवाब दिया कि ''**हम सबको अपने जीवन की संपूर्ण यात्रा पर गौर करना होगा और उसे अपने विकासपरक सवाल के दृष्टिकोण से दोबारा समझना होगा।**''

मैंने उनकी बात को बिना समझे अनिश्चितता में अपना सिर हिला दिया।

आगे उन्होंने कहा, ''ज़रा अपने हित से जुड़े दृश्यों पर विचार करो, महत्वपूर्ण दोस्तों के बारे में सोचो और उन संयोगों को याद करो, जो तुम्हारे जीवन में बने हैं। क्या वे तुम्हें किसी विशेष दिशा की ओर नहीं ले जा रहे थे?''

मैं बचपन से शुरू करते हुए अपने पूरे जीवन के बारे में सोचने लगा लेकिन मुझे कोई तालमेल नज़र नहीं आया।

''जब तुम बड़े हो रहे थे तो अपना समय कैसे बिताते थे?'' उन्होंने पूछा।

मैंने कहा, ''पता नहीं। मैं एक सामान्य सा बच्चा था। हाँ, मैं पढ़ता बहुत था।''

''क्या पढ़ते थे?'' उन्होंने पूछा।

'ज़्यादातर रहस्यमयी चीज़ें, साइंस फिक्शन और भूतिया कहानियाँ वगैरह।'' मैंने जवाब दिया।

उन्होंने फिर अगला सवाल किया, ''इसके बाद तुम्हारे जीवन में क्या हुआ?''

मैं सोचने लगा कि मुझ पर अपने दादाजी का कैसा प्रभाव था, फिर मैंने फादर कार्ल को बताया कि दादाजी के साथ झील और पहाड़ों पर मेरा अनुभव कैसा था।

उन्होंने अपना सिर हिलाया, जैसे वे मेरी बात को अच्छी तरह समझ रहे हों। फादर कार्ल ने मुझसे काफी सवाल पूछे, जिनका मैं जवाब देते जा रहा था।

उन्होंने पूछा, ''और जब तुम बड़े हो गए, उसके बाद क्या हुआ?''

मैंने जवाब दिया, ''मैं कॉलेज की पढ़ाई के लिए बाहर चला गया। जब मैं बाहर था, तभी मेरे दादाजी की मृत्यु हो गई।''

''तुमने कॉलेज में किस चीज़ की पढ़ाई की थी?''

''समाजशास्त्र।''

''क्यों?''

''कॉलेज में मैं एक प्रोफेसर से मिला और उन्हें काफी पसंद करने लगा। इंसानी स्वभाव के बारे में उनका ज्ञान मुझे बहुत दिलचस्प लगा और मैंने तय किया कि मैं उन्हीं के साथ पढ़ूँगा।''

''उसके बाद क्या हुआ?''

''मैंने डिग्री प्राप्त की और फिर मैं काम के लिए चला गया।''

''क्या तुम्हें इसमें आनंद आया?''

''हाँ, काफी लंबे समय तक।''

''और उसके बाद चीज़ें बदल गईं?''

''मुझे महसूस हुआ कि मैं जो भी कर रहा हूँ, उसमें संपूर्णता नहीं है। मैं भावनात्मक रूप से परेशान किशोरों के लिए काम करता था। मुझे लगता था कि वे अपने अतीत से कैसे मुक्त हों और स्वयं को कमज़ोर बनानेवाली हरकतें कैसे बंद करें, यह मैं अच्छी तरह जानता हूँ। मुझे लगा कि मैं जीवन में आगे बढ़ने में उनकी मदद कर सकता हूँ। लेकिन आखिरकार मुझे एहसास हुआ कि मेरे दृष्टिकोण में कोई कमी है।''

''फिर?''

''फिर मैंने वह काम छोड़ दिया।''

''और?''

''और तब एक पुरानी दोस्त ने मुझे फोन करके पाण्डुलिपि के बारे में बताया।''

''तभी तुमने तय किया कि तुम पेरू आओगे?''

''हाँ।''

''यहाँ हुए अनुभवों के बारे में तुम्हारा क्या विचार है?''

''यही कि मैं पागल हूँ,'' मैंने कहा। ''मुझे लगता है कि मैं एक न एक दिन यहाँ मारा जाऊँगा।''

''लेकिन तुम्हें यहाँ जो नए-नए अनुभव हुए हैं, उनके बारे में क्या सोचते हो?''

''मैं समझा नहीं।''

उन्होंने कहा, ''जब फादर सांचेज ने मुझे बताया कि पेरू आने के बाद तुम्हारे साथ क्या-क्या हुआ तो मैं तुम्हारे साथ बने उन संयोगों के बारे में सोचकर हैरान रह गया, जिनके कारण तुम्हें पाण्डुलिपि की हर अंतर्दृष्टि का ज्ञान ठीक उसी समय हुआ, जब तुम्हें उसकी ज़रूरत थी।''

''आपके हिसाब से इसका क्या अर्थ निकलता है?'' मैंने पूछा।

उनके कदम रुक गए और उन्होंने मेरी ओर देखा। फिर कहा, ''इसका अर्थ है कि तुम तैयार थे। तुम भी यहाँ मौजूद हम सब लोगों जैसे ही हो। तुम एक ऐसे बिंदु पर पहुँच गए थे, जहाँ से तुम्हें अपने जीवन का विकास करने के लिए पाण्डुलिपि की ज़रूरत थी।

ज़रा सोचो कि तुम्हारी ज़िंदगी में घटी घटनाएँ कैसे एक-दूसरे के अनुरूप थीं। तुम शुरू से ही रहस्यमयी विषयों की ओर आकर्षित होते रहे हो और उसी आकर्षण ने तुम्हें इंसानी स्वभाव का अध्ययन करने की ओर अग्रसर किया। तुम्हें क्या लगता है, तुम्हारी मुलाकात उसी प्रोफेसर से क्यों हुई? उन्होंने तुम्हारी दिलचस्पी को एक दिशा दी और तुम्हें सबसे महान रहस्य यानी इस ग्रह पर इंसानों की स्थिति और जीवन का अर्थ क्या है, जैसे सवाल की ओर देखने के लिए प्रेरित किया। फिर एक समय ऐसा आया, जब तुमने जान लिया कि **जीवन का अर्थ अपने अतीत की धारणाओं से बाहर आकर कंडीशनिंग (अनुकूलन) से पार पाकर जीवन को आगे ले जाना है।** इसीलिए तुम भावनात्मक रूप से परेशान उन किशोरों के साथ काम कर रहे थे।

लेकिन जैसा कि अब तुम समझ सकते हो, पाण्डुलिपि की अंतर्दृष्टियों को जानने के बाद

ही तुम्हारे सामने यह स्पष्ट हो पाया कि उन किशोरों के साथ तुम जिस तकनीक से काम कर रहे थे, उसमें क्या कमी थी। भावनात्मक रूप से परेशान उन किशोरों को अपना विकास करने के लिए वही करना होगा, जो हम सबको करना होता है। अर्थात अपने नियंत्रण ड्रामा- जिसे तुम स्वयं को कमज़ोर बनानेवाली हरकतें कहते हो उसे देखने के लिए ज़रूरी ऊर्जा के साथ एकरूप होना। इस तरह आगे बढ़ना एक आध्यात्मिक प्रक्रिया के रूप में सामने आता है। यह वही प्रक्रिया है, जिसे तुम हमेशा से समझने की कोशिश कर रहे हो।

इन घटनाओं से जुड़े उच्चतम दृष्टिकोण पर नज़र डालो। अतीत में तुम्हारी जो दिलचस्पी तुम्हें विकास के नए-नए चरणों की ओर लेकर गई, वह दरअसल तुम्हें अभी यहाँ उपस्थित होने और अंतर्दृष्टियों को समझने के लिए तैयार कर रही थी। तुम स्वविकास करनेवाली आध्यात्मिकता के साथ जीवनभर विकासपरक खोज करते रहे हो। तुम प्रकृति के करीब रहकर जिस जगह पर पले-बढ़े, वहाँ से तुमने ऊर्जा हासिल की। यह वही ऊर्जा है, जो तुम्हारे दादाजी तुम्हें दिखाने की कोशिश कर रहे थे और इसी ऊर्जा ने आखिरकार तुम्हें पेरू आने का साहस दिया। तुम आज यहाँ इसलिए हो क्योंकि अपने विकास को जारी रखने के लिए तुम्हारा यहाँ आना ज़रूरी था। तुम्हारा पूरा जीवन उस लंबी सड़क जैसा है, जो तुम्हें आज, इस पल में यहाँ आने की ओर अग्रसर कर रही थी।''

आगे उन्होंने मुस्कुराते हुए कहा, ''जब तुम जीवन के इस दृष्टिकोण को अपने अंदर समाहित कर लोगे तो तुम वह हासिल कर लोगे, जिसे पाण्डुलिपि में अपने आध्यात्मिक मार्ग के प्रति संपूर्ण जागरूकता कहा गया है। **पाण्डुलिपि के मुताबिक, हम सबको अपने अतीत से मुक्त होने की इस प्रक्रिया में जितना समय देना ज़रूरी है, उतना देना ही होगा।** करीब-करीब हर किसी का एक नियंत्रण ड्रामा होता है, जिससे हमें बाहर निकलना होगा। जब एक बार हम ऐसा कर लेते हैं तो हम इन बातों के पीछे छिपे उच्चतम अर्थ को समझ सकते हैं कि हम अपने माता-पिता के घर ही क्यों पैदा हुए... और हमारे जीवन में आए सारे उतार-चढ़ाव हमें क्या करने के लिए तैयार कर रहे थे...।' हम सबका एक आध्यात्मिक उद्देश्य है, एक मिशन है, जिसे हम संपूर्ण जागरूकता के बिना हासिल करने की कोशिश कर रहे थे। एक बार जब ये सब बातें हमारी चेतना में पूरी तरह समा जाती हैं तो जीवन की उड़ान शुरू हो जाती है।

तुम्हारी बात करें तो तुमने अपने इस उद्देश्य को समझ लिया है। अब बस तुम्हें संयोगों को घटने की अनुमति देनी होगी ताकि वे तुम्हें यहाँ से अपना मिशन पूरा करने की ओर अग्रसर कर सकें और तुम्हें यह एहसास करा सकें कि अब आगे तुम्हें क्या करना है। चूँकि तुम पेरू में थे इसलिए अब तक तुम विल और फादर सांचेज की ऊर्जा के ज़रिए आगे बढ़ रहे थे लेकिन अब समय आ गया है कि तुम खुद ही आनेवाली घटनाओं के लिए सचेत होकर विकसित होना सीखो।''

वे मुझे कुछ और बतानेवाले थे लेकिन तभी हमारा ध्यान बातचीत से हटकर हमारे पीछे चले आ रहे सांचेज के ट्रक पर टिक गया। हमारे पास पहुँचकर उन्होंने ट्रक को सड़क किनारे लगाया और खिड़की का काँच नीचे किया।

''क्या हुआ? कुछ गड़बड़ है क्या?'' फादर कार्ल ने पूछा।

सांचेज ने कहा, ''मुझे जल्द से जल्द मिशन की ओर लौटना होगा। सरकार ने वहाँ सैनिक भेज दिए हैं... और साथ ही कार्डिनल सेबेस्टियन को भी।''

हम दोनों फौरन ट्रक में सवार हो गए और सांचेज ने ट्रक को तेज़ी से फादर कार्ल के घर की ओर बढ़ा दिया। रास्ते में उन्होंने बताया कि पाण्डुलिपि की सारी प्रतियों को जब्त करने और शायद मिशन को बंद करने के लिए ही सैनिक वहाँ पहुँचे हैं।

हम फादर कार्ल के घर पहुँचे और तेज़ कदमों से अंदर घुस गए। फादर सांचेज ने फौरन अपना सामान बाँधना शुरू कर दिया। मैं वहीं खड़ा होकर सोचता रहा कि अब मुझे क्या करना चाहिए। तभी फादर कार्ल ने फादर सांचेज से कहा, "मुझे लगता है कि मुझे भी तुम्हारे साथ चलना चाहिए।"

सांचेज ने पलटकर देखा। "सच?"

"हाँ।" फादर कार्ल ने कहा।

"लेकिन किसलिए?" सांचेज ने पूछा।

फादर कार्ल ने कहा, "फिलहाल मुझे नहीं पता कि किसलिए।"

पलभर के लिए सांचेज बस उन्हें देखते रहे और फिर वापस अपना सामान बाँधने लगे। "अगर तुम्हें वाकई लगता है कि यही सही रहेगा तो ठीक है।"

मैं दरवाज़े पर टिका हुआ था। "और मुझे क्या करना चाहिए?" मैंने पूछा।

उन दोनों ने मेरी ओर देखा।

"यह तो तुम्हीं पर निर्भर करता है।" फादर कार्ल ने कहा।

मैं बस उन्हें देखता रहा।

"इसका फैसला तुम्हें ही लेना होगा," सांचेज ने बीच में कहा।

मुझे विश्वास नहीं हो रहा था कि वे दोनों इस बारे में इतने तटस्थ थे कि मुझे क्या करना चाहिए। उनके साथ जाने का अर्थ था पेरूवियन सैनिकों के हाथों पकड़ा जाना। दूसरी ओर अगर मैं यहाँ रुकता तो कैसे? और वह भी अकेले?"

मैंने कहा, "देखिए, मुझे नहीं पता कि मुझे क्या करना चाहिए। आप दोनों को मेरी मदद करनी होगी। क्या आप किसी ऐसे व्यक्ति को जानते हैं, जो मुझे सैनिकों से छिपाकर रख सके।"

उन दोनों ने एक-दूसरे की ओर देखा।

"नहीं, ऐसा तो कोई भी नहीं है," फादर कार्ल ने कहा।

मैंने उनकी ओर देखा, मेरे पेट में चिंता की एक लहर सी दौड़ गई।

फादर कार्ल मेरी ओर देखकर मुस्कराए और बोले, "अपने केंद्र में रहो और याद रखो कि तुम कौन हो।"

सांचेज उठकर वहीं रखे एक बैग के पास गए और उसमें से एक फोल्डर बाहर निकाला। उन्होंने कहा, "ये रही छठवीं अंतर्दृष्टि की प्रति, शायद इससे तुम्हें यह तय करने में मदद मिले कि अब तुम्हें क्या करना चाहिए।"

मैंने उनके हाथ से वह प्रति ले ली। सांचेज ने फादर कार्ल की ओर देखकर पूछा, "और कितनी देर है?"

फादर कार्ल ने कहा, ''बस मुझे कुछ ज़रूरी लोगों से संपर्क करना है, शायद एक घंटा और।''

सांचेज ने मेरी ओर देखा और कहा, ''पहले इसे पढ़कर कुछ देर विचार करो, हम उसके बाद बात करेंगे।''

वे दोनों फिर से अपनी तैयारियों में व्यस्त हो गए। मैं बाहर जाकर एक विशाल चट्टान पर बैठ गया और पाण्डुलिपि को पढ़ना शुरू कर दिया। उसमें लिखे हर शब्द में फादर सांचेज और फादर कार्ल के शब्दों की गूँज थी। बचपन में सीखे गए नियंत्रण के अपने-अपने तरीकों के प्रति जागरूक होने के लिए अतीत से मुक्त होना एक ज़रूरी प्रक्रिया है। अगर एक बार हम अपनी इस आदत से बाहर आ जाएँ तो हम अपने उच्चतम स्व (सेल्फ), अपनी विकासपरक पहचान को प्राप्त कर सकते हैं।

मैंने आधे घंटे से भी कम समय में उसे पूरा पढ़ डाला। अब मैं इस अंतर्दृष्टि का मूलभूत अर्थ समझ गया थाः कि अपनी विशेष मानसिक अवस्था में प्रवेश करने से पहले, जिसकी झलक कई लोगों को मिल चुकी थी (रहस्यमयी संयोगों से मार्गदर्शन प्राप्त कर जीवन में उन्नति करने का अनुभव), हमें यह जानना होगा कि हम वास्तव में कौन हैं।

उसी समय फादर कार्ल घर से बाहर आए और उनकी नज़र मुझ पर पड़ी। वे उसी चट्टान के पास आ गए, जिस पर मैं बैठा हुआ था।

''पढ़ ली?'' उन्होंने पूछा। उनका अंदाज़ हमेशा की तरह दोस्ताना और उत्साह से भरा हुआ था।

''हाँ।''

उन्होंने पूछा, ''क्या मैं कुछ देर तुम्हारे साथ यहाँ बैठ सकता हूँ?''

''हाँ ज़रूर! क्यों नहीं!'' मैंने खुशी से कहा।

वे मेरी दायीं ओर आकर बैठ गए और कुछ पलों तक खामोश रहने के बाद बोले, ''क्या तुम समझ रहे हो कि तुम फिलहाल यहाँ अपनी खोज के रास्ते पर हो?''

''हाँ! लेकिन अब आगे क्या?'' मैंने असमंजस से पूछा।

उन्होंने कहा, ''अब तुम्हें इस पर विश्वास करना होगा।''

मैंने कहा, ''विश्वास कैसे करूँ, जब मैं इतना डरा हुआ हूँ?''

फादर कार्ल ने मुझे समझाते हुए कहा, ''तुम्हें यह समझना होगा कि दाँव पर क्या लगा हुआ है। तुम जिस सत्य की खोज कर रहे हो, उसका महत्त्व ब्रह्माण्ड के विकास के महत्त्व से कम नहीं है क्योंकि यह खोज ही उसके विकास के लिए आगे का रास्ता खोलती है।

तुम समझ रहे हो? पहाड़ की चोटी पर तुम्हें जो आभासी अनुभव हुआ था, फादर सांचेज ने मुझे उसके बारे में बताया। तुमने देखा कि कैसे पदार्थ हाइड्रोजन के सहज कंपन से इंसानी सभ्यता तक विकसित हो गया। तुम हैरान थे कि हम इंसान इस विकास प्रक्रिया को इतना आगे कैसे ले आए। अब तुम्हें इसका जवाब मिल गया है। हम इंसान अपनी प्रारंभिक परिस्थितियों में जन्म लेते हैं और प्रतिनिधित्व करने के लिए कुछ न कुछ ढूँढ़ लेते हैं। फिर हम उस इंसान के साथ मिलन करते हैं, जिसने अपना कोई उद्देश्य तय कर लिया हो।

इस मिलन से जो बच्चे जन्म लेते हैं, वे संयोगों से मार्गदर्शन प्राप्त करते हुए एक उच्चतम संकलन को पाने की कोशिश में जुट जाते हैं और इस तरह उन दोनों अवस्थाओं के बीच एक सामंजस्य स्थापित कर देते हैं। मुझे विश्वास है कि तुमने पाँचवीं अंतर्दृष्टि से सीखा होगा कि जब भी हम ऊर्जा से भरपूर होते हैं और जीवन में हमें आगे बढ़ाने के लिए एक संयोग बनता है तो हम ऊर्जा के उस स्तर को अपने अंदर स्थापित कर लेते हैं ताकि हम एक उच्चतम कंपन में भी अपना अस्तित्त्व बनाए रख सकें। हमारे बच्चे हमारा कंपन स्तर ग्रहण करते हैं, इसे और ऊपर ले जाते हैं। हम इंसानों ने अपनी विकास प्रक्रिया को इसी तरह लगातार जारी रखा है।

नई पीढ़ी के मामले में फर्क यह है कि अब हम सजग होकर ऐसा करने व इस प्रक्रिया को और तेज़ करने के लिए तैयार हैं। भले ही तुम कितने भी डरे हुए हो लेकिन अब तुम्हारे पास कोई और विकल्प नहीं है। एक बार जब तुम यह सीख जाते हो कि जीवन क्या है तो फिर तुम अपने उस ज्ञान को कभी मिटा नहीं सकते। यदि तुम इसके अलावा जीवन में कुछ और करने की कोशिश करोगे तो तुम्हें हमेशा यह एहसास होता रहेगा कि कहीं न कहीं, कोई कमी ज़रूर है।''

''लेकिन अब मुझे क्या करना चाहिए?'' मैंने पूछा।

उन्होंने कहा, ''मुझे नहीं पता। यह तो सिर्फ तुम ही जानते हो कि अब तुम्हें क्या करना है। लेकिन मेरी सलाह है कि पहले ज़रा ऊर्जा हासिल कर लो।''

फादर सांचेज भी घर के एक कोने से बाहर आते हुए हमारे साथ आकर बैठ गए। उन्होंने न तो कुछ कहा और न ही मुझसे या फादर कार्ल से आँखें मिलाईं, मानों अपनी ओर से कोई दखल न देना चाहते हों। मैंने स्वयं को केंद्रित किया और अपना ध्यान उन चट्टानों के शिखर पर लगा दिया, जो इस घर के चारों ओर स्थित थीं। मैंने एक गहरी साँस ली और मुझे एहसास हुआ कि जब से मैं घर से बाहर आकर यहाँ बैठा था, तब से सिर्फ खुद में ही गुम था, मानों मेरा पूरा दृष्टिकोण अचानक सीमित हो गया था। मैंने स्वयं को पहाड़ों की खूबसूरती और तेज से पूरी तरह अलग कर लिया था।

जैसे ही मैंने अपने चारों ओर एक नज़र भरकर देखा और अपनी आँखों के सामने मौजूद हर चीज़ के प्रति सराहना का भाव जगाया, वैसे ही मुझे निकटता का एहसास होने लगा, जो अब मेरे लिए एक जाना-पहचाना सा अनुभव था। अचानक हर चीज़ की आभा व उसकी उपस्थिति का एहसास और गहरा हो गया था। मैं हलका महसूस करने लगा और मेरा शरीर जैसे प्रफुल्लित हो गया।

मैंने फादर सांचेज की ओर देखा और फिर फादर कार्ल की ओर। उन दोनों की नज़र मुझ पर ही थी और उनकी आँखों में मौजूद तेज को देखकर मैं कह सकता था कि वे मेरी ऊर्जा पर गौर कर रहे थे।

''मैं कैसा दिख रहा हूँ?'' मैंने पूछा।

सांचेज ने कहा, ''तुम ऐसे दिख रहे हो, जैसे अब बेहतर महसूस कर रहे हो। अब तुम यहीं बैठो और जितना संभव हो, अपनी ऊर्जा बढ़ा लो। अभी हमें अपना सामान बाँधने में करीब बीस मिनट और लगेंगे।''

वे धीरे से मुस्कराए। ''उसके बाद,'' उन्होंने आगे कहा, ''तुम शुरुआत करने के लिए तैयार हो जाओगे।''

प्रवाह की प्राप्ति

दोनों पादरी वापस घर के अंदर चले गए और मैं ऊर्जा प्राप्त करने के उद्देश्य से वहाँ कुछ देर और बैठा रहा व पहाड़ों की सुंदरता को निहारता रहा। फिर मेरा ध्यान भटक गया और मैं विल के बारे में सोचने लगा। कहाँ होगा वह? क्या वह वाकई नौवीं अंतर्दृष्टि को जल्द ही खोज लेगा?

मैं कल्पना करने लगा कि विल जंगल में भाग रहा है और नौवीं अंतर्दृष्टि उसके हाथ में है। सैनिकों की टुकड़ियाँ उसे पकड़ने के लिए जंगल में चारों ओर घूम रही हैं। मुझे सेबेस्टियन का खयाल आया और लगा कि विल को इस तरह तलाश करवाने के लिए वही ज़िम्मेदार है। फिर भी दिन में देखे जा रहे इस सपने से यह साफ था कि सेबेस्टियन गलत था, भले ही वह कितना भी प्रभावशाली व्यक्ति हो। अंतर्दृष्टियों के संभावित प्रभाव को लेकर उसने जो भी अंदाज़ा लगा रखा था, वह गलत और बेतुका था। मुझे महसूस हुआ कि अगर हम यह पता कर सकें कि पाण्डुलिपि के किस हिस्से से उसे इतना खतरा महसूस हो रहा है तो शायद उसकी सोच को बदला जा सकता है।

यह विचार करते-करते मुझे मार्जरी का खयाल आ गया। कहाँ होगी वह? मेरे मन में दोबारा उससे मिलने की इच्छा जाग उठी। लेकिन ऐसा संभव कैसे होगा?

तभी मुझे घर का मुख्य दरवाज़ा बंद होने की आवाज़ सुनाई दी और मैं अपने खयालों की दुनिया से वापस असली दुनिया में आ गया। अब मैं फिर से कमज़ोर और घबराया हुआ महसूस करने लगा। सांचेज मेरे पास आ गए। उनके कदमों की गति तेज़ और अर्थपूर्ण थी।

वे मेरे बगल में आकर बैठ गए और बोले, ''क्या तुमने तय किया कि तुम्हें आगे क्या करना है?''

मैंने अपना सिर हिलाया।

''तुम ज़रा कमज़ोर दिख रहे हो।'' सांचेज ने कहा।

मैंने कहा, ''हाँ, मुझे कमज़ोरी महसूस हो रही है।''

उन्होंने कहा, ''शायद तुमने व्यवस्थित ढंग से ऊर्जा प्राप्त नहीं की।''

''मतलब?'' मैंने पूछा।

फादर सांचेज मुझे समझाने लगे, ''चलो मैं तुम्हें बताता हूँ कि मैं खुद कैसे ऊर्जा हासिल करता हूँ। शायद मेरी इस पद्धति को जानकर तुम्हें अपना कोई तरीका विकसित करने में मदद मिले।''

मैंने सिर हिलाकर सहमति जता दी।

उन्होंने कहा, ''सबसे पहले मैं अपने चारों ओर के वातावरण पर ध्यान केंद्रित कर लेता हूँ। शायद तुम भी यही करते होंगे। इसके बाद मैं यह याद करने की कोशिश करता हूँ कि जब मैं ऊर्जा से भरपूर था तो मुझे हर चीज़ कैसी दिखाई दे रही थी। इसके लिए मैं हर चीज़ की उपस्थिति को, उसके अनोखे सौंदर्य और आकृति को याद करने की कोशिश करता हूँ। विशेषकर मैं अपने देखे हुए पौधों को याद करता हूँ। जिस तरह उनके रंग में निखार आता है और जिस तरह वे अधिक ऊर्जा से भरपूर दिखने लगते हैं, मैं वह सब याद करता हूँ। तुम समझ रहे हो न?''

''हाँ, मैं भी यही करने की कोशिश करता हूँ।'' मैंने जवाब दिया।

उन्होंने आगे कहा, ''फिर मैं निकटता की भावना महसूस करने की कोशिश करता हूँ। निकटता की भावना का अर्थ है कि भले ही कोई मुझसे कितना भी दूर हो लेकिन फिर भी मैं उसे छू सकूँ, उसके साथ एकरूप हो सकूँ, ऐसा महसूस करता हूँ। फिर मैं इस भावना को अपने अंदर समाहित कर लेता हूँ।''

''समाहित कर लेता हूँ? मतलब?'' मैंने पूछा।

फादर सांचेज ने पूछा, ''क्या फादर जॉन ने तुम्हें इस बारे में कुछ नहीं बताया?''

''नहीं तो।'' मैंने कहा।

सांचेज दुविधा में पड़ गए। ''शायद उन्होंने सोचा होगा कि वे वापस आने के बाद तुम्हें इसके बारे में बताएँगे। वे अकसर बड़ा नाटकीय व्यवहार करते हैं। कभी-कभी तो वे अपने छात्रों को पढ़ाते-पढ़ाते अचानक कक्षा छोड़कर कहीं चले जाते हैं। इस तरह वे छात्रों को अपनी बताई हुई बातों पर मनन करने के लिए अकेले छोड़ जाते हैं और फिर अचानक किसी भी क्षण वापस आकर दोबारा पढ़ाने लगते हैं। शायद वे तुमसे दोबारा बात करना चाहते रहे हों लेकिन हम वहाँ से ज़रा जल्दी ही चले आए।''

''भावना को अपने अंदर समाहित करने के बारे में कुछ और बताएँ,'' मैंने कहा।

''उस पर्वतश्रेणी के शिखर पर तुम्हें जो अनुभूति हुई थी, क्या वह अब भी तुम्हें याद है?'' उन्होंने पूछा।

''हाँ,'' मैंने कहा।

उन्होंने कहा, ''वह अनुभूति दोबारा पाने के लिए मैं उस ऊर्जा को अपने अंदर समाहित करने की कोशिश करता हूँ, जिससे मैं अभी-अभी एकरूप हुआ होता हूँ।''

मैं सांचेज की बात को गौर से सुन रहा था। उनके मुँह से इस प्रक्रिया के बारे में सुनकर ही मेरी एकरूपता बढ़ने लगी थी। मेरे चारों ओर जो कुछ भी मौजूद था, अब उसकी उपस्थिति और खूबसूरती मुझे बढ़ती नज़र आ रही थी। यहाँ तक कि चट्टानों में भी एक उजली आभा

नज़र आने लगी थी। सांचेज का विशाल ऊर्जा क्षेत्र नीला दिख रहा था। तभी उन्होंने गहरी साँसें लेना शुरू कर दिया। हर बार साँस लेने के बाद वे पाँच सेकंड के लिए रुकते और उसे फिर छोड़ देते। मैंने भी यही करना शुरू कर दिया।

आगे फादर सांचेज ने कहा, ''इस प्रक्रिया में जब हम कल्पना करने लगते हैं तो हमारी हर साँस के द्वारा ऊर्जा हमारे अंदर जाती है और हम किसी गुब्बारे की तरह उससे भर जाते हैं। इस तरह हम अधिक ऊर्जावान हो जाते हैं और अधिक प्रफुल्लता व हलकापन महसूस करने लगते हैं।''

कुछ साँसें लेने के बाद मैं भी ठीक वैसा ही महसूस करने लगा।

सांचेज ने आगे कहा, ''साँसों के माध्यम से अपने अंदर ऊर्जा समाहित करके मैं यह निरीक्षण करता हूँ कि मेरी भावना सही है या नहीं। जैसा कि मैंने तुम्हें पहले ही कहा था, मेरे लिए यह इस बात को जानने का सच्चा मापदंड है कि मैं वास्तव में एकरूप हूँ या नहीं।''

''आप प्रेम की बात कर रहे हैं?'' मैंने पूछा।

उन्होंने कहा, ''सही पहचाना तुमने। इसकी चर्चा हमने मिशन में भी की थी कि **प्रेम कोई बौद्धिक संकल्पना नहीं है और न ही यह कोई नैतिक अनिवार्यता है। यह तो प्रकृति में मौजूद वह भावना है, जो तब उपस्थित होती है, जब कोई ब्रह्माण्ड में मौजूद ऊर्जा से एकरूप होता है, जो बेशक ईश्वर की ही ऊर्जा है।**''

फादर सांचेज मुझे ही देख रहे थे, उनकी आँखें ज़रा अस्थिर लग रही थीं। उन्होंने कहा, ''तो इस तरह तुम यह कर सकते हो। तुम्हें इसी ऊर्जा स्तर को प्राप्त करने की ज़रूरत पड़ेगी। मैं तुम्हारी थोड़ी-बहुत मदद कर सकता हूँ लेकिन अब तुम स्वयं इसे बरकरार रखने में सक्षम हो।''

''थोड़ी-बहुत मदद से आपका क्या मतलब है?'' मैंने पूछा।

फादर सांचेज ने अपना सिर हिलाया। ''फिलहाल इसकी चिंता मत करो। आठवीं अंतर्दृष्टि में तुम्हें खुद ही इसका पता चल जाएगा।''

फादर कार्ल घर के दूसरी ओर से निकलकर बाहर आ गए और हम दोनों को देखने लगे, जैसे हमें इस तरह बैठे देखना उन्हें अच्छा लगा हो। हमारी ओर आते हुए उन्होंने मुझ पर एक नज़र डाली और पूछा, ''तुमने तय किया या नहीं?''

उनका सवाल सुनकर मैं थोड़ा उलझन में पड़ गया, जिससे ऊर्जा का स्तर घटने लगा और मैं उसे बनाए रखने की कोशिश करने लगा।

फादर कार्ल ने कहा, ''अब दोबारा अलग-थलग रहने का अपना ड्रामा शुरू मत कर देना। यहाँ तुम साफ-साफ जवाब देने से बच नहीं सकते। क्या विचार है तुम्हारा, आगे क्या करना होगा?''

मैंने कहा, ''मेरा कोई विचार नहीं है, यही तो समस्या है।''

''तुम्हें यकीन है? ऊर्जा से एकरूप होते ही विचार ज़रा अलग से महसूस होने लगते हैं।'' उन्होंने कहा।

मैंने उलझनभरी नज़रों से उनकी ओर देखा।

फिर उन्होंने समझाया कि ''जब तुम अपना नियंत्रण ड्रामा करना छोड़ देते हो तो घटनाओं को तर्कपूर्ण ढंग से नियंत्रित करने के लिए तुमने जिन शब्दों को अपने मन में आदतन बिठा रखा था, वे तुम्हारे अंदर उठना बंद हो जाते हैं। जैसे ही तुम अपनी भीतरी ऊर्जा से भर जाते हो तो तुम्हारे मन में अलग तरह के विचार उठने लगते हैं, जो दरअसल तुम्हारी चेतना के उच्चतम स्तर से आते हैं। ये विचार तुम्हारे अंतर्ज्ञान होते हैं, जो बहुत अलग से महसूस होते हैं। वे बस तुम्हारे मन के किसी कोने में प्रकट होते हैं, कभी खुली आँखों से देखे गए सपने के रूप में तो कभी किसी हलके से आभास के रूप में। वे सीधे तुम्हारे पास आते हैं ताकि तुम्हारा मार्गदर्शन किया जा सके।''

मुझे अब भी कुछ समझ में नहीं आया था।

फादर कार्ल ने पूछा, ''अब ज़रा यह बताओ कि इसके पहले जब हमने तुम्हें अकेला छोड़ा था, उस समय तुम क्या सोच रहे थे?''

''शायद मुझे ठीक से याद नहीं है,'' मैंने कहा।

उन्होंने कहा, ''एक बार कोशिश करके देखो।''

मैंने ध्यान केंद्रित करने की कोशिश की और कहा, ''शायद मैं विल के बारे में सोच रहा था कि क्या वह वाकई जल्द ही नौवीं अंतर्दृष्टि खोज लेगा? साथ ही मैं पाण्डुलिपि के खिलाफ सेबेस्टियन की मुहिम के बारे में भी सोच रहा था।''

''और क्या सोच रहे थे तुम?'' उन्होंने पूछा।

मैंने बताया कि ''मुझे मार्जरी का खयाल भी आ रहा था कि पता नहीं उसके साथ क्या हुआ होगा।'' लेकिन ये सब याद करने से मुझे यह कैसे समझ में आएगा कि मुझे आगे क्या करना है।

मेरे पास बैठे हुए फादर सांचेज ने कहा, ''मैं समझाता हूँ। जब तुम पर्याप्त ऊर्जा हासिल कर लेते हो तो तुम जागृत होकर विकास को अपनी ओर आकर्षित करने के लिए तैयार हो जाते हो। तुम इसका प्रवाह शुरू करने और खुद को आगे ले जानेवाले संयोगों का निर्माण करने के लिए भी तैयार हो जाते हो। फिर तुम अपने विकास को एक विशिष्ट ढंग से आकर्षित करते हो। सबसे पहले, जैसा कि मैंने कहा था, तुम पर्याप्त ऊर्जा का निर्माण करते हो, फिर तुम अपने जीवन के मूल प्रश्न को याद करते हो - वही प्रश्न जो तुम्हारे माता-पिता तुम्हें देकर गए हैं - क्योंकि वह प्रश्न तुम्हारे संपूर्ण विकास को एक नई दृष्टि प्रदान करता है। इसके बाद तुम अपने वर्तमान जीवन के प्रश्न को पहचानकर स्वयं को अपने मार्ग पर केंद्रित कर लेते हो। ऐसे छोटे प्रश्न हमेशा तुम्हारे जीवन के मूल प्रश्न से संबंधित होते हैं और तुम्हारी आजीवन यात्रा के वर्तमान पड़ाव को निर्धारित करते हैं।

वर्तमान समय में बार-बार मन में आनेवाले प्रश्नों को जागृत रखने से अब आगे तुम्हें क्या करना है और कहाँ जाना है, इस पर तुम्हें अपने भीतर की प्रेरणा से ही मार्गदर्शन मिलने लगता है। अपने अंतर्ज्ञान से तुम्हें अगले कदम का भान हो जाता है। हमेशा ऐसा ही होता है लेकिन जब तुम्हारे मन में गलत सवाल होता है तब ऐसा नहीं होता। जानते हो, **जीवन में अपने सवालों के जवाब हासिल करना कोई समस्यावाली बात नहीं है। असली समस्या तो अपने वर्तमान सवाल को पहचानने में होती है।** एक बार जब तुम सही सवाल पूछने लगते हो तो जवाब ज़रूर मिलते हैं।''

फादर सांचेज ने अपनी बात जारी रखते हुए कहा, ''जब तुम्हें अपने अंतर्ज्ञान से यह आभास हो जाए कि आगे क्या हो सकता है तो तुम्हारा अगला कदम होगा, सावधान और चौकन्ना हो जाना। क्योंकि इसके बाद कभी न कभी संयोगों का बनना तय है ताकि तुम उस दिशा की ओर बढ़ सको, जिसका आभास तुम्हारे अंतर्ज्ञान ने कराया था। तुम समझ रहे हो न?''

''हाँ, समझ रहा हूँ।'' मैंने जवाब दिया।

उन्होंने आगे कहा, ''तो तुम्हें नहीं लगता कि विल, सेबेस्टियन और मार्जरी से जुड़े तुम्हारे ये खयाल महत्वपूर्ण हैं? अपने जीवन की कहानी पर विचार करते हुए ज़रा सोचो कि ये सारे खयाल अभी ही क्यों उठ रहे हैं। तुम्हें अपने परिवार से अपने आध्यत्मिक जीवन को आंतरिक उन्नति करनेवाला, एक साहसी अभियान बनाने का एक लक्ष्य मिल गया है, है न?''

''हाँ,'' मैंने कहा।

फादर सांचेज आगे कहने लगे, ''तो जैसे-जैसे तुम बड़े हुए, रहस्यमयी विषयों में तुम्हारी दिलचस्पी बढ़ती गई। तुमने समाजशास्त्र का अध्ययन किया और लोगों के साथ काम भी किया। हालाँकि फिर भी तुम्हें यह पता नहीं था कि तुम यह सब क्यों कर रहे हो। फिर जैसे ही तुम जागृत होने लगे, तुमने पाण्डुलिपि के बारे में सुना और पेरू चले आए। यहाँ तुम्हें एक के बाद एक अंतर्दृष्टियों का ज्ञान होने लगा और हर अंतर्दृष्टि ने तुम्हें उसी किस्म की आध्यात्मिकता के बारे में सिखाया, जिसकी तुम खोज कर रहे थे। चूँकि अब तुम्हारे अंदर स्पष्टता आ चुकी है इसलिए तुम अपने वर्तमान प्रश्न के प्रति ज्यादा सचेत रहकर उसे पहचान सकते हो और देख सकते हो कि जवाब कैसे आते जा रहे हैं।''

मैं बस उनकी ओर देखता रहा।

''तो तुम्हारा वर्तमान प्रश्न क्या है?'' उन्होंने पूछा।

मैंने कहा, ''मैं बाकी की अंतर्दृष्टियों के बारे में जानना चाहता हूँ। खास तौर पर मैं यह जानना चाहता हूँ कि क्या विल वाकई नौवीं अंतर्दृष्टि को खोज लेगा? मैं जानना चाहता हूँ कि मार्जरी का क्या हुआ और साथ ही मैं सेबेस्टियन के बारे में भी जानना चाहता हूँ।''

फादर सांचेज ने पूछा, ''और इन प्रश्नों के बारे में तुम्हारा अंतर्ज्ञान क्या कहता है?''

मैंने जवाब दिया, ''पता नहीं। मैं मार्जरी से दोबारा मिलने की कल्पना कर रहा था और साथ ही यह भी कि विल तेज़ी से भागा जा रहा है और सैनिक उसका पीछा कर रहे हैं। आखिर क्या मतलब है ऐसे खयालों का?''

''विल कहाँ भाग रहा था?'' उन्होंने पूछा।

''जंगल में।'' मैंने बताया।

कुछ सोचते हुए फादर सांचेज ने कहा, ''शायद ऐसी कल्पनाएँ इस बात का इशारा हैं कि आगे तुम्हें कहाँ जाना चाहिए। इक्विटस जंगल में ही तुम्हें जाना चाहिए। मार्जरी के बारे में क्या सोच रहे थे तुम?''

मैंने कहा कि ''मैं उससे दोबारा मिलने की कल्पना कर रहा था।''

उन्होंने पूछा, ''और सेबेस्टियन?''

मैं याद करके बता रहा था, "मेरे खयाल से वह कोई गलतफहमी की वजह से पाण्डुलिपि के खिलाफ है। उनके मन में क्या है और उन्हें किस चीज़ का डर है, वे पाण्डुलिपि के खिलाफ क्यों हैं, यदि कोई यह सब जानने में सफल हो गया तो उनका मन बदला जा सकता है। ऐसे खयाल मेरे मन में आ रहे थे।"

उन दोनों ने हैरानी से एक-दूसरे की ओर देखा।

"आखिर इस कल्पना का क्या अर्थ है?" मैंने पूछा।

फादर कार्ल ने जवाब के रूप में मुझसे एक सवाल पूछा, "तुम्हें क्या लगता है?"

पर्वतश्रेणी के शिखर पर हुए उस अनुभव के बाद यह पहला मौका था, जब मैं खुद को दोबारा उतना ऊर्जावान महसूस कर रहा था और मेरा आत्मविश्वास इतना बढ़ा हुआ था। मैंने उन दोनों की ओर देखा और कहा, "मुझे लगता है, इसका अर्थ है कि मुझे जंगल की ओर जाना चाहिए और यह जानने की कोशिश करनी चाहिए कि चर्च को पाण्डुलिपि का कौन सा हिस्सा नापसंद है।"

मेरी बात सुनकर फादर कार्ल के चेहरे पर मुस्कराहट आ गई, उन्होंने कहा, "बिलकुल ठीक! तुम चाहो तो मेरी गाड़ी लेकर जा सकते हो।"

मैंने सहमति जताने का इशारा किया और फिर हम तीनों घर के सामनेवाले हिस्से की ओर चल पड़े, जहाँ गाड़ियाँ खड़ी हुई थीं। खाने-पीने की चीज़ोंसहित मेरा सारा सामान पहले से ही फादर कार्ल की गाड़ी में लदा हुआ था। फादर सांचेज की गाड़ी में भी यही सारा सामान लदा हुआ था।

फादर सांचेज ने कहा, "मैं तुम्हें बताना चाहता था कि जब भी एकरूप होने की ज़रूरत महसूस हो तो कहीं ठहरकर ऊर्जा प्राप्त कर लेना, उसके बाद ही आगे बढ़ना। स्वयं को ऊर्जा से भरा हुआ रखते हुए प्रेम की अवस्था में स्थिर रहना। याद रखो, **जब तुम एक बार प्रेम की अवस्था हासिल कर लेते हो तो कोई भी इंसान किसी भी स्थिति में तुम्हारी अतिरिक्त ऊर्जा तुमसे खींच नहीं पाएगा, जिसे तुम बदल पाओ।** वास्तव में तुम्हारे अंदर से जो ऊर्जा बाहर की ओर प्रवाहित हो रही है, वह एक किस्म की तरंग की रचना करती है, जो उसी प्रमाण में ऊर्जा को बाहर से अंदर की ओर खींचने लगती है। इस तरह तुम्हारी ऊर्जा कभी भी कम नहीं होती। लेकिन यह प्रक्रिया चलती रहे, इसके लिए ज़रूरी है कि तुम इसे लेकर पूरी तरह जागृत हो जाओ। दूसरों के साथ बातचीत के दौरान ऐसा करना और ज़रूरी हो जाता है।"

फिर वे चुप हो गए। यह देखकर फादर कार्ल भी हमारे पास चले आए, जैसे सांचेज का चुप होना उनके लिए एक संकेत हो। फादर कार्ल ने कहा, "तुमने सातवीं और आठवीं अंतर्दृष्टि को छोड़कर बाकी सारी अंतर्दृष्टियाँ पढ़ी हैं। सातवीं अंतर्दृष्टि का संबंध ब्रह्माण्ड द्वारा तुम्हें उपलब्ध कराए जानेवाले हर जवाब, हर संयोग के प्रति स्वयं को जागृत करने से है।"

फादर कार्ल ने मुझे एक छोटा सा फोल्डर दिया और कहा, "यह सातवीं अंतर्दृष्टि है। बहुत ही संक्षिप्त और साधारण। लेकिन यह बताती है कि कैसे कुछ चीज़ें, कुछ बातें अचानक हमारे अंदर से बाहर निकल आती हैं और कैसे हमारा मार्गदर्शन करने के लिए कुछ विशेष विचार हमारे अंदर उठते रहते हैं। रही बात आठवीं अंतर्दृष्टि की तो सही समय आने पर तुम्हें उसके बारे में स्वत: ही पता लग जाएगा। इससे समझ में आता है कि जिन लोगों के पास हमारे

सवालों के जवाब हैं, उनकी मदद हम कैसे कर सकते हैं। आगे इसमें एक नए सामाजिक नियम का वर्णन किया गया है, जो बताता है कि विकास की यात्रा में एक-दूसरे का सहयोग करने के लिए हम इंसानों को आपस में कैसा बरताव करना चाहिए।''

''आप मुझे आठवीं अंतर्दृष्टि अभी क्यों नहीं दे सकते?'' मैंने पूछा।

फादर कार्ल मुस्कराने लगे और अपना हाथ मेरे कंधे पर रखकर बोले, ''क्योंकि हमें लगता है कि हमें ऐसा नहीं करना चाहिए। हमें अपने इस अंतर्ज्ञान का अनुकरण तो करना होगा न? जैसे ही तुम सही सवाल पूछने लगोगे, तुम्हें आठवीं अंतर्दृष्टि भी मिल जाएगी।''

मैं उनकी बात समझ गया। इसके बाद उन दोनों ने मुझे गले लगाया और शुभकामनाएँ दीं। फादर कार्ल ने ज़ोर देकर कहा कि हमें जल्द ही दोबारा मिलना चाहिए और मुझे अपने उन सवालों के जवाब ज़रूर मिल जाएँगे, जिनके लिए मैं यहाँ आया था।

हम अपनी-अपनी गाड़ियों में सवार होने ही वाले थे कि अचानक सांचेज पलटकर मेरे पास आए और कहा, ''मेरे अंतर्ज्ञान के अनुसार मुझे तुमसे एक बात कह देनी चाहिए। बाद में तुम इसे और बेहतर ढंग से समझ पाओगे। तुम अपने सौंदर्य की धारणा (इंद्रियानुभूति) और आनंद की स्थिति को ही यह तय करने दो कि आगे तुम्हें अपने रास्ते पर कैसे आगे बढ़ना है। इससे तुम्हें वे स्थान व लोग अधिक स्पष्ट व आकर्षक नज़र आएँगे, जिनके पास तुम्हारे प्रश्नों के उत्तर हैं।''

मैंने सिर हिलाकर सहमति जताई और फादर कार्ल के ट्रक पर सवार हो गया। फिर मैं उस ऊबड़-खाबड़ सड़क पर कुछ मील तक उनकी गाड़ी के पीछे-पीछे चलता रहा। इसके बाद एक चौराहा आया और सांचेज व फादर कार्ल पूर्व दिशा की ओर मुड़ गए। जाते-जाते सांचेज ने मेरी ओर देखा और खिड़की से हाथ लहराते हुए अभिवादन किया। मैं कुछ पलों तक उन दोनों को जाते हुए देखता रहा। फिर अपने ट्रक को उत्तर दिशा की ओर मोड़कर अमेजॉन घाटी की तरफ चल पड़ा।

मेरी अधीरता बढ़ती जा रही थी। करीब तीन घंटे तक लगातार ट्रक चलाने के बाद अब मैं एक चौराहे पर खड़ा था और तय नहीं कर पा रहा था कि मुझे कौन सा रास्ता चुनना चाहिए। नक्शे के मुताबिक मेरे बायीं ओर पूर्व दिशा की तरफ जानेवाली सड़क पर्वतश्रेणी के किनारे-किनारे करीब सौ मील तक जाती थी, उसके बाद मुझे इक्विटस की ओर पूर्व दिशा में मुड़ना होगा। दूसरा रास्ता दायीं ओर से जाता था, जो पूर्वी कोण में जंगल से गुज़रते हुए इक्विटस की ओर जाता था।

मैंने एक गहरी साँस लेकर शांत होने की कोशिश की और अपनी गाड़ी के रियर व्यू मिरर में देखा। दूर-दूर तक कोई दिखाई नहीं दे रहा था। ड्राइविंग के दौरान पिछले करीब एक घंटे में मुझे इस रास्ते पर न तो कोई स्थानीय व्यक्ति दिखा और न ही कोई अन्य गाड़ी। मैंने अपनी बेचैनी को नियंत्रित करने की कोशिश की। मैं जानता था कि अगर मुझे सही निर्णय लेना है तो थोड़ा शांत होकर एकरूप बने रहना होगा।

मैंने अपने चारों ओर फैले दृश्य पर ध्यान केंद्रित किया। दायीं ओर जंगलवाला रास्ता था, जो विशाल पेड़ों के बीच से होकर जाता था, जिनके चारों तरफ ज़मीन पर नुकीली चट्टानों के टुकड़े धँसे हुए थे और बड़े-बड़े पेड़ उगे थे। दूसरा रास्ता, जो पहाड़ों के किनारे से जाता था,

दिव्य भविष्यवाणी

अपेक्षाकृत खाली था। एक पेड़ उसी दिशा में उगा हुआ था लेकिन बाकी का सारा इलाका पहाड़ी था, जहाँ पेड़ों की संख्या नाममात्र की ही थी।

मैंने एक बार फिर अपने दायीं ओर नज़र डाली और प्रेमपूर्ण अवस्था की ओर बढ़ने की कोशिश करने लगा। पेड़ और झाड़ियाँ हरियाली से लदी हुई थीं। फिर मैंने बायीं ओर नज़र डालकर भी ठीक यही प्रक्रिया दोहराई। तभी अचानक मैंने सड़क के किनारों पर उगी फूलनुमा घास पर गौर किया। घास की किनारियाँ तो मुरझाई हुईं और धब्बेदार थीं लेकिन उन पर लगे सफेद फूलों को नज़र भरकर देखने पर दूर तक एक अनोखा पैटर्न बनता नज़र आ रहा था। मुझे हैरानी हुई कि मैंने अब तक इन फूलों पर गौर क्यों नहीं किया। अब उनकी आभा देखते ही बन रही थी। मैंने गंभीरता से उस तरफ गौर किया ताकि वहाँ मौजूद हर चीज़ मेरी नज़र के दायरे में आ जाए। छोटी-छोटी चट्टानें और सुदूर फैले हुए भूरे-भूरे बलुई धब्बे बड़े अनोखे और रंगीन नज़र आ रहे थे। इस प्राकृतिक दृश्य में सुनहरे, बैंगनी और गहरे लाल रंग की छटा बिखरी हुई थी।

मैंने वापस अपने दायीं ओर मौजूद पेड़ों और झाड़ियों की ओर देखा। हालाँकि वे भी खूबसूरत दिख रहे थे लेकिन बायीं ओर के मुकाबले ज़रा फीके नज़र आ रहे थे। लेकिन ऐसा कैसे हो सकता है? पहले-पहल तो ये दायीं ओरवाला रास्ता ही ज़्यादा आकर्षक नज़र आ रहा था। मैंने दोबारा अपने बायीं ओर नज़र डाली। अब मेरी धारणा और पक्की हो गई। कई सारे सुंदर आकृतियों और रंगों को देखकर मैं हैरान था।

मुझे विश्वास हो गया कि मुझे इसी ओर जाना चाहिए। मैंने अपना ट्रक चालू किया और बायीं ओर वाले रास्ते की तरफ चल पड़ा। मैं आश्वस्त था कि मेरा निर्णय सही साबित होगा। पत्थर और कंकड़ बिखरे होने के कारण यह सड़क ज़रा ऊबड़-खाबड़ थी। फिर भी इस रास्ते पर आगे बढ़ते हुए मुझे अपने शरीर में हलकापन सा महसूस हुआ। मेरा सारा बोझ मेरे नितंबों पर केंद्रित हो गया था और मेरी पीठ व गर्दन बिलकुल सीधे थे। मेरे हाथों ने ट्रक का स्टेयरिंग थाम रखा था लेकिन मैंने उस पर दबाव नहीं बना रखा था।

अगले दो घंटे तक मैं चुपचाप ड्राइव करता रहा। बीच-बीच में, फादर कार्ल की तैयार की हुई खाने की टोकरी में से निकालकर कुछ न कुछ खाता रहा। इस पूरे रास्ते में भी मुझे कोई और इंसान नज़र नहीं आया। छोटे-छोटे पहाड़ों के बीच से गुज़रने के कारण यह रास्ता ज़रा ऊँचा-नीचा भी था। तभी मैंने गौर किया कि मेरे दायीं ओर स्थित एक पहाड़ की चोटी पर दो पुरानी खस्ताहाल कारें खड़ी हुई हैं। उन्हें सड़क से काफी दूर ले जाकर छोटे-छोटे पेड़ों के पास खड़ा कर दिया गया था। वहाँ कोई इंसान नज़र नहीं आया और ऐसा लगा कि शायद कोई इन कारों को वहाँ छोड़कर चला गया है। आगे जाकर यह सड़क तेज़ी से बायीं ओर मुड़ गई और फिर कुछ देर बाद एक चौड़ी घाटी में नीचे की ओर गोलाकार होकर आगे बढ़ती रही। ऊँचाई पर होने के कारण मीलों तक फैले इस प्राकृतिक दृश्य की विशालता को आराम से निहारा जा सकता था।

मैंने यूँ ही सुस्ताने के लिए ट्रक को रोक दिया। तभी मैंने देखा कि घाटी की सड़क पर सेना के चार वाहन खड़े हुए हैं। सड़क के दोनों किनारों पर खड़े इन वाहनों के आसपास कुछ सैनिक भी मौजूद थे। अचानक मेरे अंदर कपकपी की एक ठंढी लहर दौड़ गई। दरअसल सेना के ये वाहन इस रास्ते से गुज़रनेवाले वाहनों को रोकने और उनकी तलाशी लेने के लिए खड़े

थे। मैंने उनकी नज़रों से बचने के लिए अपना ट्रक तुरंत ज़रा पीछे किया और पहाड़ी की चोटी पर मौजूद दो विशाल चट्टानों के पीछे जाकर खड़ा कर दिया। मैं ट्रक से बाहर आया और वापस उसी स्थान पर गया ताकि उन सैनिकों की गतिविधियों पर नज़र डालकर यह गौर कर सकूँ कि आखिर हो क्या रहा है। मैंने देखा कि एक अन्य वाहन विपरीत दिशा की ओर चला जा रहा था।

तभी मुझे अपने पीछे कोई आवाज़ सुनाई दी। मैंने फौरन पलटकर देखा। यह फिल था। वही पर्यावरणविद्, जिससे मैं विसिएंते में मिला था।

वह भी उतना ही हैरान था, जितना मैं। "तुम यहाँ क्या कर रहे हो?" उसने पूछा और तेज़ी से चलते हुए मेरे पास आ गया।

"मैं इक्विटस पहुँचने की कोशिश कर रहा हूँ," मैंने कहा।

फिल के चेहरे पर बेचैनी और घबराहट साफ नज़र आ रही थी, उसने कहा, "हम भी वही कर रहे हैं लेकिन सरकार इस समय पाण्डुलिपि को लेकर बिलकुल पगलाई हुई है। हम सोच रहे थे कि हमें सेना के उस रोड-ब्लॉक को पार करने का खतरा उठाना चाहिए या नहीं। हम चार लोग हैं।" उसने अपने बायीं ओर इशारा करते हुए कहा, जहाँ तीन और लोग पेड़ों के पीछे खड़े हुए थे।

"तुम इक्विटस क्यों जा रहे हो?" फिल ने पूछा।

मैंने जवाब दिया, "मैं विल को ढूँढ़ने की कोशिश कर रहा हूँ। हम कुला में अलग हो गए थे। लेकिन मैंने सुना है कि वह पाण्डुलिपि के बाकी के हिस्से की तलाश में शायद इक्विटस गया होगा।"

अब फिल के चेहरे पर डर के भाव तैर गए। उसने कहा, "उसे ऐसा नहीं करना चाहिए! सेना ने पाण्डुलिपि की कोई भी प्रति अपने पास रखने पर पाबंदी लगा दी है। क्या तुमने सुना नहीं कि विसिएंते में क्या हुआ?"

"हाँ, थोड़ा-बहुत। लेकिन तुमने क्या सुना है?" मैंने पूछा।

फिल ने कहा, "मैं वहाँ मौजूद नहीं था लेकिन मुझे लगता है कि अधिकारियों ने वहाँ घुसकर हर उस व्यक्ति को गिरफ्तार कर लिया है, जिसके पास पाण्डुलिपि की कोई भी प्रति मिली। सारे मेहमानों को पूछताछ के लिए रोककर रखा गया। डेल और अन्य वैज्ञानिकों को तो वे लोग वहाँ से कहीं दूर ले गए और अब किसी को नहीं पता कि सारे वैज्ञानिक कहाँ हैं।"

"क्या तुम्हें पता है कि सरकार पाण्डुलिपि की किस बात से इतनी परेशान है?" मैंने पूछा।

"नहीं, लेकिन जब मैंने सुना कि खतरा इतना बढ़ गया है तो तय किया कि अपना रिसर्च डाटा लेने के लिए एक बार इक्विटस ज़रूर लौटूँगा और फिर यह देश छोड़कर कहीं दूर चला जाऊँगा।" फिल ने कहा।

मैंने फिल को विसिएंते छोड़ने के बाद मेरे और विल के साथ हुई घटनाओं के बारे में बताया, विशेषकर पर्वतश्रेणी की चोटी पर हुई उस गोलीबारी के बारे में।

"हे भगवान!" उसने कहा, "और तुम अब भी बेवकूफों की तरह यहीं घूम रहे हो?"

उसकी यह बात सुनकर मेरा आत्मविश्वास डगमगा गया लेकिन फिर भी मैंने जवाब दिया, ''देखो, अगर हम कुछ नहीं करेंगे तो सरकार पाण्डुलिपि को हमेशा के लिए दबा देगी और दुनिया इसके ज्ञान से वंचित रह जाएगी। मुझे लगता है कि उन अंतर्दृष्टियों में जिस ज्ञान की व्याख्या की गई है, वह बहुत महत्वपूर्ण है!''

''इतना महत्वपूर्ण है कि उसके लिए अपनी जान तक न्योछावर कर दी जाए?'' उसने पूछा।

तभी हमें सेना के उन वाहनों के चालू होने की आवाज़ आई और हमारा ध्यान उस ओर चला गया। वे चारों ट्रक घाटी की सड़क पर चलते हुए हमारी ही ओर चले आ रहे थे।

''सत्यानाश!'' उसने कहा। ''वे इसी तरफ आ रहे हैं।''

इससे पहले कि हम कुछ कर पाते, हमने कुछ और वाहनों की आवाज़ें सुनीं, जो दूसरी ओर से हमारी ओर आ रहे थे।

''उन्होंने हमें घेर लिया है!'' फिल चीखा। वह बुरी तरह घबरा गया था।

मैं अपने ट्रक की ओर भागा और खाने की टोकरी में रखा सारा सामान एक छोटे से बंडल में फेंक दिया। फिर मैंने पाण्डुलिपि के फोल्डर को भी उसी बंडल में डाल दिया। पलभर तक सोचने के बाद आखिरकार मैंने उस बंडल को अपनी सीट के नीचे खिसका दिया।

जैसे-जैसे वे वाहन हमारे पास आ रहे थे, उनके इंजन की आवाज़ और तेज़ होती जा रही थी। मैं भी फिल की तरह दायीं ओर दौड़ पड़ा। वह और उसके तीनों साथी नीचे की ओर कुछ बड़ी-बड़ी चट्टानों के एक झुंड के पीछे जाकर छिप गए थे। मैं भी उन्हीं के पास जाकर छिप गया। मुझे उम्मीद थी कि सेना के ट्रक वहाँ से बिना ध्यान दिए गुज़र जाएँगे। मेरा ट्रक तो उनकी नज़र से बाहर ही था और मैं उम्मीद कर रहा था कि बाकी की गाड़ियों को देखकर उन्हें लगेगा कि शायद कोई उन्हें यहाँ छोड़कर चला गया होगा, ठीक वैसे ही जैसे रास्ते में पहाड़ की चोटी पर खड़ी उन दो कारों को देखकर मैंने सोचा था।

दक्षिण दिशा से आ रहे ट्रक सबसे पहले पहुँचे और हमारी शंका के मुताबिक फिल और उसके साथियों की गाड़ियों के पास आकर रुक गए।

''पुलिस! भागने की कोशिश मत करना।'' उनमें से एक सैनिक ने चिल्लाते हुए कहा। हम सब वहीं जड़ हो गए क्योंकि तभी कुछ सैनिकों ने पीछे से आकर हमें भी घेर लिया था। वे सब खतरनाक हथियारों से लैस थे और बहुत सतर्क नज़र आ रहे थे। सैनिकों ने फौरन हमारी तलाशी ली और हमारे पास मौजूद हर चीज़ छीनकर खुद रख ली। फिर वे हमें धक्का देते हुए वापस सड़क तक ले आए, जहाँ दर्जनभर सैनिक सारी गाड़ियों की तलाशी ले रहे थे। फिल और उसके साथियों को सेना के ट्रक में बिठा दिया गया और फिर पलभर में ही वह ट्रक वहाँ से चल पड़ा। जब वह ट्रक मेरे पास से गुज़रा तो मेरी नज़र फिल पर पड़ी। वह बहुत बुझा हुआ और भयभीत दिख रहा था।

मुझे विपरीत दिशा में ले जाकर पहाड़ी की चोटी के पास बैठने को कहा गया। अपने-अपने कंधों पर एक ऑटोमैटिक हथियार टाँगे हुए कुछ सैनिक मेरे पास आकर खड़े हो गए। आखिरकार एक अफसर चलते हुए इस ओर आया। उसने अंतर्दृष्टियों की प्रतिवाले फोल्डर को और फादर कार्ल के ट्रक की चाभियों को मेरे पैरों पर पटक दिया।

“क्या ये प्रतियाँ तुम्हारी हैं?” उसने पूछा।

मैंने बिना कोई जवाब दिए उसकी ओर देखा।

उसने कहा, “ये चाभियाँ तुम्हारी जेब से मिली हैं और उस ट्रक के अंदर पाण्डुलिपि की ये प्रतियाँ मिली हैं। मैं दोबारा पूछता हूँ, क्या ये तुम्हारी हैं?”

मैंने हकलाते हुए कहा, “जब तक मुझे एक वकील नहीं दिया जाता, तब तक मैं कोई जवाब नहीं दूँगा।”

मेरी बात सुनकर उस अफसर के चेहरे पर एक उपहासपूर्ण मुस्कान तैर गई। उसने अपने साथियों से कुछ कहा और फिर वहाँ से चला गया। सैनिक मुझे एक जीप की ओर ले गए और उन्होंने मुझे आगे की सीट पर ड्राइवर के बगल में बिठा दिया। दो अन्य सैनिक अपने हथियारोंसहित पीछे की सीट पर बैठ गए। हमारे पीछे एक दूसरे ट्रक में कुछ और सैनिक सवार हो गए और फिर दोनों वाहन उत्तर दिशा में घाटी की ओर बढ़ गए।

मेरे मन में बेचैनीभरे खयाल आने लगे। ये लोग मुझे कहाँ ले जा रहे हैं। आखिर मैंने खुद को इस खतरे में डाला ही क्यों? उन पादरियों के बताए अनुसार मैंने कितनी तैयारी की थी लेकिन मैं एक दिन भी सुरक्षित नहीं रह पाया। जब मैं उस चौराहे पर था तो पूरी तरह आश्वस्त था कि मैंने बिलकुल सही रास्ता चुना है। मुझे इस बात पर ज़रा भी संदेह नहीं था कि यही सबसे आकर्षक रास्ता है। आखिर मुझसे गलती कहाँ हुई?

मैंने एक गहरी साँस ली और ज़रा शांत होने की कोशिश की। अब मैं बस यह सोच रहा था कि आगे क्या होनेवाला है। मैंने सोचा कि मैं यह बहाना बना दूँगा कि मैं इस चक्कर में अपनी अज्ञानता के कारण पड़ गया और खुद को एक भटके हुए पर्यटक की तरह पेश करूँगा, जिसका किसी को नुकसान पहुँचाने का कोई इरादा नहीं था। मैं कह दूँगा कि मैं बस गलत लोगों के चक्कर में पड़ गया था और अब प्लीज़ मुझे वापस जाने दीजिए।

मैंने अपने हाथों को अपनी गोद में रखा हुआ था। मैंने देखा कि मेरे हाथ काँप रहे थे। पीछे बैठे एक सैनिक ने मुझे पानी की बोतल पकड़ा दी। मैंने वह बोतल ले तो ली लेकिन मुझसे पानी पिया नहीं गया। वह एक युवा सैनिक था और जब मैंने उसे वह बोतल लौटाई, वह मुस्कराने लगा। उसके चेहरे पर द्वेष या घृणा का कोई भाव नहीं था। मेरे मन में फिल का भयभीत चेहरा कौंध गया। वे लोग उसके साथ न जाने क्या करेंगे?

मुझे खयाल आया कि पहाड़ी की चोटी पर फिल से मुलाकात होना एक संयोग था। लेकिन इसका अर्थ क्या था? अगर सैनिकों ने बीच में आकर दखल नहीं दी होती तो हमारे बीच क्या बातचीत हुई होती? हमारी जो भी बात हो पाई, उसमें मैंने पाण्डुलिपि के महत्त्व पर ज़ोर दिया और वह सिर्फ यहाँ के खतरे के बारे में मुझे आगाह करता रहा और सलाह देता रहा कि इससे पहले कि मुझे पकड़ लिया जाए, मुझे यहाँ से निकल जाना चाहिए। दुर्भाग्यवश जब तक उसने मुझे आगाह किया, तब तक बहुत देर हो चुकी थी।

अगले कुछ घंटों तक हम लगातार चलते रहे। इस बीच हममें से कोई भी कुछ नहीं बोला। जैसे-जैसे हम आगे बढ़ रहे थे, यह पहाड़ी इलाका धीरे-धीरे समतल इलाके में तब्दील होता जा रहा था। हवा ज़रा गरम थी। कुछ देर बाद उस सैनिक ने मेरे हाथों में खाने का एक डिब्बा पकड़ा दिया, जिसका ढक्कन खुला हुआ था। उसमें बीफ हैश (माँस की भुर्जी) जैसा

कुछ रखा हुआ था लेकिन एक बार फिर मेरे गले से कुछ उतरा ही नहीं। सूरज ढलने के बाद जल्द ही अंधेरा हो गया।

मैं सड़क पर पड़ती ट्रक की रोशनी को घूरते हुए चुपचाप बैठा हुआ था। तभी मेरी आँख लग गई और मैंने सपने में देखा कि मैं भाग रहा हूँ। मैं आग से भभकते हुए सैकड़ों विशाल अलावों के बीच से गुज़र रहा था और किसी अज्ञात दुश्मन से बचकर भागने की कोशिश में था। मुझे यह विश्वास था कि कहीं न कहीं कोई गुप्त चाभी ज़रूर है, जो मेरे लिए ज्ञान और सुरक्षा का रास्ता खोल सकती है। तभी मेरी नज़र एक विशाल अलाव के पास मौजूद उस चाभी पर पड़ी और आखिरकार मैं उसे हासिल करने का दुस्साहस कर बैठा!

मैं झटका खाते हुए उठ बैठा। मेरा शरीर पसीने से तरबतर था। सैनिकों ने घबराकर मेरी ओर देखा। मैंने सिर हिलाकर उन्हें अपने ठीक होने का इशारा किया और ट्रक के दरवाज़े पर टिक गया। मैं काफी देर तक अपने बगल की खिड़की के बाहर अंधेरे से घिरे हुए प्राकृतिक दृश्य की धुँधली आकृतियों की ओर देखता रहा और अपने भीतर उठ रहे भय और घबराहट से बचने की कोशिश करता रहा। मैं अकेला था, सैनिकों की निगरानी में था और अपने आगे मुझे सिर्फ अंधेरा नज़र आ रहा था। इस बात से किसी को कोई फर्क नहीं पड़ता था कि मैं कैसे दुःस्वप्न से गुज़र रहा हूँ।

करीब आधी रात के बाद हम पत्थर के कटे हुए टुकड़ों से बनी एक विशाल इमारत के बाहर आकर रुक गए। यह मद्धिम रोशनीवाली दो मंज़िला इमारत थी। हम मुख्य दरवाज़े से होकर एक गलियारे से गुज़रते हुए आगे बढ़े और फिर बगल के एक दरवाज़े से अंदर दाखिल हो गए। वहाँ कुछ सीढ़ियाँ थीं, जिन पर उतरते हुए हम एक विशाल कमरे में पहुँच गए। अंदरूनी दीवारें भी पत्थर की ही बनी थीं और छत लकड़ी के बड़े-बड़े खुरदरे पट्टों को जोड़कर बनाई गई थी। छत से एक बल्ब नीचे लटक रहा था। बल्ब की रोशनी के सहारे चलते हुए हम एक और दरवाज़े से अंदर दाखिल हुए और एक ऐसे स्थान पर पहुँच गए, जहाँ कैदियों की कोठरियाँ बनी हुई थीं। एक सैनिक, जो थोड़ी देर पहले कहीं गायब हो गया था, अब हमारे साथ हो लिया। उसने आगे बढ़कर एक कोठरी का दरवाज़ा खोला और मुझे अंदर जाने का इशारा किया।

अंदर तीन चारपाइयाँ, एक लकड़ी की मेज़ और एक फूलदान रखा हुआ था। हैरानी की बात यह थी कि कोठरी बहुत साफ-सुथरी थी। जैसे ही मैं अंदर दाखिल हुआ, कोठरी में पहले से कैद एक युवा पेरूवियन ने किसी दब्बू व्यक्ति की तरह दरवाज़े के पीछे से मुझे देखा। उसकी उम्र अठारह-उन्नीस साल से ज़्यादा नहीं रही होगी। मुझे अंदर भेजकर सैनिक ने कोठरी का दरवाज़ा बंद किया और वहाँ से चला गया। मैं एक खाट पर बैठ गया, उस युवक ने दीपक जला दिया। दीपक की रोशनी में मैंने उसका चेहरा साफ-साफ देखा और मुझे एहसास हुआ कि वह एक इंडियन (मूल निवासी) था।

मैंने उससे पूछा, ''क्या तुम अंग्रेज़ी बोल सकते हो?''

''हाँ, कुछ-कुछ,'' उसने कहा।

''हम फिलहाल कहाँ पर हैं?''

''पुलकुपा के पास।''

''क्या यह जेल है?''

''नहीं, पाण्डुलिपि के बारे में पूछताछ के लिए सबको यहीं लाया गया है।''

''तुम यहाँ कब से हो?''

उसकी भूरी आँखों में हिचिकिचाहट के भाव उतर आए। ''दो महीने से।''

''क्या किया उन्होंने तुम्हारे साथ?'' मैंने पूछा।

''वे कोशिश करते रहे कि मैं पाण्डुलिपि पर विश्वास करना बंद कर दूँ। इसके अलावा वे मुझसे उन लोगों के बारे में पूछते रहे, जिनके पास पाण्डुलिपि की प्रतियाँ हैं।''

''कैसे?''

''मुझसे बातचीत करके,''

''सिर्फ बातचीत करके? बिना कोई धमकी दिए?''

''हाँ, सिर्फ बातचीत करके।'' उसने दोहराया।

''क्या उन्होंने कुछ बताया कि वे तुम्हें कब रिहा करेंगे?''

''नहीं।''

मैं पलभर के लिए चुप हो गया और उसने सवालिया नज़रों से मेरी ओर देखा।

''क्या तुम्हें भी पाण्डुलिपि की प्रतियों के साथ हिरासत में लिया गया था?''

''हाँ, और तुम्हें?''

''हाँ। मैं यहीं पास के एक अनाथालय में रहता था। मेरे प्रधान अध्यापक पाण्डुलिपि में बताई गई कोई बात सिखा रहे थे और उन्होंने मुझसे कहा कि मैं भी बच्चों को सिखाऊँ। वे तो भागने में कामयाब हो गए लेकिन मैं पकड़ा गया।'' उसने बताया।

मैंने उत्सुकतावश उससे पूछा, ''तुमने अब तक कितनी अंतर्दृष्टियाँ देखी हैं?''

''मैं उन सबको देख चुका हूँ, जिनकी खोज हुई है,'' उसने कहा। ''और तुमने?''

मैंने जवाब दिया, ''ओह... सातवीं और आँठवीं को छोड़कर बाकी सब। सातवीं अंतर्दृष्टि तो मेरे पास ही थी लेकिन मुझे उसे पढ़ने का मौका मिल पाता, इससे पहले ही सैनिकों ने मुझे पकड़ लिया।''

उस युवक ने एक जम्भाई ली और पूछा, ''क्या अब हम सो सकते हैं?''

''हाँ, क्यों नहीं।'' मैंने अनमनेपन से कहा।

मैं अपनी चारपाई पर लेट गया और आँखें मूँद लीं। मेरा मन अब भी शांत नहीं था। अब क्या करूँ मैं? आखिर मैं यूँ गिरफ्तार कैसे हो गया? क्या मैं यहाँ से भाग सकता हूँ? मैं अपने मन में तमाम रणनीतियाँ और दृश्य बुनता रहा और आखिरकार मुझे नींद आ गई।

एक बार फिर मैंने वही भयानक सपना देखा। मैं अब भी उसी चाभी को ढूँढ़ रहा था लेकिन इस बार मैं एक घने जंगल में रास्ता भटक गया था। काफी देर तक यूँ ही निरुद्देश्य चलते हुए मैं कोई मार्गदर्शन पाने की कामना करता रहा। कुछ देर बाद तेज़ बारिश के साथ आँधी आ गई और सब जगह पानी भर गया। पानी में फँसे होने के दौरान मैं एक खड्डे में

गिर गया और फिर बहते हुए एक नदी में जा पहुँचा, जिसका प्रवाह उलटा था और मुझे डूबने का खतरा महसूस हो रहा था। मैं अपनी पूरी ताकत बटोरकर किसी तरह खुद को बचाने की कोशिश करता रहा। लग रहा था, जैसे मैं कई दिनों से यही संघर्ष कर रहा हूँ। आखिरकार मैं चट्टानी तटरेखा को पकड़कर किसी तरह पानी के तेज़ प्रवाह से बचकर बाहर निकल आया। मैं चट्टानों पर चढ़ गया और नदी की सीमा से लगे खड़े टीलों को पार करते हुए ऊपर, और ऊपर चढ़ता गया, जो पहले से कहीं अधिक जोखिमभरा स्थान था। हालाँकि मैं पूरी इच्छा शक्ति और समझदारी के साथ उन टीलों पर चढ़ रहा था लेकिन एक पड़ाव पर आकर मैंने पाया कि मैंने बड़े ही खतरनाक ढंग से अपने सामने की चट्टान को पकड़ रखा है और अब मैं आगे जाने में असमर्थ हूँ। मैंने नीचे की ओर एक नज़र डाली लेकिन मैं यह देखकर अचंभे में पड़ गया कि जिस नदी से बाहर निकलने के लिए मुझे इतना संघर्ष करना पड़ा, अब वह जंगल से बाहर निकलकर धीरे-धीरे खूबसूरत समुंदर के किनारे और घास के मैदान की ओर बहने लगी है। वह चाभी फूलों से घिरे उस घास के मैदान के बीचोंबीच पड़ी हुई थी। तभी अचानक मेरा पैर फिसल गया और मैं चीखते हुए नीचे नदी में गिरकर डूब गया।

मैं अचानक उठकर बैठ गया। मेरी साँसें बहुत तेज़ चल रही थीं। वह युवा इंडियन, जो पहले ही जाग चुका था, मेरे पास आ गया।

''क्या हुआ?'' उसने पूछा।

मैंने किसी तरह साँस लेते हुए चारों ओर देखा और मुझे एहसास हुआ कि मैं नदी में नहीं, जेलनुमां कोठरी में हूँ। मैंने गौर किया कि कोठरी में एक खिड़की भी है, जिसके बाहर के उजाले को देखकर समझा जा सकता था कि सुबह हो चुकी है।

''बस एक बुरा सपना देखा,'' मैंने कहा।

वह मुस्कराया, जैसे मेरी बात सुनकर उसे खुशी हुई हो। ''बुरे सपनों में सबसे महत्वपूर्ण संदेश छिपे होते हैं,'' उसने टिप्पणी की।

''संदेश?'' मैंने पूछा।

वह ज़रा शरमा गया कि अब उसे इसका वर्णन करना होगा। ''सातवीं अंतर्दृष्टि में सपनों के बारे में बताया गया है,'' उसने कहा।

''क्या बताया गया है?'' मैंने पूछा

''यही कि सपनों का अर्थ कैसे समझा जाए?'' उसने कहा।

मैंने पूछा, ''पाण्डुलिपि क्या कहती है सपनों के अर्थ के बारे में?''

उसने जवाब दिया, ''पाण्डुलिपि के अनुसार सपने में देखी गई कहानी की तुलना जीवन की कहानी से करनी चाहिए।''

मैं पलभर के लिए सोच में पड़ गया। पाण्डुलिपि में दिए गए इस निर्देश को लेकर मैं आश्वस्त नहीं था। मैंने उससे पूछा, ''कहानियों की तुलना करने से क्या मतलब है तुम्हारा?''

उस युवा इंडियन ने किसी तरह मुझसे आँखें मिलाईं और कहा, ''क्या तुम अपने सपने का अर्थ समझना चाहते हो?''

मैंने सिर हिलाकर सहमति जताई और उसे अपने सपने के बारे में बताया।

उसने मेरी बात को गंभीरता से सुना और फिर बोला, ''इस कहानी के हिस्सों की तुलना अपने जीवन से करो।''

मैंने उसकी ओर देखा। फिर पूछा, ''लेकिन शुरू कहाँ से करूँ?''

''शुरुआत से शुरू करो। इस सपने की शुरुआत में तुम क्या कर रहे थे?''

''मैं जंगल में एक चाभी ढूंढ़ रहा था।''

''और उस वक्त तुम्हें कैसा महसूस हो रहा था?''

''जैसे मैं कहीं खो गया हूँ।''

''इस स्थिति की तुलना अपने जीवन की स्थिति से करो।''

''हाँ, शायद ये दोनों स्थितियाँ एक जैसी ही हैं,'' मैंने कहा। ''मैं पाण्डुलिपि के बारे में अपने सवालों के जवाब ढूँढ़ रहा हूँ और कोई दो राय नहीं कि फिलहाल मैं खोया हुआ महसूस कर रहा हूँ।''

''और तुम्हारे जीवन में क्या-क्या हो रहा है?'' उसने पूछा।

मैंने कहा, ''मैं पकड़ा जा चुका हूँ। अपनी सारी कोशिशों के बावजूद आज मैं यहाँ बंद हूँ और अब बस यही उम्मीद कर सकता हूँ कि किसी तरह यहाँ से छूट जाऊँ।''

''क्या तुम अपने पकड़े जाने की घटना को लेकर अब भी तनाव में हो?''

''हाँ, और क्या।''

''सपने में आगे क्या हुआ?''

''मैं प्रवाह के खिलाफ संघर्ष कर रहा था।''

''क्यों?'' उसने पूछा।

''क्योंकि मुझे लग रहा था कि मैं उसमें डूब जाऊँगा।''

''और अगर तुमने उस प्रवाह के खिलाफ कोई संघर्ष नहीं किया होता तो?''

''तो वह मुझे बहाकर उस चाभी के पास ले गया होता...'' अचानक मुझे समझ में आया कि वह इस बातचीत को किस ओर ले जा रहा है।

मैंने आश्चर्य से कहा, ''...ओह यानी तुम्हारा कहना है कि अगर मैं सपने की तरह जीवन की इस मौजूदा स्थिति को बदलने की कोशिश न करूँ तो मुमकिन है कि मुझे अब भी अपने सवालों के जवाब मिल जाएँ?''

वह फिर से शरमा गया। ''मैं कुछ नहीं कह रहा। जो भी कह रहा है, सपना कह रहा है।''

मैं पलभर के लिए सोच में पड़ गया। क्या यही इस सपने का सही अर्थ है?

उस युवा इंडियन ने मेरी ओर देखा और पूछा, ''यदि तुम्हें फिर से वही सपना आए तो इस बार तुम क्या करोगे?''

मैंने जवाब दिया, ''मैं प्रवाह का सामना करूँगा, भले ही ऐसा लगे कि इसमें मेरी जान जा सकती है। ऐसा करके मैं उसे बेहतर ढंग से समझ पाऊँगा।''

''और फिलहाल तुम्हें किस चीज़ का खतरा महसूस हो रहा है?'' उसने पूछा।

''शायद सैनिकों का। इस तरह पकड़े जाने का।'' मैंने जवाब दिया।

''तो उस सपने से तुम्हें क्या संदेश मिला?'' उसने फिर पूछा।

मैंने कहा, ''तुम्हारे अनुसार उस सपने का संदेश है कि मैं अपनी इस गिरफ्तारी को सकारात्मक नज़रिए से देखूँ?''

उसने कोई जवाब नहीं दिया, बस मुस्कराने लगा।

मैं अपनी चारपाई पर बैठा दीवार पर टिका हुआ था। सपने के इस अर्थ ने मेरी दिलचस्पी जगा दी थी। यदि वाकई यह अर्थ सही था तो इसका मतलब है कि मैंने उस चौराहे पर यह रास्ता चुनकर कोई गलती नहीं की और जो भी हो रहा है, यह उसी का एक हिस्सा है, जो होना चाहिए।

''तुम्हारा नाम क्या है?'' मैंने पूछा।

''पाब्लो,'' उसने जवाब दिया।

मैं मुस्कराया और उसे अपना परिचय दिया। मैंने उसे बताया कि मैं पेरू क्यों आया था और मेरे साथ क्या-क्या हुआ। पाब्लो अपनी कोहनी को घुटने पर रखकर अपनी चारपाई पर बैठा हुआ था। वह बहुत दुबला-पतला था और उसके छोटे-छोटे बालों का रंग काला था।

''तुम यहाँ क्यों आए?'' उसने पूछा।

''पाण्डुलिपि का पता लगाने,'' मैंने जवाब दिया।

''साफ-साफ बताओ?'' उसने दोबारा पूछा।

''दरअसल मैं यहाँ सातवीं अंतर्दृष्टि का पता लगाने और अपने दोस्तों, विल और मार्जरी को ढूँढ़ने आया था... और शायद यह जानने भी कि चर्च पाण्डुलिपि के खिलाफ क्यों है।'' मैंने जवाब दिया।

''यहाँ ऐसे कई पादरी हैं, जिनसे बातचीत की जा सकती है,'' उसने कहा।

मैंने पलभर के लिए उसकी इस बात पर विचार किया और फिर पूछा, ''सातवीं अंतर्दृष्टि सपनों के बारे में और क्या कहती है?''

पाब्लो ने मुझे बताया कि ''**सपने हमारे जीवन के बारे में हमें वह बताने आते हैं, जिस पर हम गौर नहीं करते हैं।**'' इसके बाद उसने कुछ और भी बताया लेकिन मैं उसकी बात सुनने के बजाय मार्जरी के बारे में सोचने लगा। मैं अपने मन में उसकी तसवीर साफ-साफ देख सकता था। मैं सोचने लगा कि पता नहीं वह कहाँ होगी। फिर मैंने कल्पना की कि वह अपने चेहरे पर मुस्कराहट लेकर दौड़ते हुए मेरी ही तरफ चली आ रही है।

अचानक मुझे एहसास हुआ कि पाब्लो ने बोलना बंद कर दिया है। मैंने उसकी ओर देखा, ''माफ करना, मेरा ध्यान कहीं और था, क्या कह रहे थे तुम?'' मैंने कहा।

उसने जवाब दिया, ''कोई बात नहीं, क्या सोच रहे थे तुम?''

''कुछ खास नहीं, बस एक दोस्त के बारे में सोच रहा था।'' मैंने कहा।

उसने मेरी ओर ऐसे देखा, मानों ज़ोर देकर पूछना चाहता हो कि मैं अपनी दोस्त के बारे में

क्या सोच रहा था लेकिन तभी हमें कोठरी के दरवाज़े पर किसी की आहट सुनाई दी। सलाखों के पार से हमने देखा कि एक सैनिक हमारी कोठरी का ताला खोल रहा था।

''नाश्ते का वक्त हो गया,'' पाब्लो ने कहा।

उस सैनिक ने कोठरी का दरवाज़ा खोला और हमें हॉल तक चलने का इशारा किया। पाब्लो आगे-आगे चल दिया। हम नीचे पत्थर से बने एक गलियारे तक पहुँचे, जहाँ ऊपर जाने के लिए सीढ़ियाँ बनी हुई थीं, जिन पर चढ़ते हुए हम खाने के कमरे में पहुँच गए। यह एक छोटा सा कमरा था, जहाँ एक कोने पर कुछ सैनिक और कुछ आम लोग खड़े हुए थे। खाना लेनेवालों की पंक्ति में दो पुरुष और एक महिला अपनी बारी का इंतज़ार कर रहे थे।

अचानक मैं हैरान रह गया, मुझे अपनी आँखों पर विश्वास नहीं हुआ। उन दो महिलाओं में से एक मार्जरी थी। उसकी नज़र भी मुझ पर पड़ी और वह भी सुखद आश्चर्य से भर गई। मैंने अपने पीछे खड़े सैनिक पर एक नज़र डाली। वह कोने में खड़े एक अन्य सैनिक की ओर जा रहा था। उसका ध्यान हमारी तरफ नहीं था और वह चेहरे पर मुस्कान लिए स्पेनिश भाषा में उससे कुछ कह रहा था। मैं पाब्लो के पीछे-पीछे चलते हुए कमरे के उस हिस्से की ओर बढ़ता रहा, जहाँ खाना लेनेवालों की पंक्ति लगी हुई थी। आखिरकार मैं पंक्ति में सबसे पीछे जाकर खड़ा हो गया।

मार्जरी को खाना परोसा जा रहा था। दो अन्य लोग अपनी थाली लेकर आपस में बातें करते हुए एक तरफ रखी मेज़ की ओर चल दिए। मार्जरी ने फिर से मेरी ओर देखा, हमारी आँखें टकाराईं। उसकी ओर देखकर मुझे समझ में आ गया कि उसने कितनी मुश्किल से खुद को कुछ बोलने से रोक रखा है। जब हमने दोबारा एक-दूसरे की ओर नज़र डाली तो पाब्लो को अंदाज़ा हो गया कि हम एक-दूसरे को जानते हैं। उसने सवालिया नज़रों से मेरी ओर देखा। मार्जरी अपनी थाली लेकर एक अन्य मेज़ की ओर चली गई। कुछ ही पलों बाद हम भी अपनी-अपनी थाली में खाना लेकर मार्जरी के पास जाकर बैठ गए। वे सैनिक अब भी हमारी गतिविधियों से अंजान एक-दूसरे से गपशप करने में मशगूल थे।

मार्जरी ने कहा, ''हे भगवान, मैं बता नहीं सकती कि तुम्हें यहाँ देखकर मैं कितनी खुश हूँ। लेकिन तुम यहाँ पहुँचे कैसे?''

मैंने जवाब दिया, ''मैं कुछ दिनों तक पादरियों के पास छिपा रहा। फिर विल को ढूँढ़ने निकला लेकिन कल मुझे भी पकड़ लिया गया। और तुम यहाँ कब से हो?''

''तभी से, जब इन लोगों ने मुझे उस पर्वतश्रेणी पर पकड़ा था,'' उसने कहा।

मैंने गौर किया कि पाब्लो हमारी ही ओर देख रहा था। मैंने मार्जरी से उसका परिचय कराया।

''और मुझे लगता है कि ये मार्जरी है,'' पाब्लो ने कहा।

मैंने मार्जरी से पूछा, ''यहाँ आने के बाद और क्या-क्या हुआ है?''

उसने कहा, ''कुछ खास नहीं, मुझे तो ये भी नहीं पता कि मुझे किसलिए गिरफ्तार किया गया है। रोज़ मुझे पूछताछ के लिए किसी पादरी या अधिकारी के पास ले जाया जाता है। वे जानना चाहते हैं कि मैं विसिएंते में किसके संपर्क में थी और क्या मुझे पता है कि पाण्डुलिपि की अन्य प्रतियाँ कहाँ हैं। वे मुझसे बार-बार बस यही सवाल पूछते रहते हैं!''

मार्जरी मुस्कराई और अचानक वह मुझे बड़ी कोमल व संवेदनशील लगी। यह देखकर मैंने एक बार फिर उसके लिए गहरा आकर्षण महसूस किया। उसकी नज़रें मेरी ही ओर थीं और वह कनखियों से मुझे देख रही थी। हम दोनों एक-दूसरे की ओर देखते हुए धीरे से हँसे। इसके बाद हम चुपचाप अपना-अपना खाना खाने लगे। फिर उस कमरे का दरवाज़ा खुला और औपचारिक पहनावेवाला एक पादरी अंदर दाखिल हुआ। उसके साथ एक और आदमी था, जो सेना का कोई बड़ा अधिकारी लग रहा था।

"वह प्रधान पादरी है," पाब्लो ने कहा।

उस अधिकारी ने सैनिकों के पास जाकर कुछ कहा, जो उसे देखकर सावधान की मुद्रा में आ गए थे। इसके बाद वह अधिकारी और पादरी, दोनों उस कमरे को पार करते हुए रसोई की ओर चले गए। जाते-जाते पादरी ने मेरी ओर घूरकर देखा और हमारी नज़रें कुछ पलों के लिए टकराईं। फिर मैं दूसरी ओर देखते हुए अपना खाना खाने लगा क्योंकि मैं उसका ध्यान अपनी ओर खींचना नहीं चाहता था। वे दोनों रसोई को पार करते हुए वहाँ बने एक अन्य दरवाज़े से बाहर निकल गए।

"क्या यह उन्हीं पादरियों में से एक है, जिनका तुम ज़िक्र कर रही थी?" मैंने मार्जरी से पूछा।

"नहीं," मार्जरी ने कहा। "मैंने इसे पहले कभी नहीं देखा।"

"मैं इस पादरी को जानता हूँ," पाब्लो ने कहा। "ये कल ही यहाँ आया है। इसका नाम है, कार्डिनल सेबेस्टियन।"

मैं चौंक गया। "ये सेबेस्टियन था?"

"लगता है तुमने उसका नाम पहले से सुन रखा है," मार्जरी ने कहा।

"हाँ," मैंने जवाब दिया। "पाण्डुलिपि के खिलाफ चर्च के विरोध के पीछे मुख्य आदमी यही है। मुझे तो लगा था कि ये फादर सांचेज के मिशन में होगा।"

"फादर सांचेज कौन हैं?" मार्जरी ने पूछा।

मैं उसे फादर सांचेज के बारे में बताने ही वाला था कि तभी वह सैनिक हमारे पास आ गया, जो हमें कोठरी से यहाँ लाया था। उसने मुझे और पाब्लो को अपने पीछे आने का इशारा किया।

"कसरत के लिए तैयार हो जाओ," पाब्लो ने कहा।

मार्जरी और मैंने एक-दूसरे की ओर देखा। उसकी आँखों में घबराहट दिख रही थी।

मैंने कहा, "फिक्र मत करो, मैं तुमसे अगली बार खाने पर बात करूँगा। सब ठीक हो जाएगा।"

सैनिक के पीछे चलते-चलते मैं सोच रहा था कि मेरा यह आशावादी नज़रिया वास्तविक है भी या नहीं। अगर ये लोग चाहें तो हमें कभी भी हमेशा के लिए यहाँ से गायब कर सकते हैं और किसी को कानोंकान खबर तक नहीं होगी। वह सैनिक हमें एक छोटे हॉल तक ले गया, जहाँ के एक दरवाज़े से हम बाहर बनी सीढ़ियों तक पहुँचे। हम नीचे उतरते हुए किनारे बने एक प्रांगण तक गए, जिसकी ऊँची चारदीवारी चट्टानी पत्थरों से निर्मित थी। वह सैनिक

दरवाज़े पर ही खड़ा हो गया। पाब्लो ने मुझे अपने साथ प्रांगण के किनारे की ओर चलने का इशारा किया। रास्ते में चलते-चलते पाब्लो कई बार नीचे पड़े फूल उठाता रहा, जो दीवार से लगी क्यारी में उगे हुए थे।

''तो और क्या कहती है सातवीं अंतर्दृष्टि?'' मैंने पूछा।

उसने नीचे झुककर एक और फूल उठाया और कहा, ''सातवीं अंतर्दृष्टि कहती है कि **न सिर्फ सपने हमारा मार्गदर्शन करते हैं बल्कि हमारे विचार और खुली आँखों से देखे गए सपने भी हमें आगे का रास्ता दिखाते हैं।**''

''हाँ, फादर कार्ल ने भी यही कहा था। लेकिन ज़रा यह बताओ कि खुली आँखों से देखे गए सपने मार्गदर्शन कैसे करते हैं?'' मैंने कहा।

पाब्लो ने कहा, ''वे हमें एक दृश्य, एक घटना दिखाते हैं, जो इस बात का संकेत है कि शायद वह घटना सचमुच घट सकती है। यदि हम उन पर ध्यान दें तो अपने जीवन में आनेवाले अगले मोड़ के लिए खुद को तैयार कर सकते हैं।''

मैंने उसकी ओर देखा और कहा, ''जानते हो पाब्लो, मेरे दिमाग में यह तसवीर कौंधी थी कि मेरी मुलाकात मार्जरी से हो सकती है और फिर वही हुआ, वह मुझे यहाँ मिल गई।''

वह मुस्कराया। मेरे अंदर एक ठंढी लहर दौड़ गई। मैं सचमुच बिलकुल सही जगह पर आ गया हूँ। अपने अंतर्ज्ञान से मैंने जो अंदेशा लगाया था, वह सही साबित हुआ। मैंने कई बार यह कल्पना की कि मैंने मार्जरी को ढूँढ़ लिया है और आखिरकार वह मुझे मिल गई। संयोग वाकई घट रहे हैं। अब मैं खुद को काफी हलका महसूस कर रहा था।

''लेकिन ऐसे विचार मुझे कभी-कभार ही आते हैं,'' मैंने कहा।

पाब्लो दूसरी ओर देखने लगा और बोला, ''सातवीं अंतर्दृष्टि कहती है कि हमें जितना लगता है, हमें उससे कहीं ज़्यादा विचार आते हैं। उन्हें पहचानने के लिए हमें निरंतर उन पर मनन और अवलोकन करना होगा। जब भी कोई विचार आए तो हमें पूछना होगा, 'क्यों? मुझे यही विचार क्यों आया और यह मेरे जीवन के प्रश्न से किस प्रकार संबंधित है?' इस तरह अवलोकन करने से, हम हर चीज़ को नियंत्रित करने की अपनी ज़रूरत से मुक्त हो जाते हैं और विकास के प्रवाह के साथ जुड़ जाते हैं।''

''और नकारात्मक विचारों का क्या?'' मैंने पूछा। ''इस बात का डर कि कहीं कुछ बुरा न हो जाए, जैसे किसी अपने के साथ कोई दुर्घटना न घट जाए या यह डर कि मैं जो चाहता हूँ, उसे हासिल न कर पाया तो?''

पाब्लो ने कहा, ''इसका जवाब बहुत आसान है। सातवीं अंतर्दृष्टि कहती है कि अपने डर से संबंधित ऐसी कल्पनाओं को उसी समय रोक देना चाहिए, जब वे शुरू होती हैं। इसके बाद मन में एक नई कल्पना करनी चाहिए, जो सकारात्मक हो। इस तरह जल्द ही नकारात्मक कल्पनाएँ करना हमेशा के लिए बंद हो जाएगा। तुम्हारा अंतर्ज्ञान सकारात्मक चीज़ों के बारे में होगा। इसके बाद अगर कभी मन में नकारात्मक कल्पनाएँ पैदा होती हैं तो पाण्डुलिपि के अनुसार उन्हें बहुत गंभीरता से लेना चाहिए और उनका अनुकरण नहीं करना चाहिए। उदाहरण के लिए यदि तुम्हारे अंदर यह कल्पना उठती है कि तुम राह चलते किसी ट्रक से टकराकर घायल हो सकते हो और ऐसे में अगर कोई तुम्हें ट्रक की सवारी करने का प्रस्ताव दे तो उस

प्रस्ताव को ठुकरा देना ही बेहतर है।''

चलते-चलते हमने प्रांगण का एक पूरा चक्कर लगा लिया था और अब हम वहाँ मौजूद एक पहरेदार के पास से गुज़र रहे थे। हम दोनों ही चुप्पी साधे वहाँ से निकल गए। आगे जाकर मैंने एक गहरी साँस ली और पाब्लों ने एक और फूल उठा लिया। हवा में हलकी गरमाहट और नमी थी। दीवार के बाहर घनी हरियाली थी। मैंने देखा कि वहाँ कुछ मच्छर भी मंडरा रहे थे।

''इधर आओ!'' अचानक एक सैनिक ने हमें पुकारा।

वह हमें अंदर की ओर धक्का देते हुए नीचे हमारी कोठरी तक ले गया। पाब्लो कोठरी के अंदर पहले गया। उसके पीछे जैसे ही मैं कोठरी में दाखिल होने के लिए आगे बढ़ा, उस सैनिक ने अपनी बंदूक आगे कर मेरा रास्ता रोक लिया।

''तुम नहीं,'' उसने कहा और फिर मुझे गलियारे की ओर बढ़ने का संकेत दिया। वह मुझे अपने साथ गलियारा पार कराते हुए आगे बनी सीढ़ियों पर ले गया और फिर हम उसी दरवाज़े से बाहर निकल गए, जिससे कल रात अंदर आए थे। पार्किंग लॉट में मैंने देखा कि फादर सेबेस्टियन एक बड़ी सी कार की पिछली सीट में दाखिल हुए और फिर ड्राइवर ने कार का दरवाज़ा बंद कर दिया। तभी पलभर के लिए सेबेस्टियन की निगाह मुझ पर पड़ी। फिर उसने अपने ड्राइवर से कुछ कहा। इसके बाद वह कार वहाँ से तेज़ी से निकल गई।

सैनिक मुझे धक्का देते हुए इमारत के अगले हिस्से में ले गया। हम एक दफ्तर में दाखिल हुए। मुझे धातु की बनी एक सफेद मेज़ के आगे रखी लकड़ी की कुर्सी पर बैठने का इशारा कर दिया गया। कुछ ही मिनटों में एक छोटी कद-काठी का बलुए बालोंवाला पादरी वहाँ आया। उसकी उम्र तीस साल के आसपास होगी। वह मेरी ओर ध्यान दिए बिना मेज़ पर जाकर बैठ गया। अगले एक मिनट तक वह एक फाइल को देखता रहा, फिर उसने नज़र उठाकर मेरी ओर देखा। उसका सोने के फ्रेमवाला गोल चश्मा देखकर लगा मानों वह कोई बुद्धिजीवी हो।

उसने तथ्यपूर्वक कहा, ''आपको अवैध राष्ट्रीय दस्तावेज़ों के साथ गिरफ्तार किया गया था। मैं यहाँ नियमानुसार पैरवी सुनिश्चित करने आया हूँ। आपका सहयोग महत्वपूर्ण होगा।''

मैंने सहमति जताने का इशारा किया।

उसने पूछा, ''ये अनुवादित प्रतियाँ आपको कहाँ से मिलीं?''

''मैं समझा नहीं,'' मैंने कहा। ''एक प्राचीन पाण्डुलिपि की प्रतियाँ अवैध कैसे हो सकती हैं?''

उस पादरी ने कहा, ''पेरू की सरकार के पास इसके अपने कारण हैं। कृपया जो सवाल पूछा गया है, उसका जवाब दीजिए।''

''और इसमें चर्च क्यों शामिल है?'' मैंने पूछा।

उसने कहा, ''क्योंकि यह पाण्डुलिपि हमारी धार्मिक परंपरा के विपरीत है। यह हमारी आध्यात्मिक प्रकृति की सच्चाई को गलत ढंग से प्रस्तुत करती है, जिसमें...''

''देखिए,'' मैंने उसे बीच में ही टोकते हुए कहा। ''मैं बस इसे समझने की कोशिश कर रहा हूँ। असल में मैं सिर्फ एक पर्यटक हूँ, जिसकी इस पाण्डुलिपि में दिलचस्पी है। मैं किसी के लिए कोई खतरा नहीं हूँ। मैं तो बस यह जानना चाहता हूँ कि इस पाण्डुलिपि को इतना

खतरनाक क्यों माना जा रहा है।"

मेरी बात सुनकर उस पादरी के चेहरे पर उलझन के भाव आ गए, मानों वह तय करने की कोशिश कर रहा हो कि मुझसे निपटने का सबसे अच्छा तरीका कौन सा होगा। मैं जानबूझकर उस पर उचित जवाब देने का दबाव डाल रहा था।

उसने सावधानीपूर्वक कहा, "चर्च का मानना है कि यह पाण्डुलिपि हमारे लोगों के लिए भ्रामक है। यह ऐसा आभास देती है, मानों लोग शास्त्रों का आदर किए बिना, खुद ही यह तय करने में सक्षम हैं कि उन्हें कैसे जीना चाहिए।"

"कौन से शास्त्र?" मैंने पूछा।

"जैसे अपने माता-पिता को सम्मान देने का धर्मादेश।" पादरी ने कहा।

"मतलब?" मैंने असमंजस से पूछा।

पादरी ने कहा, "पाण्डुलिपि वर्तमान परिस्थिति के लिए माता-पिता पर दोष मढ़ती है और परिवार की व्यवस्था के महत्त्व को कम करती है।"

मैंने कहा, "जबकि मुझे लगता है कि पाण्डुलिपि सालों पुरानी विचारधाराओं को खत्म करने पर और जीवन के प्रति सकारात्मक दृष्टिकोण रखने पर बात करती है।"

"नहीं!" उसने कहा, "यह भ्रामक है और लोगों को भटकाती है। किसी इंसान के जीवन की शुरुआत एक नकारात्मक भावना से हुई हो, ऐसा हो ही नहीं सकता।"

"क्या माता-पिता कभी गलत नहीं हो सकते?" मैंने पूछा।

पादरी ने कहा, "माता-पिता अपनी क्षमतानुसार हमेशा सर्वश्रेष्ठ ही करते हैं। बच्चों को उन्हें माफ कर देना चाहिए और उनका आदर करना चाहिए।"

मैंने कहा, "लेकिन क्या आपको नहीं लगता कि पाण्डुलिपि इसी बात को स्पष्ट कर रही है? जब हम अपने बचपन के सकारात्मक पहलुओं को पहचान लेते हैं तो क्या अपने माता-पिता को माफ नहीं कर देते?"

अब पादरी की आवाज़ में गुस्सा उतर आया, "लेकिन पाण्डुलिपि को यह कहने का अधिकार किसने दिया है? आखिर इस पर भरोसा कैसे किया जा सकता है?"

वह अपनी मेज़ के चारों ओर चहलकदमी करते हुए मेरी ओर घूरता रहा। उसकी आँखों में अब भी गुस्सा तैर रहा था। उसने कहा, "तुम्हें अंदाज़ा भी नहीं है कि तुम क्या कह रहे हो? क्या तुम कोई धार्मिक विद्वान हो? नहीं ना? तुम इस बात का सीधा सा उदाहरण हो कि यह पाण्डुलिपि कैसे लोगों को भ्रम में डाल रही है। क्या तुम्हें यह साधारण सी बात समझ में नहीं आती कि सरकारों और उनके नियम-कानूनों के कारण ही यह दुनिया शांति से चल पा रही है। आखिर तुम इस मामले में सरकार को सवालों के घेरे में कैसे खड़ा कर सकते हो?"

मैंने कुछ नहीं कहा और शायद इसीलिए उसका गुस्सा और भड़क गया। उसने आगे कहा, "अब मैं तुम्हें बताता हूँ कि तुमने जो अपराध किया है, उसके लिए तुम्हें सालों जेल में सड़ना पड़ सकता है। क्या तुम कभी किसी पेरूवियन जेल में गए हो? क्या तुम्हारे अमेरिकी दिमाग में यह जानने की कुलबुलाहट नहीं है कि हमारी जेलें कैसी होती हैं? मैं जब चाहूँ, तुम्हें जेल में डाल सकता हूँ! समझे तुम? जब चाहूँ तब!"

उसने अपने हाथों को अपनी आँखों पर रख लिया और चुप होकर गहरी साँसें लेने लगा। वह खुद को शांत करने की कोशिश कर रहा था। थोड़ी देर बाद उसने पूछा, ''मैं यहाँ यह जानने आया हूँ कि इसकी प्रतियाँ किसके पास हैं और हर रोज़ नई-नई प्रतियाँ कहाँ से आ रही हैं। अब मैं तुमसे सिर्फ एक बार और पूछूँगा। तुम्हें ये अनुवादित प्रतियाँ कहाँ से मिलीं?''

उसके इस तरह भड़कने से मैं चिंता में पड़ गया। उससे सवाल पूछकर मैं सिर्फ अपनी मुश्किलें बढ़ा रहा था। यदि मैंने उसके सवालों का सीधा जवाब नहीं दिया तो पता नहीं वह क्या करेगा। लेकिन मैं फादर सांचेज और फादर कार्ल का नाम लेकर उन्हें मुसीबत में कैसे डाल सकता हूँ?

''आपके सवालों का जवाब देने से पहले मुझे सोचने के लिए थोड़ा वक्त चाहिए,'' मैंने कहा।

पलभर के लिए मुझे लगा कि मेरी यह बात सुनकर वह दोबारा भड़क उठेगा। लेकिन उसने खुद को शांत रखा। वह काफी थका हुआ नज़र आ रहा था।

''मैं तुम्हें कल सुबह तक का वक्त देता हूँ,'' उसने दरवाज़े पर खड़े सैनिक को मुझे वापस ले जाने का इशारा करते हुए कहा। मैं उस सैनिक के पीछे-पीछे उसी गलियारे से गुज़रते हुए वापस अपनी कोठरी तक पहुँच गया।

मैं बिना कुछ कहे कोठरी के अंदर आ गया। मुझे बहुत थकान महसूस हो रही थी इसलिए मैं चारपाई पर आकर लेट गया। पाब्लो खिड़की के बाहर ताक रहा था।

''क्या तुम्हारी बात फादर सेबेस्टियन से हुई?'' उसने पूछा।

''नहीं, किसी और पादरी से। वह जानना चाहता था कि मुझे वे प्रतियाँ किसने दीं, जो मेरे पास से बरामद की गई थीं।'' मैंने बताया।

''और तुमने क्या कहा?'' पाब्लो ने पूछा।

मैंने जवाब दिया, ''कुछ नहीं। मैंने सोचने का समय माँगा और उसने मुझे कल सुबह तक का समय दे दिया।''

''क्या उसने पाण्डुलिपि के बारे में कुछ कहा?'' पाब्लो ने पूछा।

मैंने पाब्लो की आँखों में देखा लेकिन इस बार उसने अपना सिर नहीं झुकाया। ''उसने इस बारे में थोड़ा-बहुत ज़रूर बोला कि कैसे यह पाण्डुलिपि पारंपरिक सत्ता का महत्त्व कम करती है। फिर वह भड़क गया और मुझे धमकाने लगा।'' मैंने कहा।

पाब्लो हैरान रह गया। उसने पूछा, ''क्या उसके बालों का रंग भूरा था और उसने गोल चश्मा पहन रखा था?''

''हाँ।'' मैंने कहा।

पाब्लो ने कहा, ''उसका नाम फादर कॉस्टस है, और क्या कहा तुमने उससे?''

मैंने जवाब दिया, ''मैंने उसकी इस बात से असहमति जताई कि पाण्डुलिपि परंपराओं का महत्त्व कम करती है। उसने मुझे जेल में डालने की धमकी दी। तुम्हें क्या लगता है, क्या वह सचमुच मुझे जेल भेज सकता है या बस मुझे डराने के लिए कह रहा था?''

''पता नहीं,'' पाब्लो ने कहा। वह मेरे सामने आकर अपनी चारपाई पर बैठ गया। उसे

देखकर मुझे लगा कि फिलहाल उसके दिमाग में कुछ और ही चल रहा है। लेकिन मैं इतना थक चुका था और इतना भयभीत था कि उससे आगे बात करने के बजाय मैंने अपनी आँखें मूँद लीं। जब मेरी आँखें खुलीं तो मैंने देखा कि पाब्लो मुझे जगाने की कोशिश कर रहा था।

"चलो, लंच का वक्त हो गया है," उसने कहा।

हम दोनों एक पहरेदार के पीछे-पीछे चलते हुए ऊपर आ गए, जहाँ हमें खाने में मांस और आलू परोसा गया। कुछ ही पलों में वे दोनों आदमी भी वहाँ आ गए, जिन्हें हमने पिछली बार मार्जरी के साथ यहाँ खाने की पंक्ति में खड़े देखा था। लेकिन इस बार मार्जरी उनके साथ नहीं थी।

"मार्जरी कहाँ है," मैंने फुसफुसाते हुए उन लोगों से पूछा लेकिन वे दोनों यह देखकर घबरा गए कि मैंने उनके साथ बात करने की कोशिश की। सारे सैनिक मुझे घूरने लगे।

"शायद उन्हें अंग्रेजी बोलना नहीं आता," पाब्लो ने कहा।

"न जाने मार्जरी कहाँ होगी," मैंने कहा।

पाब्लो ने प्रतिक्रिया में कुछ कहा लेकिन एक बार फिर मैं उसकी बात सुनने के बजाय अपने खयालों में गुम हो गया। मुझे लगा कि मैं यहाँ से दूर भाग जाऊँ। तभी मेरे मन में यह कल्पना कौंध उठी कि मैं किसी गली में भाग रहा हूँ और फिर एक चौखट को पार करके बाहर निकलकर आज़ाद हो गया हूँ।

"क्या सोच रहे हो तुम?" पाब्लो ने पूछा।

"मैं यहाँ से भागने की कल्पना में डूबा हुआ था, तुम क्या कह रहे थे?" मैंने कहा।

पाब्लो ने कहा, "रुको ज़रा, अपने इस विचार को यूँ ही जाने मत दो। हो सकता है कि वह महत्वपूर्ण हो। ज़रा मुझे विस्तार से बताओ कि तुम क्या कर रहे थे, कैसे भाग रहे थे?"

मैंने उसे विस्तार से बताया, "मैं किसी सँकरी गली या सड़क पर दौड़ रहा था। इसके बाद मैंने एक चौखट को पार किया और फिर मुझे लगा, जैसे मैं आज़ाद हो गया हूँ।"

"तुम्हें क्या लगता है, क्या अर्थ है इस कल्पना का?" पाब्लो ने पूछा।

"पता नहीं," मैंने कहा। "तार्किक रूप से तो यह उस बात से जुड़ी हुई नहीं लगती, जिसकी हम चर्चा कर रहे थे।"

"क्या तुम्हें याद है कि हम किस बारे में चर्चा कर रहे थे?"

"हाँ, मैं मार्जरी के बारे में पूछ रहा था।"

"तुम्हें नहीं लगता कि मार्जरी और तुम्हारे इस विचार के बीच कोई संबंध है?"

"जहाँ तक मुझे लगता है, दोनों का कोई प्रत्यक्ष संबंध नहीं है।"

"और कोई अप्रत्यक्ष संबंध?"

"मुझे तो ऐसा कुछ नहीं लग रहा। आखिर यहाँ से बचकर भागने का मार्जरी से क्या संबंध हो सकता है। तुम्हें क्या लगता है कि वह यहाँ से भाग गई है?"

पाब्लो कुछ सोचने लगा। फिर उसने कहा, "तुम्हारी कल्पना तुम्हारे खुद के भागने के बारे में थी।"

मैंने उसकी ओर देखा और कहा, "ओह हाँ, सही कह रहे हो, शायद मैं उसके बिना ही यहाँ से भाग जाऊँ या फिर हो सकता है कि मैं उसके साथ ही यहाँ से भागूँ।"

"मैंने भी यही सोचा था लेकिन वह है कहाँ?" उसने कहा।

"पता नहीं।"

इसके बाद हम कुछ और बोले बिना अपना खाना खाने लगे। मुझे भूख तो लगी थी लेकिन खाना बहुत ठंडा था। पता नहीं क्यों लेकिन मुझे आलस और थकान महसूस हो रही थी। जल्द ही मेरी भूख मर गई।

मैंने गौर किया कि अब पाब्लो भी खाना नहीं खा रहा था।

"शायद हमें वापस अपनी कोठरी में चलना चाहिए," पाब्लो ने कहा।

मैंने सहमति में सिर हिलाया और उसने मुड़कर सैनिक की ओर देखा ताकि वह हमें वापस ले जाए। कोठरी में पहुँचने के बाद मैं अपनी चारपाई पर फैल गया और पाब्लो बैठकर मेरी ओर ताकने लगा।

"लगता है तुम बहुत ऊर्जाहीन महसूस कर रहे हो," उसने कहा।

"हाँ," मैंने जवाब दिया। "पता नहीं क्या वजह है।"

"क्या तुम ऊर्जा सोखने की कोशिश कर रहे हो?" उसने पूछा।

मैंने जवाब दिया, "नहीं, मैंने ऐसा तो कुछ भी नहीं किया, और ऊपर से वह खाना!"

"लेकिन अगर तुम सब कुछ अपने अंदर सोख रहे हो तो तुम्हें ज़्यादा खाने की ज़रूरत ही नहीं है," उसने हर शब्द पर ज़ोर देते हुए कहा।

मैंने कहा, "मैं जानता हूँ लेकिन ऐसे हालात में मेरे लिए प्रेम का प्रवाह प्राप्त करना मुश्किल है।"

उसने ज़रा अजीब ढंग से मेरी ओर देखा। फिर कहा, "लेकिन ऐसा न करने से नुकसान भी तुम्हारा ही है।"

"मतलब?" मैं थोड़ा असमंजस में था।

उसने मुझे विस्तार से बताया, "तुम्हारा शरीर एक निश्चित स्तर पर कंपित होता रहता है। यदि तुम अपनी ऊर्जा को बेहद कम हो जाने दोगे तो शरीर पर इसका बुरा प्रभाव पड़ेगा। तनाव और रोग के बीच यही रिश्ता होता है। **प्रेम ही वह रास्ता है, जिससे हम अपने कंपन को उच्च स्तर पर रख सकते हैं। यह हमें स्वस्थ रखता है और बहुत महत्वपूर्ण है।**"

"तो फिर, मुझे ज़रा वक्त दो," मैंने कहा।

मैं फादर सांचेज द्वारा सिखाई गई विधि का अभ्यास करने लगा और अचानक बेहतर महसूस करने लगा। अब मेरे आसपास की सारी चीज़ें अपनी संपूर्ण उपस्थिति के साथ अलग नज़र आ रही थीं। मैंने अपनी आँखें बंद कर लीं और सारा ध्यान इसी भावना पर केंद्रित कर लिया।

"बढ़िया," उसने कहा।

जब मैंने अपनी आँखें खोलीं तो पाब्लो चेहरे पर एक चौड़ी मुस्कान लिए मेरी ही ओर

देख रहा था। हालाँकि उसके चेहरे और शरीर से अब भी लड़कपन ही झलक रहा था लेकिन उसकी आँखों में अब ज्ञान झलक रहा था।

''मैं देख सकता हूँ कि ऊर्जा कैसे तुम्हारे अंदर जा रही है,'' उसने कहा।

मुझे महसूस हुआ, जैसे पाब्लो के शरीर के चारों ओर हरे रंग का एक हलका सा क्षेत्र उभर आया है। वह जो नए फूल लेकर आया था, उन्हें उसने मेज़ पर रखे गुलदान में सजा दिया था, जो अब बड़ा सुंदर दिख रहा था।

उसने कहा, ''अब तक की सारी अंतर्दृष्टियों का ज्ञान जब तुम्हारे जीवन में पूरी तरह से उतरेगा तब सातवीं अंतर्दृष्टि भी तुम्हें अच्छी तरह से समझ में आएगी। उसके बाद तुम विकास मार्ग पर चलने के लिए तैयार हो जाओगे। इसके लिए तुम्हें सारी अंतर्दृष्टियों को जोड़कर एक साथ देखना होगा।''

मैंने कोई प्रतिक्रिया नहीं दी।

पाब्लो ने पूछा, ''क्या तुम बता सकते हो कि अंतर्दृष्टियों से परिचित होने के बाद तुम्हारी दुनिया कैसे बदल गई?''

मैंने पलभर विचार किया। फिर कहा, ''मुझे लगता है कि अंतर्दृष्टियों ने मुझे जागृत कर दिया और मैं दुनिया को एक ऐसे रहस्यमयी स्थान की तरह देखने लगा, जो हमारी हर ज़रूरत पूरी करता है, बस हमें स्पष्टता के साथ सही रास्ते पर होना चाहिए।''

''इसके बाद क्या होता है?'' उसने पूछा।

मैंने कहा, ''इसके बाद हम विकास प्रवाह शुरू करने के लिए तैयार हो जाते हैं।''

''और हम इस विकास प्रक्रिया में कैसे जुड़ते हैं?'' उसने पूछा।

मैंने ज़रा सोचकर कहा, ''विकास प्रक्रिया में जुड़ने के लिए हमें पहले इस यात्रा के दौरान बार-बार मन में आनेवाले सवालों को हमेशा जागृत रखना है। सपने, आंतरिक मार्गदर्शन या प्राकृतिक दृश्यों को देखकर उनके भीतर छीपे संकेतों को पहचानकर ही निर्णय लेने हैं। यात्रा करते समय सही दिशा ढूँढ़ने के लिए प्राकृतिक सुंदरता से मार्गदर्शन लेना है।''

इतना कहकर मैं फिर चुप हो गया और पूरी अंतर्दृष्टि को आत्मसात करने की कोशिश करने लगा। फिर मैंने आगे कहा, ''हम अपनी ऊर्जा का निर्माण करते हैं और अपने हालातों, अपने प्रश्नों पर केंद्रित हो जाते हैं। फिर हमें अपने अंतर्ज्ञान से किसी न किसी किस्म का मार्गदर्शन प्राप्त होता है और यह पता चलता है कि हमें अपने जीवन में किस दिशा की ओर जाना है या क्या करना है। फिर हमें उस ओर ले जाने के संयोग बनने शुरू हो जाते हैं।''

पाब्लो ने कहा, ''हाँ! हाँ! बिलकुल! यही तरीका है। और हर बार जब ये संयोग हमें किसी नई दिशा में ले जाते हैं तो हमारा विकास होने लगता है और एक इंसान के रूप में हमारे अंदर संपूर्णता आ जाती है, जिसका अस्तित्त्व एक उच्च कंपन स्तर पर होता है।''

वह मेरी ओर ज़रा झुका और मैंने उसके चारों ओर मौजूद आश्चर्यजनक ऊर्जा पर गौर किया। वह उस ऊर्जा की आभा से दमक रहा था। अब वह पहले की तरह शरमीला या बचकाना नहीं बल्कि शक्ति से भरा हुआ लग रहा था।

''तुम्हें क्या हो गया है पाब्लो?'' मैंने पूछा। ''जब मैं तुमसे पहली बार मिला था, उसके

मुकाबले अब तुम कहीं अधिक आत्मविश्वासपूर्ण, ज्ञानी और एक तरह से संपूर्ण लग रहे हो।''

वह हँस पड़ा और कहा, ''दरअसल जब तुम पहली बार आए थे तो मैंने अपनी ऊर्जा को खुद ही दूर जाने दिया था। पहले-पहल मुझे लगा था कि तुम मेरे ऊर्जा प्रवाह को बढ़ाने में मेरी मदद कर सकते हो लेकिन फिर मुझे एहसास हुआ कि अभी तक तुमने ऐसा करना सीखा ही नहीं है। यह कौशल आठवीं अंतर्दृष्टि से सीखा जा सकता है।''

मैं उलझन में पड़ गया। ''ऐसा क्या है, जो मैंने नहीं किया?''

उसने आगे कहा, ''तुम्हें यह समझना होगा कि हमें जो भी जवाब रहस्यमयी ढंग से मिलते हैं, वे दरअसल दूसरे लोगों से मिलते हैं। ज़रा उन सब चीज़ों के बारे में सोचो, जिन्हें तुमने पेरू आने के बाद सीखा। क्या तुम्हें सारे जवाब उन लोगों की गतिविधियों से नहीं मिले, जिनसे तुम्हारी मुलाकात रहस्यमयी ढंग से हुई?''

मैंने उसकी बात पर विचार किया। वह सही कह रहा था। हर बार मेरी मुलाकात सही समय पर सही लोगों से होती गई : चार्लेन, डॉब्सन, विल, सराह, मार्जरी, फिल, रेन्यू, फादर सांचेज, फादर कार्ल और अब पाब्लो।

पाब्लो ने कहा, ''पाण्डुलिपि को भी तो किसी न किसी इंसान ने ही लिखा होगा न! लेकिन तुम जितने भी लोगों से मिलते हो, उन सबके अंदर इतनी ऊर्जा और इतनी स्पष्टता नहीं होती कि वे तुम्हारे सामने अपने अंदर छिपे उन संदेशों का खुलासा कर सकें, जो वास्तव में तुम्हारे लिए ही हैं। वे ऐसा कर सकें, इसके लिए तुम्हें अपनी ओर से ऊर्जा देकर उनकी मदद करनी होगी।'' पलभर ठहरकर उसने आगे कहा, ''याद है, तुमने मुझे बताया था कि तुमने पौधे की सुंदरता पर ध्यान केंद्रित करके उन्हें अपनी ऊर्जा प्रदान करना सीखा है?''

''हाँ, याद है।'' मैंने कहा।

पाब्लो ने दृढ़तापूर्वक कहा, ''बस यही तो इंसानों के साथ करना होता है। जब तुम्हारी ऊर्जा उनके पास पहुँचती है तो उन्हें अपने सत्य का दर्शन करने में मदद मिलती है। इसके बाद ही वे तुम्हें आगे की यात्रा के लिए संकेत दे सकते हैं।''

उसने आगे कहा, ''फादर कॉस्टस इसी बात का उदाहरण हैं। उनके पास तुम्हारे लिए एक महत्वपूर्ण संदेश है, जिसे सामने लाने में तुमने उनकी मदद नहीं की। तुमने उनसे जवाब हासिल करने की कोशिश की, जिससे तुम्हारे और उनके बीच ऊर्जा की प्रतिस्पर्धा शुरू हो गई और जैसे ही ऐसा हुआ, तुम दोनों के बीच हो रही बातचीत पर उनके बचपन का ड्रामा और उन्हें धमकानेवालों का प्रभाव हावी हो गया।''

''तो फिर मुझे उनसे क्या कहना चाहिए था?'' मैंने पूछा।

पाब्लो ने कोई जवाब नहीं दिया। हमें कोठरी के दरवाज़े पर फिर से किसी की आहट सुनाई दी। तभी फादर कॉस्टस अंदर दाखिल हुए।

उन्होंने हलकी सी मुस्कराहट के साथ पाब्लो की ओर देखा और इशारे से अभिवादन किया। पाब्लो के चेहरे पर एक बड़ी सी मुस्कराहट आ गई, मानों वह सचमुच इस पादरी को पसंद करता हो। फिर फादर कॉस्टस ने मुझ पर नज़र डाली और उसका चेहरा सख्त हो गया। मेरे अंदर चिंता की लहर दौड़ गई।

फादर कॉस्टस ने मुझसे कहा, "कार्डिनल सेबेस्टियन तुमसे मिलना चाहते हैं। तुम्हें आज दोपहर में इक्विटस ले जाया जाएगा। मेरी सलाह है कि तुम उनके सारे सवालों के साफ-साफ जवाब देना।"

"लेकिन वे मुझसे ही क्यों मिलना चाहते हैं?"

"क्योंकि तुम्हें जिस ट्रक के साथ पकड़ा गया था, वह हमारे एक पादरी का है। हमारा अंदाज़ा है कि पाण्डुलिपि की वे प्रतियाँ तुम्हें उसी पादरी से मिली होंगी। हमारे अपने पादरी द्वारा कानून की ऐसी अवहेलना करना बहुत गंभीर बात है।" उसने दृढ़ता से मेरी ओर देखते हुए कहा।

मैंने एक नज़र पाब्लो की ओर देखा। उसने मुझे अपनी बात जारी रखने का इशारा किया।

"आपको लगता है कि पाण्डुलिपि आपके धर्म की अवहेलना करती है?" मैंने विनम्र होकर कॉस्टस से पूछा।

उसने नरमी से मेरी ओर देखा और कहा, "सिर्फ हमारे धर्म की नहीं, वह पाण्डुलिपि सबके धर्म की अवहेलना करती है। क्या तुम्हें नहीं लगता कि ईश्वर ने पहले से ही इस संसार के लिए सब कुछ तय कर रखा है? असल में हर चीज़ पर ईश्वर का ही नियंत्रण है, वही हमारी नियति तय करता है। हमारा काम सिर्फ इतना है कि हम ईश्वर द्वारा बनाए गए नियमों का पालन करें। क्रमिक विकास सिर्फ एक भ्रम है। ईश्वर अपनी इच्छानुसार भविष्य का निर्माण करता है। यह कहना सरासर गलत है कि इंसान स्वयं अपना विकास कर सकता है क्योंकि यह कहकर हम ईश्वर की इच्छा को सिरे से खारिज़ कर देते हैं। यह नज़रिया लोगों को स्वार्थी बनाता है और उन्हें एक-दूसरे से अलग करता है। उन्हें लगने लगता है कि सिर्फ उनका क्रमिक विकास ही सबसे महत्वपूर्ण है, न कि ईश्वर की योजना। यदि ऐसा ही चलता रहा तो एक-दूसरे के साथ लोगों का बरताव और बुरा हो जाएगा।"

मुझे समझ में नहीं आ रहा था कि अब और क्या पूछूँ। पादरी ने पलभर के लिए मेरी ओर देखा और फिर करीब-करीब विनम्र होकर कहा, "उम्मीद है कि अब तुम कार्डिनल सेबेस्टियन के सामने ठीक से पेश आओगे।"

जिस तरह उसने मेरे सवालों का जवाब दिया था, उससे वह निश्चित ही गौरवान्वित महसूस कर रहा था। उसने पलटकर पाब्लो की ओर देखा। पाब्लो भी उसकी ओर देखकर मुस्कराया और सिर हिलाकर अभिवादन किया। इसके बाद वह पादरी कोठरी से बाहर निकल गया और सैनिक ने दरवाज़ा बंद कर दिया। पाब्लो अपनी चारपाई पर बैठे-बैठे आगे की ओर झुका और मेरी ओर देखकर मुस्कराने लगा। वह अभी भी बिलकुल बदला हुआ नज़र आ रहा था और उसके चेहरे पर आत्मविश्वास झलक रहा था।

मैंने पलभर के लिए उसकी ओर देखा और फिर मैं भी मुस्करा दिया।

"तो क्या लगता है तुम्हें? अभी-अभी यहाँ जो हुआ, वह क्या था?" उसने पूछा।

मुझे पाब्लो के इस सवाल का कोई हास्यपूर्ण जवाब नहीं सूझा। "मुझे समझ में आ गया है कि मैं कुछ ज़्यादा ही परेशानी में फँस गया हूँ।" मैंने कहा।

वह हँस पड़ा। "और क्या-क्या समझ में आया?"

दिव्य भविष्यवाणी 177

''ओह, न जाने तुम क्या चाहते हो।''

''जब तुम यहाँ आए थे तो तुम्हारे मन में कौन से सवाल थे?''

''मैं मार्जरी और विल को ढूँढ़ना चाहता था बस।''

''मार्जरी को तो तुमने ढूँढ़ लिया। और कौन-कौन से सवाल थे तुम्हारे?''

''मुझे इस बात का अंदाज़ा था कि ये सारे पादरी किसी दुर्भावना के कारण पाण्डुलिपि के खिलाफ नहीं हैं। बात सिर्फ यह है कि उन्होंने पाण्डुलिपि को गलत समझ लिया है। मैं यह जानना चाहता था कि उनके दिमाग में क्या चल रहा है और वे इस बारे में क्या सोचते हैं। पता नहीं क्यों लेकिन मुझे लगता था कि अगर उनसे खुलकर बातचीत की जाए तो उनके विरोधी स्वर को बदला जा सकता है।'' मैंने जवाब दिया।

यह कहते ही मुझे अचानक एहसास हुआ कि पाब्लो क्या चाह रहा था। अभी मेरी मुलाकात कॉस्टस से इसलिए हुई ताकि मैं जान सकूँ कि उसे पाण्डुलिपि की कौन सी बात परेशान कर रही है।

''और तुम्हें क्या संदेश मिला?'' उसने पूछा।

''संदेश?''

''हाँ, संदेश।''

मैंने उसकी ओर देखा और कहा, ''इन पादरियों को, क्रमिक विकास का हिस्सा बनने का विचार परेशान कर रहा है। है न?''

''हाँ,'' उसने कहा।

मैंने आगे कहा, ''जिसके कारण इन्हें लगता है कि भौतिक विकास का विचार अपने आपमें एक बुरा विचार है। ऊपर से अगर यही विचार दिन-प्रतिदिन के जीवन और व्यक्तिगत निर्णयों पर, यहाँ तक कि इतिहास पर हावी हो गया तो उन्हें यह स्वीकार नहीं होगा। उन्हें लगता है कि इंसान इस क्रमिक विकास के कारण खुलकर जीवन जीएँगे और उनके आपसी संबंध बिगड़ जाएँगे। कोई आश्चर्य नहीं कि वे पाण्डुलिपि को दबाना चाहते हैं।''

''क्या तुम उनके संदेह दूर करके उन्हें मना सकते हो?'' पाब्लो ने पूछा।

''नहीं... मेरा मतलब है, मुझे तो खुद ही पर्याप्त जानकारी नहीं है।'' मैंने कहा।

पाब्लो ने मेरी ओर देखकर पूछा, ''उन्हें मनाने के लिए क्या करना होगा?''

मैंने जवाब दिया, ''इसके लिए सत्य की पहचान होनी चाहिए और यह पता होना चाहिए कि यदि हर कोई इन अंतर्दृष्टियों का अनुकरण कर स्वयं का क्रमिक विकास करने लगा तो एक-दूसरे के प्रति हम इंसानों का व्यवहार कैसा हो जाएगा।''

पाब्लो के चेहरे से खुशी झलकने लगी।

''क्या हुआ?'' मैंने भी मुस्कराते हुए पूछा।

पाब्लो ने बड़े उत्साह के साथ कहा, ''आठवीं अंतर्दृष्टि में यही तो बताया गया है कि इसके बाद लोग एक-दूसरे से कैसा व्यवहार करेंगे। अब तुम्हें अपने इस सवाल का जवाब मिल गया है कि ये सारे पादरी पाण्डुलिपि के खिलाफ क्यों हैं और अब बदले में यही जवाब

एक सवाल के तौर पर तुम्हारे सामने है।''

''हाँ,'' मैंने सोचते हुए कहा। ''मुझे आठवीं अंतर्दृष्टि को ढूँढ़ना होगा। यहाँ से निकलना होगा।''

पाब्लो ने मुझे आगाह करते हुए कहा, ''इतनी जल्दबाज़ी मत करो। आगे बढ़ने से पहले तुम्हें यह सुनिश्चित करना होगा कि तुमने सातवीं अंतर्दृष्टि को पूरी तरह आत्मसात कर लिया है।''

''तुम्हें क्या लगता है, मैंने आत्मसात किया है और मैं क्रमिक विकास के प्रवाह के साथ चल रहा हूँ या नहीं?'' मैंने पूछा।

उसने कहा, ''ज़रूर चलोगे, अगर अपने सवालों को याद रखोगे तो! जो लोग अपने सवालों को लेकर जागरूक नहीं है, उन्हें भी कभी-कभी जवाब मिल जाते हैं और फिर जब वे पीछे मुड़कर देखते हैं तो उन्हें संयोग नज़र आने लगते हैं। जब हम जवाबों के मिलते ही उन पर गौर करने लगते हैं तो सातवीं अंतर्दृष्टि प्रकट होकर हमारे दिन-प्रतिदिन के अनुभवों को और विस्तृत बना देती है।

हमें इसका अंदाज़ा होना चाहिए कि **हर घटना अपने आपमें महत्वपूर्ण होती है और उसमें एक ऐसा संदेश छिपा होता है, जो किसी न किसी तरह हमारे सवालों से संबंधित होता है।** यह बात उन चीज़ों पर विशेष रूप से लागू होती है, जिन्हें हम बुरी चीज़ों के रूप में देखने के आदी थे। सातवीं अंतर्दृष्टि कहती है कि **हर घटना में एक उम्मीद ढूँढ़ना ही मुख्य चुनौती है, भले ही वह घटना कितनी भी नकारात्मक क्यों न हो।** जब तुम्हें हिरासत में लिया गया था तो तुम्हें लगा था, जैसे सब खत्म हो गया, सब बरबाद हो गया लेकिन अब तुम देख सकते हो कि वास्तव में तुम्हें यहाँ आना था। यही वह जगह है, जहाँ तुम्हारे सवालों के जवाब हैं।''

वह सही कह रहा था लेकिन अगर यहाँ आकर मुझे अपने सवालों के जवाब मिल रहे हैं और अगले स्तर की ओर मेरा विकास हो रहा है तो ज़रूर पाब्लो के साथ भी ऐसा ही हो रहा होगा।

तभी हमें किसी के आने की आहट सुनाई दी। पाब्लो ने सीधे मेरी ओर देखा। अचानक उसका चेहरा गंभीर हो गया था।

उसने कहा, ''देखो, मैंने जो कहा, वह याद रखना। तुम्हारा अगला कदम है आठवीं अंतर्दृष्टि, जो पारस्परिक आचरण से संबंधित है यानी दूसरों के साथ बरताव करने का ऐसा तरीका, जिससे अधिक से अधिक संदेशों का आदान-प्रदान हो सके। बस याद रखना कि तुम्हें जल्दबाज़ी नहीं करनी है। अपनी स्थिति की ओर केंद्रित रहना। तो अब तुम्हारे अंदर कौन से सवाल हैं?''

मैंने कहा, ''मैं जानना चाहता हूँ कि विल कहाँ है और मैं आठवीं अंतर्दृष्टि को भी ढूँढ़ना चाहता हूँ, साथ ही मार्जरी को भी।''

''मार्जरी को लेकर तुम्हारा अंतर्ज्ञान क्या कहता है?'' उसने पूछा।

मैंने पलभर विचार किया। ''यही कि मैं भाग जाऊँगा... हम भाग जाएँगे।''

हमें कोठरी के दरवाज़े पर कदमों की आवाज़ सुनाई देने लगी।

"क्या तुम्हें मुझसे भी कोई संदेश मिला है?" मैंने जल्दबाज़ी में पाब्लो से पूछा।

उसने कहा, "हाँ, और क्या, जब तुम आए थे तो मुझे पता नहीं था कि मैं यहाँ क्या कर रहा हूँ। हालाँकि मुझे अंदाज़ा था कि मैं सातवीं अंतर्दृष्टि के बारे में कुछ बताने के लिए ही यहाँ हूँ लेकिन मुझे अपनी क्षमता पर पूरा विश्वास नहीं था। मुझे लगता था कि मेरी जानकारी कम है। लेकिन तुम्हारे कारण अब मुझे पता है कि मैं क्या कर सकता हूँ। यह उन संदेशों में से एक है, जो तुम मेरे लिए लेकर आए थे।"

"क्या और कोई संदेश भी था?" मैंने पूछा।

उसने जवाब दिया, "हाँ, तुम्हारा यह अंतर्ज्ञान कि पादरियों को पाण्डुलिपि के पक्ष में मनाया जा सकता है। यह भी मेरे लिए एक संदेश था। इससे मुझे महसूस हुआ कि मैं यहाँ फादर कॉस्टर को मनाने के लिए ही आया हूँ।"

उससे इतना कहते ही एक सैनिक ने दरवाज़ा खोला और मुझे अपने साथ चलने का इशारा किया।

मैंने पाब्लो की ओर देखा।

"मैं तुम्हें अगली अंतर्दृष्टि में बताई गई एक अवधारणा के बारे में बताना चाहता हूँ," उसने कहा।

सैनिक ने पाब्लो को घूर कर देखा और मेरी बाँह पकड़कर मुझे दरवाज़े की ओर खींचते हुए बाहर ले गया। पाब्लो सलाखों के पीछे से मुझे देख रहा था।

"आठवीं अंतर्दृष्टि में एक चेतावनी दी गई है," उसने चिल्लाते हुए कहा।

"हमारा विकास बंद होने की चेतावनी... और ऐसा तब होता है, जब हम किसी दूसरे इंसान के प्रति आसक्त हो जाते हैं।"

पारस्परिक आचरण

मैं सैनिक के पीछे-पीछे सीढ़ियों से ऊपर चढ़ा और बाहर खुली धूप में चला गया। पाब्लो की चेतावनी मेरे कानों में गूँज रही थी। किसी दूसरे के प्रति आसक्ति? इस बात से उसका क्या मतलब था? किस तरह की आसक्ति?

सैनिक मुझे नीचे पार्किंग तक पहुँचनेवाले रास्ते पर ले आया, जहाँ दो और सैनिक मिलट्री जीप के साथ खड़े हुए थे। वे बहुत ध्यान से हमें चलते हुए देखने लगे। जब मैं जीप के पास आ गया तो मैंने देखा कि पीछे की सीट पर कोई पहले से बैठा हुआ था। मार्जरी! वह बड़ी बुझी-बुझी और चिंतित लग रही थी। इससे पहले कि वह मुझे देखती, सैनिक ने मेरी बाँह पकड़कर उसके बगलवाली सीट पर बैठने का इशारा किया। दूसरे दो सैनिक आगेवाली सीट पर बैठ गए। ड्राइविंग सीट पर बैठे सैनिक ने पलटकर एक झलक हमारी ओर देखा, फिर वह गाड़ी चालू करके उत्तर की ओर बढ़ गया।

''क्या आप अंग्रेज़ी बोलते हैं?'' मैंने सैनिक से पूछा।

बगलवाली सीट पर बैठे उस तगड़े सैनिक ने मुझे लापरवाही से देखते हुए स्पेनिश में कुछ कहा, जो मैं समझ नहीं पाया, फिर बड़े रुखेपन से वापस मुड़ गया।

मेरा ध्यान मार्जरी की ओर गया। ''तुम ठीक तो हो?'' मैंने फुसफुसाकर पूछा।

''मैं... अ... हाँ...'' उसकी आवाज़ ज़रा क्षीण हो गई और मैंने देखा कि उसकी आँखों से आँसू बह रहे हैं।

''सब ठीक हो जाएगा।'' मैंने उसके कंधे पर हाथ रखते हुए कहा। उसने मुस्कराने का प्रयास करते हुए मेरी ओर देखा, फिर मेरे कंधे पर सिर रख लिया। मेरे शरीर में सनसनी दौड़ गई।

करीब घंटेभर हम कच्ची सड़क पर चलते रहे। बाहर का दृश्य लगातार घना-हरा और जंगल जैसा होता जा रहा था। फिर एक मोड़ पर घनी हरियाली से हम किसी कस्बे में पहुँच गए। सड़क के दोनों ओर लकड़ी से बनी इमारतें थीं।

करीब सौ गज़ आगे एक बड़ा ट्रक रास्ता रोके खड़ा था। कई सिपाहियों ने हमें रुकने का इशारा किया। उनके आगे कुछ और वाहन खड़े थे, उनमें कुछ तेज़ पीली बत्तीवाले थे।

मैं कुछ और सावधान हो गया। जब हम रुके तब उनमें से एक सैनिक हमारी ओर आया और कुछ बोला, जो मैं नहीं समझ सका। मैं केवल 'गैसोलीन' शब्द ही समझ सका। हमारे रक्षक जीप छोड़कर दूसरे सिपाहियों से बातचीत करने लगे। बीच-बीच में वे हमारी ओर एक झलक देख लेते।

मैंने देखा कि बायीं ओर एक पतली सी गली थी। जब मैंने दुकानों और दरवाज़ों को देखा तो मेरी अनुभूति कुछ बदल गई। उन इमारतों के आकार और रंग अचानक और स्पष्ट दिखाई देने लगे थे।

मैंने मार्जरी को धीरे से पुकारा और महसूस किया कि वह मुझे देख रही है लेकिन इससे पहले कि वह कुछ कह पाती, एक भयानक विस्फोट के कारण हमारी जीप काँप उठी। हमारे सामनेवाली जगह से आग और रोशनी का धमाका हुआ और सैनिक धराशायी हो गए। हमारे सामने का दृश्य आग और राख के कारण धुँधला पड़ गया।

"चलो आओ!" मैं मार्जरी को जीप से खींचते हुए चिल्लाया। अफरा-तफरी में हम उस गली की ओर भाग चले, जिधर मैं देख रहा था। हमारे पीछे से लोगों की चीखों की आवाज़ें स्पष्ट सुनाई दे रही थीं। धुएँ से अब भी घिरे हुए हम लगभग पचास गज़ तक दौड़ते रहे। अचानक मैंने बायीं ओर एक प्रवेशद्वार देखा।

"इधर चलो!" मैं चिल्लाया। दरवाज़ा खुला हुआ था, हम दोनों अंदर घुस गए। मैंने दरवाज़े को पूरी शक्ति से बंद कर दिया। जब मैं वापस मुड़ा तो देखा कि एक अधेड़ स्त्री हमें घूर रही है। हम किसी के घर में घुस आए थे।

मैं उसे देखते हुए मुस्कराने का प्रयास करने लगा, मैंने पाया कि एक विस्फोट के बाद घर में घुस आए दो अजनबियों को पाकर भी महिला के हाव-भाव क्रोध या भय के नहीं थे। बल्कि उसके चेहरे पर एक रोचक अधूरी मुस्कराहट थी, जैसे विरक्ति की हो, जैसे उसे हमारे आगमन की आधी उम्मीद रही हो और अब उसे कुछ करना हो। पास ही कुर्सी पर लगभग पाँच साल की एक बच्ची बैठी थी।

उस महिला ने अंग्रेज़ी में कहा, "जल्दी करो! वे तुम्हें खोजेंगे!" वह महिला हमें हॉल और एक खाली पड़े कमरे के पिछवाड़े से होते हुए, लकड़ी की सीढ़ियों से एक लंबे तहखाने तक ले गई। बच्ची भी उसके साथ ही चलती रही। तहखाने से होते हुए हम तेज़ी से चलते हुए कुछ सीढ़ियाँ चढ़कर एक बाहरी दरवाज़े तक पहुँचे, जो एक सँकरी गली की ओर ले जाता था।

उस महिला ने वहाँ पार्क की हुई एक छोटी कार को खोलते हुए, हमें जल्दी से उसमें बिठाया। उसने हमें पिछली सीट पर नीचे लेट जाने को कहा, हम पर एक कंबल डाला और उत्तर दिशा में बढ़ चली। मैं इस दौरान महिला द्वारा किए गए प्रयास से हतप्रभ था लेकिन मैं खामोश रहा। जैसे ही मैं समझा कि क्या हुआ था, मेरे शरीर में ऊर्जा की लहर दौड़ गई। मेरे बच निकलने की उम्मीद आखिरकार पूरी हो गई थी।

मार्जरी आँखें ज़ोर से बंद किए, मेरे बगल में पड़ी हुई थी।

मैं फुसफुसाया, "तुम ठीक तो हो?"

उसने आँसूभरी आँखों से मुझे देखते हुए अपनी गर्दन हिलाई।

करीब पंद्रह मिनट बाद उस महिला ने हमसे कहा, ''मुझे लगता है कि अब आप उठकर बैठ सकते हैं...''

मैंने कंबल हटाकर आस-पास देखा। ऐसा लग रहा था, जैसे विस्फोट से पहले हम जिस सड़क पर चल रहे थे, यह वही थी, बस कुछ और उत्तर की ओर।

''आप कौन हो?'' मैंने पूछा।

वह मुड़कर अपनी आधी मुस्कराहट के साथ मेरी ओर देखने लगी। वह चालीस के आस-पास की एक सुगढ़ महिला थी, उसके गहरे घने बाल कंधे तक आते थे।

उसने कहा, ''मैं कार्ला डीज हूँ, ये मेरी बेटी मारेटा है।''

बच्ची मुस्कराते हुए हमारी तरफ उत्सुकताभरी नज़रों से देख रही थी। उसके बाल गहरे काले और लंबे थे।

मैंने उन्हें बताया कि हम लोग कौन थे, फिर पूछा, ''आपको कैसे पता था कि हमें मदद की ज़रूरत पड़ेगी?''

कार्ला की मुस्कराहट फैल गई। ''आप पाण्डुलिपि के कारण उस सिपाहियों से दूर भाग रहे हैं न, नहीं क्या?''

''हाँ, पर आपको कैसे पता?''

''मैं भी पाण्डुलिपि के बारे में जानती हूँ।''

''आप हमें कहाँ ले जा रही हैं?'' मैंने पूछा।

उसने कहा, ''वह मुझे नहीं पता, आपको मेरी मदद करनी होगी।''

मैंने मार्जरी को कनखियों से देखा। वह बात करते हुए मुझे गौर से देख रही थी।

मैंने कहा, ''फिलहाल मुझे नहीं पता कि कहाँ जाना है। लेकिन मेरे पकड़े जाने से पहले मैं इक्विटस जाने का प्रयास कर रहा था।''

''आप वहाँ क्यों जाना चाहते हैं?'' उसने पूछा।

''मैं एक दोस्त को खोजने का प्रयास कर रहा हूँ। वह नौवीं अंतर्दृष्टि को ढूँढ़ रहा है।''

''यह खतरनाक है।''

''मैं जानता हूँ।''

''हम आपको वहाँ ले चलेंगे, है न मारेटा?''

वह बच्ची खिलखिला उठी और अपनी उम्र से अधिक परिपक्वता के साथ बोली, ''बेशक।''

''वहाँ वह विस्फोट कैसा था?'' मैंने पूछा।

''मुझे लगता है कि वह गैस का ट्रक था,'' उसने जवाब दिया। इसके पहले भी एक दुर्घटना हो चुकी है, तब गैस का रिसाव (लिकेज) हुआ था।

मैं अभी तक अचंभित था कि कार्ला ने कितनी जल्दी हमारी मदद करना तय कर लिया था इसलिए मैंने पूछा, ''आपको कैसे पता चला कि हम सैनिकों से बचके भाग रहे हैं?''

उसने एक गहरी साँस ली और कहा, ''कल, सेना के कई ट्रक उत्तर की ओर जाते हुए गाँव से गुज़रे थे। यह असामान्य बात है और इस कारण मैं दो महीने पहले के समय के बारे में सोचने लगी, जब मेरे दोस्तों को ले जाया गया था। मेरे दोस्तों और मैंने साथ में पाण्डुलिपि का अध्ययन किया था। पूरे गाँव में हम ही थे, जिनके पास पूरी आठों अंतर्दृष्टियाँ थीं। फिर सैनिक आए और उन्हें ले गए। अब मुझे नहीं पता कि वे कहाँ और किस हाल में हैं।''

उसने कहना जारी रखा, ''कल जब मैंने वे ट्रक देखे तब मैं जानती थी कि सैनिक अब भी पाण्डुलिपि की प्रतियाँ ढूँढ़ रहे हैं और मेरे दोस्तों की तरह ही दूसरे लोगों को भी मदद की ज़रूरत होगी। हो सके तो मैं ऐसे लोगों की मदद करना चाहती थी। बेशक मुझे यह बात बड़ी अर्थपूर्ण लगी कि मुझे मदद का विचार आया। इसलिए जब आप लोग मेरे घर आए तो मुझे आश्चर्य नहीं हुआ।''

उसने कुछ रुककर पूछा, ''क्या आपने कभी ऐसा महसूस किया है?''

कार्ला ने कार धीमी कर ली थी। आगे एक चौराहा था।

उसने कहा, ''मुझे लगता है कि हमें यहाँ से दाएँ मुड़ जाना चाहिए। इस रास्ते से समय ज़रूर ज़्यादा लगेगा, पर यह ज़्यादा सुरक्षित है।''

जब कार्ला कार को दायीं ओर मोड़ रही थी तो मारेटा बायीं ओर फिसलने लगी और उसे गिरने से बचने के लिए सीट पकड़नी पड़ी। वह खिलखिला उठी। मार्जरी ने नन्हीं बच्ची की ओर प्रशंसाभरी दृष्टि से देखा।

''मारेटा कितने साल की है?'' मार्जरी ने कार्ला से पूछा।

कार्ला कुछ विचलित सी लगी, फिर उसने विनम्रता से कहा, ''प्लीज उसके बारे में ऐसे बात न करें, जैसे वह यहाँ उपस्थित न हो। यदि वह वयस्क होती तो यह प्रश्न आप उसी से पूछतीं।''

''ओह, माफ कीजिएगा,'' मार्जरी बोली।

''मैं पाँच साल की हूँ,'' मारेटा ने बड़े गर्व से कहा।

''क्या आपने आठवीं अंतर्दृष्टि का अध्ययन किया है?'' कार्ला ने पूछा।

मार्जरी बोली, ''नहीं, मैंने केवल तीसरी अंतर्दृष्टि देखी है।''

''और मैं आठवीं का अध्ययन कर रहा हूँ,'' मैंने कहा और फिर पूछा, ''क्या आपके पास भी पाण्डुलिपि की कोई प्रति है?''

''नहीं,'' कार्ला ने कहा, ''वे सैनिक सारी प्रतियाँ ले गए।''

''क्या आठवीं अंतर्दृष्टि में इस बारे में कुछ लिखा है कि बच्चों से कैसे एकरूप हों?''

''हाँ, आठवीं अंतर्दृष्टि इस बारे में है कि इंसान एक-दूसरे से जुड़े रहना कैसे सीख लेंगे। इसके अलावा और भी कई बातें बताई गई हैं, जैसे किसी अन्य को अपनी ऊर्जा देकर उसकी मदद कैसे करें और लोगों के प्रति मोह की लत से कैसे बचें।''

कार्ला की बात सुनकर मुझे पाब्लो की वह चेतावनी फिर याद आई। मैं कार्ला से इसका अर्थ पूछने ही वाला था कि मार्जरी बोल पड़ी, ''आठवीं अंतर्दृष्टि के बारे में कुछ बताइए न।''

कार्ला समझाने लगी, ''आठवीं अंतर्दृष्टि लोगों के साथ आचरण करते समय ऊर्जा का

कैसे उपयोग करना है, इस बारे में है। बच्चों के साथ कैसे आचरण करना है, इससे इस अंतर्दृष्टि की शुरुआत होती है।"

"हमें बच्चों को कैसे देखना चाहिए?" मैंने पूछा।

कार्ला बताने लगी, "हमें उन्हें वैसे ही देखना चाहिए, जैसे वे सचमुच हैं यानी विकास के अंतिम चरण की तरह, जो हमें आगे ले जाता है। लेकिन विकास करने के लिए उन्हें बेशर्त, नियमित रूप से हमारी ऊर्जा की आवश्यकता होती है। बच्चों के प्रति सबसे बुरा व्यवहार यही है कि हम हर मामले में उन्हें सही करने के चक्कर में उनकी ऊर्जा को व्यर्थ कर दें। इसी के कारण उनमें नियंत्रण का नाटक पनपता है, जैसा कि आपको पहले से ही पता है। यदि वयस्क उन्हें किसी भी स्थिति में उतनी ऊर्जा दे सकें, जितनी की उन्हें ज़रूरत है तो उनके सीखे हुए ये पैंतरे नज़रअंदाज़ किए जा सकते हैं। इसलिए उन्हें बातचीत में शामिल करना चाहिए। खास तौर पर जब बातचीत उन्हीं के बारे में की जा रही हो। और हाँ, आपको सिर्फ उतने ही बच्चों की ज़िम्मेदारी लेनी चाहिए, जितने की आप देखभाल कर सकें, उससे ज़्यादा की कतई नहीं।"

"क्या यह सब पाण्डुलिपि में लिखा है?" मैंने पूछा।

"हाँ," उसने कहा, "और बच्चों की संख्या के बारे में बहुत ज़ोर दिया गया है।"

मुझे ज़रा उलझन महसूस हुई इसलिए मैंने पूछा, "किसके कितने बच्चे हैं, यह महत्वपूर्ण क्यों है?"

उसने कार चलाते हुए ही पलभर के लिए मेरी ओर देखा। फिर पूछा, "क्योंकि कोई वयस्क किसी एक समय में किसी एक ही बच्चे पर एकाग्र होकर उस पर ध्यान दे सकता है। यदि वयस्कों से अधिक बच्चे होंगे तो वयस्क उन्हें पर्याप्त ऊर्जा नहीं दे सकेंगे। बच्चे बड़ों का समय और ध्यान पाने की चाहत में एक-दूसरे से प्रतिस्पर्धा करने लगते हैं।"

"भाई-बहनों के बीच की आपसी प्रतिद्वंद्विता?" मैंने कहा।

कार्ला ने जवाब दिया, "हाँ, लेकिन पाण्डुलिपि के मुताबिक लोग इस समस्या को जितनी गंभीरता से लेते हैं, यह उससे कहीं अधिक महत्वपूर्ण है। बड़े परिवार और उसमें एक-दूसरे के साथ बढ़नेवाले अनेक बच्चे, इस संकल्पना को आज तक बड़ों द्वारा बहुत सराहा गया है। लेकिन बच्चों को संसार के बारे में बड़ों से सीखना चाहिए, न कि दूसरे बच्चों से। कई संस्कृतियों में बच्चों के समूह गलत राह पर भटक गए हैं। पाण्डुलिपि कहती है कि इंसान धीरे-धीरे समझ जाएँगे कि बच्चों को इस संसार में तब तक नहीं लाना चाहिए, जब तक कि हरेक बच्चे के लिए कम से कम एक इंसान हर समय पूरा ध्यान देने के लिए समर्पित न हो।"

मैंने कहा, "ज़रा एक मिनट, कई बार आजीविका के लिए माँ और बाप दोनों को काम करना पड़ता है। अगर इस हिसाब से देखा जाए तो उन्हें बच्चे पैदा करने का अधिकार ही नहीं है।"

उसने जवाब दिया, "नहीं, ज़रूरी नहीं कि ऐसा ही हो। पाण्डुलिपि कहती है कि इंसान खून के रिश्तों के अलावा भी अपने परिवार को बढ़ाना सीख जाएगा। इस तरह कोई अन्य इंसान भी बच्चों पर व्यक्तिगत ध्यान देने के लिए उपलब्ध होगा। सारी ऊर्जा माँ-बाप से ही आना आवश्यक नहीं है। बल्कि अगर ऐसा न हो तो यह अच्छा ही है। लेकिन जिसे भी बच्चों की परवाह है, उसे प्रत्येक बच्चे पर व्यक्तिगत रूप से ध्यान देना चाहिए।"

''अच्छा,'' मैंने कहा, ''शायद मारेटा की परवरिश में आपने इन सब बातों का पूरा ध्यान रखा है। यह सच में परिपक्व लगती है।''

कार्ला ने मुँह बनाते हुए कहा, ''मुझसे नहीं, उसी से कहिए।''

''ओह, हाँ,'' मैंने बच्ची की ओर देखा। ''तुम तो बिलकुल बड़ों की तरह बातें करती हो मारेटा।''

उसने ज़रा शरमाते हुए दूसरी ओर देखा, फिर कहा, ''धन्यवाद।''

कार्ला ने उसे प्यार से गले लगा लिया।

कार्ला ने गर्व से मेरी ओर देखा। फिर कहा, ''पिछले दो सालों से मैं मारेटा के साथ पाण्डुलिपि के निर्देशानुसार ही व्यवहार करने की कोशिश कर रही हूँ, है न मारेटा?''

बच्ची ने मुस्कराते हुए सहमति जताई।

''मैंने मारेटा को ऊर्जा देने और हमेशा, हर परिस्थिति का सच उसी तरीके से कहने का प्रयास किया है, जिसे वह समझ सके। जब उसने बालसुलभ प्रश्न पूछे तो मैंने उन्हें बहुत गंभीरता से लिया और ऐसे काल्पनिक जवाब देने से बची, जो दरअसल बड़े अपने मनोरंजन के लिए दे देते हैं।'' कार्ला ने बताया।

मैंने मुस्कुराकर कहा, ''आपका मतलब झूठे जवाब जैसे, 'पक्षी बच्चे लेकर आते हैं,' इसी तरह की चीज़ें न?''

कार्ला ने कहा, ''हाँ, पर ये सांस्कृतिक अभिव्यक्तियाँ इतनी बुरी भी नहीं होतीं। बच्चे जल्द ही इन्हें समझ जाते हैं क्योंकि वे इन्हें सुनने के बाद भी जस के तस ही रहते हैं। वयस्कों द्वारा तुरत-फुरत दिए गए उलटे-पुलटे जवाब सबसे बुरे होते हैं। बड़ों के लिए ऐसे जवाब देना बस एक मज़ाक होता है क्योंकि उन्हें लगता है कि अगर वे सच जवाब देंगे तो बच्चों के लिए उन्हें समझना मुश्किल होगा। लेकिन यह सही नहीं है; सच की व्याख्या बच्चे की समझ के हिसाब से भी की जा सकती है। बस इसके लिए बड़ों को थोड़ा-बहुत विचार करना पड़ता है।''

''इस विषय पर पाण्डुलिपि क्या कहती है?'' मैंने पूछा।

कार्ला ने बताया कि ''पाण्डुलिपि के अनुसार हमें बच्चों से सच कहने के तरीके ढूंढ़ते रहने चाहिए।''

मैं इस अवधारणा को मन ही मन, कहीं न कहीं नकार रहा था। मुझे बच्चों से मज़ाक करना पसंद है।

मैंने अपनी बात को आगे बढ़ाते हुए कहा, ''लेकिन आमतौर पर बच्चों को भी यह समझ में आ ही जाता है कि बड़े बस मज़ाक कर रहे हैं? ये सब देखकर तो लगता है, जैसे हम बच्चों को कुछ जल्दी ही बड़ा बना रहे हैं और उनसे बचपन का आनंद छीन रहे हैं।''

उसने ज़रा तीखी नज़रों से मेरी ओर देखा। फिर कहा, ''मारेटा खूब मस्ती करती है। हम कूदते-फाँदते रहते हैं और बचपन के सारे खेल खेलते हैं। बस फर्क सिर्फ यह है कि जब हम काल्पनिक पात्र वाले खेल खेलते हैं तब उस समय मारेटा को पता होता है कि यह केवल एक खेल है, सत्य नहीं।''

मैंने हामी भरी। कार्ला की बात बिलकुल उचित थी।

कार्ला ने अपनी बात जारी रखी, ''मारेटा में आत्मविश्वास नज़र आता है। मैंने व्यक्तिगत रूप से हमेशा उस पर अपना पूरा ध्यान दिया है। जब कभी मैं किसी कारणवश घर से बाहर जाऊँ तो मेरे आने तक पड़ोस में रहनेवाली मेरी बहन मारेटा का ख्याल रखती है। उसके पास हमेशा कोई बड़ा उपस्थित होता था, जो उसके बालसुलभ सवालों के जवाब दे सके। चूँकि उस पर गंभीरता से ध्यान दिया जाता था इसलिए उसे कभी भी दिखावा या नाटक करने की जरूरत नहीं पड़ी। उसके पास हमेशा पर्याप्त ऊर्जा होती थी, जिससे उसे इस बात का भरोसा रहता था कि यह ऊर्जा आगे भी रहेगी। इस कारण बड़ों से ऊर्जा ग्रहण करने से लेकर, ब्रह्मांण्ड से ऊर्जा लेने तक – जिसके बारे में हम पहले ही बात कर चुके हैं – के बीच का अंतर समझना उसके लिए आसान था।''

मैंने बाहर की ओर देखा। हम घने जंगल के बीच से गुज़र रहे थे। हालाँकि खासे घने पेड़ों के कारण मुझे सूर्य दिखाई नहीं दे रहा था लेकिन मैं जानता था कि यह दोपहर बाद का वक्त है और आकाश में सूर्य तेज़ी से चमक रहा है।

''क्या हम रात तक इक्विटस पहुँच जाएँगे?'' मैंने पूछा।

कार्ला ने कहा, ''नहीं, लेकिन हम रास्ते में एक घर में रुक सकते हैं।''

''घर में?'' मैंने पूछा।

''हाँ। मेरे दोस्त का घर। वे वन्यजीव सेवा (वाइल्ड-लाइफ सर्विस) के लिए काम करते हैं।'' कार्ला ने बताया।

''क्या वे सरकार के लिए काम करते हैं?'' मैंने थोड़ा घबराते हुए पूछा।

कार्ला ने मुझे आश्वस्त देते हुए कहा, ''आप चिंता मत कीजिए। उनका नाम हुआन हिंटन है और वे जहाँ पर काम करते हैं, वह अमेज़न का इलाका संरक्षित इलाके की श्रेणी में आता है। वे स्थानीय एजेंट हैं लेकिन रसूखदार व्यक्ति हैं। उन्हें पाण्डुलिपि पर पूरा विश्वास है और उन्हें सरकार की ओर से आज तक कभी परेशान नहीं किया गया है।''

जब तक हम वहाँ पहुँचे, आसमान में गहरा अंधेरा घिर चुका था। हमारे आसपास जंगल था और रात में झींगुरों की आवाज़ साफ सुनाई दे रही थी। हवा में नमीदार गरमी भरी हुई थी। एक उजली बड़ी लकड़ी के ढाँचेवाली इमारत घनी घास के मैदान के आखिर में स्थित थी। पास ही दो और बड़ी इमारतें और कई जीपें खड़ी हुई थीं। ज़रा आगे जाकर एक और वाहन खड़ा था, जिसके नीचे उजाले में दो लोग काम कर रहे थे।

महँगे कपड़े पहने एक छरहरे पेरू वासी हुआन हिंटन ने कार्ला की दस्तक का जवाब दिया। कार्ला को देखते ही उसने मुस्कराकर उसका अभिवादन किया। लेकिन जब उसने मार्जरी, मारेटा और मुझे सीढ़ियों पर इंतज़ार करते हुए देखा तब उसके चेहरे के भाव बदल गए। कार्ला से स्पेनिश में बात करते हुए उसका चेहरा व्यग्र और नाखुश लगा। कार्ला ने जवाब में विनती के स्वर में कुछ कहा लेकिन उसके हावभाव देखकर ऐसा लगा कि वह हमें यहाँ नहीं रुकने देना चाहता।

फिर दरवाज़े की दरार से मैंने देखा कि दालान में कोई अकेली महिला खड़ी है। मैं उसका चेहरा देखने के लिए थोड़ा खिसका। वह जूलिया थी। जब मैं देख रहा था, वह पलटी और

उसकी नज़र मुझ पर पड़ी। वह अपने चेहरे पर आश्चर्य के भाव लिए फुर्ती से आगे बढ़ी। उसने दरवाज़े पर खड़े हिंटन के कंधे पर हाथ रखा और उसके कानों में धीरे से कुछ कहा। उसने अपनी गर्दन जूलिया की ओर घुमाई और फिर अनमने मन से दरवाज़ा खोल दिया। हम सब ने पहले हिंटन को अपना परिचय दिया और फिर सब उसके पीछे-पीछे हॉल में चले गए।

जूलिया ने मुझे देखा और कहा, ''देखा न! हम फिर मिल गए।'' उसने जेबोंवाला खाकी पैन्ट और चटख लाल रंग की टी शर्ट पहन रखे थे।

उसकी बात पर सहमत होते हुए मैंने कहा, ''हाँ, हम फिर मिल गए।''

एक पेरुवियन सेवक ने हिंटन को रोका और कुछ समय बात करके दोनों घर के दूसरे हिस्से में चले गए। जूलिया कॉफी टेबल के पास एक कुर्सी पर बैठ गई और उसने हमें इशारे से सामने रखे सोफे पर बैठने के लिए कहा। मार्जरी ज़रा परेशान नज़र आ रही थी। वह बड़े गौर से मेरी ओर देख रही थी। मार्जरी का तनाव कार्ला से भी छिपा नहीं था। उसने पास जाकर मार्जरी का हाथ थाम लिया। ''चलो, गरमागरम चाय पीते हैं,'' उसने सुझाया।

चलते-चलते मार्जरी ने मुझ पर एक नज़र डाली। मैं मुस्कराया और उन्हें तब तक देखता रहा, जब तक कि वे रसोई के अगले कोने तक नहीं चली गईं। फिर मैं जूलिया की ओर मुड़ा।

''तुम्हें क्या लगता है, क्या मतलब है इसका?'' जूलिया ने पूछा।

''किसका मतलब?'' मैंने कहा। मैं अब भी ज़रा विचलित था।

''यही कि हम फिर से यूँ टकरा गए।'' जूलिया ने कहा।

''ओह! पता नहीं।'' मैंने जवाब दिया।

उसने पूछा, ''तुम कार्ला से कैसे मिले? और अब कहाँ जा रहे हो?''

मैंने जवाब देते हुए कहा, ''हमें उसी ने बचाया है। मार्जरी और मुझे पेरुवियन सेना ने पकड़ लिया था। जब हम बचकर निकले, तब कार्ला ने ही हमारी मदद की।''

जूलिया ने गंभीर स्वर में पूछा, ''मुझे बताओ क्या हुआ था?''

मैं पीछे टिक गया और उसे पूरी कहानी बताई कि कैसे मैंने फादर कार्ल का ट्रक लिया, फिर मैं कैसे पकड़ा गया और आखिर में कैसे बच निकला।

''और कार्ला तुम्हें इक्विटस ले जाने के लिए तैयार हो गई?'' जूलिया ने पूछा।

''हाँ।'' मैंने कहा।

''तुम वहाँ क्यों जाना चाहते हो?'' उसने पूछा।

मैंने कहा, ''विल ने फादर कार्ल को वहीं जाने के बारे बताया था। विल को निश्चित ही नौवीं अंतर्दृष्टि के बारे में कुछ पता चला है और सेबेस्टियन भी किसी कारणवश वहीं है।''

जूलिया ने हामी भरी और कहा, ''हाँ, सेबेस्टियन का मिशन वहीं है। यह वही जगह है, जहाँ उसने स्थानीय इंडियन लोगों का धर्म परिवर्तन करवा के ख्याति पाई थी।''

''और तुम? तुम यहाँ क्या कर रही हो?'' मैंने पूछा।

जूलिया ने बताया कि वह भी नौवीं अंतर्दृष्टि खोजना चाहती थी लेकिन उसे इसके बारे में कुछ पता नहीं था। वह यहाँ अपने पुराने दोस्त हिंटन के बारे में सोचकर चली आई थी।

मेरा उसकी बातों पर कुछ खास ध्यान नहीं था। मार्जरी और कार्ला रसोई से बाहर आ चुके थे और हॉल में खड़े बातें कर रहे थे। उनके हाथों में चाय की प्यालियाँ थीं। मार्जरी की नज़रें मुझसे टकराईं लेकिन उसने कुछ कहा नहीं।

जूलिया ने मार्जरी की ओर इशारा करते हुए पूछा, ''क्या उसने पाण्डुलिपि का कोई हिस्सा पढ़ा है?''

''केवल तीसरी अंतर्दृष्टि'', मैंने कहा।

जूलिया ने कहा, ''यदि वह चाहे तो संभवत: हम उसे पेरू से बाहर भेज सकते हैं।'' मैंने मुड़कर उसकी ओर देखा और पूछा, ''कैसे?''

''रोनाल्डो कल ब्राजील जा रहा है। वहाँ अमरिकी दूतावास में हमारे कुछ दोस्त हैं। वे उसे वापस अमरीका ले जा सकते हैं। हम इसी तरह कुछ और अमरिकी लोगों की मदद भी कर चुके हैं।'' जूलिया ने बताया।

मैंने मार्जरी की ओर देखते हुए ज़रा अस्पष्ट ढंग से सहमति जताई। मैंने महसूस किया कि मार्जरी की बात सुनकर मेरे अंदर मिले-जुले भाव उठ रहे थे। आंशिक रूप से मेरा मन जानता था कि मार्जरी के लिए यहाँ से निकलना ही सबसे बेहतर रहेगा। लेकिन दूसरी तरफ मैं यह भी चाहता था कि वह रुके और मेरे साथ रहे। जब वह मेरे साथ होती है तो मैं खुद को बदला हुआ और ऊर्जावान महसूस करता हूँ।

''मुझे उससे बात करनी होगी,'' अंतत: मैंने कहा।

''ज़रूर,'' जूलिया ने जवाब दिया। ''हम इस बारे में बाद में बात कर सकते हैं।''

मैं उठकर मार्जरी की ओर जाने लगा। कार्ला वापस रसोई में जा रही थी। मार्जरी हॉल के एक कोने की ओर चली गई। जब मैं उसके पास पहुँचा, वह दीवार से टिकी हुई थी। मैंने उसे अपने बाँहों में ले लिया। मेरी धड़कन तेज़ हो गई।

''तुम्हें ऊर्जा महसूस हो रही है?'' मैंने उसके कानों में फुसफुसाते हुए पूछा।

उसने कहा, ''यह सचमुच अद्भुत है, लेकिन इसका मतलब क्या है?''

''मैं नहीं जानता। ज़रूर हमें एक-दूसरे से लगाव हो गया है।'' मैंने जवाब दिया।

मैंने आसपास नज़र दौड़ाई। यहाँ हम दोनों को कोई देख नहीं सकता था। हम कामुकता से एक-दूसरे को चूम रहे थे।

मैंने ज़रा रुककर उसके चेहरे को देखा। अब वह ज़रा अलग, ज़रा मज़बूत लग रही थी। मैं विसिएंते में हुई हमारी मुलाकात और कुला के रेस्त्रां में हमारे बीच हुई बातचीत के बारे में सोचने लगा। मुझे विश्वास नहीं हो रहा था कि उसकी उपस्थिति में और उसके स्पर्श से मैं कितना ऊर्जावान महसूस करने लगा था।

मार्जरी ने मुझे कसकर पकड़ रखा था, उसने कहा, ''उस दिन विसिएंते में तुमसे मिलने के बाद से ही मैं तुम्हारे साथ रहना चाहती थी। पर उस वक्त मैं ज़रा दुविधा में थी कि मुझे क्या करना चाहिए लेकिन यह ऊर्जा अद्भुत है। मैंने पहले कभी ऐसा कुछ महसूस नहीं किया।''

मैंने अपनी आँखों के कोने से देखा, कार्ला मुस्कराते हुए हमारी ही ओर चली आ रही थी। उसने हमें बताया कि डिनर तैयार है, सो हम डाइनिंग रूम की ओर चल दिए। वहाँ हमने

देखा कि ताज़े फलों, सब्ज़ियों और ब्रेड उमदा बुफे तैयार है। इसके बाद मारेटा ने प्रार्थना के रूप में एक गाना गाया और फिर हम करीब डेढ़ घंटे तक खाते-पीते और बातें करते रहे। हिंटन अब विचलित नहीं लग रहा था और उसने माहौल हलका कर दिया था, जिससे हमारा सेना से बचकर भागने का तनाव कम हो गया था। मार्जरी बड़ी खुश होकर बातें कर रही थी और हँस रही थी। उसके करीब बैठने से मेरे अंदर प्रेम की गरमाहट भर गई थी।

डिनर के बाद हिंटन हमें वापस इमारत के मुख्य हिस्से में ले गया, जहाँ कस्टर्ड के साथ मीठी शराब परोसी गई। मार्जरी और मैं सोफे पर बैठकर अपने अतीत और जीवन के महत्वपूर्ण अनुभवों के बारे में लंबी बातचीत में लग गए। ऐसा लग रहा था कि हम करीब आते जा रहे हैं। हमारे बीच बस यही कठिनाई थी कि वह पश्चिमी तट में रहती थी और मैं दक्षिण में। बाद में मार्जरी इन समस्याओं से ध्यान हटाकर खुलकर हँसी।

मार्जरी ने कहा, ''मैं हमारे अमरीका पहुँचाने का इंतज़ार नहीं कर सकती। हम एक-दूसरे से मिलने आने-जाने में खूब मज़े करेंगे।''

मैंने उसकी ओर गंभीरता से देखा और कहा, ''जूलिया बता रही थी कि वह तुम्हारे वापस जाने का इंतज़ाम कर सकती है।''

''तुम्हारा मतलब, हम दोनों के वापस जाने का? है न?'' उसने पूछा।

''नहीं, मैं... मैं नहीं जा सकता।'' मैंने कहा।

उसने पूछा, ''क्यों? मैं तुम्हारे बिना कहीं नहीं जानेवाली... लेकिन मैं यहाँ और रुक भी नहीं सकती। उफ... मैं पागल हो जाऊँगी।''

मैंने मार्जरी को समझाते हुए कहा, ''तुम्हें अकेले ही जाना होगा। मैं जल्द ही आ जाऊँगा।''

उसने ज़ोर से कहा, ''नहीं, मुझे यह मंज़ूर नहीं।''

कार्ला मारेटा को सुलाकर वापस आई। उसने हमारी ओर एक नज़र डाली और फिर फौरन दूसरी ओर देखने लगी। हिंटन और जूलिया अब भी बातें कर रहे थे। ऐसा लग रहा था कि वे मार्जरी के भड़कने से बिलकुल बेखबर थे।

मार्जरी ने कहा, ''प्लीज, चलो न, वापस घर लौट चलते हैं।''

मैं दूसरी ओर देखने लगा।

उसने गुस्से में कहा, ''ठीक है! तुम यहीं रुको!'' और वह उठकर तेज़ी से बेडरूम की ओर चली गई।

मार्जरी को यूँ जाते देख मानों मेरी जान निकल गई। मुझे उससे जो ऊर्जा मिली थी, वह जाती रही और मैं अचानक खुद को कमज़ोर और व्याकुल महसूस करने लगा। मैंने इस नकारात्मक एहसास से उबरने की कोशिश की और सोचने लगा, आखिर मैं उसे कितने समय से जानता हूँ? दूसरी ओर मुझे यह भी लग रहा था कि शायद वह सही कह रही है। शायद मुझे वापस चले जाना चाहिए। वैसे भी, मेरे यहाँ रहने से क्या फर्क पड़ेगा? वापस अमरीका लौटकर शायद मैं पाण्डुलिपि के लिए कुछ सहयोग जुटा सकूँ और ज़िंदा भी रहूँगा। मैं उठकर उसके पीछे जाने ही वाला था कि किसी कारणवश रुक गया। मैं तय नहीं कर पा रहा था कि मुझे

क्या करना चाहिए।

"क्या मैं एक मिनट के लिए तुमसे बात कर सकती हूँ?" कार्ला ने अचानक पूछा। मैं देख नहीं पाया था कि वह सोफे के बगल में ही खड़ी थी।

"ज़रूर," मैंने कहा।

वह बैठ गई और मेरी ओर देखने लगी। उसने कहा, "मैंने सुना कि आप दोनों एक-दूसरे से क्या बात कर रहे थे और मैंने सोचा इससे पहले कि आप कुछ निर्णय लें, आप यह ज़रूर जानना चाहेंगे कि आठवीं अंतर्दृष्टि लोगों के प्रति आसक्ति के बारे में क्या कहती है।"

"हाँ, बिलकुल, मैं जानना चाहता हूँ कि इसका क्या मतलब है।" मैंने कहा।

कार्ला बताने लगी, "जब कोई पहले-पहले स्वयं स्पष्ट होना सीखता है और अपना विकास कर रहा होता है तो किसी व्यक्ति के प्रति आसक्ति उसके रास्ते की बाधा बन सकती है। ऐसा किसी के भी साथ हो सकता है।"

"आप मेरी और मार्जरी की बात कर रही हैं, है न?" मैंने पूछा।

"पहले मुझे यह प्रक्रिया समझाने दीजिए, फिर आप खुद ही फैसला कीजिएगा।" उसने जवाब दिया।

"ठीक है।" मैंने कहा।

कार्ला ने कहा, "सबसे पहले मैं यह बताना चाहूँगी कि अंतर्दृष्टि के इस भाग के साथ मुझे बड़ी मुश्किल हुई। अगर प्रोफेसर रेन्यू न होते तो शायद मैं इसे कभी नहीं समझ पाती।"

"रेन्यू?" मैं चौंक गया। "मैं जानता हूँ उसे। हमारी मुलाकात तब हुई, जब मैं चौथी अंतर्दृष्टि सीख रहा था।" मैंने कहा।

"अच्छा," कार्ला ने कहा, "और मेरी उनसे मुलाकात तब हुई, जब हम दोनों आठवीं अंतर्दृष्टि तक पहुँच गए थे। वे कई दिनों तक मेरे ही घर पर ठहरे थे।"

मैंने आश्चर्य से सिर हिलाया।

कार्ला आगे बताने लगी, "प्रोफेसर रेन्यू ने कहा था कि पाण्डुलिपि के अनुसार, आसक्ति की अवधारणा बताती है कि प्रेम संबंधों में अकसर शक्ति संघर्ष की स्थिति क्यों बन जाती है। हम हमेशा यह सोचकर हैरान होते रहते हैं कि आखिर प्रेम का उल्लास और आनंद खत्म क्यों हो जाता है और यह अचानक टकराव और द्वंद्व क्यों बन जाता है? अब हम जानते हैं कि ऐसा क्यों होता है। दरअसल यह एक-दूसरे के प्रति आसक्ति रखनेवाले दो लोगों के बीच ऊर्जा प्रवाह का परिणाम है।

पहले-पहले जब प्यार होता है तो दो लोग अनजाने में ही एक-दूसरे को ऊर्जा प्रदान करते हुए आनंदित और उत्तेजित महसूस करने लगते हैं। वह एक अनोखा सा नशा होता है, जिसे हम प्यार होना कहते हैं। दुर्भाग्य से जब वे सामनेवाले से भी इसी भावना के आने की उम्मीद करने लगते हैं तो वे ब्रह्माण्ड की ऊर्जा से कट जाते हैं और एक-दूसरे की ऊर्जा पर और अधिक निर्भर हो जाते हैं लेकिन तभी उन्हें इसका अभाव महसूस होने लगता है और वे एक-दूसरे को ऊर्जा देने के बजाय एक-दूसरे पर नियंत्रण करके सामनेवाले की ऊर्जा खुद ले लेना चाहते हैं। इसी बिंदु पर आकर उनका आपसी संबंध बिगड़कर होकर एक मामूली शक्ति

संघर्ष में तब्दील हो जाता है।''

कार्ला एक पल के लिए हिचकिचाई, जैसे यह परख रही हो कि मैं उसकी बात समझा या नहीं। फिर उसने आगे कहा, ''रेन्यू ने कहा था कि इस प्रकार की आसक्ति के प्रति हमारी अतिसंवेदनशीलता का वर्णन मनोवैज्ञानिक ढंग से किया जा सकता है... यदि इससे आपको समझने में मदद मिले तो।''

मैंने उसे अपनी बात जारी रखने का संकेत किया। ''रेन्यू ने कहा था कि यह समस्या एक-दूसरे के साथ रहने के शुरुआती दौर में ही चालू हो जाती है। ऊर्जा की होड़ के चलते हम में से कोई एक, महत्वपूर्ण मनोवैज्ञानिक प्रक्रिया को पूरा करने में समर्थ नहीं होता। हम अपने विपरीत लिंगी से एक होने में सक्षम नहीं थे।''

''क्या?'' मैंने पूछा।

वह कहती रही, ''मेरे मामले में मैं अपने अंदर के पुरुष पक्ष से एकाकार नहीं हो पाई और आपके मामले में आप अपने स्त्री पक्ष से। विपरीत लिंग के व्यक्ति के प्रति आसक्त होने का कारण यही है कि हम अपने स्वयं की विपरीत लिंगी ऊर्जा तक नहीं पहुँच पाते। देखिए, वह रहस्यमयी ऊर्जा, जिसे हम आतंरिक स्रोत के रूप में जागृत कर सकते हैं, वह स्त्रैण (स्त्री) और पुरुषोचित (पुरुष) दोनों हैं। हम उस तक पहुँच सकते हैं लेकिन जब हम विकसित होते हैं तो सावधानी बरतना ज़रूरी हो जाता है। एकीकरण की इस प्रक्रिया में थोड़ा समय लगता है। यदि हम अपनी स्त्री या पुरुष ऊर्जा के इंसानी स्रोत के साथ अपरिपक्वता से जुड़ते हैं तो हम ऊर्जा की ब्रह्माण्डीय आपूर्ति के रास्ते में अवरोध पैदा कर देते हैं।''

मैंने उसे बताया कि मुझे कुछ समझ नहीं आया।

उसने मुझे समझाते हुए कहा, ''ज़रा सोचो कि किसी परिवार के संदर्भ में यह एकीकरण कैसा होगा? फिर शायद आप समझ जाएँ कि मेरा आशय क्या है। किसी भी परिवार में बच्चे को अपने जीवन में पहले अपने बड़ों से ऊर्जा मिलनी चाहिए। बच्चों के लिए समान लिंग के अभिभावक से एकरूप होना और ऊर्जा का एकीकरण करना आसान होता है। लेकिन दूसरे अभिभावक से ऊर्जा ग्रहण करना उनके लिए मुश्किल हो सकता है क्योंकि वह विपरीत लिंगी है।

उदाहरण के लिए किसी नन्हीं लड़की को ही ले लें। अपने स्वयं के पुरुष पक्ष से जुड़ने के पहले प्रयास में एक नन्हीं सी लड़की सिर्फ इतना जानती है कि वह अपने पिता की ओर बहुत आकर्षित होती है। वह चाहती है कि पिता हर वक्त उसके आसपास रहें। पाण्डुलिपि बताती है कि वास्तव में वह पुरुष ऊर्जा चाहती है। क्योंकि यही पुरुष ऊर्जा उसके स्त्री पक्ष को संतुलित करती है। इस पुरुष ऊर्जा के माध्यम से उसे संपूर्णता और आनंद महसूस होता है। लेकिन गलती से वह यह मान लेती है कि इस ऊर्जा को प्राप्त करने का एकमात्र माध्यम पिता को शारीरिक रूप से अपने पास रखना है।

दिलचस्प बात यह है कि चूँकि वह सोचती है कि यह ऊर्जा उसकी अपनी होनी चाहिए और वह अपनी इच्छा से इस पर नियंत्रण रख सके इसलिए वह पिता को स्वयं का ही विस्तार समझकर उसे निर्देशित करना चाहती है। वह सोचती है कि उसके पिता जादुई ढंग से श्रेष्ठ हैं और उसकी हर इच्छा को पूरा कर सकते हैं। इस प्रकार एक औसत से निचले दर्जे के परिवार में

नन्हीं बच्ची और उसके पिता के बीच शक्ति संघर्ष शुरू हो जाता है। जब वह पिता को नियंत्रित करने के लिए तरह-तरह की मुद्राएँ बनाना सीख लेती है, ताकि पिता उसे उसकी मनचाही ऊर्जा प्रदान कर सके, तो उनके बीच ड्रामा शुरू हो जाता है।

लेकिन एक आदर्श परिवार में पिता ऐसी किसी प्रतिस्पर्धा में नहीं पड़ता। वह पूरी ईमानदारी के साथ बेटी से लगाव बनाए रखता है और बेशर्त होकर ऊर्जा प्रदान करता है, हालाँकि वह बेटी की हर माँग पूरी नहीं कर सकता। इस उदहारण से पता चलनेवाली सबसे ज़रूरी बात है कि पिता का खुला रवैया और बेटी से संवाद बनाए रखना कितना महत्वपूर्ण है। नन्हीं बच्ची को लगता है कि उसका पिता आदर्श और जादुई इंसान है। लेकिन अगर पिता ईमानदारी से समझाए कि वह कौन है, क्या करता है और क्यों करता है, तो वह नन्हीं लड़की अपनी खास शैली और योग्यताओं को एकाकार करते हुए पिता के बारे में काल्पनिक दुनिया से मुक्त रहेगी। अंतत: वह पिता को व्यक्ति मात्र की तरह ही देखेगी, अपनी खूबियों और खामियों सहित एक व्यक्ति। जब यह सच्चा अनुसरण शुरू हो जाता है तो नन्हीं लड़की को अपने पिता से विपरीत लिंगी ऊर्जा ग्रहण करने में आसानी होती है। यह उसी ऊर्जा का अंश है जो ब्रह्माण्ड में संपूर्ण ऊर्जा के रूप में मौजूद है।''

उसने आगे कहा, ''समस्या यह है कि अधिकतर अभिभावक ऊर्जा के लिए अब तक अपने ही बच्चों से प्रतिस्पर्धा करते आए हैं और इसने हम सबको प्रभावित किया है। क्योंकि यह प्रतिस्पर्धा हो रही थी, हममें से कोई भी इस विपरीत लिंग के मामले को सुलझा नहीं सका। हम सभी ऐसी स्थिति में अटके हैं, जहाँ हम अब भी अपने बाहर विपरीत लिंगी ऊर्जा को उस स्त्री या पुरुष में खोज रहे हैं, जिसे हम जादुई और आदर्श समझते हैं और यौन रूप से हासिल कर सकते हैं। अब आपको समझ में आया कि समस्या क्या है।''

''हाँ,'' मैंने कहा। ''शायद अब समझ में आ रहा है।''

कार्ला ने आगे कहा, ''चेतना के साथ विकसित होने के संदर्भ में हमें संकटपूर्ण परिस्थितियों का सामना करना पड़ रहा है। जैसा कि मैंने पहले ही कहा कि आठवीं अंतर्दृष्टि के अनुसार जब हम शुरुआत में विकसित होना शुरू करते हैं तो स्वत: ही अपनी विपरीत लिंगी ऊर्जा को ग्रहण करने लगते हैं। वह हमें ब्रह्माण्ड की ऊर्जा से प्राकृतिक रूप से प्राप्त होती है। लेकिन हमें सावधान रहना चाहिए क्योंकि यदि कोई अन्य व्यक्ति आकर हमें यह ऊर्जा सीधे प्रदान करने लगता है तो हम ऊर्जा के सच्चे स्रोत से कट सकते हैं... और पीछे रह जाते हैं।'' यह कहते ही वह मुँह दबाकर हँस पड़ी।

''आप हँस क्यों रही हैं?'' मैंने पूछा।

उसने कहा, ''रेन्यू ने एक बार यह ऐनालॉजी बताई थी। उन्होंने कहा था कि जब तक हम इस स्थिति को दरकिनार करना नहीं सीख लेते, तब तक हम एक अधूरे चक्र के आस-पास घूमते रहेंगे। पता है, हम अंग्रेज़ी के 'सी' (C) अक्षर की तरह दिखते हैं। हम विपरीत लिंग के व्यक्ति के प्रति अतिसंवेदनशील होते हैं यानी किसी ऐसे दूसरे अधूरे चक्र के प्रति, जो हमसे मिलकर चक्र को पूरा करके, हमारे अंदर आनंद और ऊर्जा की लहर दौड़ा देता है। यह एहसास संपूर्ण ब्रह्माण्ड को अपना बना लेने जितना आनंद देता है। जबकि वास्तव में हम केवल उस व्यक्ति के साथ होते हैं, जो खुद भी अपने आधे अस्तित्त्व को स्वयं के बाहर खोज रहा है।

रेन्यू के अनुसार यह सहनिर्भरता का पुराना संबंध है और इसमें कई समस्याएँ हैं, जो तुरंत उभरना शुरू कर देती हैं।''

वह ज़रा हिचकिचाई, जैसे मेरे कुछ कहने की उम्मीद कर रही हो। लेकिन मैंने बस गर्दन हिलाकर उसकी बात पर अपनी सहमति जता दी।

कार्ला ने अपनी बात जारी रखी, ''दरअसल इस संपूर्ण व्यक्ति की, इस ओ (O) की – जिसमें दोनों को लगता है कि वे आदर्श स्थिति में पहुँच गए हैं – इसकी समस्या यह है कि इसे एक संपूर्ण व्यक्ति बनाने के लिए दो व्यक्तियों की ज़रूरत पड़ी। एक ने पुरुष ऊर्जा और दूसरे ने स्त्री ऊर्जा की पूर्ति की। परिणामस्वरूप इस संपूर्ण एक व्यक्ति के दो मन या दो अहंकार हो गए। दोनों व्यक्ति अपने रचे इस संपूर्ण व्यक्ति को स्वयं संचालित करना चाहते हैं और इसीलिए दोनों व्यक्ति बच्चों की तरह एक-दूसरे पर अपना नियंत्रण चाहते हैं, मानों वह दूसरा व्यक्ति वे स्वयं ही हों। इस तरह की पूर्णता का भ्रम हमेशा शक्ति संघर्ष में बदल जाता है। अंततः हर कोई एक-दूसरे की अवहेलना करने लगता है, यहाँ तक कि तिरस्कार तक करने लगता है, ताकि वह इस संपूर्ण व्यक्तित्व को अपनी मनचाही दिशा में संचालित कर सके। जबकि वास्तव में इससे काम नहीं चलता, कम से कम अब तो कतई नहीं। शायद अतीत में, कोई एक साथी खुद को दूसरे के प्रति समर्पित कर देता था – अकसर स्त्री और कभी-कभी पुरुष। लेकिन अब हम जाग रहे हैं। अब कोई भी किसी के अधीन नहीं रहना चाहता।''

मुझे पहली अंतर्दृष्टि में बताए अंतरंग संबंधों के शक्ति संघर्ष का खयाल आ गया और साथ ही उस घटना का भी, जब मैं चार्लेन के साथ एक रेस्त्रां में बैठा था और दूसरी टेबल पर बैठी एक महिला अपने साथी पर बरस पड़ी थी। ''रोमांस के लिए तो यह कुछ ज़्यादा ही है,'' मैंने कहा।

कार्ला ने जवाब दिया, ''ओह, रोमांस करना अब भी संभव है। लेकिन पहले हमें अपने चक्र को स्वयं पूरा करना पड़ेगा। हमें ब्रह्माण्ड के साथ अपना प्रवाह स्थापित करना होगा। इसमें ज़रा समय लगता है लेकिन बाद में हम इस समस्या से दोबारा प्रभावित नहीं होते। फिर हम ऐसा संबंध स्थापित कर सकते हैं, जिसे पाण्डुलिपि में उच्चतर संबंध कहा गया है। जब हम किसी संपूर्ण व्यक्ति से रूमानी ढंग से जुड़ते हैं तो एक उत्कृष्ट-व्यक्तित्व का निर्माण होता है... लेकिन यह हमें अपने व्यक्तिगत विकास के रास्ते से नहीं हटाता।''

''आपको लगता है कि मार्जरी और मैं एक-दूसरे के साथ यही कर रहे हैं, है न? स्वयं को अपने मार्ग से हटा रहे हैं?'' मैंने पूछा।

''हाँ'' उसने कहा।

''तो ऐसे टकरावों से बचने के लिए हमें क्या करना चाहिए?'' मैंने पूछा।

कार्ला ने कहा, ''कुछ समय के लिए 'पहली नज़र का प्यार' वाली भावना को दूर रखकर, विपरीत लिंग के व्यक्ति से आदर्श संबंध रखना सीखना चाहिए। बस प्रक्रिया का ध्यान रखें। आपको ऐसे संबंध उन्हीं व्यक्तियों से रखने चाहिए, जो खुलकर आपको बताएँ कि वे जो कर रहे हैं, क्यों और कैसे कर रहे हैं। ठीक वैसे ही जैसे किसी विपरीत लिंगी अभिभावक के साथ उसके आदर्श बचपन में हुआ होता। हमारे विपरीत लिंग के मित्र वास्तव में अंदर से कैसे हैं, यह जानकर हम अपनी उस लिंग के प्रति काल्पनिक धारणा से बच जाते हैं और इस तरह

ब्रह्माण्ड से फिर से जुड़ने के लिए स्वतंत्र हो जाते हैं।''

उसने अपनी बात जारी रखते हुए कहा, ''यह भी ध्यान रखें कि यह आसान नहीं है, विशेषकर जब कोई अपना मौजूदा सहनिर्भरता का संबंध तोड़ना चाहता हो। वास्तव में यह ऊर्जा को बाँटने जैसा है और इससे कष्ट होता है। लेकिन यह करना ज़रूरी है। सहनिर्भरता कोई ऐसा नया रोग नहीं है, जो हममें से कुछ ही लोगों को हो। हम सभी सहनिर्भर हैं और अब हम सब धीरे-धीरे इससे बाहर आ रहे हैं।

हम अच्छाई और आनंद के उस भाव को एकांत में महसूस करना शुरू कर सकें, जिसका अनुभव हमें सहनिर्भर संबंध के शुरुआती क्षणों में हुआ था। ताकि आपको अपने भीतर वह 'स्त्री' या 'पुरुष' महसूस हो। इसके बाद आप आगे बढ़ते हुए वह विशेष रोमांटिक संबंध स्थापित कर सकते है, जो आपके सबसे अनुकूल हो।''

वह पलभर के लिए ठहरी। फिर उसने कहा, ''और कौन जाने, यदि मार्जरी व आप, दोनों और विकसित हों तो शायद आपको पता चले कि आप दोनों सचमुच एक-दूसरे के लिए ही बने हैं। लेकिन इस बात को समझें कि फिलहाल उसके साथ संबंध स्थापित करने से कुछ नहीं होगा।''

तभी हिंटन के आने से हमारी बातचीत बीच में ही रुक गई। उसने बताया कि वह अब सोने जा रहा है और आप सबके सोने के लिए कमरे की व्यवस्था कर दी गई है। हम दोनों ने उसके प्रति आभार जताया और उसके जाते ही कार्ला ने कहा, ''अब मैं भी सोने जाती हूँ। हम बाद में बात करते हैं।''

मैंने सहमति दी और उसे जाते हुए देखता रहा। फिर किसी ने मेरे कंधे पर हाथ रखा। मैंने पलटकर देखा तो वह जूलिया थी।

उसने कहा, ''मैं अपने कमरे में जा रही हूँ। तुम्हें अपना कमरा पता है न? चाहो तो मैं तुम्हें वहाँ तक लेकर चल सकती हूँ।''

''प्लीज,'' मैंने कहा और फिर पूछा, ''मार्जरी का कमरा कहाँ है?''

वह मुस्कराने लगी और हम उस हॉल को पार करके एक कमरे के दरवाज़े के सामने रुक गए। उसने कहा, ''मार्जरी का कमरा तुम्हारे कमरे के आसपास नहीं है। हिंटन साहब बड़े रूढ़िवादी व्यक्ति हैं।''

मैं जवाब में मुस्करा दिया। फिर उसे अलविदा कहकर अपने कमरे में आ गया और नींद आने तक अपना पेट पकड़े लेटा रहा।

सुबह मैं कॉफी की बढ़िया खुशबू के साथ जागा। वह खुशबू सारे घर में फैली हुई थी। मैं तैयार होकर मुख्य कमरे में गया। एक बुज़ुर्ग सेवक ने मुझे ताज़े अंगूरों का रस पेश किया।

''गुड मॉर्निंग,'' जूलिया ने पीछे से कहा। मैंने पलटकर देखा। ''गुड मॉर्निंग।

उसने मुझे गौर से देखते हुए कहा, ''क्या तुम्हें पता चला कि हम बार-बार क्यों मिल जाते हैं?''

मैंने कहा, ''नहीं, मैं इस बारे में सोच ही नहीं पाया क्योंकि मैं आसक्ति को समझने की कोशिश में लगा हुआ था।''

जूलिया ने कहा, "हाँ, मैंने देखा।"

"मतलब?" मैंने आश्चर्य से पूछा।

"मैं तुम्हारे ऊर्जा चक्र को देखकर समझ गई थी।" जूलिया ने कहा।

"वह कैसा दिख रहा था?" मैंने पूछा।

जूलिया बताने लगी, "तुम्हारी ऊर्जा मार्जरी की ऊर्जा से जुड़ी हुई थी। जब तुम यहाँ बैठे थे और वह दूसरे कमरे में थी, तब तुम्हारा चक्र फैलकर उसके चक्र से जुदा हुआ था।"

मैंने अपना सिर हिलाया।

उसने मुस्कराते हुए अपना हाथ मेरे कंधे पर रखा और कहा, "उस समय तुमने ब्रह्माण्ड से अपना संपर्क खो दिया था। तुम मार्जरी की ऊर्जा से विकल्प के रूप में आसक्त हो गए थे। सभी लतों में यही होता है कि व्यक्ति किसी अन्य व्यक्ति या वस्तु के माध्यम से ब्रह्माण्ड से जुड़ता है। इससे जूझने का यही तरीका है कि तुम अपनी ऊर्जा बढ़ाओ और फिर अपने आपको उस कार्य पर केंद्रित करो, जो तुम सचमुच करने आए हो।"

मैंने हामी भरी और बाहर निकल गया। जूलिया अंदर इंतज़ार करती रही। मैं करीब दस मिनट तक ऊर्जा बढ़ाने की उस विधि का अभ्यास करता रहा, जो मुझे सांचेज ने सिखाई थी। धीरे-धीरे सौंदर्य वापस आया और मैंने काफी हलका महसूस किया। मैं वापस लौट आया।

"अब तुम बेहतर लग रहे हो," जूलिया ने कहा।

"मैं सचमुच बेहतर महसूस कर रहा हूँ।" मैंने जवाब दिया।

"इस समय तुम्हारे पास कौन से सवाल हैं?" जूलिया ने पूछा।

मैं सोचने लगा। मैंने मार्जरी को पाया था। उस सवाल का जवाब मिल चुका था। लेकिन मैं अब भी यह पता करना चाहता था कि विल कहाँ था। और मैं अब भी समझना चाहता था कि यदि लोगों ने इस पाण्डुलिपि का अनुसरण किया तो वे एक-दूसरे के प्रति कैसा व्यवहार करेंगे। यदि पाण्डुलिपि का प्रभाव सकारात्मक था तो सेबेस्टियन और अन्य पादरी चिंतित क्यों थे?

मैंने जूलिया की ओर देखा और कहा, "मुझे आठवीं अंतर्दृष्टि को समझने की ज़रूरत है और मैं अब भी विल को ढूँढ़ना चाहता हूँ। हो सकता है, उसके पास नौवीं अंतर्दृष्टि हो।"

उसने कहा, "मैं कल इक्विटस जा रही हूँ। क्या तुम मेरे साथ आना चाहोगे?"

मैं ज़रा झिझका।

"मुझे लगता है कि विल वहीं है," उसने आगे कहा।

"तुम्हें कैसे पता?" मैंने पूछा।

जूलिया ने कहा, "मुझे रात में उसके बारे में जो खयाल आए, उनके कारण।"

मैंने कुछ नहीं कहा।

जूलिया ने आगे कहा कि "मुझे तुम्हारे बारे में भी खयाल आए। हम दोनों इक्विटस जा रहे हैं। दरअसल तुम किसी न किसी तरह इसमें शामिल हो।"

"किस बात में शामिल?" मैंने पूछा।

''सेबेस्टियन से पहले अंतिम अंतर्दृष्टि ढूँढ़ने में,'' उसने बनावटी हँसी के साथ कहा।

जब वह बोल रही थी तो मेरे दिमाग में जूलिया और मेरे इक्विटस पहुँचने की तसवीर कौंधी लेकिन तभी किसी कारण से हमने अलग दिशाओं में जाना तय किया। मैंने महसूस किया कि मेरा कोई उद्‌देश्य तो है लेकिन वह अस्पष्ट था।

मैंने फिर से जूलिया पर गौर किया। वह मुस्करा रही थी।

''कहाँ थे तुम?'' उसने पूछा।

''माफ करना, मैं कुछ सोच रहा था।'' मैंने कहा।

''क्या कोई महत्वपूर्ण बात थी?'' उसने पूछा।

मैंने जवाब दिया, ''पता नहीं। मैं सोच रहा था कि इक्विटस पहुँचकर... हम अलग-अलग दिशाओं में चले जाएँ।''

तभी अचानक रोनाल्डो ने कमरे में प्रवेश किया।

''आपको जो चीज़ें चाहिए थीं, मैं ले आया हूँ,'' उसने जूलिया से कहा और मेरी ओर देखकर विनम्रता से अभिवादन किया।

जूलिया ने जवाब दिया, ''बढ़िया, धन्यवाद! क्या तुम्हें सैनिक दिखाई दिए?''

''नहीं, मैंने किसी को नहीं देखा।'' रोनाल्डो ने कहा।

तभी मार्जरी कमरे में आई और उसने मेरा ध्यान खींच लिया लेकिन मैं सुन सकता था कि जूलिया रोनाल्डो को बता रही थी कि मार्जरी उसके साथ ब्राज़ील जाना चाहती थी, जहाँ वह उसके लिए अमरीका जाने का प्रबंध करा देगी।

मैं मार्जरी के पास गया। ''नींद कैसी आई?'' मैंने पूछा।

उसने मुझे ऐसे देखा, जैसे तय कर रही हो कि अब भी नाराज़ रहा जाए या नहीं। ''बहुत अच्छी तो नहीं,'' उसने कहा।

मैंने रोनाल्डो की ओर इशारा करते हुए कहा, ''यह जूलिया का दोस्त है और आज सुबह ब्राज़ील के लिए निकल रहा है। वहाँ से वह वापस अमरीका जाने में तुम्हारी मदद कर देगा।''

वह भयभीत लग रही थी।

मैंने उसे समझाते हुए कहा, ''देखो, तुम्हें कुछ नहीं होगा। उसने दूसरे अमेरिकियों की भी मदद की है। उसकी ब्राज़ील के अमेरिकन दूतावास में अच्छी जान-पहचान है। तुम कुछ ही समय में वापस अपने घर पहुँच जाओगी।''

उसने सहमति जताई और कहा, ''मुझे तुम्हारी फिक्र है।''

''मुझे कुछ नहीं होगा। फिक्र मत करो। मैं अमरीका पहुँचते ही तुम्हें फोन करूँगा।'' मैंने कहा।

हिंटन ने आकर बताया कि नाश्ता परोसा जा रहा है। हमने डाइनिंग रूम में जाकर नाश्ता किया। जूलिया और रोनाल्डो को देखकर लगा, जैसे वे ज़रा जल्दी में हैं। जूलिया ने बताया कि उसे और रोनाल्डो को अंधेरा होने से पहले सीमा पार करनी होगी और इस यात्रा में सारा दिन लग जाएगा।

मार्जरी ने कुछ कपड़े बाँधे, जो हिंटन ने उसे दिए थे। बाद में जब रोनाल्डो और जूलिया दरवाज़े पर बातें कर रहे थे, मैंने मार्जरी को एक तरफ खींच लिया।

मैंने उससे कहा, "किसी बात की फिक्र मत करना। बस ज़रा चौकन्नी रहना और हो सकता है कि तुम्हें कहीं बाकी की अंतर्दृष्टियाँ भी मिल जाएँ।"

वह मुस्कराई पर बोली कुछ नहीं। जब रोनाल्डो अपनी छोटी सी कार में सामान लादने में मार्जरी की मदद कर रहा था, मैं और जूलिया उसे देखते रहे। जाते-जाते पलभर के लिए मार्जरी की आँखें मेरी आँखों से टकराईं।

"क्या तुम्हें लगता है कि वे सुरक्षित पहुँच जाएँगे?" मैंने जूलिया से पूछा।

उसने मुझे देखकर आँख मारी, "बेशक! चलो अब हमें भी निकलना चाहिए। मेरे पास तुम्हारे लिए कुछ कपड़े हैं।" उसने मुझे कपड़ों का एक बैग दिया। हमने वह बैग और खाने-पीने की चीज़ों के कई डिब्बे पिक-अप ट्रक में डाल दिए। फिर हमने हिंटन, कार्ला और मारेटा से विदा ली और उत्तर-पूर्व में इक्विटस की ओर चल पड़े।

जैसे-जैसे हम बढ़े, जंगल घना होता गया और रास्ते में लोग दिखना बंद हो गए। मैं आठवीं अंतर्दृष्टि के बारे में सोचने लगा। वह साफ तौर पर इस बात की नई समझ देती थी कि दूसरों से कैसे व्यवहार किया जाए। लेकिन मैं इसे पूरी तरह नहीं समझ सका था। कार्ला ने मुझे बच्चों से व्यवहार करने के तरीकों और आसक्ति के खतरों के बारे में बताया था। लेकिन पाब्लो और कार्ला दोनों ने जागरूक रहकर दूसरों को ऊर्जा देने के तरीके की ओर संकेत किया था। इसका अर्थ क्या था?

मेरी नज़रें जूलिया से मिलीं और मैंने कहा, "मुझे आठवीं अंतर्दृष्टि ठीक से समझ में नहीं आई।"

"हम दूसरों के करीब कैसे जाते हैं, इसी से तय होता है कि हम कितनी तेज़ी से विकसित होते हैं और कितनी तेज़ी से हमारे जीवन के सवालों का जवाब मिलता है," उसने कहा।

"और इसकी प्रक्रिया क्या है?" मैंने पूछा।

उसने कहा, "इस समय तुम अपनी खुद की परिस्थिति के बारे में सोचो कि तुम्हें अपने सवालों के जवाब कैसे मिले हैं?"

"मुझे लगता है कि जो लोग मेरे साथ आए, उनके ज़रिए। मैंने कहा।

जूलिया ने पूछा, "क्या उनके संदेशों के प्रति तुमने पूरी तरह खुला रवैया अपनाया था?"

मैंने कहा, "नहीं। मैं ज़रा अलग-थलग ही रहा।"

जूलिया ने फिर से पूछा, "तो क्या संदेश लानेवालों ने भी अपने कदम पीछे खींच लिए थे?"

"नहीं, वे बहुत खुले रवैएवाले मददगार लोग थे। वे..." मैं ज़रा हिचकिचाया। मुझे अपने विचारों को व्यक्त करने के लिए सही शब्द नहीं मिल रहे थे।

उसने पूछा, "और क्या उन्होंने तुम्हारी खुलकर मदद की? क्या उन्होंने तुम्हें ऊर्जा और ऊष्मा से भर दिया था?"

जूलिया की इस टिप्पणी ने अचानक मेरी यादों का झरोखा खोल दिया। मुझे विल का

नम्र व्यवहार याद आया, जब लीमा में मेरे अंदर खलबली मची हुई थी और सांचेज की पिता समान आवभगत और फादर कार्ल, पाब्लो और कार्ला की लगावभरी सलाह... मुझे सब याद आ गया और अब जूलिया भी। मैंने इन सबकी आँखों में एक से भाव ही देखे थे।

"हाँ," मैंने कहा। "तुम सबने ऐसा ही किया है।"

उसने कहा, "सही बात है। हमने किया है और हमने यह सब जागरूकता के साथ, आठवीं अंतर्दृष्टि के अनुसार, तुम्हारा विकास और स्पष्टता हासिल करने में तुम्हारी सहायता करके किया है। हम सच को खोज सकते थे, उस संदेश को, जो तुम्हारे पास हम सबके लिए था। तुम समझ रहे हो? तुम्हें ऊर्जा देकर हमने स्वयं के लिए सर्वश्रेष्ठ कार्य किया है।"

"और इस बारे में पाण्डुलिपि क्या कहती है?" मैंने पूछा।

जूलिया ने कहा, "पाण्डुलिपि में कहा गया है कि जब भी लोग हमें मिलते हैं तब उनके पास हमारे लिए कोई न कोई संदेश होता है। संयोगवश होनेवाली आकस्मिक मुलाकात जैसा कुछ नहीं होता। लेकिन जिस तरह हम ऐसी मुलाकातों पर प्रतिक्रिया करते हैं, उससे तय होता है कि हम संदेश ग्रहण करने योग्य हैं या नहीं। यदि हम रास्ते में मिलनेवाले किसी व्यक्ति से बात करें और हमें अपने मौजूदा सवालों का कोई जवाब न मिले तो इसका यह अर्थ नहीं है कि उसके पास कोई संदेश नहीं था। इसका अर्थ यह है कि हम किसी कारण उससे चूक गए हैं।"

कुछ पल सोचकर उसने आगे कहा, "कभी तुम्हारी किसी पुराने मित्र या किसी परिचित से अचानक मुलाकात हुई है, जिससे तुमने एक मिनट रुककर बात की हो और फिर अपने रास्ते चले गए हो और उसी दिन या उसी हफ्ते दोबारा फिर उससे मुलाकात हुई हो?"

"हाँ, ऐसा हुआ है," मैंने बताया।

"और ऐसे में आम तौर पर तुम क्या कहते हो? कुछ ऐसा कि आपसे दोबारा मिलकर अच्छा लगा और फिर हँसकर वापस अपने रास्ते चल दिए।" उसने कहा।

मैंने जवाब दिया, "हाँ, कुछ-कुछ ऐसा ही।"

इस पर जूलिया ने आगे कहा, "पाण्डुलिपि कहती है कि इसके बजाय उस स्थिति में हमें अपना काम रोक देना चाहिए, भले ही चाहे जो। फिर हमें यह पता करना चाहिए कि उस व्यक्ति के लिए हमारे पास क्या संदेश है। पाण्डुलिपि घोषणा करती है कि जब मानव वास्तविकता को समझ लेगा तो बातचीत धीमी पड़ जाएगी और अधिक अर्थपूर्ण तथा ऐच्छिक हो जाएगी।"

"लेकिन क्या ऐसा करना मुश्किल नहीं है, विशेषकर उसके साथ, जिसे पता ही नहीं है कि आप किस बारे में बात कर रहे हैं?" मैंने पूछा।

उसने कहा, "हाँ, लेकिन पाण्डुलिपि में इस प्रक्रिया की रूप-रेखा बताई गई है।"

मैंने कहा, "तुम्हारा मतलब है कि हमें एक-दूसरे से कैसे व्यवहार करना चाहिए, उसका सटीक ढंग बताया गया है?"

"हाँ।" उसने कहा।

"क्या बताया गया है?" मैंने उत्सुकता से पूछा।

जूलिया ने कहा, "क्या तुम्हें तीसरी अंतर्दृष्टि याद है कि ऊर्जा के संसार में इंसान अनोखे हैं, जो अपनी ऊर्जा को जागरूक रहकर प्रक्षेपित कर सकते हैं?"

''हाँ।'' मैंने कहा।

''और क्या तुम्हें यह याद है कि ऐसा कैसे किया जाता है?'' उसने पूछा।

मुझे जॉन की बात याद आई। ''हाँ, **किसी वस्तु के सौंदर्य की प्रशंसा तब तक की जाए, जब तक हमारे अंदर उसके प्रति प्रेम अनुभव करने हेतु पर्याप्त ऊर्जा न आ जाए।** उस बिंदु पर हम ऊर्जा वापस भेज सकते हैं।''

जूलिया ने कहा, ''बिलकुल ठीक। और यही सिद्धांत इंसानों पर भी लागू होता है। जब हम किसी व्यक्ति के रूप की प्रशंसा करते हैं और उन पर तब तक ध्यान केंद्रित करते हैं, जब तक कि उनका आकार और नाक-नक्श अधिक स्पष्ट न महसूस होने लगे तो हम उन्हें ऊर्जा भेज सकते हैं।''

मैंने कहा, ''बेशक, पहला कदम है, खुद अपनी ऊर्जा का स्तर ऊँचा रखना। फिर हम ऊर्जा के प्रवाह को अपनी ओर ला सकते हैं और अपने माध्यम से अन्य व्यक्ति तक प्रवाहित कर सकते हैं। हम जितना उनकी संपूर्णता और आंतरिक सौंदर्य के गुणों को महसूस करेंगे, उतनी ही ऊर्जा उनमें प्रवाहित होगी और स्वाभाविक रूप से हममें भी होगी।''

वह हँस पड़ी। उसने कहा, ''यह सचमुच खुशी देनेवाला कार्य है। **जितना हम दूसरों से प्रेम करते हैं और उनकी सराहना करते हैं, हममें उतनी ही अधिक ऊर्जा का प्रवाह होता है। इसलिए दूसरों से प्रेम करना और उन्हें ऊर्जान्वित करना ही वह सबसे अच्छा काम है, जो हम अपने लिए कर सकते हैं।''**

''यह बात मैं पहले ही सुन चुका हूँ। फादर सांचेज अकसर ऐसा कहते हैं।'' मैंने कहा।

मैंने जूलिया को ज़रा करीब से देखा। मुझे महसूस हुआ कि मैं उसके व्यक्तित्व की गहराई को पहली बार देख रहा था। उसने भी पलभर के लिए मेरी ओर देखा और फिर वापस सड़क की ओर देखने लगी।

उसने कहा, ''किसी भी व्यक्ति पर इस ऊर्जा के प्रक्षेपण का प्रभाव बहुत ज़बरदस्त होता है। उदाहरण के लिए, फिलहाल मैं अनुभव कर सकती हूँ कि तुम मुझे ऊर्जा से भर रहे हो। जैसे फिलहाल इन विचारों को बोलते समय ही मैं बहुत हलकेपन और स्पष्टता का अनुभव कर रही हूँ।

आमतौर मैं पर जितनी ऊर्जा ग्रहण करती हूँ, चूँकि आज तुम मुझे उससे अधिक ऊर्जा दे रहे हो इसलिए मैं अपने सत्य की ओर देख सकती हूँ और अधिक सहजता से इसे तुम्हें दे सकती हूँ। जब मैं ऐसा करती हूँ तो तुम्हें उन बातों के खुलासे का आभास होता है, जो मैं कह रही होती हूँ। इस तरह तुम मेरे उच्चतर व्यक्तित्व को अधिक पूर्णता के साथ देख सकते हो। साथ ही और अधिक गहराई व एकाग्रता के साथ उसकी सराहना कर पाते हो, जिसके कारण मुझे अधिक ऊर्जा मिलती है और अपने विचारों की स्पष्टता भी मिलती है। यही चक्र फिर चल पड़ता है। जब दो या दो से अधिक व्यक्ति एक साथ ऐसा करते हैं तो वे महान आनंद तक पहुँच सकते हैं क्योंकि वे एक-दूसरे को आगे बढ़ाते हुए स्वयं भी फौरन ऊर्जा प्राप्त करते हैं। लेकिन तुम्हें यह समझना होगा कि इस तरह का जुड़ाव, एक-दूसरे पर निर्भर दो लोगों के संबंध से बिलकुल अलग है। हालाँकि उनका यह सहनिर्भरता का संबंध भी इसी तरह शुरू होता है लेकिन जल्द ही एक-दूसरे को नियंत्रित करनेवाले संबंध में बदल जाता है क्योंकि आसक्ति

उन्हें उनके स्रोत से काट देती है और ऊर्जा समाप्त हो जाती है। इस तरह दोनों व्यक्ति केवल संदेश की प्रतीक्षा करते रहते हैं।''

उसकी बात सुनते हुए मुझे एक सवाल याद आ गया। पाब्लो ने कहा था कि शुरुआत में मुझे फादर कॉस्टस का संदेश समझ में नहीं आया था क्योंकि मेरा ध्यान उनके बचपन के ड्रामा पर केन्द्रित था।

मैंने जूलिया से पूछा, ''हम जिस व्यक्ति से बात कर रहे हैं, अगर वह पहले से ही नियंत्रण के खेल में लगा हो और हमें भी उस खेल में शामिल करने का प्रयास कर रहा हो तो हमें क्या करना चाहिए? इससे कैसे निकला जाए?''

जूलिया ने फौरन जवाब दिया, ''पाण्डुलिपि कहती है कि यदि हम उस ड्रामा में बराबरी से भाग न लें तो उस व्यक्ति का अपना ड्रामा स्वत: ही धराशायी हो जाएगा।''

''शायद मैं समझा नहीं,'' मैंने कहा।

जूलिया सामने सड़क की ओर देख रही थी। मुझे पता था कि वह सोच रही थी, यहीं कहीं एक घर है, जहाँ से हम कुछ पेट्रोल ले सकते हैं।

मैंने गाड़ी के फ्यूअल मीटर की ओर देखा। जिसमें दिख रहा था कि टंकी आधी भरी हुई है।

''अभी तो हमारे पास काफी पेट्रोल है,'' मैंने कहा।

उसने कहा, ''हाँ, मुझे पता है लेकिन चूँकि मुझे यहीं कहीं रुककर पेट्रोल भरवाने का विचार आया इसलिए यही करना बेहतर होगा।''

''ओह, ठीक है।'' मैंने कहा।

''वह रही सड़क,'' उसने दायीं ओर इशारा करते हुए कहा।

हम उस ओर मुड़ गए और जंगल में करीब एक मील चलते हुए एक जगह पर पहुँचे, जो मछुआरों और शिकारियों के लायक कोई भंडारगृह लग रही थी। वहाँ नदी से लगकर एक घर बना हुआ था और घाट पर मछुआरों की कई नावें बँधी हुई थीं। हम एक पुराने से पंप के पास जाकर रुक गए। जूलिया उसके मालिक को ढूँढ़ने भवन के अंदर चली गई।

मैंने गाड़ी से बाहर आकर ज़रा हाथ-पैर सीधे किए और फिर उस घर के आस-पास पानी के किनारे तक टहल आया। हवा में बहुत नमीदार गरमी थी। हालाँकि घने पेड़ों के कारण धूप नहीं पड़ रही थी लेकिन मुझे पता था कि सूरज ठीक मेरे सिर पर था। जल्द ही तापमान बहुत बढ़ जाएगा।

अचानक मैंने एक आदमी को क्रोधित स्वर में स्पेनिश भाषा में कुछ बोलते हुए सुना। मैंने पलटकर देखा तो वहाँ एक थुलथुला सा ठिंगने कद का पेरुवियन आदमी खड़ा था। उसने बड़े खतरनाक ढंग से मेरी ओर देखते हुए फिर से वही वाक्य दोहराया।

मैंने उससे कहा, ''तुम क्या बोल रहे हो, मुझे कुछ समझ में नहीं आया।''

उसने अंग्रेज़ी में पूछा, ''तुम कौन हो और यहाँ क्या कर रहे हो?''

मैंने उसे नज़रअंदाज़ करने की कोशिश की। हम यहाँ बस पेट्रोल लेने आए हैं और कुछ ही देर में चले जाएँगे। मैं पलटकर फिर नदी की ओर देखने लगा, इस उम्मीद में कि वह चला

जाएगा।

वह मेरे बगल में आ गया। उसने कहा, ''साफ-साफ बताओ कौन हो तुम, यांकी।''

मैंने फिर से उसकी ओर देखा। वह गंभीर लग रहा था।

मैंने कहा, ''मैं एक अमरिकी हूँ और अपने एक दोस्त के साथ कहीं जा रहा हूँ।''

''रास्ता भटका हुआ एक अमरिकी,'' उसने तिरस्कारपूर्वक कहा।

''हाँ,'' मैंने कहा।

''और तुम यहाँ क्यों आए हो अमेरिकन?'' उसने पूछा।

''मैं यहाँ कुछ भी लेने नहीं आया हूँ,'' मैंने कार तक वापस जाने की कोशिश करते हुए कहा। ''और मैंने तुम्हारे साथ कुछ नहीं किया है। मुझे अकेला छोड़ दो।''

मैंने अचानक देखा कि जूलिया गाड़ी के पास खड़ी है। तभी वह पेरुवियन आदमी भी पलटकर देखने लगा।

जूलिया ने कहा, ''चलने का समय हो गया। अब यहाँ पेट्रोल नहीं मिलता।''

''कौन हो तुम?'' पेरुवियन ने घृणाभरे स्वर में उससे पूछा।

''तुम इतने गुस्सा क्यों हो?'' जूलिया ने जवाब में पूछा।

यह सुनकर उस आदमी का अंदाज़ बदल गया। उसने कहा, ''क्योंकि इस जगह की देखभाल करना मेरी ज़िम्मेदारी है।''

जूलिया ने उससे कहा, ''मुझे यकीन है कि तुम अपना काम बखूबी करते होगे लेकिन अगर तुम इसी तरह हर किसी को डराओगे तो लोग तुमसे बात कैसे करेंगे?''

वह जूलिया को समझने की कोशिश में घूरने लगा।

जूलिया ने उसे बताया कि ''हम इक्विटस जा रहे हैं और हम फादर सांचेज व फादर कार्ल के साथ काम करते हैं। तुम जानते हो उन्हें?''

उसने अपना सिर हिलाया लेकिन दो पादरियों के ज़िक्र से ज़रा नरम पड़ गया और आखिरकार जूलिया की बात पर सिर हिलाकर सहमति जताते हुए वहाँ से चला गया।

''आओ चलें,'' जूलिया बोली।

हम ट्रक में सवार होकर चल दिए। मैंने महसूस किया कि मैं कितना चिंतित और अशांत हो गया था। मैं सहज होने की कोशिश करने लगा।

''वहाँ अंदर कुछ हुआ था क्या?'' मैंने पूछा।

जूलिया ने मेरी ओर देखा। ''मतलब?''

मैंने पूछा, ''मेरा मतलब है कि वहाँ अंदर कुछ ऐसा हुआ था क्या, जिससे समझ में आए कि तुम्हें यहाँ रुकने का खयाल क्यों आया था।''

वह हँस पड़ी, फिर बोली, ''नहीं, सारा ऐक्शन तो बाहर था।'' मैंने उसकी ओर देखा।

''तुम्हें समझ में आया?'' उसने पूछा।

''नहीं,'' मैंने जवाब दिया।

‘‘हमारे वहाँ पहुँचने के ठीक पहले तुम क्या सोच रहे थे?’’

‘‘यहीं कि मैं ज़रा अपने हाथ-पैर सीधे करना चाहता था।’’

‘‘नहीं उससे पहले, जब हम बात कर रहे थे, तब तुम क्या जानना चाहते थे?’’

मैंने याद करने की कोशिश की। ‘‘हम बचपन के नखरों की बातें कर रहे थे। फिर मुझे याद आया, तुमने कुछ ऐसा कहा था, जिससे मैं असमंजस में पड़ गया था।’’ मैंने कहा।

ठीक से याद आने के बाद मैंने उससे कहा, ‘‘तुमने कहा था कि कोई व्यक्ति हमारे साथ नियंत्रण का ड्रामा तब तक नहीं कर सकता, जब तक कि हम उसके इस खेल में बराबरी से शामिल न हों। लेकिन मुझे समझ में नहीं आया था कि तुम्हारी इस बात का अर्थ क्या था।’’

‘‘क्या अब समझ में आ गया?’’ जूलिया ने पूछा।

‘‘शायद नहीं। तुम्हें क्या लगता है?’’ मैंने कहा।

उसने कहा कि ‘‘अभी उस पेरुवियन आदमी के साथ जो हुआ, उससे साफ ज़ाहिर है कि जब आप भी उस खेल में बराबरी से शामिल होते हैं तो क्या होता है।’’

‘‘कैसे?’’ मैंने पूछा।

उसने पलभर के लिए मेरी ओर देखा और कहा, ‘‘वह आदमी तुम्हारे साथ क्या खेल खेल रहा था?’’

‘‘साफ है कि वह मुझे डराने की कोशिश कर रहा था।’’

‘‘हाँ और तुमने क्या खेल खेला?’’

‘‘मैं तो सिर्फ उससे छुटकारा पाने की कोशिश कर रहा था।’’

‘‘मैं जानती हूँ लेकिन तुम क्या खेल खेल रहे थे?’’

‘‘मैंने ज़रा अलग-थलग होने का ड्रामा करना शुरू कर दिया था लेकिन वह फिर भी मेरे पीछे पड़ा रहा।’’

‘‘फिर?’’

अब इस बातचीत से मुझे चिढ़ हो रही थी लेकिन फिर भी मैंने अपना ध्यान भटकने नहीं दिया और बात आगे बढ़ाने की कोशिश करता रहा। मैंने जूलिया की ओर देखकर कहा, ‘‘मुझे लगता है कि मैं उसके सामने ‘बेचारा’ बनने का ड्रामा कर रहा था।’’

वह मुस्कराई। ‘‘बिलकुल ठीक।’’

‘‘जबकि तुम तो बिना किसी दिक्कत के उसके साथ बड़े आराम से बात कर रही थीं।’’ मैंने कहा।

इस पर जूलिया ने कहा, ‘‘सिर्फ इसीलिए क्योंकि मैं उसकी उम्मीद के हिसाब से कोई खेल नहीं खेल रही थी। याद रखो कि हर व्यक्ति का नियंत्रण का ड्रामा दूसरे किसी ड्रामा के संबंध में बचपन में ही शुरू हो जाता है। इसलिए ऐसे हर खेल को आगे बढ़ाने के लिए वैसे ही एक और खेल या ड्रामा की ज़रूरत होती है। ऊर्जा हासिल करने के लिए हर डरानेवाले को एक डरनेवाले की या एक और डरानेवाले की ज़रूरत पड़ती है।’’

‘‘और तुम इससे कैसे निपटीं?’’ मैंने पूछा। मैं अब भी असमंजस में था।

उसने कहा, ''अगर मेरी नाटकीय प्रतिक्रिया उसे डराने के लिए होती और मैं खुद उसे डराने का ड्रामा करती तो बेशक परिणामस्वरूप हिंसा भी हो सकती थी। इसकी जगह मैंने वह किया, जो पाण्डुलिपि में बताया गया है। मैंने उसके ड्रामा को एक नाम दे दिया। ऐसे सारे ड्रामे ऊर्जा पाने के पैंतरे मात्र होते हैं। वह तुम्हारी ऊर्जा नष्ट करने के लिए तुम्हें डराने की कोशिश कर रहा था। जब उसने यही पैंतरा मुझ पर आज़माया तो मैंने उसकी कारस्तानी को एक नाम दे दिया।''

मैंने कहा, ''इसीलिए तुमने उससे पूछा कि वह इतना गुस्सा क्यों है?''

जूलिया आगे कहने लगी, ''हाँ। पाण्डुलिपि कहती है कि यदि ऊर्जा हासिल करने के लिए आज़माए गए पैंतरों को पहचानकर, हम उन्हें अपनी चेतना के दायरे में ले आए तो वे ज़्यादा देर तक नहीं टिकते और फौरन उजागर हो जाते हैं। यह बहुत ही सरल विधि है। किसी भी तरह की बातचीत के दौरान असल में जो भी हो रहा होता है, वह सर्वोच्च सत्य हमेशा सामने आ ही जाता है। उसके बाद व्यक्ति को ज़्यादा वास्तविक और ईमानदार होना पड़ता है।''

मैंने कहा, ''यह बात तो बड़ी अर्थपूर्ण है। मेरा अनुमान है कि मैंने भी पहले कभी न कभी इस तरह के ड्रामावाले खेल को पहचाना ज़रूर होगा लेकिन तब मैं यह नहीं जानता था कि ऐसा करके मैं असल में क्या कर रहा हूँ।''

जूलिया ने कहा, ''हाँ, मुझे यकीन है, ऐसा ज़रूर हुआ होगा। दरअसल हम सब ऐसा कर चुके हैं। अब हम बस यह सीख रहे हैं कि दाँव पर क्या लगा है। इसे काम में लाने की तरकीब यही है कि ड्रामा के साथ-साथ उसके परे भी देखें यानी अपने सामनेवाले व्यक्ति पर गौर करते रहें और उसके लिए जितनी संभव हो, उतनी ऊर्जा भेजते रहें। यदि उसे यह समझ में आ जाएगा कि उसके पैतरों के बावजूद ऊर्जा उसकी ओर लगातार आ रही है तो उसके लिए अपनी पैंतरेबाजी छोड़ना आसान हो जाता है।''

''तुमने उस व्यक्ति को कैसे समझा?'' मैंने पूछा।

उसने कहा, ''मैं उसे एक ऐसे छोटे असुरक्षित बच्चे की तरह देख रही थी, जिसे ऊर्जा की तत्काल ज़रूरत थी। इसके अलावा वह तुम्हारे लिए सही समय पर संदेश भी ले आया, है न?''

मैंने उसकी ओर देखा और मुझे ऐसा लगा जैसे वह एक ठहाका मारने ही वाली है।

''तुम्हें क्या लगता है, हम वहाँ सिर्फ इसलिए रुके थे ताकि मैं यह जान सकूँ कि ऊर्जा पाने के लिए पैंतरेबाजी करनेवाले या ड्रामा करनेवाले किसी व्यक्ति से कैसे व्यवहार किया जाए? तुम्हारा सवाल तो यही था न?'' उसने पूछा।

मैं मुस्करा दिया। अब मैं दोबारा अच्छा महसूस करने लगा था। हाँ, यही था।

चेहरे पर भिनभिनाते एक मच्छर ने मुझे जागने पर मजबूर कर दिया था। मैंने जूलिया की ओर देखा। वह ऐसे मुस्करा रही थी, जैसे कोई मज़ाकिया बात याद आ गई हो। नदीवाले शिविर से निकलने के बाद कई घंटों से हम जूलिया द्वारा तैयार किया गया खाना खाते हुए खामोशी से सफर कर रहे थे।

''तुम जाग गए?' जूलिया ने कहा।

''हाँ,'' मैंने जवाब दिया। ''अभी इक्विटस कितनी दूर है?''

उसने कहा, ''शहर तो अभी करीब तीस मील दूर है लेकिन कुछ ही मिनटों में स्टीवर्ट-इन आनेवाला है। यह एक छोटी सी सराय और शिकारगाह है, जिसका मालिक एक अंग्रेज़ आदमी है और वह पाण्डुलिपि का पक्षधर भी है।'' वह फिर मुस्कराई। ''हमने कई बार साथ में बढ़िया समय गुज़ारा है। सब कुछ ठीक हुआ तो शायद वह वहीं होगा। मुझे उम्मीद है कि वहाँ से हमें विल के बारे में भी कोई खबर मिल सकती है।''

उसने ट्रक को सड़क के एक तरफ खड़ा करके मेरी ओर देखा और कहा, ''बेहतर होगा कि हम जहाँ हैं, वहीं केन्द्रित हो जाएँ। तुमसे दोबारा मिलने से पहले मैं नौवीं अंतर्दृष्टि की खोज में सहायता करने के लिए इधर-उधर भटक रही थी लेकिन नहीं जानती थी कि मुझे कहाँ जाना है। एक समय तो मुझे लगा कि मैं हिंटन के बारे में लगातार सोच रही हूँ इसलिए उसके घर जाती हूँ। लेकिन वहाँ मेरी मुलाकात दोबारा तुमसे हो गई और तुमने मुझे कहा कि तुम विल को खोज रहे हो तथा उसके इक्विटस में होने की अफवाह है। मुझे ऐसा पूर्वाभास होता कि हम दोनों नौवीं अंतर्दृष्टि की खोज में शामिल रहेंगे और फिर तुम्हें पूर्वाभास होता है कि हम किसी स्थान पर अलग होकर अलग-अलग दिशाओं में जाएँगे। क्या यह सब यही है?''

''हाँ,'' मैंने कहा।

''ठीक है तो अब मैं तुम्हें बताना चाहती हूँ कि इसके बाद मैं विली स्टीवर्ट और उसकी उस सराय के बारे में सोचती रही। वहाँ ज़रूर कुछ न कुछ होनेवाला है।'' उसने कहा।

मैंने हामी भरी।

उसने ट्रक को फिर से सड़क पर लेकर एक मोड़ की ओर ड्राइव करना शुरू कर दिया। ''वह रही स्टीवर्ट-इन सराय,'' जूलिया ने कहा।

आगे करीब दो सौ गज़ दूर, जहाँ सड़क दायीं तरफ एक तीखा मोड़ ले रही थी, वहीं विक्टोरियन शैली की एक दो मंज़िला इमारत बनी हुई थी।

हम एक बजरीवाले पार्किंगवाले एरिया में रुक गए। पोर्च में कुछ पुरुष खड़े आपस में बातें कर रहे थे। मैं ट्रक का दरवाज़ा खोलकर बाहर उतरने ही वाला था कि जूलिया ने मेरे कंधे पर अपना हाथ रखा।

उसने कहा, ''याद रखना, यहाँ कोई भी संयोगवश मौजूद नहीं है। संदेश के लिए चौकस रहना।''

मैं पोर्च को पार करते हुए उसके साथ चलता रहा। जब हम वहाँ से गुज़रते हुए घर में घुसे तो वहाँ खड़े उन बने-ठने पेरुवियन पुरुषों ने हमारी ओर अनिश्चय से देखते हुए सिर हिलाया।

हम बड़े से बरामदे में पहुँच गए। जूलिया ने एक डाइनिंग रूम की ओर इशारा करते हुए, मुझे वहाँ एक टेबल लेकर इंतज़ार करने को कहा। तब तक वह मालिक को ढूँढ़ने चली गई।

मैंने उस कमरे का मुआयना किया। वहाँ करीब दर्जनभर टेबलें दो कतारों में लगी हुए थीं। मैंने बीच की एक टेबल चुन ली और दीवार पर पीठ टिकाकर बैठ गया। तीन और पेरुवियन पुरुष मेरे पीछे की ओर से आए और मेरी टेबल के सामनेवाली टेबल पर बैठ गए। जल्द ही एक और आदमी अंदर आया और मेरी दायीं तरफ करीब बीस फीट दूर की टेबल लेकर बैठ गया। वह ऐसे कोण पर बैठा था कि उसकी पीठ मेरी ओर थी। मैंने देखा कि वह एक विदेशी

था, शायद यूरोपियन।

जूलिया एक कमरे से बाहर आई, उसने मेरी ओर देखा और फिर मेरे सामने आकर बैठ गई।

उसने कहा, ''सराय का मालिक यहाँ नहीं है और उसके क्लर्क को विल के बारे में भी कुछ नहीं पता।''

''तो, अब क्या?'' मैंने पूछा।

उसने मेरी ओर देखा और कंधे उचकाते हुए बोली, ''पता नहीं। हमें यही मानना चाहिए कि यहाँ किसी के पास हमारे लिए कोई न कोई संदेश है।''

''और वह कौन हो सकता है?''

''पता नहीं।''

''तुम्हें कैसे पता कि संदेश देनेवाला यहीं होगा?'' मैंने पूछा।

अचानक मुझे ज़रा शंका हुई। भले ही मेरे साथ पेरू आते ही अब तक कई रहस्यमय संयोग घटे हों, फिर भी मुझे इस बात पर आसानी से विश्वास नहीं हो रहा कि अब फिर कोई संयोग घटेगा क्योंकि हम ऐसा चाहते हैं।

जूलिया ने जवाब दिया, ''तीसरी अंतर्दृष्टि को मत भूलो। यह ब्रह्माण्ड ऊर्जा है। वह ऊर्जा, जो हमारी अपेक्षाओं पर प्रतिक्रिया करती है। लोग भी उसी ब्रह्माण्ड ऊर्जा का हिस्सा हैं इसलिए जब भी हमारे पास कोई सवाल होता है तो लोग बताते हैं कि जवाब किसके पास है।''

वह उस कमरे में बैठे अन्य लोगों को देखने लगी। ''मैं नहीं जानती कि ये लोग कौन हैं लेकिन यदि हम इनसे कुछ देर बात कर सकें तो हम वह सच ढूँढ़ सकते हैं, जो इनमें से हर एक के पास होगा यानी हमारे सवाल के जवाब का कोई न कोई हिस्सा।''

मैंने आँखों के कोनों से उसे देखा। वह मेरी ओर झुककर बोली, ''इस बात को अपने मन में बिठा लो। जो कोई भी हमें रास्ते में मिलता है, उसके पास हमारे लिए संदेश होता है। वरना उन्होंने कोई दूसरा रास्ता अपनाया होता या वे पहले ही या बाद में वहाँ से गुज़रते। वास्तव में इन लोगों के यहाँ होने का अर्थ यही है कि वे किसी कारण से यहाँ हैं।''

मैं उसकी ओर देखता रहा, मुझे अब भी यकीन नहीं था कि यह सब इतना आसान है।

उसने कहा, ''मुश्किल भाग तो यह है कि हम यह कैसे तय करें कि किसके साथ बात करने में समय खर्च करना चाहिए क्योंकि सबके साथ बात करना असंभव है।''

''और यह कैसे तय करें?'' मैंने कहा।

''पाण्डुलिपि के अनुसार कुछ संकेत मिलते हैं।'' उसने कहा।

मैं जूलिया की बात को बड़े ध्यान से सुन रहा था लेकिन किसी कारणवश मैंने अपने आसपास नज़रें दौड़ाईं और मेरी नज़र दायीं ओर बैठे एक आदमी पर पड़ी। वह ठीक उसी समय पलटा और उसने भी मुझे देखा। जैसे ही हमारी नज़रें मिलीं, वह वापस अपने खाने की ओर देखने लगा। मैंने भी उस पर से अपनी निगाहें हटा लीं।

"कैसे संकेत?" मैंने पूछा।

"ऐसे संकेत," उसने कहा।

"कैसे संकेत?"

"जो तुमने अभी-अभी दिया।" उसने मेरी दायीं ओर बैठे उस आदमी की ओर देखकर इशारा किया।

"क्या मतलब है इसका?"

जूलिया फिर मेरी ओर झुकी और कहा, "पाण्डुलिपि बताती है कि हम यह स्वत: ही पहचान लेंगे कि अचानक, सहज नज़रों का मिलना इस बात का संकेत है कि दो लोगों को आपस में बात करनी चाहिए।"

"लेकिन ऐसा तो हमेशा होता ही रहता है।" मैंने कहा।

उसने कहा, "हाँ, होता है और ऐसा होने के बाद अधिकतर लोग इसे याद नहीं रखते और वापस अपने काम में लगे रहते हैं।"

मैंने हामी भर दी और पूछा, "पाण्डुलिपि और कौन से संकेतों के बारे में बताती है?"

उसने जवाब दिया, "पहचान की एक अनुभूति, किसी ऐसे इंसान को देखना, जो परिचित सा लगता हो। भले ही तुम्हें अच्छी तरह पता हो कि तुमने उसे कभी नहीं देखा है।"

उसकी यह बात सुनकर मुझे डॉब्सन और रेन्यू का खयाल आ गया कि जब मैंने उन्हें पहली बार देखा था तो वे मुझे कितने जाने-पहचाने से लगे थे।

"क्या पाण्डुलिपि इस बारे में कुछ कहती है कि क्यों कुछ लोग जाने-पहचाने से लगते हैं?" मैंने पूछा।

उसने कहा, "ज़्यादा नहीं। उसमें सिर्फ यह लिखा है कि हम कुछ खास लोगों के साथ समान वैचारिक समूह में होते हैं। वैचारिक समूह भी समान रुचियों के साथ विकसित होते हैं। वे एक ही ढंग से सोचते हैं और इस कारण एक सी अभिव्यक्ति और भौतिक अनुभव बनते हैं। हम अपने वैचारिक समूह के सदस्य को पूर्वाभास से जान लेते हैं और अकसर उनके पास हमारे लिए कोई न कोई संदेश होता है।"

मैंने एक बार फिर अपने दायीं ओरवाले आदमी की तरफ देखा। वह मुझे कुछ जाना-पहचाना सा लग रहा था। आश्चर्य की बात यह थी कि जब मैं उसकी तरफ देख रहा था, उसने भी मुड़कर मुझे देखा। मैं फौरन वापस जूलिया की ओर देखने लगा।

"तुम्हें इस आदमी से बात करनी चाहिए," जूलिया ने कहा।

मैंने उसकी इस बात का कोई जवाब नहीं दिया। यूँ ही सीधे उसके पास चले जाने के विचार से मैं सहज नहीं था। असल में मैं यहाँ से निकलकर जल्द से जल्द इक्विटस पहुँचना चाहता था। मैं यह प्रस्ताव रखने ही जा रहा था कि जूलिया फिर बोल पड़ी, "हमें यहीं रुकना होगा, इक्विटस में नहीं। हमें यह खेल खेलना ही होगा। तुम्हारी समस्या यह है कि तुम उसके पास जाने और उससे बातचीत शुरू करने के विचार का विरोध कर रहे हो।"

"यह तुमने कैसे किया?" मैंने पूछा।

''क्या?'' उसने जवाब में पूछा।

''तुमने कैसे जाना कि मैं क्या सोच रहा हूँ?''

''इसमें कुछ भी रहस्यपूर्ण नहीं है। बस तुम्हारे हाव-भावों को ध्यान से देखने की बात है।'' उसने कहा।

''मतलब?''

जूलिया ने मुझे समझाते हुए कहा, ''जब तुम किसी की सच्ची सराहना करने लगते हो तो उसके सबसे सच्चे स्वरूप, उसकी 'आत्मा' को देख सकते हो, चाहे उसने कोई भी मुखौटा लगा रखा हो। जब आप इस स्तर तक एकाग्र होते हैं, तब आप किसी के चेहरे की हलकी सी मुद्रा से भी पता कर लेते हैं कि वह क्या सोच रहा है। यह बिलकुल स्वाभाविक है।''

''यह तो बिलकुल टेलीपैथी जैसा लग रहा है,'' मैंने कहा।

वह मुस्कराने लगी। ''टेलीपैथी बिलकुल स्वाभाविक है।''

मैंने फिर से उस आदमी की ओर देखा। लेकिन इस बार उसने मेरी तरफ नहीं देखा।

जूलिया ने कहा, ''बेहतर होगा कि तुम अपनी ऊर्जा समेटकर उस आदमी के पास जाओ और इससे पहले कि मौका हाथ से निकल जाए, उससे बात करो।''

मैंने एकाग्र होकर अपनी ऊर्जा को बढ़ाने का प्रयास किया। जब मैं ऊर्जावान महसूस करने लगा तो मैंने जूलिया से पूछा, ''मैं उस आदमी से क्या कहूँ?''

''सच कहो,'' उसने कहा। ''अपने हिसाब से सच को ऐसे रूप में उसके सामने रखो कि वह उसे पहचान सके।''

''ठीक है, मैं यही करूँगा।'' मैंने कहा।

मैंने अपनी कुर्सी पीछे खींची और वहाँ गया, जहाँ वह आदमी बैठा था। वह शरमीला और संकोची लग रहा था, जैसे पहली बार मिलने पर पाब्लो लगा था। मैंने उस पर गहराई से गौर करने की कोशिश की। जब मैंने ऐसा किया तो मुझे उसके चेहरे पर एक नया भाव दिखने लगा, जैसे उसकी ऊर्जा बढ़ गई हो।

''हेलो,'' मैंने कहा। ''आप पेरू के रहनेवाले नहीं लगते। मुझे उम्मीद है आप मेरी सहायता कर सकते हैं। मैं अपने एक मित्र को खोज रहा हूँ, विल जेम्स।''

''बैठिए प्लीज,'' वह स्केंडिनेवियन लहजे में बोला। ''मैं प्रोफेसर एडमण्ड कॉनर हूँ।''

उसने अपना हाथ बढ़ाकर आगे कहा, ''लेकिन माफ कीजिएगा। मैं आपके मित्र विल को नहीं जानता।''

मैंने अपना परिचय दिया और सरसरी तौर पर समझाने लगा कि शायद उसके लिए इस बात का कुछ अर्थ होगा कि विल नौवीं अंतर्दृष्टि की खोज कर रहा था।

प्रोफेसर ने कहा, ''मुझे पाण्डुलिपि के बारे में पता है और मैं यहाँ उसी की सच्चाई का अध्ययन करने आया हूँ।''

''अकेले?'' मैंने आश्चर्य से कहा।

प्रोफेसर ने कहा, ''मुझे यहाँ किसी प्रोफेसर डॉब्सन से मिलना था। लेकिन वे आज तक

नहीं आए। मुझे उनकी इस देरी का कारण समझ में नहीं आया। उन्होंने तो कहा था कि जब मैं पहुचूँगा तो वे यहीं मिलेंगे।''

''आप डॉब्सन को जानते हैं?'' मैंने पूछा।

''हाँ। ये वे ही हैं, जो पाण्डुलिपि के सच्चाई की जाँच-पड़ताल कर रहे हैं।'' प्रोफेसर ने बताया।

मैंने उनसे पूछा, ''और वे ठीक हैं? क्या डॉब्सन यहाँ पर आ रहे हैं?'' प्रोफेसर मुझे सवालिया नज़रों से देखने लगे।

उन्होंने आश्चर्य से कहा, ''हमने तो यही योजना बनाई थी। क्या कुछ गड़बड़ हुई है?''

अब मेरी ऊर्जा घटने लगी। मुझे एहसास हुआ कि डॉब्सन की प्रोफेसर के साथ भेंट डॉब्सन की गिरफ्तारी से पहले तय की गई होगी। मैंने उनसे कहा, ''जब मैं पेरू आ रहा था तो मेरी उनसे हवाई जहाज़ में मुलाकात हुई थी, मैंने समझाया लेकिन बाद में उन्हें लीमा में गिरफ्तार कर लिया गया था। मुझे कोई अंदाज़ा नहीं है कि इसके बाद उनके साथ क्या हुआ।''

''गिरफ्तारी! हे भगवान!''

''आपकी आखिरी बार उनसे कब बात हुई थी?'' मैंने पूछा।

प्रोफेसर ने जवाब दिया, ''कई सप्ताह पहले लेकिन हमारे यहाँ मिलने का समय निश्चित था। उन्होंने कहा था कि यदि कुछ बदलाव होता है तो वे मुझे फोन करेंगे।''

मैंने उनसे पूछा, ''क्या आपको याद है कि वे आपसे लीमा में मिलने के बजाय यहाँ क्यों मिलना चाहते थे?''

''उन्होंने कहा था कि यहाँ आस-पास कुछ खंडहर हैं और वे किसी वैज्ञानिक से बात करने के लिए इसी इलाके में आएँगे।'' प्रोफेसर ने कहा।

मैंने पूछा, ''क्या उन्होंने बताया था कि वे इस वैज्ञानिक से कहाँ बात करेंगे?''

उन्होंने कहा, ''हाँ, उन्होंने कहा था कि उन्हें अमम्म... सैन लुईस जाना था शायद।''

''क्यों?''

''पता नहीं, बस यूँ ही, मेरी उत्सुकता थी।''

जब मैं बातचीत कर रहा था तो एक साथ दो बातें हुईं। पहली, मैं डॉब्सन के बारे में सोचने लगा और उससे दोबारा मिलने के बारे में भी। मेरी कल्पना में हम लोग किसी विशाल पेड़ोंवाली सड़क पर मिल रहे थे। उसी समय मैंने खिड़की से बाहर देखा। आश्चर्य की बात थी कि सामने फादर सांचेज सीढ़ियों से चले आ रहे थे। वे बहुत थके हुए लग रहे थे और उनके कपड़े मैले थे। पार्किंग लॉट में एक दूसरा पादरी खड़ा इंतज़ार कर रहा था।

''वह कौन है?'' प्रोफेसर कॉनर ने पूछा।

''वे फादर सांचेज हैं!'' मैंने जवाब दिया, मैं अपने उत्साह को रोक नहीं पा रहा था।

मैंने पीछे मुड़कर जूलिया को देखना चाहा लेकिन वह अब हमारी टेबल पर नहीं थी। मैं ठीक उस वक्त उठ खड़ा हुआ, जब सांचेज कमरे में दाखिल हो रहे थे। जैसे ही उन्होंने मुझे देखा, वे अचानक रुक गए, उनके चेहरे पर आश्चर्य का भाव था, फिर उन्होंने पास आकर मुझे

दिव्य भविष्यवाणी 209

गले से लगा लिया।

"तुम ठीक हो?" उन्होंने पूछा।

"हाँ, ठीक हूँ," मैंने कहा। "आप यहाँ कैसे?"

वे अपने चेहरे पर थकान का भाव लिए हँसने लगे। उन्होंने कहा, "मुझे नहीं पता था कि और कहाँ जाऊँ। और मैं यहाँ शायद पहुँच नहीं पाता। सैकड़ों सैनिक इसी तरफ आ रहे हैं।"

"क्यों, सैनिक यहाँ क्यों आ रहे हैं?" मेरे पीछे से प्रोफेसर कॉनर ने सवाल किया। वे भी उठकर हमारे ही पास आ गए थे।

"माफ कीजिए," सांचेज ने उत्तर दिया। "मुझे नहीं पता कि उनकी योजना क्या है। मैं तो बस इतना जानता हूँ कि वे बड़ी तादाद में यहाँ आ रहे हैं।"

मैंने उन दोनों का परिचय कराया और फादर सांचेज को कॉनर की स्थिति से अवगत कराया। प्रोफेसर कॉनर कुछ परेशान दिखाई दे रहे थे।

प्रोफेसर ने कहा, "मुझे निकलना चाहिए लेकिन मेरे पास कोई ड्राइवर नहीं है।"

तभी फादर सांचेज ने कहा, "फादर पॉल बाहर इंतज़ार कर रहे हैं। वे बस लीमा के लिए निकलने ही वाले हैं, आप चाहें तो उनके साथ जा सकते हैं।"

"बिलकुल! मैं उन्हीं के साथ जाऊँगा," कॉनर ने कहा।

"रुकिए लेकिन अगर उन्हें सैनिक मिल गए तो?" मैंने पूछा।

"मुझे नहीं लगता वे फादर पॉल को रोकेंगे, वे मशहूर नहीं हैं।" सांचेज बोले।

उसी समय जूलिया कमरे में आ गई और उसने फादर सांचेज को देखा। वे दोनों स्नेह से गले मिले और मैंने जूलिया को प्रोफेसर कॉनर का परिचय दिया। जब मैं बात कर रहा था तो कॉनर और भी भयभीत दिखने लगे। कुछ ही मिनटों बाद सांचेज ने उनसे कहा कि फादर पॉल के जाने का समय हो गया है। कॉनर फटाफट अपने कमरे में गए और अपना सामान लेकर लौट आए। सांचेज और जूलिया ने उन्हें बाहर तक छोड़ा लेकिन मैं उन्हें अलविदा कहकर टेबल पर ही प्रतीक्षा करता रहा। मैं अपने विचारों में मगन था और यह जानता था कि कॉनर से मिलना एक तरह से खास था और यह भी कि हमारा सांचेज से यहाँ मिलना भी महत्वपूर्ण था लेकिन मैं इसे समझ नहीं पा रहा था।

जल्द ही जूलिया कमरे में वापस आकर मेरे बगल में बैठ गई।

जूलिया ने कहा, "मैंने तुमसे कहा था न कि यहाँ कुछ होनेवाला है। यदि हम यहाँ नहीं रुकते तो सांचेज से नहीं मिल पाते या शायद कॉनर से भी। खैर, कॉनर से कुछ पता चला?"

मैंने जवाब दिया, "मैं अभी निश्चित तौर पर कुछ नहीं कह सकता। फादर सांचेज कहाँ हैं?"

"वे कुछ देर आराम करने के लिए विश्रामकक्ष में गए हैं। वे दो दिनों से सोए नहीं हैं।" उसने कहा।

मैंने दूसरी ओर देखा। मैं जानता था कि फादर सांचेज थके हुए हैं लेकिन यह सुनकर कि वे इस वक्त हमारे लिए उपलब्ध नहीं हैं, मैं निराश हो गया। मेरी उनसे बात करने की बहुत

इच्छा थी, मैं देखना चाहता था कि जो भी घटनाएँ हो रही थीं, वे उन्हें कोई दृष्टिकोण दे सकें। खास तौर पर सिपाहियों के संदर्भ में। मैं असहज महसूस कर रहा था और दूसरी ओर मैं कॉनर के साथ भाग जाना चाहता था।

जूलिया को मेरी अधीरता समझ में आ गई। उसने कहा, ''चिंता मत करो, शांत हो जाओ और मुझे बताओ कि आठवीं अंतर्दृष्टि के बारे में तुम क्या सोचते हो?''

मैंने उसकी ओर देखा और अपने आपको एकाग्र करने का प्रयास किया। ''पता नहीं, कहाँ से शुरू करूँ?''

''तुम्हारे हिसाब से आठवीं अंतर्दृष्टि क्या कहती है?'' उसने पूछा।

मैं विचार करने लगा। ''यह दूसरे लोगों से, बच्चों से, वयस्कों से संपर्करत होने के बारे में है। यह नियंत्रण के ड्रामे को पहचानने और उनसे निकलने तथा अन्य लोगों पर इस तरह ध्यान केंद्रित करने के बारे में है कि हम उन्हें अपनी ओर से ऊर्जा भेज सकें।''

''और?'' उसने पूछा।

मैंने उसके चेहरे पर ध्यान केंद्रित किया और तुरंत जान लिया कि वह किस बिंदु पर आ रही है। मैंने कहा, ''यदि हम इस बात पर ध्यान दें कि किससे बात करनी है तो परिणामस्वरूप हम मनचाहा जवाब पा लेते हैं।''

जूलिया खुलकर मुस्करा दी।

''तो, क्या तुम्हें लगता है कि मैं अंतर्दृष्टि को समझ पाया हूँ?'' मैंने पूछा।

उसने कहा, ''हाँ, करीब-करीब, लेकिन एक बात और है। तुम समझते हो कि कैसे एक व्यक्ति दूसरे का विकास कर सकता है। अब तुम यह समझ जाओगे कि किसी समूह में तब क्या होता है, जब उसके सारे सदस्य इसी ढंग से आपस में व्यवहार करना जानते हों।''

मैं बाहर पोर्च में चला आया और एक लोहे की कुर्सी पर बैठ गया। थोड़ी-बहुत बातचीत के साथ आराम से डिनर करने के बाद मैंने तय किया कि रात की ठंढी हवा में कुछ देर बाहर बैठूँगा। सांचेज को कमरे में गए हुए करीब तीन घंटे हो चुके थे और मैं फिर से अधीर महसूस कर रहा था। जब सांचेज अचानक बाहर आए और हमारे साथ आकर बैठे, तब मैं सहज हुआ।

''क्या आपको विल की कोई खबर मिली?'' मैंने उनसे पूछा।

''हाँ, अंतत:'' उन्होंने कहा।

वे फिर रुक गए, जैसे कुछ सोच रहे हों, इसलिए मैंने पूछा, ''क्या खबर मिली है?''

उन्होंने कहा, ''जो भी हुआ, मैं आपको वह सब बताता हूँ। जब फादर कार्ल और मैं वापस अपने मिशन जाने के लिए निकले, तब हमें उम्मीद थी कि सेना के साथ ही फादर सेबेस्टियन मिल जाएँगे। हमें न्यायिक जाँच की भी उम्मीद थी। जब हम वहाँ पहुँचे तो हमें पता लगा कि कई घंटों पहले एक संदेश मिलने के बाद फादर सेबेस्टियन और सैनिक अचानक वहाँ से चले गए थे।

दिनभर हम यह नहीं समझ पाए कि आखिर हो क्या रहा है। फिर कल कोई फादर कॉस्टस हमसे मिलने आए। जहाँ तक मुझे लगता है, तुम भी उनसे मिल चुके हो। उन्होंने हमसे कहा कि उन्हें विल जेम्स ने हमारे मिशन की ओर भेजा था। ज़ाहिर है विल को फादर कार्ल से पहले

हुई चर्चा के कारण मेरे मिशन का नाम याद था और उसे पूर्वाभास था कि फादर कॉस्टस द्वारा लाई जानेवाली सूचना की हमें ज़रूरत होगी। फादर कॉस्टस ने पाण्डुलिपि के पक्ष में रहने का निर्णय लिया है।''

''सेबेस्टियन ऐसे अचानक क्यों चले गए?'' मैंने पूछा।

''क्योंकि,'' सांचेज ने कहा, ''वे अपनी योजनाओं पर शीघ्रता से काम करना चाहते थे। उन्हें जो संदेश मिला था, उसमें कहा गया था कि फादर कॉस्टस नौवीं अंतर्दृष्टि को नष्ट करने के मनसूबे का भांडाफोड़ करनेवाले हैं।''

''तो क्या वह सेबेस्टियन को मिल गई?'' मैंने पूछा।

सांचेज ने कहा, ''अब तक तो नहीं लेकिन उसे उम्मीद है। दरअसल उन लोगों को एक और दस्तावेज मिला है, जिसमें संकेत दिया गया है कि नौवीं अंतर्दृष्टि कहाँ है।''

''कहाँ हो सकती है नौवीं अंतर्दृष्टि?'' जूलिया ने पूछा।

''सेलेस्टाइन खंडहरों में,'' सांचेज ने जवाब दिया।

''और यह कहाँ हैं?'' मैंने जानना चाहा।

जूलिया ने मेरी ओर देखकर कहा, ''यहाँ से करीब साठ मील दूर। पेरुवियन वैज्ञानिकों ने वहाँ विशेष रूप से बहुत गोपनीयता के साथ खुदाई की थी। इसमें प्राचीन मंदिरों की सतहें शामिल हैं। पहले माया फिर इनकास। दोनों सभ्यताओं का स्पष्ट विश्वास था कि वह स्थान विशेष है।''

मैंने अचानक पाया कि सांचेज इस बातचीत पर कुछ असामान्य गंभीरता से ध्यान केंद्रित किए हुए थे। जब मैं बोल रहा था तो उनकी नज़र एकटक मुझ पर थी और जब जूलिया बोल रही थी तो उनका सारा ध्यान पूरी तरह सिर्फ जूलिया पर था। ऐसा लग रहा था कि वे जानबूझकर ऐसा कर रहे थे और ठीक उसी पल वह बातचीत मंद पड़ गई। अब वे दोनों मेरी ओर आशान्वित होकर देख रहे थे।

''क्या?'' मैंने पूछा।

सांचेज मुस्कराए। ''अब बोलने की बारी तुम्हारी है।''

''क्या हम बारी-बारी से बोलेंगे?'' मैंने पूछा।

जूलिया ने कहा, ''नहीं, हम एक जागृत बातचीत कर रहे हैं। हर व्यक्ति तब बोलेगा, जब ऊर्जा उसकी ओर होगी। हमने देखा कि ऊर्जा तुम्हारी ओर थी।''

मुझे समझ में नहीं आया कि क्या कहूँ।

सांचेज ने मेरी ओर स्नेह से देखा और कहा, ''आठवीं अंतर्दृष्टि का एक भाग समूह में रहने के दौरान चेतन रहते हुए बातचीत करना सिखाता है। लेकिन तुम खुद पर ध्यान मत दो। बस प्रक्रिया को समझो। जब किसी समूह के सदस्य बात कर रहे हों, तब किसी एक समय में कोई एक सदस्य ही होगा, जिसके पास सबसे शक्तिशाली विचार होगा। यदि दूसरे सदस्य चौकस हैं तो वे महसूस कर सकते हैं कि अब किसे बोलना है और फिर वे जागरूक रहकर अपनी ऊर्जा इस व्यक्ति पर केन्द्रित कर सकते हैं। जिससे उस व्यक्ति को अपना विचार अधिक स्पष्टता से रखने में मदद मिलती है।

फिर जैसे-जैसे बातचीत आगे बढ़ती है, किसी अन्य व्यक्ति के पास कोई सर्वोच्च विचार होगा, फिर किसी और के पास होगा और इसी तरह क्रमशः यह सिलसिला चलता रहेगा। बातचीत में जो भी कहा जा रहा है, अगर तुम उसके प्रति जागरूक हो तो तुम समझ जाओगे कि कब तुम्हारी बारी है और वह विचार तुम्हारे मस्तिष्क में स्वतः ही उभर आएगा।''

सांचेज ने अपना ध्यान जूलिया पर लगा लिया, जिसने पूछा, ''वह क्या विचार था, जो तुमने नहीं बताया?''

मैंने सोचने का प्रयास किया। ''मैं सोच रहा था कि जो भी बोल रहा है, उसे फादर सांचेज इतनी गहराई से क्यों देख रहे हैं। शायद मैं इसका अर्थ समझना चाहता था।''

सांचेज बोले, ''इस प्रक्रिया की विधि यही है कि आप अपनी बारी आने पर बोलें और जब किसी और की बारी हो तो उस तक ऊर्जा पहुँचाएँ।''

जूलिया बीच में ही बोल पड़ी, ''इसमें कई चीज़ें गड़बड़ भी हो सकती हैं। कुछ लोग समूह में होने पर बहुत बड़े हो जाते हैं। वे किसी विचार की शक्ति को अनुभव करते हैं और उसे व्यक्त कर देते हैं। फिर चूँकि ऊर्जा का यह प्रारंभ बहुत अच्छा लगता है, वे ऊर्जा के किसी अन्य की ओर मुड़ने के बाद भी बोलते रहते हैं। इस तरह वे समूह पर एकाधिकार जमाने का प्रयास करते हैं।

दूसरे लोग पीछे रह जाते हैं और किसी विचार की शक्ति को महसूस करने पर भी उसे बोलने का ज़ोखिम नहीं लेते। जब ऐसा होता है तो समूह बिखर जाता है और उसके सदस्य सारे संदेशों का लाभ नहीं ले पाते। ऐसा तब भी होता है, जब किसी सदस्य को अन्य सदस्य स्वीकार नहीं करते। अस्वीकृत सदस्य को ऊर्जा नहीं पहुँचाई जाती और पूरा समूह उनके विचारों का लाभ नहीं ले पाता।''

जूलिया पलभर के लिए ठहर गई और हम दोनों ने सांचेज की ओर देखा, जो कुछ बोलना चाह रहे थे। उन्होंने कहा, ''लोगों को कैसे अलग किया जाता है या कैसे छोड़ा जाता है, वह महत्वपूर्ण है। जब हम किसी को नापसंद करते हैं या किसी से असुरक्षित महसूस करते हैं तो स्वाभाविक धारणा उस व्यक्ति की उन चीज़ों की ओर एकाग्र होने की रहती है, जो हमें पसंद नहीं है यानी कुछ ऐसा जिससे हमें चिढ़ होती है। दुर्भाग्यवश जब भी हम ऐसा करते हैं तो उस व्यक्ति के आंतरिक सौंदर्य को देखने और उसे ऊर्जा देने के बजाय, हम उससे ऊर्जा छीन लेते हैं और असल में उसे हानि पहुँचाने लगते हैं। वह यही समझता है कि अचानक वह कम सुंदर और भय का अनुभव कर रहा है। जबकि ऐसा इसलिए होता है क्योंकि हम उसकी ऊर्जा का विनाश कर देते हैं।''

''इसीलिए,'' जूलिया बोली, ''यह प्रक्रिया बहुत महत्वपूर्ण है। इंसान अपनी हिंसक प्रतिस्पर्धा द्वारा बड़ी तेज़ी से एक-दूसरे की हानि कर रहे हैं।''

सांचेज ने आगे कहा, ''लेकिन याद रखो, एक सच्चे व्यावहारिक समूह में इसका ठीक उलटा करना होता है। विचार यह है कि हर सदस्य की ऊर्जा और स्पंदन को दूसरे सदस्यों द्वारा भेजी गई ऊर्जा से बढ़ाया जाए। जब ऐसा होता है तो हर किसी का व्यक्तिगत ऊर्जामंडल अन्य सभी की ऊर्जा से मिलकर सामूहिक ऊर्जा पुंज बन जाता है। यह वैसा ही है जैसे पूरा समूह कई सिरोंवाला एक ही शरीर हो। कभी एक सिर शरीर की ओर से बोलता है तो कभी दूसरा।

लेकिन इस तरह कार्यरत समूह में हर व्यक्ति जानता है कि कब और क्या बोलना है। क्योंकि वह जीवन को अधिक स्पष्टता से देख पाता है। यही वह उच्चतम व्यक्ति होता है, जिसके बारे में आठवीं अंतर्दृष्टि में स्त्री और पुरुष के रोमांटिक संबंध के संदर्भ में बताया गया है। लेकिन अन्य समूह भी ऐसे इंसान को विकसित कर सकते हैं।''

फादर सांचेज के शब्दों से मुझे अचानक फादर कॉस्टस और पाब्लो का खयाल आ गया, ''क्या उस युवा इंडियन ने अंतत: फादर कॉस्टस का हृदय परिवर्तन करके उन्हें पाण्डुलिपि के संरक्षण के पक्ष में कर दिया है? क्या पाब्लो ऐसा आठवीं अंतर्दृष्टि की शक्ति से कर पाया?''

''अब फादर कॉस्टस कहाँ हैं?'' मैंने पूछा।

मेरा यह प्रश्न सुनकर जूलिया और फादर सांचेज, दोनों ज़रा आश्चर्य से मेरी ओर देखने लगे लेकिन फादर सांचेज ने तुरंत जवाब दिया, ''फादर कार्ल और उन्होंने तय किया था कि वे लीमा जाकर हमारे चर्च के नेताओं से कार्डिनल सेबेस्टियन की संभावित योजना के बारे में बात करेंगे।''

मैंने कहा, ''मुझे लगता है इसलिए वह आपके साथ आपके मिशन जाने को लेकर इतने दृढ़ थे। वे जानते थे कि वहाँ उन्हें कुछ और करना है।''

''बिलकुल,'' सांचेज ने कहा।

बातचीत का हलका सा विस्तार हुआ और हम एक-दूसरे को देख रहे थे, हर कोई अगले विचार की प्रतीक्षा में था।

आखिर में फादर सांचेज ने कहा, ''अब सवाल यह है कि अब हम क्या करें?''

पहले जूलिया बोली, ''मुझे नौवीं अंतर्दृष्टि से जुड़ने के बारे में लगातार ये विचार आते रहे हैं कि यह मेरे पास इतने समय तक टिके कि मैं कुछ कर सकूँ... लेकिन मैं इसे स्पष्ट रूप से समझ नहीं पा रही।''

सांचेज और मैं उसे गंभीरता से देखते रहे।

जूलिया ने आगे कहा, ''अपने विचारों में मैं इसे किसी विशेष जगह घटते हुए देखती हूँ... एक मिनट! वह स्थान जो मेरे विचार में कौंधता रहता है, वह उन खंडहरों में है, सेलेस्टाइन खंडहरों में। वहाँ मंदिरों के बीच कोई जगह है। ओह, मैं तो लगभग भूल ही गई थी। वह हमारी ओर देखने लगी। मुझे वहाँ जाना होगा, मुझे सेलेस्टाइन खंडहरों तक जाना होगा।''

जूलिया ने जैसे ही अपनी बात पूरी की, फादर सांचेज और उसकी नज़रें मेरी ओर मुड़ गईं।

मैंने कहा, ''मुझे नहीं पता, मेरी रुचि तो यह जानने में थी कि सेबेस्टियन और उसके लोग पाण्डुलिपि के खिलाफ क्यों हैं। मैंने पाया कि ऐसा इसीलिए है क्योंकि वे आंतरिक विकास की हमारी अवधारणा से डरे हुए हैं... लेकिन अब मुझे नहीं पता कि मुझे आगे कहाँ जाना है... वे सैनिक आ रहे हैं... ऐसा लगता है कि सेबेस्टियन नौवीं अंतर्दृष्टि तक पहले ही पहुँच जाएगा... पता नहीं... मुझे लगता है कि उसे किसी तरह यह एहसास दिलाने में मेरी भी भूमिका है कि वह उसे नष्ट न करे।''

मैंने बोलना बंद कर दिया। मेरे विचार फिर से डॉब्सन और नौवीं अंतर्दृष्टि पर केंद्रित हो

गए। मैंने अचानक अनुभव किया कि नौवीं अंतर्दृष्टि इस बात का खुलासा करेगी कि हम इंसान इस मानव जीवन के विकास के साथ कहाँ तक जाएँगे। मैं जानना चाहता था कि पाण्डुलिपि के परिणाम के अनुसार इंसान एक-दूसरे के साथ कैसा व्यवहार करेंगे और इस सवाल का जवाब आठवीं अंतर्दृष्टि में मिला। अब अगला तर्कपूर्ण प्रश्न यह था : यह सब कहाँ तक जानेवाला है, इंसानी समाज किस तरह बदलेगा? शायद नौवीं अंतर्दृष्टि इसी के बारे में है। मुझे अंदाज़ा था कि इस ज्ञान का उपयोग जागरूक विकास के प्रति सेबेस्टियन का भय कम करने में भी किया जा सकता था... यदि वह बात को समझने की कोशिश करे तो।

''मुझे अभी भी लगता है कि कार्डिनल सेबेस्टियन को पाण्डुलिपि के पक्ष में लाया जा सकता है!'' मैंने आत्मविश्वास के साथ कहा।

''क्या तुम अपने मन में यह देख पा रहे हो कि उन्हें विश्वास दिलाया जा सकता है?'' सांचेज ने मुझसे पूछा।

मैंने कहा, ''नहीं... नहीं, मैं नहीं। मुझे लगता है कि मैं किसी ऐसे इंसान के साथ हूँ, जो उस तक पहुँच सकता है। कोई ऐसा, जो उसे जानता हो और उसके स्तर पर बात कर सकता हो।''

जैसे ही मैंने यह कहा, जूलिया और मैंने एक साथ फादर सांचेज की ओर देखा।

वे बड़ी मुश्किल से मुस्कराए और संतोषपूर्ण मुद्रा के साथ बोले, ''कार्डिनल सेबेस्टियन और मैं लंबे समय से एक-दूसरे से पाण्डुलिपि के बारे में बहस करने से बचते रहे हैं। वे हमेशा मेरे अग्रणी रहे हैं। वे मुझे अपना शिष्य समझते रहे हैं और मैं भी ये मानता हूँ कि मैं उन पर आश्रित रहा हूँ। लेकिन मैं हमेशा से जानता था कि ऐसी स्थिति ज़रूर आएगी। जब तुमने पहली बार इसका ज़िक्र किया था तो मैं जानता था कि उन्हें विश्वास दिलाने का काम मेरा ही है। मेरा पूरा जीवन इसी के लिए था।''

उन्होंने जूलिया और मेरी ओर गंभीरता से देखते हुए आगे कहा, ''मेरी माँ एक ईसाई सुधारक थीं। वे धर्मोपदेश में अपराधबोध और दबाव का प्रयोग करने से घृणा करती थीं। उन्हें लगता था कि लोगों को चर्च में संप्रदाय ओर प्रेम के कारण आना चाहिए, न कि भय के कारण। दूसरी ओर मेरे पिता एक अनुशासनवादी व्यक्ति थे। वे बाद में पादरी बन गए थे और सेबेस्टियन की तरह ही परंपरा और वर्चस्व में दृढ़ विश्वास रखते थे। इसी कारण मैं चर्च की सत्ता के भीतर रहकर ही काम करना चाहता था लेकिन हमेशा इसमें सुधार के ऐसे तरीके ढूँढ़ता रहता था, जिससे धार्मिक अनुभव को महत्त्व दिया जा सके।

मेरा अगला कदम सेबेस्टियन से निपटना है। मैं अब तक इससे बचता रहा हूँ लेकिन मैं जानता हूँ कि अब मुझे इक्विटस में सेबेस्टियन के मिशन तक जाना ही होगा।''

''मैं भी आपके साथ चलूँगा,'' मैंने कहा।

एक उभरती संस्कृति

उत्तर दिशा की ओर जानेवाली यह सड़क घने जंगल के बीच से गुज़रती थी। इसके रास्ते में ऐसी कई छोटी-बड़ी नदियाँ आती थीं, जिनका जिक्र करते हुए फादर सांचेज ने मुझे अमेज़ॅन के बारे में बताया था। हम सुबह जल्दी उठ गए और जूलिया से फटाफट विदा लेकर बड़े-बड़े टायरोंवाले उस ट्रक में सवार होकर निकल पड़े, जिसे फादर सांचेज ने किसी से उधार लिया था। जैसे-जैसे हम आगे बढ़े, रास्ता थोड़ा ऊँचा होता गया और पेड़ ज़्यादा घने व विशाल होते गए।

''यह तो बिलकुल विसिएंते के आसपास के इलाके जैसा लग रहा है।'' मैंने सांचेज से कहा।

वे मेरी ओर देखकर मुस्कराए और बोले, ''यह इलाका पचास मील लंबा और बीस मील चौड़ा है। दिव्य खंडहरों तक फैला यह इलाका वाकई ज़रा अलग है क्योंकि यह अधिक ऊर्जावान है। इस इलाके के किनारे का पूरा क्षेत्र घने जंगलों से घिरा हुआ है।''

तभी मेरी नज़र अपने दायीं ओर दूर जंगल के सिरे पर मौजूद एक साफ हिस्से पर पड़ी। ''वह क्या है?'' मैंने उस तरफ इशारा करते हुए पूछा।

''ओह वह!'' उन्होंने कहा, ''वह कृषि विकास के सरकारी तरीके का एक उदाहरण है।''

वहाँ एक विशाल हिस्से में उगे पेड़ों को काटने के बाद ढेर बनाकर रख दिया गया था। उनमें से कुछ जले हुए पेड़ भी थे। पशुओं का एक झुंड यूँ ही जंगली घास चरते हुए गुज़रा। जैसे ही हम वहाँ से निकले, हमारी आवाज़ सुनकर वह झुंड हमारी ओर देखने लगा। आगे जाकर मैंने ज़मीन का एक और ऐसा हिस्सा देखा, जिस पर लगे पेड़ों को काट दिया गया था। उसे देखकर मुझे एहसास हुआ कि सरकार के विकास कार्यक्रम के निशाने पर वे विशाल पेड़ भी आ गए हैं, जिनकी छाँव से गुज़रते हुए हम यहाँ तक आए थे।

''कितना बुरा दिख रहा है,'' मैंने कहा।

''हाँ, सही कहा तुमने'' सांचेज ने जवाब दिया। ''यहाँ तक कि कार्डिनल सेबेस्टियन भी इसके खिलाफ हैं।''

मुझे फिल का खयाल आया। शायद यही वह जगह हो, जिसकी वह रक्षा करना चाहता

था। क्या हुआ होगा उसका? अचानक मैं फिर से डॉब्सन के बारे में सोचने लगा। कॉनर ने कहा था कि डॉब्सन विश्रामगृह में आना चाहता था। कॉनर मुझे यह बताने के लिए वहाँ क्यों आया था? फिलहाल डॉब्सन कहाँ होगा? उसे रिहा कर दिया गया होगा या वह हिरासत में होगा? मैंने गौर किया कि फिल का खयाल आते ही मुझे डॉब्सन का विचार आया था।

"सेबेस्टियन का मिशन और कितनी दूर है?" मैंने पूछा।

"करीब एक घंटा और लगेगा," सांचेज ने जवाब दिया। "कैसा महसूस कर रहे हो तुम?"

"मतलब?"

"मेरा मतलब है, तुम्हारा ऊर्जा स्तर कैसा है?"

"मुझे लगता है कि फिलहाल यह उच्च स्तर पर है," मैंने कहा। "कितनी सुंदर जगह है!"

"कल रात हम तीनों के बीच जो बातचीत हुई, उसे लेकर तुम्हारा क्या खयाल है?" उन्होंने पूछा।

"यही कि वह बातचीत बहुत बढ़िया रही।"

"क्या तुम समझे कि क्या हो रहा था?"

"आपका मतलब है, वे नए-नए विचार, जो लगातार हम तीनों के अंदर उठ रहे थे?"

"हाँ, और साथ ही इसका विस्तृत अर्थ भी।"

"पता नहीं।" मैंने कहा।

फादर सांचेज ने कहा, "वैसे, मैं इसी के बारे में सोच रहा था। एक दिन पूरी मानव जाति यही तरीका अपना लेगी, जिसमें लोग सामनेवाले को नियंत्रित करने के बजाय जागृत होकर एक-दूसरे के साथ एकरूप होते हैं और हर कोई सामनेवाले को उसका सर्वश्रेष्ठ प्रदर्शन करने के लिए प्रेरित करता है। ज़रा सोचो, जब ऐसा होगा तो सभी का ऊर्जा स्तर कितना ऊपर उठ जाएगा और विकास की गति कितनी बढ़ जाएगी।"

"बिलकुल," मैंने कहा, "मैं सोच रहा था कि जब संपूर्ण ऊर्जा स्तर और ऊपर उठ जाएगा तो इंसानी संस्कृति कितनी बदल जाएगी न!"

उन्होंने मुझे कुछ यूँ देखा, जैसे मैंने बहुत पते की बात कह दी हो। "मैं भी यही जानना चाहता हूँ," उन्होंने कहा।

अगले कुछ पलों तक हम दोनों एक-दूसरे की ओर देखते रहे। मैं जानता था कि हम दोनों ही इस बात का इंतज़ार कर रहे थे कि अगला विचार किसके अंदर उठेगा। आखिरकार उन्होंने कहा, "इस सवाल का जवाब नौवीं अंतर्दृष्टि में ज़रूर होगा। उसमें इस बात को विस्तार से बताया गया होगा कि जैसे-जैसे संस्कृतियाँ आगे विकसित होंगी तो क्या होगा।"

"मुझे भी यही लगता है," मैंने कहा।

सांचेज ने ट्रक की गति कम कर दी। आगे एक चौराहा था और ऐसा लग रहा था कि वे यह तय न कर पा रहे हों कि हमें किस रास्ते पर आगे बढ़ना है।

"क्या हम सैन लुईस या उसके आसपास के किसी इलाके की ओर जाएँगे," मैंने पूछा।

उन्होंने सीधे मेरी आँखों में देखा। मैंने कहा, "वहाँ जाने के लिए हमें बायीं ओर की सड़क पर मुड़ना होगा।"

"क्यों?" उन्होंने पूछा।

मैंने उन्हें बताया कि "प्रोफेसर कॉनर ने मुझसे कहा था कि डॉब्सन सैन लुईस के रास्ते विश्रामगृह तक आने की योजना बना रहा था। मुझे लगता है कि यह एक संदेश था।" हम अब भी एक-दूसरे की ओर देख रहे थे।

"आपने तो पहले ही इस चौराहे तक आते-आते ट्रक की गति कम कर दी थी, क्यों भला?" मैंने कहा।

उन्होंने अपने कंधे सिकोड़ लिए और कहा, "पता नहीं। सामने मौजूद वह सड़क सीधे इक्विटस की ओर जाती है लेकिन न जाने क्यों मैं ज़रा हिचक रहा था।"

मेरे अंदर एक ठंढी लहर दौड़ गई।

सांचेज अपनी एक त्योरी ऊपर करके उपहासवाले अंदाज़ में मुस्कराने लगे।

"मेरे हिसाब से बेहतर होगा कि हम सैन लुईस से होकर गुज़रें। क्यों, ठीक है न?" उन्होंने पूछा।

मैंने सहमति जताने का इशारा किया और ऊर्जा से भर गया। मैं जानता था कि विश्रामगृह में रुककर प्रोफेसर कॉनर से संपर्क करना ही बेहतर होगा। सांचेज ने ट्रक को बायीं ओर मोड़ा और हम सैन लुईस की ओर चल पड़े। मैं सड़क के किनारों को आशापूर्वक देखता रहा। करीब तीस-चालीस मिनट बीत गए और कुछ नहीं हुआ। हम सैन लुईस से होकर गुज़र गए लेकिन फिर भी ऐसा कुछ नहीं हुआ, जो गौर करने लायक हो। तभी अचानक एक हॉर्न की आवाज़ सुनाई दी। हमने पीछे मुड़कर देखा, जहाँ एक हलके स्लेटी रंग की जीप हमारे पीछे-पीछे चली आ रही थी। उसका ड्राइवर पागलों की तरह हमारी ओर हाथ हिला रहा था। वह जाना-पहचाना लग रहा था।

"वह तो फिल है!" मैंने कहा।

सांचेज ने ट्रक को सड़क के एक किनारे पर रोक दिया। फिल ने भी फौरन अपनी जीप रोक दी और बाहर कूद पड़ा। उसने दौड़ते हुए मेरी ओर आकर मुझसे हाथ मिलाया और सांचेज का भी अभिवादन किया।

उसने कहा, "मुझे ये तो नहीं पता कि तुम यहाँ क्या कर रहे हो लेकिन थोड़ा आगे जाकर यह सड़क सैनिकों से अटी पड़ी है। बेहतर होगा कि तुम वापस लौट चलो और हमारे साथ इंतज़ार करो।"

"तुम्हें कैसे पता कि हम यहाँ आ रहे थे?" मैंने पूछा।

उसने कहा, "मुझे नहीं पता था, तुम वहाँ से गुज़र रहे थे और इत्तेफाक से मेरी नज़र तुम पर पड़ गई।" उसने पलभर ठहरकर चारों और देखा, फिर आगे कहा, "बेहतर होगा कि हम इस सड़क से दूर चले जाएँ!"

"तुम आगे-आगे चलो, हम तुम्हारी गाड़ी के पीछे-पीछे आते हैं," फादर सांचेज ने

कहा।

फिल ने अपनी जीप को मोड़ा और वापस उसी रास्ते पर चल पड़ा, जिससे हम आए थे। हम उसकी जीप के पीछे-पीछे चल दिए। थोड़ा आगे जाकर वह पूर्व दिशा की ओर जानेवाली एक अन्य सड़क पर मुड़ गई। कुछ ही देर बाद उसने अपनी गाड़ी रोक दी। पेड़ों के झुरमुट के पीछे से एक आदमी बाहर आया और उसने गाड़ी को देखकर अभिवादन किया। मुझे अपनी आँखों पर विश्वास नहीं हुआ। वह आदमी कोई और नहीं, डॉब्सन था!

मैं ट्रक से बाहर आया और उसकी तरफ बढ़ा। वह भी मेरी ही तरह आश्चर्यचकित था। उसने उत्साह से मुझे गले लगा लिया।

"तुम्हें यहाँ देखकर बहुत अच्छा लगा," डॉब्सन ने कहा।

"मुझे भी," मैंने जवाब दिया। "मुझे तो लगा था कि तुम्हें गोली मार दी गई है!"

डॉब्सन ने मेरी पीठ थपथपाई और कहा, "नहीं, शायद मैं बहुत घबरा गया था; उन्होंने तो बस मुझे पूछताछ के लिए हिरासत में लिया था। बाद में एक अफसर, जो पाण्डुलिपि से सहानुभूति रखता था, उसने मुझे जाने दिया। तब से मैं बस भाग रहा हूँ।"

वह ठहरा और मेरी ओर देखकर मुस्कराने लगा। आगे उसने कहा, "मुझे खुशी है कि तुम सही-सलामत हो। जब फिल ने मुझे बताया कि वह तुमसे विसिएंते में मिला था और बाद में तुम्हारे साथ गिरफ्तार कर लिया गया, तब मुझे समझ में नहीं आया कि क्या करूँ। लेकिन मुझे भरोसा रखना चाहिए था कि एक न एक दिन हम दोनों फिर टकराएँगे। तो कहाँ जा रहे थे तुम?"

"कार्डिनल सेबेस्टियन से मिलने। हमें लगता है कि वे अंतिम अंतर्दृष्टि को नष्ट करना चाहते हैं।" मैंने जवाब दिया।

डॉब्सन ने मेरी बात से सहमति जताई। वह कुछ और कहने ही वाला था कि तभी फादर सांचेज वहाँ आ गए।

मैंने दोनों का परिचय कराया।

डॉब्सन ने सांचेज से कहा, "मुझे लगता है कि मैंने आपका नाम लीमा में गिरफ्तार हुए कुछ पादरियों के संदर्भ में सुना है।"

"फादर कार्ल और फादर कॉस्टस?" मैंने पूछा।

डॉब्सन ने कहा, "हाँ, शायद यही नाम थे उनके।"

सांचेज ने बस धीरे से अपना सिर हिला दिया और मैंने उन पर एक उड़ती हुई नज़र डाली। इसके बाद अगले कुछ मिनटों तक मैं और डॉब्सन, एक-दूसरे से अलग होने के बाद हुए अपने-अपने अनुभवों का वर्णन करते रहे। उसने बताया कि उसने सभी आठ अंतर्दृष्टियों का अध्ययन कर लिया है। इसके बाद वह कुछ और बताने के लिए उतावला हो रहा था कि तभी मैंने उसे बीच में टोकते हुए प्रोफेसर कॉनर से हुई हमारी मुलाकात के बारे में बताया और कहा कि अब वह लीमा लौट गया है।

डॉब्सन ने कहा, "वह शायद खुद को पुलिस के हवाले कर देगा। मुझे खेद है कि मैं समय पर होटल तक नहीं पहुँच सका लेकिन मैं अन्य वैज्ञानिकों से मिलने के लिए पहले सैन

लुईस आना चाहता था। मैं उसे तो नहीं ढूँढ़ सका लेकिन अचानक मेरी मुलाकात फिल से हो गई और...''

''और क्या?'' सांचेज ने पूछा।

डॉब्सन ने कहा, ''शायद हमें बैठकर बात करनी चाहिए। आप विश्वास नहीं करेंगे, फिल ने नौवीं अंतर्दृष्टि के एक हिस्से की प्रति ढूँढ़ निकाली है!''

अगले कुछ पलों तक किसी ने कोई प्रतिक्रिया नहीं दी।

''क्या उसे अनुवादित प्रति मिली है?'' फादर सांचेज ने पूछा।

''हाँ।'' डॉब्सन ने जवाब दिया।

अब तक फिल अपनी गाड़ी के अंदर बैठा किसी काम में व्यस्त था। फिर वह गाड़ी से निकलकर हमारे पास आ गया।

''तुमने नौवीं अंतर्दृष्टि का एक हिस्सा ढूँढ़ निकाला?'' मैंने उससे पूछा।

उसने कहा, ''असल में मैंने इसे नहीं ढूँढ़ा। ये किसी ने मुझे दी है। जब हम दोनों को हिरासत में लिया गया था, उसके बाद मुझे किसी अन्य कस्बे में ले जाया गया। पता नहीं वह कौन सी जगह थी। कुछ देर बाद कार्डिनल सेबेस्टियन सामने आए। वे विसिएंते में हो रहे काम और वनों को बचाने की मेरी कोशिशों के बारे में मुझसे पूछताछ करते रहे। मुझे समझ में नहीं आया कि आखिर में ये सब क्यों पूछ रहे हैं। तभी एक सुरक्षाकर्मी आया और उसने नौवीं अंतर्दृष्टि की एक अधूरी प्रति मेरे हाथों में पकड़ा दी। उसने यह प्रति सेबेस्टियन के आदमियों के पास से चुराई थी, जिन्होंने कुछ देर पहले ही इसका अनुवाद किया था। अंतर्दृष्टि की इस प्रति में प्राचीन वनों की ऊर्जा के बारे में बताया गया है।''

''क्या बताया गया है?'' मैंने फिल से पूछा।

वह ज़रा ठहरकर कुछ सोचने लगा। डॉब्सन ने फिर कहा कि हमें आराम से बैठकर बातचीत करनी चाहिए। वह हमें ज़रा आगे ले गया, जहाँ एक खाली जगह के ऊपर टारपोलीन की चादर बँधी हुई थी। यह जगह काफी सुंदर थी और इसके चारों ओर करीब तीस मीटर के दायरे में लगभग एक दर्जन पेड़ लगे हुए थे। पेड़ों के इस घेरे के अंदर बैठने की जगह थी और वहाँ कई खुशबूदार ऊष्णकटिबंधीय झाड़ियाँ व फर्न के हरे रंगवाले लंबे-लंबे बूटे लगे हुए थे। मैंने पहले कभी इतनी सुंदर झाड़ियाँ और बूटे नहीं देखे थे। हम सब वहाँ आकर बैठ गए।

फिल ने डॉब्सन की ओर देखा और फिर डॉब्सन ने सांचेज और मेरी तरफ देखकर कहा, ''नौवीं अंतर्दृष्टि इस बात का वर्णन करती है कि मानव जीवन के विकास के परिणामस्वरूप अगली सहस्त्राब्दी में इंसानी संस्कृति किस तरह बदल जाएगी। उदाहरण के लिए, पाण्डुलिपि यह भविष्यवाणी करती है कि हम इंसान स्वेच्छा से अपनी आबादी घटाएँगे ताकि हम सब धरती के सबसे शक्तिशाली और सुंदर स्थानों पर रह सकें। लेकिन गौर करनेवाली बात यह है कि भविष्य में ऐसे कई सारे स्थान मौजूद होंगे क्योंकि हम जानबूझकर पेड़ काटकर वनों का सफाया नहीं करेंगे ताकि वे और विकसित हों और ऊर्जा निर्माण कर सकें।''

उसने आगे कहा, ''नौवीं अंतर्दृष्टि के अनुसार अगली सहस्त्राब्दी के मध्य तक इंसान खास तौर पर ऐसे स्थानों में रहने लगेंगे, जहाँ पाँच-पाँच सौ साल पुराने पेड़ और करीने से तैयार किए गए बगीचे होंगे। इसके अलावा प्राद्योगिकी से लैस शानदार शहरी इलाके भी मात्र

इतनी दूरी पर स्थित होंगे, जहाँ पहुँचने में अधिक समय न लगे। उस समय तक, जीवन के लिए ज़रूरी खाद्य सामग्री, कपड़ों और आवागमन व्यवस्था के सारे साधनों का संचालन स्वचालित हो जाएगा और ये साधन हर किसी की पहुँच में होंगे। हमारी सारी ज़रूरतें किसी मुद्रा का आदान-प्रदान किए बिना पूरी होंगी। इसके बावजूद लोगों में किसी किस्म की विलासित, आसक्ति या आलस्य की अति नहीं होगी।

हर कोई अपने अंतर्ज्ञान से प्रेरित होगा और उसे ठीक-ठीक पता होगा कि क्या करना है और कब करना है और इसका दूसरों की क्रियाओं से पूरा तालमेल भी होगा। कोई भी अपनी ज़रूरत से ज़्यादा का उपभोग नहीं करेगा क्योंकि हम अपनी सुरक्षा के लिए सब कुछ नियंत्रित करने और हासिल करने की ज़रूरत से मुक्त होंगे। अगली सहस्त्राब्दी में जीवन कुछ और ही बन जाएगा।''

उसने अपनी बात जारी रखी, ''पाण्डुलिपि के अनुसार मानव जीवन विकास के रोमांच से, अंतर्ज्ञान प्राप्त करने के उत्साह से और नियति को अपने सामने प्रकट होता देखकर, जीवन में एक उद्‌देश्य होने की हमारी इच्छा संतुष्ट होगी। नौवीं अंतर्दृष्टि एक ऐसी इंसानी दुनिया का चित्रण करती है, जहाँ लोगों का जीवन आज की तरह तेज रफ्तारवाला जीवन नहीं होगा। लोग अपेक्षाकृत ज़रा धीमे और अधिक सचेत हो जाएँगे। वे अपने जीवन में आकस्मिक रूप से घटनेवाले अगले अर्थपूर्ण संयोग के लिए सचेत रहेंगे। हम देखेंगे कि हर जगह ऐसा ही हो रहा है, चाहे वह वन से गुज़रनेवाली कोई सड़क हो या कोई ऐसा पुल जो घाटियों के आरपार स्थित हो।

क्या आप इससे अधिक अर्थपूर्ण और महत्वपूर्ण आकस्मिक इंसानी भेंट की कल्पना कर सकते हैं? ज़रा सोचें कि जब ऐसे दो लोग पहली बार मिलेंगे तो क्या होगा। वे सबसे पहले एक-दूसरे के ऊर्जा-क्षेत्र का निरीक्षण करेंगे। यदि उनमें से कोई छल-कपट कर रहा होगा तो इससे फौरन उसका खुलासा हो जाएगा। एक बार जब यह स्पष्ट हो जाएगा कि कोई छल-कपट नहीं हो रहा है तो वे सचेत होकर एक-दूसरे से तब तक अपने जीवन के किस्से साझा करते रहेंगे, जब तक कुछ उल्लासपूर्ण संदेश प्रकट नहीं हो जाते। इसके बाद वे दोनों अपनी-अपनी निजी यात्राओं पर आगे बढ़ जाएँगे लेकिन तब तक उनमें काफी सकारात्मक बदलाव आ चुका होगा। अब उनका कंपन बिलकुल नए स्तर पर होगा। इसके बाद वे दूसरों के उद्‌देश्य को कुछ यूँ छू सकेंगे, जो इस आकस्मिक भेंट के पहले संभव नहीं हो सकता था।''

जैसे-जैसे हम सब स्वेच्छा से डॉब्सन को अपनी ऊर्जा प्रदान कर रहे थे, वह इस नई इंसानी संस्कृति का विवरण करते हुए अधिक प्रेरित और भावपूर्ण होता जा रहा था। वह जो भी कह रहा था, वह सब सच लग रहा था। निजी तौर पर मुझे इस बारे में कोई शक नहीं था कि वह जो भी कह रहा है, वैसा भविष्य हासिल करना संभव है। हालाँकि मैं यह भी जानता था कि पूरे इतिहास में ऐसे कई दूरदर्शी हुए हैं, जिन्होंने ऐसे संसार की झलक दिखाई है। उदाहरण के लिए मार्क्स, लेकिन फिर भी ऐसे आदर्श संसार का निर्माण करने का तरीका खोजा नहीं जा सका और आखिरकार साम्यवाद स्वयं एक प्रतिशोध में तबदील हो गया था।

यदि आम इंसानी व्यवहार को ध्यान में रखते हुए विचार किया जाए तो पहली आठ अंतर्दृष्टियों द्वारा प्रदान किए गए ज्ञान के बावजूद मुझे लग रहा था कि नौवीं अंतर्दृष्टि में बताए गए आदर्श संसार तक मानव जाति आखिर कैसे पहुँच पाएगी। जब डॉब्सन ज़रा ठहरा तो मैंने

अपनी यह चिंता जता दी।

''पाण्डुलिपि कहती है कि सत्य की खोज करने की हमारी प्रकृति ही हमें वहाँ तक पहुँचाएगी,'' डॉब्सन ने मेरी ओर देखकर मुस्कराते हुए कहा।

उन्होंने आगे कहा, ''लेकिन यह कैसे होगा, इसे समझने के लिए शायद अगली सहस्त्राब्दी की कल्पना ठीक उसी तरह करनी होगी, जिस तरह तुमने मेरे साथ हवाई जहाज़ में इस सहस्त्राब्दी का अध्ययन किया था, याद है? मानो, तुम अपने इकलौते जीवनकाल में ही एक पूरी सहस्त्राब्दी जी रहे थे?''

डॉब्सन ने बाकियों को इस प्रक्रिया के बारे में संक्षिप्त में बताया और फिर आगे कहा, ''ज़रा विचार करो कि इस सहस्त्राब्दी में क्या-क्या हुआ है? मध्यकाल में हम एक सरल से संसार में रह रहे थे, जहाँ चर्च के लोगों ने पहले से ही अच्छे और बुरे की परिभाषा तय कर रखी थी। लेकिन पुनर्जागरण काल के दौरान हम सारे बंधन तोड़कर मुक्त हो गए। हम जान गए कि चर्च के लोगों को जितना पता है, इस ब्रह्माण्ड में इंसान का अस्तित्त्व उससे कहीं अधिक विस्तृत और जटिल है। और हम उसकी पूरी कहानी जानना चाहते थे।

इसके बाद हमने संसार में अपने सच्चे अस्तित्त्व को जानने के लिए विज्ञान का सहारा लिया। लेकिन जब इससे हमें ऐसा कोई जवाब नहीं मिला, जिसकी हमें तत्काल ज़रूरत थी तो हमने तय किया कि अब हम सहजता से इस संसार में बस जाएँगे। इस तरह हम अपनी ही आधुनिक कार्य-नीति में तल्लीन हो गए। जिससे वास्तविकता सिर्फ सांसारिकता में सीमित होकर रह गई और संसार की रहस्यमयता समाप्त कर दी गई। लेकिन अब हम अपनी उस सांसारिक तल्लीनता की सच्चाई को देख सकते हैं। अब हम देख सकते हैं कि हमने इंसानी जीवन के लिए भौतिक संसाधन और सहायता जुटाने में पिछली पाँच शताब्दियाँ बिताकर, दरअसल किसी और चीज़ के लिए मंच तैयार किया है। यह चीज़ है, ऐसी जीवन पद्धति जो हमारे अस्तित्त्व में फिर से रहस्य का तत्त्व लेकर आती है।

यही वह सूचना है, जो वैज्ञानिक विधियों के ज़रिए वापस हासिल हुई है। यह इशारा करती है कि इस ग्रह पर मानव जाति का अस्तित्त्व जागृत विकास करने के लिए है। जैसे-जैसे हम विकसित होना सीखेंगे और एक-एक सत्य जानते हुए अपने विशिष्ट रास्ते पर चलेंगे, वैसे-वैसे नौवीं अंतर्दृष्टि के अनुसार समग्र संस्कृति का रूपांतरण हमारी उम्मीद के मुताबिक ही होगा।''

इतना कहकर वह चुप हो गया लेकिन किसी ने अपनी तरफ से कुछ नहीं कहा। स्पष्ट था कि हम चाहते थे कि वह और बोले।

डॉब्सन ने आगे कहा, ''एक बार जब हम अहम समूह तक पहुँच जाएँगे और अंतर्दृष्टियाँ विश्व के सामने आ जाएँगी तो मानव जाति पहली बार एक ऐसी अवधि का अनुभव करेगी, जो प्रबल आत्मनिरीक्षण की अवधि होगी। हमें यह बात समझ में आ जाएगी कि प्राकृतिक संसार कितना सुंदर और आध्यात्मिक है। हम पेड़ों, नदियों और पहाड़ों को महान शक्ति के ऐसे मंदिरों के रूप में देखेंगे, जो श्रद्धा और रुआब (प्रताप) का केंद्र होंगे। हम हर उस आर्थिक गतिविधि को रोकने की माँग करेंगे, जो इस खज़ाने के लिए हानिकारक होगी। और जो इस स्थिति के सबसे करीब होंगे, वे प्रदूषण की इस समस्या का कोई न कोई वैकल्पिक हल ढूँढ़

लेंगे क्योंकि अपना निजी क्रमिक विकास करते-करते किसी न किसी को अपने अंतर्ज्ञान से ये वैकल्पिक हल प्राप्त हो जाएँगे।''

उसने अपनी बात जारी रखी, ''यह आगे होनेवाले पहले महान परिवर्तन का एक हिस्सा होगा और यह महान परिवर्तन होगा, लोगों का नाटकीय ढंग से अपने पेशे को छोड़कर दूसरे पेशे में जाना। क्योंकि जब लोगों को अपने अंतर्ज्ञान के माध्यम से यह बात स्पष्ट समझ में आने लगेगी कि वे वास्तव में कौन हैं और उन्हें क्या करना चाहिए तो उन्हें एहसास होगा कि फिलहाल वे गलत पेशे में हैं और अगर उन्हें अपना विकास करना है तो उन्हें फौरन कोई दूसरा काम शुरू करना होगा। पाण्डुलिपि कहती है कि इस अवधि के दौरान लोग अपने जीवन में आम तौर पर कई बार अपना करिअर बदलेंगे।

अगला सांस्कृतिक परिवर्तन होगा, वस्तुओं की उत्पादन प्रक्रिया का स्वचालित बनना। जो टेक्नीशियन इस स्वचलन को संभव बनाएँगे, उन्हें अर्थव्यवस्था को अधिक कुशलता से चलाने की ज़रूरत महसूस होगी। लेकिन जैसे-जैसे उनका अंतर्ज्ञान अधिक स्पष्ट होगा, वे देख सकेंगे कि स्वचालन की यह प्रक्रिया दरअसल लोगों को खाली समय उपलब्ध करवा रही है ताकि हम अन्य उपक्रमों को आगे बढ़ा सकें।

इस बीच हममें से बाकी लोग, अपने-अपने काम में अपने अंतर्ज्ञान का उपयोग करेंगे और यह कामना करेंगे कि हमारे पास और खाली समय होता। हमें यह एहसास होगा कि हमें जो सत्य बोलना है और जो कार्य करने हैं, वे इतने अनोखे हैं कि उन्हें एक साधारण पेशे के दायरे में रहकर करना संभव नहीं है। इसलिए हम अपने पेशेवर कार्य में जो समय खर्च करते हैं, उसमें से कुछ समय बचाकर अपने सत्य की खोज करेंगे। सिर्फ दो-तीन लोग ही ऐसे होंगे, जो पूर्णकालिक नौकरी करेंगे। इस प्रवृत्ति से उन लोगों के लिए अंशकालिक नौकरी ढूँढ़ना आसान हो जाएगा, जिन्हें स्वचालित यंत्रों के चलन में आने के बाद काम मिलना बंद हो गया था।''

मैंने पूछा, ''और पैसा? उसका क्या? मुझे इस बात पर ज़रा भी विश्वास नहीं है कि लोग जानबूझकर अपनी आय घटा लेंगे।''

डॉब्सन ने कहा, ''ओह, इसकी ज़रूरत ही नहीं पड़ेगी। पाण्डुलिपि कहती है कि हमारी आय स्थिर बनी रहेगी क्योंकि जिन लोगों को हम अंतर्दृष्टि उपलब्ध कराएँगे, वे इसके बदले हमें पैसे भी देंगे।''

मुझे हँसी आ गई। ''क्या?''

उसने मुस्कराते हुए मेरी ओर देखा और कहा, ''पाण्डुलिपि कहती है कि जैसे-जैसे हम ब्रह्माण्ड के ऊर्जा समीकरणों के बारे में और अधिक जानेंगे, हम देखेंगे कि जब हम किसी को कुछ देते हैं तो उससे क्या होता है। फिलहाल देने के बारे जो इकलौता आध्यात्मिक विचार है, वह दरअसल धार्मिक दान की एक संकुचित धारणा है।''

डॉब्सन ने अपनी नज़र फादर सांचेज पर टिकाते हुए कहा, ''जैसा कि आप जानते हैं, धर्मग्रंथों के अनुसार दान का सबसे प्रचलित रूप है, अपनी आय का दस प्रतिशत हिस्सा चर्च को दान करना। इसके पीछे का विचार यह है कि हम जो भी देते हैं, उसका कई गुना हमें वापस मिलता है। लेकिन नौवीं अंतर्दृष्टि बताती है कि देना वास्तव में सहयोग का एक सार्वभौमिक सिद्धांत है, न सिर्फ चर्च के लिए बल्कि हर किसी के लिए। जब हम देते हैं तो बदले में वापस

भी पाते हैं क्योंकि ब्रह्माण्ड में ऊर्जा का आदान-प्रदान भी इसी तरह होता है। याद करिए, जब हम किसी को ऊर्जा देते हैं तो इससे हमारे अंदर एक खालीपन, एक शून्य पैदा हो जाता है लेकिन जब हम एक-दूसरे से जुड़ते हैं तो यह शून्य फिर से भर जाता है। पैसे के मामले में भी ठीक यही होता है। नौवी अंतर्दृष्टि कहती है कि जब हम निरंतर देना शुरू कर देते हैं तो हमारे पास हमेशा उससे ज़्यादा ही होगा।''

उसने आगे कहा, ''और हमारे उपहार उसी इंसान को मिलने चाहिए, जिसने हमें आध्यात्मिक सत्य का ज्ञान दिया है। जब हमें अपने सवालों के जवाब चाहिए होते हैं और अचानक कोई जवाब देनेवाला सही समय पर हमारे जीवन में आता है तो उसके बदले में हमें उसे पैसा देना चाहिए। इस तरह हम अपनी आय में होनेवाली कमी को पूरा कर लेंगे और अपने उस रोज़गार को आसान बना लेंगे, जो हमारे आगे बढ़ने की संभावनाओं को सीमित करता है। जैसे-जैसे ज़्यादा से ज़्यादा लोग इस आध्यात्मिक अर्थव्यवस्था का हिस्सा बनेंगे, वैसे-वैसे अगली सहस्त्राब्दी की संस्कृति की ओर स्थानांतरित होते जाएँगे। हम सही रोज़गार करते हुए विकास करने के चरण से आगे बढ़कर उस चरण में प्रवेश करेंगे, जहाँ हमारी कमाई मुक्त रूप से विकसित होने और अपना अनोखा सत्य दूसरों को उपलब्ध कराने से होगी।''

मैंने सांचेज की ओर देखा, वे गंभीरता से सुन रहे थे और प्रफुल्लित नज़र आ रहे थे।

''हाँ,'' उन्होंने डॉब्सन से कहा, ''तुम बिलकुल सही कह रहे हो। यदि हर कोई इस गतिविधि में हिस्सा ले तो निरंतर आदान-प्रदान संभव हो सकेगा। जिससे यह पारस्परिक-क्रिया, सूचना का यह आदान-प्रदान, हर किसी के लिए एक नया काम बन जाएगा और हमारी नई आर्थिक प्रवृत्ति में तबदील हो जाएगा। हम दुनिया के बारे में अपनी समझ और अंतर्दृष्टि से जिन लोगों के जीवन को छुएँगे, वे हमें इसका भुगतान करेंगे। जिससे जीवन का भौतिक पक्ष पूरी तरह स्वचालित हो जाएगा क्योंकि उस समय हम सब इतने व्यस्त होंगे कि जीवन के भौतिक पक्ष से जुड़े तंत्रों को स्वयं संचालित करना संभव नहीं होगा। हम चाहेंगे कि भौतिक उत्पादन पूरी तरह स्वचालित हो और उचित ढंग से संचालित हो। संभव है कि भौतिक उत्पादन की अलग-अलग प्रणालियों पर हमारा आंशिक स्वामित्व होगा। यह स्थिति हमें सूचना-युग का विस्तार करने के लिए पूरी तरह स्वतंत्र कर देगी।

लेकिन फिलहाल हमारे लिए सबसे महत्वपूर्ण यह है कि अब हम अपनी मंज़िल को जानते हैं। ऐसी कई चीज़ें हैं, जिन्हें कर पाने में हम अब तक असफल रहे हैं, जैसे पर्यावरण संरक्षण, संसार का लोकतंत्रीकरण, गरीब और बेसहारा लोगों का विकास। ऐसा इसीलिए हुआ क्योंकि हम अब तक अभाव के प्रति अपने डर और नियंत्रण करने की अपनी ज़रूरत से मुक्त नहीं हो सके। जिसका कारण यह है कि जीवन को लेकर हमारे पास अब तक कोई वैकल्पिक दृष्टिकोण था ही नहीं। लेकिन अब हमारे पास यह दृष्टिकोण है!''

उन्होंने फिल की तरफ देखा और कहा, ''लेकिन क्या इसके लिए हमें ऊर्जा के एक सस्ते स्रोत की ज़रूरत नहीं पड़ेगी?''

फिल ने कहा, ''फ्यूजन (संलयन), सुपरकंडक्टिविटी (अतिचालकता), आर्टिफिशियल इंटेलीजेंस (कृत्रिम बुद्धि), अब चूँकि हमें पता है कि हमें जो करना है, उसका कारण क्या है इसलिए ऑटोमेट (स्वचालित) के लिए जरूरी प्रौद्योगिकी का विकास अब कोई दूर की कौड़ी नहीं है।''

डॉब्सन ने कहा, ''सही कहा तुमने, सबसे महत्वपूर्ण चीज़ यह है कि हम इस जीवनशैली की सच्चाई को देखें। हम इस ग्रह पर नियंत्रण का निजी साम्राज्य खड़ा करने नहीं बल्कि अपना सहज विकास करने आए हैं। पैसे का भुगतान करके दूसरों की अंतर्दृष्टि का मूल्य चुकाने से एक रूपांतरण की शुरुआत होगी। फिर जैसे-जैसे अर्थव्यवस्था के अन्य पहलू स्वयं प्रेरित होते जाएँगे, मुद्रा का चलन पूरी तरह समाप्त हो जाएगा। हमें इसकी ज़रूरत ही नहीं पड़ेगी। यदि हम ईमानदारी से सहज ज्ञान युक्त मार्गदर्शन का अनुसरण करेंगे तो हम सिर्फ उतना ही लेंगे, जितने की हमें ज़रूरत होगी।''

फिल ने बीच में ही कहा, ''और फिर हम यह समझ जाएँगे कि प्राकृतिक क्षेत्रों को विकसित और संरक्षित करना होगा क्योंकि वे अविश्वसनीय शक्ति का स्रोत हैं।''

जैसे ही फिल ने बोलना शुरू किया, हमारा सारा ध्यान उसकी ओर केंद्रित हो गया। इससे उसे तीव्रता का जो एहसास हुआ, उससे वह हैरान था।

उसने मेरी ओर देखते हुए कहा, ''मैंने सारी अंतर्दृष्टियों का अध्ययन नहीं किया है। वास्तव में अगर मैं तुमसे नहीं मिला होता तो सुरक्षाकर्मी की मदद से भागने के बाद शायद मैंने नौवीं अंतर्दृष्टि को अपने पास नहीं रखा होता। मुझे याद था कि तुमने पाण्डुलिपि के महत्त्व के बारे मुझे क्या समझाया था। हालाँकि फिर भी मैंने अन्य अंतर्दृष्टियाँ नहीं पढ़ीं। मैं समझता हूँ कि स्वयं प्रेरणा और पृथ्वी की ऊर्जा की गतिशीलता के बीच सामंजस्य रखना कितना महत्वपूर्ण है।''

उसने अपनी बात जारी रखी, ''मुझे वनक्षेत्रों और पर्यावरण में उनके योगदान में दिलचस्पी है और अब मुझे एहसास है कि यह दिलचस्पी बचपन से ही है। नौवीं अंतर्दृष्टि कहती है कि मानव जाति जैसे-जैसे आध्यात्मिक रूप से विकसित होगी, हम अपनी जनसंख्या को स्वेच्छा से इतना घटा लेंगे, जितना पृथ्वी के स्थायित्व के लिए ज़रूरी है। हम इस ग्रह की प्राकृतिक ऊर्जा प्रणालियों के दायरे में रहने के लिए प्रतिबद्ध होंगे। सिर्फ उन पेड़-पौधों को छोड़कर, जिन्हें कोई निजी तौर पर उगाना और उनका उपभोग करना चाहेगा, बाकी सारे कृषिसंबंधी कार्य स्वयं प्रेरणा से होंगे। निर्माण कार्यों के लिए ज़रूरी लकड़ी प्राप्त करने के लिए पेड़ों को विशेष रूप से पूर्वनिर्धारित स्थानों पर उगाया जाएगा। इससे पृथ्वी के अन्य सभी क्षेत्रों के पेड़ विकसित होने, फलने-फूलने और आखिर में परिपक्व होकर शक्तिशाली वनक्षेत्रों में तबदील होने के लिए मुक्त होंगे।

आखिर में ऐसे वनक्षेत्र सिर्फ अपवाद नहीं रह जाएँगे बल्कि एक आवश्यक नियम बन जाएँगे। फिर सारे इंसान प्राकृतिक शक्ति के इन स्रोतों के आसपास ही निवास करेंगे। ज़रा विचार कीजिए कि इसके बाद हम ऊर्जा से भरपूर संसार में रह रहे होंगे।''

''इससे हर किसी का निजी ऊर्जा स्तर भी बढ़ेगा,'' मैंने कहा।

''हाँ, इससे हमारे...'' सांचेज ने व्याकुल होते हुए कहा, जैसे वे पहले से ही इस बात पर विचार कर रहे हों कि ''ऊर्जा की इस बढ़ोतरी का अर्थ क्या होगा।''

हर कोई उनकी बात सुनने का इंतज़ार कर रहा था।

आखिरकार उन्होंने अपना विचार सामने रखा, ''...इससे हमारे मानव जीवन के विकास की गति बढ़ेगी। **ऊर्जा जितनी आसानी से हमारे अंदर की ओर बहती है, ब्रह्माण्ड उतने ही रहस्यमय**

तरीके से प्रतिक्रिया देते हुए हमारे सवालों के जवाब देने के लिए हमारे जीवन में नए-नए लोगों को ले आता है।'' वे फिर से कुछ सोचने लगे। ''और जब भी हम अपने अंतर्ज्ञान का अनुसरण करते हैं और कुछ रहस्यमयी मुलाकातें हमें आगे ले जाती हैं तो हमारा व्यक्तिगत स्पंदन बढ़ जाता है।''

''और अगर,'' उन्होंने अपनी बात जारी रखी, जैसे खुद से ही कह रहे हों। ''इतिहास स्वयं को दोहराता है...''

''तो हम ऊर्जा और स्पंदन के और ऊँचे पायदानों को हासिल करते रहेंगे,'' डॉब्सन ने उनका वाक्य पूरा करते हुए कहा।

सांचेज ने कहा, ''हाँ, बिलकुल। माफ कीजिएगा, मैं अभी आता हूँ।'' इतना कहकर वे उठे और जंगल की ओर कुछ दूर जाकर एकांत में बैठ गए।

''नौवीं अंतर्दृष्टि और क्या कहती है?'' मैंने डॉब्सन से पूछा।

उसने कहा, ''हमें नहीं पता, इसी बिंदु पर आकर नौवीं अंतर्दृष्टि का यह हिस्सा खत्म हो जाता है। क्या तुम इसे देखना चाहोगे?''

मैंने हामी भर दी। वह अपने ट्रक तक गया और एक मनीला फोल्डर लेकर वापस आ गया, जिसके अंदर टाइप किए हुए बीस पन्ने रखे हुए थे। मैंने पाण्डुलिपि को पढ़ा और इस बात से प्रभावित हुए बिना नहीं रह सका कि डॉब्सन और फिल ने इसके मूलभूत बिंदुओं को संपूर्णता से ग्रहण किया है। पढ़ते-पढ़ते जब मैं आखिरी पन्ने तक पहुँचा, तब मुझे समझ में आया कि इन लोगों ने यह क्यों कहा कि यह नौवीं अंतर्दृष्टि का सिर्फ एक हिस्सा भर है, पूरी अंतर्दृष्टि नहीं। असल में यह एक अवधारणा का अधूरा वर्णन करते हुए अचानक बीच में ही खत्म हो गया। इस अवधारणा में सिर्फ एक विचार प्रस्तुत किया गया था, जिसके अनुसार इस ग्रह का रूपांतरण होने से एक संपूर्ण आध्यात्मिक संस्कृति का प्रारंभ होगा, जो मानव जाति के स्पंदन को बढ़ाते हुए और ऊँचे पायदानों तक ले जाएगा। इसमें यह संकेत भी दिया गया था कि मानव जाति की यह उन्नति एक विशेष संयोग का कारण भी बनेगी लेकिन वह कौन सा संयोग है, इस बारे में कुछ नहीं कहा गया था।

एक घंटे बाद सांचेज उठे और चलकर मेरे पास आ गए। मैं पौधों के बीच आराम से बैठा हुआ था और उनके अविश्वसनीय ऊर्जाक्षेत्रों का अवलोकन कर रहा था। डॉब्सन और फिल अपनी जीप के पीछे खड़े होकर बातें कर रहे थे।

''शायद हमें इक्विटस के लिए निकल जाना चाहिए,'' सांचेज ने कहा।

''और उन सैनिकों का क्या?'' मैंने पूछा।

सांचेज ने कहा, ''मुझे लगता है कि हमें यह खतरा उठा लेना चाहिए। मेरे अंदर यह विचार स्पष्ट रूप से कौंध रहा है कि अगर हम अभी निकल पड़ें तो बिना किसी दिक्कत के वहाँ पहुँच सकते हैं।''

मैं उनके अंतर्ज्ञान के हिसाब से चलने के लिए राज़ी हो गया और हमने इस बारे में डॉब्सन और फिल को बताया।

उन दोनों ने हमारे इस विचार का समर्थन किया और फिर डॉब्सन ने कहा, ''हम भी यही चर्चा कर रहे थे कि आगे क्या करना चाहिए। शायद हम यहाँ से सीधे दिव्य खंडहरों की ओर

जाएँगे। मुमकिन है कि इस तरह हम नौवीं अंतर्दृष्टि के बाकी के हिस्से को बचा सकें।''

हमने उनसे विदा ली और फिर से उत्तर दिशा की ओर चल पड़े।

''आप क्या सोच रहे हैं?'' काफी देर तक चुप रहने के बाद मैंने पूछा।

फादर सांचेज ने ट्रक की गति धीमी करते हुए मेरी ओर देखा। ''तुमने कार्डिनल सेबेस्टियन के बारे में जो कहा, उसी के बारे में सोच रहा हूँ कि अगर उन्हें पाण्डुलिपि के बारे में ठीक से समझाया जाए तो वे इसका विरोध करना बंद कर देंगे।''

जैसे ही फादर सांचेज ने यह बात कही, मैं सेबेस्टियन का सामना करने के खयालों में डूब गया। मानो वे किसी दरबारनुमां कमरे में ऊँचाई पर खड़े हों और नीचे मौजूद हम सब लोगों को वहाँ से देख रहे हों। इस समय उनके पास इतनी शक्ति थी कि वे नौवीं अंतर्दृष्टि को नष्ट कर सकते थे और हम सब समय रहते उन्हें समझाने के लिए संघर्ष कर रहे थे।

अचानक मेरी तंद्रा भंग हुई और मैंने पाया कि सांचेज मेरी ओर देखकर मुस्करा रहे हैं।

''कहाँ खो गए?'' उन्होंने पूछा।

''बस, सेबेस्टियन के बारे में सोच रहा था।'' मैंने जवाब दिया।

उन्होंने पूछा, ''क्या सोच रहे थे?''

मैंने कहा, ''मेरे मन में यह दृश्य कौंधा कि वे अंतिम अंतर्दृष्टि को नष्ट करने ही वाले हैं। मैंने देखा कि मैं उनका सामना कर रहा हूँ और हम सब उन्हें समझाने की कोशिश कर रहे हैं।''

सांचेज ने एक गहरी साँस ली और कहा, ''लगता है नौवीं अंतर्दृष्टि के बाकी के हिस्से को दुनिया के सामने लाने की ज़िम्मेदारी अब सिर्फ हमारी ही है।''

यह बात सुनते ही मेरे पेट में एक ठंढी लहर दौड़ गई। ''हमें उनसे क्या कहना चाहिए?'' मैंने पूछा।

सांचेज ने कहा, ''पता नहीं। लेकिन इसके बावजूद हमें उन्हें इसका सकारात्मक पहलू दिखाने की कोशिश ज़रूर करनी चाहिए ताकि उन्हें समझ में आ सके कि पाण्डुलिपि वास्तव में चर्च द्वारा स्थापित सत्य का खंडन नहीं करती बल्कि उसे अधिक स्पष्ट ढंग से सामने रखती है। मुझे विश्वास है कि नौवीं अंतर्दृष्टि का बाकी का हिस्सा भी यही करता है।''

अगले एक घंटे तक हम खामोशी से चलते रहे। इस दौरान रास्ते पर कहीं कोई दूसरा वाहन नज़र नहीं आया। मुझे एक-एक करके वे सारी घटनाएँ याद आने लगीं, जो मेरे पेरू आने के बाद घटीं। मैं जानता था कि पाण्डुलिपि की अंतर्दृष्टियाँ अब मेरी चेतना का स्थायी हिस्सा बन चुकी हैं। जैसा कि **पहली अंतर्दृष्टि** में बताया था, अब मैं अपने जीवन का विकास करनेवाले रहस्यमयी तरीकों के प्रति सचेत था। मैं जानता था कि पूरी संस्कृति को इस रहस्य का आभास हो चुका था और हम एक नई विश्व दृष्टि का निर्माण करने की प्रक्रिया में थे। **दूसरी अंतर्दृष्टि** में इसी की ओर इशारा किया गया है। **तीसरी और चौथी अंतर्दृष्टि** से मुझे पता चला कि ब्रह्माण्ड वास्तव में ऊर्जा की एक विशाल प्रणाली है और इस ऊर्जा की कमी व इसे हासिल करने के लिए किया गया जोड़-तोड़ ही मानव संघर्ष के लिए ज़िम्मेदार है।

पाँचवीं अंतर्दृष्टि से ज्ञात हुआ कि किसी उच्च स्रोत से ऊर्जा प्राप्त करके हम इस संघर्ष

को समाप्त कर सकते हैं। ऐसा करना एक किस्म का हुनर था, जो अब मेरे लिए एक आदत बन गया था। **छठवीं अंतर्दृष्टि** भी मेरे मन में अंकित हो चुकी थी, जिसके अनुसार हम बार-बार दोहराए जानेवाले अपने ड्रामा से मुक्त हो सकते हैं और अपने सच्चे सेल्फ को प्राप्त कर सकते हैं। **सातवीं अंतर्दृष्टि** ने सवालों, जवाबों और क्या करना है, उसके अंतर्ज्ञान से सच्चे सेल्फ के विकास को गति दी। असल में इस जादुई प्रवाह में बने रहना ही खुशी का राज़ था।

और **आठवीं अंतर्दृष्टि** दूसरों के साथ नए ढंग से जुड़ने और उनका सर्वश्रेष्ठ निकालने के बारे में थी। यह जवाबों की व रहस्य को संचालित करने की कुंजी थी।

इन सारी अंतर्दृष्टियों ने मिलकर एक संयुक्त चेतना का निर्माण किया, जो सजगता और उम्मीदों के उच्चतम एहसास जैसी थी। मैं जानता था कि अब जो अंतर्दृष्टि बची हुई थी, वह थी नौंवी अंतर्दृष्टि, जिसने यह खुलासा किया कि हमारा यह विकास हमें किस दिशा में ले जा रहा है। हमें इसका आंशिक हिस्सा हासिल हो चुका था लेकिन बाकी के हिस्से का क्या?

फादर सांचेज ने ट्रक को सड़क के किनारे पर रोक दिया।

उन्होंने कहा, ''यहाँ से कार्डिनल सेबेस्टियन का मिशन करीब चार मील दूर है। शायद हमें इसके बारे में ज़रा बातचीत कर लेनी चाहिए।''

''ठीक है।'' मैंने कहा।

सांचेज ने कहा, ''मुझे नहीं पता कि आगे क्या होनेवाला है लेकिन मेरा मानना है कि अब हमें सीधे उस मिशन की ओर चल पड़ना चाहिए।''

''कितनी बड़ी होगी यह जगह?'' मैंने पूछा।

सांचेज ने वर्णन करते हुए कहा, ''काफी बड़ी। उन्होंने इस मिशन को बीस सालों में तैयार किया है। उन्होंने मिशन के निर्माण के लिए इस जगह का चुनाव ग्रामीण मूल निवासियों (इंडियन्स) को ध्यान में रखते हुए किया क्योंकि उनका मानना था कि मूल निवासियों को नज़रअंदाज़ किया गया है। लेकिन अब यहाँ पेरू के हर इलाके के छात्र आते हैं। उनके कंधों पर लीमा के चर्च संगठन की प्रबंधन संबंधी ज़िम्मेदारियाँ हैं लेकिन यह उनका विशेष प्रोजेक्ट है। वे इस मिशन के प्रति पूरी तरह समर्पित हैं।''

उन्होंने सीधे मेरी आँखों में देखा। ''ज़रा होशियार रहना। हो सकता है कि हमें एक-दूसरे की मदद की ज़रूरत पड़े।''

इतना कहकर सांचेज ने ट्रक को आगे बढ़ा दिया। कुछ मील तक हमें कुछ विशेष दिखाई नहीं दिया। तभी हम सेना की दो जीपों के बगल से गुज़रे, जो सड़क के दायीं ओर खड़ी हुई थीं। जीपों के अंदर बैठे सैनिकों ने हमें वहाँ से गुज़रते हुए देखा।

''देखो,'' फादर सांचेज ने कहा, ''उन्हें पता चल गया है कि हम यहाँ हैं।''

करीब एक मील और आगे जाने के बाद हम मिशन के प्रवेशद्वार तक पहुँच गए, जो लोहे का बना हुआ था। हालाँकि दरवाज़ा खुला हुआ था लेकिन एक जीप और चार सैनिक हमारा रास्ता रोककर खड़े हुए थे। उन्होंने हमें रुकने का इशारा किया। उनमें से एक सैनिक वायरलेस पर किसी से बातचीत करने लगा।

एक अन्य सैनिक हमारे पास आ गया। सांचेज उसकी ओर देखकर मुस्कराए। ''मैं फादर

सांचेज हूँ। यहाँ कार्डिनल सेबेस्टियन से मिलने आया हूँ।''

उसने पहले सांचेज की तलाशी ली, फिर मेरी। इसके बाद वह वापस उस सैनिक के पास चला गया, जिसके हाथ में वायरलेस था। उन्होंने आपस में कुछ बातचीत की। इस दौरान उनकी नज़र हम पर ही टिकी रही। कुछ मिनटों बाद वह सैनिक हमारे पास वापस आया और हमें अपने पीछे-पीछे आने को कहा।

उनकी जीप आगे बढ़ी और हम उसके पीछे-पीछे चल पड़े। रास्ते के दोनों ओर पेड़ लगे हुए थे। करीब तीन-चार सौ यार्ड चलने के बाद हम मिशन के मैदान तक पहुँच गए, जहाँ इमारती पत्थर से निर्मित एक विशाल चर्च बना हुआ था और मेरा अंदाज़ा है कि उसमें कम से कम एक हज़ार लोगों के बैठने की जगह रही होगी। चर्च के दोनों तरफ दो और इमारतें थीं, जो अध्ययनकक्ष जैसी नज़र आ रही थीं। वे दोनों इमारतें चार-चार मंज़िल की थीं।

''ये तो बड़ी शानदार जगह है,'' मैंने कहा।

''हाँ, लेकिन यहाँ तो कोई दिखाई ही नहीं दे रहा हैं। कहाँ हैं सब लोग?'' उन्होंने पूछा।

मैंने गौर किया कि वहाँ बने सारे पैदल रास्ते सुनसान पड़े हुए थे।

उन्होंने कहा, ''सेबेस्टियन यहाँ इतना मशहूर स्कूल चलाते हैं लेकिन यहाँ कोई छात्र क्यों नहीं हैं?''

वे सैनिक हमें अपने पीछे-पीछे चर्च के प्रवेशद्वार तक ले गए। फिर उन्होंने हमसे विनम्र लेकिन दृढ़ स्वर में ट्रक से बाहर आने के लिए कहा और अपने पीछे-पीछे चर्च के अंदर आने का इशारा किया। सीमेंट से बनी सीढ़ियों पर कदम रखते हुए मैंने देखा कि वहाँ से सटी हुई एक अन्य इमारत के पीछे कुछ ट्रक खड़े हुए हैं और उनके आसपास करीब तीस-चालीस सैनिक भी मौजूद हैं। हम सैनिकों के पीछे-पीछे पवित्र स्थान (सैंग्क्चूएरी) से होते हुए आगे बढ़े, जहाँ हमें एक छोटे से कमरे में जाने के लिए कहा गया। वहाँ हमारी अच्छी तरह तलाशी ली गई और फिर हमें इंतज़ार करने के लिए कह दिया गया। इसके बाद वे सैनिक वापस लौट गए और दरवाज़ा बंद कर दिया गया।

''सेबेस्टियन का ऑफिस कहाँ पर है?'' मैंने पूछा।

''ज़रा आगे जाकर, चर्च के पिछवाड़े की ओर,'' उन्होंने कहा।

तभी अचानक दरवाज़ा खुला और कुछ सैनिकों से घिरे सेबेस्टियन ने अंदर प्रवेश किया और हमारे सामने तनकर खड़े हो गए।

''तुम यहाँ क्या कर रहे हो?'' सेबेस्टियन ने सांचेज से पूछा।

''मैं आपसे कुछ बात करना चाहता हूँ।'' सांचेज ने कहा।

''किस बारे में?''

''पाण्डुलिपि की नौवीं अंतर्दृष्टि के बारे में।''

''इस बारे में बात करने के लिए कुछ है ही नहीं। वैसे भी नौवीं अंतर्दृष्टि को कोई नहीं खोज पाएगा।''

''हम जानते हैं कि आपने उसे पहले ही खोज निकाला है।''

सेबेस्टियन की आँखें हैरानी से चौड़ी हो गईं। उन्होंने कहा, ''मैं उसका प्रचार नहीं होने दूँगा क्योंकि उसमें जो भी लिखा है, उसका एक शब्द भी सच नहीं है।''

सांचेज ने पूछा, ''आपको कैसे पता कि उसमें जो लिखा है, वह सच नहीं है? आप गलत भी तो हो सकते हैं! मुझे एक बार उसे पढ़ने दीजिए।''

सेबेस्टियन के चेहरे पर नरमी आ गई। उन्होंने सांचेज की ओर देखा। ''एक समय था, जब तुम मानते थे कि ऐसे मामलों में मैं हमेशा सही निर्णय लेता हूँ।''

सांचेज ने कहा, ''मैं जानता हूँ, आप मेरे गुरु थे। मेरी प्रेरणा थे। मैंने आपके मिशन को देखकर ही अपने मिशन का निर्माण किया था।''

सेबेस्टियन ने कहा, ''इस पाण्डुलिपि की खोज से पहले तक तुम मेरा सम्मान करते थे। क्या तुम्हें समझ में नहीं आ रहा कि यह पाण्डुलिपि सबको बाँट रही है? मैंने कोशिश की कि तुम्हें तुम्हारे रास्ते पर जाने दूँ। यहाँ तक कि जब मुझे पता चला कि तुमने अंतर्दृष्टियाँ सिखाना शुरू कर दिया है तो मैंने तुम्हें अकेला छोड़ दिया। लेकिन मैं इस एक पाण्डुलिपि को वह सब बरबाद नहीं करने दूँगा, जिसे हमारे चर्च ने इतने सालों में बनाया है।''

तभी एक और सैनिक सेबेस्टियन के पास आया। उसे सेबेस्टियन से कुछ बात करनी थी। सेबेस्टियन ने सांचेज पर एक नज़र डाली और फिर वापस आगेवाले हॉल की ओर चले गए। हम यहाँ से उन्हें देख तो सकते थे लेकिन हमें उनकी बातचीत सुनाई नहीं दे रही थी। सेबेस्टियन के चेहरे के बदलते हावभाव को देखकर हमें अंदाज़ा हो गया कि सैनिक का संदेश निश्चित ही उनके लिए किसी खतरे की घंटी जैसा था। उन्होंने एक सैनिक को हमारे साथ इंतज़ार करने के लिए छोड़ा और बाकी सभी को अपने पीछे आने के लिए कहकर वहाँ से चल पड़े।

वह सैनिक हमारे कमरे में आया और दीवार से टिककर खड़ा हो गया। उसके चेहरे पर परेशानी के भाव थे। उसकी उम्र बीस साल से ज़्यादा नहीं रही होगी।

''क्या हुआ? कुछ गड़बड़ है क्या?'' सांचेज ने उससे पूछा।

जबाव में उस सैनिक ने सिर्फ अपना सिर हिला दिया।

''कहीं इसका संबंध पाण्डुलिपि या नौवीं अंतर्दृष्टि से तो नहीं?'' सांचेज ने पूछा।

सैनिक के चेहरे पर अचानक हैरानी के भाव आ गए। ''आप नौवीं अंतर्दृष्टि के बारे में क्या जानते हैं?'' उसने धीमी आवाज़ में पूछा।

''हम उसी को बचाने के लिए तो यहाँ आए हैं,'' सांचेज ने कहा।

''मैं भी यही चाहता हूँ कि उसे नष्ट न किया जाए,'' सैनिक ने जवाब दिया।

''क्या तुमने उसे पढ़ा है?'' मैंने पूछा।

''नहीं,'' उसने जवाब दिया। ''लेकिन मैंने उसके बारे में काफी सुना है। वह हमारे धर्म को फिर से ज़िंदा करेगा।''

तभी अचानक चर्च के बाहर से गोलियाँ चलने की आवाज़ आने लगी।

''ये क्या हो रहा है?'' सांचेज ने पूछा।

सैनिक बिना हिले-डुले चुपचाप अपनी जगह पर खड़ा रहा।

सांचेज ने धीरे से उसकी बाँह को स्पर्श किया, "हमारी मदद करो।"

उस नौजवान सैनिक ने दरवाज़े के पास जाकर हॉल का जायज़ा लिया और फिर कहा, "किसी ने चर्च में घुसपैठ करके नौवीं अंतर्दृष्टि की प्रति को चुरा लिया है और लगता है कि वे लोग अब भी यहीं कहीं मैदान के आसपास मौजूद हैं।"

तभी कुछ और गोलियाँ चलने की आवाज़ आई।

"हमें उन लोगों की मदद करनी चाहिए," सांचेज ने उस नौजवान से कहा।

वह बुरी तरह घबराया हुआ था।

सांचेज ने ज़ोर देते हुए कहा, "हमें सच का साथ देना चाहिए, दुनिया की बेहतरी के लिए ऐसा करना ज़रूरी है।"

सैनिक ने सहमति में सिर हिलाया और कहा कि हमें चर्च के दूसरे इलाके की ओर चलना चाहिए क्योंकि वहाँ इतनी अफरा-तफरी नहीं होगी। शायद वहाँ चलकर मदद करने का कोई तरीका मिल सके। वह हमें हॉल के नीचेवाले इलाके से आगे ले गया, जहाँ सीढ़ियाँ बनी हुई थीं। उन सीढ़ियों से हम एक बड़े गलियारे में पहुँच गए, जो पूरे चर्च की चौड़ाई की बराबरी से बना हुआ था।

"सेबेस्टियन का ऑफिस हमारे ठीक नीचे है, दो मंज़िल नीचे," उस नौजवान ने कहा।

तभी अचानक हमने उस गलियारे से लगकर बने एक अन्य गलियारे में कुछ लोगों के भागने की आवाज़ सुनी। ऐसा लगा जैसे वे हमारी ही ओर आ रहे हों। सांचेज और वह सैनिक मुझसे ज़रा आगे चल रहे थे। आवाज़ सुनते ही वे दायीं ओर बने एक कमरे में घुस गए। मुझे अंदाज़ा हो गया कि मैं समय रहते उस कमरे में नहीं पहुँच सकता इसलिए मैं तुरंत उसके बगल में बने एक अन्य कमरे में घुस गया और दरवाज़ा बंद कर लिया।

यह कमरा एक अध्ययनकक्ष था, जहाँ कुछ डेस्क, पोडियम और एक अलमारी रखी हुई थी। मैं दौड़कर अलमारी के पास पहुँचा। मैंने पाया कि अलमारी के दरवाज़े पर कोई ताला नहीं लगा था। मैं फौरन उसमें घुस गया। उसके अंदर बदबूदार जैकेट्स रखी हुई थीं। मैं पूरी कोशिश कर रहा था कि मैं अलमारी के खानों के बीच पूरी तरह छिप जाऊँ लेकिन मैं जानता था कि अगर किसी ने अलमारी का दरवाज़ा खोला तो वह मुझे देख लेगा। मैं बिना हिले-डुले, चुपचाप अपनी साँसें रोककर वहाँ छिपा हुआ था। तभी 'धड़ाक!' की आवाज़ के साथ किसी ने उस कमरे का दरवाज़ा खोला। मुझे कुछ लोगों के अंदर घुसने की आवाज़ सुनाई दी और ऐसा लगा जैसे उनमें से कोई अलमारी की तरफ बढ़ रहा है लेकिन फिर अचानक वह ठहर गया और किसी अन्य दिशा में चला गया। वे लोग ज़ोर-ज़ोर से स्पेनिश में बातें कर रहे थे। कुछ पलों बाद अचानक वहाँ खामोशी छा गई और सब कुछ शांत हो गया।

अगले दस मिनट तक मैं चुपचाप उसी अलमारी के अंदर छिपा रहा। फिर मैंने बहुत धीरे-धीरे, बिना कोई आवाज़ किए अलमारी का दरवाज़ा खोलकर बाहर झाँका। वहाँ कोई नहीं था। मैं अलमारी से बाहर आया और कमरे के दरवाज़े की ओर गया। बाहर भी कोई नज़र नहीं आया। मैं फौरन कमरे से बाहर आया और उस कमरे की ओर चल पड़ा, जहाँ सांचेज और वे सैनिक छिपे हुए थे। जैसे ही मैंने उसका दरवाज़ा खोला, मैं हैरान रह गया। यह कोई कमरा नहीं बल्कि एक दालान था। मैंने आसपास कान लगाकर सुनने की कोशिश की लेकिन

कहीं से कोई आवाज़ आती सुनाई नहीं दी। मेरे पेट में घबराहट की एक ठंढी लहर दौड़ गई। मैं दीवार से टिक गया। मैंने धीरे से सांचेज का नाम पुकारा लेकिन कोई प्रतिक्रिया नहीं मिली। मुझे एहसास हुआ कि मैं यहाँ बिलकुल अकेला हूँ। घबराहट के कारण मेरी आँखों के सामने धुँधलापन छाने लगा।

मैंने एक गहरी साँस लेकर अपने आपको ढाँढ़स बँधाने की कोशिश की; मुझे हिम्मत रखनी होगी और अपनी ऊर्जा को बढ़ाना होगा। अगले कुछ मिनटों तक मैं शांत होने के लिए संघर्ष करता रहा। धीरे-धीरे मेरी आँखों के सामने छाया धुँधलापन कम होने लगा। मेरे दिल की धड़कन, जो कुछ देर पहले धौंकनी की तरह चल रही थी, अब अपेक्षाकृत शांत थी और मुझे सब कुछ स्पष्ट नज़र आ रहा था। मैंने प्रेम प्रक्षेपित करने की कोशिश की। आखिरकार मैं बेहतर महसूस करने लगा और एक बार फिर सेबेस्टियन के बारे में सोचने लगा। यदि वे अपने ऑफिस में होंगे तो सांचेज भी वहीं गए होंगे।

आगे वह दालान एक सीढ़ी के पास जाकर समाप्त हो गया। मैं उन सीढ़ियों से उतरते हुए पहली मंज़िल पर पहुँचा। सीढ़ियों के दरवाज़े पर बने झरोखे से मैंने गलियारे की ओर नीचे झाँका। वहाँ कोई नज़र नहीं आया। मैंने दरवाज़ा खोला और आगे बढ़ गया। मुझे कोई अंदाज़ा नहीं था कि मैं किस तरफ जा रहा हूँ।

तभी मुझे सामने बने एक कमरे से सांचेज की आवाज़ आती सुनाई दी। उसके दरवाज़े पर दरार थी। तभी सेबेस्टियन ने काफी ऊँची आवाज़ में सांचेज से कुछ कहा। जैसे ही मैं उस दरवाज़े की ओर बढ़ा, अंदर मौजूद एक सैनिक ने अचानक वह दरवाज़ा खोला और अपनी बंदूक का निशाना मेरी छाती की ओर करके, मुझे धकेलते हुए अंदर ले गया और दीवार पर जाकर टिका दिया। सांचेज ने मुझ पर एक नज़र डाली और अपना हाथ अपने पेट पर रख लिया। सेबेस्टियन ने चिढ़कर अपना सिर झटका। वह नौजवान सैनिक, जिसने हमारी मदद की थी, वहाँ कहीं नज़र नहीं आया।

मैं जानता था कि सांचेज ने अपने पेट पर हाथ रखकर मुझे कोई इशारा किया था। लेकिन मैं सिर्फ इतना ही समझ पाया कि उन्हें इस समय ऊर्जा की ज़रूरत थी। जैसे ही उन्होंने बोलना शुरू किया, मैंने अपना पूरा ध्यान उन पर केंद्रित कर लिया और उनके उच्चतम सेल्फ को देखने की कोशिश करने लगा। उनका ऊर्जा क्षेत्र विस्तृत होने लगा।

"आप सच को सामने आने से नहीं रोक सकते," सांचेज ने कहा। "इसके बारे में जानना लोगों का हक है।"

सेबेस्टियन ने मिले-जुले भावों के साथ सांचेज की ओर देखा। "ये अंतर्दृष्टियाँ धर्मशास्त्रों का अपमान करती हैं। ये सच हो ही नहीं सकतीं।

"क्या वाकई अंतर्दृष्टियाँ हमारे धर्मशास्त्रों का अपमान करती हैं या फिर यह बताती हैं कि वास्तव में धर्मशास्त्रों का अर्थ क्या है?" सांचेज ने दृढ़ता से कहा।

सेबेस्टियन ने कहा, "हम अच्छी तरह जानते हैं कि धर्मशास्त्रों का अर्थ क्या है और हमारी यह जानकारी कोई नई नहीं बल्कि सदियों पुरानी है। क्या तुम अपने प्रशिक्षण के दिन भूल गए, जब तुम्हें उनके बारे में पढ़ाया गया था?"

सांचेज ने कहा, "नहीं, मैं कुछ नहीं भूला हूँ लेकिन मैं यह भी जानता हूँ कि अंतर्दृष्टियाँ

हमारी आध्यात्मिकता का विस्तार करती हैं और हमें...''

''किसने कहा?'' सेबेस्टियन चीख पड़े। ''और ये अंतर्दृष्टियाँ लिखी किसने हैं? किसी नास्तिक मायन (माया सभ्यता का व्यक्ति) ने, जिसने कहीं से आर्माइक (एक प्राचीन यहूदी भाषा) बोलना सीख लिया था। आखिर उन लोगों को कुछ पता भी था? वे जादुई स्थानों और रहस्यमयी ऊर्जा जैसी ऊल-जलूल चीज़ों पर विश्वास करते थे। वे जंगली लोग थे। जिन खंडहरों में नौवीं अंतर्दृष्टि पाई गई थी, उन्हें दिव्य मंदिर या स्वर्गिक मंदिर कहा जाता है। वह जंगली संस्कृति स्वर्ग के बारे में क्या खाक जानती होगी!''

उन्होंने आगे कहा, ''क्या उनकी संस्कृति बच पाई? नहीं, किसी को नहीं पता कि मायन्स के साथ क्या हुआ। वे बिना कोई निशानी छोड़े गायब हो गए। और तुम चाहते हो कि हम इस पाण्डुलिपि पर विश्वास कर लें। इसे पढ़कर लगता है, मानो इस संसार में होनेवाले हर बदलाव का नियंत्रण इंसानों के ही पास है। जबकि ऐसा कुछ नहीं है। संसार को नियंत्रित करने की शक्ति सिर्फ ईश्वर के पास है। इंसानों के करने के लिए अगर कुछ है तो वह यह कि हम शास्त्रों में बताई गई बातों को स्वीकार करें और स्वयं को मुक्त करें।''

सांचेज ने जवाब में कहा, ''लेकिन ज़रा सोचिए, शास्त्रों की बातों को स्वीकार करने और मुक्ति पाने का अर्थ क्या है? वह कौन सी प्रक्रिया है, जिससे गुज़रकर ऐसा होता है? क्या यह पाण्डुलिपि हमें और अधिक आध्यात्मिक, एकरूप व सुरक्षित बनानेवाली प्रक्रिया से परिचित नहीं कराती? और क्या आठवीं और नौंवी अंतर्दृष्टि यह नहीं दिखाती कि यदि हर कोई इस तरह जीए तो क्या-क्या संभव हो सकता है?''

सेबेस्टियन ने अपना सिर झटका और वहाँ से चल पड़े, फिर वापस मुड़े और बेहद तीखी नज़रों से सांचेज की ओर देखते हुए बोले, ''तुमने तो नौवीं अंतर्दृष्टि को देखा तक नहीं है।''

''देखा है। उसका एक हिस्सा देखा है।'' सांचेज ने कहा।

सेबेस्टियन ने आश्चर्य से पूछा, ''कैसे?''

सांचेज ने बताया कि ''यहाँ आने से पहले मुझे नौवीं अंतर्दृष्टि के एक हिस्से का विवरण बताया गया था। और कुछ मिनटों पहले मैंने उसका एक और हिस्सा पढ़ा।''

''क्या? कैसे?''

सांचेज उनके करीब गए और कहा, ''कार्डिनल सेबेस्टियन, हर कोई चाहता है कि यह नौवीं अंतर्दृष्टि दुनिया के सामने आए। यह अन्य सभी अंतर्दृष्टियों को एक नई भूमिका में लाती है। यह हमें हमारी नियति बताती है और समझाती है कि आध्यात्मिक चेतना वास्तव में क्या है!''

सेबेस्टियन ने कहा, ''हमें अच्छी तरह पता है कि आध्यात्मिकता क्या है, फादर सांचेज।''

सांचेज ने कहा, ''वाकई? मुझे तो ऐसा नहीं लगता। हमने इसके बारे में बातें करते हुए, कल्पनाएँ करते हुए और इससे जुड़ी अपनी मान्यताओं की भविष्यवाणियाँ करते हुए कई शताब्दियाँ बिता दी हैं। लेकिन हमने हमेशा इस एकरूपता को किसी अमूर्त संबंध के रूप में देखा है, जिस पर हमारा बौद्धिक विश्वास है। और हमने इस एकरूपता को हमेशा कुछ ऐसा माना है, जिसके ज़रिए हम अपने जीवन में कुछ बुरा होने से रोक सकते हैं। हमने इसे कभी

इस नज़रिए से देखा ही नहीं कि इसके ज़रिए जीवन में कुछ अच्छा और अविश्वसनीय हासिल किया जा सकता है। पाण्डुलिपि उन प्रेरणाओं की व्याख्या करती है, जो दूसरों को सच्चा प्रेम करने और अपने जीवन का विकास करने से आती हैं।''

सेबेस्टियन ने कहा, ''विकास! ज़रा अपने शब्दों पर गौर करो। तुम हमेशा क्रमिक विकास के प्रभाव के खिलाफ रहे हो। आखिर क्या हो गया है तुम्हें?''

सांचेज ने खुद को सँभाला और फिर कहा, ''हाँ, मैं मानव जीवन के विकास को ईश्वर की जगह देने और ईश्वर का संदर्भ दिए बिना ब्रह्माण्ड की व्याख्या करने के खिलाफ रहा हूँ। लेकिन अब मैं स्पष्ट देख सकता हूँ कि सत्य दरअसल वैज्ञानिक और धार्मिक दृष्टिकोण का संकलन है। सत्य यह है कि क्रमिक विकास एक ऐसा तरीका है, जिसकी रचना ईश्वर ने की है और अब भी कर रहा है।''

''लेकिन क्रमिक विकास जैसा कुछ होता ही नहीं है,'' सेबेस्टियन ने विरोध करते हुए कहा। ''इस संसार की रचना ईश्वर ने की है। बस, बात खत्म!''

सांचेज ने मुझ पर नज़र डाली लेकिन फिलहाल मेरे पास कहने के लिए कुछ नहीं था।

उन्होंने आगे कहा, ''कार्डिनल सेबेस्टियन पाण्डुलिपि हर भावी पीढ़ी के विकास की व्याख्या, समझ के क्रमिक विकास के रूप में करती है। ऐसा क्रमिक विकास, जो उच्चतम आध्यात्मिकता और स्पंदन की ओर हो रहा है। हर पीढ़ी अपेक्षाकृत अधिक ऊर्जा को समाहित करती है और अपेक्षाकृत अधिक सत्य का संचय करती है और फिर उसे अगली पीढ़ी के लोगों को हस्तांतरित कर देती है, जो उसे और आगे ले जाते हैं।''

''बकवास!'' सेबेस्टियन ने कहा। ''अधिक आध्यात्मिक बनने का सिर्फ एक ही तरीका है और वह है शास्त्रों में बताए गए उदाहरणों का अनुसरण करना।''

''बिलकुल!'' सांचेज ने कहा। ''लेकिन कौन से उदाहरण? क्या शास्त्रों में बताई गई कहानी उन लोगों की कहानी नहीं है, जो ईश्वर की ऊर्जा और संकल्पशक्ति को स्वयं ग्रहण करना सीख रहे थे? क्या ओल्ड टेस्टामेंट के अनुसार शुरुआती पैगंबर लोगों को इसी दिशा में नहीं ले जा रहे थे? और क्या ईश्वर की ऊर्जा को अपने अंदर समाहित करनेवाली यह ग्रहणशीलता ही एक बढ़ई के बेटे में ज़ाहिर नहीं हुई थी और वह भी इस हद तक कि ईश्वर ने स्वयं धरती पर कदम रख दिया?''

उन्होंने अपनी बात जारी रखी, ''क्या न्यू टेस्टामेंट की कहानी भी उन लोगों के समूह की कहानी नहीं है, जो ऐसी ऊर्जा से भरे जा रहे थे, जिसने उनका रूपांतरण कर दिया? क्या येशू ने स्वयं नहीं कहा कि जो उन्होंने किया, वह हम भी कर सकते हैं, यहाँ तक कि उससे अधिक कर सकते हैं? हमने आज तक उस विचार को कभी गंभीरता से लिया ही नहीं। येशू हमें जहाँ ले जा रहे थे और जो कह रहे थे, अब हम बस उसके लालच में उलझे हुए हैं। पाण्डुलिपि स्पष्ट करती है कि उनकी बातों का अर्थ क्या था और वह सब कैसे किया जा सकता है!''

सेबेस्टियन ने अपना मुँह फेर लिया, उनका चेहरा गुस्से से लाल हो चुका था। इसी दौरान एक उच्च पदासीन अफसर धड़धड़ाते हुए कमरे में दाखिल हुआ और उसने सेबेस्टियन को बताया कि घुसपैठियों को देख लिया गया है।

''वे देखिए!'' अफसर ने खिड़की के बाहर इशारा करते हुए कहा। ''वे लोग उस तरफ

हैं!''

करीब तीन-चार सौ यार्ड दूर हमने दो लोगों को एक खुले मैदान में भागते हुए देखा। वे जंगल की ओर भाग रहे थे। परिसर की सीमा पर कई सैनिक बंदूक ताने गोलियाँ चलाने के लिए तैयार खड़े थे।

उस अफसर ने खिड़की से हटकर सेबेस्टियन की ओर देखा। उसके हाथों में वायरलेस था।

अफसर ने कहा, ''अगर वे लोग जंगल में घुस गए तो उन्हें ढूँढ़ना मुश्किल हो जाएगा। क्या उन पर गोलियाँ चलाने की इजाज़त है?''

मैं उन दो लोगों को भागते हुए देख रहा था। अचानक मैंने उन्हें पहचान लिया।

''वह तो विल और जूलिया हैं!'' मैं चिल्ला पड़ा।

सांचेज सेबेस्टियन के करीब गए, ''भगवान के लिए, आप इसके कारण किसी की हत्या नहीं करवा सकते!''

अफसर अपनी बात पर दृढ़ था। उसने कहा, ''कार्डिनल सेबेस्टियन, यदि आप इस पाण्डुलिपि को अपने नियंत्रण में रखना चाहते हैं तो मुझे फौरन गोलियाँ चलाने की इजाज़त दे दीजिए।''

मेरे हाथ-पैर ठंढे पड़ गए थे। मैं वहाँ बुत बना खड़ा हुआ था।

सांचेज ने कहा, ''फादर, मेरा विश्वास कीजिए, आपने चर्च के लिए जो किया है और आप जिन चीज़ों के पक्ष में खड़े रहे हैं, पाण्डुलिपि उन्हें कोई नुकसान नहीं पहुँचाएगी। लेकिन आप इन लोगों को ऐसे मार नहीं सकते।''

सेबेस्टियन ने अपना सिर झटका। ''तुम्हारा विश्वास करूँ...?'' फिर वे अपनी डेस्क पर बैठ गए और उन्होंने उस अफसर की ओर देखा। ''हम किसी पर गोली नहीं चलाएँगे। अपने सैनिकों से कहो कि उन्हें ज़िंदा पकड़कर लाएँ।''

अफसर ने सिर हिलाया और कमरे से बाहर निकल गया। सांचेज ने कहा, ''धन्यवाद, आपने बिलकुल सही निर्णय लिया।''

सेबेस्टियन ने कहा, ''उन्हें ज़िंदा छोड़ने का निर्णय! लेकिन इसका मतलब ये नहीं है कि मैंने अपना इरादा बदल दिया है। यह पाण्डुलिपि एक श्राप है। यह हमारी आध्यात्मिक सत्ता की बुनियादी संरचना को कमज़ोर कर देगी। यह लोगों को इस प्रलोभन में डाल देगी कि उनकी आध्यात्मिक नियति पर उनका अपना नियंत्रण है। यह उस अनुशासन को घटा देगी, जो इस पृथ्वी पर मौजूद हर इंसान को चर्च से जोड़ने के लिए ज़रूरी है। जिससे लोग अपनी इच्छाओं के जाल में उलझे रहेंगे।''

सांचेज के प्रति उनका रवैया बहुत कठोर नज़र आ रहा था।

सेबेस्टियन ने कहा, ''फिलहाल हज़ारों सैनिक यहीं आ रहे हैं। अब तुम या कोई और यहाँ कुछ भी करे, उससे कोई फर्क नहीं पड़नेवाला। नौवीं अंतर्दृष्टि पेरू से बाहर कभी नहीं जाएगी। बेहतर होगा कि तुम लोग मेरे मिशन से फौरन दफा हो जाओ।''

हम वहाँ से निकल गए। आगे जाकर हमने दूर से आती हुई दर्जनों ट्रकों की आवाज़

दिव्य भविष्यवाणी 235

सुनी, जो इसी तरह चले आ रहे थे।

''उन्होंने हमें इतनी आसानी से जाने क्यों दिया?'' मैंने पूछा।

सांचेज ने जवाब दिया, ''शायद इसलिए क्योंकि अब इससे कोई फर्क नहीं पड़ता और क्योंकि हम कुछ नहीं कर सकते। पता नहीं अब आगे हमें क्या करना चाहिए।'' उनकी नज़रें मुझसे टकराईं। ''हम उन्हें मना ही नहीं पाए।''

मैं भी दुविधा में था। इसका क्या मतलब था? शायद हमारा वहाँ होना, सेबेस्टियन को मनाने के लिए था ही नहीं। शायद हम बस उन्हें कुछ देर और रोकने के लिए वहाँ गए थे।

मैंने सांचेज की तरफ फिर से देखा। उन्होंने अपना ध्यान ट्रक चलाने पर और सड़क के दोनों ओर विल व जूलिया को ढूँढ़ने पर लगा रखा था। हमने तय किया था कि हम दोबारा उसी दिशा की ओर जाएँगे, जिस ओर विल और जूलिया भाग रहे थे लेकिन अब तक हमें उनका नामो-निशान तक नज़र नहीं आया था। चलते-चलते मेरा मन दिव्य खंडहरों के खयालों में भटकने लगा। मैं कल्पना करने लगा कि वे कैसे दिखते होंगे : परतदार ढंग से किया जा रहा उत्खनन (खुदाई), वैज्ञानिकों के तंबू और उनकी पृष्ठभूमि में उभरी पिरामिडनुमां संरचनाएँ।

सांचेज ने कहा, ''लगता है वे लोग यहाँ नहीं हैं, ज़रूर उनके पास कोई गाड़ी रही होगी। अब तो हमें यह तय करना ही होगा कि आगे क्या करना चाहिए।''

''मुझे लगता है कि हमें खंडहरों की ओर चलना चाहिए,'' मैंने कहा।

उन्होंने मेरी ओर देखा। ''हाँ, शायद। वैसे भी हमारे लिए कोई और जगह है भी नहीं।''

सांचेज ने ट्रक को पश्चिम दिशा की ओर मोड़ दिया।

''आप इन खंडहरों के बारे में क्या जानते हैं?'' मैंने पूछा।

सांचेज ने कहा, ''जैसा कि जूलिया ने कहा था, उन खंडहरों का निर्माण दो अलग-अलग संस्कृतियों ने किया था। उनमें से पहली थी मायन्स संस्कृति, जो वहाँ की एक संपन्न सभ्यता थी। हालाँकि उनके ज़्यादातर मंदिर युकाटन में सुदूर उत्तर की ओर थे। हैरानी की बात यह है कि करीब 600 ई.पू. में बिना किसी ठोस कारण के अचानक उनकी सभ्यता का नामो-निशान तक मिट गया। इसके बाद ठीक उसी जगह इनकास सभ्यता का उदय हुआ।''

''आपको क्या लगता है, मायन्स के साथ क्या हुआ होगा?'' मैंने पूछा।

सांचेज ने मुझ पर नज़र डाली, ''पता नहीं।''

अगले कुछ मिनटों तक हम खामोशी से चलते रहे। तभी अचानक मुझे याद आया कि फादर सांचेज ने सेबेस्टियन को बताया था कि उन्होंने नौवीं अंतर्दृष्टि का एक और हिस्सा पढ़ा है।

''आपको नौवीं अंतर्दृष्टि का एक और हिस्सा कहाँ मिला?'' मैंने आश्चर्य से पूछा।

सांचेज ने बताया, ''वह नौजवान सैनिक, जिसने हमारी मदद की थी, उसे पता था कि नौवीं अंतर्दृष्टि का एक अन्य हिस्सा कहाँ छिपाकर रखा गया है। जब मैं और तुम अलग हो गए तो वह मुझे एक कमरे में ले गया और मुझे अंतर्दृष्टि का वह हिस्सा दिखाया। फिल और डॉब्सन ने हमें जो बताया था, इस हिस्से में उसके अलावा बस कुछ ही अवधारणाओं के बारे में बताया गया है। लेकिन इससे मुझे कुछ ऐसे बिंदु पता चले, जिन्हें मैं सेबेस्टियन के सामने

इस्तेमाल कर पाया।''

''साफ-साफ कहिए, क्या बताया गया है इस हिस्से में?'' मैंने उत्सुकतावश पूछा।

सांचेज ने जवाब दिया, ''यही कि पाण्डुलिपि कई धर्मों को शुद्ध करेगी। और विभिन्न धर्मों ने अपने अनुयाइयों से जो वादा किया है, उसे पूरा करने में मदद करेगी। इसमें बताया गया है कि सारे धर्म एक उच्चतम स्रोत के साथ इंसानों के एकरूप होने के बारे में हैं। सारे धर्मों में इंसान के अंदर मौजूद ईश्वर के बारे में बताया गया है, जो वास्तव में एक अनुभूति है। यह हमें आगे ले जाती है और बेहतर बनाती है। धर्म उस वक्त भ्रष्ट हो गए, जब लोगों को ईश्वर की इच्छा बताने के लिए धार्मिक नेता नियुक्त कर दिए गए। जबकि असल में उनका काम लोगों को यह बताना था कि अपने ही अंदर ईश्वर को कैसे ढूँढ़ें।

पाण्डुलिपि का यह हिस्सा कहता है कि इतिहास में कभी न कभी कोई ऐसा इंसान ज़रूर होगा, जो ईश्वर के ऊर्जा स्रोत से एकरूप होने के सबसे उचित तरीके को अपनाएगा और फिर इस बात का एक जीता-जागता उदाहरण बन जाएगा कि ईश्वर से इस तरह एकरूप होना संभव है।'' सांचेज ने मेरी ओर देखा। ''क्या येशू ने ठीक यही नहीं किया था? क्या उन्होंने अपनी ऊर्जा और स्पंदन को इस हद तक नहीं बढ़ा लिया था कि वे इतने भारहीन हो जाएँ कि...'' सांचेज अपनी बात पूरी किए बिना ही रुक गए। उन्हें देखकर लगा जैसे वे अपने ही खयालों में डूब गए हों।

''क्या सोच रहे हैं आप?'' मैंने पूछा।

सांचेज ज़रा व्यग्र दिखे। ''पता नहीं। उस नौजवान सैनिक ने अंतर्दृष्टि की जो प्रति दिखाई दी, उसमें इतना ही बताया गया था। उसमें कहा गया था कि वह एक इंसान संसार को ऐसा रास्ता दिखाएगा, जिसका अनुकरण करना ही पूरी मानव जाति की नियति होगी। लेकिन इस हिस्से में यह नहीं बताया गया था कि यह रास्ता मानव जाति को कहाँ ले जाएगा।''

अगले पंद्रह मिनटों तक हम दोनों बिना कुछ बोले खामोशी से आगे बढ़ते रहे। अब आगे क्या होगा, मैंने इसके कुछ संकेत ग्रहण करने की कोशिश की लेकिन कुछ सोच ही नहीं पाया। ऐसा लग रहा था, जैसे मैं ज़रूरत से ज़्यादा कोशिश कर रहा हूँ।

''वे रहे खंडहर,'' सांचेज ने कहा।

आगे सड़क के बायीं ओर जंगल के पास मुझे पिरामिड जैसी तीन आकृतियाँ नज़र आईं। जब हम अपने ट्रक को एक ओर खड़ा करके उनके ज़रा करीब गए तो मैंने पाया कि इमारती पत्थर से निर्मित ये पिरामिड एक-दूसरे से बराबर दूरी - करीब सौ फीट पर बनाए गए थे। उनके बीच स्थित एक क्षेत्र चिकने पत्थरों से बना हुआ था। पिरामिडों की नींव के पास कुछ उत्खनन स्थल खुदे हुए थे।

''वे देखो!'' सांचेज ने वहाँ से कुछ दूर बने अन्य पिरामिडों की ओर इशारा करते हुए कहा। तभी मुझे उस तरफ एक लंबी इंसानी आकृति नज़र आई, जो पिरामिडों के सामने बैठी हुई थी। जैसे ही हम उस तरफ आगे बढ़े, मुझे महसूस हुआ कि मेरा ऊर्जा स्तर बढ़ रहा है। पत्थरों से बने क्षेत्र के केंद्र तक पहुँचते-पहुँचते मैं अविश्वसनीय रूप से ऊर्जावान महसूस करने लगा था। मैंने सांचेज की ओर देखा और उन्होंने अपनी एक त्यौरी चढ़ा ली। जब हम उन पिरामिडों के और करीब पहुँचे तो मैंने देखा कि वह इंसानी आकृति कोई और नहीं बल्कि जूलिया थी।

वह अपने एक पैर पर दूसरा पैर रखकर बैठी हुई थी और उसकी गोद में कुछ कागज़ रखे हुए थे।

''जूलिया,'' सांचेज ने उसे पुकारा।

जूलिया ने पलटकर देखा और उठ खड़ी हुई। उसका चेहरा इंद्रधनुषी नज़र आ रहा था।

''विल कहाँ है?'' मैंने पूछा।

जूलिया ने अपनी दायीं ओर इशारा किया। वहाँ से करीब सौ यार्ड की दूरी पर विल मौजूद था। वह ढलते सूरज की रोशनी में दमकता हुआ नज़र आ रहा था।

''वह क्या कर रहा है?'' मैंने पूछा।

''नौवीं अंतर्दृष्टि,'' जूलिया ने उन कागज़ों को हाथों में लेकर जवाब दिया। सांचेज ने जूलिया को बताया कि हमने इस अंतर्दृष्टि का एक और हिस्सा देखा है, जो एक ऐसे मानव संसार के बारे में बताता है, जिसका रूपांतरण सचेत क्रमिक विकास से हुआ।

''लेकिन यह क्रमिक विकास हमें कहाँ ले जाएगा?'' सांचेज ने पूछा।

जूलिया ने कोई जवाब नहीं दिया। वह बस उन कागज़ों को अपने हाथों में लिए रही, मानो उम्मीद कर रही हो कि उसके दिमाग में जो चल रहा है, हम उसे खुद-ब-खुद पढ़ लेंगे।

''क्या?'' मैंने पूछा।

सांचेज ने मेरे पास आकर मेरी कोहनी को छुआ। उनके चेहरे के भाव देखकर मुझे याद आया कि मुझे सचेत रहते हुए इंतज़ार करना है।

''नौवीं अंतर्दृष्टि हमारी अंतिम नियति का खुलासा करती है,'' जूलिया ने कहा। ''यह सब कुछ स्पष्ट करती है और दोहराती है कि इंसान के तौर पर हम संपूर्ण क्रमिक विकास का चरमबिंदु हैं। यह बताती है कि पदार्थ ने अपने सबसे कमज़ोर रूप में शुरुआत की। इसके बाद एक-एक तत्त्व और फिर एक-एक प्रजाति के साथ इसकी जटिलता में वृद्धि होती गई और यह निरंतर स्पंदन की उच्चतम अवस्था की ओर क्रमिक विकास करता गया।

जब आदिमानव आए तो हम दूसरों पर जीत हासिल करके ऊर्जा प्राप्त करते हुए थोड़ा आगे बढ़े। फिर हमने किसी से हारकर अपनी ऊर्जा को खो दिया। इस तरह हमने अंजाने में ही इस क्रमिक विकास को जारी रखा। यह भौतिक संघर्ष तब तक जारी रहा, जब तक हमने प्रजातंत्र की खोज नहीं कर ली। प्रजातंत्र की व्यवस्था ने इस संघर्ष को समाप्त नहीं किया बल्कि इसे भौतिक के बजाय मानसिक संघर्ष में तबदील कर दिया।''

''अब,'' जूलिया ने आगे कहा, ''हम इस पूरी प्रक्रिया को चेतना में ला रहे हैं। हम देख सकते हैं कि हमारे पूरे इंसानी इतिहास ने हमें सचेत क्रमिक विकास हासिल करने के लिए तैयार कर दिया है। अब हम अपनी ऊर्जा बढ़ा सकते हैं और सचेत रूप से संयोगों का अनुभव कर सकते हैं। यह क्रमिक विकास की गति को तेज़ कर इसे और आगे ले जाता है और हमारे स्पंदन को अधिक ऊँचे स्तर तक ले जाकर बढ़ा देता है।''

उसने एक-एक करके हम दोनों की ओर देखा और पलभर के लिए ज़रा हिचकिचाई। इसके बाद उसने अपनी बात दोहराई, ''अपने ऊर्जा स्तर को बढ़ाने की प्रक्रिया को जारी रखना ही हमारी नियति है। और जैसे-जैसे हमारा ऊर्जा स्तर बढ़ता है, हमारे शरीर के अणुओं का

स्पंदन स्तर भी बढ़ता है।''

वह फिर से हिचकिचाई।

''मतलब?'' मैंने पूछा।

जूलिया ने कहा, ''मतलब यह कि हम और हलके होते जा रहे हैं, शुद्ध रूप से आध्यात्मिक।''

मैंने सांचेज की ओर देखा। उन्होंने पूरी गंभीरता से अपना सारा ध्यान जूलिया पर लगा रखा था।

जूलिया ने आगे कहा, ''नौवीं अंतर्दृष्टि कहती है कि जब इंसान अपना स्पंदन बढ़ाना जारी रखेंगे तो एक बेहतरीन चीज़ शुरू होगी। जब कुछ लोगों का कोई दल एक निश्चित स्तर तक पहुँच जाएगा तो वह अचानक निम्न स्पंदन स्तरवाले लोगों के लिए अदृश्य हो जाएगा। निम्न स्पंदन स्तरवाले लोगों को ऐसा लगेगा, जैसे वे लोग बस अचानक गायब हो गए हैं, जबकि उन लोगों को लगेगा कि वे अब भी उसी जगह पर हैं - बस वे स्वयं को पहले से कहीं अधिक हलका महसूस करेंगे।''

जैसे-जैसे जूलिया बोलती जा रही थी, मुझे लग रहा था कि उसका चेहरा और शरीर धीरे-धीरे बदल रहा है। उसका शरीर उसके ऊर्जा क्षेत्र की विशेषताओं को आत्मसात कर रहा था। उसका चेहरा-मोहरा अब भी उतना ही स्पष्ट और विशिष्ट लग रहा था लेकिन अब यह माँसपेशियाँ और त्वचा से बना वह चेहरा नहीं लग रहा था, जिसे मैं कुछ देर पहले तक देख रहा था। अब जूलिया ऐसी लग रही थी, मानो वह शुद्ध प्रकाश से बनी हुई हो और अंदर से दमक रही हो।

मैंने सांचेज की ओर देखा। वे भी ठीक वैसे ही दिख रहे थे। हैरानी की बात यह थी कि धीरे-धीरे मुझे सब कुछ वैसा ही नज़र आने लगा था : पिरामिड्स, हमारे पैरों तले मौजूद पत्थर, चारों ओर फैला जंगल, मेरे हाथ, सब कुछ। अब मैं अपने चारों ओर जिस सौंदर्य को अनुभव कर रहा था, वह मेरे पिछले सारे अनुभवों से कहीं बढ़कर था, यहाँ तक कि पर्वतश्रेणी के शिखर पर हुए अनुभव से भी बढ़कर था।

जूलिया ने अपनी बात जारी रखी, ''जब इंसान अपने स्पंदन को उस स्तर की ओर बढ़ाना शुरू करेंगे, जहाँ अन्य लोग उन्हें देख न सकें तो यह इस बात का संकेत होगा कि हम उस सीमा को पार कर रहे हैं, जो हमारे इस जीवन और उस दूसरी दुनिया के बीच हैं, जहाँ से हम आए हैं और जहाँ हम मृत्यु के बाद जाते हैं। येशू ने जो रास्ता दिखाया था, यह वही है, सचेत होकर सीमा को पार करना। उन्होंने ऊर्जा के लिए स्वयं को इस हद तक खोल दिया था कि वे इतने हलके हो गए कि उनका पानी में चलना संभव हो गया। उन्होंने पृथ्वी पर ही मृत्यु को पार कर लिया। वे पहले ऐसे इंसान थे, जिसने उस सीमा को पार किया था और भौतिक संसार का विस्तार आध्यात्मिक संसार तक किया था। उनके जीवन से यह ज़ाहिर हुआ कि ऐसा कैसे किया जाता है और अगर हम उस स्रोत के साथ एकरूप हो जाएँ तो हम भी उसी रास्ते पर कदम-दर-कदम आगे बढ़ सकते हैं।''

मैंने गौर किया कि विल धीरे-धीरे हमारी ओर आ रहा था। उसकी चाल असामान्य ढंग से आकर्षक लग रही थी, मानो वह ग्लाइडिंग कर रहा हो।

जूलिया ने आगे कहा, ''अंतर्दृष्टि कहती है कि ज़्यादातर लोग स्पंदन के इस स्तर तक तीसरी सहस्त्राब्दी के दौरान पहुँचेंगे और उन दलों के साथ होंगे, जिनके सदस्यों के साथ वे सबसे अधिक एकरूप महसूस करेंगे। लेकिन इतिहास में कुछ ऐसी संस्कृतियाँ भी हुई हैं, जिन्होंने स्पंदन का यह स्तर पहले ही हासिल कर लिया था। नौवीं अंतर्दृष्टि के अनुसार मायन्स ने भी यही किया था। वे सब एक साथ उस सीमा को पार करके आगे निकल गए थे।''

जूलिया अकस्मात ही चुप हो गई। हमने अपने पीछे स्पेनिश में कुछ दबी हुई आवाज़ें आती सुनीं। दर्जनों सैनिक खंडहरों में दाखिल हो रहे थे और हमारी ही ओर आ रहे थे। हैरानी की बात यह थी कि इसके बावजूद मुझे ज़रा भी डर नहीं लग रहा था। सैनिकों को देखकर लगा कि वे हमारी दिशा में ही बढ़ रहे हैं लेकिन अजीब बात यह थी, वे सीधे हमारी ओर नहीं आ रहे थे।

''वे हमें देख नहीं पा रहे हैं!'' सांचेज ने कहा। ''हम बहुत ऊँचे स्तर पर स्पंदित हो रहे हैं!''

मैंने फिर से उन सैनिकों की ओर देखा। सांचेज सही कह रहे थे। वे हमारी बायीं ओर मात्र बीस-तीस फीट की दूरी पर थे लेकिन उनमें से किसी का भी ध्यान हमारी तरफ नहीं था।

अचानक हमने अपनी बायीं ओर पिरामिड के पास स्पेनिश में चिल्लाने की आवाज़ें सुनीं। वे सैनिक हमारे एकदम करीब थे, इन आवाज़ों को सुनकर अचानक रुक गए और फिर उस दिशा में दौड़ पड़े।

मैं यह देखने के लिए झुका कि वहाँ क्या हो रहा है। सैनिकों का एक और दल जंगल की ओर से चला आ रहा था। उन्होंने दो बंदियों को उनकी बाँहों से जकड़ रखा था। वे डॉब्सन और फिल थे। उन्हें इस तरह सैनिकों की गिरफ्त में देखकर मैं विचलित हो गया। मैं महसूस कर सकता था कि मेरा ऊर्जा स्तर अचानक बहुत घट गया है। मैंने सांचेज और जूलिया की ओर देखा। वे दोनों भी सैनिकों की ओर ही घूर रहे थे और उतने ही परेशान नज़र आ रहे थे।

''रुको!'' विल विपरीत दिशा से चीखा। ''अपनी ऊर्जा मत गँवाओ!'' उसके ये शब्द ज़रा अस्पष्ट होने के बावजूद भी मुझे न सिर्फ सुनाई दिए बल्कि महसूस भी हुए।

हमने मुड़कर देखा। विल तेज़ी से हमारी ओर आ रहा था। तभी ऐसा लगा जैसे उसने कुछ और कहा हो लेकिन इस बार उसके शब्द पूरी तरह अस्पष्ट लगे। मुझे एहसास हुआ कि मुझे ध्यान केंद्रित करने में दिक्कत हो रही है। वह मुझे ज़रा धुँधला, अस्पष्ट सा नज़र आने लगा था। मैं उसे अविश्वास से घूरता रहा और वह धीरे-धीरे पूरी तरह अदृश्य हो गया।

जूलिया पलटकर सांचेज और मेरे सामने आ गई। उसका ऊर्जा स्तर घटता हुआ नज़र आ रहा था लेकिन वह पूरी तरह निडर लग रही थी, मानो अभी-अभी जो हुआ, उसने कोई महत्वपूर्ण बात स्पष्ट कर दी हो।

जूलिया ने कहा, ''हम अपने स्पंदन का उच्च स्तर कायम नहीं रख पाए, डर स्पंदन को तेज़ी से घटा देता है।'' उसने उस जगह की ओर देखा, जहाँ से विल अदृश्य हुआ था। उसने कहा, ''नौवीं अंतर्दृष्टि कहती है कि एक तरफ जहाँ कुछ इंसान कई मायनों में यह सीमा पार कर सकते हैं, वहीं इसके प्रति सामान्य उत्साह तब तक पैदा नहीं होगा, जब तक हम डर से पूरी तरह मुक्ति नहीं पा लेते और जब तक हम हर स्थिति में पर्याप्त स्पंदन कायम रखना सीख

नहीं लेते।''

जूलिया का जोश बढ़ गया था, ''देखा तुमने? हम ऐसा नहीं कर सकते लेकिन नौवीं अंतर्दृष्टि का काम है हमारे अंदर इसके लिए ज़रूरी आत्मविश्वास पैदा करने में मदद करना। नौवीं अंतर्दृष्टि यह जानने की अंतर्दृष्टि है कि हम कहाँ जा रहे हैं। बाकी सारी अंतर्दृष्टियाँ संसार के अविश्वनीय सौंदर्य और ऊर्जा की तसवीर रचती हैं और हमें ऐसे पेश करती हैं, जो अपनी एकरूपता बढ़ाने के कारण इस सौंदर्य को देख पा रहे हैं।

हम जितना सौंदर्य देखते हैं, उतना ही हमारा विकास होता है। जितना हमारा विकास होता है, हमारा स्पंदन उतना ही उच्च स्तर पर पहुँच जाता है। नौवीं अंतर्दृष्टि दिखाती है कि आखिरकार हमारी बढ़ी हुई अनुभूति और स्पंदन हमारे लिए एक ऐसे स्वर्ग का रास्ता खोल देगा, जो पहले से ही हमारे सामने है। बस हम अभी उसे देख नहीं पा रहे हैं।

जब भी हम अपने मार्ग पर संदेह करते हैं या इस प्रक्रिया पर गौर नहीं कर पाते तो हमें याद रखना होगा कि हम विकास करके किस ओर जानेवाले हैं और जीने की प्रक्रिया का क्या अर्थ है। धरती पर रहकर ही स्वर्ग तक पहुँचने के लिए ही हम इस ग्रह पर आए हैं। और अब हम जानते हैं कि ऐसा कैसे किया जाए।''

वह पलभर के लिए ठहरी, ''नौवीं अंतदृष्टि कहती है कि एक दसवीं अंतर्दृष्टि भी है। मुझे लगता है कि उसमें बताया गया होगा कि...''

वह अपनी बात पूरी कर पाती, इससे पहले ही मशीनगन से निकली गालियों की बौछार ने हमारे पैरों के आसपास की पत्थरवाली टाइल्स को टुकड़े-टुकड़े कर दिया। हम सबने ज़मीन की ओर आकर अपने हाथ खड़े कर दिए। किसी ने कुछ नहीं कहा। सैनिकों ने आकर उन कागज़ों को जब्त कर लिया और हम सभी को अलग-अलग दिशा में ले गए।

हिरासत में लिए जाने के बाद मेरा पहला हफ्ता लगातार खौफ में कटा। सेना के अधिकारी एक के बाद एक धमकी देनेवाले अंदाज़ में पाण्डुलिपि के बारे में पूछताछ करते रहे, जिससे मेरी ऊर्जा का स्तर नाटकीय ढंग से घट गया।

मैंने खुद को एक बेवकूफ पर्यटक के रूप में पेश किया और यह जताया कि मैंने जो भी किया, वह मेरी नादानी थी। आखिरकार सच तो यही था कि मुझे कोई अंदाज़ा नहीं था कि पाण्डुलिपि की प्रति और किस-किस पादरी के पास है और न ही मुझे यह मालूम था कि पाण्डुलिपि के लिए जनता के बीच स्वीकार्यता का भाव कितना हो रहा है। धीरे-धीरे मेरी यह चाल काम करने लगी। समय बीतने के साथ ऐसा लगने लगा, जैसे सैनिक मुझसे तंग आ चुके हैं। उन्होंने मुझे नागरिक प्राधिकरणवाले एक दल के हवाले सुपुर्द कर दिया, जिनका तरीका सैनिकों से बिलकुल अलग था।

ये अफसर मुझसे यह मनवाने में लग गए कि पेरू की मेरी यात्रा शुरू से ही पागलपनभरी थी। पागलपनभरी इसलिए क्योंकि उनके मुताबिक पाण्डुलिपि जैसी कोई चीज़ कहीं थी ही नहीं। उनका तर्क था कि ये अंतर्दृष्टियाँ दरअसल पादरियों के एक ऐसे दल ने तैयार की थीं, जो विद्रोह को प्रोत्साहित करना चाहते थे। इन अफसरों ने मुझसे कहा कि आपको छला गया है। मैंने उनकी कोई बात नहीं काटी और वे जो भी कह रहे थे, मैंने उन्हें कहने दिया।

कुछ समय बाद हमारे बीच दोस्ताना बातचीत होने लगी। अब वे मुझसे ऐसा बरताव कर

रहे थे, मानो जो भी हुआ, उसमें मेरी कोई गलती थी ही नहीं और मैं बस एक साजिश का शिकार बन गया था। एक ऐसा बुद्धू अमरिकी, जिसने कुछ ज़्यादा ही रोमांचक कहानियाँ पढ़ रखी थीं और जो विदेशी ज़मीन पर आकर गुम हो गया था।

चूँकि मेरा ऊर्जा स्तर बुरी तरह घट चुका था इसलिए संभव है कि मैं इतना कमज़ोर था कि मेरा ब्रेनवॉश किया जा सकता था और मेरे अंदर कोई अन्य विचार उठता ही नहीं। मुझे सेना के जिस अड्डे में बंदी बनाकर रखा गया था, अचानक एक दिन वहाँ से हटाकर लीमा हवाई अड्डे के पास स्थित एक सरकारी परिसर में स्थानांतरित कर दिया गया। इसी परिसर में फादर कार्ल को भी रखा गया था। इस संयोग से मेरा खोया हुआ आत्मविश्वास कुछ-कुछ वापस आने लगा था।

जब मैंने उन्हें पहली बार वहाँ देखा, उस वक्त मैं एक खुले प्रांगण में टहल रहा था। वे एक बेंच पर बैठकर कुछ पढ़ रहे थे। मैं फौरन उनके पास पहुँच गया। हालाँकि मैंने अपनी हैरानी को छिपाते हुए स्वयं को पूरे नियंत्रण में रखा ताकि इमारत के अंदर मौजूद अधिकारियों का ध्यान मुझ पर न जाए। मैं उनके बगल में जाकर बैठ गया। उन्होंने मुझे देखा और मुस्करा उठे।

''मैं तुम्हारा ही इंतज़ार कर रहा था,'' उन्होंने कहा।

''मेरा इंतज़ार?''

उन्होंने अपनी किताब को बगल में रख दिया। मैं उनकी आँखों में आई चमक स्पष्ट देख सकता था।

उन्होंने बताना शुरू किया, ''जब मैं और फादर कॉस्टस लीमा आए तो हमें फौरन हिरासत में ले लिया गया और अलग-अलग कर दिया गया। मैं तभी से यहाँ बंद हूँ। मुझे समझ में नहीं आ रहा था कि मेरे साथ ऐसा क्यों हो रहा है। उम्मीद की कोई किरण नज़र नहीं आ रही थी। फिर मैं लगातार तुम्हारे बारे में सोचने लगा,'' उन्होंने जाने-पहचाने अंदाज़ में मेरी ओर देखा। ''और मैं समझ गया कि एक दिन तुम यहाँ ज़रूर आओगे।''

मैंने कहा, ''मेरा सौभाग्य है कि आप यहाँ हैं, क्या किसी ने आपको बताया कि दिव्य खंडहरों में क्या हुआ?''

''हाँ,'' फादर कार्ल ने जवाब दिया था। ''एक बार फादर सांचेज से मेरी संक्षिप्त सी बातचीत हुई थी। उन्हें भी हिरासत में लेने के बाद यहीं रखा गया था लेकिन सिर्फ एक दिन के लिए। इसके बाद उन्हें यहाँ से ले जाया गया।

''वे ठीक तो हैं न? क्या उन्हें पता था कि बाकी सबका क्या हुआ? और उनका क्या हुआ? क्या वे उन्हें जेल में डालनेवाले थे?'' मैंने अधीरता से पूछा।

फादर कार्ल ने जवाब दिया, ''मुझे बाकियों के बारे में कुछ पता नहीं था। और फादर सांचेज का क्या हुआ, मुझे इसके बारे में कुछ भी नहीं मालूम। सरकार की नीति यह है कि एक-एक करके पाण्डुलिपि की सारी प्रतियों को ढूँढ़कर नष्ट कर दिया जाए और फिर इस पूरे मामले को एक बड़ी धोखाधड़ी के रूप में पेश किया जाए। मुझे लगता है कि हम सबको कलंकित किया जाएगा लेकिन कौन जाने कि आखिर में हमारे साथ क्या किया जाएगा।''

मैंने पूछा, ''और डॉब्सन की प्रतियों का क्या हुआ, वे पहली और दूसरी अंतर्दृष्टि की

प्रतियों को अमरीका में छोड़ आए थे?''

फादर कार्ल ने कहा, ''उनकी वे प्रतियाँ पहले ही जब्त कर ली थीं। फादर सांचेज ने मुझे बताया कि सरकारी एजेंट्स को पता चल गया था कि उन प्रतियों को कहाँ छिपाया गया है। उन एजेंट्स ने मौका पाते ही उन्हें चुरा लिया। ज़ाहिर है, पेरू सरकार के ये एजेंट्स इस समय हर जगह फैले हुए हैं। उन्हें डॉब्सन और तुम्हारी दोस्त चार्लेन के बारे में भी शुरू से पता था।''

''और आपको लगता है कि जब सरकार के इस रवैए के कारण कोई प्रति नहीं बचेगी?'' मैंने पूछा।

''अगर कोई प्रति बच जाती है तो यह एक चमत्कार ही होगा।'' फादर कार्ल ने कहा।

मैं मुड़कर दूसरी ओर देखने लगा। कुछ देर पहले मुझे जो ऊर्जा महसूस हो रही थी, अब वह समाप्त हो चुकी थी।

''तुम जानते हो न कि इसका अर्थ क्या है?'' फादर कार्ल ने पूछा।

मैंने उनकी ओर देखा लेकिन कुछ बोला नहीं।

उन्होंने आगे कहा, ''इसका अर्थ है कि पाण्डुलिपि में जो कुछ भी बताया गया था, उसे हम सभी को याद रखना होगा। तुम और सांचेज पाण्डुलिपि को दुनिया के सामने लाने के लिए कार्डिनल सेबेस्टियन को मना तो नहीं पाए लेकिन उन्हें इतनी देर ज़रूर करवा दी कि उतने समय में नौवीं अंतर्दृष्टि को समझा जा सके। अब उसके बारे में सबको पता हैं और इसमें तुम्हारा भी कोई न कोई योगदान ज़रूर होना चाहिए।''

उनकी यह बात सुनकर मैं काफी दबाव में आ गया और मेरे अंदर सबसे अलग-थलग रहने का ड्रामा फिर से सक्रिय हो गया। मैं बेंच पर टिक गया और दूसरी ओर देखने लगा। यह देखकर फादर कार्ल को हँसी आ गई। तभी हम दोनों को एहसास हुआ कि दूतावास के कुछ अधिकारी एक खिड़की से झाँकते हुए हमारी ओर देख रहे हैं।

''सुनो,'' फादर कार्ल ने तपाक से कहा। ''अब आगे से ये अंतर्दृष्टियाँ आपस में साझा की जाएँगी। जब भी किसी को इससे संबंधित कोई संदेश मिलेगा और उसे एहसास होगा कि ये अंतर्दृष्टियाँ सच्ची हैं तो वह उस संदेश को उन सभी लोगों से साझा करेगा, जो उसके लिए तैयार होंगे। ऊर्जा से एकरूप होने के लिए इंसानों को खुद को थोड़ा खोलना होगा और इस बारे में बातचीत करते हुए उम्मीद बनाए रखनी होगी। वरना पूरी मानव जाति एक बार फिर यह दिखावा करने के कुचक्र में फँस जाएगी कि जीवन का अर्थ दूसरों से अधिक शक्तिशाली बनकर पृथ्वी का शोषण करना है। अगर हम फिर से यही सब करने लगे तो हमारा अस्तित्त्व नहीं बचेगा। इस संदेश को फैलाने के लिए हम सबको वह सब करना होगा, जो हमारे बस में है।''

मैंने गौर किया कि उस इमारत से दो अधिकारी बाहर आकर हमारी तरफ चले आ रहे हैं।

''एक और बात,'' फादर कार्ल ने धीमी आवाज़ में कहा।

''क्या?'' मैंने पूछा।

''फादर सांचेज ने मुझे बताया था कि जूलिया ने दसवीं अंतर्दृष्टि का ज़िक्र किया था।

हालाँकि अभी तक इसे ढूँढ़ा नहीं जा सका है और किसी को नहीं पता कि यह कहाँ होगी।'' फादर कार्ल ने कहा।

वे अधिकारी बस हम तक पहुँचने ही वाले थे।

फादर कार्ल ने आगे कहा, ''मैं सोच रहा था कि ये लोग तुम्हें आज़ाद कर देंगे और फिर शायद तुम इकलौते ऐसे व्यक्ति होगे, जो दसवीं अंतर्दृष्टि को ढूँढ़ सकता है।''

तभी अचानक उन अधिकारियों ने आकर हमारी बातचीत में बाधा डाल दी और मुझे उस इमारत की ओर ले जाने लगे। फादर कार्ल ने मुस्कराते हुए हाथ हिलाकर मुझे विदा किया। मेरे जाते-जाते उन्होंने कुछ और भी कहा लेकिन मेरा ध्यान बँटा हुआ था। जब से फादर कार्ल ने दसवीं अंतर्दृष्टि का ज़िक्र किया था, तब से मैं चार्लेन के खयालों में डूबा हुआ था। मैं उसके बारे में क्यों सोच रहा था। आखिर दसवीं अंतर्दृष्टि का उससे क्या संबंध है?

उन दोनों अधिकारियों ने ज़ोर दिया कि मैं जो चीज़ें छोड़ गया था, उन्हें बाँध लूँ। इसके बाद उन्होंने मुझे अपने पीछे-पीछे दूतावास के सामने आने को कहा और फिर एक सरकारी वाहन में बिठा दिया। वहाँ से मुझे सीधे हवाई अड्डे के पार ले जाया गया। जहाँ उनमें से एक अधिकारी अपने मोटे चश्मे के पीछे से मुझे देखते हुए जबरदस्ती मुस्कराया।

उसने मेरा पासपोर्ट और यूनाइटेड स्टेट्स का एक टिकट मेरे हाथों में पकड़ा दिया... और फिर मुझसे सख्त पेरुवियन लहजे में बोला, ''दोबारा यहाँ कभी वापस मत आना।''

ooo

तेजज्ञान फाउण्डेशन परिचय

तेजज्ञान फाउण्डेशन आत्मविकास से आत्मसाक्षात्कार प्राप्त करने का एक रास्ता है। इसके लिए सरश्री द्वारा एक अनूठी बोध पद्धति (System for Wisdom) का सृजन हुआ है। इस पद्धति को अन्तर्राष्ट्रीय मानक ISO 9001:2008 के आवश्यकताओं एवं निर्देशों के अनुरूप ढालकर सरल, व्यावहारिक एवं प्रभावी बनाया गया है।

इस संस्था की बोध पद्धति के विभिन्न पहलुओं (शिक्षण, निरीक्षण व गुणवत्ता) को स्वतंत्र गुणवत्ता परीक्षकों (Quality Auditors) द्वारा क्रमबद्ध तरीके से जाँचा गया। जिसके बाद इन पहलुओं को ISO 9001:2008 के अनुरूप पाकर, इस बोध पद्धति को प्रमाणित किया गया है।

फाउण्डेशन का लक्ष्य आपको नकारात्मक विचार से सकारात्मक विचार की ओर बढ़ाना है। सकारात्मक विचार से शुभ विचार यानी हॅपी थॉट्स (विधायक आनंदपूर्ण विचार) और शुभ विचार से निर्विचार की ओर बढ़ा जा सकता है। निर्विचार से ही आत्मसाक्षात्कार संभव है। शुभ विचार (Happy Thoughts) यानी यह विचार कि 'मैं हर विचार से मुक्त हो जाऊँ।' शुभ इच्छा यानी यह इच्छा कि 'मैं हर इच्छा से मुक्त हो जाऊँ।'

ज्ञान का अर्थ है सामान्य ज्ञान लेकिन तेजज्ञान यानी वह ज्ञान जो ज्ञान व अज्ञान के परे है। कई लोग सामान्य ज्ञान की जानकारी को ही ज्ञान समझ लेते हैं लेकिन असली ज्ञान और जानकारी में बहुत अंतर है। आज लोग सामान्य ज्ञान के जवाबों को ज्यादा महत्त्व देते हैं। उदाहरण के तौर पर– कर्म और भाग्य, योग और प्राणायाम, स्वर्ग और नर्क इत्यादि। आज के युग में सामान्य ज्ञान प्रदान करनेवाले लोग और शिक्षक कई मिल जाएँगे मगर इस ज्ञान को पाकर जीवन में कोई बड़ा परिवर्तन नहीं होता। यह ज्ञान या तो केवल बुद्धि विलास है या फिर अध्यात्म के नाम पर बुद्धि का व्यायाम है।

सभी समस्याओं का समाधान है तेजज्ञान। भय से मुक्ति, चिंतारहित व क्रोध से आज़ाद जीवन है तेजज्ञान। शारीरिक, मानसिक, सामाजिक, आर्थिक और आध्यात्मिक उन्नति के लिए है तेजज्ञान। तेजज्ञान आपके अंदर है, आएँ और इसे पाएँ।

यदि आप ऐसा ज्ञान चाहते हैं, जो सामान्य ज्ञान के परे हो, जो हर समस्या का समाधान हो, जो सभी मान्यताओं से आपको मुक्त करे, जो आपको ईश्वर का साक्षात्कार कराए, जो आपको सत्य पर स्थापित करे तो समय आ गया है तेजज्ञान को जानने का। समय आ गया है शब्दोंवाले सामान्य ज्ञान से उठकर तेजज्ञान का अनुभव करने का।

अब तक अध्यात्म के अनेक मार्ग बताए गए हैं। जैसे जप, तप, मंत्र, तंत्र, कर्म, भाग्य, ध्यान, ज्ञान, योग और भक्ति आदि। इन मार्गों के अंत में जो समझ, जो बोध प्राप्त होता है, वह एक ही है। सत्य के हर खोजी को अंत में एक ही समझ मिलती है और इस समझ को सुनकर भी प्राप्त किया जा सकता है। उसी समझ को सुनना यानी तेजज्ञान प्राप्त करना है। तेजज्ञान के श्रवण से सत्य का साक्षात्कार होता है, ईश्वर का अनुभव होता है। यही तेजज्ञान सरश्री महाआसमानी शिविर में प्रदान करते हैं।

सरश्री आज के युग के आध्यात्मिक गुरु और 'तेजज्ञान फाउण्डेशन' के संस्थापक हैं, जो अत्यंत सरलता से आज की लोकभाषा में आध्यात्मिक समझ प्रदान करते हैं। हर साल तेजज्ञान फाउण्डेशन द्वारा 'महाआसमानी शिविर' आयोजित किया जाता है। यह शिविर पूर्णतः सरश्री की शिक्षाओं पर आधारित है।

महाआसमानी शिविर का उद्देश्य : इस शिविर का उद्देश्य है, 'विश्व का हर इंसान 'मैं कौन हूँ' इस सवाल का जवाब जानकर सर्वोच्च आनंद में स्थापित हो जाए।' उसे ऐसा ज्ञान मिले, जिससे वह हर पल वर्तमान में जीने की कला प्राप्त करे। भूतकाल का बोझ और भविष्य की चिंता इन दोनों से वह मुक्त हो जाए। हर इंसान के जीवन में स्थायी खुशी, सही समझ और समस्याओं को विलीन करने की कला आ जाए। मनुष्य जीवन का उद्देश्य पूर्ण हो।

'मैं कौन हूँ? मैं यहाँ क्यों हूँ? मोक्ष का अर्थ क्या है? क्या इसी जन्म में मोक्ष प्राप्ति संभव है?' यदि ये सवाल आपके अंदर हैं तो महाआसमानी शिविर इसका जवाब है।

महाआसमानी शिविर के मुख्य लाभ : इस शिविर के लाभ तो अनगिनत हैं मगर कुछ मुख्य लाभ इस प्रकार हैं... * जीवन में दमदार लक्ष्य प्राप्त होता है। * 'मैं कौन हूँ' यह अनुभव से जानना (सेल्फ रियलाइजेशन) होता है। * मन के सभी विकार विलीन होते हैं। * भय, चिंता, क्रोध, बोरडम, मोह, तनाव जैसी कई नकारात्मक बातों से मुक्ति मिलती है। * प्रेम, आनंद, मौन, समृद्धि, संतुष्टि, विश्वास जैसे कई दिव्य गुणों से युक्ति होती है। * सीधा, सरल और शक्तिशाली जीवन प्राप्त होता है। * हर समस्या का समाधान प्राप्त करने की कला मिलती है। * 'हर पल वर्तमान में जीना' यह आपका स्वभाव बन जाता है। * आपके अंदर छिपी सभी संभावनाएँ खुल जाती हैं। * इसी जीवन में मोक्ष (मुक्ति) प्राप्त होता है।

महाआसमानी शिविर में भाग कैसे लें? इस शिविर में भाग लेने के लिए आपको कुछ खास माँगें पूरी करनी होती हैं। जैसे – 1) आपकी उम्र कम से कम अठारह साल या उससे ऊपर होनी चाहिए। 2) आपको सत्य स्थापना शिविर (फाउण्डेशन ट्रुथ रिट्रीट) में भाग लेना होगा, जहाँ आप सीखेंगे– वर्तमान के हर पल को कैसे जीया जाए और निर्विचार दशा में कैसे प्रवेश पाएँ। 3) आपको कुछ प्राथमिक प्रवचनों में उपस्थित होना है, जहाँ आप बुनियादी समझ आत्मसात कर, महाआसमानी शिविर के लिए तैयार होते हैं। आप महाआसमानी शिविर में भाग लेकर ही तेजज्ञान का आनंद ले सकते हैं। आगामी महाआसमानी शिविर में अपना स्थान आरक्षित करने के लिए संपर्क करें : 09921008060/75, 9011013208

सरश्री - एक अल्प परिचय

सरश्री की आध्यात्मिक खोज का सफर उनके बचपन से प्रारंभ हो गया था। इस खोज के दौरान उन्होंने अनेक प्रकार की पुस्तकों का अध्ययन किया। इसके साथ ही अपने आध्यात्मिक अनुसंधान के दौरान अनेक ध्यान पद्धतियों का अभ्यास किया। उनकी इसी खोज ने उन्हें कई वैचारिक और शैक्षणिक संस्थानों की ओर बढ़ाया। इसके बावजूद भी वे अंतिम सत्य से दूर रहे।

उन्होंने अपने तत्कालीन अध्यापन कार्य को भी विराम लगाया ताकि वे अपना अधिक से अधिक समय सत्य की खोज में लगा सकें। जीवन का रहस्य समझने के लिए उन्होंने एक

लंबी अवधि तक मनन करते हुए अपनी खोज जारी रखी। जिसके अंत में उन्हें आत्मबोध प्राप्त हुआ। आत्मसाक्षात्कार के बाद उन्होंने जाना कि अध्यात्म का हर मार्ग जिस कड़ी से जुड़ा है वह है- समझ (अंडरस्टैण्डिंग)।

सरश्री कहते हैं कि 'सत्य के सभी मार्गों की शुरुआत अलग-अलग प्रकार से होती है लेकिन सभी के अंत में एक ही समझ प्राप्त होती है। 'समझ' ही सब कुछ है और यह 'समझ' अपने आपमें पूर्ण है। आध्यात्मिक ज्ञान प्राप्ति के लिए इस 'समझ' का श्रवण ही पर्याप्त है।'

सरश्री ने ढाई हज़ार से अधिक प्रवचन दिए हैं और सौ से अधिक पुस्तकों की रचना की हैं। ये पुस्तकें दस से अधिक भाषाओं में अनुवादित की जा चुकी हैं और प्रमुख प्रकाशकों द्वारा प्रकाशित की गई हैं, जैसे पेंगुइन बुक्स, हे हाऊस पब्लिशर्स, जैको बुक्स, हिंद पॉकेट बुक्स, मंजुल पब्लिशिंग हाऊस, प्रभात प्रकाशन, राजपाल ॲण्ड सन्स इत्यादि। सरश्री की शिक्षाओं से लाखों लोगों के जीवन में रूपांतरण हुआ है। इसके साथ संपूर्ण विश्व की चेतना बढ़ाने के लिए कई सामाजिक कार्यों की शुरुआत भी की गई है। उनकी प्रमुख पुस्तकों में से ये दो पुस्तकें हैं -

* स्वयं का सामना

क्या आप जानते हैं कि पारिवारिक झगड़े, नौकरी की परेशानियाँ, स्वास्थ्य संबंधी तकलीफें, भिन्न-भिन्न क्षेत्रों में इंसान पर होनेवाले अन्याय, नकारात्मक विचारों की दिक्कतें, मान्यताओं की दीवार इन सबके पीछे कौन है...? ये सारी दिक्कतें जीवन में क्यों, कैसे व कौन लाता है...? क्या खोज कर इनसे उबरा जा सकता है...? इस पुस्तक में एक अनोखे ढंग से, हँसते-खेलते छोटे-छोटे कथानकों के माध्यम से इस सत्य को प्रकाश में लाया गया है कि किस तरह दूसरों के प्रति की गई शिकायत की जड़ हमारे अंदर ही छिपी होती है।

इस आध्यात्मिक उपन्यास की कहानी 'हरक्युलिस' नामक किरदार के आगे-पीछे घूमती नजर आती है। 'हरक्युलिस' यूनानी दंत कथाओं में वर्णित एक जाना-माना नाम है। उसने यूरिथियस राजा द्वारा सौंपे गए बारह असंभव कार्यों को अपने बाहुबल और चातुर्यता से संभव कर दिखाया। पुस्तक की कहानी 'हरक्युलिस' को केंद्र बिंदु मानकर निर्मित की गई है, जिससे प्रेरित होकर व्यक्ति अन्तरात्मा की दिव्य आवाज़ को पहचानकर उस पर अमल कर सके।

इस पुस्तक में है- न्याय, स्वास्थ्य, खुशी और रिश्तों पर अनोखी समझ देनेवाली अद्भुत खोज। यह पुस्तक है- आंतरिक अनुसंधान का एक अभूतपूर्व अनुभव... चैतन्य की यात्रा की समझ... एक आध्यात्मिक दास्तान।

* विचार नियम

हर इंसान जीवन में सफल होना चाहता है लेकिन बड़ा सवाल यह है कि इस दिशा में उसका प्रयास सफल कैसे हो? यहाँ पर एक महत्वपूर्ण बात समझनी है कि 'समस्या बाहर नहीं, इंसान के मस्तिष्क में जीती है इसलिए उसका समाधान भी वहीं है।' विचारों के इस आयाम को समझने के बाद जीवन महाजीवन बन जाता है।

दिव्य विचारों के विकास की इसी प्रक्रिया पर प्रकाश डालती है तेजज्ञान ग्लोबल

फाउण्डेशन द्वारा प्रकाशित सरश्री की पुस्तक 'विचार नियम – द पॉवर ऑफ हॅपी थॉट्स।' यदि आपमें आस्था, आशा और इस पुस्तक का ज्ञान है तो एक चमकदार जीवन का चमत्कार वाकई संभव है।

यह पुस्तक अनेक भ्रमों को तोड़कर एक महान रहस्य उजागर करती है कि – आपके जीवन की लगाम किसी और के हाथ में नहीं बल्कि आपके विचारों के हाथ में है। आपके अपने विचार ही आपके जीवन की दिशा और दशा निर्धारित करते हैं। आपके जीवन में जो भी आ रहा है, वह विचार नियम अनुसार ही आ रहा है और आप जो पाना चाहते हैं, वह भी विचार नियम से पा सकते हैं।

दो खण्डों में विभक्त इस पुस्तक के पहले खण्ड 'विचार सूत्र' में बड़ी ही सरल और सहज भाषा में ऐसे ७ महत्वपूर्ण विचार सूत्र दिए गए हैं, जिन्हें समझकर और जीवन में उतारकर आप सकारात्मक नजरिया, लंबा-स्वस्थ जीवन, शुभचिंतक, सौहार्दपूर्ण मधुर रिश्ते, अच्छी नौकरी, करियर, उच्च शिक्षा, अच्छा जीवनसाथी, सुख, समृद्धि, प्रेम, आनंद, सफलता और मानव जीवन का उच्चतम लक्ष्य भी पा सकते हैं।

पुस्तक के दूसरे खण्ड 'मौन मंत्र' में सात मौन मंत्र संकलित हैं, जो आपको शरीर, बुद्धि और विचारों से भी परे के क्षेत्र 'मौन' में ले जाते हैं, जहाँ आप हर विचार से मुक्त होकर निर्विचार अवस्था (मौन) प्राप्त करते हैं। फिर आप वही बनकर जीते हैं, जो आप वास्तव में हैं (स्वबोध अवस्था)।

यह पुस्तक पढ़ने के बाद अपने अभिप्राय (विचार सेवा) इस
पते पर भेज सकते हैं:
Tejgyan Global Foundation,
Pimpri Colony Post office, P.O. Box 25,
Pune - 411 017. Maharashtra (India).

www.ingramcontent.com/pod-product-compliance
Lightning Source LLC
LaVergne TN
LVHW040138080526
838202LV00042B/2951
* 9 7 8 8 1 8 4 1 5 6 7 2 0 *